**DUE**

| |
| --- |
| OCT 18 |
| NOV 13 |
| Monday 6 |
| JAN 27 |
| FEB 23 |
| APR 09 |
| 6-21 |
| |
| |
| |
| |
| |
| |
| |

# EL JUEGO DEL ÁNGEL

# CARLOS
# RUIZ ZAFÓN

# EL JUEGO
# DEL ÁNGEL

VINTAGE ESPAÑOL

*Una división de Random House, Inc.*

*Nueva York*

PRIMERA EDICIÓN VINTAGE ESPAÑOL, MAYO 2008

Información de catalogación de publicaciones disponible
en la Biblioteca del Congreso de los Estados Unidos.

ISBN: 978-0-307-45536-9 (tapa dura)
978-0-307-45537-6 (tapa blanda)

www.grupodelectura.com

Impreso en los Estados Unidos de América
10 9 8 7 6 5 4 3 2 1

*Para MariCarmen,*
«a nation of two»

*Primer acto*

# LA CIUDAD
# *de los*
# MALDITOS

# 1

Un escritor nunca olvida la primera vez que acepta unas monedas o un elogio a cambio de una historia. Nunca olvida la primera vez que siente el dulce veneno de la vanidad en la sangre y cree que, si consigue que nadie descubra su falta de talento, el sueño de la literatura será capaz de poner techo sobre su cabeza, un plato caliente al final del día y lo que más anhela: su nombre impreso en un miserable pedazo de papel que seguramente vivirá más que él. Un escritor está condenado a recordar ese momento, porque para entonces ya está perdido y su alma tiene precio.

Mi primera vez llegó un lejano día de diciembre de 1917. Tenía por entonces diecisiete años y trabajaba en *La Voz de la Industria,* un periódico venido a menos que languidecía en un cavernoso edificio que antaño había albergado una fábrica de ácido sulfúrico y cuyos muros aún rezumaban aquel vapor corrosivo que carcomía el mobiliario, la ropa, el ánimo y hasta la suela de los zapatos. La sede del diario se alzaba tras el bosque de ángeles y cruces del cementerio del Pueblo Nuevo, y de lejos su silueta se confundía con la de los panteones recortados sobre un horizonte apuñalado por centenares de chimeneas y fábricas que tejían un perpetuo crepúsculo de escarlata y negro sobre Barcelona.

La noche en que iba a cambiar el rumbo de mi vida, el subdirector del periódico, don Basilio Moragas, tuvo a bien convocarme poco antes del cierre en el oscuro cubículo enclavado al fondo de la redacción que hacía las veces de despacho y de fumadero de habanos. Don Basilio era un hombre de aspecto feroz y bigotes frondosos que no se andaba con ñoñerías y suscribía la teoría de que un uso liberal de adverbios y la adjetivación excesiva eran cosa de pervertidos y gentes con deficiencias vitamínicas. Si descubría a un redactor proclive a la prosa florida lo enviaba tres semanas a componer esquelas funerarias. Si, tras la purga, el individuo reincidía, don Basilio lo apuntaba a la sección de labores del hogar a perpetuidad. Todos le teníamos pavor, y él lo sabía.

—Don Basilio, ¿me ha hecho usted llamar? —ofrecí tímidamente.

El subdirector me miró de reojo. Me adentré en el despacho que olía a sudor y a tabaco, por este orden. Don Basilio ignoró mi presencia y siguió repasando uno de los artículos que tenía sobre el escritorio, lápiz rojo en mano. Durante un par de minutos, el subdirector ametralló a correcciones, cuando no amputaciones, el texto, mascullando exabruptos como si yo no estuviese allí. Sin saber qué hacer, advertí que había una silla apostada contra la pared e hice ademán de tomar asiento.

—¿Quién le ha dicho que se siente? —murmuró don Basilio sin levantar la vista del texto.

Me incorporé a toda prisa y contuve la respiración. El subdirector suspiró, dejó caer su lápiz rojo y se reclinó en su butaca para examinarme como si fuese un trasto inservible.

—Me han dicho que usted escribe, Martín.

Tragué saliva, y cuando abrí la boca emergió un ridículo hilo de voz.

—Un poco, bueno, no sé, quiero decir que, bueno, sí, escribo…

—Confío en que lo haga mejor de lo que habla. ¿Y qué escribe usted?, si no es mucho preguntar.

—Historias policíacas. Me refiero a…

—Ya pillo la idea.

La mirada que me dedicó don Basilio fue impagable. Si le hubiese dicho que me dedicaba a hacer figurillas de pesebre con estiércol fresco le hubiera arrancado el triple de entusiasmo. Suspiró de nuevo y se encogió de hombros.

—Vidal dice que no es usted del todo malo. Que destaca. Claro que, con la competencia que hay por estos lares, tampoco hace falta correr mucho. Pero si Vidal lo dice.

Pedro Vidal era la pluma estrella en *La Voz de la Industria*. Escribía una columna semanal de sucesos que constituía la única pieza que merecía leerse en todo el periódico, y era el autor de una docena de novelas de intriga sobre gánsters del Raval en contubernio de alcoba con damas de la alta sociedad que habían alcanzado una modesta popularidad. Enfundado siempre en impecables trajes de seda y relucientes mocasines italianos, Vidal tenía las trazas y el gesto de un galán de sesión de tarde, con su cabello rubio siempre bien peinado, su bigote a lápiz y la sonrisa fácil y generosa de quien se siente a gusto en su piel y en el mundo. Procedía de una dinastía de indianos que habían hecho fortuna en las Américas con el negocio del azúcar y que, a su regreso, habían hincado el diente en la suculenta tajada de la electrificación de la ciudad.

Su padre, el patriarca del clan, era uno de los accionistas mayoritarios del periódico, y don Pedro utilizaba la redacción como patio de juego para matar el tedio de no haber trabajado por necesidad un solo día en toda su vida. Poco importaba que el diario perdiese dinero de la misma manera que los nuevos automóviles que empezaban a corretear por las calles de Barcelona perdían aceite: con abundancia de títulos nobiliarios, la dinastía de los Vidal se dedicaba ahora a coleccionar en el Ensanche bancos y solares del tamaño de pequeños principados.

Pedro Vidal fue el primero a quien mostré los esbozos que escribía cuando apenas era un crío y trabajaba llevando cafés y cigarrillos por la redacción. Siempre tuvo tiempo para mí, para leer mis escritos y darme buenos consejos. Con el tiempo me convirtió en su ayudante y me permitió mecanografiar sus textos. Fue él quien me dijo que si deseaba apostarme el destino en la ruleta rusa de la literatura, estaba dispuesto a ayudarme y a guiar mis primeros pasos. Fiel a su palabra, me lanzaba ahora a las garras de don Basilio, el cancerbero del periódico.

—Vidal es un sentimental que todavía cree en esas leyendas profundamente antiespañolas como la meritocracia o el dar oportunidades al que las merece y no al enchufado de turno. Forrado como está, ya puede permitirse ir de lírico por el mundo. Si yo tuviese una centésima parte de los duros que le sobran a él, me hubiese dedicado a escribir sonetos, y los pajaritos vendrían a comer de mi mano embelesados por mi bondad y buen duende.

—El señor Vidal es un gran hombre —protesté yo.

—Es más que eso. Es un santo porque, pese a la pinta de muerto de hambre que tiene usted, lleva semanas mareándome con lo talentoso y trabajador que es el benjamín de la redacción. Él sabe que en el fondo soy un blando, y además me ha asegurado que si le doy a usted esa oportunidad, me regalará una caja de habanos. Y si Vidal lo dice, para mí es como si Moisés bajase del monte con el pedrusco en la mano y la verdad revelada por montera. Así que, concluyendo, porque es Navidad, y para que su amigo se calle de una puñetera vez, le ofrezco debutar como los héroes: contra viento y marea.

—Muchísimas gracias, don Basilio. Le aseguro que no se arrepentirá de...

—No se embale, pollo. A ver, ¿qué piensa usted del uso generoso e indiscriminado de adverbios y adjetivos?

—Que es una vergüenza y debería estar tipificado en el código penal —respondí con la convicción del converso militante.

Don Basilio asintió con aprobación.

—Va usted bien, Martín. Tiene las prioridades claras. Los que sobreviven en este oficio son los que tienen prioridades y no principios. Éste es el plan. Siéntese y empápese porque no se lo voy a repetir dos veces.

El plan era el siguiente. Por motivos en los que don Basilio estimó oportuno no profundizar, la contraportada de la edición dominical, que tradicionalmente se reservaba a un relato literario o de viajes, se había caído a última hora. El contenido previsto era una narración de vena patriótica y encendido lirismo en torno a las gestas de los almogávares en las que éstos, canción va, canción viene, salvaban la cristiandad y todo lo que era decente bajo el cielo, empezando por Tierra Santa y acabando por el delta del Llobregat. Lamentablemente, el texto no había llegado a tiempo o, sospechaba yo, a don Basilio no le daba la real gana de publicarlo. Ello nos dejaba a seis horas del cierre, y sin ningún otro candidato para sustituir el relato que un anuncio a página publicitando unas fajas hechas de huesos de ballena que prometían caderas de ensueño e inmunidad a los canelones. Ante el dilema, el consejo de dirección había dictaminado que había que sacar pecho y recabar los talentos literarios que latían por doquier en la redacción, a fin de subsanar el tapado y salir a cuatro columnas con una pieza de interés humanístico para solaz de nuestra leal audiencia familiar. La lista de probados talentos a los que recurrir se componía de diez nombres, ninguno de los cuales, por supuesto, era el mío.

—Amigo Martín, las circunstancias han conspirado para que ni uno solo de los paladines que tenemos en nómina figure de cuerpo presente o resulte localizable en un margen de tiempo prudencial. Frente al desastre inminente, he decidido darle a usted la alternativa.

—Cuente conmigo.

—Cuento con cinco folios a doble espacio antes de seis horas, don Edgar Allan Poe. Tráigame una historia, no un discurso. Si quiero sermones, iré a la misa del gallo. Tráigame una historia que no haya leído antes y, si ya la he leído, tráigamela tan bien escrita y contada que no me dé ni cuenta.

Me disponía a salir al vuelo cuando don Basilio se levantó, rodeó el escritorio y me colocó una manaza del tamaño y peso de un yunque sobre el hombro. Sólo entonces, al verle de cerca, me di cuenta de que le sonreían los ojos.

—Si la historia es decente le pagaré diez pesetas. Y si es más que decente y gusta a nuestros lectores, le publicaré más.

—¿Alguna indicación específica, don Basilio? —pregunté.

—Sí: no me defraude.

Las siguientes seis horas las pasé en trance. Me instalé en la mesa que había en el centro de la redacción, reservada a Vidal para los días en que se le antojaba venir a pasar un rato. La sala estaba desierta y sumergida en una tiniebla tejida con el humo de diez mil cigarros. Cerré los ojos un instante y conjuré una imagen, un manto de nubes negras derramándose sobre la ciudad en la lluvia, un hombre que caminaba buscando las sombras con sangre en las manos y un secreto en la mirada. No sabía quién era ni de qué huía, pero durante las seis siguientes horas iba a convertirse en mi mejor amigo. Deslicé una cuartilla en el tambor y, sin tregua, procedí a exprimir cuanto llevaba dentro. Peleé cada palabra, cada frase, cada giro, cada imagen y cada letra como si fuesen las últimas que fuera a escribir. Escribí y reescribí cada línea como si mi vida dependiese de ello, y entonces la reescribí de nuevo. Por toda compañía tuve el eco del tecleo incesante perdiéndose en la sala en sombras y el gran reloj de pared agotando los minutos que restaban hasta el amanecer.

Poco antes de las seis de la mañana arranqué la última cuartilla de la máquina y suspiré derrotado y con la sensación de tener un avispero por cerebro. Escuché los pasos lentos y pesados de don Basilio, que había emergido de una de sus siestas controladas y se aproximaba con parsimonia. Cogí las páginas y se las entregué, sin atre-

15

verme a sostener su mirada. Don Basilio tomó asiento en la mesa contigua y prendió la lamparilla. Sus ojos patinaron arriba y abajo sobre el texto, sin traicionar expresión alguna. Entonces dejó por un instante el cigarro sobre el extremo de la mesa y, mirándome, leyó en voz alta la primera línea.

—«*Cae la noche sobre la ciudad y las calles llevan el olor a pólvora como el aliento de una maldición.*»

Don Basilio me miró de reojo y me escudé en una sonrisa que no dejó un solo diente a cubierto. Sin decir más, se levantó y partió con mi relato en las manos. Le vi alejarse hacia su despacho y cerrar la puerta a su espalda. Me quedé allí petrificado, sin saber si echar a correr o esperar el veredicto de muerte. Diez minutos más tarde, que me supieron a diez años, la puerta del despacho del subdirector se abrió y la voz atronadora de don Basilio se dejó oír en toda la redacción.

—Martín. Haga el favor de venir.

Me arrastré tan lentamente como pude, encogiendo varios centímetros a cada paso que daba hasta que no tuve más remedio que asomar la cara y levantar la mirada. Don Basilio, el temible lápiz rojo en mano, me miraba fríamente. Quise tragar saliva, pero tenía la boca seca. Don Basilio tomó las cuartillas y me las devolvió. Las tomé y me di la vuelta rumbo a la puerta tan rápido como pude, diciéndome que siempre habría sitio para un limpiabotas más en el *lobby* del hotel Colón.

—Baje eso al taller y que lo entren en plancha —dijo la voz a mis espaldas.

Me volví, creyendo que era objeto de una broma cruel. Don Basilio abrió el cajón de su escritorio, contó diez pesetas y las colocó sobre la mesa.

—Eso es suyo. Le sugiero que con ello se compre otro modelito, que hace cuatro años que le veo con el mismo y aún le viene unas seis tallas grande. Si quiere, vaya a ver al señor Pantaleoni a su sastrería de la calle Escudellers y dígale que va de mi parte. Le tratará bien.

—Muchas gracias, don Basilio. Así lo haré.

—Y vaya preparándome otro cuento de éstos. Para éste le doy una semana. Pero no se me duerma. Y a ver si en éste hay menos muertos, que al lector de hoy le va el final meloso en el que triunfa la grandeza del espíritu humano y todas esas bobadas.

—Sí, don Basilio.

El subdirector asintió y me tendió la mano. La estreché.

—Buen trabajo, Martín. El lunes le quiero ver en la mesa que era de Junceda, que ahora es suya. Le pongo en sucesos.

—No le fallaré, don Basilio.

—No, no me fallará. Me dejará tirado, tarde o temprano. Y hará bien, porque usted no es periodista ni lo será nunca. Pero tampoco es todavía un escritor de novelas policíacas, aunque lo crea. Quédese por aquí una temporada y le enseñaremos un par de cosas que nunca están de más.

En aquel momento, con la guardia baja, me invadió tal sentimiento de gratitud que tuve el deseo de abrazar a aquel hombretón. Don Basilio, la máscara feroz de nuevo en su sitio, me clavó una mirada acerada y señaló la puerta.

—Sin escenitas, por favor. Cierre al salir. Por fuera. Y feliz Navidad.

—Feliz Navidad.

El lunes siguiente, cuando llegué a la redacción dispuesto a ocupar por primera vez mi propio escritorio, encontré un sobre de papel de estraza con un lazo y mi nombre en la tipografía que había pasado años mecanografiando. Lo abrí. En el interior encontré la contraportada del domingo con mi historia enmarcada y con una nota que decía:

*«Esto sólo es el principio. En diez años yo seré el aprendiz y tú el maestro. Tu amigo y colega, Pedro Vidal.»*

# 2

Mi debut literario sobrevivió al bautismo de fuego, y don Basilio, fiel a su palabra, me ofreció la oportunidad de publicar un par más de relatos de corte similar. Pronto la dirección decidió que mi fulgurante carrera tendría periodicidad semanal, siempre y cuando siguiera desempeñando puntualmente mis labores en la redacción por el mismo precio. Intoxicado de vanidad y agotamiento, pasaba mis días recomponiendo textos de mis compañeros y redactando al vuelo crónicas de sucesos y espantos sin cuento, para poder consagrar luego mis noches a escribir a solas en la sala de la redacción un serial por entregas bizantino y operístico que llevaba tiempo acariciando en mi imaginación y que bajo el título de *Los misterios de Barcelona* mestizaba sin rubor desde Dumas hasta Stoker pasando por Sue y Féval. Dormía unas tres horas al día y lucía el aspecto de haberlas pasado en un ataúd. Vidal, que nunca había conocido esa hambre que nada tiene que ver con el estómago y que se le come a uno por dentro, era de la opinión de que me estaba quemando el cerebro y de que, al paso que iba, celebraría mi propio funeral antes de los veinte años. Don Basilio, a quien mi laboriosidad no escandalizaba,

tenía otras reservas. Me publicaba cada capítulo a regañadientes, molesto por lo que consideraba un excedente
de morbosidad y un desafortunado desaprovechamien-
to de mi talento al servicio de argumentos y tramas de dudoso gusto.

*Los misterios de Barcelona* pronto alumbraron a una pequeña estrella de la ficción por entregas, una heroína
que había imaginado como sólo se puede imaginar a una
*femme fatale* a los diecisiete años. Chloé Permanyer era la
princesa oscura de todas las vampiresas. Demasiado inteligente y todavía más retorcida, Chloé Permanyer vestía
siempre las más incendiarias novedades de corsetería
fina y oficiaba como amante y mano izquierda del enigmático Baltasar Morel, cerebro del inframundo que vivía
en una mansión subterránea poblada de autómatas y ma-
cabras reliquias cuya entrada secreta estaba en los túneles sepultados bajo las catacumbas del Barrio Gótico. El
método predilecto de Chloé para acabar con sus víctimas
era seducirlas con una danza hipnótica en la que se desprendía de su atavío, para luego besarlas con un pintala-
bios envenenado que les paralizaba todos los músculos
del cuerpo y las hacía morir de asfixia en silencio mientras ella las miraba a los ojos, para lo cual previamente se
bebía un antídoto disuelto en Dom Pérignon de fina reserva. Chloé y Baltasar tenían su propio código de honor:
sólo liquidaban escoria y limpiaban el mundo de matones, sabandijas, santurrones, fanáticos, cazurros dogmá-
ticos y todo tipo de cretinos que hacían de este mundo
un lugar más miserable de la cuenta para los demás en
nombre de banderas, dioses, lenguas, razas o cualquier

basura tras la que enmascarar su codicia y su mezquindad. Para mí eran unos héroes heterodoxos, como todos los héroes de verdad. Para don Basilio, cuyos gustos literarios se habían aposentado en la edad de oro del verso español, aquello era un disparate de dimensiones colosales, pero a la vista de la buena acogida que tenían las historias y del afecto que a su pesar me tenía, toleraba mis extravagancias y las atribuía a un exceso de calentura juvenil.

—Tiene usted más oficio que buen gusto, Martín. La patología que le aflige tiene un nombre y ese nombre es *grand guignol*, que viene ser al drama lo que la sífilis es a las vergüenzas. Su obtención tal vez es placentera, pero de ahí en adelante todo es cuesta abajo. Tendría que leer a los clásicos, o al menos a don Benito Pérez Galdós, para elevar sus aspiraciones literarias.

—Pero a los lectores les gustan los relatos —argumentaba yo.

—El mérito no es de usted. Es de la competencia, que de tan mala y pedante es capaz de sumir a un burro en estado catatónico en menos de un párrafo. A ver si madura de una puñetera vez y se cae ya del árbol de la fruta prohibida.

Yo asentía fingiendo contricción, pero secretamente acariciaba aquellas palabras prohibidas, *grand guignol*, y me decía que cada causa, por frívola que fuera, necesitaba de un campeón que defendiese su honra.


Empezaba a sentirme el más afortunado de los mortales cuando descubrí que a unos cuantos compañeros del diario los incomodaba que el benjamín y mascota oficial de la redacción hubiera empezado a dar sus primeros pasos en el mundo de las letras cuando sus propias aspiraciones y ambiciones literarias languidecían desde hacía años en un gris limbo de miserias. El hecho de que los lectores del diario leyesen con avidez y apreciasen aquellos modestos relatos más que cualquier otro contenido publicado en el rotativo en los últimos veinte años sólo empeoraba las cosas. En apenas unas semanas, vi cómo el orgullo herido de quienes hasta hacía poco había considerado mi única familia los transformaba en un tribunal hostil que empezaba a retirarme el saludo, la palabra y se complacía en afinar su talento despechado en dedicarme expresiones de sorna y desprecio a mis espaldas. Mi buena e incomprensible fortuna se atribuía a la ayuda de Pedro Vidal, a la ignorancia y estupidez de nuestros suscriptores y al extendido y socorrido paradigma nacional que estipulaba sin reservas que alcanzar cierta medida de éxito en cualquier ámbito profesional era prueba irrefutable de incapacidad y falta de merecimiento.

A la vista de aquel inesperado y ominoso giro de los acontecimientos, Vidal trataba de animarme, pero yo empezaba a sospechar que mis días en la redacción estaban contados.

—La envidia es la religión de los mediocres. Los reconforta, responde a las inquietudes que los roen por dentro y, en último término, les pudre el alma y les permite justificar su mezquindad y su codicia hasta creer que son virtudes y que las puertas del cielo sólo se abrirán para los infelices como ellos, que pasan por la vida sin dejar más huella que sus traperos intentos de hacer de menos a los demás y de excluir, y a ser posible destruir, a quienes, por el mero hecho de existir y de ser quienes son, ponen en evidencia su pobreza de espíritu, mente y redaños. Bienaventurado aquel al que ladran los cretinos, porque su alma nunca les pertenecerá.

—Amén —convenía don Basilio—. Si no hubiese usted nacido rico debería haber sido cura. O revolucionario. Con sermones así se desploma contrito hasta un obispo.

—Sí, ríanse ustedes —protestaba yo—. Pero al que no pueden ver ni en pintura es a mí.

Pese al abanico de enemistades y recelos que mis esfuerzos me estaban labrando, la triste realidad era que, a pesar de mis ínfulas de autor popular, mi sueldo no me alcanzaba más que para subsistir por los pelos, comprar más libros de los que tenía tiempo de leer y alquilar un cuartucho en una pensión sepultada en un callejón junto a la calle Princesa regentada por una gallega devota que respondía al nombre de doña Carmen. Doña Carmen exigía discreción y cambiaba las sábanas una vez al mes, por lo cual se aconsejaba a los residentes que se abstuviesen de sucumbir a las tentaciones del onanismo o de meterse en la cama con la ropa sucia. No era necesario restringir la presencia de féminas en las habitaciones porque no había una sola mujer en toda Barcelona que hubiese accedido a entrar en aquel agujero ni bajo amenaza de muerte. Allí aprendí que casi todo se olvida en la vida, empezando por los olores, y que si a algo aspiraba en el mundo era a no morir en un lugar como aquél. En horas bajas, que eran la mayoría, me decía que si algo iba a sacarme de allí antes de que lo hiciese un brote de tuberculosis, era la literatura, y si a alguien le picaba en el alma o en las vergüenzas, por mí podía rascárselas con un ladrillo.

Los domingos a la hora de la misa, en que doña Carmen partía para su cita semanal con el Altísimo, los huéspedes aprovechaban para reunirse en el cuarto del más veterano de todos nosotros, un infeliz llamado Heliodoro que de joven tenía aspiraciones de llegar a matador pero que se había quedado en comentarista taurino y encargado de los urinarios de la zona sol de la plaza Monumental.

—El arte del toreo ha muerto —proclamaba—. Ahora todo es un negocio de ganaderos codiciosos y toreros sin alma. El público no sabe distinguir entre el toreo para la masa ignorante y una faena con arte que sólo los entendidos saben apreciar.

—Ay, si a usted le hubiesen dado la alternativa, don Heliodoro, otro gallo nos cantaría.

—Es que en este país sólo triunfan los incapaces.

—Diga que sí.

Tras el sermón semanal de don Heliodoro llegaba el festejo. Apilados como longanizas junto al ventanuco de la habitación, los residentes podían ver y oír a través del tragaluz los estertores de una vecina del inmueble contiguo, Marujita, apodada la Piquillo por lo picante de su verbo y por su generosa anatomía en forma de pimiento morrón. Marujita se ganaba las perras fregando establecimientos de medio pelo, pero los domingos y las fiestas de guardar los dedicaba a un novio seminarista que bajaba de incógnito a la ciudad en tren desde Manresa y se empeñaba con brío y ganas al conocimiento del pecado. Estaban mis compañeros de alojamiento embutidos contra la ventana a fin de capturar una visión fugaz de las titánicas nalgas de Marujita en uno de aquellos vaivenes que las esparcían como masa de rosco de Pascua contra el cristal de su respiradero, cuando sonó el timbre de la pensión. Ante la falta de voluntarios para acudir a abrir y arriesgarse así a la pérdida de una localidad con buena vista al espectáculo, desistí de mi afán de unirme al coro y me encaminé hacia la puerta. Al abrir me encontré con una visión insólita e improbable en tan miserable marco. Don Pedro Vidal en todo su genio, figura y traje de seda italiana sonreía en el rellano.

—Se hizo la luz —dijo entrando sin esperar invitación.

Vidal se detuvo a contemplar la sala que hacía las veces de comedor y ágora de aquel tugurio, y suspiró con disgusto.

—Casi mejor que vayamos a mi habitación —sugerí.

Le guié hasta mi cuarto. Los gritos y vítores de mis cohuéspedes en honor de Marujita y sus venéreas acrobacias perforaban las paredes de júbilo.

—Qué lugar tan alegre —comentó Vidal.

—Haga el favor de pasar a la suite presidencial, don Pedro —le invité.

Entramos y cerré la puerta. Tras echar un vistazo sumarísimo a mi habitación, se sentó en la única silla que había y me miró con displicencia. No me costaba imaginar la impresión que mi modesto hogar debía de haberle causado.

—¿Qué le parece?

—Encantador. Estoy por mudarme aquí yo también.

25

Pedro Vidal vivía en Villa Helius, un monumental caserón modernista de tres pisos y torreón, recostado sobre las laderas que ascendían por Pedralbes en el cruce de las calles Abadesa Olzet y Panamá. La casa había sido un obsequio que su padre le había hecho diez años antes con la esperanza de que sentase la cabeza y formase una familia, empresa en la que Vidal llevaba ya varios lustros de retraso. La vida había bendecido a don Pedro Vidal con muchos talentos, entre ellos el de decepcionar y ofender a su padre con cada gesto y cada paso que daba. Verle confraternizar con indeseables como yo no ayudaba. Recuerdo que en una ocasión en que había visitado a mi mentor para llevarle unos papeles del diario me tropecé con el patriarca del clan Vidal en una de las salas de Villa Helius. Al verme, el padre de don Pedro me ordenó que fuese a buscar un vaso de gaseosa y un paño limpio para limpiarle una mancha en la solapa.

—Creo que se confunde usted, señor. No soy un criado...

Me dedicó una sonrisa que aclaraba el orden de las cosas en el mundo sin necesidad de palabras.

—El que te confundes eres tú, chaval. Eres un criado, lo sepas o no. ¿Cómo te llamas?

—David Martín, señor.

El patriarca paladeó mi nombre.

—Sigue mi consejo, David Martín. Márchate de esta casa y vuelve al lugar al que perteneces. Te ahorrarás muchos problemas y me los ahorrarás a mí.

Nunca se lo confesé a don Pedro, pero acto seguido acudí a la cocina corriendo a por la gaseosa y el paño y pasé un cuarto de hora limpiando la chaqueta del gran hombre. La sombra del clan era alargada, y por mucho que don Pedro gustase de afectar un donaire de bohemia, su vida entera era una extensión de la red familiar. Villa Helius quedaba convenientemente situada a cinco minutos de la gran mansión paterna que dominaba el tramo superior de la avenida Pearson, un amasijo catedralicio de balaustradas, escalinatas y mansardas que contemplaba toda Barcelona a lo lejos como un niño contempla sus juguetes tirados. Cada día una expedición de dos criados y una cocinera de la casa grande, como el domicilio paterno era denominado en el entorno de los Vidal, acudía a Villa Helius para limpiar, abrillantar, planchar, cocinar y acolchar la existencia de mi acaudalado protector en un lecho de comodidad y perpetuo olvido de los engorrosos incordios de la vida cotidiana. Don Pedro Vidal se desplazaba por la ciudad en un flamante Hispano-Suiza pilotado por el chófer de la familia, Manuel Sagnier, y probablemente no había subido a un tranvía en toda su vida. Como buena criatura de palacio y alcurnia, a Vidal se le escapaba ese lúgubre y macilento encanto que tenían las pensiones de baratillo en la Barcelona de la época.

—No se contenga, don Pedro.

—Este sitio parece una mazmorra —proclamó finalmente—. No sé cómo puedes vivir aquí.

—Con mi sueldo, a duras penas.

—Si es necesario, yo te pago lo que te falte para que vivas en un sitio que no huela ni a azufre ni a meados.

—Ni soñarlo.

Vidal suspiró.

—Murió de orgullo y en la asfixia más absoluta. Ahí lo tienes, un epitafio gratis.

Durante unos instantes, Vidal se dedicó a deambular

por la estancia sin abrir la boca, deteniéndose a inspeccionar mi minúsculo armario, mirar por la ventana con cara de asco, palpar la pintura verdosa que cubría las paredes y golpear suavemente con el dedo índice la bombilla desnuda que pendía del techo, como si quiera comprobar que la calidad de todo ello era ínfima.

—¿Qué le trae por aquí, don Pedro? ¿Demasiado aire puro en Pedralbes?

—No vengo de casa. Vengo del diario.

—¿Y eso?

—Tenía curiosidad por ver dónde vives y, además, traigo algo para ti.

Extrajo un sobre de pergamino blanco de la chaqueta y me lo tendió.

—Ha llegado hoy a la redacción, a tu nombre.

Tomé el sobre y lo examiné. Estaba cerrado con un sello de lacre en el que se apreciaba el dibujo de una silueta alada. Un ángel. Aparte de eso, lo único que se podía ver era mi nombre pulcramente escrito en una caligrafía escarlata de trazo exquisito.

—¿Quién lo envía? —pregunté, intrigado.

Vidal se encogió de hombros.

—Algún admirador. O admiradora. No lo sé. Ábrelo.

Abrí el sobre cuidadosamente y extraje una cuartilla doblada en la que, en la misma caligrafía, podía leerse lo siguiente:

*Querido amigo:*

*Me permito escribirle para transmitirle mi admiración y felicitarle por el éxito cosechado por* Los misterios de Barcelona *durante esta temporada en las páginas de* La Voz de la Industria. *Como lector y amante de la buena literatura, me produce*

*un gran placer encontrar una nueva voz rebosante de talento,*
*juventud y promesa. Permítame, pues, como muestra de mi gra-*
*titud por las buenas horas que me ha proporcionado la lectura de*
*sus relatos, invitarle a una pequeña sorpresa que confío resulte*
*de su agrado esta noche a las 12 h. en El Ensueño del Raval. Le*
*estarán esperando.*

*Afectuosamente,*

A. C.

Vidal, que había estado leyendo por encima de mi hombro, enarcó las cejas, intrigado.

—Interesante —murmuró.

—¿Interesante cómo? —pregunté—. ¿Qué clase de lugar es El Ensueño?

Vidal extrajo un cigarrillo de su pitillera de platino.

—Doña Carmen no deja fumar en la pensión —advertí.

—¿Por qué? ¿El humo enturbia el olor a cloaca?

Vidal encendió el cigarrillo y lo saboreó con doble placer, como se disfruta de todo lo prohibido.

—¿Has conocido a alguna mujer, David?

—Pues claro. Montones.

—Quiero decir en el sentido bíblico.

—¿En misa?

—No, en la cama.

—Ah.

—¿Y?

Lo cierto es que no tenía gran cosa que contar que pudiera impresionar a alguien como Vidal. Mis andanzas y amoríos de adolescencia se habían caracterizado hasta la fecha por su modestia y una notable falta de originalidad. Nada en mi breve catálogo de pellizcos, arrumacos y besos robados en portales y salas de cinematógrafo en penumbra podía aspirar a merecer la consideración del maestro consagrado en las artes y las ciencias de los juegos de alcoba de la Ciudad Condal.

—¿Qué tiene eso que ver con nada? —protesté.

Vidal adoptó un aire de magisterio y procedió a soltar uno de sus discursos.

—En mis tiempos mozos, lo normal era que, al menos los señoritos como yo, nos iniciásemos en estas lides de la mano de una profesional. Cuando yo tenía tu edad, mi padre, que era y aún es habitual de los establecimientos más finos de la ciudad, me llevó a un lugar llamado El Ensueño, que quedaba a pocos metros de ese palacio macabro que nuestro querido conde Güell se empeñó en que Gaudí le construyese junto a la Rambla. No me digas que no has oído nunca hablar de él.

—¿Del conde o del lupanar?

—Muy gracioso. El Ensueño solía ser un establecimiento elegante para una clientela selecta y con criterio. La verdad es que pensaba que había cerrado hacía años, pero supongo que no debe de ser el caso. A diferencia de la literatura, algunos negocios siempre están en alza.

—Entiendo. ¿Es esto idea suya? ¿Una especie de broma?

Vidal negó.

—¿De alguno de los cretinos de la redacción, entonces?

—Detecto cierta hostilidad en tus palabras, pero dudo que nadie que se dedique al noble oficio de la prensa en grado de soldado raso se pueda permitir los honorarios de un lugar como El Ensueño, si es el que yo recuerdo.

Resoplé.

—Tanto da, porque no pienso ir.

Vidal alzó las cejas.

—No me salgas ahora con que no eres un descreído como yo y quieres llegar impoluto de corazón y de bajos al lecho nupcial, que eres una alma pura que ansía esperar ese momento mágico en que el amor verdadero te lleve a descubrir el éxtasis de la carne y el alma en unísono bendecido por el Espíritu Santo y así poblar el mundo de criaturas que lleven tu apellido y los ojos de su madre, esa santa mujer dechado de virtud y recato de cuya mano entrarás en las puertas del cielo bajo la benevolente y aprobadora mirada del Niño Jesús.

—No iba a decir eso.

—Me alegro, porque es posible, y subrayo posible, que ese momento no llegue nunca, que no te enamores, que no quieras ni puedas entregarle la vida a nadie y que, como yo, cumplas un día los cuarenta y cinco años y te des cuenta de que ya no eres joven y que no había para ti un coro de cupidos con liras ni un lecho de rosas blancas tendido hacia el altar, y la única venganza que te quede sea robarle a la vida el placer de esa carne firme y ardiente que se evapora más rápido que las buenas intenciones, y que es lo más parecido al cielo que encontrarás en este cochino mundo donde se pudre todo, empezando por la belleza y acabando por la memoria.

Dejé deslizarse una pausa grave a modo de ovación silenciosa. Vidal era un gran aficionado a la ópera y habían acabado por pegársele el tempo y la declamación de las grandes arias. Nunca faltaba a su cita con Puccini en el Liceo desde el palco familiar. Era uno de los pocos, sin contar a los infelices apelotonados en el gallinero, que acudían allí a escuchar la música que tanto amaba y que tanto tendía a influenciar los discursos sobre lo divino y lo humano con que a veces, como aquel día, me regalaba los oídos.

—¿Qué? —preguntó Vidal, desafiante.

—Ese último párrafo me suena.

Sorprendido con las manos en la masa, suspiró y asintió.

—Es de *Asesinato en el Círculo del Liceo* —admitió Vidal—. La escena final en la que Miranda LaFleur dispara al inicuo marqués que ha destrozado su corazón, traicionándola en una noche de pasión en la suite nupcial del hotel Colón en brazos de la espía del zar Svetlana Ivanova.

—Ya me lo parecía. No podía haber elegido mejor. Es su obra cumbre, don Pedro.

Vidal me sonrió el elogio y calibró si encender otro cigarrillo.

—Lo cual no quita que haya algo de verdad en todo eso —remató.

Vidal se sentó en el alféizar de la ventana, no sin antes poner un pañuelo encima para no manchar sus pantalones de alto caché. Vi que el Hispano-Suiza estaba aparcado abajo, en la esquina de la calle Princesa. El chófer, Manuel, estaba sacando brillo a los cromados con un paño como si se tratase de una escultura de Rodin. Manuel siempre me había recordado a mi padre, hombres de la misma generación que habían pasado demasiados días de infortunio y que llevaban la memoria escrita en la cara. Había oído decir a algunos de los sirvientes de Villa Helius que Manuel Sagnier había pasado una larga temporada en la cárcel y que al salir había sufrido años de penuria porque nadie le ofrecía empleo más que como estibador descargando sacos y cajas en los muelles, un oficio para el que ya no tenía ni edad ni salud. La casuística aseguraba que, en una ocasión, Manuel, poniendo en peligro su propia vida, había salvado a Vidal de perecer atropellado por un tranvía. En agradecimiento, Pedro Vidal, al conocer lo penoso de la situación del pobre hombre, decidió ofrecerle trabajo y la posibilidad de mudarse con su esposa y su hija al pequeño apartamento que había encima de las cocheras de Villa Helius. Le aseguró que la pequeña Cristina estudiaría con los mismos tutores que cada día acudían a la casa paterna, en la avenida Pearson, para impartir lecciones a los cachorros de la dinastía Vidal, y que su esposa podía desempeñar su oficio de costurera para la familia. Él andaba pensando en adquirir uno de los primeros automóviles que iban a comercializarse en Barcelona y, si Manuel se avenía a instruirse en el arte de la conducción motorizada y dejar atrás el carromato y la tartana, Vidal iba a necesitar un chófer, porque por entonces los señoritos no posaban sus manos sobre máquinas de combustión ni ingenios con escapes gaseosos. Manuel, por supuesto, aceptó. Tras semejante rescate de la miseria, la versión oficial aseguraba que Manuel Sagnier y su familia sentían una devoción ciega por Vidal, eterno paladín de los desheredados. Yo no sabía si creerme aquella historia al pie de la letra o atribuirla a la larga retahíla de leyendas tejidas en torno al carácter de bondadoso aristócrata que cultivaba Vidal, a quien a veces parecía que sólo le faltase aparecerse a alguna pastorcilla huerfanita envuelto en un halo luminoso.

—Se te ha puesto esa cara de granuja de cuando te entregas a pensamientos maliciosos —apuntó Vidal—. ¿Qué tramas?

—Nada. Pensaba en lo bondadoso que es usted, don Pedro.

—Con tu edad y posición, el cinismo no abre puertas.

—Eso lo explica todo.

—Anda, saluda al bueno de Manuel, que siempre pregunta por ti.

Me asomé a la ventana y, al verme, el chófer, que siempre me trataba como a un señorito y no como al pardillo que era, me saludó de lejos. Devolví el saludo. Sentada en el asiento del pasajero estaba su hija Cristina, una criatura de piel pálida y labios a pincel que me llevaba un par de años y que me tenía robado el aliento desde que la vi la primera vez que Vidal me invitó a visitar Villa Helius.

—No la mires tanto que la vas a romper —murmuró Vidal a mi espalda.

Me volví y me encontré con aquel semblante maquiavélico que Vidal reservaba para los asuntos del corazón y otras vísceras nobles.

—No sé de qué está hablando.

—Qué gran verdad —replicó Vidal—. Entonces, ¿qué vas a hacer con lo de esta noche?

Releí la nota y dudé.

—¿Frecuenta usted ese tipo de locales, don Pedro?

—Yo no he pagado por una mujer desde que tenía quince años y, técnicamente, pagó mi padre —replicó Vidal sin jactancia alguna—. Pero a caballo regalado…

—No sé, don Pedro…

—Claro que sabes.

Vidal me dio una palmadita en la espalda de camino a la puerta.

—Te quedan siete horas hasta la medianoche —dijo—.

Lo digo por si te quieres echar una cabezadita y coger fuerzas.

Me asomé a la ventana y le vi alejarse rumbo al coche. Manuel le abrió la puerta y Vidal se dejó caer en el asiento trasero con desidia. Escuché el motor del Hispano-Suiza desplegar su sinfonía de pistones y émbolos. En aquel instante la hija del chófer, Cristina, alzó la vista y miró hacia mi ventana. Le sonreí, pero me di cuenta de que ella no recordaba quién era yo. Un instante después apartó la mirada y la gran carroza de Vidal se alejó de regreso a su mundo.

# 3

En aquellos días, la calle Nou de la Rambla tendía un corredor de faroles y carteles luminosos a través de las tinieblas del Raval. Cabarés, salones de baile y locales de difícil nomenclatura se daban de codazos en ambas aceras con casas especializadas en males de Venus, gomas y lavajes, que permanecían abiertas hasta el alba mientras gentes de todo pelaje, desde señoritos de cierto postín hasta miembros de las tripulaciones de barcos atracados en el puerto, se mezclaban con toda suerte de extravagantes personajes que vivían para el anochecer. A ambos lados de la calle se abrían callejones angostos y sepultados de bruma que albergaban una retahíla de prostíbulos de decreciente caché.

El Ensueño ocupaba la planta superior de un edificio que albergaba en los bajos una sala de *music-hall* donde se anunciaba en grandes carteles la actuación de una bailarina enfundada en una diáfana y escueta toga que no hacía secretos de sus encantos mientras sostenía en brazos una serpiente negra, cuya lengua bífida parecía besar sus labios.

«*Eva Montenegro y el tango de la muerte* —rezaba el cartel en letras de molde—. *La reina de la noche en seis veladas exclusivas e improrrogables. Con la intervención estelar de Mesmero, el lector de mentes que desvelará sus más íntimos secretos.*»

Junto a la entrada del local había una estrecha puerta tras la cual ascendía una larga escalinata con las paredes pintadas de rojo. Subí las escaleras y me planté frente a una gran puerta de roble labrado cuyo llamador tenía la forma de una ninfa forjada en bronce con un modesto trébol sobre el pubis. Llamé un par de veces y esperé, rehuyendo mi reflejo en el gran espejo ahumado que cubría buena parte de la pared. Estaba considerando la posibilidad de salir de allí a escape cuando se abrió la puerta y una mujer de mediana edad y pelo completamente blanco pulcramente anudado en un moño me sonrió serenamente.

—Usted debe de ser el señor David Martín.

Nadie me había llamado señor en toda mi vida, y la formalidad me pilló por sorpresa.

—El mismo.

—Si tiene la amabilidad de pasar y acompañarme.

La seguí a través de un pasillo breve que conducía a una amplia sala circular de paredes vestidas de terciopelo rojo y lámparas a media luz. El techo formaba una cúpula de cristal esmaltado de la que pendía una araña también de cristal bajo la cual una mesa de caoba sostenía un enorme gramófono que supuraba una aria de ópera.

—¿Se le ofrece algo de beber, caballero?

—Si tuviese un vaso de agua, se lo agradecería.

La dama del pelo blanco sonrió sin pestañear, su porte amable y relajado imperturbable.

—Tal vez al señor se le antoje mejor una copa de champán o un licor. O tal vez un fino de Jerez.

Mi paladar no rebasaba las sutilezas de diferentes cosechas de agua del grifo, así que me encogí de hombros.

—Elija usted.

La dama asintió sin perder la sonrisa y señaló hacia una de las suntuosas butacas que punteaban la sala.

—Si el caballero gusta de tomar asiento, Chloé en seguida estará con usted.

Creí que me atragantaba.

—¿Chloé?

Ajena a mi perplejidad, la dama del cabello blanco desapareció por una puerta que se entreveía tras una cortina de cuentas negras, y me dejó a solas con mis nervios y mis inconfesables anhelos. Deambulé por la sala para disipar el tembleque que se estaba apoderando de mí. A excepción de la música tenue y del latido de mi corazón en las sienes, aquel lugar era una tumba. Seis corredores partían desde la sala flanqueados por aberturas cubiertas por cortinajes azules que conducían a seis puertas blancas de doble hoja cerradas. Me dejé caer en una de las butacas, una de esas piezas concebidas para mecerles las posaderas a príncipes regentes y generalísimos con cierta debilidad por los golpes de Estado. Al poco, la dama de blanco regresó con una copa de champán en una bandeja de plata. La acepté y la vi desaparecer de nuevo por la misma puerta. Me bebí la copa de un trago y me aflojé el cuello de la camisa. Empezaba a sospechar que tal vez todo aquello no fuese más que una broma urdida por Vidal a mis expensas. En aquel momento advertí una figura que avanzaba en mi dirección desde uno de los corredores. Parecía una niña, y lo era.

Caminaba con la cabeza baja, sin que pudiera verle los ojos. Me incorporé.

La niña se inclinó en una genuflexión reverente e hizo ademán para que la siguiera. Sólo entonces me di cuenta de que una de sus manos era postiza, como la de un maniquí. La niña me condujo hasta el final del pasillo y con una llave que llevaba colgada del cuello abrió la puerta y me cedió el paso. La habitación estaba prácticamente a oscuras. Me adentré unos pasos, intentando forzar la vista. Oí entonces la puerta cerrarse a mis espaldas y, cuando me volví, la niña había desaparecido. Escuché el mecanismo de la cerradura girar y supe que estaba encerrado. Por espacio de casi un minuto permanecí allí, inmóvil. Lentamente mis ojos se acostumbraron a la penumbra y el contorno de la estancia se materializó a mi alrededor. La habitación estaba cubierta de tela negra desde el suelo hasta el techo. A un lado se adivinaba una serie de extraños artilugios que no había visto jamás y que no fui capaz de decidir si me parecían siniestros o tentadores. Un amplio lecho circular reposaba bajo una cabecera que me pareció una gran tela de araña de la que colgaban dos portavelas, en los que dos cirios negros ardían y desprendían ese perfume a cera que anida en capillas y velatorios. A un lado del lecho había una celosía de dibujo sinuoso. Sentí un escalofrío. Aquel lugar era idéntico al dormitorio que yo había creado en la ficción para mi inefable vampiresa Chloé en sus aventuras de *Los misterios de Barcelona*. Había algo en todo aquello que olía a chamusquina. Me disponía a intentar forzar la puerta cuando advertí que no estaba solo. Me detuve, helado. Una silueta se perfilaba tras la celosía. Dos ojos brillantes me observaban y pude ver cómo dedos blancos y afilados tocados de largas uñas pintadas de negro asomaban de entre los orificios de la celosía. Tragué saliva.

—¿Chloé? —murmuré.

Era ella. *Mi Chloé*. La operística e insuperable *femme fatale* de mis relatos hecha carne y lencería. Tenía la piel más pálida que había visto jamás y el pelo negro y brillante cortado en un ángulo recto que enmarcaba su rostro. Sus labios estaban pintados de lo que parecía sangre fresca, y auras negras de sombra rodeaban sus ojos verdes. Se movía como un felino, como si aquel cuerpo ceñido en un corsé reluciente como escamas fuese de agua y hubiera aprendido a burlar la gravedad. Su garganta esbelta e interminable estaba rodeada de una cinta de terciopelo escarlata de la que pendía un crucifijo invertido. La contemplé acercarse lentamente; incapaz ni de respirar, mis ojos prendidos en aquellas piernas dibujadas con trazo imposible bajo medias de seda que probablemente costaban más de lo que yo ganaba en un año, y sostenidas en zapatos de punta de puñal que se anudaban a sus tobillos con cintas de seda. En toda mi vida nunca había visto nada tan hermoso, ni que me diese tanto miedo.


Me dejé llevar por aquella criatura hasta el lecho, donde caí, literalmente, de culo. La luz de las velas acariciaba el perfil de su cuerpo. Mi rostro y mis labios quedaron a la altura de su vientre desnudo y sin darme ni cuenta de lo que estaba haciendo la besé bajo el ombligo y acaricié su piel contra mi mejilla. Para entonces ya me había olvidado de quién era y de dónde estaba. Se arrodilló frente a mí y tomó mi mano derecha. Lánguidamente, como un gato, me lamió los dedos de la mano de uno en uno y entonces me miró fijamente y empezó a quitarme la ropa. Cuando quise ayudarla sonrió y me apartó las manos.

—Shhhh.

Cuando hubo terminado, se inclinó hacia mí y me lamió los labios.

—Ahora tú. Desnúdame. Despacio. Muy despacio.

Supe entonces que había sobrevivido a mi infancia enfermiza y lamentable sólo para vivir aquellos segundos. La desnudé lentamente, deshojando su piel hasta que sólo quedó sobre su cuerpo la cinta de terciopelo en torno a su garganta y aquellas medias negras de cuyos recuerdos más de un infeliz como yo podría vivir cien años.

—Acaríciame —me susurró al oído—. Juega conmigo.

Acaricié y besé cada centímetro de su piel como si quisiera memorizarlo de por vida. Chloé no tenía prisa y respondía al tacto de mis manos y mis labios con suaves gemidos que me guiaban. Luego me hizo tenderme sobre el lecho y cubrió mi cuerpo con el suyo hasta que sentí que cada poro me quemaba. Posé mis manos en su espalda y recorrí aquella línea milagrosa que marcaba su columna. Su mirada impenetrable me observaba a apenas unos centímetros de mi rostro. Sentí que tenía que decirle algo.

—Me llamo…

—Shhhh.

Antes de que pudiera decir alguna bobada más, Chloé posó sus labios sobre los míos y, por espacio de una hora, me hizo desaparecer del mundo. Consciente de mi torpeza pero haciéndome creer que no la advertía, Chloé anticipaba cada uno de mis movimientos y guiaba mis manos por su cuerpo sin prisa ni pudor. No había hastío ni ausencia en sus ojos. Se dejaba hacer y saborear con infinita paciencia y una ternura que me hizo olvidar cómo había llegado hasta allí. Aquella noche, por el breve espacio de una hora, me aprendí cada línea de su piel como otros aprenden oraciones o condenas. Más tarde, cuando apenas me quedaba aliento, Chloé me dejó apoyar la cabeza sobre su pecho y me acarició el pelo durante un largo silencio, hasta que me dormí en sus brazos con la mano entre sus muslos.

Cuando desperté, la habitación permanecía en penumbras y Chloé se había marchado. Su piel ya no estaba en mis manos. En su lugar había una tarjeta de visita impresa en el mismo pergamino blanco del sobre en el que me había llegado la invitación y en la que, bajo el emblema del ángel, se leía lo siguiente:

ANDREAS CORELLI
Éditeur
**Éditions de la Lumière**
Boulevard St.-Germain, 69. Paris

Había una anotación al dorso escrita a mano.

*Querido David, la vida está hecha de grandes esperanzas. Cuando esté listo para hacer las suyas realidad, póngase en contacto conmigo. Estaré esperando. Su amigo y lector,*

A. C.

Recogí mi ropa del suelo y me vestí. La puerta de la habitación ya no estaba cerrada. Recorrí el corredor hasta el salón, donde el gramófono se había silenciado. No había rastro de la niña ni de la mujer del pelo blanco que me había recibido. El silencio era absoluto. A medida que me dirigía hacia la salida tuve la impresión de que las luces a mi espalda se desvanecían, y corredores y habitaciones se oscurecían lentamente. Salí al rellano y descendí por las escaleras de regreso al mundo, sin ganas. Al salir a la calle me encaminé hacia la Rambla, dejando el bullicio y el gentío de los locales nocturnos a mi espalda. Una niebla tenue y cálida ascendía desde el puerto, y el destello de los ventanales del hotel Oriente la teñían de un amarillo sucio y polvoriento en el que los transeúntes se desvanecían como trazos de vapor. Eché a andar mientras el perfume de Chloé empezaba a desvanecerse de mi pensamiento, y me pregunté si los labios de Cristina Sagnier, la hija del chófer de Vidal, tendrían el mismo sabor.

# 4

Uno no sabe lo que es la sed hasta que bebe por primera vez. A los tres días de mi visita a El Ensueño, la memoria de la piel de Chloé me quemaba hasta el pensamiento. Sin decir nada a nadie —y menos a Vidal—, decidí reunir los pocos ahorros que me quedaban y acudir allí aquella noche con la esperanza de que bastasen para comprar aunque sólo fuese un instante en sus brazos. Pasaba de la medianoche cuando llegué a la escalera de paredes rojas que ascendía a El Ensueño. La luz de la escalera estaba apagada y subí lentamente, dejando atrás la bulliciosa ciudadela de cabarés, bares, *music-halls* y locales de difícil definición con que los años de la gran guerra en Europa habían dejado sembrada la calle Nou de la Rambla. La luz trémula que se filtraba desde el portal iba dibujando los peldaños a mi paso. Al llegar al rellano me detuve buscando el llamador de la puerta con las manos. Mis dedos rozaron el pesado aldabón de metal y, al levantarlo, la puerta cedió unos centímetros y comprendí que estaba abierta. La empujé suavemente. Un silencio absoluto me acarició el rostro. Al frente se abría una penumbra azulada. Me adentré unos pasos, desconcertado. El eco de las luces de la calle parpadeaba en el aire, desvelando visiones fugaces de las paredes desnudas y el suelo de madera quebrada. Llegué a la sala que recordaba decorada con terciopelos y mobilario opulento. Estaba vacía. El manto de polvo que cubría el suelo brillaba como arena al destello de los carteles luminosos de la calle. Avancé dejando un rastro de pisadas en el polvo. No había señal del gramófono, de las butacas ni de los cuadros. El techo estaba reventado y se entreveían vigas de madera ennegrecida. La pintura de las paredes pendía en jirones como piel de serpiente. Me dirigí hacia el corredor que conducía a la habitación donde había encontrado a Chloé. Crucé aquel túnel de oscuridad hasta llegar a la puerta de doble hoja, que ya no era blanca. No había pomo en la puerta, apenas un orificio en la madera, como si la manija hubiese sido arrancada de golpe. Abrí la puerta y entré.

El dormitorio de Chloé era una celda de negrura. Las paredes estaban carbonizadas y la mayor parte del techo se había desplomado. Podía ver el lienzo de nubes negras que cruzaban sobre el cielo y la luna que proyectaba un halo plateado sobre el esqueleto metálico de lo que había sido el lecho. Fue entonces cuando escuché el suelo crujir a mi espalda y me volví rápidamente, comprendiendo que no estaba solo en aquel lugar. Una silueta oscura y afilada, masculina, se recortaba en la entrada al corredor. No podía leer su rostro, pero tenía la certeza de que me estaba observando. Permaneció allí, inmóvil como una araña, durante unos segundos, el tiempo que me llevó reaccionar y dar un paso hacia él. En un instante, la silueta se retiró hacia las sombras y cuando llegué al salón ya no había nadie. Un soplo de luz procedente de un cartel luminoso suspendido al otro lado de la calle inundó la sala durante un segundo, desvelando un pequeño montón de escombros apilados contra la pared. Me aproximé y me arrodillé frente a los restos carcomidos por el fuego. Algo asomaba entre la pila. Dedos. Aparté las cenizas que los cubrían y lentamente afloró el contorno de una mano. La cogí y al tirar de ella vi que estaba segada a la altura de la muñeca. La reconocí al instante y comprendí que la mano de aquella niña, que había creído que era de madera, era de porcelana. La dejé caer de nuevo sobre los escombros y me alejé de allí.

Me pregunté si habría imaginado a aquel extraño, porque no había rastro de sus pisadas en el polvo. Bajé de nuevo a la calle y me quedé al pie del edificio, escrutando las ventanas del primer piso desde la acera, completamente confundido. Las gentes pasaban a mi lado riendo, ajenas a mi presencia. Intenté encontrar la silueta de aquel extraño entre el gentío. Sabía que estaba allí, tal vez a unos pocos metros, observándome. Al rato crucé la calle y entré en un café angosto que estaba abarrotado de gente. Conseguí hacerme un hueco en la barra e hice una seña al camarero.

—¿Qué va a ser?

Tenía la boca seca y arenosa.

—Una cerveza —improvisé.

Mientras el camarero me escanciaba la bebida, me incliné hacia adelante.

—Oiga, ¿sabe usted si el local de enfrente, El Ensueño, ha cerrado?

El camarero dejó el vaso sobre la barra y me miró como si fuese tonto.

—Cerró hace quince años —dijo.

—¿Está seguro?

—Pues claro. Después del incendio no volvió a abrir. ¿Algo más?

Negué.

—Serán cuatro céntimos.

Pagué la consumición y me fui de allí sin tocar el vaso.

Al día siguiente llegué a la redacción del diario antes de mi hora y fui directo a los archivos del sótano. Con la ayuda de Matías, el encargado, y guiándome por lo que me había dicho el camarero, empecé a consultar las portadas de *La Voz de la Industria* de quince años atrás. Me llevó unos cuarenta minutos encontrar la historia, apenas un apunte. El incendio había tenido lugar durante la madrugada del día del Corpus de 1903. Seis personas habían perecido atrapadas por las llamas: un cliente, cuatro de las chicas en plantilla y una niña que trabajaba allí. La policía y los bomberos habían apuntado como causa de la tragedia el fallo de un quinqué, aunque el patronato de una parroquia próxima citaba la retribución divina y la intervención del Espíritu Santo como factores determinantes.

Al volver a la pensión me tendí en el lecho de mi habitación e intenté en vano conciliar el sueño. Saqué del bolsillo la tarjeta de aquel extraño benefactor que había encontrado en mis manos al despertar en la cama de Chloé y releí las palabras escritas al dorso en la penumbra: *«Grandes esperanzas.»*

# 5

En mi mundo, las esperanzas, grandes y pequeñas, raramente se hacían realidad. Hasta hacía pocos meses, mi único anhelo cada noche al irme a dormir era poder reunir algún día el valor suficiente para dirigirle la palabra a la hija del chófer de mi mentor, Cristina, y que transcurriesen las horas que me separaban del alba para poder volver a la redacción de *La Voz de la Industria*. Ahora, incluso aquel refugio empezaba a escapárseme de las manos. Tal vez, si alguno de mis empeños fracasaba estrepitosamente, conseguiría recobrar el afecto de mis compañeros, me decía. Tal vez si escribía algo tan mediocre y abyecto que ningún lector fuese capaz de pasar del primer párrafo, mis pecados de juventud serían perdonados. Tal vez aquél no fuese un precio muy grande para poder volver a sentirme en casa. Tal vez.

Había llegado a *La Voz de la Industria* muchos años atrás de la mano de mi padre, un hombre atormentado y sin fortuna que a su vuelta de la guerra de Filipinas se había encontrado con una ciudad que prefería no reconocerle y una esposa que ya le había olvidado y que a los dos años de su regreso decidió abandonarle. Al hacerlo le dejó el alma rota y un hijo que nunca había deseado y con el que no sabía qué hacer. Mi padre, que a duras penas sabía leer y escribir su propio nombre, no tenía oficio ni beneficio. Cuanto había aprendido en la guerra era a matar a otros hombres como él antes de que ellos le matasen, siempre en nombre de causas grandiosas y huecas que se revelaban más absurdas y viles cuanto más cerca del combate se estaba.

A su retorno de la guerra, mi padre, que parecía un hombre veinte años más viejo que cuando se había marchado, buscó colocación en varias industrias del Pueblo Nuevo y de la barriada de Sant Martí. Los empleos le duraban apenas unos días, y tarde o temprano le veía volver a casa con la mirada envilecida de resentimiento. Con el tiempo, y a falta de otra alternativa, aceptó un puesto como vigilante nocturno en *La Voz de la Industria*. La paga era modesta pero pasaban los meses, y por primera vez desde su retorno de la guerra parecía que no se metía en líos. La paz fue breve. Pronto algunos de sus antiguos compañeros de armas, cadáveres en vida que habían regresado mutilados en cuerpo y alma para comprobar que quienes los habían enviado a morir en nombre de Dios y de la patria les escupían ahora en la cara, lo implicaron en turbios asuntos que le venían grandes y que nunca acabó de entender.

A menudo, mi padre desaparecía durante un par de días, y cuando volvía las manos y la ropa le olían a pólvora y los bolsillos a dinero. Entonces se refugiaba en su habitación y, aunque creía que yo no me daba cuenta, se inyectaba lo poco o mucho que había podido conseguir. Al principio nunca cerraba la puerta, pero un día me sorprendió espiándole y me pegó una bofetada que me partió los labios. Luego me abrazó hasta que la fuerza se le fue de los brazos y quedó tendido en el suelo, la aguja todavía prendida de la piel. Le saqué la aguja y le tapé con una manta. Después de aquel incidente, empezó a encerrarse con llave.

Vivíamos en un pequeño ático suspendido sobre las obras del nuevo auditorio del Palau de la Música del Orfeó Català. Aquél era un lugar frío y angosto en el que el viento y la humedad parecían burlar los muros. Yo solía sentarme en el pequeño balcón, con las piernas colgando, a ver la gente pasar y a contemplar aquel arrecife de esculturas y columnas imposibles que crecía al otro lado de la calle y que a veces me parecía que casi podía tocar con los dedos, y otras, la mayoría, me parecía tan lejos como la luna. Fui un niño débil y enfermizo, propenso a fiebres e infecciones que me arrastraban al borde de la tumba pero que, a última hora, siempre se arrepentían y partían en busca de una presa de mayor altura. Cuando caía enfermo, mi padre acababa por perder la paciencia y después de la segunda noche en vela solía dejarme al cuidado de alguna vecina y desaparecía de casa durante unos días. Con el tiempo empecé a sospechar que confiaba en encontrarme muerto a su regreso y así verse libre de la carga de aquel crío con salud de papel que no le servía para nada.

En más de una ocasión deseé que así fuese, pero mi padre siempre regresaba y me encontraba vivo, coleando y un poco más alto. La madre naturaleza no tenía pudor en deleitarme con su extenso código penal de gérmenes y miserias, pero nunca encontró el modo de aplicarme del todo la ley de la gravedad. Contra todo pronóstico, sobreviví aquellos primeros años en la cuerda floja de una infancia de antes de la penicilina. Por entonces, la muerte no vivía aún en el anonimato y se la podía ver y oler por todas partes devorando almas que todavía no habían tenido tiempo ni de pecar.

Ya en aquellos tiempos mis únicos amigos estaban hechos de papel y tinta. En la escuela había aprendido a leer y a escribir mucho antes que los demás críos del barrio. Donde mis compañeros veían muescas de tinta en páginas incomprensibles yo veía luz, calles y gentes. Las palabras y el misterio de su ciencia oculta me fascinaban y me parecían una llave con la que abrir un mundo infinito y a salvo de aquella casa, aquellas calles y aquellos días turbios en los que incluso yo podía intuir que me aguardaba escasa fortuna. A mi padre no le gustaba ver libros por casa. Había algo en ellos, además de letras que no podía descifrar, que le ofendía. Me decía que en cuanto tuviese diez años me iba a poner a trabajar y que más me valía quitarme todos aquellos pájaros de la cabeza porque de lo contrario iba a acabar siendo un desgraciado y un muerto de hambre. Yo escondía los libros debajo de mi colchón y esperaba a que él hubiera salido o estuviese dormido para poder leer. En una ocasión me sorprendió leyendo de noche y montó en cólera. Me arrancó el libro de las manos y lo tiró por la ventana.

—Si vuelvo a encontrarte gastando luz leyendo esas bobadas te arrepentirás.

Mi padre no era un hombre tacaño y, pese a las penurias que pasábamos, cuando podía me soltaba unas monedas para que me comprase dulces como los demás críos del barrio. Él estaba convencido de que las gastaba en palos de regaliz, pipas o caramelos, pero yo las guardaba en una lata de café debajo de la cama y, cuando había reunido cuatro o cinco reales, corría a comprarme un libro sin que él lo supiese.

Mi lugar favorito en toda la ciudad era la librería de Sempere e Hijos en la calle Santa Ana. Aquel lugar que olía a papel viejo y a polvo era mi santuario y refugio. El librero me permitía sentarme en una silla en un rincón y leer a mis anchas cualquier libro que deseara. Sempere casi nunca me dejaba pagar los libros que ponía en mis manos, pero cuando él no se daba cuenta yo le dejaba las monedas que había podido reunir en el mostrador antes de irme. No era más que calderilla, y si hubiese tenido que comprar algún libro con aquella miseria, seguramente el único que habría podido permitirme era uno de hojas para liar cigarrillos. Cuando era hora de irme, lo hacía arrastrando los pies y el alma, porque si de mí hubiese dependido, me habría quedado a vivir allí.

Unas Navidades, Sempere me hizo el mejor regalo que he recibido en toda mi vida. Era un tomo viejo, leído y vivido a fondo.

—«*Grandes esperanzas*, de Carlos Dickens...» —leí en la portada.

Me constaba que Sempere conocía a algunos escritores que frecuentaban su establecimiento y, por el cariño con el que manejaba aquel tomo, pensé que a lo mejor el tal don Carlos era uno de ellos.

—¿Amigo suyo?

—De toda la vida. Y a partir de hoy tuyo también.

Aquella tarde, escondido bajo la ropa para que no lo viese mi padre, me llevé a mi nuevo amigo a casa. Aquél fue un otoño de lluvias y días de plomo durante el que leí *Grandes esperanzas* unas nueve veces seguidas, en parte porque no tenía otro a mano que leer y en parte porque no pensaba que pudiese existir otro mejor, y empezaba a sospechar que don Carlos lo había escrito sólo para mí. Pronto tuve el firme convencimiento de que no quería otra cosa en la vida que aprender a hacer lo que hacía aquel tal señor Dickens.

Una madrugada desperté de golpe sacudido por mi padre, que volvía de trabajar antes de tiempo. Tenía los ojos inyectados en sangre y el aliento le olía a aguardiente. Le miré aterrorizado, y él palpó con los dedos la bombilla desnuda que colgaba de un cable.

—Está caliente.

Me clavó los ojos y lanzó la bombilla con rabia contra la pared. Estalló en mil pedazos de cristal que me cayeron en la cara, pero no me atreví a apartarlos.

—¿Dónde está? —preguntó mi padre, la voz fría y serena.

Negué, temblando.

—¿Dónde está ese libro de mierda?

Negué otra vez. En la penumbra apenas vi venir el golpe. Sentí que perdía la visión y que me caía de la cama, con sangre en la boca y un intenso dolor como fuego blanco ardiendo tras los labios. Al ladear la cabeza vi lo que supuse eran los trozos de un par de dientes rotos en el suelo. La mano de mi padre me agarró por el cuello y me levantó.

—¿Dónde está?

—Padre, por favor…

Me lanzó de cara contra la pared con todas sus fuerzas y el golpe en la cabeza me hizo perder el equilibrio y desplomarme como un saco de huesos. Me arrastré hasta un rincón y me quedé allí, encogido como un ovillo, mirando cómo mi padre abría el armario y sacaba las cuatro prendas que tenía y las tiraba al suelo. Registró cajones y baúles sin encontrar el libro hasta que, agotado, regresó a por mí. Cerré los ojos y me encogí contra la pared, esperando otro golpe que nunca llegó. Abrí los ojos y vi que mi padre estaba sentado en la cama, llorando de asfixia y de vergüenza. Cuando vio que le miraba, salió corriendo escaleras abajo. Escuché el eco de sus pasos alejarse en el silencio del alba, y sólo cuando supe que estaba lejos me arrastré hasta la cama y saqué el libro de su escondite bajo el colchón. Me vestí y, con la novela bajo el brazo, salí a la calle.

Un lienzo de bruma descendía sobre la calle Santa Ana cuando llegué al portal de la librería. El librero y su hijo vivían en el primer piso del mismo edificio. Sabía que las seis de la mañana no eran horas de llamar a casa de nadie, pero mi único pensamiento en aquel momento era salvar aquel libro, y tenía la certeza de que si mi padre lo encontraba al volver a casa lo destrozaría con toda la rabia que llevaba en la sangre. Llamé al timbre y esperé. Tuve que insistir dos o tres veces hasta que oí la puerta del balcón abrirse y vi cómo el viejo Sempere, en bata y pantuflas, se asomaba y me miraba atónito. Medio minuto más tarde bajó a abrirme y en cuanto me vio la cara todo asomo de enfado se evaporó. Se arrodilló frente a mí y me sostuvo por los brazos.

—¡Dios santo! ¿Estás bien? ¿Quién te ha hecho esto?

—Nadie. Me he caído.

Le tendí el libro.

—He venido a devolvérselo, porque no quiero que le pase nada…

Sempere me miró sin decir nada. Me tomó en brazos y me subió al piso. Su hijo, un muchacho de doce años tan tímido que yo no recordaba haber oído nunca su voz, se había despertado al oír salir a su padre y esperaba en lo alto del rellano. Al ver la sangre en mi rostro miró a su padre, asustado.

—Llama al doctor Campos.

El muchacho asintió y corrió al teléfono. Le oí hablar y comprobé que no estaba mudo. Entre los dos me acomodaron en una butaca del comedor y me limpiaron la sangre de las heridas a la espera de que llegase el doctor.

—¿No me vas a decir quién te ha hecho esto?

No despegué los labios. Sempere no sabía dónde vivía y no iba a darle ideas.

—¿Ha sido tu padre?

Desvié la mirada.

—No. Me he caído.

El doctor Campos, que vivía a cuatro o cinco portales de allí, llegó en cinco minutos. Me examinó de pies a cabeza, palpando los moretones y curando los cortes con tanta delicadeza como pudo. Estaba claro que le quemaban los ojos de indignación, pero no dijo nada.

—No hay fracturas, aunque sí unas cuantas magulladuras que durarán y dolerán unos días. Esos dos dientes habrá que sacarlos. Son piezas perdidas y hay riesgo de infección.

Cuando el doctor se marchó, Sempere me preparó un vaso de leche tibia con cacao y observó cómo me lo bebía, sonriendo.

—Todo esto por salvar *Grandes esperanzas*, ¿eh?

Me encogí de hombros. Padre e hijo se miraron con una sonrisa cómplice.

—La próxima vez que quieras salvar un libro, salvarlo de verdad, no te juegues la vida. Me lo dices y te llevaré a un lugar secreto donde los libros nunca mueren y donde nadie puede destruirlos.

Los miré a ambos, intrigado.

—¿Qué lugar es ése?

Sempere me guiñó el ojo y me dedicó aquella sonrisa misteriosa que parecía robada de un serial de don Alejandro Dumas y que, decían, era marca de familia.

—Todo a su tiempo, amigo mío. Todo a su tiempo.


Mi padre pasó toda aquella semana con los ojos pegados al suelo, carcomido por el remordimiento. Compró una bombilla nueva y llegó a decirme que, si quería encenderla, lo hiciese, pero no mucho rato, porque la electricidad era muy cara. Yo preferí no jugar con fuego. El sábado de aquella semana mi padre quiso comprarme un libro y acudió a una librería que había en la calle de la Palla frente a la vieja muralla romana, la primera y última que pisaba, pero como no podía leer los títulos en el lomo de los cientos de libros allí expuestos, salió con las manos vacías. Luego me dio dinero, más que de costumbre, y me dijo que me comprase lo que quisiera. Me pareció aquél un momento idóneo para sacar a colación un tema para el que hacía tiempo que no había encontrado oportunidad propicia.

—Doña Mariana, la maestra, me ha pedido que le diga a usted si puede un día pasar a hablar con ella por la escuela —dejé caer.

—¿Hablar de qué? ¿Qué es lo que has hecho?

—Nada, padre. Doña Mariana quería hablar con usted de mi futura educación. Dice que tengo posibilidades y que ella cree que podría ayudarme a conseguir una beca para entrar en los escolapios…

—¿Quién se cree esa mujer que es para llenarte la cabeza de pájaros y decirte que te va a meter en un colegio para niñatos? ¿Tú sabes quién es esa gentuza? ¿Sabes cómo te van a mirar y cómo te van a tratar cuando sepan de dónde vienes?

Bajé la mirada.

—Doña Mariana sólo quiere ayudar, padre. Nada más. No se enfade usted. Le diré que no puede ser y ya está.

Mi padre me miró con rabia, pero se contuvo y respiró profundo varias veces con los ojos cerrados antes de decir nada más.

—Saldremos adelante, ¿me entiendes? Tú y yo. Sin las limosnas de todos esos hijos de puta. Y con la cabeza bien alta.

—Sí, padre.

Mi padre me puso una mano sobre el hombro y me miró como si, por un breve instante que nunca habría de volver, estuviese orgulloso de mí, aunque fuésemos tan diferentes, aunque me gustasen los libros que él no podía leer, incluso aunque ella nos hubiera dejado a los dos, el uno contra el otro. En aquel instante creí que mi padre era el hombre más bondadoso del mundo, y que todos se darían cuenta si la vida, por una vez, se dignaba darle una buena mano de cartas.

—Todo lo malo que uno hace en la vida vuelve, David. Y yo he hecho mucho mal. Mucho. Pero he pagado el precio. Y nuestra suerte va a cambiar. Ya lo verás. Ya lo verás…

Pese a la insistencia de doña Mariana, que era más lista que el hambre y que ya se imaginaba por dónde iban los tiros, no volví a mencionar el tema de mi educación a mi padre. Cuando mi maestra comprendió que no había esperanza me dijo que cada día, al término de las clases, dedicaría una hora más sólo para mí, para hablarme de libros, de historia y de todas aquellas cosas que tanto asustaban a mi padre.

—Será nuestro secreto —dijo la maestra.

Ya por entonces había empezado a comprender que a mi padre le avergonzaba que la gente pensara que era un ignorante, un despojo de una guerra que, como casi todas las guerras, se peleaba en nombre de Dios y de la patria para hacer más poderosos a hombres que ya lo eran demasiado antes de provocarla. Por aquel entonces empecé a acompañar algunas noches a mi padre a su turno de noche. Tomábamos un tranvía en la calle Trafalgar que nos dejaba a las puertas del cementerio. Yo me quedaba en su garita, leyendo ejemplares viejos del diario y, a ratos, intentaba conversar con él, tarea ardua. Mi padre apenas hablaba ya, ni de la guerra en las colonias ni de la mujer que le había abandonado. En una ocasión le pregunté por qué nos había dejado mi madre. Yo tenía la sospecha de que había sido por mi culpa, por algo malo que había hecho, aunque sólo fuese nacer.

—Tu madre me había abandonado ya antes de que me enviaran al frente. El tonto fui yo, que no me di cuenta hasta que volví. La vida es así, David. Tarde o temprano, todo y todos te abandonan.

—Yo no le voy a abandonar a usted nunca, padre.

Me pareció que se iba a echar a llorar y le abracé para no verle la cara.

Al día siguiente, sin aviso previo, mi padre me llevó hasta los almacenes de telas El Indio en la calle del Carmen. No llegamos a entrar pero desde las cristaleras del vestíbulo me señaló a una mujer joven y risueña que atendía a los clientes y les mostraba paños y tejidos de lujo.

—Ésa es tu madre —dijo—. Un día de éstos volveré aquí y la mataré.

—No diga usted eso, padre.

Me miró con los ojos enrojecidos y supe que aún la quería y que yo nunca la perdonaría por ello. Recuerdo que la observé en secreto, sin que ella supiera que estábamos allí, y que sólo la reconocí por el retrato que mi padre guardaba en un cajón de casa, junto a su pistola del ejército que cada noche, cuando creía que yo dormía, sacaba y contemplaba como si tuviese todas las respuestas, o al menos las suficientes.

Durante años habría de regresar hasta las puertas de aquel bazar para espiarla en secreto. Nunca tuve el valor de entrar ni de dirigirme a ella cuando la veía salir y alejarse Rambla abajo rumbo a una vida que había imaginado para ella, con una familia que la hacía feliz y un hijo que merecía su afecto y el contacto de su piel más que yo. Mi padre nunca supo que a veces me escapaba para verla, o que había días en que la seguía de cerca, siempre a punto de tomar su mano y caminar a su lado, siempre huyendo en el último momento. En mi mundo, las grandes esperanzas sólo vivían entre las páginas de un libro.

La buena suerte que tanto ansiaba mi padre nunca llegó. La única cortesía que la vida tuvo con él fue no hacerle esperar demasiado. Una noche, cuando llegábamos a las puertas del diario para iniciar el turno, tres pistoleros salieron de las sombras y lo acribillaron a tiros ante mis ojos. Recuerdo el olor a azufre y el halo humeante que ascendía de los orificios que las balas habían abrasado en su abrigo. Uno de los pistoleros se disponía a rematarle de un tiro en la cabeza cuando me abalancé sobre mi padre y otro de los asesinos le detuvo. Recuerdo los ojos del pistolero sobre los míos, dudando si debía matarme a mí también. Sin más, se alejaron a paso ligero y desaparecieron por los callejones atrapados entre las fábricas del Pueblo Nuevo.

Aquella noche sus asesinos dejaron a mi padre desangrándose en mis brazos y a mí solo en el mundo. Pasé casi dos semanas durmiendo en los talleres de la imprenta del diario, oculto entre máquinas de linotipia que parecían gigantescas arañas de acero intentando acallar aquel silbido enloquecedor que me perforaba los tímpanos al anochecer. Cuando me descubrieron, todavía tenía las manos y la ropa tintadas en sangre seca. Al principio nadie supo quién era, porque no hablé durante casi una semana y cuando lo hice fue para gritar el nombre de mi padre hasta perder la voz. Cuando me preguntaron por mi madre les dije que había muerto y que no tenía a nadie en el mundo. Mi historia llegó a oídos de Pedro Vidal, el hombre estrella del diario y amigo íntimo del editor, que a sus instancias ordenó que se me diese un empleo de correveidile en la casa y que se me permitiese vivir en las modestas dependencias del portero en el sótano hasta nuevo aviso.

Aquéllos eran años en que la sangre y la violencia en las calles de Barcelona empezaban a ser el pan de cada día. Días de octavillas y bombas que dejaban pedazos de cuerpos temblando y humeando en las calles del Raval, de bandas de figuras negras que recorrían la noche derramando sangre, de procesiones y desfiles de santos y generales que olían a muerte y a engaño, de discursos incendiarios donde todos mentían y donde todos tenían la razón. La rabia y el odio que años más tarde llevaría a unos y a otros a asesinarse en nombre de consignas grandiosas y trapos de colores se empezaba ya a saborear en el aire envenenado. La bruma perpetua de las fábricas reptaba sobre la ciudad y enmascaraba sus avenidas empedradas y surcadas por tranvías y carruajes. La noche pertenecía a la luz de gas, a las sombras de callejones quebradas por el destello de disparos y el trazo azul de la pólvora quemada. Eran años en que se crecía aprisa, y para cuando la infancia se les caía de las manos, muchos niños ya tenían mirada de viejo.

Sin más familia ahora que aquella tenebrosa Barcelona, el periódico se convirtió en mi refugio y mi mundo hasta que, a los catorce años, mi sueldo me permitió alquilar aquel cuarto en la pensión de doña Carmen. Llevaba apenas una semana viviendo allí cuando la casera acudió un día a mi habitación y me informó de que un caballero preguntaba por mí en la puerta. En el rellano de la escalera encontré a un hombre vestido de gris, de mirada gris y voz gris que me preguntó si yo era Daniel Martín y, ante mi asentimiento, me tendió un paquete envuelto en papel de estraza y se perdió escaleras abajo dejando su ausencia gris apestando aquel mundo de miserias al que me había incorporado. Me llevé el paquete al cuarto y cerré la puerta. Nadie, a excepción de dos o tres personas en el periódico, sabía que vivía allí. Deshice el envoltorio, intrigado. Era el primer paquete que recibía en mi vida. El interior resultó ser un estuche de madera vieja cuyo aspecto me resultó vagamente familiar. Lo apoyé sobre el catre y lo abrí. Contenía la vieja pistola de mi padre, el arma que el ejército le había dado y con la que había regresado de las Filipinas para labrarse una muerte temprana y miserable. Junto al arma había una cajetilla de cartón con unas balas. Tomé la pistola en las manos y la sopesé. Olía a pólvora y a aceite. Me pregunté cúantos hombres habría matado mi padre con aquella arma con la que seguramente él esperaba acabar con su propia vida hasta que se le adelantaron. Devolví el arma al estuche y lo cerré. Mi primer impulso fue tirarla a la basura, pero me di cuenta de que aquella pistola era cuanto me quedaba de mi padre. Supuse que el usurero de turno, que había confiscado lo poco que teníamos en aquel antiguo piso suspendido frente al tejado del Palau de la Música a la muerte de mi padre, en compensación por sus deudas, había decidido enviarme ahora aquel macabro recordatorio para saludar mi entrada en la edad adulta. Escondí el estuche encima del armario, contra la pared donde se acumulaba la mugre y a donde doña Carmen no llegaba ni con zancos, y no lo volví a tocar en años.

Aquella misma tarde volví a la librería de Sempere e Hijos y, sintiéndome ya hombre de mundo y de recursos, manifesté al librero mi intención de adquirir aquel viejo ejemplar de *Grandes esperanzas* que me había visto forzado a devolverle años atrás.

—Póngale el precio que quiera —le dije—. Póngale el precio de todos los libros que no le he pagado en los últimos diez años.

Recuerdo que Sempere me sonrió con tristeza y me posó la mano en un hombro.

—Lo he vendido esta mañana —me confesó abatido.

# 6

Trescientos sesenta y cinco días después de haber escrito mi primer relato para *La Voz de la Industria* llegué, como era de costumbre, a la redacción del periódico y la encontré casi desierta. Apenas quedaban un grupo de redactores que meses atrás me habían dedicado desde afectuosos apodos hasta palabras de apoyo y que aquel día, al verme entrar, ignoraron mi saludo y se cerraron en un corro de murmullos. En menos de un minuto habían recogido sus abrigos y desaparecido como si temiesen algún contagio. Me quedé sentado solo en aquella sala insondable, contemplando el extraño espectáculo de decenas de mesas vacías. Pasos lentos y contundentes a mi espalda anunciaron que se aproximaba don Basilio.

—Buenas noches, don Basilio. ¿Qué pasa hoy aquí que se han ido todos?

Don Basilio me miró con tristeza y se sentó a la mesa contigua.

—Hay una cena de Navidad de toda la redacción. En el Set Portes —dijo con voz queda—. Supongo que no le han dicho nada.

Fingí una sonrisa despreocupada y negué.

—¿No va usted? —pregunté.

Don Basilio negó.

—Se me han quitado las ganas.

Nos miramos en silencio.

—¿Y si le invito yo a usted? —ofrecí—. Donde quiera. Can Solé, si le parece. Usted y yo, para celebrar el éxito de *Los misterios de Barcelona*.

Don Basilio sonrió, asintiendo lentamente.

—Martín —dijo al fin—. No sé cómo decirle esto.

—¿Decirme el qué?

Don Basilio carraspeó.

—No le voy a poder publicar más entregas de *Los misterios de Barcelona*.

Le miré sin comprender. Don Basilio rehuyó mi mirada.

—¿Quiere que escriba otra cosa? ¿Algo más galdosiano?

—Martín, ya sabe usted cómo es la gente. Ha habido quejas. Yo he intentado parar el asunto, pero el director es un hombre débil y no le gustan los conflictos innecesarios.

—No le entiendo, don Basilio.

—Martín, me han pedido que sea yo el que se lo diga.

Por fin me miró y se encogió de hombros.

—Estoy despedido —murmuré.

Don Basilio asintió.

Sentí que, a mi pesar, se me llenaban los ojos de lágrimas.

—Ahora le parece el fin del mundo, pero créame cuando le digo que en el fondo es lo mejor que le podría suceder. Éste no es sitio para usted.

—¿Y cuál es el sitio para mí? —pregunté.

—Lo siento, Martín. Créame que lo siento.

Don Basilio se incorporó y me posó la mano en el hombro con afecto.

—Feliz Navidad, Martín.


Aquella misma noche vacié mi escritorio y dejé para siempre el que había sido mi hogar para perderme en las calles oscuras y solitarias de la ciudad. De camino a la pensión me acerqué hasta el restaurante Set Portes bajo los arcos de la casa Xifré. Me quedé fuera, contemplando a mis compañeros reír y brindar tras los cristales. Confié en que mi ausencia les hiciese felices o que cuando menos les hiciera olvidar que no lo eran ni lo serían jamás.

Pasé el resto de aquella semana a la deriva, refugiándome todos los días en la biblioteca del Ateneo y creyendo que al regresar a la pensión iba a encontrarme con una nota del director del periódico solicitándome que me reincorporase a la redacción. Escondido en una de las salas de lectura sacaba aquella tarjeta que había encontrado en mis manos al despertar en El Ensueño, y empezaba a escribir una carta a aquel anónimo benefactor, Andreas Corelli, que siempre acababa por romper y volver a reescribir al día siguiente. Al séptimo día, harto de compadecerme, decidí hacer el inevitable peregrinaje hasta el hogar de mi creador.

Tomé el tren de Sarrià en la calle Pelayo. Por entonces aún circulaba por la superficie, y me senté al frente del vagón a contemplar la ciudad y las calles tornarse más amplias y señoriales cuanto más se alejaba uno del centro. Me bajé en el apeadero de Sarrià y allí tomé un tranvía que dejaba a las puertas del monasterio de Pedralbes.

Era un día de calor insólito para la época del año y podía oler en la brisa el perfume de los pinos y la ginesta que salpicaban las laderas de la montaña. Enfilé la boca de la avenida Pearson, que ya empezaba a urbanizarse, y pronto vislumbré la inconfundible silueta de Villa Helius. A medida que ascendía la pendiente y me acercaba pude ver que Vidal estaba sentado en la ventana de su torreón en mangas de camisa y saboreando un cigarrillo. Se escuchaba música flotando en el aire y recordé que Vidal era uno de los pocos privilegiados que poseían un receptor de radio. Qué bien se debía de ver la vida desde allí arriba y qué poca cosa me debía de ver yo.

Le saludé con la mano y me devolvió el saludo. Al llegar a la villa me encontré con el chófer, Manuel, que se dirigía a las cocheras portando un puñado de paños y un cubo con agua humeante.

—Una alegría verle por aquí, David —dijo—. ¿Qué tal la vida? ¿Siguen los éxitos?

—Hacemos lo que podemos —contesté.

—No sea modesto, que hasta mi hija se lee esas aventuras que publica usted en el diario.

Tragué saliva, sorprendido de que la hija del chófer supiese no sólo de mi existencia sino que incluso hubiera llegado a leer alguna de las tonterías que escribía.

—¿Cristina?

—No tengo otra —replicó don Manuel—. El señor está arriba en su estudio, por si quiere subir.

Asentí como agradecimiento y me colé en el caserón. Subí hasta el torreón del tercer piso, que se alzaba entre el terrado ondulado de tejas policromadas. Allí encontré a Vidal, instalado en aquel estudio desde donde se veían la ciudad y el mar en la distancia. Vidal apagó la radio, un trasto del tamaño de un pequeño meteorito que había comprado meses atrás cuando se habían anunciado las primeras emisiones de Radio Barcelona desde los estudios camuflados bajo la cúpula del hotel Colón.

—Me ha costado casi doscientas pesetas y ahora resulta que sólo dice tonterías.

Nos sentamos en dos sillas enfrentadas, con todas las ventanas abiertas a aquella brisa que a mí, habitante de la ciudad vieja y tenebrosa, me olía a otro mundo. El silencio era exquisito, como un milagro. Se podían oír los insectos revoloteando en el jardín y las hojas de los árboles meciéndose al viento.

—Parece que estemos en pleno verano —aventuré.

—No disimules hablando del tiempo. Ya me han dicho lo que ha pasado —dijo Vidal.

Me encogí de hombros y eché un vistazo a su escritorio. Me constaba que mi mentor llevaba meses, cuando no años, intentando escribir lo que él llamaba una novela «seria» alejada de las tramas ligeras de sus historias policíacas para inscribir su nombre en las secciones más rancias de las bibliotecas. No se veían muchas cuartillas.

—¿Cómo lleva la obra maestra?

Vidal tiró la colilla por la ventana y miró a lo lejos.

—Ya no tengo nada que decir, David.

—Tonterías.

—Tonterías lo son todo en esta vida. Es simplemente una cuestión de perspectiva.

—Debería de poner eso en su libro. *El nihilista en la colina.* Un éxito cantado.

—El que pronto va a necesitar un éxito eres tú, porque o me equivoco o debes de empezar a estar magro de fondos.

—Siempre puedo aceptar su caridad.

—Hay una primera vez para todo.

—Ahora te parece el fin del mundo, pero...

—... pronto me daré cuenta de que es lo mejor que podía haberme pasado —completé—. No me diga que ahora es don Basilio el que le escribe los discursos.

Vidal rió.

—¿Qué piensas hacer? —preguntó.

—¿No necesita usted un secretario?

—Ya tengo la mejor secretaria que podía tener. Es más inteligente que yo, infinitamente más trabajadora y cuando sonríe incluso me parece que este cochino mundo tiene algo de futuro.

—¿Y quién es esta maravilla?

—La hija de Manuel.

—Cristina.

—Por fin te oigo pronunciar su nombre.

—Ha elegido usted una mala semana para reírse de mí, don Pedro.

—No me mires con esa cara de cordero degollado. ¿Te crees que Pedro Vidal iba a permitir que ese atajo de mediocres estreñidos y envidiosos te pusieran de patitas en la calle sin hacer nada?

—Una palabra suya al director seguramente hubiese cambiado las cosas.

—Lo sé. Por eso fui yo quien le sugirió que te despidiese —dijo Vidal.

Sentí como si acabase de darme una bofetada.

—Muchas gracias por el empujón —improvisé.

—Le dije que te despidiese porque tengo algo mucho mejor para ti.

—¿La mendicidad?

—Hombre de poca fe. Ayer mismo estuve hablando

de ti con un par de socios que acaban de abrir una nueva editorial y buscan sangre fresca que exprimir y explotar.

—Suena de maravilla.

—Ellos ya están al corriente de *Los misterios de Barcelona* y están dispuestos a hacerte una oferta que va a hacer de ti un hombre hecho y derecho.

—¿Habla en serio?

—Claro que hablo en serio. Quieren que les escribas una serie por entregas en la más barroca, sangrienta y delirante tradición del *grand guignol* que haga añicos *Los misterios de Barcelona*. Creo que es la oportunidad que estabas esperando. Les he dicho que irías a verlos y que estabas listo para empezar a trabajar inmediatamente.

Suspiré profundamente. Vidal me guiñó un ojo y me abrazó.

# 7

Fue así cómo, a pocos meses de cumplir los veinte años, recibí y acepté una oferta para escribir novelas de a peseta bajo el seudónimo de Ignatius B. Samson. Mi contrato me comprometía a entregar doscientas páginas de manuscrito mecanografiado al mes tramadas de intrigas, asesinatos de alta sociedad, horrores sin cuento en los bajos fondos, amores ilícitos entre crueles hacendados de mandíbula firme y damiselas de inconfesables anhelos, y toda suerte de retorcidas sagas familiares con trasfondos más espesos y turbios que las aguas del puerto. La serie, que decidí bautizar como *La Ciudad de los Malditos*, aparecería en un tomo mensual en edición cartoné con cubierta ilustrada a todo color. A cambio recibiría más dinero del que nunca había pensado podía ganarse haciendo algo que me inspirase respeto, y no tendría más censura que la que impusiera el interés de los lectores que supiera ganarme. Los términos de la oferta me obligaban a escribir desde el anonimato de un extravagante seudónimo, pero en aquel momento me pareció un precio muy pequeño que pagar a cambio de poder ganarme la vida con el oficio que siempre había soñado desempeñar. Renunciaría a la vanidad de ver mi nombre impreso en mi obra, pero no a mí mismo ni a lo que era.

Mis editores eran un par de pintorescos ciudadanos llamados Barrido y Escobillas. Barrido, menudo, rechoncho y siempre prendido de una sonrisa aceitosa y sibilina, era el cerebro de la operación. Provenía de la industria salchichera y, aunque no había leído más de tres libros en su vida, incluidos el catecismo y la guía de teléfonos, estaba poseído de una audacia proverbial para cocinar los libros de contabilidad, que adulteraba para sus inversores con alardes de ficción que ya hubieran querido emular los autores a los que la casa, tal como había predicho Vidal, estafaba, explotaba y, en último término, dejaba caer al arroyo cuando los vientos soplaban en contra, cosa que tarde o temprano siempre sucedía.

Escobillas desempeñaba un rol complementario. Alto, enjuto y de aire vagamente amenazador, se había formado en el negocio de las pompas fúnebres, y bajo la atorrante colonia con que bañaba sus vergüenzas siempre parecía filtrarse un vago tufillo a formol que ponía los pelos de punta. Su labor era esencialmente la del capataz siniestro, látigo en mano y dispuesto a hacer el trabajo sucio para el que Barrido, por su temple más risueño y su disposición no tan atlética, presentaba menos aptitudes. El *ménage-à-trois* se completaba con su secretaria de dirección, Herminia, que los seguía a todas partes como un perro fiel y a la que todos apodaban la Veneno porque, pese a su aspecto de mosquita muerta, era tan de fiar como una serpiente de cascabel en celo.

Cortesías aparte, yo trataba de verlos lo mínimo posible. La nuestra era una relación estrictamente mercantil y ninguna de las partes sentía grandes deseos de alterar el protocolo establecido. Me había propuesto aprovechar aquella oportunidad y trabajar a fondo para demostrarle a Vidal, y a mí mismo, que peleaba por merecer su ayuda y su confianza. Con algo de dinero fresco en las manos decidí abandonar la pensión de doña Carmen en busca de horizontes más confortables. Hacía ya tiempo que le tenía echado el ojo a un caserón de aire monumental en el 30 de la calle Flassaders, a tiro de piedra del paseo del Born, por delante del cual había pasado durante años cuando iba y volvía del diario a la pensión. La finca, rematada por un torreón que brotaba de una fachada labrada de relieves y gárgolas, llevaba años cerrada, el portal sellado con cadenas y candados picados de herrumbre. Pese a su aspecto fúnebre y desmesurado, o tal vez por ese motivo, la idea de llegar a habitarla despertaba en mí esa lujuria de las ideas desaconsejables. En otras circunstancias hubiese asumido que un lugar semejante excedía de largo mi magro presupuesto, pero los largos años de abandono y olvido a los que parecía condenado me hicieron albergar la esperanza de que, si nadie más quería aquel lugar, tal vez sus propietarios aceptarían mi oferta.

Preguntando en el barrio pude averiguar que la casa llevaba muchos años deshabitada y que la propiedad estaba en manos de un administrador de fincas llamado Vicenç Clavé, que tenía oficinas en la calle Comercio, frente al mercado. Clavé era un caballero de la vieja escuela que gustaba de vestir como las esculturas de alcaldes y padres de la patria que encontraba uno a las entradas del Parque de la Ciudadela y que, al menor descuido, se lanzaba a vuelos de retórica que no perdonaban ni lo divino ni lo humano.

—Así que es usted escritor. Pues mire, yo le podría contar historias que le darían para buenos libros.

—No lo dudo. ¿Por qué no empieza por contarme la de la casa de Flassaders, treinta?

Clavé adoptó un semblante de máscara griega.

—¿La casa de la torre?

—La misma.

—Créame, joven, no quiera usted vivir allí.

—¿Por qué no?

Clavé bajó la voz y, murmurando como si temiese que las paredes nos oyesen, dejó caer una sentencia en tono fúnebre:

—Esa casa tiene mala sombra. Yo la visité cuando fuimos con el notario a precintarla y le puedo asegurar que la parte vieja del cementerio de Montjuïc es más alegre. Ha estado vacía desde entonces. El lugar tiene malos recuerdos. Nadie la quiere.

—Sus recuerdos no pueden ser peores que los míos y, en cualquier caso, seguro que ayudarán a rebajar el precio que piden por ella.

—A veces hay precios que no se pueden pagar con dinero.

—¿Puedo verla?


Visité por primera vez la casa de la torre una mañana de marzo en compañía del administrador, su secretario y un interventor del banco que ostentaba el título de propiedad. Al parecer, la finca había pasado años atrapada en un espeso laberinto de disputas legales hasta revertir finalmente en la entidad de crédito que había avalado a su último propietario. Si Clavé no mentía, nadie había vuelto a entrar allí por lo menos en veinte años.

# 8

Años después, al leer la crónica de unos exploradores británicos adentrándose en las tinieblas de un milenario sepulcro egipcio con laberintos y maldiciones incluidos, habría de rememorar aquella primera visita a la casa de la torre de la calle Flassaders. El secretario venía pertrechado de un farol de aceite porque en la casa nunca se había llegado a instalar la luz. El interventor traía un juego de quince llaves con el que liberar los incontables candados que aseguraban las cadenas. Al abrir el portal, la casa exhaló un aliento pútrido, a tumba y humedad. El interventor se echó a toser y el administrador, que había traído su mejor semblante de escepticismo y censura, se colocó un pañuelo en la boca.

—Usted primero —invitó.

El vestíbulo era una suerte de patio interior al uso de los antiguos palacios de la zona, con un empedrado de grandes losas y una escalinata de piedra que ascendía hasta la puerta principal de la vivienda. Una claraboya de vidrio completamente anegada de excrementos de palomas y gaviotas parpadeaba en lo alto.

—No hay ratas —anuncié al penetrar en el edificio.

—Alguien debía de tener buen gusto y sentido común —dijo el administrador a mi espalda.

Procedimos escaleras arriba hasta el rellano de entrada al piso principal, donde el interventor del banco necesitó diez minutos para encontrar la llave que encajase en la cerradura. El mecanismo cedió con un quejido que no sonaba a bienvenida. El portón se abrió para desvelar un infinito corredor sembrado de telarañas que ondulaban en la tiniebla.

—Madre de Dios —murmuró el administrador.

Nadie se atrevió a dar el primer paso, así que una vez más fui yo quien lideró la expedición. El secretario sostenía el farol en alto, observándolo todo con aire compungido.

El administrador y el interventor se miraron de un modo indescifrable. Cuando vieron que los estaba observando, el banquero sonrió plácidamente.

—Se le quita el polvo y con cuatro apaños esto es un palacio —dijo.

—Palacio de Barba Azul —comentó el administrador.

—Seamos positivos —enmendó el interventor—. La casa lleva desocupada cierto tiempo y eso siempre supone pequeños desperfectos.

Yo apenas les prestaba atención. Había soñado tantas veces con aquel lugar al pasar frente a sus puertas que apenas veía el aura fúnebre y oscura que lo poseía. Avancé por el corredor principal, explorando habitaciones y cámaras en las que muebles viejos yacían abandonados bajo una espesa capa de polvo. Sobre una mesa había todavía un mantel deshilachado, un servicio de mesa y una bandeja con frutas y flores petrificadas. Las copas y los cubiertos seguían allí, como si los habitantes de la casa se hubiesen levantado a media cena.

Los armarios estaban repletos de ropas raídas, prendas descoloridas y zapatos. Había cajones enteros repletos de fotografías, lentes, plumas y relojes. Retratos velados de polvo nos observaban desde las cómodas. Las camas estaban hechas y cubiertas de un velo blanco que relucía en la penumbra. Un gramófono monumental descansaba sobre una mesa de caoba. Había un disco colocado sobre el que la aguja se había deslizado hasta el final. Soplé la lámina de polvo que lo cubría y el título de la grabación emergió a la vista, el *Lacrimosa* de W. A. Mozart.

—La sinfónica en casa —dijo el interventor—. ¿Qué más se puede pedir? Va a estar usted aquí como un pachá.

El administrador le lanzó una mirada asesina, negando por lo bajo. Recorrimos el piso hasta la galería del fondo, donde un juego de café reposaba en la mesa y un libro abierto seguía esperando que alguien pasara página en una butaca.

—Parece que se hubieran ido de golpe, sin tiempo de llevarse nada —dije.

El interventor carraspeó.

—¿Quizá el señor desee ver el estudio?

El estudio estaba situado en lo alto de una afilada torre, una peculiar estructura que tenía por alma una escalera de caracol a la que se accedía desde el corredor principal y en cuya fachada exterior podían leerse las huellas de tantas generaciones como recordaba la ciudad. La torre dibujaba una atalaya suspendida sobre los tejados del barrio de la Ribera y rematada por un estrecho cimborio de metal y cristal tintado que hacía las veces de linterna y del que asomaba una rosa de los vientos en forma de dragón.

Ascendimos por la escalinata y accedimos a la sala, donde el interventor se apresuró a abrir los ventanales y dejar entrar el aire y la luz. La cámara describía un salón rectangular de techos altos y suelos de madera oscura. Desde sus cuatro grandes ventanales en arco abiertos por los cuatro costados podía contemplar la basílica de Santa María del Mar al sur, el gran mercado del Born al norte, la vieja estación de Francia al este y hacia el oeste el laberinto infinito de calles y avenidas atropellándose unas sobre otras en dirección al monte del Tibidabo.

—¿Qué me dice? Una maravilla —argumentó el banquero con entusiasmo.

El administrador lo examinaba todo con reserva y disgusto. Su secretario mantenía el farol en alto, aunque ya no hacía falta alguna. Me aproximé a uno de los ventanales y me asomé al cielo, embelesado.

Barcelona entera aparecía a mis pies y quise creer que cuando abriese aquellas mis nuevas ventanas sus calles me susurrarían historias al anochecer y secretos al oído para que yo los atrapase sobre el papel y se los contase a quien quisiera escucharlos. Vidal tenía su exuberante y señorial torre de marfil en lo más serrano y elegante de Pedralbes, rodeada de montes, árboles y cielos de ensueño. Yo tendría mi siniestro torreón levantado sobre las calles más antiguas y tenebrosas de la ciudad, rodeado de los miasmas y tinieblas de aquella necrópolis que los poetas y los asesinos habían llamado la «Rosa de Fuego».

Lo que acabó de decidirme fue el escritorio que dominaba el centro del estudio. Sobre él, como una gran escultura de metal y luz, descansaba una impresionante máquina de escribir Underwood por la que ya hubiese pagado el precio del alquiler. Me senté en la butaca de mariscal que había frente a la mesa y acaricié las teclas de la máquina, sonriendo.

—Me la quedo —dije.

El interventor suspiró de alivio y el administrador, poniendo los ojos en blanco, se santiguó. Aquella misma tarde firmé un contrato de alquiler por diez años. Mientras los operarios de la compañía eléctrica instalaban el tendido de luz por la casa me dediqué a limpiar, ordenar y adecentar la vivienda con la ayuda de tres sirvientes que Vidal me envió en tropa sin preguntarme antes si quería asistencia o no. Pronto descubrí que el *modus operandi* de aquel comando de expertos consistía en taladrar paredes a diestro y siniestro, y luego preguntar. A los tres días de su desembarco, la casa no tenía ni una sola bombilla en activo, pero cualquiera hubiera dicho que había una infestación de carcomas devoradoras de yeso y minerales nobles.

—¿Quiere decir que no habría otra manera de solucionar esto? —preguntaba yo al jefe del batallón que todo lo arreglaba a martillazos.

Otilio, que así se llamaba aquel talento, me mostraba el juego de planos de la casa que me había entregado el administrador junto con las llaves y argumentaba que la culpa la tenía la casa, que estaba mal construida.

—Mire esto —decía—. Si es que cuando las cosas están mal hechas, están mal hechas. Ahí mismo. Aquí dice que tiene usted una cisterna en la azotea. Pues no. La tiene usted en el patio de atrás.

—¿Y qué más da? A usted la cisterna no le compete, Otilio. Concéntrese en la cuestión eléctrica. Luz. Ni grifos ni tuberías. Luz. Necesito luz.

—Si es que todo está relacionado. ¿Qué me dice de la galería?

—Que no tiene luz.

—Según los planos, esto debería ser una pared maestra. Pues aquí el compañero Remigio le ha dado un toquecito de nada y se nos ha venido abajo medio muro. Y de las habitaciones ni le cuento. Según esto, la sala al fondo del pasillo tiene casi cuarenta metros cuadrados. Ni por asomo. Si llega a veinte me doy con un canto en los dientes. Hay una pared donde no debería haberla. Y de los desagües, ya, bueno, mejor no hablar. No hay ni uno donde se supone que debería estar.

—¿Está seguro de que sabe interpretar los planos?

—Oiga, que soy un profesional. Hágame caso, esta casa es un rompecabezas. Aquí ha metido mano todo Dios.

—Pues va a tener que apañarse con lo que hay. Haga milagros o lo que se le antoje, pero el viernes quiero las paredes tapadas, pintadas y la luz funcionando.

—No me meta prisas, que ésta es faena de precisión. Hay que actuar con estrategia.

—¿Y qué piensan hacer?

—Por de pronto irnos a desayunar.

—Pero si acaban de llegar hace media hora.

—Señor Martín, con esa actitud no llegamos a ninguna parte.

El viacrucis de obras y chapuzas se prolongó una semana más de lo previsto, pero incluso con la presencia de Otilio y su escuadrón de portentos haciendo agujeros donde no tocaba y disfrutando de desayunos de dos horas y media, la ilusión de poder habitar finalmente aquel caserón con el que había soñado durante tanto tiempo me hubiera permitido vivir allí años con velas y lámparas de aceite si era necesario. Tuve la suerte de que el barrio de la Ribera fuera reserva espiritual y material de artesanos de todo tipo, y encontré a tiro de piedra de mi nuevo domicilio a quien me instalara nuevos cerrojos que no pareciesen robados de la Bastilla y apliques y grifería a los usos del siglo XX. La idea de disponer de una línea telefónica no me persuadía y, por lo que había podido escuchar en la radio de Vidal, lo que la prensa del momento llamaba los nuevos medios de comunicación de masas no me habían tenido en cuenta a la hora de buscar su público. Decidí que la mía sería una existencia de libros y silencio. No me llevé de la pensión más que una muda y aquel estuche que contenía la pistola de mi padre, su único recuerdo. Repartí el resto de mi ropa y mis efectos personales entre los otros realquilados. Si hubiera podido dejar atrás la piel y la memoria, también lo habría hecho.

Pasé mi primera noche oficial y electrificada en la casa de la torre el día que apareció publicada la entrega inaugural de *La Ciudad de los Malditos*. La novela era una intriga imaginaria que había tejido en torno al incendio de El Ensueño en 1903 y a una criatura fantasmal que embrujaba las calles del Raval desde entonces. Antes de que la tinta se secase en aquella primera edición ya había empezado a trabajar en la segunda novela de la serie. Según mis cálculos, y partiendo de la base de treinta días de trabajo ininterrumpido por mes, Ignatius B. Samson debía producir una media de 6,66 páginas de manuscrito útil al día para cumplir los términos del contrato, lo cual era una locura, pero tenía la ventaja de no dejarme mucho tiempo libre para que me diese cuenta.

Apenas fui consciente de que con el paso de los días había empezado a consumir más café y cigarrillos que oxígeno. A medida que lo iba envenenando, tenía la impresión de que mi cerebro se iba transformando en una máquina de vapor que nunca llegaba a enfriarse. Ignatius B. Samson era joven y tenía aguante. Trabajaba toda la noche y caía rendido al amanecer, entregado a extraños sueños en los que las letras en la página atrapada en la máquina de escribir del estudio se desprendían del papel y, como arañas de tinta, se arrastraban sobre sus manos y su rostro, atravesando la piel y anidando en sus venas hasta cubrir su corazón de negro y nublar sus pupilas en charcos de oscuridad. Pasaba semanas enteras sin apenas salir de aquel caserón y olvidaba qué día de la semana o qué mes del año corrían. No prestaba atención a los recurrentes dolores de cabeza que a veces me asaltaban de súbito, como si un punzón de metal me taladrase el cráneo, quemándome la vista en un destello de luz blanca. Me había acostumbrado a vivir con un constante silbido en los oídos que sólo el susurro del viento o la lluvia conseguían enmascarar. A veces, cuando aquel sudor frío me cubría el rostro y sentía que las manos me temblaban sobre el teclado de la Underwood, me decía que al día siguiente acudiría al médico. Pero ese día siempre había otra escena y otra historia que contar.

Se cumplía el primer año de la vida de Ignatius B. Samson cuando, para celebrarlo, decidí tomarme el día libre y reencontrarme con el sol, la brisa y las calles de una ciudad que había dejado de pisar para ya sólo imaginarla. Me afeité, me aseé y me enfundé el mejor y más presentable de mis trajes. Dejé abiertas las ventanas del estudio y la galería para que se ventilase la casa, y aquella niebla espesa que se había transformado en su perfume pudiera esparcirse a los cuatro vientos. Al bajar a la calle me encontré un sobre grande al pie de la ranura del buzón. Dentro encontré una lámina de pergamino lacrado con el sello del ángel y tocada de aquella caligrafía exquisita en la que se leía lo siguiente:

*Querido David:*

*Quería ser el primero en felicitarle en esta nueva etapa de su carrera. He disfrutado enormemente con la lectura de las primeras entregas de* La Ciudad de los Malditos. *Confío en que este pequeño obsequio sea de su agrado.*

*Le reitero mi admiración y mi voluntad de que algún día nuestros destinos se crucen. En la seguridad de que así será, le saluda afectuosamente su amigo y lector,*

ANDREAS CORELLI

El obsequio era el mismo ejemplar de *Grandes esperanzas* que el señor Sempere me había regalado de niño, el mismo que le había devuelto antes de que mi padre pudiese encontrarlo y el mismo que, cuando quise recobrarlo años después a cualquier precio, había desaparecido horas antes en manos de un extraño. Contemplé aquel pedazo de papel que un día no muy lejano me había parecido contener toda la magia y la luz del mundo. En la cubierta aún se apreciaban las huellas de mis dedos de niño manchados de sangre.

—Gracias —murmuré.

# 9

El señor Sempere se puso sus lentes de precisión para examinar el libro. Lo colocó en un paño extendido sobre su escritorio en la trastienda y dobló el flexo para que el haz de luz se concentrase en el tomo. Su análisis pericial se prolongó durante varios minutos en los que guardé un silencio religioso. Le observé pasar las hojas, olerlas, acariciar el papel y el lomo, sopesar el libro con una mano y luego con la otra y finalmente cerrar la tapa y examinar con una lupa las huellas tintadas en sangre seca que mis dedos habían dejado allí doce o trece años atrás.

—Increíble —musitó, quitándose los lentes—. Es el mismo libro. ¿Cómo dice que lo ha recobrado?

—Ni yo mismo lo sé. Señor Sempere, ¿qué sabe usted de un editor francés llamado Andreas Corelli?

—Por de pronto suena más italiano que francés, aunque lo de Andreas parece griego…

—La editorial está en París. Éditions de la Lumière.

Sempere permaneció pensativo unos instantes, dudando.

—Me temo que no me resulta familiar. Le preguntaré a Barceló, que lo sabe todo, a ver qué me dice.

Gustavo Barceló era uno de los decanos del gremio de libreros de viejo de Barcelona, y su enciclopédico acervo era tan legendario como su temple vagamente abrasivo y pedante. En la profesión, el dicho aconsejaba que, ante la duda, había que preguntar a Barceló. En aquel instante se asomó el hijo de Sempere, que aunque era dos o tres años mayor que yo era tan tímido que a veces se hacía invisible, y le hizo una seña a su padre.

—Padre, vienen a recoger un pedido que creo tomó usted.

El librero asintió y me tendió un tomo grueso y batallado a fondo.

—Aquí tiene el último catálogo de editores europeos. Si quiere vaya mirando a ver si encuentra algo y entretanto atiendo al cliente —sugirió.

Me quedé a solas en la trastienda de la librería, buscando en vano Éditions de la Lumière mientras Sempere regresaba al mostrador. Hojeando el catálogo, le oí conversar con una voz femenina que me resultó familiar. Oí que mencionaban a Pedro Vidal e, intrigado, me asomé a curiosear.

Cristina Sagnier, hija del chófer y secretaria de mi mentor, repasaba una pila de libros que Sempere iba anotando en el libro de ventas. Al verme sonrió cortésmente, pero tuve la certeza de que no me reconocía. Sempere alzó la vista y al registrar mi mirada de bobo trazó una rápida radiografía de la situación.

—¿Ya se conocen ustedes, verdad? —dijo.

Cristina alzó las cejas, sorprendida, y me miró de nuevo, incapaz de ubicarme.

—David Martín. Amigo de don Pedro —ofrecí.

—Ah, claro —dijo—. Buenos días.

—¿Qué tal su padre? —improvisé.

—Bien, bien. Me espera en la esquina con el coche.

Sempere, que no dejaba pasar una, intervino:

—La señorita Sagnier ha venido a recoger unos libros que encargó Vidal. Como son un tanto pesados quizá pueda usted tener la bondad de ayudarla a llevarlos hasta el coche…

—No se preocupen… —protestó Cristina.

—Faltaría más —salté yo, presto a levantar la pila de libros que resultó pesar como la edición de lujo de la Enciclopedia Británica, anexos incluidos.

Sentí que algo crujía en mi espalda y Cristina me miró, azorada.

—¿Está usted bien?

—No tema, señorita. Aquí el amigo Martín, aunque sea de letras, está hecho un toro —dijo Sempere—. ¿Verdad que sí, Martín?

Cristina me observaba poco convencida. Ofrecí mi sonrisa de macho invencible.

—Puro músculo —dije—. Esto es simple calentamiento.

Sempere hijo iba a ofrecerse a llevar la mitad de los libros, pero su padre, en un golpe de diplomacia, le retuvo por el brazo. Cristina me sostuvo la puerta y me aventuré a recorrer los quince o veinte metros que me separaban del Hispano-Suiza aparcado en la esquina con Portal del Ángel. Llegué a duras penas, con los brazos a punto de prender fuego. Manuel, el chófer, me ayudó a descargar los libros y me saludó efusivamente.

—Qué casualidad verle aquí, señor Martín.

—Pequeño mundo.

Cristina me ofreció una sonrisa leve como agradecimiento y subió al coche.

—Lamento lo de los libros.

—No es nada. Un poco de ejercicio levanta la moral —aduje, ignorando el nudo de cables que se me había formado en la espalda—. Recuerdos a don Pedro.

Los vi partir hacia la plaza de Catalunya y cuando me volví avisté a Sempere a la puerta de la librería, que me miraba con una sonrisa gatuna y me hacía gestos para que me limpiase la baba. Me acerqué hasta él y no pude evitar reírme de mí mismo.

—Ahora ya conozco su secreto, Martín. Le hacía yo más templado en estas lides.

—Todo se oxida.

—A quién se lo va a contar. ¿Me puedo quedar el libro unos días?

Asentí.

—Cuídemelo bien.

# 10

Volví a verla meses más tarde, en compañía de Pedro Vidal, en la mesa que siempre tenía reservada en la Maison Dorée. Vidal me invitó a unirme a ellos, pero me bastó cruzar una mirada con ella para saber que debía declinar el ofrecimiento.

—¿Cómo va la novela, don Pedro?

—Viento en popa.

—Me alegro. Buen provecho.

Nuestros encuentros eran fortuitos. A veces me tropezaba con ella en la librería de Sempere e Hijos, donde acudía a menudo a buscar libros para don Pedro. Sempere, si se terciaba, me dejaba a solas con ella, pero pronto Cristina descubrió el truco y enviaba a uno de los mozos desde Villa Helius a recoger los pedidos.

—Ya sé que no es asunto mío —decía Sempere—. Pero a lo mejor debería usted quitársela de la cabeza.

—No sé de qué me habla, señor Sempere.

—Martín, que nos conocemos de hace tiempo…

Los meses pasaban al trasluz sin que me diese ni cuenta. Vivía de noche, escribiendo desde el atardecer hasta el amanecer y durmiendo durante el día. Barrido y Escobillas no cesaban de congratularse por el éxito de *La Ciu-*

*dad de los Malditos,* y cuando me veían al borde del colapso me aseguraban que tras un par de novelas más me concederían un año sabático, para que descansara o me dedicase a escribir una obra personal que publicarían a bombo y platillo con mi verdadero nombre en grandes letras mayúsculas en la portada. Siempre faltaban sólo un par de novelas más. Los pinchazos, dolores de cabeza y los mareos se iban haciendo más frecuentes y más intensos, pero yo los atribuía a la fatiga y los ahogaba con nuevas inyecciones de cafeína, cigarrillos y unas píldoras de codeína y Dios sabe qué que me proporcionaba de tapadillo un farmacéutico de la calle Argenteria y que sabían a pólvora. Don Basilio, con quien comía jueves sí jueves no en una terraza de la Barceloneta, me instaba a que acudiese al médico. Yo siempre decía que sí, que tenía hora para aquella misma semana.

Aparte de mi antiguo jefe y de los Sempere, no disponía de demasiado tiempo para ver a mucha más gente que a Vidal, y cuando lo hacía era más porque él acudía a visitarme que por mi propio pie. No le gustaba la casa de la torre y siempre insistía en que saliésemos a dar un paseo hasta acabar en el bar Almirall en la calle Joaquim Costa, donde tenía cuenta y mantenía una tertulia literaria los viernes por la noche a la que no me invitaba porque sabía que todos los asistentes, poetastros frustrados y lameculos que le reían las gracias a la espera de una limosna, una recomendación para un editor o una palabra de elogio con la que tapar las heridas de la vanidad, me detestaban con una consistencia, vigor y empeño de la que carecían sus empresas artísticas, que el público trapacero se empeñaba en ignorar. Allí, a golpes de absenta y habanos caribeños, me hablaba de su novela, que nunca se acababa, de sus planes para retirarse de su vida de retirado y de sus amoríos y conquistas; cuanto mayor se hacía él, más jóvenes y núbiles eran ellas.

—No me preguntas por Cristina —decía, a veces, malicioso.

—¿Qué quiere que le pregunte?

—Si ella me pregunta por ti.

—¿Le pregunta ella por mí, don Pedro?

—No.

—Pues eso.

—La verdad es que el otro día te mencionó.

Le miré a los ojos para ver si me estaba tomando el pelo.

—¿Y qué dijo?

—No te va a gustar.

—Suéltelo.

—No lo dijo con estas palabras, pero me pareció entender que no entendía cómo te prostituías escribiendo seriales de medio pelo para ese par de ladrones, que estabas tirando por la borda tu talento y tu juventud.

Sentí como si Vidal me acabase de clavar un puñal helado en el estómago.

—¿Eso es lo que piensa?

Vidal se encogió de hombros.

—Pues por mí puede irse al infierno.


Trabajaba todos los días excepto los domingos, que dedicaba a callejear y que casi siempre acababa en alguna bodega del Paralelo donde no costaba encontrar compañía y afecto pasajero en los brazos de alguna alma solitaria y a la espera como la mía. Hasta la mañana siguiente, cuando despertaba a su lado y descubría en ellas a una extraña, no me daba cuenta de que todas se le parecían, en el color del pelo, en el modo de caminar, en un gesto o una mirada. Tarde o temprano, para ahogar aquel silencio cortante de las despedidas, aquellas damas de una noche me preguntaban cómo me ganaba la vida, y cuando me traicionaba la vanidad y les explicaba que era escritor me tomaban por mentiroso, porque nadie había oído hablar de David Martín, aunque algunas sí sabían quién era Ignatius B. Samson y conocían de oídas *La Ciudad de los Malditos*. Con el tiempo empecé a decir que trabajaba en el edificio de aduanas portuarias de las Atarazanas o que era un pasante en el despacho de abogados de Sayrach, Muntaner y Cruells.

Recuerdo una tarde en que me había sentado en el café de la Ópera en compañía de una maestra de música llamada Alicia a la que, sospechaba, le estaba ayudando a olvidar a alguien que no se dejaba. Iba a besarla cuando descubrí el rostro de Cristina tras el cristal. Cuando salí a la calle, ya se había perdido entre el gentío de la Rambla. Dos semanas más tarde, Vidal se empeñó en invitarme al estreno de *Madame Butterfly* en el Liceo. La familia Vidal era propietaria de un palco en el primer piso, y Vidal gustaba de acudir durante toda la temporada con periodicidad semanal. Al encontrarme con él en el vestíbulo descubrí que también había traído a Cristina. Ella me saludó con una sonrisa glacial y no volvió a dirigirme la palabra, ni la mirada, hasta que Vidal, a mitad del segundo acto, decidió bajar al Círculo a saludar a uno de sus primos y nos dejó a solas en el palco, el uno contra el otro, sin más escudo que Puccini y cientos de rostros en la penumbra del teatro. Aguanté unos diez minutos antes de volverme y mirarla a los ojos.

—¿He hecho algo para ofenderla? —pregunté.

—No.

—¿Podemos entonces intentar fingir que somos amigos, al menos para ocasiones como ésta?

—Yo no quiero ser amiga suya, David.

—¿Por qué no?

—Porque usted tampoco quiere ser mi amigo.

Tenía razón, no quería ser su amigo.

—¿Es verdad que piensa que me prostituyo?

—Lo que yo piense es lo de menos. Lo que cuenta es lo que usted piense.

Permanecí allí cinco minutos más y luego me levanté y me fui sin mediar palabra. Al llegar a la gran escalinata del Liceo ya me había prometido que nunca más iba a dedicarle un pensamiento, una mirada o una palabra amable.

Al día siguiente me la encontré frente a la catedral y cuando quise evitarla me saludó con la mano y me sonrió. Me quedé inmóvil, viéndola acercarse.

—¿No me va a invitar a merendar?

—Estoy haciendo la calle y no libro hasta dentro de un par de horas.

—Entonces déjeme que le invite yo. ¿Qué cobra por acompañar a una dama durante una hora?

La seguí a regañadientes hasta una chocolatería de la calle Petritxol. Pedimos un par de tazas de cacao caliente y nos sentamos el uno frente al otro a ver quién abría la boca antes. Por una vez, gané yo.

—Ayer no quería ofenderle, David. No sé qué le habrá contado don Pedro, pero yo nunca he dicho eso.

—A lo mejor sólo lo piensa, por eso don Pedro me lo diría.

—No tiene ni idea de lo que yo pienso —replicó con dureza—. Ni don Pedro tampoco.

Me encogí de hombros.

—Está bien.

—Lo que dije era algo muy diferente. Dije que no creía que usted no hacía lo que sentía.

Sonreí, asintiendo. Lo único que sentía en aquel instante era el deseo de besarla. Cristina me sostuvo la mirada, desafiante. No apartó el rostro cuando alargué la mano y le acaricié los labios, deslizando los dedos por la barbilla y el cuello.

—Así no —dijo al fin.

Cuando el camarero nos trajo las dos tazas humeantes ya se había ido. Pasaron meses sin que volviese a oír su nombre.

Un día de finales de septiembre en que acababa de terminar una nueva entrega de *La Ciudad de los Malditos*, decidí tomarme la noche libre. Intuía que se acercaba una de aquellas tormentas de náusea y puñaladas de fuego en el cerebro. Engullí un puñado de pastillas de codeína y me tendí en la cama a oscuras a esperar que pasaran aquel sudor frío y el temblor en las manos. Empezaba a conciliar el sueño cuando oí que llamaban a la puerta. Me arrastré hasta el recibidor y abrí. Vidal, enfundado en uno de sus impecables trajes de seda italiana, encendía un cigarrillo bajo un haz de luz que el mismísimo Vermeer parecía haber pintado para él.

—¿Estás vivo o hablo con una aparición? —preguntó.

—No me diga que ha venido desde Villa Helius hasta aquí para soltarme eso.

—No. He venido porque hace meses que no sé nada de ti y me preocupas. ¿Por qué no haces instalar una línea de teléfono en este mausoleo como la gente normal?

—No me gustan los teléfonos. Me gusta ver la cara de la gente cuando me habla y que me la vean a mí.

—En tu caso no sé si eso es una buena idea. ¿Te has mirado últimamente al espejo?

—Ésa es su especialidad, don Pedro.

—Hay gente en el depósito de cadáveres del Hospital Clínico con mejor color de cara. Anda, vístete.

—¿Por qué?

—Porque lo digo yo. Vamos de paseo.

Vidal no aceptó negativas ni protestas. Me arrastró hasta el coche que esperaba en el paseo del Born e indicó a Manuel que se pusiera en marcha.

—¿Adónde vamos? —pregunté.

—Sorpresa.

Cruzamos Barcelona entera hasta llegar a la avenida Pedralbes e iniciamos el ascenso por la ladera de la colina. Unos minutos más tarde avistamos Villa Helius, todos sus ventanales encendidos y proyectando una burbuja de oro candente sobre el crepúsculo. Vidal no soltaba prenda y me sonreía misterioso. Al llegar al caserón me indicó que le siguiese y me guió hasta el gran salón. Un grupo de gente esperaba allí y, al verme, aplaudió. Reconocí a don Basilio, a Cristina, a Sempere padre e hijo, a mi antigua maestra doña Mariana, a algunos de los autores que publicaban conmigo en Barrido y Escobillas y con quienes había trabado amistad, a Manuel, que se había sumado al grupo, y a algunas de las conquistas de Vidal. Don Pedro me tendió una copa de champán y sonrió.

*

—Feliz veintiocho cumpleaños, David.

No me acordaba.

Al término de la cena me excusé un instante para salir al jardín a tomar el aire. Un cielo estrellado tendía un velo de plata sobre los árboles. Apenas había transcurrido un minuto cuando escuché pasos aproximándose y me volví para encontrar a la última persona que esperaba ver en aquel instante, Cristina Sagnier. Me sonrió, casi como disculpándose por la intrusión.

—Pedro no sabe que he salido a hablar con usted —dijo.

Observé que el don se había caído del tratamiento, pero hice como que no lo advertía.

—Me gustaría hablar con usted, David —dijo—. Pero no aquí, ni ahora.

Ni la penumbra del jardín consiguió ocultar mi desconcierto.

—¿Podemos vernos mañana, en algún sitio? —preguntó—. Le prometo que no le robaré mucho tiempo.

—Con una condición —dije—. Que no vuelva a llamarme de usted. Los cumpleaños ya lo envejecen a uno lo suficiente.

Cristina sonrió.

—De acuerdo. Le tuteo si usted me tutea.

—Tutear es una de mis especialidades. ¿Dónde quieres que nos encontremos?

—¿Puede ser en tu casa? No quiero que nadie nos vea ni que Pedro sepa que he hablado contigo.

—Como quieras…

Cristina sonrió, aliviada.

—Gracias. ¿Mañana, entonces? ¿Por la tarde?

—Cuando quieras. ¿Sabes dónde vivo?

—Mi padre lo sabe.

Se inclinó levemente y me besó en la mejilla.

—Feliz cumpleaños, David.

Antes de que pudiese decir nada se había esfumado en el jardín. Cuando regresé al salón, ya se había ido. Vidal me lanzó una mirada fría desde el otro extremo del salón y sólo después de darse cuenta de que le había visto sonrió.

Una hora más tarde, Manuel, con el beneplácito de Vidal, se empeñó en acompañarme a casa en el Hispano-Suiza. Me senté a su lado, como solía hacerlo en las ocasiones en que viajaba con él a solas y el chófer aprovechaba para explicarme trucos de conducción y, sin que Vidal tuviese conocimiento, incluso me dejaba ponerme al volante un rato. Aquella noche el chófer estaba más taciturno que de costumbre y no despegó los labios hasta que llegamos al centro de la ciudad. Estaba más delgado que la última vez que le había visto y me pareció que la edad empezaba a pasarle factura.

—¿Pasa alguna cosa, Manuel? —pregunté.

El chófer se encogió de hombros.

—Nada de importancia, señor Martín.

—Si le preocupa algo…

—Tonterías de salud. A la edad de uno, todo son pequeñas preocupaciones, ya lo sabe usted. Pero yo ya no importo. La que importa es mi hija.

No supe muy bien qué responder y me limité a asentir.

—Me consta que usted le tiene afecto, señor Martín. A mi Cristina. Un padre sabe ver estas cosas.

Asentí de nuevo, en silencio. No volvimos a cruzar palabra hasta que Manuel detuvo el coche al pie de la calle Flassaders, me tendió la mano y me deseó de nuevo un feliz cumpleaños.

—Si me pasara cualquier cosa —dijo entonces—, usted la ayudaría, ¿verdad, señor Martín? ¿Haría usted eso por mí?

—Claro, Manuel. Pero ¿qué le va a pasar?

El chófer sonrió y se despidió con un saludo. Le vi subir al coche y alejarse lentamente. No tuve la certeza absoluta, pero hubiera jurado que, tras un trayecto casi sin pronunciar palabra, ahora estaba hablando solo.

# 11

Pasé la mañana entera dando vueltas por la casa, adecentando y poniendo orden, ventilando y limpiando objetos y rincones que no recordaba ni que existían. Bajé corriendo a una floristería del mercado y cuando regresé cargado de ramos me di cuenta de que no sabía dónde había escondido los jarrones en que ponerlos. Me vestí como si fuera a salir a buscar trabajo. Ensayé palabras y saludos que me sonaban ridículos. Me miré en el espejo y comprobé que Vidal tenía razón, tenía aspecto de vampiro. Por fin me senté en una butaca de la galería a esperar con un libro en las manos. En dos horas no pasé de la primera página. Finalmente, a las cuatro en punto de la tarde, oí los pasos de Cristina en la escalera y me levanté de un salto. Cuando llamó a la puerta, yo ya llevaba allí una eternidad.

—Hola, David. ¿Es un mal momento?

—No, no. Al contrario. Pasa, por favor.

Cristina sonrió cortés y se adentró en el pasillo. La guié hasta la sala de lectura de la galería y le ofrecí asiento. Su mirada lo examinaba todo con detenimiento.

—Es un sitio muy especial —dijo—. Pedro ya me había dicho que tenías una casa señorial.

—Él prefiere el término «tétrica», pero supongo que todo es cuestión de grado.

—¿Puedo preguntarte por qué viniste a vivir aquí? Es una casa un tanto grande para alguien que vive solo.

Alguien que vive solo, pensé. Uno acaba convirtiéndose en aquello que ve en los ojos de quienes desea.

—¿La verdad? —pregunté—. La verdad es que me vine a vivir aquí porque durante muchos años veía esta casa casi todos los días al ir y venir del periódico. Siempre estaba cerrada y al final empecé a pensar que me estaba esperando a mí. Acabé soñando, literalmente, que algún día viviría en ella. Y así ha sido.

—¿Se hacen realidad todos tus sueños, David?

Aquel tono de ironía me recordaba demasiado a Vidal.

—No —respondí—. Éste es el único. Pero tú querías hablarme de algo y te estoy entreteniendo con historias que seguramente no te interesan.

Mi voz sonó más defensiva de lo que hubiese deseado. Con el anhelo me había pasado como con las flores; una vez lo tenía en las manos no sabía dónde ponerlo.

—Quería hablarte de Pedro —empezó Cristina.

—Ah.

—Tú eres su mejor amigo. Le conoces. Él habla de ti como de un hijo. Te quiere como a nadie. Ya lo sabes.

—Don Pedro me ha tratado como a un hijo —dije—. De no haber sido por él y por el señor Sempere no sé qué habría sido de mí.

—La razón por la que quería hablar contigo es porque estoy muy preocupada por él.

—¿Preocupada por qué?

—Ya sabes que hace años empecé a trabajar para él como secretaria. La verdad es que Pedro es un hombre generoso y hemos acabado por ser buenos amigos. Se ha portado muy bien con mi padre y conmigo. Por eso me duele verle así.

—¿Así cómo?

—Es ese maldito libro, la novela que quiere escribir.

—Lleva años con ella.

—Lleva años destruyéndola. Yo corrijo y mecanografío todas sus páginas. En los años que llevo como secretaria suya ha destruido no menos de dos mil páginas. Dice que no tiene talento. Que es un farsante. Bebe constantemente. A veces le encuentro en su despacho, arriba, bebido, llorando como un niño…

Tragué saliva.

—… dice que te envidia, que quisiera ser como tú, que la gente miente y le elogia porque quieren algo de él, dinero, ayuda, pero que él sabe que su obra no tiene ningún valor. Con los demás mantiene la fachada, los trajes y todo eso, pero yo le veo todos los días y se está apagando. A veces me da miedo que cometa una tontería. Hace tiempo ya. No he dicho nada porque no sabía con quién hablar. Sé que si él se enterara de que he venido a verte montaría en cólera. Siempre me dice: a David no le molestes con mis cosas. Él tiene su vida por delante y yo ya no soy nada. Siempre está diciendo cosas así. Perdona que te cuente todo esto, pero no sabía a quién acudir…

Nos sumimos en un largo silencio. Sentí que me invadía un frío intenso, la certeza de que mientras el hombre al que debía la vida se había hundido en la desesperanza, yo, encerrado en mi propio mundo, no me había detenido ni un segundo para darme cuenta.

—Tal vez no debería haber venido.

—No —dije—. Has hecho bien.

Cristina me miró con una sonrisa tibia y, por primera vez, tuve la impresión de que no era un extraño para ella.

—¿Qué vamos a hacer? —preguntó.

—Vamos a ayudarle —dije.

—¿Y si no se deja?

—Entonces lo haremos sin que se dé cuenta.

# 12

Nunca sabré si lo hice por ayudar a Vidal, como me decía a mí mismo, o simplemente a cambio de tener una excusa para pasar tiempo al lado de Cristina. Nos encontrábamos casi todas las tardes en la casa de la torre. Cristina traía las cuartillas que Vidal había escrito el día anterior a mano, siempre repletas de tachones, párrafos enterros rayados, anotaciones por todas partes y mil y un intentos de salvar lo insalvable. Subíamos al estudio y nos sentábamos en el suelo. Cristina las leía en voz alta una primera vez y luego discutíamos sobre ellas largamente. Mi mentor estaba intentando escribir un amago de saga épica que abarcaba tres generaciones de una dinastía barcelonesa no muy distinta de los Vidal. La acción arrancaba unos años antes de la revolución industrial con la llegada de dos hermanos huérfanos a la ciudad y evolucionaba en una suerte de parábola bíblica a lo Caín y Abel. Uno de los hermanos acababa por transformarse en el más rico y poderoso magnate de su época, mientras el otro se entregaba a la Iglesia y a la ayuda a los pobres, para terminar sus días trágicamente en un episodio que transparentaba las desventuras del sacerdote y poeta mosén Jacint Verdaguer. A lo largo de sus vidas, los hermanos se enfrentaban, y una interminable galería de personajes desfilaban por tórridos melodramas, escándalos, asesinatos, amoríos ilícitos, tragedias y demás requisitos del género, todo ello ambientado sobre el escenario del nacimiento de la metrópoli moderna y el mundo industrial y financiero. La novela estaba narrada por un nieto de uno de los dos hermanos, que reconstruía la historia mientras contemplaba la ciudad arder desde un palacio de Pedralbes durante los días de la Semana Trágica de 1909.

Lo primero que me sorprendió fue que aquel argumento se lo había esbozado yo a Vidal un par de años antes a modo de sugerencia para que arrancase su supuesta novela de calado, la que siempre decía que algún día iba a escribir. Lo segundo fue que nunca me había dicho que hubiera decidido utilizarlo ni que hubiese ya invertido años en ello, y no por falta de oportunidades. Lo tercero fue que la novela, tal y como estaba, era un completo y monumental fiasco: no funcionaba una sola pieza, empezando por los personajes y la estructura, pasando por la atmósfera y la dramatización y terminando por un lenguaje y un estilo que hacían pensar en los esfuerzos de un aficionado con tantas pretensiones como tiempo libre en las manos.

—¿Qué te parece? —preguntaba Cristina—. ¿Crees que tiene arreglo?

Preferí no decirle que Vidal me había tomado prestada la premisa y, con ánimo de no preocuparla más de lo que estaba, sonreí y asentí.

—Necesita algo de trabajo. Es todo.

Cuando empezaba a anochecer, Cristina se sentaba a la máquina y entre los dos reescribíamos el libro de Vidal letra por letra, línea por línea, escena por escena.

El argumento que había armado Vidal era tan vago e insulso que opté por recuperar el que había improvisado al sugerirle la idea. Lentamente empezamos a resucitar a los personajes reventándolos por dentro y rehaciéndolos de pies a cabeza. Ni una sola escena, momento, línea o palabra sobrevivía al proceso y, sin embargo, a medida que avanzábamos, tenía la impresión de que estábamos haciendo justicia a la novela que Vidal llevaba en el corazón y se había propuesto escribir pero no sabía cómo.

Cristina me decía que, a veces, Vidal, semanas después de creer que había escrito una escena, la releía en su versión final mecanografiada y se sorprendía de su fino oficio y de la plenitud de un talento en el que había dejado de creer. Cristina temía que fuese a descubrir lo que estábamos haciendo y me decía que debíamos ser más fieles a su original.

—Nunca subestimes la vanidad de un escritor, especialmente de un escritor mediocre —replicaba yo.

—No me gusta oírte hablar así de Pedro.

—Lo siento. A mí tampoco.

—A lo mejor deberías aflojar un poco el ritmo. No tienes buen aspecto. Ya no me preocupa Pedro, ahora el que me preocupas eres tú.

—Algo bueno tenía que salir de todo esto.

Con el tiempo me acostumbré a vivir para saborear aquellos instantes que compartía con ella. Mi propio trabajo no tardó en resentirse. Sacaba el tiempo para trabajar en *La Ciudad de los Malditos* de donde no lo había, durmiendo apenas tres horas al día y apretando al máximo para cumplir los plazos de mi contrato. Barrido y Escobillas tenían por norma no leer ningún libro, ni los que publicaban ellos ni los de la competencia, pero la Veneno sí los leía, y pronto empezó a sospechar que algo extraño me estaba sucediendo.

—Éste no eres tú —decía a veces.

—Claro que no soy yo, querida Herminia. Es Ignatius B. Samson.

Era consciente del riesgo que había asumido, pero no me importaba. No me importaba despertar todos los días cubierto de sudor con el corazón palpitando como si fuese a partirme las costillas. Hubiera pagado aquel precio y mucho más por no renunciar al roce lento y secreto que sin quererlo nos convertía en cómplices. Sabía perfectamente que Cristina lo veía en mis ojos cada día que venía a casa, y sabía perfectamente que nunca respondería a mis gestos. No había futuro ni grandes esperanzas en aquella carrera a ninguna parte, y ambos lo sabíamos.

A veces, cansados ya de intentar reflotar aquel barco que hacía aguas por todas partes, abandonábamos el manuscrito de Vidal y nos atrevíamos a hablar de algo que no fuese aquella proximidad que de tanto esconderse empezaba a quemar en la conciencia. En ocasiones me armaba de valor y le tomaba la mano. Ella me dejaba hacer, pero sabía que la incomodaba, que sentía que aquello que hacíamos no estaba bien, que la deuda de gratitud que teníamos con Vidal nos unía y separaba a un tiempo. Una noche, poco antes de que se retirase, le tomé el rostro e intenté besarla. Se quedó inmóvil y cuando me vi en el espejo de su mirada no me atreví a decir nada. Se levantó y se fue sin mediar palabra. No la vi por espacio de dos semanas y cuando regresó me hizo prometer que nunca volvería a suceder algo así.

—David, quiero que entiendas que cuando acabemos de trabajar en el libro de Pedro no volveremos a vernos como ahora.

—¿Por qué no?

—Tú sabes por qué.

Mis avances no eran lo único que Cristina no veía con buenos ojos. Empezaba a sospechar que Vidal estaba en lo cierto cuando me había dicho que le desagradaban los libros que escribía para Barrido y Escobillas, aunque lo callase. No me costaba imaginarla pensando que el mío era un empeño mercenario y sin alma, que estaba vendiendo mi integridad a cambio de una limosna para enriquecer a aquel par de ratas de alcantarilla porque no tenía el valor de escribir con el corazón, con mi nombre y con mis propios sentimientos. Lo que más me dolía era que, en el fondo, tenía razón. Yo fantaseaba con la idea de renunciar a mi contrato, de escribir un libro sólo para ella con el que ganarme su respeto. Si lo único que sabía hacer no era lo suficientemente bueno para ella, tal vez más me valía volver a los días grises y miserables del periódico. Siempre podría vivir de la caridad y los favores de Vidal.


Había salido a caminar después de una larga noche de trabajo, incapaz de conciliar el sueño. Sin rumbo fijo, mis pasos me guiaron ciudad arriba hasta las obras del templo de la Sagrada Familia. De pequeño, mi padre me había llevado a veces allí para contemplar aquella babel de esculturas y pórticos que nunca acababa de levantar el vuelo, como si estuviese maldita. A mí me gustaba volver a visitarlo y comprobar que no había cambiado, que la ciudad no paraba de crecer a su alrededor, pero que la Sagrada Familia permanecía en ruinas desde el primer día.

Cuando llegué despuntaba un amanecer azul segado de luces rojas que silueteaba las torres de la fachada de la Natividad. Un viento del este arrastraba el polvo de las calles sin adoquinar y el olor ácido de las fábricas que apuntalaban la frontera del barrio de Sant Martí. Estaba cruzando la calle Mallorca cuando vi las luces de un tranvía acercándose en la neblina del alba. Escuché el traqueteo de las ruedas de metal sobre los raíles y el sonido de la campana que el conductor hacía sonar para alertar de su paso por las sombras. Quise correr, pero no pude. Me quedé allí clavado, inmóvil entre los raíles contemplando las luces del tranvía abalanzándose sobre mí. Oí los gritos del conductor y vi la estela de chispas que arrancaron las ruedas al trabarse los frenos. Y aun así, con la muerte a apenas unos metros, no pude mover un músculo. Sentí aquel olor a electricidad que traía la luz blanca que prendió en mis ojos hasta que el faro del tranvía quedó velado. Me desplomé como un muñeco, conservando el sentido apenas unos segundos más, lo justo para ver que la rueda del tranvía, humeante, se detenía a unos veinte centímetros de mi rostro. Luego todo fue oscuridad.

## 13

Abrí los ojos. Columnas de piedra gruesas como árboles ascendían en penumbra hacia una bóveda desnuda. Agujas de luz polvorienta caían en diagonal e insinuaban hileras interminables de camastros. Pequeñas gotas de agua se desprendían de las alturas como lágrimas negras que explotaban en eco al tocar el suelo. La penumbra olía a moho y a humedad.

—Bien venido al purgatorio.

Me incorporé y me volví para descubrir a un hombre vestido de harapos que leía un periódico a la luz de un farol y blandía una sonrisa a la que le faltaban la mitad de los dientes. La portada del diario que tenía en las manos anunciaba que el general Primo de Rivera asumía todos los poderes del Estado e inauguraba una dictadura de guante blando para salvar al país de la inminente hecatombe. Aquel diario tenía por lo menos seis años.

—¿Dónde estoy?

El hombre me miró por encima del periódico, intrigado.

—En el hotel Ritz. ¿No lo huele?

—¿Cómo he llegado aquí?

—Hecho unos zorros. Le han traído esta mañana

en camilla y lleva usted durmiendo la mona desde entonces.

Palpé mi chaqueta y comprobé que todo el dinero que llevaba encima había desaparecido.

—Cómo está el mundo —exclamó el hombre ante las noticias de su periódico—. Se conoce que, en las fases más avanzadas del cretinismo, la falta de ideas se compensa con el exceso de ideologías.

—¿Cómo se sale de aquí?

—Si tanta prisa tiene… Hay dos maneras, la permanente y la temporal. La permanente es por el tejado: un buen salto y se libra usted de toda esta bazofia para siempre. La salida temporal está por allí, al fondo, donde anda aquel atontado puño en alto al que se le caen los pantalones y hace el saludo revolucionario a todo el que pasa. Pero si sale por ahí, tarde o temprano volverá aquí.

El hombre del diario me observaba divertido, con esa lucidez que sólo brilla de vez en cuando en los locos.

—¿Es usted el que me ha robado?

—La duda ofende. Cuando le han traído ya estaba usted limpio como una patena y yo sólo acepto títulos negociables en Bolsa.

Dejé a aquel lunático en su camastro con su atrasado diario y sus avanzados discursos. La cabeza todavía me daba vueltas y a duras penas conseguía andar cuatro pasos en línea recta, pero conseguí llegar hasta una puerta en uno de los laterales de la gran bóveda que daba a unas escalinatas. Una tenue claridad parecía filtrarse en lo alto de la escalera. Ascendí cuatro o cinco pisos hasta sentir una bocanada de aire fresco que entraba por un portón al final de las escaleras. Salí al exterior y comprendí por fin adónde había ido a parar.

Frente a mí se desplegaba un lago suspendido sobre la arboleda del Parque de la Ciudadela. El sol empezaba a ponerse sobre la ciudad y las aguas recubiertas de algas ondulaban como vino derramado. El Depósito de las Aguas tenía las trazas de un tosco castillo o de una prisión. Había sido construido para abastecer de agua los pabellones de la Exposición Universal de 1888, pero con el tiempo sus tripas de catedral laica habían acabado por servir de cobijo a moribundos e indigentes que no tenían otro lugar donde refugiarse cuando arreciaba la noche o el frío. El gran embalse de agua suspendido en la azotea era ahora un lago cenagoso y turbio que se desangraba lentamente por las grietas del edificio.

Fue entonces cuando reparé en la figura apostada en uno de los extremos de la azotea. Como si el mero roce de mi mirada le hubiese alertado, se dio la vuelta bruscamente y me miró. Todavía me sentía algo aturdido y tenía la visión nublada, pero me pareció ver que la figura se estaba acercando. Lo hacía demasiado rápido, como si sus pies no tocasen el suelo al caminar y se desplazase con sacudidas bruscas y demasiado ágiles para que la mirada las captase. Apenas podía apreciar su rostro al contraluz, pero pude distinguir que se trataba de un caballero que tenía unos ojos negros y relucientes que parecían demasiado grandes para su rostro. Cuanto más cerca de mí estaba, mayor era la impresión de que su silueta se alargaba y crecía en estatura. Sentí un escalofrío ante su avance y retrocedí unos pasos sin darme cuenta de que me estaba dirigiendo hacia el borde del lago. Sentí que mis pies perdían el firme y empezaba ya a caer de espaldas a las aguas oscuras del estanque cuando el extraño me sostuvo del brazo. Tiró de mí con delicadeza y me guió de regreso a terreno seguro. Me senté en uno de los bancos que rodeaban el estanque y respiré hondo. Alcé la vista y le vi por primera vez con claridad. Sus ojos eran de tamaño normal, su estatura como la mía, sus pasos y gestos los de un caballero como cualquier otro. Tenía una expresión amable y tranquilizadora.

—Gracias —dije.

—¿Se encuentra bien?

—Sí. Es sólo un mareo.

El extraño tomó asiento junto a mí. Iba enfundado en un traje oscuro de tres piezas de factura exquisita y tocado con un pequeño broche plateado en la solapa de la chaqueta, un ángel de alas desplegadas que me resultó extrañamente familiar. Se me ocurrió que la presencia de un caballero de impecable atavío en aquella azotea resultaba un tanto inusual. Como si pudiese leer mi pensamiento, el extraño me sonrió.

—Confío en no haberle alarmado —ofreció—. Supongo que no esperaba usted encontrar a nadie aquí arriba.

Le miré, perplejo. Vi el reflejo de mi rostro en sus pupilas negras, que se dilataban como una mancha de tinta sobre el papel.

—¿Puedo preguntarle qué le trae por aquí?

—Lo mismo que a usted: grandes esperanzas.

—Andreas Corelli —murmuré.

Su rostro se iluminó.

—Qué gran placer poder saludarle finalmente en persona, amigo mío.

Hablaba con un leve acento que no supe localizar. Mi instinto me decía que me levantase y me marchase de allí a toda prisa antes de que aquel extraño pronunciase una palabra más, pero había algo en su voz, en su mirada, que transmitía serenidad y confianza. Preferí no preguntarme cómo había podido saber que me encontraría en aquel lugar cuando ni yo mismo sabía dónde estaba. Me reconfortaban el sonido de sus palabras y la luz de sus ojos. Me tendió la mano y se la estreché. Su sonrisa prometía un paraíso perdido.

—Supongo que debería agradecerle todas las gentilezas que ha tenido usted conmigo a lo largo de los años, señor Corelli. Me temo que estoy en deuda con usted.

—En absoluto. Soy yo quien está en deuda, amigo mío, y quien debe disculparse por abordarle así, en un lugar y un momento tan inconvenientes, pero confieso que hace ya tiempo que quería hablar con usted y no sabía encontrar la ocasión.

—¿Qué puedo hacer, entonces, por usted? —pregunté.

—Quiero que trabaje para mí.

—¿Perdón?

—Quiero que escriba para mí.

—Por supuesto. Olvidaba que es usted editor.

El extraño rió. Tenía una risa dulce, de niño que nunca ha roto un plato.

—El mejor de todos. El editor que ha estado esperando toda la vida. El editor que le hará a usted inmortal.

El extraño me tendió una de sus tarjetas de visita, idéntica a la que aún conservaba y había encontrado en mis manos al despertar de mi sueño con Chloé.

Andreas Corelli
Éditeur
**Éditions de la Lumière**
Boulevard St.-Germain, 69. Paris

—Me siento halagado, señor Corelli, pero me temo que no me es posible aceptar su invitación. Tengo un contrato suscrito con…

—Barrido y Escobillas, lo sé. Gentuza con la que, sin ánimo de ofenderle, no debería usted mantener relación alguna.

—Es una opinión que comparten otras personas.

—¿La señorita Sagnier, tal vez?

—¿La conoce usted?

—De oídas. Parece la clase de mujer cuyo respeto y admiración uno daría cualquier cosa por ganar, ¿no es así? ¿No le anima ella a que abandone a ese par de parásitos y sea fiel a usted mismo?

—No es tan simple. Tengo un contrato que me liga en exclusiva a ellos durante seis años más.

—Lo sé, pero eso no debería preocuparle. Mis abogados están estudiando el tema y le aseguro que hay diversas fórmulas para disolver definitivamente cualquier atadura legal en el caso de que se aviniera usted a aceptar mi propuesta.

—¿Y su propuesta es?

Corelli sonrió con aire juguetón y malicioso, como un colegial que disfruta desvelando un secreto.

—Que me dedique un año en exclusiva para trabajar en un libro de encargo, un libro cuya temática discutiríamos usted y yo a la firma del contrato y por el que le pagaría, por adelantado, la suma de cien mil francos.

Le miré, atónito.

—Si esa suma no le parece adecuada estoy abierto a estudiar la que usted estime oportuna. Le seré sincero, señor Martín, no voy a pelearme con usted por dinero. Y, en confianza, creo que usted tampoco va a querer hacerlo, porque sé que cuando le explique la clase de libro que quiero que escriba para mí, el precio será lo de menos.

Suspiré y reí para mis adentros.

—Veo que no me cree.

—Señor Corelli, soy un autor de novelas de aventuras que ni siquiera llevan mi nombre. Mis editores, a quien al parecer usted ya conoce, son un par de estafadores de medio pelo que no valen su peso en estiércol, y mis lectores no saben ni que existo. Llevo años ganándome la vida en este oficio y todavía no he escrito una sola página de la que me sienta satisfecho. La mujer que quiero cree que estoy desperdiciando mi vida y tiene razón. También cree que no tengo derecho a desearla, que somos un par de almas insignificantes cuya única razón de ser es la deuda de gratitud que tenemos con un hombre que nos ha sacado a los dos de la miseria, y puede que también tenga razón en eso. Poco importa. El día menos pensado cumpliré treinta años y me daré cuenta de que cada día me parezco menos a la persona que quería ser cuando tenía quince. Eso si los cumplo, porque mi salud últimamente es casi tan consistente como mi trabajo. Hoy por hoy, si soy capaz de armar una o dos frases legibles por hora me tengo que dar por satisfecho. Ésa es la clase de autor y de hombre que soy. No la que recibe visitas de editores de París con cheques en blanco para escribir el libro que cambie su vida y haga realidad todas sus esperanzas.

Corelli me observó con gesto grave, sopesando mis palabras.

—Creo que es usted un juez demasiado severo consigo mismo, lo cual es siempre una cualidad que distingue a las personas de valía. Créame cuando le digo que a lo largo de mi carrera he tratado con infinidad de personajes por los que no hubiera dado usted un escupitajo y que tenían un altísimo concepto de sí mismos. Pero quiero que sepa que, aunque usted no me crea, sé exactamente la clase de autor y de hombre que es. Hace años que le sigo la pista, usted ya lo sabe. He leído desde el primer relato que escribió para *La Voz de la Industria* hasta la serie de *Los misterios de Barcelona,* y ahora cada una de las entregas de los seriales de Ignatius B. Samson. Me atrevería a decir que le conozco mejor de lo que se conoce usted mismo. Por eso sé que, al final, aceptará mi oferta.

—¿Qué más sabe?

—Sé que tenemos algo, o mucho, en común. Sé que perdió a su padre y yo también. Sé lo que es perder a un padre cuando todavía se le necesita. Al suyo se lo arrebataron en trágicas circunstancias. El mío, por motivos que no hacen al caso, me repudió y expulsó de su casa. Casi le diría que eso puede ser más doloroso. Sé que se siente solo, y créame cuando le digo que ése es un sentimiento que también conozco profundamente. Sé que alberga en su corazón grandes esperanzas, pero que ninguna de ellas se ha cumplido, y sé que eso, sin que usted se dé cuenta, le está matando un poco cada día que pasa.

Sus palabras trajeron un largo silencio.

—Sabe usted muchas cosas, señor Corelli.

—Las suficientes para pensar que me gustaría conocerle mejor y ser su amigo. Y creo que usted no tiene muchos amigos. Yo tampoco. No confío en la gente que cree tener muchos amigos. Es señal de que no conocen a los demás.

—Pero no busca usted un amigo, busca un empleado.

—Busco a un socio temporal. Le busco a usted.

—Está usted muy seguro de sí mismo —aventuré.

—Es un defecto de nacimiento —replicó Corelli, levantándose—. Otro es la clarividencia. Por eso comprendo que quizá es todavía pronto para usted y que no le basta con oír la verdad de mis labios. Necesita usted verla con sus propios ojos. Sentirla en su carne. Y, créame, la sentirá.

Me tendió la mano y no la retiró hasta que se la estreché.

—¿Puedo al menos quedarme con la tranquilidad de que pensará en lo que he le dicho y que volveremos a hablar? —preguntó.

—No sé qué decir, señor Corelli.

—No me diga nada ahora. Le prometo que la próxima vez que nos encontremos lo verá usted mucho más claro.

Con estas palabras me sonrió cordialmente y se alejó hacia las escaleras.

—¿Habrá una próxima vez? —pregunté.

Corelli se detuvo y se volvió.

—Siempre la hay.

—¿Dónde?

Las últimas luces del día caían sobre la ciudad y sus ojos brillaban como dos brasas.

Le vi desaparecer por la puerta de las escaleras. Sólo entonces me di cuenta de que, durante toda la conversación, no le había visto pestañear una sola vez.

# 14

El consultorio estaba situado en un piso alto desde el que se veían el mar reluciendo a lo lejos y la pendiente de la calle Muntaner punteada de tranvías que resbalaban hasta el Ensanche entre grandes caserones y edificios señoriales. La consulta olía a limpio. Sus salas estaban decoradas con gusto exquisito. Sus cuadros eran tranquilizadores y llenos de vistas a paisajes de esperanza y paz. Sus estanterías estaban repletas de libros imponentes rezumando autoridad. Sus enfermeras se movían como bailarinas y sonreían al pasar. Aquél era un purgatorio para bolsillos pudientes.

—El doctor le verá ahora, señor Martín.

El doctor Trías era un hombre de aire patricio y aspecto impecable que transmitía serenidad y confianza en cada gesto. Ojos grises y penetrantes tras lentes montados al aire. Sonrisa cordial y afable, nunca frívola. El doctor Trías era un hombre acostumbrado a lidiar con la muerte, y cuanto más sonreía, más miedo daba. Por el modo en que me hizo pasar y tomar asiento tuve la impresión de que, aunque días antes, cuando empecé a someterme a las pruebas, me había hablado de recientes avances científicos y médicos que permitían albergar esperanzas en la lucha contra los síntomas que le había descrito, por lo que a él concernía no había dudas.

—¿Cómo se encuentra? —preguntó, dudando entre mirarme a mí o a la carpeta que tenía sobre la mesa.

—Dígamelo usted.

Me ofreció una sonrisa leve, de buen jugador.

—Me dice la enfermera que es usted escritor, aunque veo aquí que al rellenar el cuestionario de ingreso puso que era mercenario.

—En mi caso no hay diferencia alguna.

—Creo que alguno de mis pacientes es lector suyo.

—Confío en que el daño neurológico causado no haya sido permanente.

El doctor sonrió como si mi comentario le pareciese gracioso y adoptó un ademán más directo que daba a entender que los amables y banales prolegómenos de la conversación se habían terminado.

—Señor Martín, veo que ha venido usted solo. ¿No tiene usted familia inmediata? ¿Esposa? ¿Hermanos? ¿Padres que vivan todavía?

—Eso suena un tanto fúnebre —aventuré.

—Señor Martín, no le voy a mentir. Los resultados de las primeras pruebas no son todo lo halagüeños que esperábamos.

Le miré en silencio. No sentía miedo ni inquietud. No sentía nada.

—Todo apunta a que tiene usted un crecimiento alojado en el lóbulo izquierdo de su cerebro. Los resultados confirman lo que los síntomas que usted me describió hacían temer y todo parece indicar que podría tratarse de un carcinoma.

Durante unos segundos fui incapaz de decir nada. No pude ni fingir sorpresa.

—¿Cuánto hace que lo tengo?

—Es imposible saberlo a ciencia cierta aunque me atrevería a suponer que el tumor lleva creciendo desde hace bastante tiempo, lo cual explicaría los síntomas que me ha descrito y las dificultades que ha experimentado últimamente en su trabajo.

Respiré profundamente, asintiendo. El doctor me observaba con aire paciente y benévolo, dejando que me tomase mi tiempo. Intenté empezar varias frases que no llegaron a aflorar a mis labios. Finalmente nuestras miradas se encontraron.

—Supongo que estoy en sus manos, doctor. Usted me dirá cuál es el tratamiento que tengo que seguir.

Vi que los ojos se le inundaban de desesperanza y que se daba entonces cuenta de que yo no había querido entender lo que me estaba diciendo. Asentí de nuevo, combatiendo la náusea que empezaba a escalarme la garganta. El doctor me sirvió un vaso de agua de una jarra y me lo tendió. Lo apuré de un trago.

—No hay tratamiento —dije yo.

—Lo hay. Hay muchas cosas que podemos hacer para aliviar el dolor y para garantizarle a usted la máxima comodidad y tranquilidad...

—Pero voy a morir.

—Sí.

—Pronto.

—Posiblemente.

Sonreí para mí. Incluso las peores noticias son un alivio cuando no pasan de ser una confirmación de algo que uno ya sabía sin querer saberlo.

—Tengo veintiocho años —dije, sin saber muy bien por qué.

—Lo siento, señor Martín. Me gustaría poder darle otras noticias.

Sentí que finalmente había confesado una mentira o un pecado venial y que la losa del remordimiento se levantaba de un plumazo.

—¿Cuánto tiempo me queda?

—Es difícil determinarlo con exactitud. Yo diría que un año, año y medio a lo sumo.

Su tono daba a entender claramente que aquél era un pronóstico más que optimista.

—¿Y de ese año, o lo que sea, cuánto tiempo cree usted que puedo conservar mis facultades para trabajar y valerme por mí mismo?

—Es usted escritor y trabaja con su cerebro. Lamentablemente ahí es donde está localizado el problema y ahí es donde antes nos encontraremos con limitaciones.

—Limitaciones no es un término médico, doctor.

—Lo normal es que a medida que avance la enfermedad los síntomas que ha venido usted experimentando se manifiesten con más intensidad y frecuencia y que, a partir de cierto momento, deba usted ingresar en un hospital para que podamos hacernos cargo de su cuidado.

—No podré escribir.

—No podrá ni pensar en escribir.

—¿Cuánto tiempo?

—No lo sé. Nueve o diez meses. Tal vez más, tal vez menos. Lo siento mucho, señor Martín.

Asentí y me levanté. Me temblaban las manos y me faltaba el aire.

—Señor Martín, entiendo que necesita tiempo para

pensar en todo lo que le estoy diciendo, pero es importante que tomemos medidas cuanto antes…

—No me puedo morir todavía, doctor. Aún no. Tengo cosas que hacer. Después tendré toda la vida para morirme.

# 15

Aquella misma noche subí al estudio de la torre y me senté frente a la máquina de escribir aunque sabía que estaba seco. Las ventanas estaban abiertas de par en par, pero Barcelona ya no quería contarme nada y fui incapaz de completar una sola página. Cuanto era capaz de conjurar me parecía banal y hueco. Me bastaba releerlas para comprender que mis palabras apenas valían la tinta en la que estaban impresas. Ya no era capaz de oír la música que desprende un pedazo decente de prosa. Poco a poco, como un veneno lento y placentero, las palabras de Andreas Corelli empezaron a gotear en mi pensamiento.

Me quedaban por lo menos cien páginas para terminar aquella enésima entrega de las rocambolescas aventuras que tanto habían abultado los bolsillos de Barrido y Escobillas, pero supe en aquel mismo momento que no iba a terminarla. Ignatius B. Samson se había quedado tendido en los raíles frente a aquel tranvía, exhausto, y desangrada su alma en demasiadas páginas que nunca debieron ver la luz. Pero antes de irse me había dejado su última voluntad. Que le enterrase sin ceremoniales y que, por una vez en la vida, tuviese el valor de usar mi propia voz. Me legaba su considerable arsenal de humo y de espejos. Y me pedía que le dejase ir, porque él había nacido para ser olvidado.

Tomé las páginas que llevaba escritas de su última novela y les prendí fuego, sintiendo cómo una losa se me quitaba de encima con cada página que entregaba a las llamas. Una brisa húmeda y calurosa soplaba aquella noche sobre los tejados, y al entrar por mis ventanas se llevó las cenizas de Ignatius B. Samson y las esparció entre los callejones de la ciudad vieja de donde nunca, por mucho que sus palabras se perdiesen para siempre y su nombre resbalase de la memoria de sus más devotos lectores, se marcharía.

Al día siguiente me presenté en las oficinas de Barrido y Escobillas. La recepcionista era nueva, apenas una chiquilla, y no me reconoció.

—¿Su nombre?

—Hugo, Víctor.

La recepcionista sonrió y conectó la centralita para avisar a Herminia.

—Doña Herminia, don Hugo Víctor está aquí para ver al señor Barrido.

La vi asentir y desconectar la centralita.

—Dice que sale ahora mismo.

—¿Hace mucho que trabajas aquí? —pregunté.

—Una semana —respondió la muchacha, solícita.

Si no erraban mis cálculos, aquélla era la octava recepcionista que tenía Barrido y Escobillas en lo que iba de año. Los empleados de la casa que dependían directamente de la taimada Herminia duraban poco porque la Veneno, cuando descubría que tenían un par de dedos más de frente que ella y temía que le pudieran hacer sombra, cosa que sucedía nueve de cada diez veces, los acusaba de robo, hurto o alguna falta disparatada, y organizaba un rosario hasta que Escobillas los ponía en la calle y los amenazaba con enviarlos a algún sicario si por ventura se iban de la lengua.

—Qué alegría verte, David —dijo la Veneno—. Te veo más guapo. Con muy buen aspecto.

—Es que me ha atropellado un tranvía. ¿Está Barrido?

—Qué cosas tienes. Para ti, siempre está. Se va a poner muy contento cuando le diga que has venido a visitarnos.

—No tienes ni idea.

La Veneno me condujo hasta el despacho de Barrido, que estaba decorado como la cámara de un canciller de opereta, con profusión de alfombras, bustos de emperadores, naturalezas muertas y tomos encuadernados en piel y adquiridos a granel que, por lo que yo podía imaginar, debían de estar en blanco. Barrido me ofreció la más aceitosa de sus sonrisas y me estrechó la mano.

—Estamos ya todos impacientes por recibir la nueva entrega. Sepa usted que vamos reeditando las dos últimas y que nos las quitan de las manos. Cinco mil ejemplares más. ¿Qué le parece?

Me parecía que debían de ser por lo menos cincuenta mil, pero me limité a asentir sin entusiasmo. Barrido y Escobillas habían refinado al nivel de arreglo floral lo que en el gremio editorial barcelonés se conocía como la doble tirada. De cada título se hacía una edición oficial y declarada de unos pocos miles de ejemplares por los que se pagaba un margen ridículo al autor. Luego, si el libro funcionaba, había una o muchas ediciones reales y subterráneas de docenas de miles de ejemplares que nunca se declaraban y por las que el autor no veía una peseta. Estos últimos ejemplares podían distinguirse de los primeros porque Barrido los hacía imprimir de tapadillo en una antigua planta de embutidos situada en Santa Perpètua de Mogoda y, si uno los hojeaba, desprendían el inconfundible perfume del chorizo bien curado.

—Me temo que tengo malas noticias.

Barrido y la Veneno intercambiaron una mirada sin aflojar la mueca. En éstas, Escobillas se materializó por la puerta y me miró con aquel aire seco y displicente con que parecía tomarle a uno las medidas a ojo para un ataúd.

—Mira quién ha venido a vernos. Qué sorpresa tan agradable, ¿verdad? —preguntó Barrido a su socio, que se limitó a asentir.

—¿Qué malas noticias son ésas? —preguntó Escobillas.

—¿Lleva algo de retraso, amigo Martín? —añadió Barrido amistosamente—. Seguro que podemos acomodar…

—No. No hay retraso. Sencillamente no va a haber libro.

Escobillas dio un paso al frente y arqueó las cejas. Barrido dejó escapar una risita.

—¿Cómo que no va a haber libro? —preguntó Escobillas.

—Como que ayer le prendí fuego y no queda una sola página del manuscrito.

Se desplomó un espeso silencio. Barrido hizo un gesto conciliador y señaló la que se conocía como la butaca de las visitas, un trono negruzco y hundido en el que se acorralaba a autores y proveedores para que quedasen a la altura de la mirada de Barrido.

—Martín, siéntese y cuénteme. Algo le preocupa, lo noto. Puede usted sincerarse con nosotros, que está en familia.

La Veneno y Escobillas asintieron con convicción, mostrando el alcance de su aprecio en una mirada de embelesada devoción. Preferí quedarme de pie. Todos hicieron lo propio y me contemplaron como si fuese una estatua de sal que está a punto de echarse a hablar en cualquier momento. A Barrido le dolía la cara de tanto sonreír.

—¿Y?

—Ignatius B. Samson se ha suicidado. Ha dejado inédito un relato de veinte páginas en el que muere junto a Chloé Permanyer, abrazados ambos tras haber ingerido un veneno.

—¿El autor muere en una de sus propias novelas? —preguntó Herminia, confundida.

—Es su despedida *avant-garde* del mundo del serial. Un detalle que estaba seguro les iba a encantar a ustedes.

—¿Y no podría haber un antídoto o…? —preguntó la Veneno.

—Martín, no hará falta que le recuerde que es usted, y no el presuntamente difunto Ignatius, quien tiene suscrito un contrato… —dijo Escobillas.

Barrido alzó la mano para acallar a su colega.

—Creo que sé lo que le pasa, Martín. Está usted agotado. Lleva años dejándose los sesos sin descanso, cosa que esta casa le agradece y valora, y necesita usted un respiro. Y lo entiendo. Lo entendemos, ¿verdad?

Barrido miró a Escobillas y a la Veneno, que procedieron a asentir con cara de circunstancias.

—Es usted un artista y quiere hacer arte, alta literatura, algo que le brote del corazón y que inscriba su nombre en letras de oro en los peldaños de la historia universal.

—Tal como lo explica usted suena ridículo —dije.

—Porque lo es —adujo Escobillas.

—No, no lo es —cortó Barrido—. Es humano. Y nosotros somos humanos. Yo, mi socio y Herminia, que siendo mujer y criatura de sensibilidad delicada es la más humana de todos, ¿no es así, Herminia?

—Humanísima —convino la Veneno.

—Y como somos humanos, le entendemos y queremos apoyarle. Porque estamos orgullosos de usted y convencidos de que sus éxitos serán los nuestros, y porque en esta casa, al fin y al cabo, lo que cuentan son las personas y no los números.

Al término del discurso, Barrido hizo una pausa escénica. Tal vez esperaba que rompiese a aplaudir, pero cuando vio que me quedaba quieto prosiguió su exposición sin más dilación.

—Por eso voy a proponerle lo siguiente: tómese usted seis meses, nueve si hace falta, porque un parto es un parto, y enciérrese en su estudio a escribir la gran novela de su vida. Cuando la tenga nos la trae y nosotros la publicaremos con su nombre, poniendo toda la carne en el asador y apostando el todo por el todo. Porque estamos a su lado.

Miré a Barrido y luego a Escobillas. La Veneno estaba a punto de romper en llanto por la emoción.

—Por supuesto, sin anticipo —puntualizó Escobillas.

Barrido dio una palmada eufórica al aire.

—¿Qué me dice?

Empecé a trabajar aquel mismo día. Mi plan era tan simple como descabellado. De día reescribiría el libro de Vidal y de noche trabajaría en el mío. Sacaría brillo a todas las malas artes que me había enseñado Ignatius B. Samson y las pondría al servicio de lo poco digno y decente, si es que lo había, que me quedaba en el corazón. Escribiría por gratitud, por desesperación y vanidad. Escribiría sobre todo para Cristina, para demostrarle que también yo era capaz de pagar mi deuda con Vidal y que David Martín, aunque estuviese a punto de caerse muerto, se había ganado el derecho a mirarla a los ojos sin avergonzarse de sus ridículas esperanzas.

No volví a la consulta del doctor Trías. No veía la necesidad. El día que no pudiese escribir una palabra más, ni imaginarla, yo sería el primero en darme cuenta. Mi fiable y poco escrupuloso farmacéutico me proporcionaba sin hacer preguntas cuantos dulces de codeína le solicitaba y, a veces, alguna que otra delicia que prendía fuego a las venas y dinamitaba desde el dolor hasta la conciencia. No le hablé a nadie de mi visita al doctor ni de los resultados de las pruebas.

Mis necesidades básicas las cubría el envío semanal que me hacía servir de Can Gispert, un formidable emporio de ultramarinos que quedaba en la calle Mirallers, detrás de la catedral de Santa María del Mar. El pedido era siempre el mismo. Solía traérmelo la hija de los dueños, una muchacha que se me quedaba mirando como un cervatillo asustado cuando la hacía pasar al recibidor y esperar mientras iba a buscar el dinero para pagarle.

—Esto es para tu padre, y esto es para ti.

Siempre le daba diez céntimos de propina, que aceptaba en silencio. Cada semana la muchacha volvía a llamar a mi puerta con el pedido, y cada semana le pagaba y le daba diez céntimos de propina. Durante nueve meses y un día, el tiempo que habría de llevarme la escritura del único libro que llevaría mi nombre, aquella muchacha cuyo nombre desconocía y cuyo rostro olvidaba cada semana, hasta que volvía a encontrarla en el umbral de mi puerta, fue la persona a la que vi más a menudo.

Cristina dejó de acudir sin previo aviso a nuestra cita de todas las tardes. Empezaba a temer que Vidal se hubiese percatado de nuestra estratagema cuando, una tarde en que la estaba esperando después de casi una semana de ausencia, abrí la puerta creyendo que era ella y me encontré a Pep, uno de los criados de Villa Helius. Me traía un paquete celosamente sellado de parte de Cristina que contenía el manuscrito entero de Vidal. Pep me explicó que el padre de Cristina había sufrido un aneurisma que le había dejado prácticamente inválido y que ella se lo había llevado a un sanatorio en el Pirineo, en Puigcerdà, donde al parecer había un joven doctor que era experto en el tratamiento de aquellas dolencias.

—El señor Vidal se ha hecho cargo de todo —explicó Pep—. Sin reparar en gastos.

Vidal nunca se olvidaba de sus sirvientes, pensé, no sin cierta amargura.

—Me pidió que le entregase esto en mano. Y que no le dijese nada a nadie.

El mozo me entregó el paquete, aliviado de librarse de aquel misterioso artículo.

—¿Te dejó alguna seña de dónde podía encontrarla si hacía falta?

—No, señor Martín. Todo lo que sé es que el padre de la señorita Cristina está ingresado en un lugar llamado Villa San Antonio.

Días más tarde Vidal me hizo una de sus visitas impromptu y se quedó toda la tarde en casa, bebiéndose mi anís, fumándose mis cigarillos y hablándome de la desgracia de lo sucedido a su chófer.

—Parece mentira. Un hombre fuerte como un roble y, de un plumazo, cae redondo y ya no sabe ni quién es.

—¿Qué tal está Cristina?

—Puedes imaginártelo. Su madre murió años atrás y Manuel es la única familia que le queda. Se llevó con ella un álbum de fotografías de familia y se lo enseña todos los días al pobre a ver si recuerda algo.

Mientras Vidal hablaba, su novela —o debería decir la mía— descansaba en una pila de folios boca abajo sobre la mesa de la galería, a medio metro de sus manos. Me contó que en ausencia de Manuel había instado a Pep —al parecer un buen jinete— a empaparse del arte de la conducción, pero el joven, de momento, era un desastre.

—Dele tiempo. Un automóvil no es un caballo. El secreto es la práctica.

—Ahora que lo mencionas, Manuel te enseñó a conducir, ¿verdad?

—Un poco —admití—. Y no es tan fácil como parece.

—Si esta novela que te llevas entre manos no se vende, siempre puedes convertirte en mi chófer.

—No enterremos al pobre Manuel todavía, don Pedro.

—Un comentario de mal gusto —admitió Vidal—. Lo siento.

—¿Y su novela, don Pedro?

—En buen camino. Cristina se ha llevado a Puigcerdà el manuscrito final para pasarlo a limpio y ponerlo en forma mientras está junto a su padre.

—Me alegro de verle contento.

Vidal sonrió, triunfante.

—Creo que será algo grande —dijo—. Después de tantos meses que creía perdidos he releído las primeras cincuenta páginas que Cristina ha pasado a limpio y me he sorprendido de mí mismo. Creo que a ti también te va a sorprender. Va a resultar que aún me quedan algunos trucos que enseñarte.

—Nunca lo he dudado, don Pedro.

Aquella tarde Vidal estaba bebiendo más de lo habitual. Los años me habían enseñado a leer su abanico de inquietudes y reservas, y supuse que aquélla no era una visita simplemente de cortesía. Cuando hubo liquidado las existencias de anís le serví una generosa copa de brandy y esperé.

—David, hay cosas de las que tú y yo no hemos hablado nunca…

—De fútbol, por ejemplo.

—Hablo en serio.

—Usted dirá, don Pedro.

Me miró largamente, dudando.

—Yo siempre he tratado de ser un buen amigo para ti, David. ¿Lo sabes, verdad?

—Ha sido usted mucho más que eso, don Pedro. Lo sé yo y lo sabe usted.

—A veces me pregunto si no habría tenido que ser más honesto contigo.

—¿Respecto a qué?

Vidal ahogó la mirada en su copa de brandy.

—Hay cosas que no te he contado nunca, David. Cosas de las que quizá debería haberte hablado hace años...

Dejé transcurrir un instante que se hizo eterno. Fuera lo que fuese que Vidal quería contarme, estaba claro que ni todo el brandy del mundo iba a sacárselo.

—No se preocupe, don Pedro. Si han esperado años, seguro que pueden esperar a mañana.

—Mañana a lo mejor no tengo el valor de decírtelas.

Me di cuenta de que nunca le había visto tan asustado. Algo se le había atragantado en el corazón y empezaba a incomodarme verle en aquel lance.

—Haremos una cosa, don Pedro. Cuando se publiquen su libro y el mío nos reunimos para brindar y me cuenta usted lo que me tenga que contar. Me invita a uno de esos sitios caros y finos donde no me dejan entrar si no voy con usted y me hace todas las confidencias que me quiera hacer. ¿Le parece bien?

Al anochecer le acompañé hasta el paseo del Born, donde Pep esperaba al pie del Hispano-Suiza enfundado en el uniforme de Manuel, que le venía cinco tallas grande, lo mismo que el automóvil. La carrocería estaba perfumada de rasguños y golpes de aspecto reciente que dolían a la vista.

—Al trote relajado, ¿eh, Pep? —aconsejé—. Nada de galopar. Lento pero seguro, como si fuera un percherón.

—Sí, señor Martín. Lento pero seguro.

Al despedirse, Vidal me abrazó con fuerza y cuando subió al coche me pareció que llevaba el peso del mundo entero sobre los hombros.

# 16

A los pocos días de haber puesto punto y final a las dos novelas, la de Vidal y la mía, Pep se presentó en mi casa sin previo aviso. Iba enfundado en aquel uniforme que había heredado de Manuel y que le confería el aspecto de un niño disfrazado de mariscal de campo. En principio supuse que traía algún mensaje de Vidal, o tal vez de Cristina, pero su sombrío semblante traicionaba una inquietud que me hizo descartar aquella posibilidad tan pronto cruzamos la mirada.

—Malas noticias, señor Martín.

—¿Qué ha pasado?

—Es el señor Manuel.

Mientras me explicaba lo sucedido se le hundió la voz, y cuando le pregunté si quería un vaso de agua casi se echó a llorar. Manuel Sagnier había fallecido tres días antes en el sanatorio de Puigcerdà tras una larga agonía. Por decisión de su hija le habían enterrado el día anterior en un pequeño cementerio al pie de los Pirineos.

—Dios santo —murmuré.

En vez de agua serví a Pep una copa de brandy bien cargada y lo aparqué en una butaca en la galería. Cuando estuvo más calmado, Pep me explicó que Vidal le había enviado a recoger a Cristina, que volvía aquella tarde en el tren que tenía prevista su llegada a las cinco.

—Imagínese cómo estará la señorita Cristina… —murmuró, acongojado ante la perspectiva de tener que ser él quien la recibiese y consolase de camino al pequeño apartamento sobre las cocheras de Villa Helius donde había vivido con su padre desde que era niña.

—Pep, no creo que sea una buena idea que vayas a recoger a la señorita Sagnier.

—Órdenes de don Pedro…

—Dile a don Pedro que yo asumo la responsabilidad.

A golpes de licor y retórica le convencí para que se marchase y dejase el asunto en mis manos. Yo mismo iría a recogerla y la llevaría a Villa Helius en un taxi.

—Se lo agradezco, señor Martín. Usted que es de letras sabrá mejor qué decirle a la pobre.

A las cinco menos cuarto me encaminé hacia la recién inaugurada estación de Francia. La Exposición Universal de aquel año había dejado la ciudad sembrada de prodigios, pero de entre todos ellos aquella bóveda de acero y cristal de aire catedralicio era mi favorito, aunque sólo fuese porque me quedaba al lado de casa y podía verla desde el estudio de la torre. Aquella tarde el cielo estaba sembrado de nubes negras que cabalgaban desde el mar y se anudaban sobre la ciudad. El eco de relámpagos en el horizonte y un viento cálido que olía a polvo y a electricidad hacían presagiar que se avecinaba una tormenta estival de considerable envergadura. Cuando llegué a la estación estaban empezando a verse las primeras gotas, brillantes y pesadas como monedas caídas del cielo. Para cuando me adentré en el andén a esperar la llegada del tren, la lluvia ya golpeaba con fuerza la bóveda de la estación y la noche pareció precipitarse de golpe, apenas interrumpida por las llamaradas de luz que estallaban sobre la ciudad y dejaban un rastro de ruido y furia.

El tren llegó con casi una hora de retraso, una serpiente de vapor arrastrándose bajo la tormenta. Esperé a pie de locomotora a ver aparecer a Cristina entre los viajeros que se iban apeando de los vagones. Diez minutos más tarde todo el pasaje había descendido y seguía sin haber rastro de ella. Estaba por volver a casa, creyendo que al fin Cristina no habría tomado aquel tren, cuando decidí dar un último vistazo y recorrer todo el andén hasta el final con la mirada atenta a las ventanas de los compartimentos. La encontré en el penúltimo vagón, sentada con la cabeza apoyada en la ventana y la mirada extraviada. Subí al vagón y me detuve en el umbral del compartimento. Al oír mis pasos se volvió y me miró sin sorpresa, sonriendo débilmente. Se levantó y me abrazó en silencio.

—Bien venida —dije.

Cristina no traía más equipaje que una pequeña maleta. Le ofrecí mi mano y bajamos al andén, que ya estaba desierto. Recorrimos el trayecto hasta el vestíbulo de la estación sin despegar los labios. Al llegar a la salida nos detuvimos. El aguacero caía con fuerza y la línea de taxis que había a las puertas de la estación cuando llegué se había evaporado.

—No quiero volver a Villa Helius esta noche, David. Todavía no.

—Puedes quedarte en casa si quieres, o podemos buscarte habitación en un hotel.

—No quiero estar sola.

—Vamos a casa. Si algo me sobran son habitaciones.

Avisté a uno de los mozos de equipajes que se había asomado a contemplar la tormenta y que sostenía un enorme paraguas en las manos. Me aproximé a él y me ofrecí a comprárselo por una cantidad unas cinco veces superior a su precio. Me lo entregó envuelto en una sonrisa servicial.

Al amparo de aquel paraguas nos aventuramos bajo el diluvio rumbo a la casa de la torre, adonde gracias a las ráfagas de viento y los charcos llegamos diez minutos más tarde completamente empapados. La tormenta se había llevado el alumbrado, y las calles estaban sumidas en una oscuridad líquida, apenas punteada por faroles de aceite o velas prendidas proyectados desde balcones y portales. No dudé que la formidable instalación eléctrica de mi casa debía de haber sido de las primeras en sucumbir. Tuvimos que subir las escaleras a tientas y, al abrir la puerta principal del piso, el aliento de los relámpagos desenterró su aspecto más fúnebre e inhóspito.

—Si has cambiado de idea y prefieres que busquemos un hotel…

—No, está bien. No te preocupes.

Dejé la maleta de Cristina en el recibidor y fui a la cocina a buscar una caja de velas y cirios varios que guardaba en la alacena. Empecé a prenderlos uno por uno, fijándolos en platos, vasos y copas. Cristina me observaba desde la puerta.

—Es un minuto —aseguré—. Ya tengo práctica.

Empecé a repartir velas por las habitaciones, por el pasillo y por los rincones hasta que toda la casa se sumió en una tenue tiniebla dorada.

—Parece una catedral —dijo Cristina.

La acompañé hasta uno de los dormitorios que nunca usaba pero que mantenía limpio y adecentado de alguna vez en que Vidal, demasiado bebido para volver a su palacio, se había quedado a pasar la noche.

—Ahora mismo te traigo toallas limpias. Si no tienes ropa para cambiarte te puedo ofrecer el amplio y siniestro vestuario estilo *Belle Époque* que los antiguos propietarios dejaron en los armarios.

Mis torpes amagos de humor apenas conseguían arrancarle una sonrisa y se limitó a asentir. La dejé sentada sobre el lecho mientras corría a buscar toallas. Cuando regresé permanecía allí, inmóvil. Dejé las toallas a su lado sobre el lecho y le acerqué un par de velas que había colocado a la entrada para que dispusiera de algo de luz.

—Gracias —musitó.

—Mientras te cambias voy a prepararte un caldo caliente.

—No tengo apetito.

—Te sentará bien igualmente. Si necesitas cualquier cosa, avísame.

La dejé a solas y me dirigí a mi habitación para desembarazarme de los zapatos empapados. Puse agua a calentar y me senté en la galería a esperar. La lluvia seguía cayendo con fuerza, ametrallando los ventanales con rabia y formando regueros, en los desagües de la torre y el terrado, que sonaban como pasos en el techo. Más allá, el barrio de la Ribera estaba sumido en una oscuridad casi absoluta.

Al rato oí que la puerta de la habitación de Cristina se abría y la escuché acercarse. Se había enfundado una bata blanca y se había echado a los hombros un mantón de lana que no iba con ella.

—Te lo he tomado prestado de uno de los armarios —dijo—. Espero que no te importe.

—Puedes quedártelo si quieres.

Se sentó en una de las butacas y paseó los ojos por la sala, deteniéndose en la pila de folios que había sobre la mesa. Me miró y asentí.

—La acabé hace unos días —dije.

—¿Y la tuya?

Lo cierto es que sentía ambos manuscritos como míos, pero me limité a asentir.

—¿Puedo? —preguntó, tomando una página y acercándola al candil.

—Claro.

La vi leer en silencio, una sonrisa tibia en los labios.

—Pedro nunca creerá que ha escrito esto —dijo.

—Confía en mí —repliqué.

Cristina devolvió la página a la pila y me miró largamente.

—Te he echado de menos —dijo—. No quería, pero lo he hecho.

—Yo también.

—Había días en que, antes de ir al sanatorio, me acercaba a la estación y me sentaba en el andén a esperar el tren que subía de Barcelona, pensando que a lo mejor te veía allí.

Tragué saliva.

—Pensaba que no querías verme —dije.

—Yo también lo pensaba. Mi padre preguntaba a menudo por ti, ¿sabes? Me pidió que cuidase de ti.

—Tu padre era un buen hombre —dije—. Un buen amigo.

Cristina asintió con una sonrisa, pero vi que se le llenaban los ojos de lágrimas.

—Al final ya no se acordaba de nada. Había días en que me confundía con mi madre y me pedía perdón por los años que pasó en la cárcel. Luego pasaban semanas en que apenas se daba cuenta de que estaba allí. Con el tiempo, la soledad se te mete dentro y no se va.

—Lo siento, Cristina.

—Los últimos días creí que estaba mejor. Empezaba a recordar cosas. Me había llevado un álbum de fotografías que él tenía en casa y le enseñaba otra vez quién era quién. Había una foto de hace años, en Villa Helius, en la que estáis tú y él subidos en el coche. Tú estás al volante y mi padre te está enseñando a conducir. Los dos os estáis riendo. ¿Quieres verla?

Dudé, pero no me atreví a romper aquel instante.

—Claro…

Cristina fue a buscar el álbum a su maleta y regresó con un pequeño libro encuadernado en piel. Se sentó a mi lado y empezó a pasar las páginas repletas de viejos retratos, recortes y postales. Manuel, como mi padre, apenas había aprendido a leer y a escribir, y sus recuerdos estaban hechos de imágenes.

—Mira, estáis aquí.

Examiné la fotografía y recordé exactamente el día de verano en que Manuel me había dejado subir en el primer coche que había comprado Vidal y me había enseñado los rudimentos de la conducción. Luego habíamos sacado el coche hasta la calle Panamá y, a una velocidad de unos cinco kilómetros por hora que a mí me pareció vertiginosa, habíamos ido hasta la avenida Pearson y habíamos vuelto conmigo a los mandos.

«Está usted hecho un as del volante —había dictaminado Manuel—. Si algún día le falla lo de los cuentos, considere su porvenir en las carreras.»

Sonreí, recordando aquel momento que había creído perdido. Cristina me tendió el álbum.

—Quédatelo. A mi padre le hubiese gustado que lo tuvieses tú.

—Es tuyo, Cristina. No puedo aceptarlo.

—Yo también prefiero que lo guardes tú.

—Queda en depósito, entonces, hasta que quieras venir a por él.

Empecé a pasar las hojas del álbum, revisitando rostros que recordaba y otros que nunca había visto. Allí estaba la foto del casamiento de Manuel Sagnier y su esposa Marta, a la que tanto se parecía Cristina, retratos de estudio de sus tíos y abuelos, de una calle en el Raval por la que pasaba una procesión y de los baños de San Sebastián, en la playa de la Barceloneta. Manuel había coleccionado viejas postales de Barcelona y recortes de los periódicos con imágenes de un Vidal jovencísimo posando a las puertas del hotel Florida en la cima del Tibidabo, y otra en la que aparecía del brazo de una belleza de infarto en los salones del casino de la Rabasada.

—Tu padre veneraba a don Pedro.

—Siempre me dijo que se lo debíamos todo —repuso Cristina.

Seguí viajando a través de la memoria del pobre Manuel hasta dar con una página en la que aparecía una fotografía que no parecía encajar con el resto. En ella se apreciaba a una niña de unos ocho o nueve años caminando sobre un pequeño muelle de madera que se adentraba en una lámina de mar luminosa. Iba de la mano de un adulto, un hombre vestido con un traje blanco que quedaba cortado por el encuadre. Al fondo del muelle se podía apreciar un pequeño bote de vela y un horizonte infinito en el que se ponía el sol. La niña, que estaba de espaldas, era Cristina.

—Ésa es mi favorita —murmuró Cristina.

—¿Dónde está tomada?

—No lo sé. No recuerdo ese lugar, ni ese día. No estoy ni segura de que ese hombre sea mi padre. Es como si ese momento nunca hubiese existido. Hace años que la encontré en el álbum de mi padre y nunca he sabido lo que significa. Es como si quisiera decirme algo.

Fui pasando páginas. Cristina iba contándome quién era quién.

—Mira, ésta soy yo con catorce años.

—Ya lo sé.

Cristina me miró con tristeza.

—¿Yo no me daba cuenta, verdad? —preguntó.

Me encogí de hombros.

—No podrás perdonarme nunca.

Preferí pasar las páginas a mirarla a los ojos.

—No tengo nada que perdonar.

—Mírame, David.

Cerré el álbum e hice lo que me pedía.

—Es mentira —dijo—. Sí que me daba cuenta. Me daba cuenta todos los días, pero creía que no tenía derecho.

—¿Por qué?

—Porque nuestras vidas no nos pertenecen. Ni la mía, ni la de mi padre, ni la tuya…

—Todo pertenece a Vidal —dije con amargura.

Lentamente me tomó la mano y se la llevó a los labios.

—Hoy no —murmuró.

Sabía que la iba a perder tan pronto pasara aquella noche y el dolor y la soledad que se la comían por dentro fueran acallándose. Sabía que tenía razón, no porque fuera cierto lo que había dicho, sino porque en el fondo ambos lo creíamos y siempre sería así. Nos escondimos como dos ladrones en una de las habitaciones sin atrevernos a prender una vela, sin atrevernos ni siquiera a hablar. La desnudé despacio, recorriendo su piel con los labios, consciente de que nunca más volvería a hacerlo. Cristina se entregó con rabia y abandono, y cuando nos venció la fatiga se durmió en mis brazos sin necesidad de decir nada. Me resistí al sueño, saboreando el calor de su cuerpo y pensando que si al día siguiente la muerte quería venir a mi encuentro la recibiría en paz. Acaricié a Cristina en la penumbra, escuchando la tormenta alejarse de la ciudad tras los muros, sabiendo que iba a perderla pero que, por unos minutos, nos habíamos pertenecido el uno al otro, y a nadie más.

Cuando el primer aliento del alba rozó las ventanas abrí los ojos y encontré el lecho vacío. Salí al corredor y fui hasta la galería. Cristina había dejado el álbum y se había llevado la novela de Vidal. Recorrí la casa, que ya olía a su ausencia, y fui apagando una por una las velas que había prendido la noche anterior.

# 17

Nueve semanas más tarde me encontraba frente al número 17 de la plaza de Catalunya, donde la librería Catalonia había abierto sus puertas dos años atrás, contemplando embobado un escaparate que se me apareció infinito y repleto de ejemplares de una novela que llevaba por título *La casa de las cenizas*, de Pedro Vidal. Sonreí para mis adentros. Mi mentor había utilizado hasta el título que le había sugerido tiempo atrás, cuando le había explicado la premisa de la historia. Me decidí a entrar y solicité un ejemplar. Lo abrí al azar y empecé a releer pasajes que conocía de memoria y que había terminado de pulir apenas hacía un par de meses. No encontré ni una sola palabra en todo el libro que yo no hubiese puesto allí, excepto la dedicatoria: *«Para Cristina Sagnier, sin la cual…»*

Cuando le devolví el libro, el encargado me dijo que no me lo pensara dos veces.

—Nos llegó hace un par días y ya me la he leído —añadió—. Una gran novela. Hágame caso y llévesela. Ya sé que la ponen por las nubes en todos los diarios y eso casi siempre es mala señal, pero en este caso la excepción confirma la regla. Si no le gusta me la trae y le devuelvo el dinero.

—Gracias —respondí, por la recomendación y sobre todo por lo demás—. Pero yo también la he leído.

—¿Podría interesarle en otra cosa, entonces?

—¿No tiene una novela titulada *Los Pasos del Cielo*? El librero caviló unos instantes.

—¿Ésa es la de Martín, verdad, el de *La Ciudad...*? Asentí.

—La tenía pedida, pero la editorial no me ha servido existencias. Deje que lo mire bien.

Le seguí hasta un mostrador donde consultó con uno de sus colegas, que negó.

—Nos tenía que llegar ayer, pero el editor dice que no tiene ejemplares. Lo siento. Si quiere le reservo uno cuando me llegue...

—No se preocupe. Volveré a pasar. Y muchas gracias.

—Lo siento caballero. No sé qué habrá pasado, porque ya le digo que debería tenerla...

Al salir de la librería me acerqué hasta un quiosco de prensa que quedaba a la boca de la Rambla. Allí compré casi todos los diarios del día, desde *La Vanguardia* hasta *La Voz de la Industria*. Me senté en el café Canaletas y empecé a bucear en sus páginas. La reseña de la novela que había escrito para Vidal venía en todas las ediciones, a página, con grandes titulares y un retrato de don Pedro en que aparecía meditabundo y misterioso, luciendo un traje nuevo y saboreando una pipa con estudiado desdén. Empecé a leer los diferentes titulares y el primero y el último párrafo de las reseñas.

El primero que encontré abría así: «*La casa de las cenizas* es una obra madura, rica y de gran altura que nos reconcilia con lo mejor que tiene que ofrecer la literatura contemporánea.» Otro rotativo informaba al lector de que «nadie escribe mejor en España que Pedro Vidal, nuestro más respetado y reconocido novelista», y un tercero sentenciaba que la novela era «una novela capital, de hechura maestra y calidad exquisita». Un cuarto rotativo glosaba el gran éxito internacional de Vidal y su obra: «Europa se rinde al maestro» (aunque la novela acababa de salir hacía dos días en España y, de traducirse, no aparecería en ningún otro país al menos en un año). La pieza se extendía en una prolija glosa sobre el gran reconocimiento y el enorme respeto que el nombre de Vidal suscitaba entre «los más notables expertos internacionales», aunque, que yo supiese, ninguno de sus libros se había traducido jamás a lengua alguna, excepto una novela cuya traducción al francés había financiado el propio don Pedro y de la que se habían vendido 126 ejemplares. Milagros aparte, el consenso de la prensa era que «ha nacido un clásico» y que la novela marcaba «el retorno de uno de los grandes, la mejor pluma de nuestro tiempo: Vidal, maestro indiscutible».

En la página opuesta de alguno de aquellos diarios, en un espacio más modesto de una o dos columnas, pude encontrar también alguna reseña de la novela del tal David Martín. La más favorable empezaba así: «Obra primeriza y de estilo pedestre, *Los Pasos del Cielo*, del novicio David Martín, evidencia desde la primera página la falta de recursos y de talento de su autor.» Una segunda estimaba que «el principiante Martín intenta imitar al maestro Pedro Vidal sin conseguirlo». La última que fui capaz de leer, publicada en *La Voz de la Industria*, abría escuetamente con una entradilla en negrita que afirmaba: «David Martín, un completo desconocido y redactor de anuncios por palabras, nos sorprende con el que quizá sea el peor debut literario de este año.»

Dejé en la mesa los diarios y el café que había pedido y me encaminé Rambla abajo hacia las oficinas de Barrido y Escobillas. Por el camino crucé frente a cuatro o cinco librerías, todas adornadas con incontables copias de la novela de Vidal. En ninguna encontré un solo ejemplar de la mía. En todas se repetía el mismo episodio que había vivido en la Catalonia.

—Pues mire, no sé qué habrá pasado, porque me tenía que llegar anteayer, pero el editor dice que ha agotado existencias y que no sabe cuándo reimprimirá. Si quiere dejarme un nombre y un teléfono, le puedo avisar si me llega… ¿Ha preguntado en la Catalonia? Si ellos no lo tienen…

Los dos socios me recibieron con aire fúnebre y desafectado. Barrido, tras su escritorio, acariciando una pluma estilográfica, y Escobillas, de pie a su espalda, taladrándome con la mirada. La Veneno se relamía de expectación sentada en una silla a mi lado.

—No sabe cómo lo siento, amigo Martín —explicaba Barrido—. El problema es el siguiente: los libreros nos hacen los pedidos basándose en las reseñas que aparecen en los diarios, no me pregunte por qué. Si va al almacén de al lado encontrará que tenemos tres mil copias de su novela muertas de asco.

—Con el costo y pérdida que ello convella —completó Escobillas en un tono claramente hostil.

—He pasado por el almacén antes de venir aquí y he comprobado que había trescientos ejemplares. El jefe me ha dicho que no se han impreso más.

—Eso es mentira —proclamó Escobillas.

Barrido le interrumpió, conciliador.

—Disculpe a mi socio, Martín. Comprenda que estamos tan indignados o más que usted con el vergonzoso tratamiento al que la prensa local ha sometido un libro del que todos en esta casa estábamos profundamente enamorados, pero le ruego entienda que, pese a nuestra fe entusiasta en su talento, en este caso estamos atados de pies y manos por la confusión creada por esas notas de prensa maliciosas. Pero no se desanime, que Roma no se hizo en dos días. Estamos luchando con todas nuestras fuerzas por darle a su obra la proyección que merece su mérito literario, altísimo...

—Con una edición de trescientos ejemplares.

Barrido suspiró, dolido por mi falta de fe.

—La edición es de quinientos —precisó Escobillas—. Los otros doscientos vinieron a buscarlos en persona Barceló y Sempere ayer. El resto saldrá en el próximo servicio porque no han podido entrar en éste debido a un conflicto de acumulación de novedades. Si se molestase usted en comprender nuestros problemas y no fuese tan egoísta lo entendería perfectamente.

Los miré a los tres, incrédulo.

—No me diga que no van a hacer nada más.

Barrido me miró, desolado.

—¿Y qué quiere que hagamos, amigo mío? Estamos dando el todo por el todo para usted. Ayúdenos usted un poco a nosotros.

—Si al menos hubiese usted escrito un libro como el de su amigo Vidal —dijo Escobillas.

—Eso sí que es un novelón —confirmó Barrido—. Lo dice hasta *La Voz de la Industria*.

—Ya sabía yo que iba a pasar esto —prosiguió Escobillas—. Es usted un desagradecido.

A mi lado, la Veneno me miraba con aire compungido. Me pareció que iba a tomarme la mano para consolarme y la aparté rápidamente. Barrido ofreció una sonrisa aceitosa.

—Tal vez sea para mejor, Martín. Tal vez sea una señal de Nuestro Señor, que en su infinita sabiduría le quiere mostrar a usted el camino de regreso al trabajo que tanta felicidad ha llevado a sus lectores de *La Ciudad de los Malditos*.

Me eché a reír. Barrido se unió y, a una señal suya, otro tanto hicieron Escobillas y la Veneno. Contemplé aquel coro de hienas y me dije que, en otras circunstancias, aquel momento me hubiera parecido de una exquisita ironía.

—Así me gusta, que se lo tome positivamente —proclamó Barrido—. ¿Qué me dice? ¿Cuándo tendremos la próxima entrega de Ignatius B. Samson?

Los tres me miraron solícitos y expectantes. Me aclaré la voz para vocalizar con precisión y les sonreí.

—Váyanse ustedes a la mierda.

# 18

Al salir de allí anduve vagando por las calles de Barcelona durante horas, sin rumbo. Sentí que me costaba respirar y que algo me oprimía el pecho. Un sudor frío me cubría la frente y las manos. Al anochecer, sin saber ya dónde esconderme, emprendí el camino de regreso a mi casa. Al cruzar frente a la librería de Sempere e Hijos vi que el librero había llenado su escaparate con ejemplares de mi novela. Era ya tarde y la tienda estaba cerrada, pero aún había luz dentro y cuando quise apretar el paso vi que Sempere se había percatado de mi presencia y me sonreía con una tristeza que no le había visto en todos los años que le había conocido. Se acercó a la puerta y abrió.

—Pase dentro un rato, Martín.

—Otro día, señor Sempere.

—Hágalo por mí.

Me tomó del brazo y me arrastró al interior de la librería. Le seguí hasta la trastienda y allí me ofreció una silla. Sirvió un par de vasos de algo que parecía más espeso que el alquitrán y me hizo una seña para que me lo bebiese de un trago. Él hizo lo propio.

—He estado hojeando el libro de Vidal —dijo.

—El éxito de la temporada —apunté.

—¿Sabe él que lo ha escrito usted?

Me encogí de hombros.

—¿Qué más da?

Sempere me dedicó la misma mirada con la que había recibido a aquel chaval de ocho años un día lejano en que se le había presentado en su casa magullado y con los dientes rotos.

—¿Está usted bien, Martín?

—Perfectamente.

Sempere negó por lo bajo y se levantó para coger algo de uno de los estantes. Vi que se trataba de un ejemplar de mi novela. Me la tendió junto con una pluma y sonrió.

—Sea tan amable de dedicármelo.

Una vez se lo hube dedicado, Sempere cogió el libro de mis manos y lo consagró a la vitrina de honor tras el mostrador donde guardaba primeras ediciones que no estaban a la venta. Aquél era el santuario particular de Sempere.

—No hace falta que haga eso, señor Sempere —murmuré.

—Lo hago porque me apetece y porque la ocasión lo merece. Este libro es un pedazo de su corazón, Martín. Y, por la parte que me corresponde, también del mío. Le pongo entre *Le Père Goriot* y *La educación sentimental*.

—Eso es un sacrilegio.

—Tonterías. Es uno de los mejores libros que he vendido en los últimos diez años, y he vendido muchos —me dijo el viejo Sempere.

Las amables palabras de Sempere apenas consiguieron arañar aquella calma fría e impenetrable que empezaba a invadirme. Volví a casa dando un paseo, sin prisa.

Al llegar a la casa de la torre me serví un vaso de agua y, mientras me lo bebía en la cocina, a oscuras, me eché a reír.

A la mañana siguiente recibí dos visitas de cortesía. La primera era de Pep, el nuevo chófer de Vidal. Me traía un mensaje de su amo convocándome a un almuerzo en la Maison Dorée, sin duda la comida de celebración que me había prometido tiempo atrás. Pep parecía envarado y ansioso por marcharse cuanto antes. El aire de complicidad que solía tener conmigo se había evaporado. No quiso entrar y prefirió esperar en el rellano. Me tendió el mensaje que había escrito Vidal sin apenas mirarme a los ojos y tan pronto le dije que acudiría a la cita se marchó sin despedirse.

La segunda visita, media hora más tarde, trajo hasta mi puerta a mis dos editores acompañados de un caballero de porte adusto y mirada penetrante que se identificó como su abogado. Tan formidable trío exhibía una expresión entre el luto y la beligerancia que no dejaba lugar a dudas en cuanto a la naturaleza de la ocasión. Los invité a pasar a la galería, donde procedieron a acomodarse alineados de izquierda a derecha en el sofá por orden descendente de altura.

—¿Puedo ofrecerles algo? ¿Una copita de cianuro?

No esperaba una sonrisa y no la obtuve. Tras un breve prolegómeno de Barrido respecto a las terribles pérdidas que la debacle ocasionada por el fracaso de *Los Pasos del Cielo* iba a ocasionar a la editorial, el abogado dio paso a una exposición somera en la que en román paladino vino a decirme que si no volvía al trabajo en mi encarnación de Ignatius B. Samson y entregaba un manuscrito de *La Ciudad de los Malditos* en un mes y medio, procederían a demandarme por incumplimiento de contrato, daños y perjuicios y cinco o seis conceptos más que se me escaparon porque para entonces ya no estaba prestando atención. No todo eran malas noticias. A pesar de los sinsabores motivados por mi conducta, Barrido y Escobillas habían encontrado en su corazón una perla de generosidad con la que limar asperezas y sedimentar una nueva alianza de amistad y provecho.

—Si lo desea puede usted adquirir a un costo preferente de un setenta por ciento de su precio de venta todos los ejemplares que no han sido distribuidos de *Los Pasos del Cielo*, ya que hemos constatado que el título no tiene demanda y nos será imposible incluirlos en el próximo servicio —explicó Escobillas.

—¿Por qué no me devuelven los derechos? Total, no pagaron un duro por él y no piensan intentar vender ni un solo ejemplar.

—No podemos hacer eso, amigo mío —matizó Barrido—. Aunque no se materializase adelanto alguno a su persona, la edición ha conllevado una importantísima inversión para la editorial, y el contrato que firmó usted es de veinte años, automáticamente renovable en los mismos términos en caso de que la editorial decida ejercer su legítimo derecho. Entienda usted que nosotros también tenemos que recibir algo. No todo puede ser para el autor.

Al término de su parlamento invité a los tres caballeros a encaminarse a la salida bien por su propio pie o bien a patadas, a su elección. Antes de que les cerrase la puerta en las narices, Escobillas tuvo a bien lanzarme una de sus miradas de mal de ojo.

—Exigimos una respuesta en una semana, o está usted acabado —masculló.

—En una semana usted y el imbécil de su socio estarán muertos —repliqué con calma, sin saber muy bien por qué había pronunciado aquellas palabras.

Pasé el resto de la manaña contemplando las paredes, hasta que las campanas de Santa Maria me recordaron que se acercaba la hora de mi cita con don Pedro Vidal.

Me esperaba en la mejor mesa de la sala, jugueteando con una copa de vino blanco en las manos y escuchando al pianista que acariciaba una pieza de Enrique Granados con dedos de terciopelo. Al verme se levantó y me tendió la mano.

—Felicidades —dije.

Vidal sonrió imperturbable y esperó a que me hubiese sentado para hacerlo él. Dejamos correr un minuto de silencio al amparo de la música y las miradas de gentes de buena cuna, que saludaban a Vidal de lejos o se acercaban a la mesa para felicitarle por su éxito, que era la comidilla de toda la ciudad.

—David, no sabes cómo siento lo que ha pasado —empezó.

—No lo sienta, disfrútelo.

—¿Crees que esto significa algo para mí? ¿La adulación de cuatro infelices? Mi mayor ilusión era verte triunfar.

—Lamento haberle decepcionado de nuevo, don Pedro.

Vidal suspiró.

—David, yo no tengo la culpa de que hayan ido a por ti. La culpa es tuya. Lo estabas pidiendo a gritos. Ya eres mayorcito como para saber cómo funcionan estas cosas.

—Dígamelo usted.

Vidal chasqueó la lengua, como si mi ingenuidad le ofendiese.

—¿Qué esperabas? No eres uno de ellos. No lo serás nunca. No has querido serlo, y crees que te lo van a perdonar. Te encierras en tu caserón y te crees que puedes sobrevivir sin unirte al coro de monaguillos y ponerte el uniforme. Pues te equivocas, David. Te has equivocado siempre. El juego no va así. Si quieres jugar en solitario, haz las maletas y vete a algún sitio donde puedas ser el dueño de tu destino, si es que existe. Pero si te quedas aquí, más te vale apuntarte a una parroquia, la que sea. Es así de simple.

—¿Es eso lo que hace usted, don Pedro? ¿Apuntarse a la parroquia?

—A mí no me hace falta, David. Yo les doy de comer. Eso tampoco lo has entendido nunca.

—Le sorprendería lo rápido que me estoy poniendo al día. Pero no se preocupe, porque lo de menos son esas reseñas. Para bien o para mal, mañana no se acordará nadie de ellas, ni de las mías ni de las suyas.

—¿Cúal es el problema, entonces?

—Déjelo correr.

—¿Son esos dos hijos de puta? ¿Barrido y el ladrón de cadáveres?

—Olvídelo, don Pedro. Como usted dice, la culpa es mía. De nadie más.

El *maître* se aproximó con una mirada inquisitiva. Yo no había mirado el menú ni pensaba hacerlo.

—Lo habitual, para los dos —indicó don Pedro.

El *maître* se alejó con una reverencia. Vidal me observaba como si fuese un animal peligroso encerrado en una jaula.

—Cristina no ha podido venir —dijo—. He traído esto, para que se lo dediques.

Dejó sobre la mesa un ejemplar de *Los Pasos del Cielo* que venía envuelto en papel púrpura con el sello de la librería de Sempere e Hijos, y lo empujó hacia mí. No hice además de cogerlo. Vidal se había puesto pálido. La vehemencia del discurso y su tono defensivo se batían en retirada. Ahí viene la estocada, pensé.

—Dígame de una vez lo que me tenga que decir, don Pedro. No voy a morderle.

Vidal apuró el vino de un trago.

—Hay dos cosas que quería decirte. No te van a gustar.

—Empiezo a acostumbrarme.

—Una tiene que ver con tu padre.

Sentí que aquella sonrisa envenenada se me fundía en los labios.

—He querido decírtelo durante años, pero pensé que no te iba a hacer ningún bien. Vas a creer que no te lo dije por cobardía, pero te lo juro, te lo juro por lo que quieras que…

—¿Qué? —corté.

Vidal suspiró.

—La noche que tu padre murió…

—…que lo asesinaron —corregí con tono glacial.

—Fue un error. La muerte de tu padre fue un error.

Le miré sin comprender.

—Aquellos hombres no iban a por él. Se equivocaron.

Recordé las miradas de aquellos tres pistoleros en la niebla, el olor a pólvora y la sangre de mi padre brotando negra entre mis manos.

—A quien querían matar era a mí —dijo Vidal con un

hilo de voz—. Un antiguo socio de mi padre descubrió que su mujer y yo…

Cerré los ojos y escuché una risa oscura formarse en mi interior. Mi padre había muerto acribillado a tiros por un lío de faldas del gran Pedro Vidal.

—Di algo, por favor —suplicó Vidal.

Abrí los ojos.

—¿Cuál es la segunda cosa que me tenía que decir?

Nunca había visto a Vidal asustado. Le sentaba bien.

—Le he pedido a Cristina que se case conmigo.

Un largo silencio.

—Ha dicho que sí.

Vidal bajó la mirada. Uno de los camareros se aproximó con los entrantes. Los depositó sobre la mesa deseando «*Bon appétit*». Vidal no se atrevió a mirarme de nuevo. Los entrantes se enfriaban en el plato. Al rato cogí el ejemplar de *Los Pasos del Cielo* y me fui.


Aquella tarde, saliendo de la Maison Dorée, me sorprendí a mí mismo caminando Rambla abajo portando aquel ejemplar de *Los Pasos del Cielo*. A medida que me acercaba a la esquina de donde partía la calle del Carmen empezaron a temblarme las manos. Me detuve frente al escaparate de la joyería Bagués, fingiendo mirar medallones de oro en forma de hadas y flores, salpicados de rubíes. La fachada barroca y exuberante de los almacenes El Indio quedaba a unos pocos metros de allí y cualquiera hubiera creído que se trataba de un gran bazar de prodigios y maravillas insospechados más que de una tienda de paños y telas. Me aproximé lentamente y me adentré en el vestíbulo que conducía a la puerta. Sabía que ella no podría reconocerme, que quizá ni yo mismo podría ya reconocerla, pero aun así permanecí allí casi cinco minutos antes de atreverme a entrar. Cuando lo hice, el corazón me latía con fuerza y sentí que me sudaban las manos.

Las paredes estaban cubiertas de estantes repletos de grandes bobinas con todo tipo de tejidos y, sobre las mesas, los vendedores, armados de cintas métricas y de unas tijeras especiales anudadas al cinto, mostraban a damas de alcurnia escoltadas por sus criadas y costureras los preciados tejidos como si se tratase de materiales preciosos.

—¿Puedo ayudarle en algo, caballero?

Era un hombre corpulento y con voz de pito que iba embutido en un traje de franela que parecía a punto de estallar en cualquier momento y de sembrar la tienda de jirones flotantes de tela. Me observaba con aire condescendiente y una sonrisa entre forzada y hostil.

—No —musité.

Entonces la vi. Mi madre descendía de una escalera con un puñado de retales en la mano. Vestía una blusa blanca y la reconocí al instante. Su figura se había ensanchado un poco, y su rostro, más desdibujado, tenía esa derrota leve de la rutina y el desengaño. El vendedor, airado, seguía hablándome pero yo apenas advertía su voz. Tan sólo la veía a ella acercarse y cruzar frente a mí. Por un segundo me miró, y al ver que la estaba observando, me sonrió dócilmente, como se sonríe a un cliente o a un patrón, y luego siguió con su trabajo. Se me hizo tal nudo en la garganta que apenas pude despegar los labios para acallar al vendedor, y me faltó tiempo para dirigirme a la salida con lágrimas en los ojos. Ya en la calle crucé al otro lado y entré en un café. Me senté a una mesa junto a la ventana desde la que se veía la puerta de El Indio y esperé.

Había pasado casi una hora y media cuando vi salir y bajar la reja de la entrada al vendedor que me había atendido. Al poco, empezaron a apagarse las luces y pasaron algunos de los vendedores que trabajaban allí. Me levanté y salí a la calle. Un chaval de unos diez años estaba sentado en el portal de al lado, mirándome. Le hice una seña para que se acercase. Lo hizo y le mostré una moneda. Sonrió de oreja a oreja y constaté que le faltaban varios dientes.

—¿Ves este paquete? Quiero que se lo des a una señora que va a salir ahora. Le dices que te lo ha dado un señor para ella, pero no le digas que he sido yo. ¿Lo has entendido?

El chaval asintió. Le di la moneda y el libro.

—Ahora, esperamos.

No hubo que aguardar mucho tiempo. Tres minutos más tarde la vi salir. Caminaba hacia la Rambla.

—Es esa señora. ¿La ves?

Mi madre se detuvo un momento frente al pórtico de la iglesia de Betlem y le hice una seña al chaval, que corrió hacia ella. Presencié la escena de lejos, sin poder oír sus palabras. El niño le tendió el paquete y ella lo miró con extrañeza, dudando si aceptarlo o no. El niño insistió y finalmente ella tomó el paquete en sus manos y contempló cómo el niño echaba a correr. Desconcertada, se volvió a un lado y a otro, buscando con la mirada. Sopesó el paquete, examinando el papel púrpura en que iba envuelto. Finalmente le pudo la curiosidad y lo abrió.

La vi extraer el libro. Lo sostuvo con las dos manos, mirando la portada, y luego volteando el tomo para examinar la contraportada. Sentí que me faltaba el aliento y quise acercarme a ella, decirle algo, pero no pude. Me quedé allí, a escasos metros de mi madre, espiándola sin que ella reparase en mi presencia, hasta que reemprendió sus pasos con el libro en las manos rumbo a Colón. Al pasar frente al Palau de la Virreina se acercó a una papelera y lo tiró. La vi partir Rambla abajo hasta que se perdió en la multitud, como si nunca hubiese estado allí.

# 19

Sempere padre estaba solo en su librería encolando el lomo de un ejemplar de *Fortunata y Jacinta* que se caía a trozos cuando alzó la mirada y me vio al otro lado de la puerta. Le bastó un par de segundos para ver el estado en que me encontraba. Me hizo señas para que entrase. Tan pronto estuve en el interior, el librero me ofreció una silla.

—Tiene mala cara, Martín. Tendría que ir a ver a un médico. Si le da canguelo, le acompaño. A mí, los galenos también me dan grima, todos con batas blancas y cosas puntiagudas en la mano, pero a veces hay que pasar por el tubo.

—Es sólo un dolor de cabeza, señor Sempere. Ya se me está pasando.

Sempere me sirvió un vaso de agua de Vichy.

—Tenga. Esto lo cura todo, menos la tontería, que es una pandemia en alza.

Sonreí a la broma de Sempere sin ganas. Apuré el vaso de agua y suspiré. Sentía la náusea en los labios y una presión intensa que me latía detrás del ojo izquierdo. Por un instante creí que me iba a desplomar y cerré los ojos. Respiré hondo, suplicando no quedarme de una pieza allí. El destino no podía tener un sentido del humor tan perverso como para haberme conducido hasta la librería de Sempere para dejarle, en agradecimiento a todo cuanto había hecho por mí, un cadáver de propina. Sentí una mano que me sostenía la frente con delicadeza. Sempere. Abrí los ojos y encontré al librero y a su hijo, que se había asomado, observándome con un semblante de velatorio.

—¿Aviso al doctor? —preguntó Sempere hijo.

—Ya estoy mejor, gracias. Mucho mejor.

—Pues tiene usted una manera de mejorar que pone los pelos de punta. Está usted gris.

—¿Un poquito más de agua?

Sempere hijo se apresuró a rellenarme el vaso.

—Perdonen ustedes el espectáculo —dije—. Les aseguro que no lo traía preparado.

—No diga tonterías.

—A lo mejor le iría bien tomar algo dulce. Puede haber sido una bajada de azúcar… —apuntó el hijo.

—Acércate al horno de la esquina y trae algún dulce —convino el librero.

Cuando nos hubimos quedado solos, Sempere me clavó la mirada.

—Le juro que iré al médico —ofrecí.

Un par de minutos más tarde el hijo del librero regresó con una bolsa de papel que contenía lo más granado de la bollería del barrio. Me la tendió y elegí un *brioche* que, en otra ocasión, me hubiese parecido tan tentador como el trasero de una corista.

—Muerda —ordenó Sempere.

Me comí el *brioche* dócilmente. Lentamente me fui sintiendo mejor.

—Parece que revive —observó el hijo.

—Lo que no curen los bollitos de la esquina...

En aquel instante escuchamos la campanilla de la puerta. Un cliente había entrado en la librería y, a un asentimiento de su padre, Sempere hijo nos dejó para atenderle. El librero se quedó a mi lado, intentando medirme el pulso presionándome la muñeca con el índice.

—Señor Sempere, ¿se acuerda usted, hace muchos años, cuando me dijo que si algún día tenía que salvar un libro, salvarlo de verdad, viniese a verle?

Sempere echó una mirada al libro que había rescatado de la papelera donde lo había tirado mi madre y que aún llevaba en las manos.

—Deme cinco minutos.


Empezaba a oscurecer cuando descendimos por la Rambla entre el gentío que había salido a pasear en una tarde calurosa y húmeda. Apenas soplaba un amago de brisa, y balcones y ventanales estaban abiertos de par en par, las gentes asomadas mirando el desfilar de siluetas bajo el cielo encendido de ámbar. Sempere caminaba a paso ligero y no aminoró la marcha hasta que avistamos el pórtico de sombras que se abría a la entrada de la calle del Arc del Teatre. Antes de cruzar me miró con solemnidad y me dijo:

—Martín, lo que va a ver usted ahora no se lo puede contar a nadie, ni a Vidal. A nadie.

Asentí, intrigado por el aire de seriedad y secretismo del librero. Seguí a Sempere a través de la angosta calle, apenas una brecha entre edificios sombríos y ruinosos que parecían inclinarse como sauces de piedra para cerrar la línea de cielo que perfilaba los terrados. Al poco llegamos a un gran portón de madera que parecía sellar una vieja basílica que hubiese permanecido cien años en el fondo de un pantano. Sempere ascendió los dos peldaños hasta el portón y tomó el llamador de bronce forjado en forma de diablillo sonriente. Golpeó tres veces la puerta y descendió de nuevo a esperar junto a mí.

—Lo que va a ver ahora no se lo puede usted contar…

—…a nadie. Ni a Vidal. A nadie.

Sempere asintió con severidad. Esperamos por espacio de un par de minutos hasta que se oyó lo que parecían cien cerrojos trabándose simultáneamente. El portón se entreabrió con un profundo quejido y se asomó el rostro de un hombre de mediana edad y cabello ralo, de expresión rapaz y mirada penetrante.

—Éramos pocos y parió Sempere, para variar —espetó—. ¿Qué me trae hoy? ¿Otro letraherido de los que no se echan novia porque prefieren vivir con su madre?

Sempere hizo caso omiso del sarcástico recibimiento.

—Martín, éste es Isaac Monfort, guardián de este lugar y dueño de una simpatía sin parangón. Hágale caso en todo lo que le diga. Isaac, éste es David Martín, buen amigo, escritor y persona de mi confianza.

El tal Isaac me miró de arriba abajo con escaso entusiasmo y luego intercambió una mirada con Sempere.

—Un escritor nunca es persona de confianza. A ver, ¿le ha explicado Sempere las reglas?

—Sólo que no puedo hablar de lo que vea aquí a nadie.

—Ésa es la primera y más importante. Si no la cumple, yo mismo iré y le retorceré el pescuezo. ¿Se impregna del espíritu general?

—Al cien por cien.

—Pues andando —dijo Isaac, indicándome que pasara al interior.

—Yo me despido ahora, Martín, y los dejo a ustedes. Aquí estará seguro.

Comprendí que Sempere se refería al libro, no a mí. Me abrazó con fuerza y luego se perdió en la noche. Me adentré en el umbral y el tal Isaac tiró de una palanca al dorso del portón. Mil mecanismos anudados en una telaraña de rieles y poleas lo sellaron. Isaac tomó un candil del suelo y lo alzó a la altura de mi rostro.

—Tiene usted mala cara —dictaminó.

—Indigestión —repliqué.

—¿De qué?

—De realidad.

—Póngase a la cola —atajó.

Avanzamos por un largo corredor en cuyos flancos velados de penumbra se adivinaban frescos y escalinatas de mármol. Nos adentramos por aquel recinto palaciego y al poco se vislumbró al frente la entrada a lo que parecía una gran sala.

—¿Qué trae usted? —preguntó Isaac.

—*Los Pasos del Cielo*. Una novela.

—Menuda cursilada de título. ¿No será usted el autor?

—Me temo que sí.

Isaac suspiró, negando por lo bajo.

—¿Y qué más ha escrito?

—*La Ciudad de los Malditos*, tomos del uno al veintisiete, entre otras cosas.

Isaac se volvió y sonrió, complacido.

—¿Ignatius B. Samson?

—Que en paz descanse y para servirle a usted.

El enigmático guardián se detuvo entonces y dejó descansar el farol en lo que parecía una balaustrada suspendida frente a una gran bóveda. Levanté la mirada y me quedé mudo. Un colosal laberinto de puentes, pasajes y estantes repletos de cientos de miles de libros se alzaba formando una gigantesca biblioteca de perspectivas imposibles. Una madeja de túneles atravesaba la inmensa estructura que parecía ascender en espiral hacia una gran cúpula de cristal de la que se filtraban cortinas de luz y tiniebla. Pude ver algunas siluetas aisladas que recorrían pasarelas y escalinatas o examinaban con detalle los pasadizos de aquella catedral hecha de libros y palabras. No podía dar crédito a mis ojos y miré a Isaac Monfort, atónito. Sonreía como zorro viejo que saborea su truco favorito.

—Ignatius B. Samson, bien venido al Cementerio de los Libros Olvidados.

## 20

Seguí al guardián hasta la base de la gran nave que albergaba el laberinto. El suelo que pisábamos estaba remendado de losas y lápidas, con inscripciones funerarias, cruces y rostros diluidos en la piedra. El guardián se detuvo y deslizó el farol de gas sobre algunas de las piezas de aquel macabro rompecabezas para mi deleite.

—Restos de una antigua necrópolis —explicó—. Pero que eso no le dé ideas y decida caérseme muerto aquí.

Continuamos hasta una zona frente a la estructura central que parecía hacer las veces de umbral. Isaac me iba recitando de corrido las normas y deberes, clavándome de vez en cuando una mirada que yo procedía a aplacar con manso asentimiento.

—Artículo uno: la primera vez que alguien acude aquí tiene derecho a elegir un libro, el que desee, de entre todos los que hay en este lugar. Artículo dos: cuando se adopta un libro se contrae la obligación de protegerlo y de hacer cuanto sea posible para que nunca se pierda. De por vida. ¿Dudas hasta el momento?

Alcé la mirada hacia la inmensidad del laberinto.

—¿Cómo elige uno un solo libro entre tantos?

Isaac se encogió de hombros.

—Hay quien prefiere creer que es el libro el que le escoge a él… el destino, por así decirlo. Lo que ve usted aquí es la suma de siglos de libros perdidos y olvidados, libros que estaban condenados a ser destruidos y silenciados para siempre, libros que preservan la memoria y el alma de tiempos y prodigios que ya nadie recuerda. Ninguno de nosotros, ni los más viejos, sabe exactamente cuándo fue creado ni por quién. Probablemente es casi tan antiguo como la misma ciudad y ha ido creciendo con ella, a su sombra. Sabemos que el edificio fue levantado con los restos de palacios, iglesias, prisiones y hospitales que alguna vez pudo haber en este lugar. El origen de la estructura principal es de principios del siglo XVIII y no ha dejado de cambiar desde entonces. Con anterioridad, el Cementerio de los Libros Olvidados había estado oculto bajo los túneles de la ciudad medieval. Hay quien dice que en tiempos de la Inquisición gentes de saber y de mente libre escondían libros prohibidos en sarcófagos y los enterraban en los osarios que había por toda la ciudad para protegerlos, confiando en que generaciones futuras pudieran desenterrarlos. A mediados del siglo pasado se encontró un largo túnel que conduce desde las entrañas del laberinto hasta los sótanos de una vieja biblioteca que hoy en día está sellada y oculta en las ruinas de una antigua sinagoga del barrio del Call. Al caer las últimas murallas de la ciudad se produjo un corrimiento de tierras y el túnel quedó inundado por las aguas del torrente subterráneo que desciende desde hace siglos bajo lo que hoy es la Rambla. Ahora es impracticable, pero suponemos que durante mucho tiempo ese túnel fue una de las vías principales de acceso a este lugar. La mayor parte de la estructura que usted puede ver se desarrolló durante el siglo XIX. No más de cien personas en toda la ciudad conocen este lugar y espero que Sempere no haya cometido un error al incluirle a usted entre ellas…

Negué enérgicamente, pero Isaac me observaba con escepticismo.

—Artículo tres: puede usted enterrar su libro donde quiera.

—¿Y si me pierdo?

—Una cláusula adicional, de mi cosecha: procure no perderse.

—¿Se ha perdido alguien alguna vez?

Isaac dejó escapar un soplido.

—Cuando yo empecé aquí, años ha, contaban lo de Darío Alberti de Cymerman. Supongo que Sempere no le habrá hablado de eso, claro…

—¿Cymerman? ¿El historiador?

—No, el domador de focas. ¿Cuántos Daríos Alberti de Cymerman conoce usted? El caso es que en el invierno de 1889, Cymerman se adentró en el laberinto y desapareció en él por espacio de una semana. Le encontraron escondido en uno de los túneles, medio muerto de terror. Se había emparedado detrás de varias hileras de textos sagrados para evitar ser visto.

—¿Visto por quién?

Isaac me miró largamente.

—Por el hombre de negro. ¿Seguro que Sempere no le ha contado esto?

—Seguro que no.

Isaac bajó la voz y adoptó un tono confidencial.

—Algunos de los miembros, a lo largo de los años, han visto a veces al hombre de negro en los túneles del laberinto. Todos le describen de una manera diferente. Hay quien incluso afirma haber hablado con él. Hubo un tiempo en que corrió el rumor de que el hombre de negro era el espíritu de un autor maldito a quien uno de los miembros traicionó tras llevarse de aquí uno de sus libros y no mantener su promesa. El libro se perdió para siempre y el difunto autor vaga eternamente por los corredores buscando venganza, ya sabe usted, ese tipo de cosas a lo Henry James que le van tanto a la gente.

—No me va a decir que usted se cree eso.

—Claro que no. Yo tengo otra teoría. La de Cymerman.

—¿Que es…?

—Que el hombre de negro es el patrón de este lugar, el padre de todo conocimiento secreto y prohibido, del saber y de la memoria, portador de la luz de cuentistas y escritores desde tiempos inmemoriales… Es nuestro ángel de la guarda, el ángel de las mentiras y de la noche.

—Me toma usted el pelo.

—Todo laberinto tiene su minotauro —apuntó el guardián.

Isaac sonrió enigmáticamente y señaló hacia la entrada del laberinto.

—Todo suyo.

Enfilé una pasarela que conducía a una de las entradas y penetré lentamente en un largo corredor de libros que describía una curva ascendente. Al llegar al final de la curva, el túnel se bifurcaba en cuatro pasadizos y formaba un pequeño círculo desde el que ascendía una escalera de caracol que se perdía en las alturas. Subí las escaleras hasta encontrar un rellano desde el que partían tres túneles. Elegí uno de ellos, el que creía que conducía hacia el corazón de la estructura, y me aventuré. A mi paso rozaba los lomos de centenares de libros con los dedos. Me dejé impregnar del olor, de la luz que conseguía filtrarse entre rendijas y de las linternas de cristal horadadas en la estructura de madera y que flotaba en espejos y penumbras. Caminé sin rumbo por espacio de casi treinta minutos hasta llegar a una suerte de cámara cerrada en la que había una mesa y una silla. Las paredes estaban hechas de libros y parecían sólidas a excepción de un pequeño resquicio del que daba la impresión que alguien se había llevado un tomo. Decidí que aquél iba a ser el nuevo hogar de *Los Pasos del Cielo*. Contemplé la portada por última vez y releí el primer párrafo, imaginando el instante que, si así lo quería la fortuna, y muchos años después de que yo estuviese muerto y olvidado, alguien recorrería aquel mismo camino y llegaría a aquella sala para encontrar un libro desconocido en el que había entregado todo cuanto tenía que ofrecer. Lo coloqué allí, sintiendo que era yo el que se quedaba en el estante. Fue entonces cuando sentí la presencia a mi espalda, y me volví para encontrar, mirándome fijamente a los ojos, al hombre de negro.

# 21

Al principio no reconocí mi propia mirada en el espejo, uno de los muchos que formaban una cadena de luz tenue a lo largo de los corredores del laberinto. Eran mi rostro y mi piel los que veía en el reflejo, pero los ojos eran los de un extraño. Turbios y oscuros y rebosantes de malicia. Aparté la mirada y sentí que la náusea me rondaba de nuevo. Me senté en la silla frente a la mesa y respiré profundamente. Imaginé que incluso al doctor Trías le podría resultar divertida la idea de que al inquilino de mi cerebro, el crecimiento tumoral como él gustaba de llamarle, se le hubiese ocurrido darme la estocada de gracia en aquel lugar y concederme el honor de ser el primer ciudadano permanente del Cementerio de los Novelistas Olvidados. Enterrado en compañía de su última y lamentable obra, la que le llevó a la tumba. Alguien me encontraría allí dentro de diez meses o diez años, o tal vez nunca. Un gran final digno de *La Ciudad de los Malditos*.

Creo que me salvó la risa amarga, que me despejó la cabeza y me devolvió la noción de dónde estaba y lo que había venido a hacer. Me iba a levantar de la silla cuando lo vi. Era un tomo tosco, oscuro y sin título visible en el lomo. Estaba encima de una pila de cuatro libros más en el extremo de la mesa. Lo tomé en las manos. Las cubiertas parecían estar encuadernadas en cuero o en algún tipo de piel curtida y oscurecida, más por el tacto que por un tinte. Las palabras del título, que habían sido grabadas con lo que supuse era algún tipo de marca a fuego en la tapa, estaban desdibujadas, pero en la cuarta página se podía leer el mismo título con claridad.

**Lux Aeterna**
D. M.

Supuse que las iniciales, que coincidían con las mías, correspondían al nombre del autor, pero no había ningún otro indicio en el libro que lo confirmara. Pasé varias páginas al vuelo y reconocí por lo menos cinco lenguas diferentes alternándose en el texto. Castellano, alemán, latín, francés y hebreo. Leí un párrafo al azar que me hizo pensar en una oración que no recordaba en la liturgia tradicional, y me pregunté si aquel cuaderno sería una suerte de misal o compendio de plegarias. El texto estaba punteado con numerales y estrofas con entradas subrayadas que parecían indicar episodios o divisiones temáticas. Cuanto más lo examinaba más me daba cuenta de que a lo que me recordaba era a los evangelios y catecismos de mis días de escolar.

Hubiera podido salir de allí, escoger cualquier otro tomo entre cientos de miles y abandonar aquel lugar para no volver nunca jamás. Casi creí que lo había hecho

hasta que me di cuenta de que recorría de vuelta los túneles y corredores del laberinto con el libro en la mano,
como si fuese un parásito que se me hubiese pegado a la
piel. Por un instante me cruzó por la cabeza la noción de
que el libro tenía más ganas de salir de aquel lugar que yo
y que, de algún modo, guiaba mis pasos. Tras dar algunos
rodeos y pasar frente al mismo ejemplar del cuarto tomo
de las obras completas de LeFanu un par de veces, me encontré sin saber cómo frente a la escalinata que descendía en espiral, y de allí atiné a encontrar el camino que
conducía a la salida del laberinto. Había supuesto que
Isaac estaría esperándome en el umbral, pero no había
señal de su presencia, aunque tuve la certeza de que alguien me observaba desde la oscuridad. La gran bóveda
del Cementerio de los Libros Olvidados estaba sumida
en un profundo silencio.

—¿Isaac? —llamé.

El eco de mi voz se perdió en la sombra. Esperé unos
segundos en vano y me encaminé rumbo a la salida. La tiniebla azul que se filtraba por la cúpula se fue desva-
neciendo hasta que la oscuridad a mi alrededor fue casi
absoluta. Unos pasos más allá distinguí una luz que parpadeaba en el extremo de la galería y pude comprobar
que el guardián había dejado el farol al pie del portón.
Me volví por última vez para escrutar la oscuridad de la
galería. Tiré de la manija que ponía en marcha el mecanismo de rieles y poleas. Los anclajes del cerrojo se libe-
raron uno a uno y la puerta cedió unos centímetros. La
empujé justo lo suficiente para pasar y salí al exterior. En
unos segundos la puerta empezó a cerrarse de nuevo y se
selló con un eco profundo.

# 22

A medida que me alejaba de aquel lugar sentí que su magia me abandonaba y me invadía de nuevo la náusea y el dolor. Me caí de bruces un par de veces, la primera en la Rambla y la segunda al intentar cruzar la Vía Layetana, donde un niño me levantó y me salvó de ser arrollado por un tranvía. A duras penas conseguí llegar a mi puerta. La casa había estado cerrada todo el día, y el calor, aquel calor húmedo y ponzoñoso que cada día ahogaba un poco más la ciudad, flotaba en el interior en forma de luz polvorienta. Subí hasta el estudio de la torre y abrí las ventanas de par en par. Apenas corría un soplo de brisa bajo un cielo lapidado de nubes negras que se movían lentamente en círculos sobre Barcelona. Dejé el libro sobre mi escritorio y me dije que tiempo habría para examinarlo con detalle. O tal vez no. Tal vez el tiempo ya se me había acabado. Poco parecía importar ya.

En aquellos instantes apenas me tenía en pie y necesitaba tenderme en la oscuridad. Rescaté uno de los frascos de píldoras de codeína del cajón y engullí tres o cuatro de un trago. Me guardé el frasco en el bolsillo y enfilé escaleras abajo, no del todo seguro de poder llegar al dormitorio de una pieza. Al alcanzar el pasillo me pareció ver un parpadeo en la línea de claridad que había bajo la puerta principal, como si hubiese alguien al otro lado de la puerta. Me acerqué lentamente a la entrada, apoyándome en las paredes.

—¿Quién va? —pregunté.

No hubo respuesta ni sonido alguno. Dudé un segundo y luego abrí y me asomé al rellano. Me incliné a mirar escaleras abajo. Los peldaños descendían en espiral, difuminándose en tinieblas. No había nadie. Me volví hacia la puerta y advertí que el pequeño farol que iluminaba el rellano parpadeaba. Entré de nuevo en casa y cerré con llave, algo que muchas veces olvidaba hacer. Fue entonces cuando lo vi. Era un sobre de color crema de reborde serrado. Alguien lo había deslizado bajo la puerta. Me arrodillé para recogerlo. Era papel de alto gramaje, poroso. El sobre estaba lacrado y llevaba mi nombre. El escudo sellado en el lacre trazaba la silueta del ángel con las alas desplegadas.

Lo abrí.

*Apreciado señor Martín:*

*Voy a pasar un tiempo en la ciudad y me complacería mucho poder disfrutar de su compañía y tal vez de la oportunidad de recuperar el tema de mi oferta. Le agradecería mucho que, si no tiene compromiso previo, me acompañase para cenar el próximo viernes 13 de este mes a las 10 de la noche en una pequeña villa que he alquilado para mi estancia en Barcelona. La casa está situada en la esquina de las calles Olot y San José de la Montaña, junto a la entrada del Park Güell. Confío y deseo que le sea posible venir.*

*Su amigo,*

ANDREAS CORELLI

Dejé caer la nota al suelo y me arrastré hasta la galería. Allí me tendí en el sofá, al abrigo de la penumbra. Faltaban siete días para aquella cita. Sonreí para mis adentros. No creía que fuese a vivir siete días. Cerré los ojos e intenté conciliar el sueño. Aquel silbido constante en los oídos me parecía ahora más estruendoso que nunca. Punzadas de luz blanca se encendían en mi mente con cada latido de mi corazón.

*No podrá usted ni pensar en escribir.*

Abrí de nuevo los ojos y escruté la tiniebla azul que velaba la galería. Junto a mí, en la mesa, reposaba todavía aquel viejo álbum de fotografías que Cristina había dejado. No había tenido el valor de tirarlo, ni de tocarlo apenas. Alargué la mano hasta el álbum y lo abrí. Pasé las páginas hasta dar con la imagen que buscaba. La arranqué del papel y la examiné. Cristina, de niña, caminando de la mano de un extraño por aquel muelle que se adentraba en el mar. Apreté la fotografía contra el pecho y me abandoné a la fatiga. Lentamente, la amargura y la rabia de aquel día, de aquellos años, se fueron apagando y me envolvió una cálida oscuridad llena de voces y manos que me estaban esperando. Deseé perderme en ella como no había deseado nada en toda mi vida, pero algo tiró de mí y una puñalada de luz y de dolor me arrancó de aquel sueño placentero que prometía no tener fin.

*Todavía no* —susurró la voz—, *todavía no.*


Supe que pasaban los días porque a ratos me despertaba y me parecía ver la luz del sol atravesando las láminas de los postigos en las ventanas. En varias ocasiones creí oír golpes en la puerta y voces que pronunciaban mi nombre y que al rato desaparecían. Horas o días después me levanté y me llevé las manos a la cara para encontrar sangre en los labios. No sé si bajé a la calle o soñé que lo hacía, pero sin saber cómo había llegado allí me encontré enfilando el paseo del Born y caminando hacia la catedral de Santa María del Mar. Las calles estaban desiertas bajo la luna de mercurio. Alcé la vista y creí ver el espectro de una gran tormenta negra desplegar sus alas sobre la ciudad. Un soplo de luz blanca abrió el cielo y un manto tejido de gotas de lluvia se desplomó como un enjambre de puñales de cristal. Un instante antes de que la primera gota rozase el suelo, el tiempo se detuvo y cientos de miles de lágrimas de luz quedaron suspendidas en el aire como motas de polvo. Supe que alguien o algo caminaba a mi espalda y pude sentir su aliento en la nuca, frío e impregnado del hedor de la carne putrefacta y el fuego. Sentí cómo sus dedos, largos y afilados, se cernían sobre mi piel y en aquel instante, atravesando la lluvia suspendida, apareció aquella niña que sólo vivía en el retrato que sostenía contra mi pecho. Me tomó de la mano y tiró de mí, guiándome de nuevo hasta la casa de la torre, dejando atrás aquella presencia helada que reptaba a mi espalda. Cuando recobré la conciencia, habían pasado siete días.

Amanecía el 13 de julio, viernes.

# 23

Pedro Vidal y Cristina Sagnier se casaron aquella tarde. La ceremonia tuvo lugar a las cinco en la capilla del monasterio de Pedralbes y a ella acudió sólo una pequeña parte del clan Vidal, con lo más granado de la familia, incluyendo al padre del novio, en ominosa ausencia. De haber habido malas lenguas hubiesen dicho que la ocurrencia del benjamín de contraer matrimonio con la hija del chófer había caído como un jarro de agua fría en las huestes de la dinastía. Pero no las había. En un discreto pacto de silencio, los cronistas de sociedad tenían otras cosas que hacer aquella tarde y ni una sola publicación se hizo eco de la ceremonia. Nadie estuvo allí para contar que a las puertas de la iglesia se había reunido un ramillete de antiguas amantes de don Pedro, que lloraban en silencio como una cofradía de viudas marchitas a las que sólo les quedaba por perder la última esperanza. Nadie estuvo allí para contar que Cristina llevaba un manojo de rosas blancas en la mano y un vestido color marfil que se confundía con su piel y hacía pensar que la novia acudía desnuda al altar, sin más adorno que el velo blanco que le cubría el rostro y un cielo de color ámbar que parecía recogerse en un remolino de nubes sobre la aguja del campanario.

Nadie estuvo allí para recordar cómo descendía del coche y, por un instante, se detenía para alzar la vista y mirar hacia la plaza que había enfrente del portal de la iglesia hasta que sus ojos encontraron a aquel hombre moribundo al que le temblaban las manos y murmuraba, sin que nadie pudiese oírle, palabras que iba a llevarse consigo a la tumba.

—Malditos seáis. Malditos seáis los dos.


Dos horas después, sentado en la butaca del estudio, abrí el estuche que años atrás había llegado a mis manos y que contenía lo único que me quedaba de mi padre. Extraje la pistola envuelta en el paño y abrí el tambor. Introduje seis balas y cerré el arma de nuevo. Apoyé el cañón en la sien, tensé el percutor y cerré los ojos. En aquel instante sentí cómo aquel golpe de viento azotaba de súbito la torre y los ventanales del estudio se abrían de par en par, golpeando la pared con fuerza. Una brisa helada me acarició la piel, portando el aliento perdido de las grandes esperanzas.

# 24

El taxi ascendía lentamente hasta los confines de la barriada de Gracia rumbo al solitario y sombrío recinto del Park Güell. La colina estaba punteada de caserones que habían visto mejores días asomando entre una arboleda que se mecía al viento como agua negra. Vislumbré en lo alto de la ladera la gran puerta del recinto. Tres años atrás, a la muerte de Gaudí, los herederos del conde Güell habían vendido al ayuntamiento aquella urbanización desierta, que nunca había tenido más habitante que su arquitecto, por una peseta. Olvidado y desatendido, el jardín de columnas y torres hacía pensar ahora en un edén maldito. Indiqué al conductor que se detuviese frente a las rejas de la entrada y le aboné la carrera.

—¿Está seguro el señor de que quiere bajarse aquí? —preguntó el conductor, que no las tenía todas consigo—. Si lo desea, puedo esperarle unos minutos…

—No será necesario.

El murmullo del taxi se perdió colina abajo y me quedé a solas con el eco del viento entre los árboles. La hojarasca se arrastraba a la entrada del parque y se arremolinaba a mis pies. Me acerqué a las rejas, que estaban cerradas con cadenas corroídas de herrumbre, y escruté el interior. La luz de la luna lamía el contorno de la silueta del dragón presidiendo la escalinata. Una forma oscura descendía los peldaños muy lentamente, observándome con ojos que brillaban como perlas bajo el agua. Era un perro negro. El animal se detuvo al pie de las escaleras y sólo entonces advertí que no estaba solo. Dos animales más me observaban en silencio. Uno se había aproximado con sigilo por la sombra que proyectaba la casa del guarda, apostada a un lado de la entrada. El otro, el más grande de los tres, se había aupado al muro y me contemplaba desde la cornisa apenas a un par de metros. La bruma de su aliento destilaba entre sus colmillos expuestos. Me retiré muy lentamente, sin quitarle la mirada de los ojos y sin darle la espalda. Paso a paso, gané la acera opuesta a la entrada. Otro de los perros había trepado al muro y me seguía con los ojos. Escruté el suelo en busca de algún palo o de una piedra que poder utilizar como defensa si decidían saltar y venir a por mí, pero cuanto había eran hojas secas. Sabía que, si apartaba la mirada y echaba a correr, los animales me darían caza y que no podría ni completar una veintena de metros antes de que se me echasen encima y me despedazasen. El mayor de los animales se adelantó unos pasos sobre el muro y tuve la certeza de que iba a saltar. El tercero, el único que había visto al principio y que probablemente actuaba de señuelo, empezaba a escalar la parte baja del muro para unirse a los otros dos. Aquí estoy, pensé.

En aquel instante un destello de claridad prendió e iluminó los rostros lobunos de los tres animales, que se detuvieron en seco. Miré por encima del hombro y vi el montículo que se elevaba a medio centenar de metros de la entrada del parque. Las luces de la casa se habían encendido, las únicas en toda la colina. Uno de los animales emitió un gemido sordo y se retiró hacia el interior del parque. Los otros le siguieron un instante más tarde.

Sin pensarlo dos veces, me encaminé en dirección a la casa. Tal como había indicado Corelli en su invitación, el caserón se levantaba sobre la esquina de la calle Olot con San José de la Montaña. Era una estructura esbelta y angulosa de tres pisos en forma de torre coronada de mansardas que contemplaba como un centinela la ciudad y el parque fantasmal a sus pies.

La casa quedaba al final de una empinada pendiente y unas escalinatas que dejaban a su puerta. Halos de luz dorada exhalaban de los ventanales. A medida que ascendía las escaleras de piedra me pareció distinguir una silueta recortada en una balaustrada del segundo piso, inmóvil como una araña tendida sobre su red. Llegué al último peldaño y me detuve a recuperar el aliento. La puerta principal estaba entreabierta y una lámina de luz se extendía hasta mis pies. Me acerqué lentamente y me detuve en el umbral. Un olor a flores muertas emanaba del interior. Golpeé la puerta con los nudillos y cedió unos centímetros hacia el interior. Frente a mí había un recibidor y un largo corredor que se adentraba en la casa. Pude detectar un sonido seco y repetitivo, como el de un postigo golpeando la ventana por el viento, que provenía de algún lugar de la casa y que recordaba el latido de un corazón. Me adentré unos pasos en el recibidor y vi que a mi izquierda se encontraban las escaleras que ascendían por la torre. Creí oír pasos ligeros, pasos de niño, escalando los últimos pisos.

—¿Buenas noches? —llamé.

Antes de que el eco de mi voz se perdiese por el corredor, el sonido percusivo que latía en algún lugar de la casa se detuvo. Un silencio absoluto descendió a mi alrededor y una corriente de aire helado me acarició el rostro.

—¿Señor Corelli? Soy Martín. David Martín…

Al no obtener respuesta, me aventuré por el corredor que avanzaba hacia el interior de la casa. Las paredes estaban recubiertas con fotografías de retratos enmarcados en diferentes tamaños. Por las poses y las ropas de los sujetos supuse que la mayoría tenían por lo menos entre veinte y treinta años. Al pie de cada marco había una pequeña placa con el nombre del retratado y el año en que había sido tomada la imagen. Estudié aquellos rostros que me observaban desde otro tiempo. Niños y viejos, damas y caballeros. A todos los unía una sombra de tristeza en la mirada, una llamada silenciosa. Todos miraban a la cámara con un anhelo que helaba la sangre.

—¿Le interesa la fotografía, amigo Martín? —dijo la voz a mi lado.

Me volví sobresaltado. Andreas Corelli contemplaba las fotografías junto a mí con una sonrisa prendida de melancolía. No le había visto ni oído aproximarse y cuando me sonrió sentí un escalofrío.

—Creía que no vendría.

—Yo también.

—Entonces permítame que le invite a una copa de vino para brindar por nuestros errores.

Le seguí hasta una gran sala con amplios ventanales orientados hacia la ciudad. Corelli me indicó que tomase asiento en una butaca y procedió a servir dos copas de una botella de cristal que había sobre una mesa. Me tendió la copa y tomó asiento en la butaca opuesta.

Probé el vino. Era excelente. Lo apuré casi de un sorbo y pronto sentí que la calidez que me descendía por la garganta me templaba los nervios. Corelli olfateaba su copa y me observaba con una sonrisa serena y amigable.

—Tenía usted razón —dije.

—Suelo tenerla —replicó Corelli—. Es un hábito que raramente me proporciona alguna satisfacción. A veces pienso que pocas cosas me agradarían más que tener la certeza de haberme equivocado.

—Eso tiene fácil arreglo. Pregúnteme a mí. Yo siempre me equivoco.

—No, no se equivoca. Me parece que ve usted las cosas casi tan claras como yo y que eso tampoco le reporta satisfacción alguna.

Escuchándole se me ocurrió que en aquel instante lo único que me podía proporcionar alguna satisfacción era prenderle fuego al mundo entero y arder con él. Corelli, como si hubiese leído mi pensamiento, sonrió enseñando los dientes y asintió.

—Yo puedo ayudarle, amigo mío.

Me sorprendí a mí mismo esquivando su mirada y concentrándome en aquel pequeño broche con un ángel de plata en su solapa.

—Bonito broche —dije, señalándolo.

—Recuerdo de familia —respondió Corelli.

Me pareció que ya habíamos intercambiado suficientes gentilezas y trivialidades para toda la velada.

—Señor Corelli, ¿qué estoy haciendo aquí?

Los ojos de Corelli brillaban con el mismo color del vino que se mecía lentamente en su copa.

—Es muy sencillo. Está usted aquí porque por fin ha entendido que éste es su lugar. Está usted aquí porque hace un año le hice una oferta. Una oferta que en aquel momento no estaba usted preparado para aceptar, pero que no ha olvidado. Y yo estoy aquí porque sigo pensando que usted es la persona que busco y por eso he preferido esperar doce meses antes de pasar de largo.

—Una oferta que nunca llegó usted a detallar —recordé.

—De hecho, lo único que le di fueron los detalles.

—Cien mil francos por trabajar un año entero para usted escribiendo un libro.

—Exactamente. Muchos pensarían que eso era lo esencial. Pero no usted.

—Me dijo que cuando me explicase qué clase de libro quería que escribiese para usted, lo haría incluso si no me pagaba.

Corelli asintió.

—Tiene usted buena memoria.

—Tengo una memoria excelente, señor Corelli, tanto que no recuerdo haber visto, leído u oído hablar de ningún libro editado por usted.

—¿Duda de mi solvencia?

Negué intentando disimular el anhelo y la codicia que me corroían por dentro. Cuanto más desinterés mostraba, más tentado por las promesas del editor me sentía.

—Simplemente me intrigan sus motivos —apunté.

—Como debe ser.

—En cualquier caso le recuerdo que tengo un contrato en exclusiva con Barrido y Escobillas por cinco años más. El otro día recibí una visita muy ilustrativa de su parte en compañía de un abogado de aspecto expeditivo. Pero supongo que tanto da, porque un lustro es demasiado tiempo y si algo tengo claro es que lo que menos tengo es tiempo.

—No se preocupe por los abogados. Los míos tienen un aspecto infinitamente más expeditivo que los de ese par de pústulas y nunca pierden un caso. Deje los detalles legales y la litigación de mi cuenta.

Por el modo en que sonrió al pronunciar aquellas palabras pensé que más me valía no tener nunca una entrevista con los consejeros legales de Éditions de la Lumière.

—Le creo. Supongo que eso deja entonces la cuestión de cuáles son los otros detalles de su oferta, los esenciales.

—No hay un modo sencillo de decir esto, así que lo mejor será que le hable sin ambages.

—Por favor.

Corelli se inclinó hacia adelante y me clavó los ojos.

—Martín, quiero que cree una religión para mí.

Al principio pensé que no le había oído bien.

—¿Cómo dice?

Corelli me sostuvo aquella mirada con sus ojos sin fondo.

—He dicho que quiero que cree una religión para mí.

Le contemplé durante un largo instante, mudo.

—Me está tomando el pelo.

Corelli negó, saboreando su vino con deleite.

—Quiero que reúna todo su talento y que se dedique en cuerpo y alma durante un año a trabajar en la historia más grande que haya usted creado: una religión.

No pude más que echarme a reír.

—Está usted completamente loco. ¿Ésa es su oferta? ¿Ése es el libro que quiere que le escriba?

Corelli asintió serenamente.

—Se ha equivocado de escritor. Yo no sé nada de religión.

—No se preocupe por eso. Yo sí. Lo que busco no es un teólogo. Busco un narrador. ¿Sabe usted lo que es una religión, amigo Martín?

—A duras penas recuerdo el Padrenuestro.

—Una oración preciosa y bien trabajada. Poesía aparte, una religión viene a ser un código moral que se expresa mediante leyendas, mitos o cualquier tipo de artefacto literario a fin de establecer un sistema de creencias, valores y normas con los que regular una cultura o una sociedad.

—Amén —repliqué.

—Como en literatura o en cualquier acto de comunicación, lo que le confiere efectividad es la forma y no el contenido —continuó Corelli.

—Me está usted diciendo que una doctrina viene a ser un cuento.

—Todo es un cuento, Martín. Lo que creemos, lo que conocemos, lo que recordamos e incluso lo que soñamos. Todo es un cuento, una narración, una secuencia de sucesos y personajes que comunican un contenido emocional. Un acto de fe es un acto de aceptación, aceptación de una historia que se nos cuenta. Sólo aceptamos como verdadero aquello que puede ser narrado. No me diga que no le tienta la idea.

—No.

—¿No le tienta crear una historia por la que los hombres sean capaces de vivir y morir, por la que sean capaces de matar y dejarse matar, de sacrificarse y condenarse, de entregar su alma? ¿Qué mayor desafío para su oficio que crear una historia tan poderosa que trascienda la ficción y se convierta en verdad revelada?

Nos miramos en silencio durante varios segundos.

—Creo que ya sabe cuál es mi respuesta —dije finalmente.

Corelli sonrió.

—Yo sí. El que creo que no lo sabe todavía es usted.

—Gracias por la compañía, señor Corelli. Y por el vino y los discursos. Muy provocativos. Ándese con ojo a quién se los suelta. Le deseo que encuentre a su hombre y que el panfleto sea todo un éxito.

Me incorporé y me dispuse a marcharme.

—¿Le esperan en algún sitio, Martín?

No contesté pero me detuve.

—¿No siente uno rabia cuando sabe que podría haber tantas cosas por las que vivir, con salud y fortuna, sin ataduras? —dijo Corelli a mi espalda—. ¿No siente uno rabia cuando se las arrancan de las manos?

Me volví lentamente.

—¿Qué es un año de trabajo frente a la posibilidad de que todo cuanto uno desea se haga realidad? ¿Qué es un año de trabajo frente a la promesa de una larga existencia de plenitud?

Nada, dije para mis adentros, a mi pesar. Nada.

—¿Es ésa su promesa?

—Ponga usted el precio. ¿Quiere prenderle fuego al mundo y arder con él? Hagámoslo juntos. Usted fija el precio. Yo estoy dispuesto a darle aquello que usted más quiera.

—No sé qué es lo que más quiero.

—Yo creo que sí lo sabe.

El editor sonrió y me guiñó un ojo. Se incorporó y se aproximó a una cómoda sobre la que reposaba una lámpara. Abrió el primer cajón y extrajo un sobre de pergamino. Me lo tendió, pero no lo acepté. Lo dejó sobre la mesa que había entre nosotros y se sentó de nuevo, sin decir palabra. El sobre estaba abierto y en su interior se entreveía lo que parecían varios fajos de billetes de cien francos. Una fortuna.

—¿Guarda usted todo ese dinero en un cajón y deja su puerta abierta? —pregunté.

—Puede contarlo. Si le parece insuficiente, mencione la cifra. Ya le dije que no iba a discutir de dinero con usted.

Miré aquel pedazo de fortuna durante un largo instante, y finalmente negué. Al menos lo había visto. Era real. La oferta y la vanidad que me compraba en aquellos momentos de miseria y desesperanza eran reales.

—No puedo aceptarlo —dije.

—¿Cree que es dinero sucio?

—Todo el dinero es sucio. Si estuviese limpio nadie lo querría. Pero ése no es el problema.

—¿Entonces?

—No puedo aceptarlo porque no puedo aceptar su oferta. No podría aunque quisiera.

Corelli sopesó mis palabras.

—¿Puedo preguntarle por qué?

—Porque me estoy muriendo, señor Corelli. Porque me quedan sólo semanas de vida, tal vez días. Porque no me queda nada que ofrecer.

Corelli bajó la mirada y se sumió en un largo silencio. Escuché el viento arañar las ventanas y reptar sobre la casa.

—No me diga que no lo sabía usted —añadí.

—Lo intuía.

Corelli permaneció sentado, sin mirarme.

—Hay muchos otros escritores que pueden escribir ese libro para usted, señor Corelli. Le agradezco su oferta. Más de lo que imagina. Buenas noches.

Me encaminé hacia la salida.

—Digamos que pudiera ayudarle a superar su enfermedad —dijo.

Me detuve a medio pasillo y me volví. Corelli estaba apenas a dos palmos de mí y me miraba fijamente. Me pareció que era más alto que cuando le había visto por primera vez en el corredor y que sus ojos eran más grandes y oscuros. Pude ver mi reflejo en sus pupilas encogiéndose a medida que éstas se dilataban.

—¿Le inquieta mi aspecto, amigo Martín?

Tragué saliva.

—Sí —confesé

—Por favor, vuelva a la sala y siéntese. Deme la oportunidad de explicarle más. ¿Qué tiene que perder?

—Nada, supongo.

Me puso la mano sobre el brazo con delicadeza. Tenía los dedos largos y pálidos.

—No tiene nada que temer de mí, Martín. Soy su amigo.

Su tacto era reconfortante. Me dejé guiar de nuevo a la sala y tomé asiento dócilmente, como un niño esperando las palabras de un adulto. Corelli se arrodilló junto a la butaca y posó su mirada sobre la mía. Me tomó la mano y la apretó con fuerza.

—¿Quiere usted vivir?

Quise responder pero no encontré palabras. Me di cuenta de que se me hacía un nudo en la garganta y los ojos se me llenaban de lágrimas. No había comprendido hasta entonces lo mucho que ansiaba seguir respirando, seguir abriendo los ojos cada mañana y poder salir a la calle para pisar las piedras y ver el cielo y, sobre todo, seguir recordando.

Asentí.

—Voy a ayudarle, amigo Martín. Sólo le pido que confíe en mí. Acepte mi oferta. Déjeme ayudarle. Déjeme que le entregue lo que más desea. Ésa es mi promesa.

Asentí de nuevo.

—Acepto.

Corelli sonrió y se inclinó sobre mí para besarme en la mejilla. Tenía los labios fríos como el hielo.

—Usted y yo, amigo mío, vamos a hacer grandes cosas juntos. Ya lo verá —murmuró.

Me brindó un pañuelo para que me secase las lágrimas. Lo hice sin sentir la vergüenza muda de llorar frente a un extraño, algo que no había hecho desde que murió mi padre.

—Está usted agotado, Martín. Quédese aquí a pasar la noche. En esta casa sobran las habitaciones. Le aseguro que mañana se encontrará mejor y verá las cosas con más claridad.

Me encogí de hombros, aunque comprendí que Corelli tenía razón. Apenas me tenía en pie y tan sólo deseaba dormir profundamente. No me veía con ánimos ni de levantarme de aquella butaca, la más cómoda y acogedora en la historia universal de todas las butacas.

—Si no le importa, prefiero quedarme aquí.

—Por supuesto. Le voy a dejar descansar. Muy pronto se sentirá mejor. Le doy mi palabra.

Corelli se aproximó a la cómoda y apagó la lámpara de gas. La sala se sumergió en la penumbra azul. Se me desplomaban los párpados y una sensación de embriaguez me inundaba la cabeza, pero atiné a ver la silueta de Corelli cruzar la sala y desvanecerse en la sombra. Cerré los ojos y escuché el susurro del viento tras los cristales.

Soñé que la casa se hundía lentamente. Al principio, pequeñas lágrimas de agua oscura empezaron a brotar de las grietas de las baldosas, de los muros, de los relieves de la techumbre, de las esferas de las lámparas, de los orificios de las cerraduras. Era un líquido frío que se arrastraba lenta y pesadamente, como gotas de mercurio, y que paulatinamente iba formando un manto que cubría el suelo y escalaba las paredes. Sentí que el agua me cubría los pics y que iba ascendiendo rápidamente. Permanecí en la butaca, viendo cómo el nivel del agua me cubría la garganta y cómo en apenas unos segundos llegaba hasta el techo. Me sentí flotar y pude ver que luces pálidas ondulaban tras los ventanales. Eran figuras humanas suspendidas a su vez en aquella tiniebla acuosa. Fluían atrapadas por la corriente y alargaban las manos hacia mí, pero yo no podía ayudarlas y el agua las arrastraba sin remedio. Los cien mil francos de Corelli flotaban a mi alrededor, ondulando como peces de papel. Crucé la sala y me aproximé a una puerta cerrada que había en el extremo. Un hilo de luz emergía de la cerradura. Abrí la puerta y vi que daba a unas escaleras que caían hacia lo más profundo de la casa. Bajé.

Al final de la escalera se abría una sala oval en cuyo centro se distinguía un grupo de figuras congregadas en círculo. Al advertir mi presencia se volvieron y vi que vestían de blanco y portaban máscaras y guantes. Intensas luces blancas ardían sobre lo que me pareció una mesa de quirófano. Un hombre cuyo rostro no tenía facciones ni ojos ordenaba las piezas sobre una bandeja de instrumentos quirúrgicos. Una de las figuras me tendió una mano, invitándome a acercarme. Me aproximé y sentí que me tomaban la cabeza y el cuerpo y me acomodaban sobre la mesa. Las luces me cegaban, pero alcancé a ver que todas las figuras eran idénticas y tenían el rostro del doctor Trías. Me reí en silencio. Uno de los doctores sostenía una jeringuilla en las manos y procedió a inyectármela en el cuello. No sentí punzada alguna, apenas una placentera sensación de aturdimiento y calidez esparciéndose por mi cuerpo. Dos de los doctores me colocaron la cabeza sobre un mecanismo de sujeción y procedieron a ajustar la corona de tornillos que sostenían una placa acolchada en el extremo. Sentí que me sujetaban brazos y piernas con unas correas. No ofrecí ningún tipo de resistencia. Cuando todo mi cuerpo estuvo inmovilizado de pies a cabeza, uno de los doctores tendió un bisturí a otro de sus gemelos y éste se inclinó sobre mí. Sentí que alguien me asía de la mano y me la sostenía. Era un niño que me miraba con ternura y que tenía el mismo rostro que yo había tenido el día que mataron a mi padre.

Vi el filo del bisturí descender en la tiniebla líquida y sentí cómo el metal hacía un corte sobre mi frente. No experimenté dolor. Sentí que algo emanaba del corte y vi cómo una nube negra sangraba lentamente de la herida y se esparcía por el agua. La sangre ascendía en volutas hacia las luces, como humo, y se torcía en formas cambiantes. Miré al niño, que me sonreía y me sostenía la mano con fuerza. Lo noté entonces. Algo se movía dentro de mí. Algo que hasta apenas hacía un instante estaba aferrado como una tenaza alrededor de mi mente. Sentí que algo se retiraba, como un aguijón clavado hasta la médula que se extrae con tenazas. Sentí pánico y quise levantarme, pero estaba inmovilizado. El niño me miraba fijamente y asentía. Creí que me iba a desvanecer, o a despertar, y entonces la vi. La vi reflejada en las luces que había sobre la mesa del quirófano. Un par de filamentos negros asomaban de la herida, reptando sobre mi piel. Era una araña negra del tamaño de un puño. Corrió sobre mi rostro y antes de que pudiese saltar de la mesa uno de los cirujanos la ensartó con un bisturí. La alzó a la luz para que pudiese verla. La araña agitaba las patas y sangraba contra las luces. Una mancha blanca cubría su caparazón y sugería una silueta de alas desplegadas. Un ángel. Al rato, sus patas quedaron inermes y su cuerpo se desprendió. Quedó flotando y cuando el niño alzó la mano para tocarla se deshizo en polvo. Los doctores desligaron mis ataduras y aflojaron el mecanismo de sujeción que me había atenazado el cráneo. Con la ayuda de los doctores me incorporé sobre la camilla y me llevé la mano a la frente. La herida se estaba cerrando. Cuando volví a mirar a mi alrededor me di cuenta de que estaba solo.

Las luces del quirófano se extinguieron y la sala quedó en penumbra. Regresé hacia la escalinata y ascendí los peldaños que me condujeron de nuevo a la sala. La luz del amanecer se filtraba en el agua y atrapaba mil partículas en suspensión. Estaba cansado. Más cansado de lo que lo había estado jamás en toda mi vida. Me arrastré hasta la butaca y me dejé caer. Mi cuerpo se desplomó lentamente y al quedar finalmente en reposo sobre la butaca pude ver que estelas de pequeñas burbujas empezaban a corretear por el techo. Una pequeña cámara de aire se formó en lo alto y comprendí que el nivel del agua empezaba a descender. El agua, densa y brillante como gelatina, se escapaba por las grietas de las ventanas a borbotones como si la casa fuese un sumergible que emergiese de las profundidades. Me acurruqué en la butaca, entregado a una sensación de ingravidez y paz que no deseaba abandonar jamás. Cerré los ojos y escuché el susurro del agua a mi alrededor. Abrí los ojos y vislumbré una lluvia de gotas que caían muy lentamente desde lo alto, como lágrimas que se podían detener al vuelo. Estaba cansado, muy cansado y sólo deseaba dormir profundamente.

Abrí los ojos a la intensa claridad de un mediodía cálido. La luz caía como polvo desde los ventanales. Lo primero que advertí fue que los cien mil francos seguían sobre la mesa. Me incorporé y me aproximé a la ventana. Corrí los cortinajes y un brazo de claridad cegadora inundó la sala. Barcelona seguía allí, ondulando como un espejismo de calor. Fue entonces cuando me di cuenta de que el zumbido de mis oídos, que los ruidos del día solían enmascarar, había desaparecido por completo. Escuché un silencio intenso, puro como agua cristalina, que no recordaba haber experimentado jamás. Me escuché a mí mismo reír. Me llevé las manos a la cabeza y palpé la piel.

No sentía presión alguna. Mi visión era clara y me pareció como si mis cinco sentidos acabasen de despertar. Pude oler la madera vieja del artesonado de techos y columnas. Busqué un espejo, pero no había ninguno en toda la sala. Salí en busca de un baño o de otra cámara donde encontrar un espejo en que comprobar que no me había despertado en el cuerpo de un extraño, que aquella piel que sentía y aquellos huesos eran míos. Todas las puertas de la casa estaban cerradas. Recorrí el piso entero sin poder abrir una sola. Volví a la sala y comprobé que donde había soñado una puerta que conducía al sótano había sólo un cuadro con la imagen de un ángel recogido sobre sí mismo en una roca que asomaba sobre un lago infinito. Me dirigí a las escaleras que ascendían a los pisos superiores, pero tan pronto enfilé el primer vuelo de peldaños me detuve. Una oscuridad pesada e impenetrable parecía habitar más allá de donde la claridad se desvanecía.

—¿Señor Corelli? —llamé.

Mi voz se perdió como si hubiese impactado con algo sólido, sin dejar eco ni reflejo alguno. Regresé a la sala y observé el dinero sobre la mesa. Cien mil francos. Cogí el dinero y lo sopesé. El papel se dejaba acariciar. Me lo metí en el bolsillo y me encaminé de nuevo por el corredor que conducía a la salida. Las decenas de rostros de los retratos seguían contemplándome con la intensidad de una promesa. Preferí no enfrentarme a aquellas miradas y me dirigí a la salida, pero justo antes de salir advertí que entre todos los marcos había uno vacío, sin inscripción ni fotografía. Sentí un olor dulce y apergaminado y me di cuenta de que provenía de mis dedos. Era el perfume del dinero. Abrí la puerta principal y salí a la luz del día. La puerta se cerró pesadamente a mi espalda. Me volví para contemplar la casa, oscura y silenciosa, ajena a la claridad radiante de aquel día de cielos azules y sol resplandeciente. Consulté mi reloj y comprobé que pasaba de la una de la tarde. Había dormido más de doce horas seguidas en una vieja butaca y, sin embargo, no me había sentido mejor en toda mi vida. Me encaminé colina abajo de regreso a la ciudad con una sonrisa en el rostro y la certeza de que, por primera vez en mucho tiempo, tal vez por primera vez en toda mi vida, el mundo me sonreía.

*Segundo acto*

# LUX
# AETERNA

# 1

Celebré mi retorno al mundo de los vivos rindiendo pleitesía en uno los templos más influyentes de toda la ciudad: las oficinas centrales del Banco Hispano Colonial en la calle Fontanella. A la vista de los cien mil francos, el director, los interventores y todo un ejército de cajeros y contables entraron en éxtasis y me elevaron a los altares reservados a aquellos clientes que inspiran una devoción y una simpatía rayana en la santidad. Solventado el trámite con la banca, decidí vérmelas con otro caballo del apocalipsis y me aproximé a un quiosco de prensa de la plaza Urquinaona. Abrí un ejemplar de *La Voz de la Industria* por la mitad y busqué la sección de sucesos que en su día había sido mía. La mano experta de don Basilio se olfateaba todavía en los titulares y reconocí casi todas las firmas, como si apenas hubiera pasado el tiempo. Los seis años de tibia dictadura del general Primo de Rivera habían traído a la ciudad una calma venenosa y turbia que no le sentaba del todo bien a la sección de crímenes y espantos. Apenas venían ya historias de bombas o tiroteos en la prensa. Barcelona, la temible «Rosa de Fuego», empezaba a parecer más una olla a presión que otra cosa. Estaba por cerrar el periódico y recoger mi cambio cuando lo vi. Era apenas un breve en una columna con cuatro sucesos destacados en la última página de sucesos.

## Un incendio a medianoche en el Raval deja un muerto y dos heridos graves

Joan Marc Huguet / Redacción. Barcelona

En la madrugada del viernes se produjo un grave incendio en el número 6 de la plaza dels Àngels, sede de la editorial Barrido y Escobillas, en el que resultó fallecido el gerente de la empresa, Sr. D. José Barrido, y gravemente heridos su socio, Sr. D. José Luis López Escobillas, y el trabajador Sr. Ramón Guzmán, que fue alcanzado por las llamas cuando intentaba auxiliar a los dos responsables de la empresa. Los bomberos especulan con que la causa de las llamas pudiera haber sido la combustión de un material químico que estaba siendo empleado en la renovación de las oficinas. No se descartan por el momento otras causas, ya que testigos presenciales afirman haber visto salir a un hombre instantes antes de que se declarase el incendio. Las víctimas fueron trasladadas al Hospital Clínico, donde una ingresó cadáver y las otras dos permanecen ingresadas con pronóstico muy grave.

Llegué tan rápido como pude. El olor a quemado se podía apreciar desde la Rambla. Un grupo de vecinos y curiosos se habían congregado en la plaza frente al edificio. Briznas de humo blanco ascendían de un montón de escombros apilados a la entrada. Reconocí a varios empleados de la editorial intentando salvar de entre las ruinas lo poco que había quedado. Cajas con libros chamuscados y muebles mordidos por las llamas se amontonaban en la calle. La fachada había quedado ennegrecida, los ventanales reventados por el fuego. Rompí el círculo de mirones y entré. Un intenso hedor se me prendió en la garganta. Algunos de los trabajadores de la editorial que se afanaban por rescatar sus pertenencias me reconocieron y me saludaron cabizbajos.

—Señor Martín… una gran desgracia —murmuraban.

Atravesé lo que había sido la recepción y me dirigí a la oficina de Barrido. Las llamas habían devorado las alfombras y reducido los muebles a esqueletos de brasa. El artesonado se había desplomado en una esquina, abriendo una vía de luz al patio trasero. Un haz intenso de ceniza flotante atravesaba la sala. Una silla había sobrevivido milagrosamente al fuego. Estaba en el centro de la sala y en ella estaba la Veneno, que lloraba con la mirada caída. Me arrodillé frente a ella. Me reconoció y sonrió entre lágrimas.

—¿Estás bien? —pregunté.

Asintió.

—Me dijo que me fuese a casa, ¿sabes?, que ya era tarde y que fuera a descansar porque hoy íbamos a tener un día muy largo. Estábamos cerrando toda la contabilidad del mes… si me hubiese quedado un minuto más…

—¿Qué es lo que pasó, Herminia?

—Estuvimos trabajando hasta tarde. Era casi medianoche cuando el señor Barrido me dijo que me fuese a casa. Los editores estaban esperando a un caballero que venía a verlos…

—¿A medianoche? ¿Qué caballero?

—Un extranjero, creo. Tenía algo que ver con una oferta, no lo sé. Me hubiese quedado de buena gana, pero era muy tarde y el señor Barrido me dijo…

—Herminia, ese caballero, ¿recuerdas su nombre?

La Veneno me miró con extrañeza.

—Todo lo que recuerdo ya se lo he contado al inspector que ha venido esta mañana. Me ha preguntado por ti.

—¿Un inspector? ¿Por mí?

—Están hablando con todo el mundo.

—Claro.

La Veneno me miraba fijamente, con desconfianza, como si tratase de leer mis pensamientos.

—No saben si saldrá vivo —murmuró, refiriéndose a Escobillas—. Se ha perdido todo, los archivos, los contratos… todo. La editorial se acabó.

—Lo siento, Herminia.

Una sonrisa torcida y maliciosa afloró en sus labios.

—¿Lo sientes? ¿No es esto lo que querías?

—¿Cómo puedes pensar eso?

La Veneno me miró con recelo.

—Ahora eres libre.

Hice ademán de tocarle el brazo pero Herminia se incorporó y retrocedió un paso, como si mi presencia le produjese miedo.

—Herminia…

—Vete —dijo.

Dejé a Herminia entre las ruinas humeantes. Al salir a la calle me tropecé con un grupo de chiquillos que estaban hurgando entre las pilas de escombros. Uno de ellos había desenterrado un libro de entre las cenizas y lo examinaba con una mezcla de curiosidad y desdén. La cubierta había quedado velada por las llamas y el reborde de las páginas ennegrecido, pero por lo demás el libro estaba intacto. Supe por el grabado en el lomo que se trataba de una de las entregas de *La Ciudad de los Malditos*.

—¿Señor Martín?

Me volví para encontrarme con tres hombres ataviados con trajes de saldo que no acompañaban al calor húmedo y pegajoso que flotaba en el aire. Uno de ellos, que parecía el jefe, se adelantó un paso y me ofreció una sonrisa cordial, de vendedor experto. Los otros dos, que parecían tener la constitución y el temperamento de una prensa hidráulica, se limitaron a clavarme una mirada abiertamente hostil.

—Señor Martín, soy el inspector Víctor Grandes y éstos son mis colegas, los agentes Marcos y Castelo, del cuerpo de investigación y vigilancia. Me pregunto si sería usted tan amable de dedicarnos unos minutos.

—Por supuesto —respondí.

El nombre de Víctor Grandes me sonaba de mis años en la sección de sucesos. Vidal le había dedicado alguna de sus columnas y recordé particularmente una en la que lo calificaba como el hombre revelación del cuerpo, un valor sólido que confirmaba la llegada a la fuerza de una nueva generación de profesionales de élite mejor formados que sus predecesores, incorruptibles y duros como el acero. Los adjetivos y la hipérbole eran de Vidal, no míos. Supuse que el inspector Grandes no habría hecho sino escalar posiciones en Jefatura desde entonces y que su presencia allí evidenciaba que el cuerpo se tomaba en serio el incendio de Barrido y Escobillas.

—Si no tiene inconveniente podemos acercanos a un café donde hablar sin interrupciones —dijo Grandes sin aflojar un ápice la sonrisa de servicio.

—Como gusten.

Grandes me condujo hasta un pequeño bar que quedaba en la esquina de las calles Doctor Dou y Pintor Fortuny. Marcos y Castelo caminaban a nuestra espalda, sin quitarme los ojos de encima. Grandes me ofreció un cigarrillo, que rechacé. Volvió a guardar la cajetilla. No despegó los labios hasta que llegamos al café y me escoltaron a una mesa, al fondo, donde los tres se apostaron a mi alrededor. Si me hubiesen llevado a un calabozo oscuro y húmedo me hubiera parecido que el encuentro era más amigable.

—Señor Martín, creo que ya habrá tenido conocimiento de lo sucedido esta madrugada.

—Sólo lo que he leído en el periódico. Y lo que me ha contado la Veneno…

—¿La *Veneno*?

—Perdón. La señorita Herminia Duaso, adjunta a la dirección.

Marcos y Castelo intercambiaron una mirada impagable. Grandes sonrió.

—Interesante mote. Dígame, señor Martín, ¿dónde se encontraba usted ayer por la noche?

Bendita ingenuidad, la pregunta me pilló de sorpresa.

—Es una pregunta rutinaria —aclaró Grandes—. Estamos intentando establecer la presencia de todas las personas que pudieran haber tenido relación con las víctimas en los últimos días. Empleados, proveedores, familiares, conocidos…

—Estaba con un amigo.

Tan pronto abrí la boca lamenté la elección de mis palabras. Grandes lo advirtió.

—¿Un amigo?

—Más que un amigo se trata de una persona relacionada con mi trabajo. Un editor. Ayer por la noche tenía concertada una entrevista con él.

—¿Podría decir hasta qué hora estuvo usted con esta persona?

—Hasta tarde. De hecho, acabé pasando la noche en su casa.

—Entiendo. ¿Y la persona que usted define como relacionada con su trabajo se llama?

—Corelli. Andreas Corelli. Un editor francés.

Grandes anotó el nombre en un pequeño cuaderno.

—Parecería que el apellido fuese italiano —comentó.

—La verdad es que no sé con exactitud cuál es su nacionalidad.

—Es comprensible. Y este señor Corelli, sea cual sea su ciudadanía, ¿podría corroborar que ayer por la noche se encontraba con usted?

Me encogí de hombros.

—Supongo que sí.

—¿Lo supone?

—Estoy seguro de que sí. ¿Por qué no iba a hacerlo?

—No lo sé, señor Martín. ¿Hay algún motivo por el cual usted cree que no fuera a hacerlo?

—No.

—Tema zanjado, entonces.

Marcos y Castelo me miraban como si no me hubiesen oído pronunciar más que embustes desde que nos habíamos sentado.

—Para acabar, ¿podría usted aclararme la naturaleza de la reunión que mantuvo usted ayer noche con este editor de nacionalidad indeterminada?

—El señor Corelli me había citado para formularme una oferta.

—¿Una oferta de qué índole?

—Profesional.

—Ya veo. ¿Para escribir un libro, tal vez?

—Exactamente.

—Dígame, ¿es habitual que tras una reunión de trabajo se quede usted a pasar la noche en el domicilio de la, digamos, parte contratante?

—No.

—Pero me dice usted que se quedó a pasar la noche en el domicilio de este editor.

—Me quedé porque no me encontraba bien y no creí que pudiese llegar a mi casa.

—¿Le sentó mal la cena, quizá?

—He tenido algunos problemas de salud últimamente.

Grandes asintió con aire de consternación.

—Mareos, dolores de cabeza… —completé.

—¿Pero es razonable asumir que ya se encuentra usted mejor?

—Sí. Mucho mejor.

—Lo celebro. Lo cierto es que tiene usted un aspecto envidiable. ¿No es así?

Castelo y Marcos asintieron lentamente.

—Cualquiera diría que se ha quitado usted un gran peso de encima —apuntó el inspector.

—No le entiendo.

—Me refiero a los mareos y las molestias.

Grandes manejaba aquella farsa con un dominio del tiempo exasperante.

—Disculpe mi ignorancia respecto a los pormenores de su ámbito profesional, señor Martín, ¿pero no es cierto que tenía usted suscrito un contrato con los dos editores que no expiraba hasta dentro de seis años?

—Cinco.

—¿Y no le ligaba ese contrato en exclusiva, por así decirlo, a la editorial de Barrido y Escobillas?

—Ésos eran los términos.

—Entonces, ¿por qué motivo habría usted de discutir una oferta con un competidor si su contrato le impedía aceptarla?

—Era una simple conversación. Nada más.

—Que sin embargo devino en una velada en el domicilio de este caballero.

—Mi contrato no me impide hablar con terceras personas. Ni pasar la noche fuera de mi casa. Soy libre de dormir donde quiera y hablar con quien quiera de lo que quiera.

—Por supuesto. No pretendía insinuar lo contrario, pero gracias por aclararme este punto.

—¿Puedo aclararle algo más?

—Sólo un pequeño matiz. En el supuesto de que fallecido el señor Barrido y, Dios no lo quiera, el señor Escobillas no se recuperase de sus heridas y falleciese también, la editorial quedaría disuelta y otro tanto ocurriría con su contrato. ¿Me equivoco?

—No estoy seguro. No sé exactamente en qué régimen estaba constituida la empresa.

—Pero ¿es probable que así fuera, diría usted?

—Es posible. Tendría que preguntárselo al abogado de los editores.

—De hecho ya se lo he preguntado. Y me ha confirmado que, de suceder lo que nadie quiere que suceda y el señor Escobillas pasara a mejor vida, así sería.

—Entonces ya tiene usted su respuesta.

—Y usted su plena libertad para aceptar la oferta del señor…

—…Corelli.

—Dígame, ¿la ha aceptado ya?

—¿Puedo preguntarle qué relación tiene eso con las causas del incendio? —espeté.

—Ninguna. Es una simple curiosidad.

—¿Es todo? —pregunté.

Grandes miró a sus colegas y luego a mí.

—Por mi parte, sí.

Hice ademán de levantarme. Los tres policías permanecieron clavados en sus asientos.

—Señor Martín, antes de que se me olvide —dijo Grandes—, ¿puede confirmarme si recuerda que hace una semana los señores Barrido y Escobillas le visitaron en su domicilio en el número treinta de la calle Flassaders en compañía del antes citado abogado?

—Lo hicieron.

—¿Se trataba de una visita social o de cortesía?

—Los editores vinieron a expresarme sus deseos de que me reintegrase al trabajo en una serie de libros que había dejado de lado para dedicarme unos meses a otro proyecto.

—¿Calificaría usted la conversación de cordial y distendida?

—No recuerdo que nadie levantase la voz.

—¿Y tiene usted memoria de haberles respondido, y cito textualmente, que «en una semana estarán ustedes muertos»? Sin levantar la voz, por supuesto.

Suspiré.

—Sí —admití.

—¿A qué se refería?

—Estaba enojado y dije lo primero que se me pasó por la cabeza, inspector. Eso no significa que hablase en serio. A veces se dicen cosas que uno no siente.

—Gracias por su sinceridad, señor Martín. Nos ha sido usted de gran ayuda. Buenos días.

Me fui de allí con las tres miradas clavadas como puñales en la espalda y la certeza de que si hubiese respondido a cada cuestión del inspector con una mentira no me habría sentido tan culpable.

# 2

El mal sabor de boca de mi encuentro con Víctor Grandes y la pareja de basiliscos que llevaba por escolta apenas sobrevivió a cien metros de paseo al sol caminando en un cuerpo que apenas reconocía: fuerte, sin dolor ni náusea, sin silbidos en los oídos ni punzadas de agonía en el cráneo, sin fatiga ni sudores fríos. Sin memoria alguna de la certeza de una muerte segura que me asfixiaba hacía apenas veinticuatro horas. Algo me decía que la tragedia acaecida aquella noche, incluyendo la muerte de Barrido y la práctica defunción en ciernes de Escobillas, debería haberme llenado de pesar y congoja, pero entre mi conciencia y yo fuimos incapaces de sentir algo más allá de la más placentera indiferencia. Aquella mañana de julio la Rambla era una fiesta y yo su príncipe.

Dando un paseo me acerqué hasta la calle Santa Ana, dispuesto a hacerle una visita sorpresa al señor Sempere. Cuando entré en la librería, Sempere padre andaba tras el mostrador cuadrando cuentas mientras su hijo se había aupado a una escalera y estaba reordenando los estantes. Al verme, el librero me brindó una sonrisa cordial y me di cuenta de que, por un instante, no se había dado cuenta de quién era yo. Un segundo más tarde se le borró la sonrisa y, boquiabierto, rodeó el mostrador para abrazarme.

—¿Martín? ¿Es usted? ¡Santa Madre de Dios… si está usted irreconocible! Me tenía preocupadísimo. Fuimos varias veces a su casa, pero no contestaba usted. He estado preguntando en hospitales y comisarías.

Su hijo se me quedó mirando desde lo alto de la escalera, incrédulo. Tuve que recordar que apenas una semana antes me habían visto en un estado que no desmerecía el de los inquilinos de la morgue del distrito quinto.

—Lamento haberles dado un susto. Me ausenté unos días por un asunto de trabajo.

—Pero ¿qué? Me hizo usted caso y fue al médico, ¿verdad?

Asentí.

—Resultó ser una tontería. Cosas de la tensión. Unos días tomando un tónico y como nuevo.

—Pues ya me dirá el nombre del tónico, a ver si me doy una ducha con él… ¡Qué gusto y qué alivio verle así!

La euforia se desinfló rápidamente al desplomarse la noticia del día.

—¿Ha oído lo de Barrido y Escobillas? —preguntó el librero.

—De allí vengo. Cuesta creerlo.

—Quién lo iba a decir. No es que me inspirasen ninguna simpatía, pero de ahí a algo así… Y, dígame, todo esto a usted, a efectos legales, ¿cómo le deja? Disculpe lo crudo de la pregunta.

—La verdad es que no lo sé. Creo que los dos socios

ostentaban la titularidad de la sociedad. Habrá herederos, supongo, pero es posible que, si ambos fallecen, la sociedad como tal se disuelva. Y mi vínculo con ellos también. O eso creo.

—O sea, que si Escobillas, que Dios me perdone, también palma, es usted un hombre libre.

Asentí.

—Menudo dilema… —murmuró el librero.

—Que sea lo que Dios quiera —aventuré.

Sempere asintió, pero advertí que algo en todo aquello le inquietaba y prefería cambiar de tema.

—En fin. El caso es que me viene de perlas que se haya pasado por aquí porque quería pedirle un favor.

—Está hecho.

—Le advierto que no le va a gustar.

—Si me gustase no sería un favor, sería un placer. Y si el favor es para usted, lo será.

—De hecho no es para mí. Yo se lo cuento y usted decide. Sin compromiso, ¿de acuerdo?

Sempere se apoyó sobre el mostrador y adoptó el aire narrativo que me traía tantos recuerdos de infancia pasados en aquella tienda.

—Es una muchacha, Isabella. Debe de tener diecisiete años. Lista como el hambre. Viene siempre por aquí y le presto libros. Me cuenta que quiere ser escritora.

—Me suena la historia —dije.

—El caso es que hace una semana me dejó uno de sus relatos, nada, veinte o treinta páginas, y me pidió mi opinión.

—¿Y?

Sempere bajó el tono, como si lo que me estaba contando fuese una confidencia de secreto de sumario.

—Magistral. Mejor que el noventa y nueve por ciento de lo que he visto publicado en los últimos veinte años.

—Espero que me cuente usted en el restante uno por ciento o daré mi vanidad por pisoteada y apuñalada a la trapera.

—Ahí es adonde iba yo. Isabella le adora.

—¿Me adora? ¿A mí?

—Sí, como si fuese usted la Moreneta y el Niño Jesús a una. Se ha leído *La Ciudad de los Malditos* entera diez veces y cuando le dejé *Los Pasos del Cielo* me dijo que si ella pudiera escribir un libro así ya se podría morir tranquila.

—Esto me suena a encerrona.

—Ya sabía yo que se me iba a escabullir usted.

—No me escabullo. No me ha dicho usted en qué consiste el favor.

—Imagíneselo.

Suspiré. Sempere chasqueó la lengua.

—Le dije que no le iba a gustar.

—Pídame otra cosa.

—Sólo tiene que hablar con ella. Darle ánimos, consejos… escucharla, leerse alguna cosa y orientarla. No le costará tanto. La chica tiene la cabeza rápida como una bala. Le va a caer a usted divinamente. Se harán amigos. Y ella puede trabajar como su ayudante.

—No necesito una ayudante. Y menos una desconocida.

—Tonterías. Y, además, conocerla, ya la conoce. O eso dice ella. Dice que le conoce a usted desde hace años, pero que seguramente usted no se acuerda. Al parecer, el par de benditos que tiene por padres están convencidos de que esto de la literatura la va a condenar al infierno o a una soltería laica y dudan entre meterla a monja o casarla con algún cretino para que le haga ocho hijos y la entierre para siempre entre sartenes y cacerolas. Si no hace usted algo para salvarla, es el equivalente a un asesinato.

—No dramatice, señor Sempere.

—Mire, no se lo pediría porque ya sé que a usted esto del altruismo le va tanto como lo de bailar sardanas, pero cada vez que la veo entrar aquí y mirarme con esos ojillos que se le salen de inteligencia y de ganas y pienso en el porvenir que le espera se me parte el alma. Lo que yo podía enseñarle ya se lo he enseñado. La chica aprende rápido, Martín. Si me recuerda a alguien es a usted de chaval.

Suspiré.

—¿Isabella que más?

—Gispert. Isabella Gispert.

—No la conozco. No he oído ese nombre en mi vida. Le han colocado a usted un embuste.

El librero negó por lo bajo.

—Isabella dijo que diría usted exactamente eso.

—Talentosa y adivina. ¿Y qué más le dijo?

—Dijo que sospecha que es usted bastante mejor escritor que persona.

—Un cielo, esta Isabelita.

—¿Puedo decirle que le vaya a ver? ¿Sin compromiso?

Me rendí y asentí. Sempere sonrió triunfante y quiso sellar el pacto con un abrazo, pero me di a la fuga antes de que el viejo librero pudiese completar su misión de intentar hacerme sentir buena persona.

—No se arrepentirá, Martín —le oí decir cuando salía por la puerta.

# 3

Al llegar a casa me encontré al inspector Víctor Grandes sentado en el escalón del portal saboreando un cigarrillo con calma. Al verme me sonrió con aquel donaire de galán de sesión de tarde, como si fuese un viejo amigo en visita de cortesía. Me senté a su lado y me ofreció la pitillera abierta. Gitanes, advertí. Acepté.

—¿Y Hansel y Gretel?

—Marcos y Castelo no han podido venir. Hemos tenido un chivatazo y han ido a recoger a un viejo conocido al Pueblo Seco que probablemente precisaba de cierta persuasión para refrescar la memoria.

—Pobre diablo.

—Si les hubiese dicho que venía a verle a usted seguro que se apuntaban. Les ha caído usted divinamente.

—Un auténtico flechazo, ya lo he notado. ¿Qué puedo hacer por usted, inspector? ¿Le puedo invitar a un café arriba?

—No osaría invadir su intimidad, señor Martín. De hecho sólo quería darle la noticia en persona antes de que se enterase por otros medios.

—¿Qué noticia?

—Escobillas ha muerto esta tarde a primera hora en el Hospital Clínico.

—Dios. No lo sabía —dije.

Grandes se encogió de hombros y siguió fumando en silencio.

—Se veía venir. ¿Qué le vamos a hacer?

—¿Ha podido averiguar algo de las causas del incendio? —pregunté.

El inspector me miró largamente y luego asintió.

—Todo parece indicar que alguien derramó gasolina encima del señor Barrido y le prendió fuego. Las llamas se propagaron cuando él, presa del pánico, intentó escapar de su despacho. Su socio y el otro trabajador que acudió en su ayuda quedaron atrapados por el fuego.

Tragué saliva. Grandes sonrió tranquilizadoramente.

—Me comentaba esta tarde el abogado de los editores que, dada la vinculación personal que existía en el redactado del contrato que tenía usted suscrito con ellos, al fallecimiento de los editores éste queda disuelto, aunque los herederos mantienen los derechos sobre la obra ya publicada con anterioridad. Supongo que le escribirá a usted una carta informándole, pero he pensado que le gustaría saberlo antes, por si tiene que tomar alguna decisión respecto a la oferta de ese editor que mencionó.

—Gracias.

—No se merecen.

Grandes apuró su cigarrillo y lanzó la colilla al suelo. Me sonrió afablemente y se incorporó. Me dio una palmada en el hombro y se alejó rumbo a la calle Princesa.

—¿Inspector? —llamé.

Grandes se detuvo y se volvió.

—No pensará usted…

El inspector me ofreció una sonrisa cansina.

—Cuídese, Martín.

Me fui a dormir temprano y me desperté de golpe creyendo que ya era el día siguiente para comprobar acto seguido que apenas pasaban unos minutos de las doce de la noche.

En sueños había visto a Barrido y Escobillas atrapados en su despacho. Las llamas ascendían por sus ropas hasta cubrir cada centímetro de sus cuerpos. Tras la ropa, su piel se caía a tiras y los ojos prendidos de pánico se quebraban debido al fuego. Sus cuerpos se sacudían en espasmos de agonía y terror hasta caer derribados en los escombros mientras la carne se desprendía de sus huesos como cera fundida y formaba a mis pies un charco humeante en el que veía reflejado mi propio rostro sonriendo al tiempo que soplaba el fósforo que sostenía entre los dedos.

Me levanté para buscar un vaso de agua y, suponiendo que ya se me había escapado el tren del sueño, subí al estudio y extraje del cajón del escritorio el libro que había rescatado del Cementerio de los Libros Olvidados. Encendí el flexo y torcí el brazo que sostenía la lámpara para que enfocase directamente sobre el libro. Lo abrí por la primera página y empecé a leer.

## Lux Aeterna
### D. M.

A primera vista, el libro ofrecía una colección de textos y plegarias que no alumbraba sentido alguno. La pieza era un original, un puñado de páginas mecanografiadas y encuadernadas en piel sin excesivo mimo. Seguí leyendo y al rato me pareció intuir cierto método en la secuencia de eventos, cantos y reflexiones que puntuaban el texto. El lenguaje tenía su propia cadencia y, lo que al inicio parecía una completa ausencia de diseño o estilo, poco a poco iba desvelando un canto hipnótico que calaba lentamente en el lector y lo sumía en un estado entre el sopor y el olvido. Lo mismo sucedía con el contenido, cuyo eje central no se evidenciaba hasta bien entrada una primera sección, o canto, pues la obra parecía estructurada al modo de viejos poemas compuestos en épocas en que el tiempo y el espacio discurrían a su libre albedrío. Me di cuenta entonces de que aquel *Lux Aeterna* era, a falta de otras palabras, una suerte de libro de los muertos.

Pasadas las primeras treinta o cuarenta páginas de circunloquios y acertijos, uno se iba adentrando en un preciso y extravagante rompecabezas de oraciones y súplicas cada vez más inquietante en el que la muerte, referida en ocasiones en versos de dudosa métrica como un ángel blanco con ojos de reptil y en otras como un niño luminoso, era presentada como una deidad única y omnipresente que se manifestaba en la naturaleza, en el deseo y en la fragilidad de la existencia.

Quienquiera que fuese aquel enigmático D. M., en sus versos la muerte se desplegaba como una fuerza voraz y eterna. Una mezcla bizantina de referencias a diversas mitologías de paraísos y avernos se torcía aquí en un solo plano. Según D. M. sólo había un principio y un final, sólo un creador y destructor que se presentaba con diferentes nombres para confundir a los hombres y tentar su debilidad, un único Dios cuyo verdadero rostro estaba dividido en dos mitades: una, dulce y piadosa; la otra, cruel y demoníaca.

Hasta ahí pude colegir, porque más allá de estos principios el autor parecía haber perdido el rumbo de su narrativa y apenas resultaba posible descifrar las referencias e imágenes que poblaban el texto a modo de visiones proféticas. Tormentas de sangre y fuego precipitándose sobre ciudades y pueblos. Ejércitos de cadáveres uniformados recorriendo llanuras infinitas y arrasando la vida a su paso. Infantes ahorcados con jirones de banderas a las puertas de fortalezas. Mares negros donde millares de ánimas en pena flotaban suspendidas durante toda la eternidad bajo aguas heladas y envenenadas. Nubes de cenizas y océanos de huesos y de carne corrompida infestados de insectos y serpientes. La sucesión de estampas infernales y nauseabundas continuaba hasta la saciedad.

A medida que pasaba las páginas del manuscrito tuve la sensación de recorrer paso a paso el mapa de una mente enferma y quebrada. Línea a línea, el autor de aquellas páginas había ido documentando sin saberlo su descenso a un abismo de locura. El último tercio del libro me pareció un amago de deshacer el camino, un grito desesperado desde la celda de su sinrazón por escapar al laberinto de túneles que había abierto en su mente. El texto moría a media frase de súplica, una solución de continuidad sin explicación alguna.

Llegado ese punto se me caían los párpados. Desde la ventana me alcanzó una brisa leve que venía del mar y barría la niebla de los tejados. Me disponía a cerrar el libro cuando advertí que algo se había quedado atascado en el filtro de mi mente, algo que tenía que ver con la composición mecánica de aquellas páginas. Volví al inicio y empecé a repasar el texto. Encontré la primera muestra en la quinta línea. A partir de allí la misma marca aparecía cada dos o tres líneas. Una de las letras, la S mayúscula, aparecía siempre ligeramente ladeada hacia la derecha. Extraje una página en blanco del cajón y la metí en el tambor de la Underwood que había sobre el escritorio. Escribí una frase al azar.

`Suenan las campanas de Santa María del Mar.`

Extraje la hoja y la examiné a la luz del flexo.

`Suenan... de Santa María`

Suspiré. *Lux Aeterna* había sido escrito en aquella misma máquina de escribir y, supuse, probablemente en aquel mismo escritorio.

# 4

A la mañana siguiente bajé a desayunar a un café que quedaba frente a las puertas de Santa María del Mar. El barrio del Born estaba repleto de carromatos y gentes que acudían al mercado, y de comerciantes y mayoristas que abrían sus tiendas. Me senté a una de las mesas de fuera y pedí un café con leche. Un ejemplar de *La Vanguardia* había quedado huérfano en la mesa de al lado y lo adopté. Mientras mis ojos resbalaban sobre titulares y entradillas advertí que una silueta ascendía la escalinata hasta la entrada de la catedral y se sentaba en el último peldaño para observarme con disimulo. La muchacha debía de rondar los dieciséis o diecisiete años y simulaba anotar cosas en un cuaderno mientras me iba lanzando miradas furtivas. Degusté mi café con leche con calma. Al rato le hice una seña al camarero de que se aproximase.

—¿Ve a esa señorita sentada a la puerta de la iglesia? Dígale que pida lo que le apetezca, que invito yo.

El camarero asintió y se dirigió hacia ella. Al ver que alguien se aproximaba, la muchacha hundió la cabeza en el cuaderno, asumiendo una expresión de absoluta concentración que me arrancó una sonrisa. El camarero se detuvo frente a ella y carraspeó. Ella alzó la vista del cuaderno y le miró. El camarero le explicó su misión y acabó por señalarme. La muchacha me lanzó una mirada, alarmada. La saludé con la mano. Se le encendieron los carrillos como brasas. Se levantó y se acercó a la mesa con pasos cortos y la mirada clavada en los pies.

—¿Isabella? —pregunté.

La muchacha levantó la mirada y suspiró, molesta consigo misma.

—¿Cómo lo ha sabido? —preguntó.

—Intuición sobrenatural —respondí.

Me ofreció la mano y se la estreché sin entusiasmo.

—¿Puedo sentarme? —preguntó.

Tomó asiento sin esperar mi respuesta. Durante medio minuto, la muchacha cambió de postura unas seis veces hasta retomar la inicial. Yo la observaba con calma y calculado desinterés.

—No se acuerda usted de mí, ¿verdad, señor Martín?

—¿Debería?

—Durante años le subía cada semana la cesta con su pedido de la semana de Can Gispert.

La imagen de la niña que durante tanto tiempo me traía los comestibles del colmado me vino a la memoria y se diluyó en el rostro más adulto y ligeramente más anguloso de aquella Isabella mujer de formas suaves y mirada acerada.

—La niña de las propinas —dije, aunque de niña le quedaba poco o nada.

Isabella asintió.

—Siempre me he preguntado qué hacías con todas aquellas monedas.

—Comprar libros en Sempere e Hijos.

—Si lo llego a saber…

—Si le molesto, me voy.

—No me molestas. ¿Quieres tomar alguna cosa?

La muchacha negó.

—El señor Sempere me dice que tienes talento.

Isabella se encogió de hombros y me devolvió una sonrisa escéptica.

—Por norma general, cuanto más talento se tiene, más duda uno de tenerlo —dije—. Y a la inversa.

—Entonces yo debo de ser un prodigio —replicó Isabella.

—Bien venida al club. Dime, ¿qué puedo hacer por ti?

Isabella inspiró profundamente.

—El señor Sempere me dijo que a lo mejor podía usted leer algo de lo que tengo y darme su opinión y ofrecerme algún consejo.

La miré a los ojos durante unos segundos sin responder. Me sostuvo la mirada sin pestañear.

—¿Eso es todo?

—No.

—Ya me lo parecía. ¿Cuál es el capítulo dos?

Isabella apenas vaciló un instante.

—Si le gusta lo que lee y cree que tengo posibilidades, me gustaría pedirle que me permitiese ser su ayudante.

—¿Qué te hace suponer que necesito una ayudante?

—Puedo ordenar sus papeles, mecanografiarlos, corregir errores y faltas…

—¿Errores y faltas?

—No pretendía insinuar que cometa usted errores…

—¿Qué pretendías insinuar, entonces?

—Nada. Pero siempre ven más cuatro ojos que dos. Y además puedo ocuparme de la correspondencia, de hacer recados, ayudarle a buscar documentación. Además, sé guisar y puedo…

—¿Me estás pidiendo un puesto de ayudante o de cocinera?

—Le estoy pidiendo una oportunidad.

Isabella bajó la mirada. No pude reprimir una sonrisa. Aquella curiosa criatura me resultaba simpática, a mi pesar.

—Haremos una cosa. Tráeme las mejores veinte páginas que hayas escrito, las que tú creas que demuestran lo mejor que sabes hacer. No me traigas ni una más porque no pienso leérmela. Las miraré con calma y, según lo vea, hablaremos.

Se le iluminó el rostro y por un instante aquel velo de dureza y tirantez que anclaba su gesto se desvaneció.

—No se arrepentirá —dijo.

Se incorporó y me miró nerviosamente.

—¿Está bien si se lo traigo a casa?

—Déjamelo en el buzón. ¿Es todo?

Asintió repetidamente y se fue retirando con aquellos pasos cortos y nerviosos que la sostenían. Cuando estuvo a punto de volverse y echar a correr la llamé.

—¿Isabella?

Me miró solícita, la mirada nublada con una súbita inquietud.

—¿Por qué yo? —pregunté—. Y no me digas que porque soy tu autor favorito y todas las lisonjas con las que Sempere te ha aconsejado que me enjabones, porque si lo haces, ésta será la primera y última conversación que tengamos.

Isabella dudó un instante. Me ofreció una mirada desnuda y respondió sin miramientos.

—Porque es usted el único escritor que conozco.

Me sonrió azorada y partió con su cuaderno, su paso incierto y su sinceridad. La contemplé rodear la esquina de la calle Mirallers y perderse tras la catedral.

# 5

Al volver a casa apenas una hora después, me la encontré sentada en mi portal, esperando con lo que supuse era su relato en las manos. Al verme se levantó y forzó una sonrisa.

—Te he dicho que me lo dejases en el buzón —dije.

Isabella asintió y se encogió de hombros.

—Como muestra de agradecimiento le he traído un poco de café de la tienda de mis padres. Es colombiano. Buenísimo. El café no pasaba por el buzón y he pensado que era mejor esperarle.

Aquella excusa sólo se le podía ocurrir a una novelista en ciernes. Suspiré y abrí la puerta.

—Adentro.

Subí las escaleras con Isabella siguiéndome unos peldaños por detrás como un perro faldero.

—¿Siempre se toma tanto tiempo para desayunar? No es que me importe, claro, pero como llevaba aquí casi tres cuartos de hora esperando, he empezado a preocuparme, digo, no vaya a ser que se le haya atragantado algo, para una vez que encuentro a un escritor de carne y hueso, con mi suerte no sería raro que fuera y se tragase una oliva por el lado que no toca y ahí tiene usted el fin de mi carrera literaria —ametralló la muchacha.

Me detuve a medio tramo de escaleras y la miré con la expresión más hostil que pude encontrar.

—Isabella, para que las cosas funcionen entre nosotros vamos a tener que establecer una serie de reglas. La primera es que las preguntas las hago yo y tú te limitas a responderlas. Cuando no hay preguntas por mi parte, no proceden por la tuya ni respuestas ni discursos espontáneos. La segunda regla es que yo me tomo para desayunar o merendar o mirar las musarañas el tiempo que me sale de las narices y ello no constituye objeto de debate.

—No quería ofenderle. Ya entiendo que una digestión lenta ayuda a la inspiración.

—La tercera regla es que el sarcasmo no te lo tolero antes del mediodía. ¿Estamos?

—Sí, señor Martín.

—La cuarta es que no me llames señor Martín ni el día de mi entierro. A ti te debo de parecer un fósil, pero a mí me gusta creer que todavía soy joven. Es más, lo soy, punto.

—¿Cómo debo llamarle?

—Por mi nombre: David.

La muchacha asintió. Abrí la puerta del piso y le indiqué que pasara. Isabella dudó un instante y se coló de un saltito.

—Yo creo que tiene usted todavía un aspecto bastante juvenil para su edad, David.

La miré, atónito.

—¿Qué edad crees que tengo?

Isabella me miró de arriba abajo, calibrando.

—¿Algo así como treinta años? Pero bien llevados, ¿eh?

—Haz el favor de callarte y preparar una cafetera con ese mejunje que has traído.

—¿Dónde está la cocina?

—Búscala.

Compartimos aquel delicioso café colombiano sentados en la galería. Isabella sostenía su tazón y me miraba de reojo mientras yo leía las veinte páginas que me había traído. Cada vez que pasaba una página y levantaba la vista me encontraba con su mirada expectante.

—Si te vas a quedar ahí mirándome como una lechuza, esto va a llevar mucho tiempo.

—¿Qué quiere que haga?

—¿No querías ser mi ayudante? Pues ayuda. Busca algo que necesite ordenarse y ordénalo, por ejemplo.

Isabella miró alrededor.

—Todo está desordenado.

—La ocasión la pintan calva.

Isabella asintió y partió al encuentro del caos y el desorden que reinaban en mi morada con determinación militar. Escuché sus pasos alejarse por el pasillo y seguí leyendo. El relato que me había traído apenas tenía hilo argumental. Relataba con una sensibilidad afilada y palabras bien articuladas las sensaciones y ausencias que pasaban por la mente de una muchacha confinada en una estancia fría en un ático del barrio de la Ribera desde la cual contemplaba la ciudad y las gentes ir y venir en las callejas angostas y oscuras. Las imágenes y la música triste de su prosa delataban una soledad que bordeaba la desesperación. La muchacha del cuento pasaba las horas prisionera de su mundo y, a ratos, se enfrentaba a un espejo y se abría cortes en los brazos y en los muslos con un cristal roto, dejando cicatrices como las que podían adivinarse bajo las mangas de Isabella. Estaba a punto de finalizar la lectura cuando advertí que la muchacha me miraba desde la puerta de la galería.

—¿Qué?

—Perdone la interrupción, pero ¿qué hay en la habitación al fondo del pasillo?

—Nada.

—Huele raro.

—Humedad.

—Si quiere puedo limpiarla y…

—No. Esa habitación no se usa. Y, además, tú no eres mi criada y no tienes por qué limpiar nada.

—Sólo quiero ayudar.

—Ayúdame sirviéndome otra taza de café.

—¿Por qué? ¿El relato le da sueño?

—¿Qué hora es, Isabella?

—Deben de ser las diez de la mañana.

—¿Y eso significa?

—…que no hay sarcasmo hasta el mediodía —replicó Isabella.

Sonreí triunfante y le tendí la taza vacía. La tomó y partió con ella rumbo a la cocina.

Cuando regresó con el café humeante, ya había finalizado la última página. Isabella se sentó frente a mí. Le sonreí y degusté con calma el exquisito café. La muchacha se retorcía las manos y apretaba los dientes, lanzando miradas furtivas a las cuartillas de su relato que yo había dejado boca abajo en la mesa. Aguantó un par de minutos sin abrir la boca.

—¿Y? —dijo finalmente.

—Soberbio.

Se le iluminó el rostro.

—¿Mi relato?

—El café.

Me miró, herida, y se levantó a recoger sus cuartillas.

—Déjalas donde están —ordené.

—¿Para qué? Está claro que no le han gustado y que piensa que soy una pobre idiota.

—No he dicho eso.

—No ha dicho nada, que es peor.

—Isabella, si realmente quieres dedicarte a escribir, o al menos escribir para que otros te lean, vas a tener que acostumbrarte a que a veces te ignoren, te insulten, te desprecien y casi siempre te muestren indiferencia. Es una de las ventajas del oficio.

Isabella bajó la mirada y respiró profundamente.

—Yo no sé si tengo talento. Sólo sé que me gusta escribir. O, mejor dicho, que necesito escribir.

—Mentirosa.

Levantó la mirada y me miró con dureza.

—Muy bien. Tengo talento. Y me importa un comino si usted cree que no lo tengo.

Sonreí.

—Eso ya me gusta más. No podía estar más de acuerdo.

Me miró confundida.

—¿En lo de que tengo talento o en lo de que usted no cree que lo tengo?

—¿A ti qué te parece?

—Entonces, ¿cree usted que tengo posibilidades?

—Creo que tienes talento y ganas, Isabella. Más del que crees y menos del que esperas. Pero hay muchas personas que tienen talento y ganas, y muchas de ellas nunca llegan a nada. Ése es sólo el principio para hacer cualquier cosa en la vida. El talento natural es como la fuerza de un atleta. Se puede nacer con más o menos facultades, pero nadie llega a ser un atleta sencillamente porque ha nacido alto o fuerte o rápido. Lo que hace al atleta, o al artista, es el trabajo, el oficio y la técnica. La inteligencia con la que naces es simplemente munición. Para llegar a hacer algo con ella es necesario que transformes tu mente en una arma de precisión.

—¿Y lo del símil bélico?

—Toda obra de arte es agresiva, Isabella. Y toda vida de artista es una pequeña o gran guerra, empezando con uno mismo y sus limitaciones. Para llegar a cualquier cosa que te propongas hace falta primero la ambición y luego el talento, el conocimiento y, finalmente, la oportunidad.

Isabella consideró mis palabras.

—¿Le suelta usted este discurso a todo el mundo o se le acaba de ocurrir?

—El discurso no es mío. Me lo soltó, como tú dices, alguien a quien hice las mismas preguntas que tú me estás haciendo a mí. De eso hace muchos años, pero no hay día que pase que no me dé cuenta de la razón que tenía.

—¿Entonces puedo ser su ayudante?

—Lo pensaré.

Isabella asintió, satisfecha. Se había sentado a una esquina de la mesa sobre la que descansaba el álbum de fotografías que había dejado Cristina. Lo abrió casualmente por la última página y se quedó mirando un retrato de la nueva señora de Vidal tomado a las puertas de Villa Helius dos o tres años antes. Tragué saliva. Isabella cerró el álbum y paseó la mirada por la galería hasta volver a posarla sobre mí. Yo la observaba con impaciencia. Me sonrió azorada, como si la hubiese sorprendido curioseando donde no debía.

—Tiene usted una novia muy guapa —dijo.

La mirada que le lancé le borró la sonrisa de un plumazo.

—No es mi novia.

—Ah.

Medió un largo silencio.

—Supongo que la quinta regla es que mejor no me meta donde no me llaman, ¿verdad?

No respondí. Isabella asintió para sí misma y se incorporó.

—Entonces, mejor que le deje en paz y no le moleste más por hoy. Si le parece, vuelvo mañana y empezamos.

Recogió sus cuartillas y me sonrió tímidamente. Correspondí con un asentimiento.

Isabella se retiró discretamente y desapareció por el pasillo. Escuché sus pasos alejándose y luego el sonido de la puerta al cerrarse. En su ausencia, noté por primera vez el silencio que embrujaba aquella casa.

# 6

Quizá fuera el exceso de cafeína que corría por mis venas o tan sólo mi conciencia que intentaba volver como la luz después de un apagón, pero pasé el resto de la mañana dándole vueltas a una idea de todo menos reconfortante. Resultaba difícil pensar que el incendio a resultas del cual habían perecido Barrido y Escobillas, por un lado; la oferta de Corelli, de quien no había vuelto a tener noticia, por otro —lo cual me escamaba—, y aquel extraño manuscrito rescatado del Cementerio de los Libros Olvidados, que sospechaba había sido escrito entre aquellas cuatro paredes, no estuviesen relacionados.

La perspectiva de regresar a la casa de Andreas Corelli sin invitación previa para preguntarle acerca de la coincidencia de que nuestra conversación y el incendio se hubiesen producido prácticamente al mismo tiempo se me antojaba poco apetecible. Mi instinto me decía que cuando el editor decidiese que quería volver a verme lo haría *motu proprio* y que si algo no me inspiraba aquel inevitable encuentro era prisa. La investigación en torno al incendio ya estaba en manos del inspector Víctor Grandes y sus dos perros de presa, Marcos y Castelo, en cuya lista de personas favoritas me consideraba incluido con mención de honor. Cuanto más alejado me mantuviese de ellos, mejor. Eso dejaba como única alternativa viable el manuscrito y su relación con la casa de la torre. Tras años de decirme a mí mismo que no era casualidad que hubiera acabado viviendo en aquel lugar, la idea empezaba a cobrar otro significado.

Decidí empezar por el lugar al que había confinado buena parte de los objetos y pertenencias que los antiguos residentes de la casa de la torre habían dejado atrás. Recuperé la llave de la última habitación del pasillo del cajón de la cocina en el que había pasado años. No había vuelto a entrar allí desde que los trabajadores de la compañía eléctrica habían instalado el tendido por la casa. Al introducir la llave en la cerradura sentí una corriente de aire frío que exhalaba el orificio del cerrojo sobre mis dedos y constaté que Isabella tenía razón; aquella habitación desprendía un olor extraño que hacía pensar en flores muertas y tierra removida.

Abrí la puerta y me llevé la mano al rostro. El hedor era intenso. Palpé la pared buscando el interruptor de la luz, pero la bombilla desnuda que prendía del techo no respondió. La claridad que entraba del pasillo permitía entrever los contornos de la pila de cajas, libros y baúles que había confinado a aquel lugar años atrás. Lo contemplé todo con hastío. La pared del fondo estaba completamente cubierta por un gran armario de roble. Me arrodillé frente a una caja que contenía viejas fotografías, gafas, relojes y pequeños objetos personales. Empecé a hurgar sin saber muy bien qué buscaba. Al rato abandoné la empresa y suspiré. Si esperaba averiguar algo necesitaba un plan. Me disponía a dejar la habitación cuando escuché la puerta del armario abrirse poco a poco a mi espalda. Un soplo de aire helado y húmedo me rozó la nuca. Me volví lentamente. La puerta del armario estaba entreabierta y se podían apreciar en el interior los antiguos vestidos y trajes que colgaban de las perchas, carcomidos por el tiempo, ondeando como algas bajo el agua. La corriente de aire frío que portaba aquel hedor procedía de allí. Me incorporé y me aproximé lentamente hacia el armario. Abrí las puertas de par en par y separé con las manos las prendas que colgaban de los percheros. La madera del fondo estaba podrida y se había empezado a desprender. Al otro lado se podía intuir un muro de yeso en el que se había abierto un orificio de un par de centímetros de amplitud. Me incliné para intentar ver qué había al otro lado, pero la oscuridad era casi absoluta. La claridad tenue del pasillo se filtraba por el orificio y proyectaba un filamento vaporoso de luz al otro lado. Apenas se apreciaba más que una atmósfera espesa. Acerqué el ojo intentando ganar alguna imagen de lo que había al otro lado del muro, pero en aquel instante una araña negra apareció en la boca del orificio. Me retiré de golpe y la araña se apresuró a trepar por el interior del armario y desapareció en la sombra. Cerré la puerta del armario y salí de la habitación. Eché la llave y la guardé en el primer cajón de la cómoda que quedaba en el pasillo. El hedor que había quedado atrapado en aquella cámara se había esparcido por el corredor como un veneno. Maldije la hora en que se me había ocurrido abrir aquella puerta y salí a la calle confiando en olvidar, aunque fuese sólo por unas horas, la oscuridad que latía en el corazón de aquella casa.

Las malas ideas siempre vienen en pareja. Para celebrar que había descubierto una suerte de cámara oscura oculta en mi domicilio me acerqué hasta la librería de Sempere e Hijos con la idea de invitar a comer al librero en la Maison Dorée. Sempere padre estaba leyendo una preciosa edición de *El manuscrito encontrado en Zaragoza* de Potocki y no quiso ni oír hablar del tema.

—Si quiero ver a esnobs y papanatas dándose tono y congratulándose mutuamente no me hace falta pagar, Martín.

—No me sea gruñón. Si invito yo.

Sempere negó. Su hijo, que había asistido a la conversación desde el umbral de la trastienda, me miraba, dudando.

—¿Y si me llevo a su hijo qué pasa? ¿Me retirará la palabra?

—Ustedes sabrán en qué desperdician el tiempo y el dinero. Yo me quedo leyendo, que la vida es breve.

Sempere hijo era el paradigma de la timidez y la discreción. Si bien nos conocíamos desde niños, no recordaba haber mantenido con él más de tres o cuatro conversaciones a solas de más de cinco minutos. No le conocía vicio ni pecadillo alguno. Me constaba de buena tinta que entre las muchachas del barrio se le tenía por no menos que el guapo oficial y soltero de oro. Más de una se dejaba caer por la librería con cualquier excusa y se detenía frente al escaparate a suspirar, pero el hijo de Sempere, si es que se percataba, nunca daba un paso para hacer efectivos aquellos pagarés de devoción y labios entreabiertos. Cualquier otro hubiese hecho una carrera estelar de calavera con una décima parte de aquel capital. Cualquiera menos Sempere hijo, a quien a veces uno no sabía si atribuir el título de beato.

—A este paso, éste se me va a quedar para vestir santos —se lamentaba a veces Sempere.

—¿Ha probado a echarle algo de guindilla en la sopa para estimular el riego en puntos clave? —preguntaba yo.

—Usted ríase, granuja, que yo ya voy para los setenta y sin un puñetero nieto.


Nos recibió el mismo *maître* que recordaba de mi última visita, pero sin la sonrisa servil ni el gesto de bienvenida. Cuando le comuniqué que no había hecho reserva asintió con una mueca de desprecio y chasqueó los dedos para invocar la presencia de un mozo que nos escoltó sin ceremonia a la que supuse era la peor mesa de la sala, junto a la puerta de las cocinas y enterrada en un rincón oscuro y ruidoso. Durante los siguientes veinticinco minutos nadie se aproximó a la mesa, ni para ofrecer un menú ni servir un vaso de agua. El personal pasaba de largo dando portazos e ignorando completamente nuestra presencia y nuestros gestos para reclamar atención.

—¿Quiere decir que no deberíamos irnos? —preguntó Sempere hijo al fin—. Yo, con un bocadillo en cualquier sitio, me apaño…

No había acabado de pronunciar estas palabras cuando los vi aparecer. Vidal y señora avanzaban hacia su mesa escoltados por el *maître* y dos camareros que se deshacían en parabienes. Tomaron asiento y en un par de minutos se inició la procesión de besamanos en la que, uno tras otro, comensales de la sala se aproximaban a felicitar a Vidal. Él los recibía con gracia divina y los despachaba poco después. Sempere hijo, que se había dado cuenta de la situación, me observaba.

—Martín, ¿está usted bien? ¿Por qué no nos vamos?

Asentí lentamente. Nos levantamos y nos dirigimos hacia la salida, bordeando el comedor por el extremo opuesto a la mesa de Vidal. Antes de abandonar la sala cruzamos frente al *maître*, que ni se molestó en mirarnos, y mientras nos dirigíamos a la salida pude ver en el espejo que había sobre el marco de la puerta que Vidal se inclinaba y besaba a Cristina en los labios. Al salir a la calle, Sempere hijo me miró, mortificado.

—Lo siento, Martín.

—No se preocupe. Mala elección. Es todo. Si no le importa, de esto, a su padre…

—…ni una palabra —aseguró.

—Gracias.

—No se merecen. ¿Qué me dice si soy yo el que le invita a algo más plebeyo? Hay un comedor en la calle del Carmen que tira de espaldas.

Se me había ido el apetito, pero asentí de buena gana.

—Venga.

El lugar quedaba cerca de la biblioteca y servía comidas caseras a precio económico para las gentes del barrio. Apenas probé la comida, que olía infinitamente mejor que cualquier cosa que hubiese olfateado en la Maison Dorée en todos los años que llevaba abierta, pero a la altura de los postres ya había apurado yo solito una botella y media de tinto y la cabeza me había entrado en órbita.

—Sempere, dígame una cosa. ¿Qué tiene usted en

contra de mejorar la raza? ¿Cómo se explica si no que un ciudadano joven y sano bendecido por el Altísimo con una planta como la suya no se haya beneficiado a lo más prieto del patio de figuras?

El hijo del librero rió.

—¿Qué le hace pensar que no lo he hecho?

Me toqué la nariz con el índice, guiñándole un ojo. Sempere hijo asintió.

—A riesgo de que me tome usted por un mojigato, me gusta pensar que estoy esperando.

—¿A qué? ¿A que el instrumental ya no se le ponga en marcha?

—Habla usted como mi padre.

—Los hombres sabios comparten el pensamiento y la palabra.

—Digo yo que habrá algo más, ¿no? —preguntó.

—¿Algo más?

Sempere asintió.

—Qué sé yo —dije.

—Yo creo que sí lo sabe.

—Pues ya ve cómo me aprovecha.

Iba a servirme otro vaso cuando Sempere me detuvo.

—Prudencia —murmuró.

—¿Ve cómo es usted un mojigato?

—Cada cual es lo que es.

—Eso tiene cura. ¿Qué me dice si nos vamos usted y yo ahora mismo de picos pardos?

Sempere me miró con lástima.

—Martín, creo que es mejor que se vaya a casa y descanse. Mañana será otro día.

—No le dirá a su padre que he pillado una cogorza, ¿verdad?

De camino a casa me detuve en no menos de siete bares para degustar sus existencias de alta graduación hasta que, con una u otra excusa, me ponían en la calle y recorría otros cien o doscientos metros en busca de un nuevo puerto en el que hacer escala. Nunca había sido un bebedor de fondo y a última hora de la tarde estaba tan ebrio que no me acordaba ni de dónde vivía. Recuerdo que un par de camareros del hostal Ambos Mundos de la plaza Real me levantaron cada uno de un brazo y me depositaron en un banco frente a la fuente, donde caí en un sopor espeso y oscuro.

Soñé que acudía al entierro de don Pedro. Un cielo ensangrentado atenazaba el laberinto de cruces y ángeles que rodeaban el gran mausoleo de los Vidal en el cementerio de Montjuïc. Una comitiva silenciosa de velos negros rodeaba el anfiteatro de mármol ennegrecido que formaba el pórtico del mausoleo. Cada figura portaba un largo cirio blanco. La luz de cien llamas esculpía el contorno de un gran ángel de mármol abatido de dolor y pérdida sobre un pedestal a cuyos pies yacía la tumba abierta de mi mentor y, en su interior, un sarcófago de cristal. El cuerpo de Vidal, vestido de blanco, yacía tendido bajo el cristal con los ojos abiertos. Lágrimas negras descendían por sus mejillas. De entre la comitiva se adelantaba la silueta de su viuda, Cristina, que caía de rodillas frente al féretro bañada en llanto. Uno a uno, los miembros de la comitiva desfilaban frente al difunto y depositaban rosas negras sobre el ataúd de cristal hasta que quedaba cubierto y sólo podía verse su rostro. Dos enterradores sin rostro hacían descender el féretro en la fosa, cuyo fondo estaba inundado de un líquido espeso y oscuro. El sarcófago quedaba flotando sobre el lienzo de sangre, que lentamente se filtraba entre los resquicios del cierre de cristal. Poco a poco, el ataúd se inundaba y la sangre cubría el cadáver de Vidal. Antes de que su rostro se sumergiese por completo, mi mentor movía los ojos y me miraba. Una bandada de pájaros negros alzaba el vuelo y yo echaba a correr, extraviándome entre los senderos de la infinita ciudad de los muertos. Tan sólo un llanto lejano conseguía guiarme hacia la salida y me permitía eludir los lamentos y ruegos de oscuras figuras de sombra que salían a mi paso y me suplicaban que los llevase conmigo, que los rescatase de su eterna oscuridad.

Me despertaron dos guardias dándome golpecitos en la pierna con la porra. Ya había anochecido y me llevó unos segundos dilucidar si se trataba del orden público o agentes de la parca en misión especial.

—A ver, caballero, a dormir la mona a casita, ¿estamos?

—A sus órdenes, mi coronel.

—Andando o le encierro en el calabozo, a ver si le encuentra el chiste.

No me lo tuvo que repetir dos veces. Me incorporé como pude y puse rumbo a casa con la esperanza de llegar antes de que mis pasos me guiaran de nuevo a otro tugurio de mala muerte. El trayecto, que en condiciones normales me hubiese llevado diez o quince minutos, se prolongó casi el triple. Finalmente, en un giro milagroso, llegué a la puerta de mi casa para, como si de una maldición se tratase, volver a encontrarme a Isabella sentada esta vez en el vestíbulo interior de la finca, esperándome.

—Está usted borracho —dijo Isabella.

—Debo de estarlo, porque en pleno delírium trémens me ha parecido encontrarte a medianoche durmiendo a las puertas de mi casa.

—No tenía otro sitio adonde ir. Mi padre y yo hemos discutido y me ha echado de casa.

Cerré los ojos y suspiré. Mi cerebro embotado de licor y amargura era incapaz de dar forma al torrente de negativas y maldiciones que se me estaban apelotonando en los labios.

—Aquí no puedes quedarte, Isabella.

—Por favor, sólo por esta noche. Mañana buscaré una pensión. Se lo suplico, señor Martín.

—No me mires con esos ojos de cordero degollado —amenacé.

—Además, si estoy en la calle es por su culpa —añadió.

—Por mi culpa. Ésa sí que es buena. Talento para escribir no sé si tendrás, pero imaginación calenturienta te sobra. ¿Por qué infausto motivo, si puede saberse, es culpa mía que tu señor padre te haya puesto de patitas en la calle?

—Cuando está usted borracho habla raro.

—No estoy borracho. No he estado borracho en mi vida. Contesta a la pregunta.

—Le dije a mi padre que usted me había contratado como ayudante y a partir de ahora me iba a dedicar a la literatura y ya no podría trabajar en la tienda.

—¿Qué?

—¿Podemos pasar? Tengo frío y el trasero se me ha quedado petrificado de dormir sobre los escalones.

Sentí que la cabeza me daba vueltas y me rondaba la náusea. Alcé la vista a la tenue penumbra que destilaba de la claraboya en lo alto de la escalera.

—¿Es éste el castigo que me envía el cielo para que me arrepienta de mi vida disoluta?

Isabella siguió el rastro de mi mirada, intrigada.

—¿Con quién habla?

—No hablo con nadie, monologo. Prerrogativa del beodo. Pero mañana a primera hora voy a dialogar con tu padre y poner fin a este absurdo.

—No sé si es una buena idea. Ha jurado que cuando le vea le va a matar. Tiene una escopeta de dos cañones escondida debajo del mostrador. Él es así. Una vez mató a un burro con ella. Fue en verano, cerca de Argentona…

—Cállate. Ni una palabra más. Silencio.

Isabella asintió y se me quedó mirando, expectante. Reanudé la búsqueda de la llave. Ahora no podía lidiar con el embolado de aquella locuaz adolescente. Necesitaba caer sobre la cama y perder la conciencia, preferentemente por ese orden. Busqué durante un par de minutos, sin resultados visibles. Finalmente, Isabella, sin mediar palabra, se me adelantó y hurgó en el bolsillo de mi chaqueta por el que mis manos habían pasado cien veces y encontró la llave. Me la mostró y asentí, derrotado.

Isabella abrió la puerta del piso y me ayudó a incorporarme. Me guió hasta el dormitorio como a un inválido y me ayudó a tumbarme en la cama. Me acomodó la cabeza sobre las almohadas y me quitó los zapatos. La miré confundido.

—Tranquilo, que los pantalones no se los voy a quitar.

Me aflojó los botones del cuello y se sentó a mi lado, observándome. Me sonrió con una melancolía que no se merecían sus años.

—Nunca le he visto tan triste, señor Martín. ¿Es por esa mujer, verdad? La de la foto.

Me tomó la mano y me la acarició, tranquilizándome.

—Todo pasa, hágame caso. Todo pasa.

A mi pesar, se me llenaron los ojos de lágrimas y volví la cabeza para que ella no me viese la cara. Isabella apagó la luz de la mesita y permaneció sentada a mi lado, en la penumbra, escuchando llorar a aquel miserable borracho sin hacer preguntas ni ofrecer más juicio que su compañía y su bondad hasta que me dormí.

# 7

Me despertó la agonía de la resaca, una prensa cerrándose sobre las sienes, y el perfume de café colombiano. Isabella había dispuesto una mesita junto a la cama con una cafetera recién hecha y un plato con pan, queso, jamón y una manzana. La visión de la comida me produjo náuseas, pero alargué la mano hacia la cafetera. Isabella, que me había estado observando desde el umbral sin que lo advirtiese, se me adelantó y me sirvió una taza, deshecha en sonrisas.

—Tómelo así, bien cargado, y le irá de maravilla.

Acepté el tazón y bebí.

—¿Qué hora es?

—La una de la tarde.

Dejé escapar un soplido.

—¿Cuántas horas llevas despierta?

—Unas siete.

—¿Haciendo qué?

—Limpiando y ordenando, pero aquí hay faena para varios meses —replicó Isabella.

Tomé otro sorbo largo de café.

—Gracias —murmuré—. Por el café. Y por ordenar y limpiar, pero no tienes por qué hacerlo.

—No lo hago por usted, si es lo que le preocupa. Lo hago por mí. Si voy a vivir aquí, prefiero pensar que no me voy a quedar pegada a algo si me apoyo por accidente.

—¿Vivir aquí? Creí que habíamos dicho que…

Al levantar la voz, una punzada de dolor me cortó la palabra y el pensamiento.

—Shhhh —susurró Isabella.

Asentí a modo de tregua. Ahora no podía ni quería discutir con Isabella. Tiempo habría para devolverla a su familia más tarde, cuando la resaca se batiese en retirada. Apuré la taza de un tercer sorbo y me incorporé lentamente. De cinco a seis púas de dolor se me clavaron en la cabeza. Dejé escapar un lamento. Isabella me sostenía del brazo.

—No soy un inválido. Puedo valerme por mí mismo.

Isabella me soltó tentativamente. Di algunos pasos hacia el pasillo. Isabella me seguía de cerca, como si temiese que fuera a desplomarme por momentos. Me detuve frente al baño.

—¿Puedo orinar a solas? —pregunté.

—Apunte con cuidado —musitó la muchacha—. Le dejaré el desayuno en la galería.

—No tengo hambre.

—Tiene que comer algo.

—¿Eres mi aprendiz o mi madre?

—Se lo digo por su bien.

Cerré la puerta del baño y me refugié en el interior. Mi ojos tardaron un par de segundos en ajustarse a lo que estaba viendo. El baño estaba irreconocible. Limpio y reluciente. Cada cosa en su sitio. Una pastilla de jabón nueva sobre el lavabo. Toallas limpias que ni siquiera sabía que habían estado en mi posesión. Olor a lejía.

—Madre de Dios —murmuré.

Metí la cabeza bajo el grifo y dejé correr el agua fría durante un par de minutos. Salí al corredor y me dirigí lentamente a la galería. Si el baño estaba irreconocible, la galería pertenecía a otro mundo. Isabella había limpiado los cristales y el suelo y ordenado muebles y butacas. Una luz pura y clara se filtraba por las cristaleras y el olor a polvo había desaparecido. Mi desayuno me esperaba en la mesa frente al sofá, sobre el que la muchacha había tendido un manto limpio. Las estanterías repletas de libros parecían reordenadas y las vitrinas habían recobrado la transparencia. Isabella me estaba sirviendo un segundo tazón de café.

—Sé lo que estás haciendo, y no va a funcionar —dije.

—¿Servir una taza de café?

Isabella había ordenado los libros desperdigados en pilas sobre las mesas y por los rincones. Había vaciado revisteros que llevaban anegados más de una década. En apenas siete horas, había barrido de un plumazo años de penumbra y tinieblas con su afán y su presencia, y todavía le quedaban tiempo y ganas para sonreír.

—Me gustaba más como estaba antes —dije.

—Seguro. A usted y a las cien mil cucarachas que tenía de inquilinas y que he despedido con viento fresco y amoniaco.

—¿Así que ése es el pestuzo que se huele?

—El *pestuzo* es olor a limpio —protestó Isabella—. Podría estar un poco agradecido.

—Lo estoy.

—No se nota. Mañana subiré al estudio y…

—Ni se te ocurra.

Isabella se encogió de hombros, pero su mirada seguía

determinada y supe que en veinticuatro horas el estudio de la torre iba a sufrir una transformación irreparable.

—Por cierto, esta mañana me he encontrado un sobre en el recibidor. Alguien debió de colarlo por debajo de la puerta anoche.

La miré por encima de la taza.

—El portal de abajo está cerrado con llave —dije.

—Eso pensaba yo. La verdad es que me ha parecido muy raro y, aunque llevaba su nombre…

—…lo has abierto.

—Me temo que sí. Ha sido sin querer.

—Isabella, abrir la correspondencia de los demás no es indicio de buenos modales. En algunos sitios incluso es delito castigable con penas de cárcel.

—Eso le digo yo a mi madre, que siempre me abre las cartas. Y sigue libre.

—¿Dónde está la carta?

Isabella extrajo un sobre del bolsillo del delantal que se había enfundado y me lo tendió evitando mi mirada. Tenía los bordes serrados y era de papel grueso y poroso, amarfilado, con el sello del ángel sobre lacre rojo —roto— y mi nombre en trazo carmesí y tinta perfumada. Lo abrí y extraje una cuartilla doblada.

*Estimado David:*

*Confío en que se encuentre bien de salud y que haya ingresado los fondos acordados sin problemas. ¿Le parece que nos veamos esta noche en mi domicilio para empezar a discutir los pormenores de nuestro proyecto? Se servirá una cena ligera a eso de las diez. Le espero.*

*Su amigo,*

ANDREAS CORELLI

Cerré la cuartilla y la guardé de nuevo en el sobre. Isabella me observaba intrigada.

—¿Buenas noticias?

—Nada que te concierna.

—¿Quién es ese tal señor Corelli? Tiene la letra bonita, no como usted.

La miré con severidad.

—Si voy a ser su ayudante, digo yo que tendré que saber con quién tiene tratos. Por si he de mandarlos a paseo, quiero decir.

Resoplé.

—Es un editor.

—Debe de ser bueno, porque mire qué papel de carta y qué sobres que se gasta. ¿Qué libro está escribiendo para él?

—Nada que te incumba.

—¿Cómo voy a ayudarle si no me dice en lo que está trabajando? No, mejor no conteste. Ya me callo.

Durante diez milagrosos segundos, Isabella permaneció callada.

—¿Cómo es el tal señor Corelli?

La miré fríamente.

—Peculiar.

—Dios los cría y… no digo nada.

Observando a aquella muchacha de corazón noble me sentí, si cabe, más miserable y comprendí que cuanto antes la alejase de mí, aun a riesgo de herirla, mejor sería para ambos.

—¿Por qué me mira así?

—Esta noche voy a salir, Isabella.

—¿Le dejo algo de cena preparada? ¿Volverá muy tarde?

—Cenaré fuera y no sé cuándo regresaré, pero sea a la hora que sea, cuando vuelva quiero que te hayas ido. Quiero que cojas tus cosas y te marches. Adónde, me es indiferente. Aquí no hay lugar para ti. ¿Entendido?

Su rostro palideció y los ojos se le hicieron agua. Se mordió los labios y me sonrió con las mejillas surcadas de lágrimas.

—Estoy de sobra. Entendido.

—Y no limpies más.

Me levanté y la dejé a solas en la galería. Me escondí en el estudio de la torre. Abrí las ventanas. El llanto de Isabella llegaba desde la galería. Contemplé la ciudad tendida al sol del mediodía y dirigí la vista al otro extremo donde casi creí poder ver las tejas brillantes que cubrían Villa Helius e imaginar a Cristina, señora de Vidal, arriba en las ventanas del torreón, mirando hacia la Ribera. Algo oscuro y turbio me cubrió el corazón. Olvidé el llanto de Isabella y tan sólo deseé que llegase el momento de encontrarme con Corelli para hablar de su libro maldito.

Permanecí en el estudio de la torre hasta que el atardecer se esparció sobre la ciudad como sangre en el agua. Hacía calor, más del que había hecho en todo el verano, y los tejados de la Ribera parecían vibrar a la vista como espejismos de vapor. Bajé al piso y me cambié de ropa. La casa estaba en silencio, las persianas de la galería entornadas y las vidrieras teñidas de una claridad ámbar que se esparcía por el pasillo central.

—¿Isabella? —llamé.

No obtuve respuesta. Me acerqué hasta la galería y

comprobé que la muchacha se había marchado. Antes de hacerlo, sin embargo, se había entretenido en ordenar y limpiar la colección de obras completas de Ignatius B. Samson que durante años habían atesorado polvo y olvido en una vitrina que ahora relucía sin mácula. La muchacha había tomado uno de los libros y lo había dejado abierto por la mitad sobre un atril de pie. Leí una línea al azar y me pareció viajar a un tiempo en el que todo parecía tan simple como inevitable.

«*"La poesía se escribe con lágrimas, la novela con sangre y la historia con agua de borrajas", dijo el cardenal mientras untaba de veneno el filo del cuchillo a la luz del candelabro.*»

La estudiada ingenuidad de aquellas líneas me arrancó una sonrisa y me devolvió una sospecha que nunca había dejado de rondarme: tal vez habría sido mejor para todos, sobre todo para mí, que Ignatius B. Samson nunca se hubiese suicidado y que David Martín hubiese tomado su lugar.

# 8

Anochecía ya cuando salí a la calle. El calor y la humedad habían empujado a numerosos vecinos del barrio a sacar sus sillas a la calle en busca de una brisa que no llegaba. Sorteé los improvisados corros frente a portales y esquinas y me dirigí hasta la estación de Francia, donde siempre podían encontrarse dos o tres taxis a la espera de pasaje. Abordé el primero de la fila. Nos llevó unos veinte minutos cruzar la ciudad y escalar la ladera del monte sobre el que descansaba el bosque fantasmal del arquitecto Gaudí. Las luces de la casa de Corelli podían verse desde lejos.

—No sabía que alguien viviese aquí —comentó el conductor.

Tan pronto le hube abonado el trayecto, propina incluida, no perdió un segundo en largarse a toda prisa. Esperé unos instantes antes de llamar a la puerta, saboreando el extraño silencio que reinaba en aquel lugar. Apenas una sola hoja se agitaba en el bosque que cubría la colina a mis espaldas. Un cielo sembrado de estrellas y pinceladas de nubes se extendía en todas direcciones. Podía oír el sonido de mi propia respiración, de mis ropas rozándose al andar, de mis pasos aproximándose a la puerta. Tiré del llamador y esperé.

La puerta se abrió momentos más tarde. Un hombre de mirada y hombros caídos asintió ante mi presencia y me indicó que pasara. Su atavío sugería que se trataba de una suerte de mayordomo o criado. No emitió sonido alguno. Le seguí a través del corredor que recordaba flanqueado de retratos y me cedió el paso al gran salón que quedaba en el extremo y desde el cual se podía contemplar toda la ciudad a lo lejos. Con una leve reverencia me dejó allí a solas y se retiró con la misma lentitud con la que me había acompañado. Me aproximé hasta los ventanales y miré entre los visillos, matando el tiempo a la espera de Corelli. Habían transcurrido un par de minutos cuando advertí que una figura me observaba desde un rincón de la sala. Estaba sentado, completamente inmóvil, en una butaca entre la penumbra y la luz de un candil que apenas revelaba las piernas y las manos apoyadas en los brazos de la butaca. Le reconocí por el brillo de sus ojos que nunca pestañeaban y por el reflejo del candil en el broche en forma de ángel que siempre llevaba en la solapa. Tan pronto posé la vista en él se incorporó y se aproximó con pasos rápidos, demasiado rápidos, y una sonrisa lobuna en los labios que me heló la sangre.

—Buenas noches, Martín.

Asentí intentando corresponder a su sonrisa.

—He vuelto a sobresaltarle —dijo—. Lo siento. ¿Puedo ofrecerle algo de beber o pasamos a la cena sin preámbulos?

—La verdad es que no tengo apetito.

—Es este calor, sin duda. Si le parece, podemos pasar al jardín y hablar allí.

El silencioso mayordomo hizo acto de presencia y procedió a abrir las puertas que daban al jardín, donde un sendero de velas colocadas sobre platillos de café conducía a una mesa de metal blanca con dos sillas apostadas frente a frente. La llama de las velas ardía erguida, sin fluctuación alguna. La luna arrojaba una tenue claridad azulada. Tomé asiento y Corelli hizo lo propio mientras el mayordomo nos servía dos vasos de una vasija que supuse era vino o algún tipo de licor que no tenía intención de probar. A la luz de aquella luna de tres cuartos, Corelli me pareció más joven, los rasgos de su rostro más afilados. Me observaba con una intensidad rayana en la voracidad.

—Algo le inquieta, Martín.

—Supongo que ha oído lo del incendio.

—Un fin lamentable y sin embargo poéticamente justo.

—¿Le parece justo que dos hombres mueran de ese modo?

—¿Un modo menos cruento le parecería más aceptable? La justicia es una afectación de la perspectiva, no un valor universal. No voy a fingir una consternación que no siento, y supongo que usted tampoco, por mucho que lo pretenda. Pero si lo prefiere guardamos un minuto de silencio.

—No será necesario.

—Claro que no. Sólo es necesario cuando uno no tiene nada válido que decir. El silencio hace que hasta los necios parezcan sabios durante un minuto. ¿Alguna cosa más que le preocupe, Martín?

—La policía parece creer que tengo algo que ver con lo sucedido. Me preguntaron por usted.

Corelli asintió con despreocupación.

—La policía tiene que hacer su trabajo y nosotros el nuestro. ¿Le parece que demos el tema por zanjado?

Asentí lentamente. Corelli sonrió.

—Hace un rato, mientras le esperaba, me he dado cuenta de que usted y yo tenemos pendiente una pequeña conversación retórica. Cuanto antes nos la quitemos de encima, antes podremos entrar en harina —dijo—. Me gustaría empezar preguntándole qué es para usted la fe.

Cavilé unos instantes.

—Nunca he sido una persona religiosa. Más que creer o descreer, dudo. La duda es mi fe.

—Muy prudente y muy burgués. Pero echando balones fuera no se gana el partido. ¿Por qué diría usted que creencias de todo tipo aparecen y desaparecen a lo largo de la historia?

—No lo sé. Supongo que por factores sociales, económicos o políticos. Habla usted con alguien que dejó de ir a la escuela a los diez años. La historia no es mi fuerte.

—La historia es el vertedero de la biología, Martín.

—Me parece que el día que daban esa lección no fui a clase.

—Esa lección no la dan en las aulas, Martín. Esa lección nos la dan la razón y la observación de la realidad. Esa lección es la que nadie quiere aprender y, por tanto, la que mejor debemos analizar para poder hacer bien nuestro trabajo. Toda oportunidad de negocio parte de una incapacidad ajena de resolver un problema simple e inevitable.

—¿Hablamos de religión o de economía?

—Elija usted la nomenclatura.

—Si le estoy entendiendo bien, usted sugiere que la

fe, el acto de creer en mitos o ideologías o leyendas sobrenaturales, es consecuencia de la biología.

—Ni más ni menos.

—Una visión un tanto cínica para provenir de un editor de textos religiosos —apunté.

—Una visión profesional y desapasionada —matizó Corelli—. El ser humano cree como respira, para sobrevivir.

—¿Esa teoría es suya?

—No es una teoría, es una estadística.

—Se me ocurre que tres cuartas partes del mundo, por lo menos, estarían en desacuerdo con esa afirmación —apunté.

—Por supuesto. Si estuviesen de acuerdo, no serían creyentes potenciales. A nadie se le puede convencer de verdad de lo que no necesita creer por imperativo biológico.

—¿Sugiere usted entonces que está en nuestra naturaleza vivir engañados?

—Está en nuestra naturaleza sobrevivir. La fe es una respuesta instintiva a aspectos de la existencia que no podemos explicar de otro modo, bien sea el vacío moral que percibimos en el universo, la certeza de la muerte, el misterio del origen de las cosas o el sentido de nuestra propia vida, o la ausencia de él. Son aspectos elementales y de extraordinaria sencillez, pero nuestras propias limitaciones nos impiden responder de un modo inequívoco a esas preguntas y por ese motivo generamos, como defensa, una respuesta emocional. Es simple y pura biología.

—Según usted, entonces, todas las creencias o ideales no serían más que una ficción.

—Toda interpretación u observación de la realidad lo

es por necesidad. En este caso, el problema radica en que el hombre es un animal moral abandonado en un universo amoral y condenado a una existencia finita y sin otro significado que perpetuar el ciclo natural de la especie. Es imposible sobrevivir en un estado prolongado de realidad, al menos para un ser humano. Pasamos buena parte de nuestras vidas soñando, sobre todo cuando estamos despiertos. Como digo, simple biología.

Suspiré.

—Y después de todo esto, quiere usted que me invente una fábula que haga caer de rodillas a los incautos y los persuada de que han visto la luz, de que hay algo en lo que creer, por lo que vivir y por lo que morir e incluso matar.

—Exactamente. No le pido que invente nada que no esté inventado ya, de una u otra forma. Le pido simplemente que me ayude a dar de beber al sediento.

—Un propósito loable y piadoso —ironicé.

—No, una simple propuesta comercial. La naturaleza es un gran mercado libre. La ley de la oferta y la demanda es un hecho molecular.

—Tal vez debería usted buscar a un intelectual para esta labor. Hablando de hechos moleculares y mercantiles, le aseguro que la mayoría no han visto cien mil francos juntos en toda su vida y apuesto a que estarán dispuestos a venderse el alma, o a inventársela, por una fracción de esa cantidad.

El brillo metálico en sus ojos me hizo sospechar que Corelli iba a dedicarme otro de sus ácidos sermones de bolsillo. Visualicé el saldo que reposaba en mi cuenta del Banco Hispano Americano y me dije que cien mil francos bien valían una misa o una colección de homilías.

—Un intelectual es habitualmente alguien que no se distingue precisamente por su intelecto —dictaminó Corelli—. Se atribuye a sí mismo ese calificativo para compensar la impotencia natural que intuye en sus capacidades. Es aquello tan viejo y tan cierto del dime de qué alardeas y te diré de qué careces. Es el pan de cada día. El incompetente siempre se presenta a sí mismo como experto, el cruel como piadoso, el pecador como santurrón, el usurero como benefactor, el mezquino como patriota, el arrogante como humilde, el vulgar como elegante y el bobalicón como intelectual. De nuevo, todo obra de la naturaleza, que lejos de ser la sílfide a la que cantan los poetas es una madre cruel y voraz que necesita alimentarse de las criaturas que va pariendo para seguir viva.

Corelli y su poética de la biología feroz empezaban a producirme náuseas. La vehemencia e ira contenidas que destilaban las palabras del editor me incomodaban y me pregunté si habría algo en el universo que no le pareciese repugnante y despreciable, incluida mi persona.

—Debería usted dar charlas de inspiración en escuelas y parroquias el Domingo de Ramos. Obtendría un éxito abrumador —sugerí.

Corelli rió con frialdad.

—No cambie de tema. Lo que yo busco es el opuesto a un intelectual, es decir, alguien inteligente. Y ya lo he encontrado.

—Me halaga.

—Mejor aún, le pago. Y muy bien, que es el único halago verdadero en este mundo meretriz. No acepte usted nunca condecoraciones que no vengan impresas al dorso de un cheque. Sólo benefician al que las concede.

Y ya que le pago, espero que me escuche y siga mis instrucciones. Créame cuando le digo que no tengo interés alguno en hacerle perder el tiempo. Mientras esté usted a sueldo, su tiempo es también mi tiempo.

Su tono era amable, pero el brillo de sus ojos resultaba acerado y no dejaba lugar a equívocos.

—No es necesario que me lo recuerde cada cinco minutos.

—Disculpe mi insistencia, amigo Martín. Si le mareo a usted con todos estos circunloquios es para quitarlos de en medio cuanto antes. Lo que quiero de usted es la forma, no el fondo. El fondo siempre es el mismo y está inventado desde que existe el ser humano. Está grabado en su corazón como un número de serie. Lo que quiero de usted es que encuentre un modo inteligente y seductor de responder a las preguntas que todos nos hacemos y lo haga desde su propia lectura del alma humana, poniendo en práctica su arte y su oficio. Quiero que me traiga una narración que despierte el alma.

—Nada más…

—Y nada menos.

—Habla usted de manipular sentimientos y emociones. ¿No sería más fácil convencer a la gente con una exposición racional, simple y clara?

—No. Es imposible iniciar un diálogo racional con una persona respecto a creencias y conceptos que no ha adquirido mediante la razón. Tanto da que hablemos de Dios, de la raza o de su orgullo patrio. Por eso necesito algo más poderoso que una simple exposición retórica. Necesito la fuerza del arte, de la puesta en escena. La letra de la canción es lo que creemos entender, pero lo que nos hace creerla o no es la música.

Traté de absorber todo aquel galimatías sin atragantarme.

—Tranquilo, por hoy no hay más discursos —atajó Corelli—. Ahora, a lo práctico: usted y yo nos reuniremos aproximadamente cada quince días. Me informará de sus progresos y me mostrará el trabajo realizado. Si tengo cambios y observaciones, se lo haré notar. El trabajo se prolongará durante doce meses, o la fracción necesaria para completar el trabajo. Al término de ese plazo, usted me entregará todo el trabajo y la documentación generada, sin excepción, como corresponde al único propietario y garante de los derechos, es decir, yo. Su nombre no figurará en la autoría del documento y se compromete usted a no reclamarla con posterioridad a la entrega ni a discutir el trabajo realizado o los términos de este acuerdo en privado o en público con nadie. A cambio, usted obtendrá el pago inicial de cien mil francos, que ya se ha hecho efectivo, y al término, y previa entrega del trabajo a mi satisfacción, una bonificación adicional de cincuenta mil francos más.

Tragué saliva. No es uno plenamente consciente de la codicia que se esconde en su corazón hasta que oye el dulce tintineo de la plata en el bolsillo.

—¿No desea usted formalizar un contrato por escrito?

—El nuestro es un acuerdo de honor. El suyo y el mío. Y ya ha sido sellado. Un acuerdo de honor no se puede romper porque rompe a quien lo ha suscrito —dijo Corelli con un tono que me hizo pensar que hubiera sido preferible firmar un papel aunque fuese con sangre—. ¿Alguna duda?

—Sí. ¿Por qué?

—No le entiendo, Martín.

—¿Para qué quiere usted ese material, o como quiera llamarlo? ¿Qué piensa hacer con él?

—¿Problemas de conciencia, Martín, a estas alturas?

—Tal vez me tome usted por un individuo sin principios, pero si voy a participar en algo como lo que me propone, quiero saber cuál es el objetivo. Creo que tengo derecho.

Corelli sonrió y posó su mano sobre la mía. Sentí un escalofrío al contacto de su piel helada y lisa como el mármol.

—Porque quiere usted vivir.

—Eso suena vagamente amenazador.

—Un simple y amistoso recordatorio de lo que ya sabe. Me ayudará usted porque quiere vivir y porque no le importa el precio ni las consecuencias. Porque no hace mucho se sabía a las puertas de la muerte y ahora tiene usted una eternidad por delante y la oportunidad de una vida. Me ayudará porque es usted humano. Y porque, aunque no lo quiere aceptar, tiene fe.

Retiré la mano de su alcance y le observé levantarse de la silla y dirigirse al extremo del jardín.

—No se preocupe, Martín. Todo saldrá bien. Hágame caso —dijo Corelli en un tono dulce y adormecedor, casi paternal.

—¿Puedo irme ya?

—Por supuesto. No le quiero retener más de lo necesario. He disfrutado de nuestra conversación. Ahora le dejaré que se retire y le vaya dando vueltas a todo lo que hemos comentado. Verá cómo, pasada la indigestión, se dará cuenta de que las verdaderas respuestas vienen a usted. No hay nada en el camino de la vida que no sepamos ya antes de iniciarlo. No se aprende nada importante en la vida, simplemente se recuerda.

Se incorporó e hizo una señal al taciturno mayordomo que esperaba en los confines del jardín.

—Un coche le recogerá y le llevará a casa. Nosotros nos veremos en dos semanas.

—¿Aquí?

—Dios dirá —dijo relamiéndose los labios como si aquello le pareciese un chiste delicioso.

El mayordomo se aproximó y me hizo una seña para que le siguiese. Corelli asintió y volvió a tomar asiento, su mirada de nuevo perdida en la ciudad.

# 9

El coche, por llamarlo de algún modo, esperaba a la puerta del caserón. No era un automóvil cualquiera, era una pieza de coleccionista. Me hizo pensar en una carroza encantada, una catedral rodante de cromados y curvas hechas de ciencia pura tocada por la figura de un ángel de plata sobre el motor como un mascarón de proa. En otras palabras, un Rolls-Royce. El mayordomo me abrió la puerta y me despidió con una reverencia. Entré en el habitáculo, que parecía más la habitación de un hotel que la cabina de un vehículo de motor. El coche arrancó tan pronto me recosté en el asiento y partió colina abajo.

—¿Sabe la dirección? —pregunté.

El chófer, una figura oscura al otro lado de una partición de cristal, hizo un leve asentimiento. Cruzamos Barcelona en el silencio narcótico de aquella carroza de metal que apenas parecía rozar el suelo. Vi desfilar calles y edificios a través de las ventanas como si se tratase de acantilados sumergidos. Pasaba ya la medianoche cuando el Rolls-Royce negro torció en la calle Comercio y se adentró en el paseo del Born. El coche se detuvo al pie de la calle Flassaders, demasiado estrecha para permitir su paso.

El chófer descendió y me abrió la puerta con una reverencia. Bajé del coche y él cerró la puerta y volvió a abordar el vehículo sin decir ni una palabra. Le vi partir hasta que la silueta oscura se deshizo en un velo de sombras. Me pregunté qué era lo que había hecho y, prefiriendo no dar con la respuesta, me dirigí hacia mi casa sintiendo que el mundo entero era una prisión sin escapatoria.

Al entrar en el piso me dirigí directamente al estudio. Abrí las ventanas a los cuatro vientos y dejé que la brisa húmeda y ardiente penetrase en la sala. En algunos terrados del barrio podían verse figuras tendidas sobre colchones y sábanas intentando escapar del calor asfixiante y conciliar el sueño. A lo lejos, las tres grandes chimeneas del Paralelo se alzaban como piras funerarias, esparciendo un manto de cenizas blancas que se extendía sobre Barcelona como polvo de cristal. Más cerca, la estatua de la Mercè alzando el vuelo desde la cúpula de la iglesia me recordó al ángel del Rolls-Royce y al que Corelli siempre lucía en su solapa. Sentía que la ciudad, después de muchos meses de silencio, volvía a hablarme y a contarme sus secretos.

Fue entonces cuando la vi, acurrucada en el escalón de una puerta de aquel miserable y angosto túnel entre viejos edificios que llamaban calle de las Moscas. Isabella. Me pregunté cuánto tiempo llevaría allí y me dije que no era asunto mío. Iba a cerrar la ventana y retirarme al escritorio cuando advertí que no estaba sola. Un par de figuras se aproximaban a ella lentamente, quizá demasiado, desde el extremo de la calle. Suspiré, deseando que las figuras pasaran de largo. No lo hicieron. Una de ellas se apostó al otro lado, bloqueando la salida del callejón. La otra se arrodilló frente a la muchacha, alargando el brazo hacia ella. La muchacha se movió. Instantes después las dos figuras se cerraron sobre Isabella y la oí gritar.

Me llevó cerca de un minuto llegar hasta allí. Cuando lo hice, uno de los dos hombres tenía agarrada a Isabella por los brazos y el otro le había arremangado las faldas. Una expresión de terror atenazaba el rostro de la muchacha. El segundo individuo, que se estaba abriendo camino entre sus muslos a risotadas, sostenía una cuchilla contra su garganta. Tres líneas de sangre manaban del corte. Miré a mi alrededor. Un par de cajas con escombros y una pila de adoquines y materiales de construcción abandonados contra el muro. Aferré lo que resultó ser una barra de metal, sólida y pesada, de medio metro. El primero en advertir mi presencia fue el que sostenía el cuchillo. Di un paso al frente, blandiendo la barra de metal. Su mirada saltó de la barra a mis ojos y vi que se le borraba la sonrisa de los labios. El otro se volvió y me vio avanzar hacia él con la barra en alto. Bastó que le hiciese una señal con la cabeza para que soltase a Isabella y se apresurase a situarse tras su compañero.

—Venga, vámonos —murmuró.

El otro ignoró sus palabras. Me miraba fijamente con fuego en los ojos y el cuchillo en las manos.

—¿A ti quién te ha dado vela en este entierro, hijo de puta?

Tomé a Isabella del brazo y la levanté del suelo sin despegar la mirada del hombre que sostenía el arma. Busqué las llaves en mi bolsillo y se las tendí.

—Ve a casa —dije—. Haz lo que te digo.

Isabella dudó un instante, pero pude oír sus pasos alejarse por el callejón hacia Flassaders. El individuo del cuchillo la vio partir y sonrió con rabia.

—Te voy a rajar, cabrón.

No dudé de su capacidad y de sus ganas de cumplir con su amenaza, pero algo en su mirada me hacía pensar que mi oponente no era del todo un imbécil y que si no lo había hecho todavía era porque se estaba preguntando cuánto pesaría aquella barra de metal que sostenía en la mano y, sobre todo, si tendría la fuerza, el valor y el tiempo de usarla para aplastarle el cráneo antes de que pudiera hincarme el filo de aquella navaja.

—Inténtalo —invité.

El tipo me sostuvo la mirada varios segundos y luego rió. El muchacho que le acompañaba suspiró de alivio. El hombre cerró el filo de la navaja y escupió a mis pies. Se dio la vuelta y se alejó hacia las sombras de las que había salido, su compañero correteando tras él como un perro fiel.

Encontré a Isabella acurrucada en el rellano interior de la casa de la torre. Temblaba y sostenía las llaves con ambas manos. Me vio entrar y se levantó de golpe.

—¿Quieres que llame a un médico?

Negó.

—¿Estás segura?

—No habían llegado a hacerme nada todavía —murmuró, mordiéndose las lágrimas.

—No es eso lo que me ha parecido.

—No me han hecho nada, ¿de acuerdo? —protestó.

—De acuerdo —dije.

La quise sostener del brazo mientras ascendíamos las escaleras, pero rehuyó el contacto.

Una vez en el piso la acompañé al baño y encendí la luz.

—¿Tienes una muda de ropa limpia que puedas ponerte?

Isabella me mostró la bolsa que llevaba y asintió.

—Venga, lávate mientras preparo algo de cenar.

—¿Cómo puede tener hambre ahora?

—Pues la tengo.

Isabella se mordió el labio inferior.

—La verdad es que yo también…

—Discusión cerrada entonces —dije.

Cerré la puerta del baño y esperé a oír correr el agua. Volví a la cocina y puse agua a calentar. Quedaba algo de arroz, panceta y algunas verduras que Isabella había traído la mañana anterior. Improvisé un guiso de restos y esperé casi media hora a que Isabella saliese del baño, apurando casi media botella de vino. La oí llorar con rabia al otro lado de la pared. Cuando apareció en la puerta de la cocina tenía los ojos enrojecidos y parecía más niña que nunca.

—No sé si aún tengo apetito —murmuró.

—Siéntate y come.

Nos sentamos a la pequeña mesa que había en el centro de la cocina. Isabella examinó con cierta sospecha el plato de arroz y tropezones varios que le había servido.

—Come —ordené.

Tomó una cucharada tentativa y se la llevó a los labios.

—Está bueno —dijo.

Le serví medio vaso de vino y llené el resto con agua.

—Mi padre no me deja beber vino.

—Yo no soy tu padre.

Cenamos en silencio, intercambiando miradas. Isabella apuró el plato y el pedazo de pan que le había cortado. Sonreía tímidamente. No se daba cuenta de que el susto aún no le había caído encima. Luego la acompañé hasta la puerta de su dormitorio y encendí la luz.

—Intenta descansar un poco —dije—. Si necesitas algo, da un golpe en la pared. Estoy en la habitación de al lado.

Isabella asintió.

—Ya le oí roncar la otra noche.

—Yo no ronco.

—Debían de ser las cañerías. O a lo mejor algún vecino que tiene un oso.

—Una palabra más y te vuelves a la calle.

Isabella sonrió y asintió.

—Gracias —musitó—. No cierre la puerta del todo, por favor. Déjela entornada.

—Buenas noches —dije apagando la luz y dejando a Isabella en la penumbra.

Más tarde, mientras me desnudaba en mi dormitorio, advertí que tenía una marca oscura en la mejilla, como una lágrima negra. Me acerqué al espejo y la barrí con los dedos. Era sangre seca. Sólo entonces me di cuenta de que estaba exhausto y me dolía el cuerpo entero.

# 10

A la mañana siguiente, antes de que Isabella se despertase, me acerqué hasta la tienda de ultramarinos que su familia regentaba en la calle Mirallers. Apenas había amanecido y la reja de la tienda estaba a medio abrir. Me colé en el interior y encontré a un par de mozos apilando cajas de té y otras mercancías sobre el mostrador.

—Está cerrado —dijo uno de ellos.

—Pues no lo parece. Ve a buscar al dueño.

Mientras esperaba me entretuve examinando el emporio familiar de la ingrata heredera Isabella, que en su infinita inocencia había renegado de las mieles del comercio para postrarse a las miserias de la literatura. La tienda era un pequeño bazar de maravillas traídas de todos los rincones del mundo. Mermeladas, dulces y tés. Cafés, especias y conservas. Frutas y carnes curadas. Chocolates y fiambres ahumados. Un paraíso pantagruélico para bolsillos bien calzados. Don Odón, padre de la criatura y encargado del establecimiento, se personó al poco vistiendo una bata azul, un bigote de mariscal y una expresión de consternación que le situaba a una alarmante proximidad del infarto. Decidí saltarme las gentilezas.

—Me dice su hija que guarda usted una escopeta de dos cañones con la que ha prometido matarme —dije, abriendo los brazos en cruz—. Aquí me tiene.

—¿Quién es usted, sinvergüenza?

—Soy el sinvergüenza que ha tenido que alojar a una muchacha porque el calzonazos de su padre es incapaz de tenerla a raya.

La ira le resbaló del rostro y el tendero mostró una sonrisa angustiada y pusilánime.

—¿Señor Martín? No le había reconocido… ¿Cómo está la niña?

Suspiré.

—La niña está sana y salva en mi casa, roncando como un mastín, pero con el honor y la virtud impolutos.

El tendero se santiguó dos veces consecutivas, aliviado.

—Dios se lo pague.

—Y usted que lo vea, pero entretanto le voy a pedir que me haga usted el favor de venir a recogerla sin falta durante el día de hoy o le partiré a usted la cara, con escopeta o no.

—¿Escopeta? —musitó el tendero, confundido.

Su esposa, una mujer menuda y de mirada nerviosa, nos espiaba desde una cortina que ocultaba la trastienda. Algo me decía que no iba a haber tiros. Don Odón, resoplando, pareció desplomarse sobre sí mismo.

—Qué más quisiera yo, señor Martín. Pero la niña no quiere estar aquí —argumentó, desolado.

Al ver que el tendero no era el villano que Isabella me había pintado me arrepentí del tono de mis palabras.

—¿No la ha echado usted de su casa?

Don Odón abrió los ojos como platos, dolido. Su esposa se adelantó y tomó la mano de su esposo.

—Tuvimos una discusión. Se dijeron cosas que no se debían haber dicho, por ambas partes. Pero es que la niña tiene un genio que déjela correr… Amenazó con marcharse y dijo que no íbamos a verla nunca más. Su santa madre por poco se queda de la taquicardia. Yo le levanté la voz y le dije que la iba a meter en un convento.

—Un argumento infalible para convencer a una joven de diecisiete años —apunté.

—Es lo primero que se me ocurrió… —argumentó el tendero—. ¿Cómo iba yo a meterla en un convento?

—Por lo que he visto, sólo con la ayuda de todo un regimiento de la Guardia Civil.

—No sé qué le habrá contado la niña, señor Martín, pero no se lo crea. No seremos gente refinada, pero no somos ningunos monstruos. Yo ya no sé cómo manejarla. No soy hombre que sirva para quitarse la correa y hacer entrar la letra con sangre. Y mi señora aquí presente no se atreve a levantarle la voz ni al gato. No sé de dónde ha sacado la niña ese carácter. Yo creo que es de leer tanto. Y mire que nos avisaron las monjas. Ya lo decía mi padre, que en gloria esté: el día que a las mujeres se les permita aprender a leer y escribir, el mundo será ingobernable.

—Gran pensador, su señor padre, pero eso no resuelve ni su problema ni el mío.

—¿Y qué podemos hacer? Isabella no quiere estar con nosotros, señor Martín. Dice que somos lerdos, que no la entendemos, que la queremos enterrar en esta tienda… ¿Qué más quisiera yo que entenderla? Llevo trabajando en esta tienda desde que tenía siete años, de sol a sol, y lo único que entiendo es que el mundo es un sitio malcarado y sin contemplaciones para una jovencita que sueña con las nubes —explicó el tendero, recostándose sobre un barril—. Mi mayor temor es que, si la obligo a volver, se nos escape de verdad y caiga en manos de cualquier… No quiero ni pensarlo.

—Es la verdad —añadió su esposa, que hablaba con una pizca de acento italiano—. Crea usted que la niña nos ha partido el corazón, pero no es ésta la primera vez que se va. Ha salido a mi madre, que tenía un carácter napolitano…

—Ay, la *mamma* —rememoró don Odón, aterrado sólo de conjurar la memoria de la suegra.

—Cuando nos dijo que se iba a alojar en la casa de usted unos días mientras le ayudaba en su trabajo pues nos quedamos más tranquilos —continuó la madre de Isabella—, porque sabemos que es usted una buena persona y en el fondo la niña está aquí al lado, a dos calles. Sabemos que sabrá usted convencerla para que vuelva.

Me pregunté qué les habría contado Isabella acerca de mí para persuadirlos de que un servidor caminaba sobre el agua.

—Anoche mismo, a un tiro de piedra de aquí, destrozaron de una paliza a un par de jornaleros que volvían a casa. Ya me dirá usted. Se ve que les dieron de palos con un hierro hasta reventarlos como perros. Dicen que no saben si uno vivirá y al otro lo dan por tullido de por vida —dijo la madre—. ¿En qué mundo vivimos?

Don Odón me miró, consternado.

—Si la voy a buscar, volverá a irse. Y esta vez no sé si dará con alguien como usted. Ya sabemos que no está bien que una jovencita se aloje en casa de un caballero soltero, pero al menos de usted nos consta que es honrado y sabrá cuidarla.

El tendero parecía a punto de echarse a llorar. Hubiese preferido que corriera a por la escopeta. Siempre cabía la posibilidad de que algún primo napolitano se presentase por allí para salvaguardar la honra de la niña trabuco en mano. *Porca miseria.*

—¿Tengo su palabra de que me la cuidará hasta que ella entre en razón y vuelva?

Resoplé.

—Tiene mi palabra.

Volví a casa cargado de manjares y exquisiteces que don Odón y su esposa se empeñaron en endosarme a cuenta de la casa. Les prometí que iba a cuidar de Isabella durante unos días hasta que ella se aviniese a razón y comprendiese que su lugar estaba con su familia. Los tenderos insistieron en pagarme por su manutención, extremo que decliné. Mi plan era que en menos de una semana Isabella volviese a dormir a su casa aunque para ello tuviese que mantener la ficción de que era mi asistente durante las horas del día. Torres más altas habían caído.

Al entrar en casa la encontré sentada a la mesa de la cocina. Había fregado todos los platos de la noche anterior, había hecho café y se había vestido y peinado como si fuese una santa salida de una estampita. Isabella, que no tenía un pelo de tonta, sabía perfectamente de dónde venía y se armó con su mejor mirada de perro abandonado y me sonrió, sumisa. Dejé las bolsas con el lote de delicias de don Odón sobre el fregadero y la miré.

—¿No le ha disparado mi padre con la escopeta?

—Se le había acabado la munición y ha decidido lanzarme todos estos tarros de mermelada y trozos de queso manchego.

Isabella apretó los labios, poniendo cara de circunstancias.

—¿Así que lo de Isabella es por la abuela?

—La *mamma* —confirmó—. En su barrio la llamaban la Vesuvia.

—Me lo creo.

—Dicen que me parezco un poco a ella. En lo de la persistencia.

No hacía falta que un juez levantase acta al respecto, pensé.

—Tus padres son buena gente, Isabella. No te comprenden menos de lo que tú los comprendes a ellos.

La muchacha no dijo nada. Me sirvió una taza de café y esperó el veredicto. Tenía dos opciones: echarla a la calle y matar del soponcio al par de tenderos o hacer de tripas corazón y armarme de paciencia durante un par o tres de días. Supuse que cuarenta y ocho horas de mi encarnación más cínica y cortante bastarían para romper la férrea determinación de una jovencita y enviarla, de rodillas, de regreso a las faldas de su madre implorando perdón y alojamiento a pensión completa.

—Puedes quedarte aquí por el momento…

—¡Gracias!

—No tan rápido. Puedes quedarte a condición de que, uno, cada día pases un rato por la tienda a saludar a tus padres y decirles que estás bien, y, dos, que me obedezcas y sigas las normas de esta casa.

Aquello sonaba patriarcal pero excesivamente pusilánime. Mantuve el semblante adusto y decidí apretar un poco el tono.

—¿Cuáles son las normas de esta casa? —inquirió Isabella.

—Básicamente, lo que a mí me salga de las narices.

—Me parece justo.

—Trato hecho, entonces.

Isabella rodeó la mesa y me abrazó con gratitud. Pude sentir el calor y las formas firmes de su cuerpo de diecisiete años contra el mío. La aparté con delicadeza y la situé a un mínimo de un metro.

—La primera norma es que esto no es *Mujercitas* y que aquí no nos damos ni abrazos ni nos echamos a llorar a la primera de cambio.

—Lo que usted diga.

—Ése será el lema sobre el que construiremos nuestra convivencia: lo que yo diga.

Isabella rió y partió rauda hacia el pasillo.

—¿Adónde crees que vas?

—A limpiar y ordenar su estudio. ¿No pretenderá dejarlo como está, no?

# 11

Necesitaba encontrar un lugar donde pensar y ocultarme del celo doméstico y la obsesión por la pulcritud de mi nueva ayudante, así que me acerqué hasta la biblioteca que ocupaba la nave de arcos góticos del antiguo hospicio medieval de la calle del Carmen. Pasé el resto del día rodeado de tomos que olían a sepulcro papal, leyendo acerca de mitología e historias de las religiones hasta que mis ojos estuvieron a punto de caer sobre la mesa y salir rodando biblioteca abajo. Tras horas de lectura sin tregua, calculé que apenas había arañado una millonésima parte de lo que podía encontrar bajo los arcos de aquel santuario de libros, por no decir todo lo que se había escrito sobre el tema. Decidí que volvería al día siguiente, y al otro, y que dedicaría al menos una semana entera a alimentar la caldera de mi pensamiento con páginas y páginas sobre dioses, milagros y profecías, santos y apariciones, revelaciones y misterios. Cualquier cosa menos pensar en Cristina y don Pedro y en su vida de matrimonio.

Ya que disponía de una ayudante solícita, le di instrucciones para que se hiciese con copias de los catecismos y textos escolares que se empleaban en la ciudad para la enseñanza religiosa y que me redactase resúmenes de cada uno de ellos. Isabella no discutió las órdenes, pero frunció el entrecejo al recibirlas.

—Quiero saber con pelos y señales cómo se les enseña a los niños toda la pesca, desde el arca de Noé al milagro de los panes y los peces —expliqué.

—¿Y eso por qué?

—Porque yo soy así y tengo un amplio abanico de curiosidades.

—¿Se está documentando para una nueva versión del *Jesusito de mi vida*?

—No. Planeo una versión novelada de las aventuras de la monja alférez. Tú limítate a hacer lo que te digo y no me discutas o te envío de regreso a la tienda de tus padres a vender dulce de membrillo a tutiplén.

—Es usted un déspota.

—Me alegra que nos vayamos conociendo.

—¿Tiene esto que ver con el libro que va a escribir para ese editor, Corelli?

—Podría ser.

—Pues me da en la nariz que ese libro no tiene posibilidades comerciales.

—¿Y qué sabrás tú?

—Más de lo que usted se cree. Y no tiene por qué ponerse así, porque sólo intento ayudarle. ¿O es que ha decidido dejar de ser un escritor profesional y transformarse en un diletante de café y melindros?

—De momento tengo las manos ocupadas haciendo de niñera.

—Yo no sacaría a relucir el debate de quién es la niñera de quién porque ése lo tengo ganado de antemano.

—¿Y qué debate se le antoja a vuecencia?

—El arte comercial *versus* las estupideces con moraleja.

—Querida Isabella, mi pequeña Vesuvia: en el arte comercial, y todo arte que merezca ese nombre es comercial tarde o temprano, la estupidez está casi siempre en la mirada del observador.

—¿Me está llamando estúpida?

—Te estoy llamando al orden. Haz lo que te digo. Y punto. Chitón.

Señalé hacia la puerta e Isabella puso los ojos en blanco, murmurando algún improperio que no alcancé a oír mientras se alejaba por el pasillo.

Mientras Isabella recorría colegios y librerías en busca de libros de texto y catecismos varios que extractar, yo acudía a la biblioteca del Carmen a profundizar en mi educación teológica, empeño que acometía con extravagantes dosis de café y estoicismo. Los primeros siete días de aquella extraña creación no alumbraron más que dudas. Una de las pocas certezas que encontré fue que la vasta mayoría de los autores que se habían sentido llamados a escribir sobre lo divino, lo humano y lo sacro debían de haber sido estudiosos doctos y píos en grado sumo, pero como escritores eran una birria. El sufrido lector que debía patinar sobre sus páginas se las veía y se las deseaba para no caer en un estado de coma inducido por el aburrimiento a cada punto y aparte.

Tras sobrevivir a miles de páginas sobre el tema, empezaba a tener la impresión de que los cientos de creencias religiosas catalogadas a lo largo de la historia de la letra impresa resultaban extraordinariamente similares entre sí. Atribuí esta primera impresión a mi ignorancia o a una falta de documentación adecuada, pero no podía alejar de mí la noción de haber estado repasando el argumento de docenas de historias policíacas en las que el asesino resultaba ser el uno o el otro, pero la mecánica de la trama era, en esencia, siempre la misma. Mitos y leyendas, bien sobre divinidades o sobre la formación y la historia de pueblos y razas, empezaron a parecerme imágenes de rompecabezas vagamente diferenciadas y construidas siempre con las mismas piezas, aunque en diferente orden.

A los dos días me había ya hecho amigo de Eulalia, la bibliotecaria jefe, que me seleccionaba textos y tomos de entre el océano de papel a su cargo y de vez en cuando hacía visitas a mi mesa del rincón para preguntarme si necesitaba algo más. Debía de tener mi edad y le rebosaba el ingenio por las orejas, normalmente en forma de puyas afiladas y vagamente venenosas.

—Mucho santoral está usted leyendo, caballero. ¿Ha decidido hacerse monaguillo ahora, a las puertas de la madurez?

—Es sólo documentación.

—Ah, eso dicen todos.

Las bromas y el ingenio de la bibliotecaria ofrecían un bálsamo impagable con que sobrevivir a aquellos textos de factura pétrea y seguir con mi peregrinaje documental. Cuando Eulalia tenía un rato libre se acercaba a mi mesa y me ayudaba a poner orden en todo aquel galimatías. Eran páginas en las que abundaban relatos de padres e hijos, madres puras y santas, traiciones y conversiones, profecías y profetas mártires, enviados del cielo o de la gloria, bebés nacidos para salvar el universo, entes maléficos de aspecto espeluznante y morfología habitualmente animal, seres etéreos y de rasgos raciales aceptables que ejercían como agentes del bien y héroes sometidos a tremendas pruebas del destino. Se percibía siempre la noción de la existencia terrenal como una suerte de estación de paso que invitaba a la docilidad y a la aceptación del sino y de las normas de la tribu porque la recompensa siempre estaba en un más allá que prometía paraísos rebosantes de todo aquello de lo que se había carecido en la vida corpórea.

El mediodía del jueves, Eulalia se aproximó a mi mesa durante uno de sus descansos y me preguntó si, amén de leer misales, comía de vez en cuando. La invité a almorzar en Casa Leopoldo, que acababa de abrir sus puertas cerca de allí. Mientras degustábamos un exquisito estofado de rabo de toro, me contó que llevaba dos años en su puesto y dos más trabajando en una novela que no se dejaba y que tenía por escenario central la biblioteca del Carmen y por argumento una serie de misteriosos crímenes que acontecían en ella.

—Me gustaría escribir algo parecido a aquellas novelas de hace años de Ignatius B. Samson —dijo—. ¿Le suenan?

—Vagamente —respondí.

Eulalia no acababa de encontrarle el qué a su libro y le sugerí que le diese a todo un tono ligeramente siniestro y que centrase su historia en un libro secreto poseído por un espíritu atormentado, con subtramas de aparente contenido sobrenatural.

—Es lo que haría Ignatius B. en su lugar —aventuré.

—¿Y qué es lo que hace usted leyendo tanto sobre ángeles y demonios? No me diga que es un ex seminarista arrepentido.

—Estoy tratando de averiguar qué tienen en común los orígenes de diferentes religiones y mitos —expliqué.

—¿Y qué ha aprendido hasta ahora?

—Casi nada. No la quiero aburrir con el miserere.

—No me aburre. Cuente.

Me encogí de hombros.

—Bueno, lo que me ha resultado más interesante hasta ahora es que la mayoría de todas estas creencias parten de un hecho o de un personaje de relativa probabilidad histórica, pero rápidamente evolucionan como movimientos sociales sometidos y conformados por las circunstancias políticas, económicas y sociales del grupo que las acepta. ¿Sigue usted despierta?

Eulalia asintió.

—Buena parte de la mitología que se desarrolla en torno a cada una de estas doctrinas, desde su liturgia hasta sus normas y sus tabúes, proviene de la burocracia que se genera a medida que evolucionan y no del supuesto hecho sobrenatural que las ha originado. La mayor parte de anécdotas simples y bonancibles, una mezcla de sentido común y folclore, y toda la carga beligerante que llegan a desarrollar proviene de la posterior interpretación de aquellos principios, cuando no tienden a desvirtuarse, a manos de sus administradores. El aspecto administrativo y jerárquico parece clave en su evolución. La verdad es revelada en principio a todos los hombres, pero rápidamente aparecen individuos que se atribuyen la potestad y el deber de interpretar, administrar y, en su caso, alterar esa verdad en nombre del bien común y con tal fin establecen una organización poderosa y potencialmente represiva. Este fenómeno, que la biología nos enseña que es propio de cualquier grupo animal social, no tarda en transformar la doctrina en un elemento de control y lucha política. Divisiones, guerras y escisiones se hacen inevitables. Tarde o temprano, la palabra se hace carne y la carne sangra.

Me pareció que empezaba a sonar como Corelli y suspiré. Eulalia sonreía débilmente y me observaba con cierta reserva.

—¿Es eso lo que busca usted? ¿Sangre?

—Es la letra la que entra con sangre, no a la inversa.

—No estaría yo tan segura de eso.

—Intuyo que acudió usted a un colegio de monjas.

—Las damas negras. Ocho años.

—¿Es verdad lo que dicen, que las alumnas de los colegios de monjas son las que albergan los deseos más oscuros e inconfesables?

—Apuesto a que le encantaría descubrirlo.

—Apueste todas las fichas al sí.

—¿Qué más ha aprendido en su cursillo acelerado de teología para mentes calenturientas?

—Poco más. Mis primeras conclusiones me han dejado un sinsabor de banalidad e inconsecuencia. Todo esto ya me parecía más o menos evidente sin necesidad de tragarme enciclopedias y tratados sobre las cosquillas de los ángeles, tal vez porque soy incapaz de entender más allá de mis prejuicios o porque no hay más que entender y el quid de la cuestión radica simplemente en creer o no, sin detenerse a pensar por qué. ¿Qué tal mi retórica? ¿La sigue impresionando?

—Me pone la piel de gallina. Lástima no haberle conocido en mis años de colegiala de oscuros anhelos.

—Es usted cruel, Eulalia.

La bibliotecaria rió con ganas y me miró largamente a los ojos.

—Dígame, Ignatius B., ¿quién le ha roto el corazón a usted con tanta rabia?

—Veo que sabe usted leer más que libros.

Permanecimos sentados a la mesa unos minutos, contemplando el ir y venir de camareros por el comedor de Casa Leopoldo.

—¿Sabe lo mejor de los corazones rotos? —preguntó la bibliotecaria.

Negué.

—Que sólo pueden romperse de verdad una vez. Lo demás son rasguños.

—Ponga eso en su libro.

Señalé su anillo de compromiso.

—No sé quién será ese tontaina, pero espero que sepa que es el hombre más afortunado del mundo.

Eulalia sonrió con cierta tristeza y asintió. Regresamos a la biblioteca y cada cual volvió a su lugar, ella a su escritorio y yo a mi rincón. Me despedí de ella al día siguiente, cuando decidí que no podía ni quería leer una línea más de revelaciones y verdades eternas. De camino a la biblioteca le compré una rosa blanca en un puesto de la Rambla y la dejé sobre su escritorio vacío. La encontré en uno de los pasillos, ordenando libros.

—¿Me abandona ya, tan pronto? —dijo al verme—. ¿Quién me va a soltar piropos ahora?

—¿Quién no?

Me acompañó a la salida y me estrechó la mano en lo alto de la escalinata que descendía al patio del viejo hospital. Me encaminé escaleras abajo. A medio camino me detuve y me volví. Seguía allí, observándome.

—Buena suerte, Ignatius B. Espero que encuentre lo que busca.

# 12

Mientras cenaba en la mesa de la galería con Isabella advertí que mi nueva ayudante me miraba de reojo.

—¿No le gusta la sopa? No la ha tocado… —aventuró la muchacha.

Miré el plato intacto que había dejado enfriar sobre la mesa. Tomé una cucharada e hice amago de saborear el más exquisito manjar.

—Buenísima —ofrecí.

—Tampoco ha dicho una palabra desde que ha vuelto de la biblioteca —añadió Isabella.

—¿Alguna queja más?

Isabella desvió la mirada, molesta. Me tomé la sopa fría sin apetito, una excusa para no tener que conversar.

—¿Por qué está tan triste? ¿Es por esa mujer?

Dejé la cuchara sobre el plato a medias.

No respondí y seguí remando en la sopa con la cuchara. Isabella no me quitaba los ojos de encima.

—Se llama Cristina —dije—. Y no estoy triste. Estoy contento por ella porque se ha casado con mi mejor amigo y va a ser muy feliz.

—Y yo soy la reina de Saba.

—Lo que tú eres es una entrometida.

—Me gusta usted más así, cuando está de mala baba y dice la verdad.

—Pues a ver cómo te gusta esto: lárgate a tu cuarto y déjame en paz de una puñetera vez.

Intentó sonreír pero para cuando alargué la mano hacia ella se le habían llenado los ojos de lágrimas. Cogió mi plato y el suyo y huyó rumbo a la cocina. Oí los platos caer sobre el fregadero y, segundos después, la puerta de su dormitorio cerrándose de un golpe. Suspiré y saboreé el vaso de vino que quedaba, un caldo exquisito traído de la tienda de los padres de Isabella. Al rato me acerqué hasta la puerta de su habitación y golpeé suavemente con los nudillos. No respondió, pero pude oírla sollozar en el interior. Intenté abrir la puerta, pero la muchacha había cerrado por dentro.

Subí al estudio, que tras el paso de Isabella olía a flores frescas y parecía el camarote de un crucero de lujo. Isabella había ordenado todos los libros, había quitado el polvo y había dejado todo reluciente y desconocido. La vieja Underwood parecía una escultura y las letras de las teclas podían volver a leerse sin dificultad. Una pila de folios nítidamente ordenados descansaba sobre el escritorio con los resúmenes de varios textos escolares de religión y catequesis junto con la correspondencia del día. En un platillo de café había un par de cigarros puros que desprendían un perfume delicioso. Macanudos, una de las delicias caribeñas que un contacto en la Tabacalera le pasaba de tapadillo al padre de Isabella. Tomé uno y lo encendí. Tenía un sabor intenso que dejaba intuir que en su aliento tibio se encontraban todos los aromas y venenos que un hombre podía desear para morir en paz.

Me senté al escritorio y repasé las cartas del día. Las ignoré todas menos una, de pergamino ocre y tocada con aquella caligrafía que hubiera reconocido en cualquier lugar. La misiva de mi nuevo editor y mecenas, Andreas Corelli, me citaba el domingo a media tarde en lo alto de la torre del nuevo teleférico que cruzaba el puerto de Barcelona.

La torre de San Sebastián se elevaba a cien metros de altura en un amasijo de cables y acero que inducía al vértigo a simple vista. La línea del teleférico había quedado inaugurada aquel mismo año con motivo de la Exposición Universal que había puesto todo patas arriba y sembrado Barcelona de portentos. El teleférico cruzaba la dársena del puerto desde aquella primera torre hasta una gran atalaya central con trazas de torre Eiffel que servía de meridiano y de la cual partían las cabinas suspendidas en el vacío en la segunda parte del trayecto hasta la montaña de Montjuïc, donde se ubicaba el corazón de la Exposición. El prodigio de la técnica prometía vistas de la ciudad hasta entonces sólo permitidas a dirigibles, aves de cierta envergadura y bolas de granizo. Tal y como yo lo veía, el hombre y la gaviota no habían sido concebidos para compartir el mismo espacio aéreo y tan pronto puse los pies en el ascensor que subía a la torre sentí que el estómago se me encogía al tamaño de una canica. El ascenso se me hizo infinito, el traqueteo de aquella cápsula de latón, un puro ejercicio de náusea.

Encontré a Corelli mirando por uno de los ventanales que contemplaban la dársena del puerto y la ciudad entera, la mirada perdida en las acuarelas de velas y mástiles que resbalaban sobre el agua. Vestía un traje de seda blanca y jugueteaba con un azucarillo entre los dedos que procedió a engullir con voracidad lobuna. Carraspeé y el patrón se volvió, sonriendo complacido.

—Una vista maravillosa, ¿no le parece? —preguntó Corelli.

Asentí, blanco como un pergamino.

—¿Le impresionan las alturas?

—Soy animal de superficie —respondí, manteniéndome a una distancia prudencial de la ventana.

—Me he permitido comprar billetes de ida y vuelta —informó.

—Todo un detalle.

Le seguí hasta la pasarela de acceso a las cabinas que partían de la torre y quedaban suspendidas en el vacío a casi un centenar de metros de altura durante lo que me parecía una barbaridad.

—¿Cómo ha pasado la semana, Martín?

—Leyendo.

Me miró brevemente.

—Por su expresión de aburrimiento sospecho que no a don Alejandro Dumas.

—Más bien a una colección de casposos académicos y a su prosa de cemento.

—Ah, intelectuales. Y usted quería que contratase a uno. ¿Por qué será que cuanto menos tiene que decir alguien lo dice de la manera más pomposa y pedante posible? —preguntó Corelli—. ¿Será para engañar al mundo o a sí mismos?

—Posiblemente las dos cosas.

El patrón me entregó los billetes y me indicó que pasara delante. Se los tendí al encargado que sostenía abierta la portezuela de la cabina. Entré sin entusiasmo alguno. Decidí quedarme en el centro, tan lejos de los cristales como fuera posible. Corelli sonreía como un niño entusiasmado.

—Quizá parte de su problema es que ha estado usted leyendo a los comentaristas y no a los comentados. Un error habitual pero fatal cuando uno quiere aprender algo útil —apuntó Corelli.

Las puertas de la cabina se cerraron y un tirón brusco nos colocó en órbita. Me agarré a una barra de metal y respiré hondo.

—Intuyo que los estudiosos y teóricos no son santo de su devoción —dije.

—No soy devoto de ningún santo, amigo Martín, y menos de los que se canonizan a sí mismos o entre ellos. La teoría es la práctica de los impotentes. Mi sugerencia es que se aparte usted de los enciclopedistas y sus reseñas y vaya a las fuentes. Dígame, ¿ha leído usted la Biblia?

Dudé un instante. La cabina salió al vacío. Miré al suelo.

—Fragmentos aquí y allá, supongo —murmuré.

—Supone. Como casi todo el mundo. Grave error. Todo el mundo debería leer la Biblia. Y releerla. Creyentes o no, tanto da. Yo la releo por lo menos una vez al año. Es mi libro favorito.

—¿Y es usted un creyente o un escéptico? —pregunté.

—Soy un profesional. Y usted también. Lo que creamos o no es irrelevante para la consecución de nuestro trabajo. Creer o descreer es un acto pusilánime. Se sabe o no, punto.

—Confieso entonces que no sé nada.

—Siga por ese camino y encontrará los pasos del gran

filósofo. Y por el camino lea la Biblia de cabo a rabo. Es una de las más grandes historias jamás contadas. No cometa el error de confundir la palabra de Dios con la industria del misal que vive de ella.

Cuanto más tiempo pasaba en compañía del editor, menos creía entenderle.

—Creo que me he perdido. ¿Estamos hablando de leyendas y fábulas y me dice usted ahora que debo pensar en la Biblia como en la palabra de Dios?

Una sombra de impaciencia e irritación nubló su mirada.

—Hablo en sentido figurado. Dios no es un charlatán. La palabra es moneda humana.

Me sonrió entonces como se le sonríe a un niño que es incapaz de entender las cosas más elementales, por no darle una bofetada. Observándole me di cuenta de que resultaba imposible saber cuándo el editor hablaba en serio o bromeaba. Tan imposible como adivinar el propósito de aquella extravagante empresa por la que me estaba pagando un sueldo de monarca regente. A todo esto, la cabina se agitaba al viento como una manzana en un árbol azotado por un vendaval. Nunca me había acordado tanto de Isaac Newton en toda mi vida.

—Es usted un cobardica, Martín. Este ingenio es completamente seguro.

—Lo creeré cuando vuelva a pisar tierra firme.

Nos íbamos aproximando al punto medio de la ruta, la torre de San Jaime, que se levantaba en los muelles próximos al gran Palacio de las Aduanas.

—¿Le importa que nos bajemos aquí? —pregunté.

Corelli se encogió de hombros y asintió a regañadientes. No respiré tranquilo hasta que estuve en el ascensor de la torre y lo oí tocar tierra. Al salir a los muelles encontramos un banco que se enfrentaba a las aguas del puerto y a la montaña de Montjuïc y nos sentamos a ver volar el teleférico en las alturas; yo con alivio, Corelli con añoranza.

—Hábleme de sus primeras impresiones. De lo que le han sugerido estos días de estudio y lectura intensiva.

Procedí a resumir lo que creía que había aprendido, o desaprendido, durante aquellos días. El editor escuchaba atentamente, asintiendo y gesticulando con las manos. Al término de mi informe pericial sobre mitos y creencias del ser humano, Corelli se pronunció positivamente.

—Creo que ha hecho usted una excelente labor de síntesis. No ha encontrado la proverbial aguja en el pajar, pero ha comprendido que lo único que de verdad interesa en toda la montaña de paja es un condenado alfiler y que lo demás es alimento para los asnos. Hablando de pollinos, dígame, ¿le interesan las fábulas?

—De niño, durante un par de meses, quise ser Esopo.

—Todos abandonamos grandes esperanzas por el camino.

—¿Qué quería ser usted de niño, señor Corelli?

—Dios.

Su sonrisa de chacal borró la mía de un plumazo.

—Martín, las fábulas son posiblemente uno de los mecanismos literarios más interesantes que se han inventado. ¿Sabe lo que nos enseñan?

—¿Lecciones morales?

—No. Nos enseñan que los seres humanos aprenden y absorben ideas y conceptos a través de narraciones, de historias, no de lecciones magistrales o de discursos teóricos. Eso mismo nos enseña cualquiera de los grandes textos religiosos. Todos ellos son relatos con personajes que deben enfrentarse a la vida y superar obstáculos, figuras que se embarcan en un viaje de enriquecimiento espiritual a través de peripecias y revelaciones. Todos los libros sagrados son, ante todo, grandes historias cuyas tramas abordan los aspectos básicos de la naturaleza humana y los sitúan en un contexto moral y un marco de dogmas sobrenaturales determinados. He preferido que pase usted una semana miserable leyendo tesis, discursos, opiniones y comentarios para que se diese cuenta por sí mismo de que no hay nada que aprender de ellos porque de hecho no son más que ejercicios de buena o mala voluntad, normalmente fallidos, para intentar aprender a su vez. Se acabaron las conversaciones de cátedra. A partir de hoy quiero que empiece a leer los cuentos de los hermanos Grimm, las tragedias de Esquilo, el Ramayana o las leyendas celtas. Usted mismo. Quiero que analice cómo funcionan esos textos, que destile su esencia y por qué provocan una reacción emocional. Quiero que aprenda la gramática, no la moraleja. Y quiero que dentro de dos o tres semanas me traiga ya usted algo propio, el principio de una historia. Quiero que me haga usted creer.

—Pensaba que éramos profesionales y no podíamos cometer el pecado de creer en nada.

Corelli sonrió, enseñando los dientes.

—Sólo se puede convertir a un pecador, nunca a un santo.

# 13

Los días pasaban entre lecturas y tropiezos. Acostumbrado a años de vivir en solitario y a ese estado de metódica e infravalorada anarquía propia del varón soltero, la presencia continuada de una mujer en la casa, aunque fuese una adolescente díscola y de carácter volátil, empezaba a dinamitar mis hábitos y costumbres de una manera sutil pero sistemática. Yo creía en el desorden categorizado; Isabella no. Yo creía que los objetos encuentran su propio lugar en el caos de una vivienda; Isabella no. Yo creía en la soledad y el silencio; Isabella no. En apenas un par de días descubrí que era incapaz de encontrar nada en mi propia casa. Si buscaba un abrecartas o un vaso o un par de zapatos debía preguntarle a Isabella dónde había tenido a bien inspirarla la providencia a esconderlos.

—No escondo nada. Pongo las cosas en su sitio, que es diferente.

No pasaba un día en que no sintiese el impulso de estrangularla media docena de veces. Cuando me refugiaba en el estudio en busca de paz y sosiego para pensar, Isabella aparecía a los pocos minutos para subirme una taza de té o unas pastas, sonriente. Empezaba a dar vueltas por el estudio, se asomaba a la ventana, empezaba a ordenarme lo que tenía en el escritorio y luego me preguntaba qué estaba haciendo allí arriba, tan callado y misterioso. Descubrí que las muchachas de diecisiete años poseen una capacidad verbal de tal magnitud que su cerebro las impulsa a ejercitarla cada veinte segundos. Al tercer día decidí que necesitaba encontrarle un novio, a ser posible sordo.

—Isabella, ¿cómo es posible que una muchacha tan agraciada como tú no tenga pretendientes?

—¿Quién dice que no los tengo?

—¿No hay ningún chico que te guste?

—Los chicos de mi edad son aburridos. No tienen nada que decir y la mitad parecen tontos de remate.

Iba a decirle que con la edad no mejoraban, pero no quise agriarle el dulce.

—¿Entonces de qué edad te gustan?

—Mayores. Como usted.

—¿Te parezco yo mayor?

—Bueno, ya no es usted un pipiolo precisamente.

Preferí creer que me estaba tomando el pelo antes que encajar aquel golpe bajo en plena vanidad. Decidí salir al paso con unas gotas de sarcasmo.

—Las buenas noticias son que a las jovencitas les gustan los hombres mayores, y las malas, que a los hombres mayores, y especialmente a los decrépitos y babosos, les gustan las jovencitas.

—Ya lo sé. No se crea que me chupo el dedo.

Isabella me observó, maquinando algo, y sonrió con malicia. Ahí viene, pensé.

—¿Y a usted también le gustan las jovencitas?

Tenía la respuesta en los labios antes de que me formulase la pregunta. Adopté un tono de magisterio y ecuanimidad, como de catedrático de geografía.

—Me gustaban cuando tenía tu edad. Generalmente me gustan las chicas de la mía.

—A su edad ya no son chicas, son señoritas o, si me apura, señoras.

—Fin del debate. ¿No tienes nada que hacer abajo?

—No.

—Entonces ponte a escribir. No te tengo aquí para que laves los platos y me escondas las cosas. Te tengo aquí porque me dijiste que querías aprender a escribir y yo soy el único idiota que conoces que puede ayudarte a hacerlo.

—No hace falta que se enfade. Es que me falta inspiración.

—La inspiración acude cuando se pegan los codos a la mesa, el culo a la silla y se empieza a sudar. Elige un tema, una idea, y exprímete el cerebro hasta que te duela. Eso se llama inspiración.

—Tema ya tengo.

—Aleluya.

—Voy a escribir sobre usted.

Un largo silencio de miradas encontradas, de oponentes que se miran a través del tablero.

—¿Por qué?

—Porque me parece usted interesante. Y raro.

—Y mayor.

—Y susceptible. Casi como un chico de mi edad.

A mi pesar estaba empezando a acostumbrarme a la compañía de Isabella, a sus puyas y a la luz que había traído a aquella casa. De seguir así las cosas se iban a cumplir mis peores temores e íbamos a acabar por hacernos amigos.

—¿Y usted, tiene ya tema con todos esos libracos que está consultando?

Decidí que cuanto menos le contase a Isabella acerca de mi encargo, mejor.

—Todavía estoy en fase de documentación.

—¿Documentación? ¿Y eso cómo funciona?

—Básicamente se lee uno miles de páginas para aprender lo necesario y llegar a lo esencial de un tema, a su verdad emocional, y luego lo desaprende uno todo para empezar de cero.

Isabella suspiró.

—¿Qué es verdad emocional?

—Es la sinceridad dentro de la ficción.

—¿Entonces hay que ser honesto y buena persona para escribir ficción?

—No. Hay que tener oficio. La verdad emocional no es una cualidad moral, es una técnica.

—Habla usted como un científico —protestó Isabella.

—La literatura, al menos la buena, es una ciencia con sangre de arte. Como la arquitectura o la música.

—Yo pensaba que era algo que brotaba del artista, así, de pronto.

—Lo único que brota así de pronto es el vello y las verrugas.

Isabella consideró aquellas revelaciones con escaso entusiasmo.

—Todo esto lo dice usted para desanimarme y para que me vaya a casa.

—No caerá esa breva.

—Es usted el peor maestro del mundo.

—Al maestro lo hace el alumno, no a la inversa.

—No se puede discutir con usted porque se sabe todos los trucos de la retórica. No es justo.

—Nada es justo. A lo máximo que se puede aspirar es a que sea lógico. La justicia es una rara enfermedad en un mundo por lo demás sano como un roble.

—Amén. ¿Es eso lo que pasa cuando uno se hace mayor? ¿Que deja de creer en las cosas, como usted?

—No. A medida que envejece, la mayoría de la gente sigue creyendo en bobadas, generalmente cada vez mayores. Yo voy contracorriente porque me gusta tocar las narices.

—No lo jure. Pues cuando yo sea mayor seguiré creyendo en las cosas —amenazó Isabella.

—Buena suerte.

—Y además creo en usted.

No apartó los ojos cuando la miré.

—Porque no me conoces.

—Eso es lo que usted se cree. No es tan misterioso como se piensa.

—No pretendo ser misterioso.

—Era un sustituto amable de antipático. Yo también me sé algún truco de retórica.

—Eso no es retórica. Es ironía. Son cosas diferentes.

—¿Siempre tiene usted que ganar las discusiones?

—Cuando me lo ponen tan fácil, sí.

—Y ese hombre, su patrón...

—¿Corelli?

—Corelli. ¿Se lo pone él fácil?

—No. Corelli sabe todavía más trucos de retórica que yo.

—Eso me parecía. ¿Se fía usted de él?

—¿Por qué me preguntas eso?

—No sé. ¿Se fía de él?

—¿Por qué no iba a fiarme de él?

Isabella se encogió de hombros.

—¿Qué es concretamente lo que le ha encargado? ¿No me lo va a decir?

—Ya te lo dije. Quiere que escriba un libro para su editorial.

—¿Una novela?

—No exactamente. Más bien una fábula. Una leyenda.

—¿Un libro para niños?

—Algo así.

—¿Y va usted a hacerlo?

—Paga muy bien.

Isabella frunció el entrecejo.

—¿Es por eso por lo que escribe usted? ¿Porque le pagan bien?

—A veces.

—¿Y esta vez?

—Esta vez voy a escribir ese libro porque tengo que hacerlo.

—¿Está usted en deuda con él?

—Podría decirse así, supongo.

Isabella sopesó el asunto. Me pareció que iba a decir algo, pero se lo pensó dos veces y se mordió los labios. A cambio me ofreció una sonrisa inocente y una de sus miradas angelicales con las que era capaz cambiar de tema en un simple batir de pestañas.

—A mí también me gustaría que me pagasen por escribir —ofreció.

—A todo el que escribe le gustaría, pero eso no significa que nadie vaya a hacerlo.

—¿Y cómo se consigue?

—Se empieza bajando a la galería, cogiendo el papel…

—…hincando los codos y exprimiendo el cerebro hasta que duele. Ya.

Me miró a los ojos, dudando. Hacía ya semana y media que la tenía en casa y no había hecho amago de enviarla de regreso a la suya. Supuse que se preguntaba cuándo iba a hacerlo o por qué no lo había hecho todavía. Yo también me lo preguntaba y no encontraba la respuesta.

—Me gusta ser su ayudante, aunque sea usted de la manera que es —dijo finalmente.

La muchacha me miraba como si su vida dependiese de una palabra amable. Sucumbí a la tentación. Las buenas palabras son bondades vanas que no exigen sacrificio alguno y se agradecen más que las bondades de hecho.

—A mí también me gusta que seas mi ayudante, Isabella, aunque sea como soy. Y me gustará más cuando ya no haga falta que seas mi ayudante y no tengas nada que aprender de mí.

—¿Cree usted que tengo posibilidades?

—No tengo ninguna duda. En diez años tú serás la maestra y yo el aprendiz —dije, repitiendo aquellas palabras que aún me sabían a traición.

—Mentiroso —dijo besándome dulcemente en la mejilla para, a continuación, salir corriendo escaleras abajo.

# 14

Por la tarde dejé a Isabella instalada en el escritorio que habíamos dispuesto para ella en la galería, enfrentada a las páginas en blanco, y me acerqué hasta la librería de don Gustavo Barceló en la calle Fernando con la intención de hacerme con una buena y legible edición de la Biblia. Todos los juegos de nuevos y viejos testamentos de que disponía en casa estaban impresos en tipografía microscópica sobre papel cebolla semitransparente y su lectura, más que a un fervor e inspiración divina, inducía a la migraña. Barceló, que entre otras muchas cosas era un persistente coleccionista de libros sagrados y textos apócrifos cristianos, disponía de un reservado en la parte de atrás de la librería repleto de un formidable surtido de evangelios, memorias de santos y beatos y toda suerte de textos religiosos.

Al verme entrar en la librería, uno de los dependientes corrió a avisar a su jefe a la oficina de la trastienda. Barceló emergió de su despacho, eufórico.

—Alabados sean los ojos. Ya me había dicho Sempere que había usted renacido, pero esto es de antología. A su lado, Valentino parece recién llegado de la huerta. ¿Dónde se había metido usted, granuja?

—Aquí y allá —dije.

—En todas partes menos en el convite de boda de Vidal. Se le echó a usted en falta, amigo mío.

—Permítame dudarlo.

El librero asintió, dando a entender que se hacía cargo de mi deseo de no entrar en aquel tema.

—¿Me aceptará una taza de té?

—Hasta dos. Y una Biblia. A ser posible, manejable.

—Eso no va a ser problema —dijo el librero—. ¿Dalmau?

Uno de sus dependientes acudió solícito a la llamada.

—Dalmau, aquí el amigo Martín precisa de una edición de la Biblia de carácter no decorativo sino legible. Estoy pensando en Torres Amat, 1825. ¿Cómo lo ve?

Una de las particularidades de la librería de Barceló era que allí se hablaba de los libros como de vinos exquisitos, catalogando buqué, aroma, consistencia y año de cosecha.

—Excelente elección, señor Barceló, aunque yo me inclinaría por la versión actualizada y revisada.

—¿Mil ochocientos sesenta?

—Mil ochocientos noventa y tres.

—Por supuesto. Adjudicado. Envuélvasela al amigo Martín y apúntela a cuenta de la casa.

—De ninguna manera —objeté.

—El día que le cobre yo a un descreído como usted por la palabra de Dios será el día que me fulmine un rayo destructor, y con razón.

Dalmau partió raudo en busca de mi Biblia, y yo seguí a Barceló hasta su despacho, donde el librero sirvió dos tazas de té y me brindó un puro de su humidificador. Lo acepté y lo prendí con la llama de una vela que me tendía Barceló.

—¿Macanudo?

—Veo que está usted educando el paladar. Un hombre ha de tener vicios, a ser posible de categoría, o cuando llega a la vejez no tiene de qué redimirse. De hecho, le voy a acompañar, qué diantre.

Una nube de exquisito humo de puro nos cubrió como marea alta.

—Estuve hace unos meses en París y tuve la oportunidad de hacer algunas averiguaciones sobre el tema que le mencionó usted al amigo Sempere tiempo atrás —explicó Barceló.

—Éditions de la Lumière.

—Efectivamente. Me hubiera gustado poder rascar algo más, pero lamentablemente desde que la editorial cerró no parece que nadie haya adquirido el catálogo, y me fue difícil arañar gran cosa.

—¿Dice que cerró? ¿Cuándo?

—Mil novecientos catorce, si no me falla la memoria.

—Tiene que haber un error.

—No si hablamos de Éditions de la Lumière, en el *boulevard* St.-Germain.

—Esa misma.

—Mire, de hecho lo apunté todo para no olvidarme cuando nos viésemos.

Barceló buscó en el cajón de su escritorio y extrajo un pequeño cuaderno de notas.

—Aquí lo tengo: «Éditions de la Lumière, editorial de textos religiosos con oficinas en Roma, París, Londres y Berlín. Fundador y editor, Andreas Corelli. Fecha de apertura de la primera oficina en París, 1881.»

—Imposible —murmuré.

Barceló se encogió de hombros.

—Bueno, puedo haberme equivocado, pero...

—¿Tuvo oportunidad de visitar las oficinas?

—De hecho lo intenté, porque mi hotel estaba frente al Panteón, muy cerca de allí, y las antiguas oficinas de la editorial quedaban en la acera sur del *boulevard*, entre la *rue* St.-Jacques y el *boulevard* St.-Michel.

—¿Y?

—El edificio estaba vacío y tapiado, y parecía que hubiera habido un incendio o algo parecido. Lo único que quedaba intacto era el llamador de la puerta, una pieza realmente exquisita en forma de ángel. Bronce, diría yo. Me la hubiera llevado de no ser porque un gendarme me miraba de reojo y no tuve el valor de provocar un incidente diplomático, no fuera que Francia decidiera invadirnos otra vez.

—A la vista del panorama, a lo mejor nos hacían un favor.

—Ahora que lo dice... Pero volviendo al asunto, al ver el estado de todo aquello me acerqué a preguntar en el café contiguo y me dijeron que el edificio llevaba así más de veinte años.

—¿Pudo averiguar algo acerca del editor?

—¿Corelli? Por lo que entendí, la editorial cerró cuando él decidió retirarse, aunque no debía de tener todavía ni cincuenta años. Creo que se trasladó a una villa del sur de Francia, en el Luberon, y que murió al poco tiempo. Picadura de serpiente, dijeron. Una víbora. Retírese usted a la Provenza para eso.

—¿Está seguro de que murió?

—Pére Coligny, un antiguo competidor, me enseñó su esquela, que atesoraba enmarcada como si se tratase de un trofeo. Dijo que la miraba cada día para recordarse que aquel maldito bastardo estaba muerto y enterrado. Sus palabras exactas, aunque en francés sonaba mucho más bonito y musical.

—¿Mencionó Coligny si el editor tenía algún hijo?

—Tuve la impresión de que el tal Corelli no era su tema favorito y, tan pronto pudo, Coligny se me escabulló. Al parecer, hubo un escándalo en el que Corelli le robó a uno de sus autores, un tal Lambert.

—¿Qué sucedió?

—Lo más divertido del asunto es que Coligny ni siquiera había llegado a ver nunca a Corelli. Todo su contacto se reducía a correspondencia comercial. La madre del cordero, diría yo, era que, al parecer, *monsieur* Lambert suscribió un contrato para escribir un libro para Éditions de la Lumière a espaldas de Coligny, para quien trabajaba en exclusiva. Lambert era un adicto terminal al opio y arrastraba suficientes deudas como para pavimentar la *rue* de Rivoli de punta a punta. Coligny sospechaba que Corelli le ofreció una suma astronómica y el pobre, que se estaba muriendo, aceptó porque quería dejar situados a sus hijos.

—¿Qué clase de libro?

—Algo de contenido religioso. Coligny mencionó el título, un latinajo al uso que ahora no me viene a la memoria. Ya sabe que todos los misales suenan por un estilo. *Pax Gloria Mundi* o algo así.

—¿Qué pasó con el libro y con Lambert?

—Ahí se complica el asunto. Al parecer, el pobre Lambert, en un acceso de locura, quiso quemar el manuscrito y se prendió fuego con él en la misma editorial. Muchos creyeron que el opio había acabado por freírle los sesos, pero Coligny sospechó que era Corelli quien le había impulsado a suicidarse.

—¿Por qué iba a hacer eso?

—¿Quién sabe? Quizá no quería satisfacer la suma que le había prometido. Quizá todo fuesen fantasías de Coligny, que yo diría era aficionado al Beaujolais los doce meses del año. Sin ir más lejos, me dijo que Corelli había intentado matarle para liberar a Lambert de su contrato y que sólo le dejó en paz cuando decidió rescindir su contrato con el escritor y dejarle marchar.

—¿No decía que no le había visto nunca?

—Más a mi favor. Yo creo que Coligny deliraba. Cuando le visité en su piso vi más crucifijos, vírgenes y figuras de santos que en una tienda de belenes. Tuve la impresión de que no estaba del todo fino de la cabeza. Al despedirme me dijo que me mantuviese alejado de Corelli.

—Pero ¿no dijo que había muerto?

—*Ecco qua.*

Me quedé callado. Barceló me miraba, intrigado.

—Tengo la impresión de que mis averiguaciones no le han causado una gran sorpresa.

Esbocé una sonrisa despreocupada, quitando importancia al asunto.

—Al contrario. Le agradezco que se tomase el tiempo de hacer las pesquisas.

—No se merecen. Ir de chismes por París me resulta un placer en sí mismo, ya me conoce.

Barceló arrancó de su libreta la página con los datos que había anotado y me la tendió.

—Para lo que pueda servirle. Aquí está todo cuanto pude averiguar.

Me incorporé y le estreché la mano. Me acompañó hasta la salida, donde Dalmau me tenía preparado el paquete.

—Si quiere alguna estampita del Niño Jesús de esas en las que abre y cierra los ojos según se miran, también tengo. Y otra con la Virgen rodeada de corderitos que, si se gira, se convierten en querubines mofletudos. Un prodigio de la tecnología estereoscópica.

—De momento tengo suficiente con la palabra revelada.

—Así sea.

Agradecí los esfuerzos del librero por animarme, pero a medida que me alejaba de allí empezó a invadirme una fría inquietud y tuve la impresión de que las calles y mi destino estaban pavimentados sobre arenas movedizas.

# 15

Camino de casa me detuve frente al escaparate de una papelería de la calle Argenteria. Sobre un pliego de paños relucía un estuche que contenía unos plumines y una empuñadura de marfil a juego con un tintero blanco grabado con lo que parecían musas o hadas. El conjunto tenía cierto aire de melodrama y parecía robado del escritorio de algún novelista ruso de los que se desangraban de mil en mil páginas. Isabella tenía una caligrafía de ballet que yo envidiaba, pura y limpia como su conciencia, y me pareció que aquel juego de plumines llevaba su nombre. Entré y le pedí al encargado que me lo mostrase. Los plumines estaban chapados en oro y la broma costaba una pequeña fortuna, pero decidí que no estaría de más corresponder a la amabilidad y paciencia que mi joven ayudante me dedicaba con algún detalle de cortesía. Pedí que me lo envolviese en un papel púrpura brillante y un lazo del tamaño de una carroza.

Al llegar a casa me dispuse a disfrutar de esa satisfacción egoísta que da el presentarse con un obsequio en la mano. Me disponía a llamar a Isabella como si fuese una mascota fiel sin más quehacer que esperar con devoción el regreso de su amo, pero lo que vi al abrir la puerta me dejó mudo. El pasillo estaba oscuro como un túnel. La puerta de la habitación del fondo estaba abierta y proyectaba una lámina de luz amarillenta y parpadeante sobre el suelo.

—¿Isabella? —llamé, la boca seca.

—Estoy aquí.

La voz provenía del interior de la habitación. Dejé el paquete sobre la mesa del recibidor y me dirigí hacia allí. Me detuve en el umbral y miré dentro. Isabella estaba sentada en el suelo de la estancia. Había colocado una vela dentro de un vaso largo y estaba dedicada con afán a su segunda vocación después de la literatura: poner orden y concierto en inmuebles ajenos.

—¿Cómo has entrado aquí?

Me miró sonriente y se encogió de hombros.

—Estaba en la galería y he oído un ruido. He pensado que sería usted, que había vuelto, y al salir al pasillo he visto que la puerta de la habitación estaba abierta. Pensaba que había dicho usted que la tenía cerrada.

—Sal de aquí. No me gusta que entres en esta habitación. Es muy húmeda.

—Menuda tontería. Con la de trabajo que hay aquí. Mire, venga. Mire todo lo que he encontrado.

Dudé.

—Entre, vamos.

Entré en la habitación y me arrodillé a su lado. Isabella había separado los artículos y las cajas por clases: libros, juguetes, fotografías, prendas, zapatos, lentes. Miré todos aquellos objetos con aprensión. Isabella parecía encantada, como si hubiese dado con las minas del rey Salomón.

—¿Todo esto es suyo?

Negué.

—Es del antiguo propietario.

—¿Lo conocía usted?

—No. Todo eso llevaba aquí años cuando me mudé.

Isabella sostenía un paquete de correspondencia y me lo mostró como si se tratase de una prueba de sumario.

—Pues yo creo que he averiguado cómo se llamaba.

—No me digas.

Isabella sonrió, claramente encantada con sus afanes detectivescos.

—Marlasca —dictaminó—. Se llamaba Diego Marlasca. ¿No le parece curioso?

—¿El qué?

—Que las iniciales sean las mismas que las suyas: D. M.

—Es una simple coincidencia. Decenas de miles de personas en esta ciudad tienen esas mismas iniciales.

Isabella me guiñó un ojo. Estaba disfrutando como nunca.

—Mire lo que he encontrado.

Isabella había rescatado una caja de latón repleta de viejas fotografías. Eran imágenes de otro tiempo, viejas postales de la Barcelona antigua, de los palacios derribados en el Parque de la Ciudadela tras la Exposición Universal de 1888, de grandes caserones derruidos y avenidas sembradas de gentes vestidas al uso ceremonioso de la época, de carruajes y memorias que tenían el color de mi niñez. En ellas, rostros y miradas perdidas me contemplaban a treinta años de distancia. En varias de aquellas fotografías me pareció reconocer el rostro de una actriz que había sido popular en mis años mozos y que había caído en el olvido hacía mucho tiempo. Isabella me observaba, silenciosa.

—¿La reconoce? —preguntó.

—Me parece que se llamaba Irene Sabino, creo. Era una actriz de cierta fama en los teatros del Paralelo. Hace ya mucho de eso. Antes de que tú nacieses.

—Pues mire esto.

Isabella me tendió una fotografía en que Irene Sabino aparecía apoyada contra una ventana que no me costó identificar como la de mi estudio en lo alto de la torre.

—¿Interesante, verdad? —preguntó Isabella—. ¿Cree que vivía aquí?

Me encogí de hombros.

—A lo mejor era la amante del tal Diego Marlasca…

—En cualquier caso no creo que sea asunto nuestro.

—Qué soso que es a veces.

Isabella guardó las fotografías en la caja. Al hacerlo le resbaló una de las manos. La imagen quedó a mis pies. La recogí y la examiné. En ella, Irene Sabino, con un deslumbrante vestido negro, posaba con un grupo de gentes trajeadas de fiesta en lo que me pareció reconocer como el gran salón del Círculo Ecuestre. Era una simple imagen de fiesta que no me hubiese llamado la atención de no ser porque, en segundo término, casi borroso, se distinguía a un caballero de cabello blanco en lo alto de la escalinata. Andreas Corelli.

—Se ha puesto usted pálido —dijo Isabella.

Tomó la fotografía de mis manos y la examinó sin decir nada. Me incorporé e hice una señal a Isabella para que saliese de la habitación.

—No quiero que vuelvas a entrar aquí —dije sin fuerzas.

—¿Por qué?

Esperé a que Isabella saliese de la habitación y cerré la puerta. Isabella me miraba como si no estuviese del todo cuerdo.

—Mañana avisarás a las hermanas de la caridad y les dirás que pasen a buscar todo esto. Que se lo lleven todo, y lo que no quieran, que lo tiren.

—Pero…

—No me discutas.

No quise afrontar su mirada y me dirigí hacia la escalera que ascendía al estudio. Isabella me contemplaba desde el corredor.

—¿Quién es ese hombre, señor Martín?

—Nadie —murmuré—. Nadie.

# 16

Subí al estudio. Era noche cerrada, sin luna ni estrellas en el cielo. Abrí las ventanas de par en par y me asomé a contemplar la ciudad en sombras. Apenas corría un soplo de brisa y el sudor mordía la piel. Me senté sobre el alféizar y prendí el segundo de los puros que Isabella había dejado sobre mi escritorio días atrás a esperar un hálito de viento fresco o una idea algo más presentable que toda aquella colección de tópicos con que acometer el encargo del patrón. Escuché entonces el sonido de los postigos del dormitorio de Isabella abriéndose en el piso inferior. Un rectángulo de luz cayó sobre el patio y vi el perfil de su silueta recortarse en él. Isabella se acercó a la ventana y miró hacia las sombras sin advertir mi presencia. La contemplé desnudarse despacio. La vi aproximarse al espejo del armario y examinar su cuerpo, acariciándose el vientre con la yema de los dedos y recorriendo los cortes que se había hecho en la cara interna de los muslos y los brazos. Se contempló largamente, sin más prenda que una mirada derrotada, y luego apagó la luz.

Volví al escritorio y me senté frente a la pila de anotaciones y apuntes que había ido recopilando para el libro del patrón. Repasé aquellos esbozos de historias repletas de revelaciones místicas y profetas que sobrevivían a tremendas pruebas y regresaban con la verdad revelada, de infantes mesiánicos abandonados a las puertas de familias humildes y puras de alma perseguidos por imperios laicos y maléficos, de paraísos prometidos en otras dimensiones a quienes aceptasen su sino y las reglas del juego con espíritu deportivo y de deidades ociosas y antropomórficas sin nada mejor que hacer que mantener una vigilancia telepática sobre la conciencia de millones de frágiles primates que habían aprendido a pensar justo a tiempo de descubrirse abandonados a su suerte en un remoto rincón del universo y cuya vanidad, o desesperación, los llevaba a creer a pies juntillas que cielo e infierno se desvivían por sus triviales y mezquinos pecadillos.

Me pregunté si era aquello lo que el patrón había visto en mí, una mente mercenaria y sin reparo en urdir un cuento narcótico capaz de enviar a los niños a dormir o de convencer a un pobre diablo sin esperanza de asesinar a su vecino a cambio de la gratitud eterna de deidades suscritas a la ética del pistolerismo. Días atrás había llegado otra de aquellas misivas citándome con el patrón para comentar el progreso de mi trabajo. Cansado de mis propios escrúpulos, me dije que apenas quedaban veinticuatro horas para la cita y al paso que llevaba iba a presentarme con las manos vacías y la cabeza llena de dudas y sospechas. Sin más alternativa, hice lo que había hecho durante tantos años en situaciones similares. Puse un folio en la Underwood y, con las manos sobre el teclado como un pianista a la espera de compás, empecé a exprimir el cerebro, a ver qué salía.

# 17

Interesante —pronunció el patrón al finalizar la décima y última página—. Extraño, pero interesante.

Nos encontrábamos sentados en un banco en la tiniebla dorada del umbráculo del Parque de la Ciudadela. Una bóveda de láminas filtraba la luz hasta reducirla a polvo de oro y un jardín de plantas esculpía las sombras y claros de aquella extraña penumbra luminosa que nos rodeaba. Encendí un cigarrillo y contemplé el humo ascender de mis dedos en volutas azules.

—Viniendo de usted, extraño es un adjetivo inquietante —apunté.

—Me refería a extraño en oposición a vulgar —precisó Corelli.

—¿Pero?

—No hay peros, amigo Martín. Creo que ha encontrado usted una vía interesante y con muchas posibilidades.

Para un novelista, cuando alguien le dice que alguna de sus páginas es interesante y tiene posibilidades es señal de que las cosas no van bien. Corelli pareció leer mi inquietud.

—Le ha dado usted la vuelta a la cuestión. En vez de ir a las referencias mitológicas ha empezado por las fuentes más prosaicas. ¿Puedo preguntarle de dónde sacó la idea de un mesías guerrero en vez de pacífico?

—Usted mencionó la biología.

—Todo cuanto necesitamos saber está escrito en el gran libro de la naturaleza. Basta con tener la valentía y la claridad de mente y espíritu para leerlo —convino Corelli.

—Uno de los libros que consulté explicaba que en el ser humano el varón alcanza su punto álgido de fertilidad a los diecisiete años de edad. La mujer lo alcanza más adelante, y lo mantiene, y de algún modo actúa como selector y juez de los genes que acepta reproducir y de los que rechaza. El varón, en cambio, simplemente propone y se consume mucho más rápido. La edad en que alcanza su máxima potencia reproductiva es cuando su espíritu combativo está en su punto álgido. Un muchacho es el soldado perfecto. Tiene un gran potencial de agresividad y un escaso o nulo nivel crítico para analizarlo y para juzgar cómo canalizarlo. A lo largo de la historia, numerosas sociedades han encontrado el modo de emplear ese capital de agresión y han hecho de sus adolescentes soldados, carne de cañón con la que conquistar a sus vecinos o defenderse de sus agresiones. Algo me decía que nuestro protagonista era un enviado de los cielos, pero un enviado que en su primera juventud se alzaba en armas y liberaba la verdad a golpe de hierro.

—¿Ha decidido usted mezclar la historia con la biología, Martín?

—De sus palabras creí entender que eran una sola cosa.

Corelli sonrió. No sé si se daba cuenta, pero cuando lo hacía parecía un lobo hambriento. Tragué saliva e ignoré aquel semblante que ponía la piel de gallina.

—Estuve pensando y me di cuenta de que la mayoría

de las grandes religiones se habían originado o habían alcanzado sus puntos álgidos de expansión e influencia en los momentos de la historia en que las sociedades que las adoptaban tenían una base demográfica más joven y empobrecida. Sociedades en las que el setenta por ciento de la población tenía menos de dieciocho años, la mitad de ellos adolescentes varones con las venas ardiendo de agresividad e impulsos fértiles, eran campos abonados para la aceptación y el auge de la fe.

—Eso es una simplificación, pero veo por dónde va, Martín.

—Lo sé. Pero teniendo en cuenta esas líneas generales me pregunté por qué no ir directo al grano y establecer una mitología en torno a ese mesías guerrero, de sangre y de rabia, que salva a su pueblo, a sus genes, a sus hembras y a sus ancianos garantes del dogma político y racial de sus enemigos, es decir, de todos aquellos que no aceptan o se someten a su doctrina.

—¿Qué hay de los adultos?

—Al adulto llegaremos apelando a su frustración. A medida que avanza la vida y se tiene que renunciar a las ilusiones, a los sueños y a los deseos de la juventud, crece la sensación de sentirse víctima del mundo y de los demás. Siempre encontramos a alguien culpable de nuestro infortunio o fracaso, a alguien a quien queremos excluir. Abrazar una doctrina que positive ese rencor y ese victimismo reconforta y da fuerzas. El adulto se siente así parte del grupo y sublima sus deseos y anhelos perdidos a través de la comunidad.

—Tal vez —concedió Corelli—. ¿Y toda esa iconografía de la muerte y de banderas y escudos? ¿No le parece contraproducente?

—No. Me parece esencial. El hábito hace al monje, pero, sobre todo, al feligrés.

—¿Y qué me dice de las mujeres, de la otra mitad? Lo lamento, pero me cuesta ver a una parte sustancial de las mujeres de una sociedad creyendo en banderines y escudos. La psicología del *boy-scout* es cosa de niños.

—Toda religión organizada, con escasas excepciones, tiene como pilar básico la subyugación, represión y anulación de la mujer en el grupo. La mujer debe aceptar el rol de presencia etérea, pasiva y maternal, nunca de autoridad o de independencia, o paga las consecuencias. Puede tener su lugar de honor entre los símbolos, pero no en la jerarquía. La religión y la guerra son negocios masculinos. Y, en cualquier caso, la mujer acaba a veces por convertirse en cómplice y ejecutora de su propia subyugación.

—¿Y los viejos?

—La vejez es la vaselina de la credulidad. Cuando la muerte llama a la puerta, el escepticismo salta por la ventana. Un buen susto cardiovascular y uno cree hasta en Caperucita Roja.

Corelli rió.

—Cuidado, Martín, me parece que se está usted volviendo más cínico que yo.

Le miré como si fuese un alumno dócil y ansioso por obtener la aprobación de un maestro difícil y exigente. Corelli me palmeó la rodilla, asintiendo complacido.

—Me gusta. Me gusta el perfume de todo eso. Quiero que le vaya usted dando vueltas y encontrándole forma. Le voy a dar más tiempo. Nos encontraremos de aquí a dos o tres semanas, ya le avisaré con unos días de antelación.

—¿Tiene que salir de la ciudad?

—Asuntos de la editorial me reclaman y me temo que tengo por delante algunos días de viajes. Pero me voy contento. Ha hecho usted un buen trabajo. Ya sabía yo que había encontrado a mi candidato ideal.

El patrón se incorporó y me tendió la mano. Sequé en la pernera del pantalón el sudor que empapaba la palma de mi mano y se la estreché.

—Se le echará en falta —improvisé.

—No se pase, Martín, que iba usted muy bien.

Le vi partir en las tinieblas del umbráculo, el eco de sus pasos desvaneciéndose en la sombra. Me quedé allí un buen rato, preguntándome si el patrón habría picado el anzuelo y se habría tragado aquella pila de patrañas que acababa de colocarle. Tenía la certeza de que le había contado exactamente lo que quería oír. Confiaba en que así fuese y que, con aquella sarta de barbaridades, hubiese quedado satisfecho por el momento y convencido de que su servidor, el infeliz novelista fracasado, se había convertido al movimiento. Me dije que cualquier cosa que me pudiese comprar algo de tiempo para averiguar dónde me había metido merecía el intento. Cuando me levanté y salí del umbráculo, aún me temblaban las manos.

# 18

Años de experiencia escribiendo intrigas policíacas proporcionan una serie de principios básicos por los que empezar una investigación. Uno de ellos es que casi cualquier intriga de mediana solidez, incluidas las pasionales, nace y muere con olor a dinero y propiedad inmobiliaria. Saliendo del umbráculo me dirigí a la oficina del Registro de la Propiedad en la calle del Consejo de Ciento y solicité consultar los volúmenes en los que se hacía referencia a la compra, venta y propiedad de mi casa. Los tomos de la biblioteca del Registro contienen casi tanta información esencial sobre las realidades de la vida como las obras completas de los más atildados filósofos, o quizá más.

Empecé por consultar la sección que recogía el proceso de alquiler por mi parte del inmueble ubicado en el número 30 de la calle Flassaders. Allí encontré las indicaciones necesarias para rastrear la historia del inmueble previa a la asunción de su propiedad por parte del Banco Hispano Colonial en 1911 como parte de un proceso de embargo a la familia Marlasca, que al parecer había heredado el inmueble al fallecer el propietario. Allí se mencionaba a un abogado llamado S. Valera, que había actuado como representante de la familia durante el pleito. Un nuevo salto al pasado me permitió encontrar los datos correspondientes a la compra de la finca por parte de don Diego Marlasca Pongiluppi en 1902 a un tal Bernabé Massot y Caballé. Anoté en hoja aparte todos los datos, desde el nombre del abogado y los participantes en las transacciones hasta las fechas correspondientes. Uno de los encargados avisó en voz alta de que quedaban quince minutos para el cierre del registro y me dispuse a irme, pero antes de hacerlo me apresuré a consultar el estado de la propiedad de la residencia de Andreas Corelli junto al Park Güell. Transcurridos los quince minutos, y sin éxito en mi pesquisa, levanté la vista del volumen de registros para encontrar la mirada cenicienta del secretario. Era un tipo consumido y reluciente de gomina desde el bigote hasta los cabellos que destilaba esa desidia beligerante de quienes hacen de su empleo una tribuna con la que obstaculizar la vida de los demás.

—Disculpe. No consigo encontrar una propiedad —dije.

—Pues eso será porque no existe o porque no sabe usted buscar. Hoy ya hemos cerrado.

Correspondí al alarde de amabilidad y eficiencia con la mejor de mis sonrisas.

—A lo mejor la encuentro con su experta ayuda —sugerí.

Me dedicó una mirada de náusea y me arrebató el tomo de las manos.

—Vuelva usted mañana.

Mi siguiente parada fue el ceremonioso edificio del Colegio de Abogados en la calle Mallorca, a sólo unas travesías de allí. Ascendí las escalinatas custodiadas por ara-

ñas de cristal y lo que me pareció una escultura de la justicia con busto y maneras de estrella del Paralelo. Un hombrecillo de aspecto ratonil me recibió en secretaría con
una sonrisa afable y me preguntó en qué podía ayudarme.

—Busco a un abogado.

—Ha dado con el lugar idóneo. Aquí no sabemos ya
cómo quitárnoslos de encima. Cada día hay más. Se re-
producen como conejos.

—Es el mundo moderno. El que yo busco se llama, o
se llamaba, Valera. S. Valera. Con uve.

El hombrecillo se perdió en un laberinto de archiva-
dores, murmurando por lo bajo. Esperé apoyado en el
mostrador, paseando los ojos por aquel decorado que
olía al contundente peso de la ley. A los cinco minutos, el
hombrecillo regresó con una carpeta.

—Me salen diez Valeras. Dos con ese. Sebastián y Soponcio.

—¿Soponcio?

—Usted es muy joven, pero años ha ése era un nombre con caché e idóneo para el ejercicio de la profesión
legal. Luego vino el charlestón y lo arruinó todo.

—¿Vive don Soponcio?

—Según el archivo y su baja en la cuota del Colegio,
Soponcio Valera y Menacho fue recibido en la gloria de
Nuestro Señor en el año 1919. *Memento mori.* Sebastián es
el hijo.

—¿En ejercicio?

—Constante y pleno. Intuyo que deseará usted la dirección.

—Si no es mucha la molestia.

El hombrecillo me la anotó en un pequeño papel y
me la tendió.

—Diagonal, 442. Le queda a tiro de piedra de aquí, aunque ya son las dos y a estas horas los abogados de categoría sacan a comer a ricas viudas herederas o a fabricantes de telas y explosivos. Yo esperaría a las cuatro.

Guardé la dirección en el bolsillo de la chaqueta.

—Así lo haré. Muchísimas gracias por su ayuda.

—Para eso estamos. Vaya con Dios.


Me quedaban un par de horas que matar antes de hacerle una visita al abogado Valera, así que tomé un tranvía que bajaba hasta la Vía Layetana y me apeé a la altura de la calle Condal. La librería de Sempere e Hijos quedaba a un paso de allí y sabía por experiencia que el viejo librero, contraviniendo la praxis inmutable del comercio local, no cerraba al mediodía. Le encontré como siempre, a pie de mostrador, ordenando libros y atendiendo a un nutrido grupo de clientes que se paseaban por las mesas y estanterías a la caza de algún tesoro. Sonrió al verme y se acercó a saludarme. Estaba más flaco y pálido que la última vez que nos habíamos visto. Debió de leer la preocupación en mi mirada porque se encogió de hombros e hizo un gesto de quitarle importancia al asunto.

—Unos tanto y otros tan poco. Usted hecho una figura y yo una piltrafilla, ya lo ve —dijo.

—¿Está usted bien?

—Yo, como una rosa. Es la maldita angina de pecho. Nada serio. ¿Qué le trae por aquí, amigo Martín?

—Había pensado en invitarle a comer.

—Se le agradece, pero no puedo dejar el timón. Mi hijo se ha ido a Sarrià a tasar una colección y no están las cuentas como para ir cerrando cuando los clientes están en la calle.

—No me diga que tienen problemas de dinero.

—Esto es una librería, Martín, no un despacho de notaría. Aquí, la letra da lo justo, y a veces ni eso.

—Si necesita ayuda…

Sempere me detuvo con la mano en alto.

—Si me quiere ayudar, cómpreme algún libro.

—Usted sabe que la deuda que tengo con usted no se paga con dinero.

—Razón de más para que ni se le pase por la cabeza. No se preocupe por nosotros, Martín, que de aquí no nos sacarán como no sea en una caja de pino. Pero si quiere puede compartir conmigo un suculento almuerzo de pan con pasas y queso fresco de Burgos. Con eso y el conde de Montecristo se puede sobrevivir cien años.

# 19

Sempere apenas probó bocado. Sonreía con cansancio y fingía interés en mis comentarios, pero pude ver que a ratos le costaba respirar.

—Cuénteme, Martín, ¿en qué está trabajando?

—Difícil de explicar. Un libro de encargo.

—¿Novela?

—No exactamente. No sabría bien cómo definirlo.

—Lo importante es que esté trabajando. Siempre he dicho que el ocio ablanda el espíritu. Hay que mantener el cerebro ocupado. Y si no se tiene cerebro, al menos las manos.

—Pero a veces se trabaja más de la cuenta, señor Sempere. ¿No debería usted tomarse un respiro? ¿Cuántos años lleva usted aquí al pie del cañón sin parar?

Sempere miró alrededor.

—Este lugar es mi vida, Martín. ¿Adónde voy a ir? ¿A un banco del parque al sol a darles de comer a las palomas y a quejarme del reuma? Me moriría en diez minutos. Mi sitio está aquí. Y mi hijo todavía no está preparado para tomar las riendas, aunque lo piense.

—Pero es un buen trabajador. Y una buena persona.

—Demasiado buena persona, entre nosotros. A veces le miro y me pregunto qué va a ser de él el día que yo falte. Cómo se las va a arreglar…

—Todos los padres hacen eso, señor Sempere.

—¿Lo hacía también el suyo? Perdone, no quería…

—No se preocupe. Mi padre tenía ya suficientes preocupaciones por su cuenta como para cargar encima con las que yo le causaba. Seguro que su hijo tiene más tablas de las que usted cree.

Sempere me miraba, dudando.

—¿Sabe lo que creo yo que le falta?

—¿Malicia?

—Una mujer.

—No le faltarán novias con todas las tortolitas que se apiñan en el escaparate para admirarlo.

—Yo hablo de una mujer de verdad, de las que le hacen a uno ser lo que tiene que ser.

—Es joven todavía. Déjele divertirse unos años.

—Ésa es buena. Si al menos se divirtiese. Yo, a su edad, de haber tenido ese coro de mozas, habría pecado como un cardenal.

—Dios le da pan a quien no tiene dientes.

—Eso le hace falta: dientes. Y ganas de morder.

Me pareció que algo le rondaba por la cabeza al librero. Me miraba y se sonreía.

—A lo mejor le puede ayudar usted…

—¿Yo?

—Usted es hombre de mundo, Martín. Y no me ponga esa cara. Seguro que si se aplica le encuentra una buena muchacha a mi hijo. La cara bonita ya la tiene. El resto se lo enseña usted.

Me quedé sin palabras.

—¿No quería ayudarme? —preguntó el librero—. Ahí lo tiene.

—Yo hablaba de dinero.

—Y yo hablo de mi hijo, del futuro de esta casa. De mi vida entera.

Suspiré. Sempere me tomó la mano y apretó con la poca fuerza que le quedaba.

—Prométame que no dejará que me vaya de este mundo sin ver a mi hijo colocado con una mujer de esas por las que vale la pena morirse. Y que me dé un nieto.

—Si lo llego a saber, me quedo a comer en el café Novedades.

Sempere sonrió.

—A veces pienso que tendría usted que haber sido hijo mío, Martín.

Miré al librero, más frágil y viejo que nunca, apenas una sombra del hombre fuerte e imponente que recordaba de mis años de niñez entre aquellas paredes, y sentí que se me caía el mundo a los pies. Me acerqué a él y, antes de darme cuenta, hice lo que nunca había hecho en todos los años que le había conocido. Le di un beso en aquella frente picada de manchas y tocada de cuatro pelos grises.

—¿Me lo promete?

—Se lo prometo —le dije, camino de la salida.

# 20

El despacho del abogado Valera ocupaba el ático de un extravagante edificio modernista encajado en el número 442 de la avenida Diagonal, a un paso de la esquina con el paseo de Gracia. La finca, a falta de mejores palabras, parecía un cruce entre un gigantesco reloj de carillón y un buque pirata, tocado de grandiosos ventanales y un tejado de mansardas verdes. En cualquier otro lugar del mundo, aquella estructura barroca y bizantina hubiese sido proclamada una de las siete maravillas del mundo o un engendro diabólico obra de algún loco artista poseído por espíritus del más allá. En el Ensanche de Barcelona, donde piezas similares brotaban por doquier como tréboles tras la lluvia, apenas conseguía levantar una ceja.

Me adentré en el vestíbulo para encontrar un ascensor que me hizo pensar en lo que hubiese dejado a su paso una gran araña que tejiese catedrales en lugar de redes. El portero me abrió la cabina y me encarceló en aquella extraña cápsula que empezó a ascender por el tracto central de la escalinata. Una secretaria de semblante adusto me abrió la puerta de roble labrado y me indicó que pasara. Le di mi nombre e indiqué que no tenía cita previa concertada, pero que me traía un asunto relacionado con la compraventa de un inmueble del barrio de la Ribera. Algo cambió en su mirada imperturbable.

—¿La casa de la torre? —preguntó la secretaria.

Asentí. La secretaria me guió hasta un despacho vacío y me indicó que pasara. Intuí que aquélla no era la sala de espera oficial.

—Espere un momento, por favor, señor Martín. Avisaré al abogado de que está usted aquí.

Pasé los siguientes cuarenta y cinco minutos en aquel despacho, rodeado de estanterías repletas de tomos del tamaño de losas funerarias con inscripciones en los lomos del tipo de «1888-1889, B.C.A. Sección primera. Título segundo» que invitaban a la lectura compulsiva. El despacho disponía de un amplio ventanal suspendido sobre la Diagonal desde el que podía contemplarse toda la ciudad. Los muebles olían a madera noble envejecida y macerada en dinero. Alfombras y butacones de piel sugerían una atmósfera de club británico. Traté de levantar una de las lámparas que dominaban el escritorio y calculé que debía de pesar no menos de treinta kilos. Un gran óleo que reposaba sobre un hogar por estrenar mostraba la oronda y expansiva presencia de quien no podía ser otro que el inefable don Soponcio Valera y Menacho. El titánico letrado lucía patillas y bigotes que semejaban la melena de un viejo león y sus ojos, de fuego y acero, dominaban cada rincón de la estancia desde el más allá con una gravedad de sentencia de muerte.

—No habla, pero si se queda uno mirando el cuadro un rato parece que se vaya a poner a hacerlo en cualquier momento —dijo una voz a mi espalda.

No le había oído entrar. Sebastián Valera era un hombre de andar discreto que parecía haber pasado la mayor parte de su vida intentando salir a rastras de debajo de la sombra de su padre y ahora, a los cincuenta y tantos años, ya estaba cansado de intentarlo. Tenía una mirada inteligente y penetrante que amparaba ese ademán exquisito que sólo disfrutan las princesas reales y los abogados realmente caros. Me tendió la mano y la estreché.

—Lamento la espera, pero no contaba con su visita —dijo, indicándome que tomase asiento.

—Al contrario. Le agradezco su amabilidad al recibirme.

Valera sonreía como sólo puede hacerlo quien sabe y fija el precio de cada minuto.

—Mi secretaria me dice que su nombre es David Martín. ¿David Martín, el escritor?

Mi cara de sorpresa debió de delatarme.

—Vengo de una familia de grandes lectores —explicó—. ¿En qué puedo ayudarle?

—Quisiera consultarle respecto a la compraventa de una finca situada en...

—¿La casa de la torre? —cortó el abogado, cortés.

—Sí.

—¿La conoce usted? —inquirió.

—Vivo en ella.

Valera me miró largamente sin abandonar la sonrisa. Se enderezó en la silla y adoptó una postura tensa y cerrada.

—¿Es usted el actual propietario?

—En realidad resido en la finca en régimen de alquiler.

—¿Y qué desearía usted saber, señor Martín?

—Quisiera conocer, si es posible, los detalles de la adquisición del inmueble por parte del Banco Hispano Colonial y recabar algo de información sobre el antiguo propietario.

—Don Diego Marlasca —murmuró el abogado—. ¿Puedo preguntar la naturaleza de su interés?

—Casuística. Recientemente, en el curso de una remodelación de la finca, he encontrado una serie de artículos que creo le pertenecían.

El abogado frunció el entrecejo.

—¿Artículos?

—Un libro. O, más propiamente dicho, un manuscrito.

—El señor Marlasca era un gran aficionado a la literatura. De hecho, era el autor de numerosos libros de derecho y también de historia y otros temas. Un gran erudito. Y un gran hombre, aunque al final de su vida hubiera quienes tratasen de empañar su reputación.

El abogado advirtió la extrañeza en mi rostro.

—Asumo que no está usted familiarizado con las circunstancias de la muerte del señor Marlasca.

—Me temo que no.

Valera suspiró como si debatiese si seguir hablando o no.

—¿No va usted a escribir sobre esto, verdad, ni sobre Irene Sabino?

—No.

—¿Tengo su palabra?

Asentí.

Valera se encogió de hombros.

—Tampoco podría decir nada que no se dijera en su día, supongo —dijo, más para sí mismo que para mí.

El abogado miró brevemente el retrato de su padre y luego posó sus ojos sobre mí.

—Diego Marlasca era el socio y mejor amigo de mi padre. Juntos fundaron este bufete. El señor Marlasca era un hombre muy brillante. Lamentablemente, era también un hombre complejo y afectado por largos períodos de melancolía. Llegó un punto en que mi padre y el señor Marlasca decidieron disolver su vínculo. El señor Marlasca dejó la abogacía para consagrarse a su primera vocación: la escritura. Dicen que casi todos los abogados desean secretamente dejar el ejercicio y convertirse en escritores…

—…hasta que comparan el sueldo.

—El caso es que don Diego había entablado una relación de amistad con una actriz de cierta popularidad en la época, Irene Sabino, para quien quería escribir una comedia dramática. No había más. El señor Marlasca era un caballero y nunca fue infiel a su esposa, pero ya sabe usted cómo es la gente. Habladurías. Rumores y celos. El caso es que corrió el bulo de que don Diego estaba viviendo un romance ilícito con Irene Sabino. Su esposa nunca le perdonó por ello y el matrimonio se separó. El señor Marlasca, destrozado, adquirió la casa de la torre y se mudó allí. Por desgracia, apenas llevaba viviendo allí un año cuando murió en un desafortunado accidente.

—¿Qué clase de accidente?

—El señor Marlasca murió ahogado. Una tragedia.

Valera había bajado los ojos y hablaba en un suspiro.

—¿Y el escándalo?

—Digamos que hubo lenguas viperinas que quisieron hacer creer que el señor Marlasca se había suicidado tras sufrir un desengaño amoroso con Irene Sabino.

—¿Y fue así?

Valera se quitó los lentes y se frotó los ojos.

—Si quiere que le diga la verdad, no lo sé. Ni lo sé ni me importa. Lo pasado, pasado está.

—¿Y qué fue de Irene Sabino?

Valera se colocó los lentes de nuevo.

—Creí que su interés se limitaba al señor Marlasca y a los aspectos de la compraventa.

—Es simple curiosidad. Entre los efectos personales del señor Marlasca encontré numerosas fotografías de Irene Sabino, así como cartas suyas dirigidas al señor Marlasca...

—¿Adónde quiere llegar con todo esto? —espetó Valera—. ¿Es dinero lo que quiere?

—No.

—Lo celebro, porque nadie se lo va a dar. A nadie le importa ya el asunto. ¿Me entiende?

—Perfectamente, señor Valera. No pretendía importunarle ni hacer insinuaciones fuera de lugar. Lamento haberle ofendido con mis preguntas.

El abogado sonrió y dejó escapar un suspiro gentil, como si la conversación hubiese ya terminado.

—No tiene importancia. Discúlpeme usted a mí.

Aprovechando aquella vena conciliadora en el abogado adopté mi más dulce expresión.

—Tal vez doña Alicia Marlasca, su viuda...

Valera se encogió en la butaca, visiblemente incómodo.

—Señor Martín, no quisiera que me malinterpretase, pero parte de mi deber como abogado de la familia es preservar su intimidad. Por obvios motivos. Ha pasado mucho tiempo, pero no quisiera ahora que se abriesen viejas heridas que no conducen a ninguna parte.

—Me hago cargo.

El abogado me observaba, tenso.

—¿Y dice usted que encontró un libro? —preguntó.

—Sí… un manuscrito. Probablemente no tenga importancia.

—Probablemente no. ¿Sobre qué trataba la obra?

—Teología, diría yo.

Valera asintió.

—¿Le sorprende? —pregunté.

—No. Al contrario. Don Diego era una autoridad en la historia de las religiones. Un hombre sabio. En esta casa aún se le recuerda con gran cariño. Dígame, ¿qué aspectos concretos de la compraventa deseaba usted conocer?

—Creo que ya me ha ayudado usted mucho, señor Valera. No quisiera robarle más tiempo.

El abogado asintió, aliviado.

—¿Es la casa, verdad? —preguntó.

—Es un lugar extraño, sí —convine.

—Recuerdo haber estado allí de joven una vez, al poco de comprarla don Diego.

—¿Sabe por qué la compró?

—Dijo que había estado fascinado por ella desde que era joven y que siempre pensó que le gustaría vivir allí. Don Diego tenía esas cosas. A veces era como un muchacho capaz de entregarlo todo a cambio de una simple ilusión.

No dije nada.

—¿Se encuentra usted bien?

—Perfectamente. ¿Sabe usted algo del propietario al que se la compró el señor Marlasca? ¿Un tal Bernabé Massot?

—Un indiano. Nunca pasó más de una hora en ella.

La compró a su regreso de Cuba y la tuvo vacía durante años. No dijo por qué. Él vivía en un caserón que se hizo construir en Arenys de Mar. La vendió por dos reales. No quería saber nada de ella.

—¿Y antes de él?

—Creo que vivía allí un sacerdote. Un jesuita. No estoy seguro. Mi padre era quien llevaba los asuntos de don Diego y, a la muerte de éste, destruyó todos los archivos.

—¿Por qué haría algo así?

—Por todo lo que le he contado. Para evitar rumores y preservar la memoria de su amigo, supongo. La verdad es que nunca me lo dijo. Mi padre no era hombre dado a ofrecer explicaciones de sus actos. Tendría sus razones. Buenas razones, sin duda alguna. Don Diego había sido un gran amigo, amén de socio, y todo aquello fue muy doloroso para mi padre.

—¿Qué fue del jesuita?

—Creo que tenía problemas disciplinarios con la orden. Era amigo de mosén Cinto Verdaguer y me parece que estuvo implicado en algunos de sus líos, ya sabe usted.

—Exorcismos.

—Habladurías.

—¿Cómo se puede permitir un jesuita expulsado de la orden una casa así?

Valera se encogió de nuevo de hombros y supuse que había llegado al fondo del barril.

—Me gustaría poder ayudarle más, señor Martín, pero no sé cómo. Créame.

—Gracias por su tiempo, señor Valera.

El abogado asintió y presionó un timbre sobre el escritorio. La secretaria que me había recibido apareció en la puerta. Valera ofreció su mano y se la estreché.

—El señor Martín se marcha. Acompáñele, Margarita.

La secretaria asintió y me guió. Antes de salir del despacho me volví para mirar al abogado, que había caído abatido bajo el retrato de su padre. Seguí a Margarita hasta la puerta y justo cuando empezaba a cerrarme la puerta me volví y le brindé la más inocente de mis sonrisas.

—Disculpe. El abogado Valera me ha dado antes la dirección de la señora Marlasca, pero ahora que lo pienso no estoy seguro de recordar el número de la calle correctamente...

Margarita suspiró, ansiosa por desprenderse de mí.

—Es el trece. Carretera de Vallvidrera, número trece.

—Claro.

—Buenas tardes —dijo Margarita.

Antes de que pudiera corresponder a su despedida, la puerta se cerró en mis narices con la solemnidad y el empaque de un santo sepulcro.

# 21

Al volver a la casa de la torre aprendí a ver con otros ojos el que había sido mi hogar y mi cárcel durante demasiados años. Entré por el portal sintiendo que cruzaba las fauces de un ser de piedra y sombra. Ascendí la escalinata como si me adentrase en sus entrañas y abrí la puerta del piso principal para encontrarme aquel largo corredor oscuro que se perdía en la penumbra y que, por primera vez, me pareció el vestíbulo de una mente recelosa y envenenada. Al fondo, recortada en el resplandor escarlata del crepúsculo que se filtraba desde la galería, distinguí la silueta de Isabella avanzando hacia mí. Cerré la puerta y prendí la luz del recibidor.

Isabella se había vestido de señorita fina, con el pelo recogido y unas líneas de maquillaje que la hacían parecer una mujer diez años mayor.

—Te veo muy guapa y elegante —dije fríamente.

—Casi como una chica de su edad, ¿verdad? ¿Le gusta el vestido?

—¿De dónde lo has sacado?

—Estaba en uno de los baúles de la habitación del fondo. Creo que era de Irene Sabino. ¿Qué le parece? ¿A que me queda que ni pintado?

—Te dije que avisaras para que vinieran a llevárselo todo.

—Y lo he hecho. Esta mañana he ido a la parroquia a preguntar y me han dicho que ellos no pueden venir a recoger nada, que si queremos podemos llevarlo nosotros.

La miré sin decir nada.

—Es la verdad —dijo ella.

—Quítate eso y ponlo donde lo encontraste. Y lávate la cara. Pareces…

—¿Una cualquiera? —terminó Isabella.

Negué, suspirando.

—No. Tú nunca podrías parecer una cualquiera, Isabella.

—Claro. Por eso es por lo que le gusto tan poco —murmuró dándose la vuelta y dirigiéndose a su habitación.

—Isabella —llamé.

Me ignoró y entró en la habitación.

—Isabella —repetí, levantando la voz.

Me dirigió una mirada hostil y cerró de un portazo. Oí que empezaba a remover cosas en el dormitorio y me acerqué a la puerta. Llamé con los nudillos. No hubo respuesta. Llamé de nuevo. Ni caso. Abrí la puerta y la encontré recogiendo las cuatro cosas que había traído consigo y metiéndolas en su bolsa.

—¿Qué estás haciendo? —pregunté.

—Me voy, eso es lo que hago. Me voy y le dejo en paz. O en guerra, porque con usted no se sabe.

—¿Puedo preguntar adónde?

—¿Y qué más le da? ¿Es ésa una pregunta retórica o irónica? A usted, claramente, todo le da lo mismo, pero como yo soy una imbécil no sé distinguir.

—Isabella, espera un momento y…

—No se preocupe por el vestido, que ahora me lo quito. Y los plumines puede usted devolverlos, porque ni los he usado ni me gustan. Son una cursilada de niña de párvulos.

Me aproximé a ella y le puse una mano en el hombro. Se apartó de un salto, como si la hubiese tocado una serpiente.

—No me toque.

Me retiré hasta el umbral de la puerta, en silencio. A Isabella le temblaban las manos y los labios.

—Isabella, perdóname. Por favor. No quería ofenderte.

Me miró con lágrimas en los ojos y una sonrisa amarga.

—Si no ha hecho otra cosa. Desde que estoy aquí. No ha hecho otra cosa más que insultarme y tratarme como si fuese una pobre idiota que no entiende nada.

—Perdona —repetí—. Deja las cosas. No te vayas.

—¿Por qué no?

—Porque te lo pido por favor.

—Si quiero lástima y caridad, la puedo encontrar en otro sitio.

—No es lástima, ni caridad, a menos que la sientas tú por mí. Te pido que te quedes porque el idiota soy yo, y no quiero estar solo. No puedo estar solo.

—Qué bonito. Siempre pensando en los demás. Cómprese un perro.

Dejó caer la bolsa sobre la cama y se me encaró, secándose las lágrimas y sacando la rabia que llevaba acumulada. Tragué saliva.

—Pues ya que estamos jugando a decir las verdades, déjeme que le diga que usted estará solo siempre. Estará solo porque no sabe querer ni compartir. Es usted como esta casa, que me pone los pelos de punta. No me extraña que su señorita de blanco le dejase plantado ni que todos le dejen. Ni quiere ni se deja querer.

La contemplé abatido, como si acabasen de darme una paliza y no supiese de dónde habían caído los golpes. Busqué palabras y sólo encontré balbuceos.

—¿De verdad no te gusta el juego de plumines? —conseguí articular al fin.

Isabella puso los ojos en blanco, exhausta.

—No ponga cara de perro apaleado, porque seré idiota, pero no tanto.

Me quedé en silencio, apoyado en el marco de la puerta. Isabella me observaba entre el recelo y la compasión.

—No quería decir eso de su amiga, la de las fotos. Disculpe —murmuró.

—No te disculpes. Es la verdad.

Bajé la mirada y salí de la habitación. Me refugié en el estudio a contemplar la ciudad oscura y enterrada en la neblina. Al rato oí sus pasos en la escalera, dudando.

—¿Está usted ahí arriba? —llamó.

—Sí.

Isabella entró en la sala. Se había cambiado de ropa y se había lavado el llanto de la cara. Me sonrió y le correspondí.

—¿Por qué es usted así? —preguntó.

Me encogí de hombros. Isabella se aproximó y se sentó en el alféizar, a mi lado. Disfrutamos del espectáculo de silencios y sombras sobre los tejados de la ciudad vieja sin necesidad de decir nada. Al rato, Isabella sonrió y me miró.

—¿Y si encendemos uno de esos puros que le regala mi padre y nos lo fumamos a medias?

—Ni hablar.

Isabella se sumió en uno de sus largos silencios. A veces me miraba brevemente y sonreía. Yo la observaba de reojo y me daba cuenta de que sólo con mirarla se me hacía menos difícil creer que tal vez quedaba algo bueno y decente en este perro mundo y, con suerte, en mí mismo.

—¿Te quedas? —pregunté.

—Deme una buena razón. Una razón sincera, o sea, en su caso, egoísta. Y más le vale que no sea un cuento chino o me largo ahora mismo.

Se parapetó tras una mirada defensiva, esperando alguna de mis lisonjas, y por un instante me pareció la única persona en el mundo a la que no quería ni podía mentir. Bajé la mirada y por una vez dije la verdad, aunque sólo fuera para oírla yo mismo en voz alta.

—Porque eres la única amiga que me queda.

La dureza de su expresión se desvaneció y, antes de reconocer lástima en sus ojos, aparté la vista.

—¿Qué hay del señor Sempere y de ese otro tan pedante, Barceló?

—Eres la única que me queda que se atreve a decirme la verdad.

—¿Y su amigo el patrón, no le dice él la verdad?

—No hagas leña del árbol caído. El patrón no es mi amigo. Y no creo que haya dicho la verdad en su vida.

Isabella me miró con detenimiento.

—¿Lo ve? Ya sabía yo que no se fiaba usted de él. Se lo vi en la cara desde el primer día.

Intenté recuperar algo de dignidad, pero tan sólo encontré sarcasmo.

—¿Has añadido la lectura de caras a tu lista de talentos?

—Para leer la suya no hace falta talento alguno —rebatió Isabella—. Es como un cuento de Pulgarcito.

—¿Y qué más lees en mi rostro, estimada pitonisa?

—Que tiene miedo.

Intenté reír sin ganas.

—No le dé vergüenza tener miedo. Tener miedo es señal de sentido común. Los únicos que no tienen miedo de nada son los tontos de remate. Lo leí en un libro.

—¿El manual del cobardica?

—No hace falta que lo admita si eso pone en peligro su sentimiento de masculinidad. Ya sé que ustedes los hombres creen que el tamaño de su tozudez se corresponde con el de sus vergüenzas.

—¿Eso también lo leíste en ese libro?

—No, eso es de cosecha propia.

Dejé caer las manos, rendido ante la evidencia.

—Está bien. Sí, admito que siento una vaga inquietud.

—Usted sí que es vago. Está muerto de miedo. Confiese.

—No saquemos las cosas de quicio. Digamos que tengo ciertas dudas respecto a mi relación con mi editor, lo cual, dada mi experiencia, es comprensible. Por lo que sé, Corelli es un perfecto caballero y nuestra relación profesional será fructífera y positiva para ambas partes.

—Por eso le hacen ruido las tripas cada vez que sale su nombre a relucir.

Suspiré, sin más fuelle para el debate.

—¿Qué quieres que te diga, Isabella?

—Que no va a trabajar más para él.

—No puedo hacer eso.

—¿Y por qué no? ¿No puede devolverle su dinero y enviarle a paseo?

—No es tan sencillo.

—¿Por qué no? ¿Está usted metido en algún lío?

—Creo que sí.

—¿De qué clase?

—Es lo que estoy intentando averiguar. En cualquier caso, yo soy el único responsable y el que lo tiene que resolver. No es nada que deba preocuparte.

Isabella me miró, resignada por el momento pero no convencida.

—Es usted un completo desastre de persona, ¿sabe?

—Voy haciéndome a la idea.

—Si quiere que me quede, las reglas, aquí, tienen que cambiar.

—Soy todo oídos.

—Se acabó el despotismo ilustrado. A partir de hoy, esta casa es una democracia.

—Libertad, igualdad y fraternidad.

—Vigile con lo de la fraternidad. Pero no más mando y ordeno, ni más numeritos a lo *mister* Rochester.

—Lo que usted diga, *miss* Eyre.

—Y no se haga ilusiones, porque no me voy a casar con usted aunque se quede ciego.

Le tendí la mano para sellar nuestro pacto. La estrechó, dudando, y luego me abrazó. Me dejé envolver en sus brazos y apoyé el rostro sobre su pelo. Su tacto era paz y bienvenida, la luz de vida de una muchacha de diecisiete años que quise creer debía de parecerse al abrazo que mi madre nunca tuvo tiempo de darme.

—¿Amigos? —murmuré.

—Hasta que la muerte nos separe.

## 22

Las nuevas reglas del reinado isabelino entraron en vigor a las nueve horas del día siguiente, cuando mi ayudante se personó en la cocina y, sin más pamplinas, me informó de cómo iban a ser las cosas a partir de entonces.

—He pensado que necesita usted una rutina en su vida. Si no, se despista y actúa de forma disoluta.

—¿De dónde has sacado esa expresión?

—De uno de sus libros. D-i-s-o-l-u-t-a. Suena bien.

—Y rima de miedo.

—No me cambie de tema.

Durante la jornada, ambos trabajaríamos en nuestros respectivos manuscritos. Cenaríamos juntos y luego ella me mostraría las páginas del día y las comentaríamos. Yo juraba ser sincero y darle las indicaciones oportunas, no simple pábulo para mantenerla contenta. Los domingos serían festivos y yo la llevaría al cinematógrafo, al teatro o de paseo. Ella me ayudaría a buscar documentación en bibliotecas y archivos y se encargaría de que la despensa estuviese surtida merced a la conexión con el emporio familiar. Yo haría el desayuno y ella la cena. La comida la prepararía quien estuviese libre en ese momento. Nos dividiríamos las tareas de limpieza de la casa y yo me comprometía a aceptar el hecho incontestable de que la casa necesitaba ser limpiada con regularidad. Yo no intentaría encontrarle novio bajo ninguna circunstancia y ella se abstendría de cuestionar mis motivos para trabajar para el patrón o de manifestar su opinión a este respecto a menos que yo se lo solicitase. Lo demás, lo improvisaríamos sobre la marcha.

Alcé mi taza de café y brindamos por mi derrota y rendición incondicional.

En apenas un par de días me entregué a la paz y serenidad del vasallo. Isabella tenía un despertar lento y espeso, y para cuando emergía de su cuarto con los ojos semicerrados y arrastrando unas zapatillas mías de las que le sobraba medio pie, yo tenía ya listo el desayuno, el café y un periódico de la mañana, uno diferente cada día.

La rutina es el ama de llaves de la inspiración. Apenas habían transcurrido cuarenta y ocho horas desde la instauración del nuevo régimen cuando descubrí que empezaba a recuperar la disciplina de mis años más productivos. Las horas de encierro en el estudio cristalizaron rápidamente en páginas y páginas en las que, no sin cierta inquietud, empecé a reconocer que el trabajo había alcanzado ese punto de consistencia en que deja de ser una idea y se transforma en una realidad.

El texto fluía, brillante y eléctrico. Se dejaba leer como si se tratase de una leyenda, una saga mitológica de prodigios y penurias poblada por personajes y escenarios anudados en torno a una profecía de esperanza para la raza. La narración preparaba el camino para la llegada de un salvador guerrero que habría de liberar a la nación de todo dolor y agravio para devolverle su gloria y orgullo, arrebatados por taimados enemigos que habían conspirado por siempre y desde siempre contra el pueblo, el que fuese. El mecanismo era impecable y funcionaba por igual aplicado a cualquier credo, raza o tribu. Banderas, dioses y proclamas eran comodines en una baraja que siempre entregaba las mismas cartas. Dada la naturaleza del trabajo, había optado por emplear uno de los artificios más complejos y difíciles de ejecutar en cualquier texto literario: la aparente ausencia de artificio alguno. El lenguaje resonaba llano y sencillo, la voz honesta y limpia de una conciencia que no narra, simplemente revela. A veces me detenía a releer lo escrito hasta el momento y me embargaba la vanidad ciega de sentir que la maquinaria que estaba armando funcionaba con una precisión impecable. Me di cuenta de que, por primera vez en mucho tiempo, pasaba horas enteras sin pensar en Cristina o en Pedro Vidal. Las cosas, me dije, iban a mejor. Quizá por eso, porque parecía que por fin iba a salir del atolladero, hice lo que he hecho siempre cada vez que mi vida ha quedado encarrilada en un buen camino: echarlo todo a perder.

Una mañana, después del desayuno, me coloqué uno de mis trajes de ciudadano respetable. Me acerqué a la galería para despedirme de Isabella y la vi inclinada sobre su escritorio, releyendo páginas del día anterior.

—¿Hoy no escribe? —preguntó sin levantar la vista.

—Jornada de reflexión.

Advertí que tenía el juego de plumines y el tintero de las musas dispuesto junto a su cuaderno.

—Creí que te parecía una cursilada —dije.

—Y me lo parece, pero soy una joven de diecisiete años y tengo todo el derecho del mundo a que me gusten las cursiladas. Es como lo suyo con los habanos.

El olor a colonia la alcanzó y me lanzó una mirada intrigada. Al ver que me había vestido para salir frunció el entrecejo.

—¿Va a hacer de detective otra vez? —preguntó.

—Un poco.

—¿No necesita guardaespaldas? ¿Una doctora Watson? ¿Alguien con sentido común?

—No aprendas a buscar excusas para no escribir antes de aprender a escribir. Eso es privilegio de profesionales y hay que ganárselo.

—Yo creo que si soy su ayudante debo serlo para todo.

Sonreí mansamente.

—Ahora que lo dices, sí que hay algo que quería pedirte. No, no te asustes. Tiene que ver con Sempere. He sabido que va flojo de dinero y la librería peligra.

—No puede ser.

—Lamentablemente lo es, pero no pasa nada porque nosotros no vamos a permitir que la cosa vaya a más.

—Mire que el señor Sempere es muy orgulloso y no le va a dejar que… ¿Ya lo ha intentado usted, verdad?

Asentí.

—Por eso he pensado que tenemos que ser más astutos y recurrir a la heterodoxia y a las malas artes.

—Su especialidad.

Ignoré el tono reprobatorio y proseguí mi exposición.

—He pensado lo siguiente: como quien no quiere la cosa, te dejas caer por la librería y le dices a Sempere que soy un ogro, que te tengo harta…

—Hasta ahí verosímil al cien por cien.

—No me interrumpas. Le dices todo eso y también que lo que te pago por ser mi ayudante es una miseria.

—Pero si no me paga un céntimo…

Suspiré armándome de paciencia.

—Cuando te diga que lo lamenta, que lo dirá, pones cara de damisela en peligro y le confiesas, a ser posible con alguna lagrimilla, que tu padre te ha desheredado y te quiere meter a monja y por eso has pensado que a lo mejor podías trabajar allí unas horas, de prueba, a cambio de un tres por ciento de comisión de lo que vendas para labrarte un futuro lejos del convento como mujer libertaria y entregada a la difusión de las letras.

Isabella torció la mirada.

—¿Tres por ciento? ¿Quiere ayudar a Sempere o desplumarle?

—Quiero que te pongas un vestido como el de la otra noche, te acicales como tú sabes y que le hagas la visita cuando su hijo esté en la librería, que es normalmente por la tarde.

—¿Estamos hablando del guapo?

—¿Cuántos hijos tiene el señor Sempere?

Isabella hizo números y cuando empezó a ver por dónde iban los tiros me lanzó una mirada sulfúrica.

—Si mi padre supiera la clase de mente perversa que tiene usted, se compraba la escopeta.

—Lo único que digo es que el hijo te vea. Y que el padre vea cómo el hijo te ve.

—Es usted todavía peor de lo que pensaba. Ahora se dedica a la trata de blancas.

—Es simple caridad cristiana. Además, tú has sido la primera en admitir que el hijo de Sempere es bien parecido.

—Bien parecido y un poco bobo.

—No exageremos. Sempere *junior* es simplemente un tanto tímido en presencia del género femenino, lo cual le honra. Es un ciudadano modelo que, pese a ser consciente del efecto persuasivo de su apostura y gallardía, ejerce autocontrol y ascetismo por respeto y devoción a la pureza sin mácula de la mujer barcelonesa. No me dirás que eso no le confiere una aura de nobleza y encanto que apela a tus instintos, el maternal y los periféricos.

—A veces creo que le odio, señor Martín.

—Aférrate a ese sentimiento, pero no culpes al pobre benjamín Sempere de mis deficiencias como ser humano porque él es, en puridad, un santo varón.

—Quedamos en que no iba usted a buscarme novio.

—Nadie ha hablado de noviazgos. Si me dejas terminar, te cuento el resto.

—Prosiga, Rasputín.

—Cuando Sempere padre diga que sí, que lo dirá, quiero que cada día estés un par o tres de horas en el mostrador de la librería.

—¿Vestida de qué? ¿De Mata Hari?

—Vestida con el decoro y el buen gusto que te caracteriza. Mona, sugerente, pero sin dar la nota. Si hace falta rescatas uno de los vestidos de Irene Sabino, pero recatadito.

—Hay dos o tres que me quedan de muerte —apuntó Isabella, relamiéndose por anticipado.

—Pues te pones el que te tape más.

—Es usted un reaccionario. ¿Y qué hay de mi formación literaria?

—¿Qué mejor aula que Sempere e Hijos para ampliarla? Allí estarás rodeada de obras maestras de las que aprender a granel.

—¿Y qué hago? ¿Respiro hondo, a ver si se me pega algo?

—Sólo son unas horas al día. Luego puedes seguir con tu trabajo aquí, como hasta ahora, y recibir mis consejos, que no tienen precio y que harán de ti una nueva Jane Austen.

—¿Y dónde está el truco?

—El truco es que cada día yo te daré unas pesetas y cada vez que cobres a los clientes y abras la caja las metes allí con discreción.

—Conque ése es el plan…

—Ése es el plan que, como puedes ver, no tiene nada de perverso.

Isabella frunció el entrecejo.

—No funcionará. Se dará cuenta de que hay algo raro. El señor Sempere es más listo que el hambre.

—Funcionará. Y si Sempere se extraña le dices que los clientes, cuando ven a una joven guapa y simpática tras el mostrador, relajan el bolsillo y se muestran más desprendidos.

—Eso será en los tugurios de baja estofa que usted frecuenta, no en una librería.

—Difiero. Yo entro en una librería y me encuentro con una dependienta tan encantadora como tú y soy capaz de comprarle hasta el último premio nacional de literatura.

—Eso es porque usted tiene la mente más sucia que el palo de un gallinero.

—También tengo, o debería decir tenemos, una deuda de gratitud con Sempere.

—Eso es un golpe bajo.

—Entonces no me hagas apuntar todavía más bajo.

Toda maniobra de persuasión que se precie apela primero a la curiosidad, luego a la vanidad y, por último, a la bondad o el remordimiento. Isabella bajó la mirada y asintió lentamente.

—¿Y cuándo pretendería usted poner en marcha su plan de la ninfa con el pan bajo el brazo?

—No dejemos para mañana lo que podamos hacer hoy.

—¿Hoy?

—Esta tarde.

—Dígame la verdad. ¿Es esto una estratagema para blanquear el dinero que le paga el patrón y purgar su conciencia o lo que sea que tiene usted donde debería tenerla?

—Ya sabes que mis motivos son siempre egoístas.

—¿Y qué pasa si el señor Sempere dice que no?

—Tú asegúrate de que el hijo esté allí y de ir vestida de domingo, pero no de misa.

—Es un plan degradante y ofensivo.

—Y te encanta.

Isabella sonrió al fin, felina.

—¿Y si al hijo le da una subida de arrestos y decide sobrepasarse?

—Te garantizo que el heredero no se atreverá a ponerte un dedo encima si no es en presencia de un cura y con un certificado de la diócesis en la mano.

—Unos tanto y otros tan poco.

—¿Lo harás?

—¿Por usted?

—Por la literatura.

# 23

Al salir a la calle me sorprendió una brisa fría y cortante que barría las calles con impaciencia y supe que el otoño entraba de puntillas en Barcelona. En la plaza Palacio abordé un tranvía que esperaba vacío como una gran ratonera de hierro forjado. Tomé un asiento junto a la ventana y le pagué un billete al revisor.

—¿Llega hasta Sarrià? —pregunté.

—Hasta la plaza.

Apoyé la cabeza contra la ventana y al poco el tranvía arrancó de una sacudida. Cerré los ojos y me abandoné a una de esas cabezadas que sólo pueden disfrutarse a bordo de algún engendro mecánico, el sueño del hombre moderno. Soñé que viajaba en un tren forjado de huesos negros y vagones en forma de ataúd que atravesaba una Barcelona desierta y sembrada de ropas abandonadas, como si los cuerpos que las habían ocupado se hubiesen evaporado. Una tundra de sombreros y vestidos, trajes y zapatos abandonados cubría las calles embrujadas de silencio. La locomotora desprendía un rastro de humo escarlata que se esparcía sobre el cielo como pintura derramada. El patrón, sonriente, viajaba a mi lado. Iba vestido de blanco y llevaba guantes. Algo oscuro y gelatinoso goteaba de la punta de sus dedos.

—*¿Qué ha pasado con la gente?*

—*Tenga fe, Martín. Tenga fe.*

Cuando desperté, el tranvía se deslizaba lentamente en la entrada de la plaza de Sarrià. Me apeé antes de que se hubiese detenido del todo y enfilé la cuesta de la calle Mayor de Sarrià. Quince minutos más tarde llegaba a mi destino.


La carretera de Vallvidrera nacía en una sombría arboleda tendida a espaldas del castillo de ladrillos rojos del Colegio San Ignacio. La calle ascendía hacia la montaña, flanqueada por caserones solitarios y cubierta por un manto de hojarasca. Nubes bajas resbalaban por la ladera y se deshacían en soplos de niebla. Tomé la acera de los impares y recorrí muros y verjas intentando leer la numeración de la calle. Más allá se entreveían fachadas de piedra oscurecida y fuentes secas varadas entre senderos invadidos por la maleza. Recorrí un tramo de acera a la sombra de una larga hilera de cipreses y me encontré con que la numeración saltaba del 11 al 15. Confundido, deshice mis pasos y volví atrás buscando el número trece. Empezaba a sospechar que la secretaria del abogado Valera había resultado scr más astuta de lo que parecía y me había proporcionado una dirección falsa, cuando reparé en la boca de un pasaje que se abría desde la acera y se prolongaba casi medio centenar de metros hasta una verja oscura que formaba una cresta de lanzas.

Tomé el angosto callejón adoquinado y me aproximé hasta la verja. Un jardín espeso y descuidado había reptado hasta el otro lado y las ramas de un eucalipto atravesaban las lanzas de la verja como brazos suplicando entre los barrotes de una celda. Aparté las hojas que cubrían parte del muro y encontré las letras y cifras labradas en la piedra.

## Casa Marlasca
## 13

Seguí la verja que bordeaba el jardín, intentando vislumbrar en el interior. A una veintena de metros encontré una puerta metálica encajada en el muro de piedra. Un aldabón reposaba sobre la lámina de hierro, soldado por lágrimas de óxido. La puerta estaba entreabierta. Empujé con el hombro y conseguí que cediese lo suficiente como para pasar sin que las aristas de piedra que asomaban de la pared me desgarrasen la ropa. Un intenso hedor a tierra mojada impregnaba el aire.

Un sendero de losas de mármol se abría entre los árboles y conducía hasta un claro recubierto de piedras blancas. A un lado se podían ver unas cocheras con el portón abierto y los restos de lo que algún día había sido un Mercedes-Benz y que ahora parecía un carruaje funerario abandonado a su suerte. La casa era una estructura de estilo modernista que se elevaba en tres pisos de líneas curvas y estaba rematada por una cresta de buhardillas arremolinadas en torreones y arcos. Ventanales estrechos y afilados como puñales se abrían en su fachada salpicada de relieves y gárgolas. Los cristales reflejaban el paso silencioso de las nubes. Me pareció entrever un rostro perfilado tras uno de los ventanales del primer piso. Sin saber muy bien por qué, alcé la mano y esbocé un saludo. No quería que me tomasen por un ladrón. La figura permaneció allí observándome, inmóvil como una araña. Bajé los ojos un instante y, cuando volví a mirar, había desaparecido.

—¿Buenos días? —llamé.

Esperé unos segundos y al no obtener respuesta me aproximé lentamente hacia la casa. Una piscina en forma de óvalo flanqueaba la fachada este. Al otro lado se levantaba una galería acristalada. Sillas de lona deshilachada rodeaban la piscina. Un trampolín sembrado de hiedra se adentraba sobre la lámina de aguas oscuras. Me acerqué al borde y comprobé que estaba sembrada de hojas muertas y algas que ondulaban sobre la superficie. Estaba contemplando mi propio reflejo en las aguas de la piscina cuando advertí que una figura oscura se cernía a mi espalda.

Me volví bruscamente para encontrarme un rostro afilado y sombrío escrutándome con inquietud y recelo.

—¿Quién es usted y qué hace aquí?

—Mi nombre es David Martín y me envía el abogado Valera —improvisé.

Alicia Marlasca apretó los labios.

—¿Es usted la señora de Marlasca? ¿Doña Alicia?

—¿Qué ha pasado con el que viene siempre? —preguntó.

Comprendí que la señora Marlasca me había tomado por uno de los pasantes del despacho de Valera y asumía que traía papeles para firmar o algún mensaje de parte de los abogados. Por un instante calibré la posibilidad de adoptar esa identidad, pero algo en el semblante de aquella mujer me dijo que había ya escuchado suficientes mentiras en su vida como para aceptar una sola más.

—No trabajo para el despacho, señora Marlasca. La

razón de mi visita es de índole particular. Me preguntaba si tendría usted unos minutos para que hablásemos sobre una de las antiguas propiedades de su difunto esposo, don Diego.

La viuda palideció y apartó la mirada. Se apoyaba en un bastón y vi que en el umbral de la galería había una silla de ruedas en la que supuse pasaba más tiempo del que prefería admitir.

—Ya no queda ninguna propiedad de mi esposo, señor...

—Martín.

—Todo se lo quedaron los bancos, señor Martín. Todo menos esta casa, que gracias a los consejos del señor Valera, el padre, puso a mi nombre. Lo demás se lo llevaron los carroñeros...

—Me refería a la casa de la torre, en la calle Flassaders.

La viuda suspiró. Calculé que debía de rondar los sesenta o sesenta y cinco años. El eco de la que tenía que haber sido una belleza deslumbrante apenas se había evaporado.

—Olvídese usted de esa casa. Es un lugar maldito.

—Lamentablemente no puedo hacerlo. Vivo en ella.

La señora Marlasca frunció el entrecejo.

—Creí que nadie quería vivir allí. Estuvo vacía muchos años.

—La alquilé hace ya un tiempo. La razón de mi visita es que, en el transcurso de unas obras de remodelación, he encontrado una serie de efectos personales que creo pertenecían a su difunto marido y, supongo, a usted.

—No hay nada mío en esa casa. Lo que haya encontrado será de esa mujer...

—¿Irene Sabino?

Alicia Marlasca sonrió con amargura.

—¿Qué es lo que quiere usted saber en realidad, señor Martín? Dígame la verdad. No ha venido usted hasta aquí para devolverme las cosas viejas de mi difunto marido.

Nos miramos en silencio y supe que no podía ni quería mentir a aquella mujer, a ningún precio.

—Estoy intentando averiguar qué le sucedió a su marido, señora Marlasca.

—¿Por qué?

—Porque creo que a mí me está sucediendo lo mismo.


Casa Marlasca tenía esa atmósfera de panteón abandonado de las grandes casas que viven de la ausencia y la carencia. Lejos de sus días de fortuna y gloria, de tiempos en que un ejército de sirvientes la mantenían prístina y llena de esplendor, la casa era ahora una ruina. La pintura de las paredes, desprendida; las losas del suelo, sueltas; los muebles, carcomidos por la humedad y el frío; los techos, caídos, y las grandes alfombras, raídas y descoloridas. Ayudé a la viuda a sentarse en su silla de ruedas y siguiendo sus indicaciones la guié hasta un salón de lectura en que apenas quedaban ya libros ni cuadros.

—Tuve que vender la mayoría de las cosas para sobrevivir —explicó la viuda—. De no ser por el abogado Valera, que sigue enviándome cada mes una pequeña pensión a cargo del despacho, no hubiera sabido adónde ir.

—¿Vive usted sola aquí?

La viuda asintió.

—Ésta es mi casa. El único sitio donde he sido feliz, aunque de eso ya haga tantos años. He vivido siempre aquí y moriré aquí. Disculpe que no le haya ofrecido nada. Hace tiempo que no tengo visitas y ya no sé cómo tratar a los invitados. ¿Le apetece café o té?

—Estoy bien, gracias.

La señora Marlasca sonrió y señaló la butaca en la que estaba sentado.

—Ésa era la favorita de mi esposo. Solía sentarse ahí a leer hasta muy tarde, frente al fuego. Yo a veces me sentaba aquí, a su lado, y le escuchaba. A él le gustaba contarme cosas, al menos entonces. Fuimos muy felices en esta casa…

—¿Qué pasó?

La viuda se encogió de hombros, la mirada perdida en las cenizas del hogar.

—¿Está seguro de querer oír esa historia?

—Por favor.

# 24

-A decir verdad, no sé muy bien cuándo fue que mi esposo Diego la conoció. Sólo recuerdo que un día empezó a mencionarla, de pasada, y que pronto no había día en que no le oyese pronunciar su nombre: Irene Sabino. Me dijo que se la había presentado un hombre llamado Damián Roures, que organizaba sesiones de espiritismo en un local de la calle Elisabets. Diego era un estudioso de las religiones, y había asistido a varias de ellas como observador. En aquellos días, Irene Sabino era una de las actrices más populares del Paralelo. Era una belleza, eso no se lo negaré. Aparte de eso, no creo que fuera capaz de contar más allá de diez. Se decía que había nacido entre las cabañas de la playa del Bogatell, que su madre la había abandonado en el Somorrostro y había crecido entre mendigos y gentes que acudían allí a ocultarse. Empezó a bailar en cabarés y locales del Raval y el Paralelo a los catorce años. Lo de bailar es un decir. Supongo que empezó a prostituirse antes de aprender a leer, si es que aprendió… Durante una época fue la gran estrella de la sala La Criolla, o eso decían. Luego pasó a otros locales de más categoría. Creo que fue en el Apolo donde conoció a un tal Juan Corbera, a quien todo el mundo llamaba Jaco. Jaco era su representante y probablemente su amante. Jaco fue quien inventó el nombre de Irene Sabino y la leyenda de que era la hija secreta de una gran *vedette* de París y un príncipe de la nobleza europea. No sé cuál era su verdadero nombre. No sé si llegó a tener uno. Jaco la introdujo en las sesiones de espiritismo, creo que a sugerencia de Roures, y ambos se repartían los beneficios de vender su supuesta virginidad a hombres adinerados y aburridos que acudían a aquellas farsas para matar la monotonía. Su especialidad eran las parejas, decían.

»Lo que Jaco y su socio Roures no sospechaban es que Irene estaba obsesionada con aquellas sesiones y creía de veras que en aquellas pantomimas se podía entablar contacto con el mundo de los espíritus. Estaba convencida de que su madre le enviaba mensajes desde el otro mundo e incluso cuando alcanzó la fama seguía acudiendo a esas sesiones para intentar establecer contacto con ella. Allí conoció a mi esposo Diego. Supongo que pasábamos por una mala época, como todos los matrimonios. Diego hacía tiempo que quería abandonar la abogacía y dedicarse exclusivamente a la escritura. Reconozco que no encontró en mí el apoyo que necesitaba. Yo creía que si lo hacía iba a tirar su vida por la borda, aunque probablemente lo único que temía era perder todo esto, la casa, los sirvientes… lo perdí todo igualmente, y a él. Lo que acabó apartándonos fue la pérdida de Ismael. Ismael era nuestro hijo. Diego estaba loco por él. Nunca he visto a un padre tan entregado a su hijo. Ismael, no yo, era su vida. Estábamos discutiendo en el dormitorio del primer piso. Yo había empezado a recriminarle el tiempo que pasaba escribiendo, el hecho de que su socio Valera, harto de cargar con el trabajo de los dos, le había puesto un ultimátum y estaba pensando en disolver el bufete para establecerse por su cuenta. Diego dijo que no le importaba, que estaba dispuesto a vender su participación en el despacho y dedicarse a su vocación. Aquella tarde echamos de menos a Ismael. No estaba en su habitación, ni en el jardín. Creí que al oírnos discutir se había asustado y había salido de la casa. No era la primera vez que lo hacía. Meses antes lo habían encontrado en un banco de la plaza de Sarrià, llorando. Salimos a buscarle al anochecer. No había rastro de él en ningún sitio. Visitamos casas de vecinos, hospitales… Al volver al amanecer, después de pasar la noche buscándole, encontramos su cuerpo en el fondo de la piscina. Se había ahogado la tarde anterior y no habíamos oído sus llamadas de socorro porque estábamos gritándonos el uno al otro. Tenía siete años. Diego nunca me perdonó, ni se perdonó a sí mismo. Pronto fuimos incapaces de soportar la presencia el uno del otro. Cada vez que nos mirábamos o nos tocábamos veíamos el cuerpo de nuestro hijo muerto en el fondo de aquella maldita piscina. Un buen día me desperté y supe que Diego me había abandonado. Dejó el bufete y se fue a vivir a un caserón en el barrio de la Ribera que hacía años le obsesionaba. Decía que estaba escribiendo, que había recibido un encargo muy importante de un editor de París, que no tenía por qué preocuparme por el dinero. Yo sabía que estaba con Irene, aunque él no lo admitía. Era un hombre destrozado. Estaba convencido de que le quedaba poco tiempo de vida. Creía que había contraído una enfermedad, una especie de parásito, que se le estaba comiendo por dentro. Sólo hablaba de la muerte. No escuchaba a nadie. Ni a mí, ni a Valera… sólo

361

a Irene y a Roures, que le envenenaban la cabeza con historias de espíritus y le sacaban el dinero con promesas de ponerle en contacto con Ismael. En una ocasión acudí a la casa de la torre y le supliqué que me abriese. No me dejó entrar. Me dijo que estaba ocupado, que estaba trabajando en algo que iba a permitirle salvar a Ismael. Me di cuenta entonces de que estaba empezando a perder la razón. Creía que si escribía aquel maldito libro para el editor de París nuestro hijo regresaría de la muerte. Creo que entre Irene, Roures y Jaco consiguieron sacarle el dinero que le quedaba, que nos quedaba… Meses después, cuando ya no veía a nadie y pasaba todo el tiempo encerrado en aquel horrible lugar, le encontraron muerto. La policía dijo que había sido un accidente, pero yo nunca lo creí. Jaco había desaparecido y no había rastro del dinero. Roures afirmó no saber nada. Declaró que hacía meses que no tenía contacto con Diego porque había enloquecido y le daba miedo. Dijo que en las últimas apariciones en sus sesiones de espiritismo, Diego asustaba a los clientes con sus historias de almas malditas y que no le permitió volver. Decía que había un gran lago de sangre bajo la ciudad. Decía que su hijo le hablaba en sueños, que Ismael estaba atrapado por una sombra con piel de serpiente que se hacía pasar por otro niño y jugaba con él… A nadie le sorprendió cuando le encontraron muerto. Irene dijo que Diego se había quitado la vida por mi culpa, que aquella esposa fría y calculadora que había permitido que su hijo muriese porque no quería renunciar a una vida de lujo le había empujado a la muerte. Dijo que ella era la única que le había querido de verdad y que nunca había aceptado un céntimo. Y creo que, al menos en eso, decía la verdad. Creo que Jaco la utilizó para seducir a Diego y robárselo todo. Luego, a la hora de la verdad, Jaco la dejó atrás y se fugó sin compartir un céntimo con ella. Eso dijo la policía, o al menos algunos de ellos. Siempre me pareció que no querían remover aquel asunto y que la versión del suicidio les resultó muy conveniente. Pero yo no creo que Diego se quitase la vida. No lo creí entonces y no lo creo ahora. Creo que le asesinaron Irene y Jaco. Y no sólo por dinero. Había algo más. Me acuerdo de que uno de los policías asignados al caso, un hombre muy joven llamado Salvador, Ricardo Salvador, también lo creía. Dijo que había algo que no cuadraba en la versión oficial de los hechos y que alguien estaba encubriendo la verdadera causa de la muerte de Diego. Salvador luchó por esclarecer los hechos hasta que le apartaron del caso y, con el tiempo, le expulsaron del cuerpo. Incluso entonces siguió investigando por su cuenta. Venía a verme a veces. Nos hicimos buenos amigos… Yo era una mujer sola, arruinada y desesperada. Valera me decía que me volviese a casar. Él también me culpaba de lo que le había pasado a mi esposo y llegó a insinuarme que había muchos tenderos solteros a los que una viuda de aire aristocrático y buena presencia les podía calentar la cama en sus años dorados. Con el tiempo, hasta Salvador dejó de visitarme. No le culpo. En su intento por ayudarme había arruinado su vida. A veces me parece que eso es lo único que he conseguido hacer por los demás en este mundo, arruinarles la vida… No le había contado esta historia a nadie hasta hoy, señor Martín. Si quiere un consejo, olvídese de esa casa, de mí, de mi marido y de esta historia. Márchese lejos. Esta ciudad está maldita. Maldita.

# 25

Abandoné Casa Marlasca con el alma en los pies y anduve sin rumbo a través del laberinto de calles solitarias que conducían hacia Pedralbes. El cielo estaba cubierto por una telaraña de nubes grises que apenas permitían el paso del sol. Agujas de luz perforaban aquel sudario y barrían la ladera de la montaña. Seguí aquellas líneas de claridad con los ojos y pude ver cómo, a lo lejos, acariciaban el tejado esmaltado de Villa Helius. Las ventanas brillaban en la distancia. Desoyendo el sentido común, me encaminé hacia allí. A medida que me aproximaba, el cielo se fue oscureciendo y un viento cortante levantó espirales de hojarasca a mi paso. Me detuve al llegar al pie de la calle Panamá. Villa Helius se alzaba al frente. No me atreví a cruzar la calle y acercarme al muro que rodeaba el jardín. Permanecí allí sabe Dios cuánto tiempo, incapaz de huir ni de dirigirme hasta la puerta para llamar. Fue entonces cuando la vi cruzar frente a uno de los ventanales del segundo piso. Sentí un frío intenso en las entrañas. Empezaba a retirarme cuando se dio la vuelta y se detuvo. Se acercó al cristal y pude sentir sus ojos sobre los míos. Levantó la mano, como si quisiera saludar, pero no llegó a desplegar los dedos. No tuve el valor de sostenerle la mirada y me di la vuelta, alejándome calle abajo. Me temblaban las manos y las metí en los bolsillos para que no me viese. Antes de doblar la esquina me volví una vez más y comprobé que seguía allí, mirándome. Para cuando quise odiarla, me faltaron fuerzas.

Llegué a casa con el frío, o eso quería pensar, en los huesos. Al cruzar el portal vi que asomaba un sobre en el buzón del vestíbulo. Pergamino y lacre. Noticias del patrón. Lo abrí mientras me arrastraba escaleras arriba. Su caligrafía atildada me citaba al día siguiente. Al llegar al rellano vi que la puerta estaba entreabierta y que Isabella, sonriente, me esperaba.

—Estaba en el estudio y le he visto venir —dijo.

Intenté sonreírle, pero no debí de resultar muy convincente porque tan pronto Isabella me miró a los ojos adoptó un semblante de preocupación.

—¿Está bien?

—No es nada. Creo que he cogido un poco de frío.

—Tengo un caldo al fuego que será como mano de santo. Pase.

Isabella me tomó del brazo y me condujo hasta la galería.

—Isabella, no soy un inválido.

Me soltó y bajó los ojos.

—Perdone.

No tenía ánimos para enfrentarme con nadie, y menos con mi pertinaz ayudante, así que me dejé guiar hasta una de las butacas de la galería y me desplomé como un saco de huesos. Isabella se sentó frente a mí y me miró, alarmada.

—¿Qué ha pasado?

Le sonreí tranquilizadoramente.

—Nada. No ha pasado nada. ¿No me ibas a dar una taza de caldo?

—Ahora mismo.

Salió disparada hacia la cocina y pude oír desde allí cómo trajinaba. Respiré hondo y cerré los ojos hasta que escuché los pasos de Isabella aproximándose.

Me tendió un tazón humeante de dimensiones exageradas.

—Parece un orinal —dije.

—Bébaselo y no diga ordinarieces.

Olfateé el caldo. Olía bien, pero no quise dar excesivas muestras de docilidad.

—Huele raro —dije—. ¿Qué lleva?

—Huele a pollo porque lleva pollo, sal y un chorrito de jerez. Bébaselo.

Bebí un sorbo y le devolví el tazón. Isabella negó.

—Entero.

Suspiré y bebí otro sorbo. Estaba bueno, a mi pesar.

—¿Qué tal el día, entonces? —preguntó Isabella.

—Ha tenido sus momentos. ¿Y a ti cómo te ha ido?

—Está usted ante la nueva dependienta estrella de Sempere e Hijos.

—Excelente.

—Antes de las cinco había vendido ya dos ejemplares de *El retrato de Dorian Gray* y unas obras completas de Lampedusa a un caballero muy distinguido de Madrid que me ha dado propina. No ponga esa cara, que la propina también la he metido en la caja.

—¿Y Sempere hijo, qué ha dicho?

—Decir no ha dicho gran cosa. Se ha pasado todo el rato como un pasmarote fingiendo que no me miraba pero sin quitarme ojo de encima. No me puedo ni sentar de lo mucho que me ha llegado a mirar el trasero cada vez que me subía a la escalera para bajar un libro. ¿Contento?

Sonreí y asentí.

—Gracias, Isabella.

Me miró a los ojos fijamente.

—Dígalo otra vez.

—Gracias, Isabella. De todo corazón.

Se sonrojó y desvió la mirada. Permanecimos un rato en un plácido silencio, disfrutando de aquella camaradería que a ratos no precisaba ni de palabras. Apuré todo el caldo, aunque ya no me cabía una gota, y le mostré el tazón vacío. Asintió.

—¿Ha ido a verla, verdad? A esa mujer, Cristina —dijo Isabella, rehuyendo mis ojos.

—Isabella, la lectora de rostros…

—Dígame la verdad.

—Sólo la he visto de lejos.

Isabella me contempló con cautela, como si se debatiese en decirme o no decirme algo que tenía atascado en la conciencia.

—¿La quiere usted? —preguntó al fin.

Nos miramos en silencio.

—Yo no sé querer a nadie. Ya lo sabes. Soy un egoísta y todo eso. Hablemos de otra cosa.

Isabella asintió, su mirada prendida del sobre que asomaba de mi bolsillo.

—¿Noticias del patrón?

—La convocatoria del mes. El excelentísimo señor Andreas Corelli se complace en citarme mañana a las siete de la mañana a las puertas del cementerio del Pueblo Nuevo. No podía elegir otro sitio.

—¿Y piensa usted ir?

—¿Qué otra cosa puedo hacer?

—Puede usted coger un tren esta misma noche y desaparecer para siempre.

—Eres la segunda persona que me propone eso hoy. Desaparecer de aquí.

—Por algo será.

—¿Y quién iba a ser tu guía y mentor en los desastres de la literatura?

—Yo me voy con usted.

Sonreí y le tomé la mano.

—Contigo, al fin del mundo, Isabella.

Isabella retiró la mano de golpe y me miró, ofendida.

—Se ríe usted de mí.

—Isabella, si algún día se me ocurre reírme de ti, me pegaré un tiro.

—No diga eso. No me gusta cuando habla así.

—Perdona.

Mi ayudante volvió a su escritorio y se sumió en uno de sus largos silencios. La observé repasar sus páginas del día, haciendo correcciones y tachando párrafos enteros con el juego de plumines que le había regalado.

—Si me mira, no me puedo concentrar.

Me incorporé y rodeé su escritorio.

—Entonces te dejo que sigas trabajando y después de cenar me enseñas lo que tienes.

—No está listo. Tengo que corregirlo todo y reescribirlo y…

—Nunca está listo, Isabella. Vete acostumbrando. Lo leeremos juntos después de cenar.

—Mañana.

Me rendí.

—Mañana.

Asintió y me dispuse a dejarla a solas con sus palabras. Estaba cerrando la puerta de la galería cuando oí su voz, llamándome.

—¿David?

Me detuve en silencio al otro lado de la puerta.

—No es verdad. No es verdad que no sepa usted querer a nadie.

Me refugié en mi habitación y cerré la puerta. Me tendí de lado en la cama, encogido sobre mí mismo, y cerré los ojos.

# 26

Salí de casa después del amanecer. Nubes oscuras se arrastraban sobre los tejados y robaban el color de las calles. Mientras cruzaba el Parque de la Ciudadela vi las primeras gotas golpear las hojas de los árboles y estallar sobre el camino, levantando volutas de polvo como si fuesen balas. Al otro lado del parque, un bosque de fábricas y torres de gas se multiplicaba hacia el horizonte, la carbonilla de sus chimeneas diluida en aquella lluvia negra que se desplomaba del cielo en lágrimas de alquitrán. Recorrí aquel inhóspito paseo de cipreses que conducía hasta las puertas del cementerio del Este, el mismo camino que tantas veces había hecho con mi padre. El patrón ya estaba allí. Le vi de lejos, esperando imperturbable bajo la lluvia, al pie de uno de los grandes ángeles de piedra que custodiaban la entrada principal al camposanto. Vestía de negro y la única cosa que hacía que no se le pudiese confundir con una de las centenares de estatuas tras las verjas del recinto eran sus ojos. No movió una pestaña hasta que estuve apenas a unos metros y, sin saber qué hacer, le saludé con la mano. Hacía frío y el viento olía a cal y azufre.

—Los visitantes ocasionales creen ingenuamente que

siempre hace sol y calor en esta ciudad —dijo el patrón—. Pero yo digo que a Barcelona tarde o temprano se le refleja el alma antigua, turbia y oscura en el cielo.

—Debería usted editar guías turísticas en vez de textos religiosos —sugerí.

—Vienen a ser lo mismo. ¿Qué tal estos días de paz y tranquilidad? ¿Ha progresado el trabajo? ¿Tiene buenas noticias para mí?

Abrí la chaqueta y le tendí un pliego de páginas. Nos adentramos en el recinto del cementerio buscando un lugar resguardado de la lluvia. El patrón eligió un viejo mausoleo que ofrecía una cúpula sostenida por columnas de mármol y rodeada de ángeles de rostro afilado y dedos demasiado largos. Nos sentamos sobre un banco de piedra fría. El patrón me dedicó una de sus sonrisas caninas y me guiñó el ojo, sus pupilas amarillas y brillantes cerrándose en un punto negro en el que podía ver reflejado mi rostro pálido y visiblemente intranquilo.

—Relájese, Martín. Le concede usted demasiada importancia al atrezo.

El patrón empezó a leer con calma las páginas que le había llevado.

—Creo que iré a dar una vuelta mientras usted lee —dije.

Corelli asintió sin levantar la mirada de las páginas.

—No se me escape —murmuró.

Me alejé de allí tan rápido como pude sin que pareciese evidente que lo hacía y me perdí entre las calles y recovecos de la necrópolis. Sorteé obeliscos y sepulcros, adentrándome en el corazón del cementerio. La lápida seguía allí, marcada por una vasija vacía en la que quedaba el esqueleto de flores petrificadas. Vidal había pagado el entierro e incluso había encargado a un escultor de cierta reputación entre el gremio funerario una Piedad que custodiaba la tumba alzando la vista al cielo, las manos sobre el pecho en actitud de súplica. Me arrodillé frente a la lápida y limpié el musgo que había cubierto las letras grabadas a cincel.

José Antonio Martín Clarés
*1875-1908*
Héroe de la guerra de Filipinas.
Su país y sus amigos nunca le olvidarán

—Buenos días, padre —dije.

Contemplé la lluvia negra deslizándose sobre el rostro de la Piedad, el sonido de la lluvia golpeando sobre las lápidas, y sonreí a la salud de aquellos amigos que nunca tuvo y de aquel país que le envió a morir en vida para enriquecer a cuatro caciques que nunca supieron ni que existía. Me senté sobre la lápida y puse la mano sobre el mármol.

—¿Quién se lo iba a decir a usted, verdad?

Mi padre, que había vivido su existencia al borde de la miseria, descansaba eternamente en una tumba de burgués. De niño nunca había entendido por qué el periódico había decidido pagarle un funeral con cura fino y plañideras, con flores y un sepulcro de importador de azúcar. Nadie me dijo que fue Vidal quien pagó los fastos del hombre que había muerto en su lugar, aunque yo siempre lo había sospechado y atribuido el gesto a aquella bondad y generosidad infinita con que el cielo había bendecido a mi mentor e ídolo, el gran don Pedro Vidal.

—Tengo que pedirle a usted perdón, padre. Durante

años le odié por dejarme aquí, solo. Me decía que había tenido la muerte que se había buscado. Por eso nunca vine a verle. Perdóneme.

A mi padre nunca le habían gustado las lágrimas. Creía que un hombre nunca lloraba por los demás, sino por sí mismo. Y si lo hacía era un cobarde y no merecía piedad alguna. No quise llorar por él y traicionarle una vez más.

—Me hubiera gustado que viese usted mi nombre en un libro, aunque no pudiese leerlo. Me hubiera gustado que estuviese aquí, conmigo, para ver que su hijo conseguía abrirse camino y llegaba a hacer algunas de las cosas que a usted nunca le dejaron. Me hubiera gustado conocerle, padre, y que usted me hubiera conocido a mí. Le convertí a usted en un extraño para olvidarle y ahora el extraño soy yo.

No le oí aproximarse, pero al alzar la cabeza vi que el patrón me observaba en silencio a apenas unos metros. Me incorporé y me acerqué hasta él como un perro bien amaestrado. Me pregunté si sabía que allí estaba enterrado mi padre y si me había citado en aquel lugar precisamente por aquella razón. Mi rostro debía de leerse como un libro abierto, porque el patrón negó y me posó una mano sobre un hombro.

—No lo sabía, Martín. Lo siento.

No estaba dispuesto a abrirle aquella puerta de camaradería. Me volví para desprenderme de su gesto de afecto y conmiseración y apreté los ojos para contener mis lágrimas de rabia. Empecé a caminar rumbo a la salida, sin esperarle. El patrón aguardó unos segundos y luego decidió seguirme. Caminó a mi lado en silencio hasta que llegamos a la puerta principal. Allí me detuve y le miré con impaciencia.

—¿Y bien? ¿Tiene algún comentario?

El patrón ignoró mi tono vagamente hostil y sonrió pacientemente.

—El trabajo es excelente.

—Pero…

—Si tuviese que hacer una observación sería que creo que ha dado usted en el clavo al construir toda la historia desde el punto de vista de un testigo de los hechos que se siente víctima y habla en nombre de un pueblo que espera a ese salvador guerrero. Quiero que continúe usted por ese camino.

—¿No le parece forzado, artificioso…?

—Al contrario. Nada nos hace creer más que el miedo, la certeza de estar amenazados. Cuando nos sentimos víctimas, todas nuestras acciones y creencias quedan legitimadas, por cuestionables que sean. Nuestros oponentes, o simplemente nuestros vecinos, dejan de estar a nuestro nivel y se convierten en enemigos. Dejamos de ser agresores para convertirnos en defensores. La envidia, la codicia o el resentimiento que nos mueven quedan santificados, porque nos decimos que actuamos en defensa propia. El mal, la amenaza, siempre está en el otro. El primer paso para creer apasionadamente es el miedo. El miedo a perder nuestra identidad, nuestra vida, nuestra condición o nuestras creencias. El miedo es la pólvora y el odio es la mecha. El dogma, en último término, es sólo un fósforo prendido. Ahí es donde creo que su trama tiene algún que otro agujero.

—Acláreme una cosa. ¿Busca usted fe o dogma?

—No nos puede bastar con que las personas crean. Han de creer lo que queremos que crean. Y no lo han de cuestionar ni escuchar la voz de quien sea que lo cuestione. El dogma tiene que formar parte de la propia identidad. Cualquiera que lo cuestione es nuestro enemigo. Es el mal. Y estamos en nuestro derecho, y deber, de enfrentarnos a él y destruirle. Es el único camino de salvación. Creer para sobrevivir.

Suspiré y desvié la mirada, asintiendo a regañadientes.

—No le veo convencido, Martín. Dígame qué piensa. ¿Cree que me equivoco?

—No lo sé. Creo que simplifica las cosas de un modo peligroso. Todo su discurso parece un simple mecanismo para generar y dirigir odio.

—El adjetivo que iba usted a emplear no era *peligroso*, era *repugnante*, pero no se lo tendré en cuenta.

—¿Por qué debemos reducir la fe a un acto de rechazo y obediencia ciega? ¿No es posible creer en valores de aceptación, de concordia?

El patrón sonrió, divertido.

—Es posible creer en cualquier cosa, Martín, en el libre mercado o en el ratoncito Pérez. Incluso creer que no creemos en nada, como hace usted, que es la mayor de las credulidades. ¿Tengo razón?

—El cliente siempre tiene razón. ¿Cuál es el agujero que ve usted en la historia?

—Echo de menos un villano. La mayoría de nosotros, nos demos cuenta o no, nos definimos por oposición a algo o alguien más que a favor de algo o alguien. Es más fácil reaccionar que accionar, por así decirlo. Nada aviva la fe y el celo del dogma como un buen antagonista. Cuanto más inverosímil, mejor.

—Había pensado que ese papel podía funcionar mejor en abstracto. El antagonista sería el no creyente, el extraño, el que está fuera del grupo.

—Sí, pero me gustaría que concretase más. Es difícil odiar una idea. Requiere cierta disciplina intelectual y un espíritu obsesivo y enfermizo que no abunda. Es mucho más fácil odiar a alguien con un rostro reconocible a quien culpar de todo aquello que nos incomoda. No tiene por qué ser un personaje individual. Puede ser una nación, una raza, un grupo… lo que sea.

El cinismo pulcro y sereno del patrón podía hasta conmigo. Resoplé, abatido.

—No se me haga ahora el ciudadano modelo, Martín. A usted le da lo mismo y necesitamos un villano en este vodevil. Eso lo debería usted saber mejor que nadie. No hay drama sin conflicto.

—¿Qué clase de villano le gustaría a usted? ¿Un tirano invasor? ¿Un falso profeta? ¿El hombre del saco?

—Le dejo el vestuario a usted. Cualquiera de los sospechosos habituales me viene bien.

—Una de las funciones de nuestro villano debe ser permitirnos adoptar el papel de víctima y reclamar nuestra superioridad moral. Proyectaremos en él todo lo que somos incapaces de reconocer en nosotros mismos y demonizamos de acuerdo con nuestros intereses particulares. Es la aritmética básica del fariseísmo. Ya le digo que tiene usted que leer la Biblia. Todas las respuestas que busca están allí.

—En ello estoy.

—Basta convencer al santurrón de que está libre de todo pecado para que empiece a tirar piedras, o bombas, con entusiasmo. Y de hecho no hace falta gran esfuerzo, porque se convence solo con apenas un mínimo de ánimo y coartada. No sé si me explico.

—Se explica usted de maravilla. Sus argumentos tienen la sutileza de una caldera siderúrgica.

—No creo que me guste del todo ese tono condescendiente, Martín. ¿Acaso le parece que todo esto no está a la altura de su pureza moral o intelectual?

—En absoluto —murmuré, pusilánime.

—¿Qué es entonces lo que le hace cosquillas en la conciencia, amigo mío?

—Lo de siempre. No estoy seguro de ser el nihilista que necesita usted.

—Nadie lo es. El nihilismo es una pose, no una doctrina. Coloque la llama de una vela bajo los testículos de un nihilista y comprobará qué rápido ve la luz de la existencia. Lo que a usted le molesta es otra cosa.

Levanté la mirada y rescaté el tono más desafiante que era capaz de usar mirando al patrón a los ojos.

—A lo mejor lo que me molesta es que puedo entender todo lo que usted dice, pero no lo siento.

—¿Le pago para que sienta?

—A veces sentir y pensar es lo mismo. La idea es suya, no mía.

El patrón sonrió en una de sus pausas dramáticas, como un maestro de escuela que prepara la estocada letal con que acallar a un alumno díscolo y malcarado.

—¿Y qué siente usted, Martín?

La ironía y el desprecio que había en su voz me envalentonaron y abrí la espita de la humillación que había acumulado durante meses a su sombra. Rabia y vergüenza de sentirme amedrentado por su presencia y de consentir sus discursos envenenados. Rabia y vergüenza de que me hubiese demostrado que, aunque yo prefería creer que cuanto había en mí era desesperanza, mi alma era tan mezquina y miserable como su humanismo de alcantarilla. Rabia y vergüenza de sentir, de saber, que

377

siempre tenía razón, sobre todo cuando más dolía aceptarlo.

—Le he hecho una pregunta, Martín. ¿Qué *siente* usted?

—Siento que lo mejor sería dejar las cosas como están y devolverle su dinero. Siento que, sea lo que sea lo que se propone con esta absurda empresa, prefiero no formar parte de ello. Y, sobre todo, siento haberle conocido.

El patrón dejó caer los párpados y se sumió en un largo silencio. Se volvió y se alejó unos pasos en dirección a las puertas de la necrópolis. Observé su silueta oscura recortada contra el jardín de mármol, y su sombra inmóvil bajo la lluvia. Sentí miedo, un temor turbio que me nacía en las entrañas y me inspiraba un deseo infantil de pedir perdón y aceptar cualquier castigo que se impusiera a cambio de no soportar aquel silencio. Y sentí asco. De su presencia y, especialmente, de mí mismo.

El patrón se dio la vuelta y se aproximó de nuevo. Se detuvo a apenas unos centímetros e inclinó su rostro sobre el mío. Sentí su aliento frío y me perdí en sus ojos negros, sin fondo. Esta vez su voz y su tono eran de hielo, desprovistos de aquella humanidad práctica y estudiada con que salpicaba su conversación y sus gestos.

—Sólo se lo diré una vez. Cumplirá usted con su parte y yo con la mía. Eso es lo único en lo que puede y tiene que sentir.

No me di cuenta de que estaba asintiendo repetidamente hasta que el patrón extrajo el pliego de páginas del bolsillo y me las tendió. Las dejó caer antes de que las pudiera coger. El viento las arrastró en un remolino y las vi desperdigarse hacia la entrada del camposanto. Me apresuré a intentar rescatarlas de la lluvia, pero algunas habían caído sobre los charcos y se desangraban en el agua, las palabras desprendiéndose del papel en filamentos. Las reuní todas en un puñado de papel mojado. Cuando levanté la vista y miré a mi alrededor, el patrón se había ido.

# 27

Si alguna vez había necesitado un rostro amigo en que refugiarme, era entonces. El viejo edificio de *La Voz de la Industria* asomaba tras los muros del cementerio. Puse rumbo hacia allí con la esperanza de encontrar a mi viejo maestro don Basilio, una de esas raras almas inmunes a la estupidez del mundo que siempre tenía un buen consejo que ofrecer. Al entrar en la sede del diario descubrí que todavía reconocía a la mayoría del personal. No parecía que hubiera transcurrido un minuto desde que me había ido de allí años atrás. Los que me reconocieron, a su vez, me miraban con recelo y apartaban los ojos para evitar tener que saludarme. Me colé en la sala de la redacción y fui directo al despacho de don Basilio, que estaba al fondo. La sala estaba vacía.

—¿A quién busca?

Me volví y encontré a Rosell, uno de los redactores que ya me parecían viejos cuando yo trabajaba allí de chaval y que había firmado la reseña venenosa publicada por el diario sobre *Los Pasos del Cielo* donde se me calificaba de «redactor de anuncios por palabras».

—Señor Rosell, soy Martín. David Martín. ¿No me recuerda?

Rosell dedicó varios segundos a inspeccionarme, fingiendo la gran dificultad que le entrañaba reconocerme, y asintió finalmente.

—¿Y don Basilio?

—Se fue hace dos meses. Lo encontrará en la redacción de *La Vanguardia*. Si le ve, dele recuerdos.

—Así lo haré.

—Siento lo de su libro —dijo Rosell con una sonrisa complaciente.

Crucé la redacción navegando entre miradas esquivas, sonrisas torcidas y murmuraciones en clave de hiel. El tiempo lo cura todo, pensé, menos la verdad.


Media hora más tarde, un taxi me dejaba a las puertas de la sede de *La Vanguardia* en la calle Pelayo. A diferencia de la siniestra decrepitud de mi antiguo diario, todo allí desprendía un aire de señorío y opulencia. Me identifiqué en el mostrador de conserjería y un chaval con trazas de meritorio que me recordó a mí mismo en mis años de Pepito Grillo fue enviado a dar aviso a don Basilio de que tenía visita. La presencia leonina de mi viejo maestro no se había amilanado con el paso de los años. Si cabe, y con el aderezo del nuevo vestuario a juego con la selecta escenografía, don Basilio tenía una figura tan formidable como en sus tiempos de *La Voz de la Industria*. Se le iluminaron los ojos de alegría al verme y, rompiendo su férreo protocolo, me recibió con un abrazo en el que fácilmente hubiera podido perder dos o tres costillas de no ser porque había público presente y, contento o no, don Basilio tenía que mantener unas apariencias y una reputación.

—¿Nos vamos aburguesando, don Basilio?

Mi antiguo jefe se encogió de hombros, haciendo un gesto para quitar importancia al nuevo decorado que le rodeaba.

—No se deje impresionar.

—No sea modesto, don Basilio, que ha caído usted en la joya de la corona. ¿Ya los está metiendo en cintura?

Don Basilio extrajo su perenne lápiz rojo y me lo enseñó, guiñándome un ojo.

—Salgo a cuatro por semana.

—Dos menos que en *La Voz*.

—Deme tiempo, que tengo por aquí alguna eminencia que me puntúa con escopeta y se cree que la entradilla es una tapa típica de la provincia de Logroño.

Pese a sus palabras era evidente que don Basilio se sentía a gusto en su nuevo hogar, e incluso tenía un aspecto más saludable.

—No me diga que ha venido a pedirme trabajo porque soy capaz de dárselo —amenazó.

—Se lo agradezco, don Basilio, pero ya sabe que dejé los hábitos y que lo mío no es el periodismo.

—Usted dirá entonces cómo le puede ayudar este viejo gruñón.

—Necesito información sobre un caso antiguo para una historia en la que ando trabajando, la muerte de un abogado de renombre llamado Marlasca, Diego Marlasca.

—¿De cuándo estamos hablando?

—Mil novecientos cuatro.

Don Basilio suspiró.

—Largo me lo fía usted. Ha llovido mucho desde entonces.

—No lo suficiente como para limpiar el asunto
—apunté.

Don Basilio me posó la mano en el hombro y me indicó que le siguiera hacia el interior de la redacción.

—No se preocupe, ha venido usted al sitio indicado. Esta buena gente mantiene un archivo que ya quisiera el santo Vaticano. Si hubo algo en la prensa, aquí lo encontraremos. Y además el jefe del archivo es un buen amigo mío. Le advierto que yo, a su lado, soy Blancanieves. No haga caso de su disposición tirando a arisca. En el fondo, muy en el fondo, es un pedazo de pan.

Seguí a don Basilio a través de un amplio vestíbulo de maderas nobles. A un lado se abría una sala circular con una gran mesa redonda y una serie de retratos desde los que nos observaban una pléyade de aristócratas de ceño severo.

—La sala de los aquelarres —explicó don Basilio—. Aquí se reúnen los redactores jefe con el director adjunto, que es un servidor, y el director y, como buenos caballeros de la mesa redonda, damos con el santo grial todos los días a las siete de la tarde.

—Impresionante.

—No ha visto usted nada todavía —dijo don Basilio, guiñándome un ojo—. Cate.

Don Basilio se colocó bajo uno de los augustos retratos y empujó el panel de madera que cubría la pared. El panel cedió con un crujido, dando paso a un corredor oculto.

—Ah, ¿qué me dice, Martín? Y éste es sólo uno de los muchos pasadizos secretos de la casa. Ni los Borgia tenían un tinglado como éste.

Seguí a don Basilio a través del pasadizo y llegamos a

una gran sala de lectura rodeada de vitrinas acristaladas, repositorio de la biblioteca secreta de *La Vanguardia*. Al fondo de la sala, bajo el haz de una lámpara de cristal verdoso, se distinguía la figura de un hombre de mediana edad sentado a una mesa examinando un documento con una lupa. Al vernos entrar levantó la vista y nos dedicó una mirada que hubiera transformado en piedra a cualquiera que fuese menor de edad o fácilmente impresionable.

—Le presento a don José María Brotons, señor del inframundo y jefe de catacumbas de esta santa casa —anunció don Basilio.

Brotons, sin soltar la lupa, se limitó a observarme con aquellos ojos que oxidaban al contacto. Me aproximé y le tendí la mano.

—Éste es mi antiguo pupilo, David Martín.

Brotons me estrechó la mano a regañadientes y miró a don Basilio.

—¿Éste es el escritor?

—El mismo.

Brotons asintió.

—Valor ya tiene, ya, salir a la calle después del palo que le dieron. ¿Qué hace aquí?

—Suplicar su ayuda, bendición y consejo en un tema de alta investigación y arqueología del documento —explicó don Basilio.

—¿Y dónde está el sacrificio de sangre? —espetó Brotons.

Tragué saliva.

—¿Sacrificio? —pregunté.

Brotons me miró como si fuese idiota.

—Una cabra, un borreguillo, un gallo capón si me apura...

Me quedé en blanco. Brotons me sostuvo la mirada sin pestañear durante un instante infinito. Luego, cuando empecé a sentir la picazón del sudor en la espalda, el jefe del archivo y don Basilio rompieron a carcajadas. Los dejé que se rieran con ganas a mi costa hasta que les faltó la respiración y se tuvieron que secar las lágrimas. Claramente, don Basilio había encontrado una alma gemela en su nuevo colega.

—Venga por aquí, joven —indicó Brotons, la fachada feroz en retirada—. A ver qué le encontramos.

# 28

Los archivos del periódico estaban ubicados en uno de los sótanos del edificio, bajo la planta que albergaba la gran maquinaria de la rotativa, un engendro de tecnología posvictoriana que parecía un cruce entre una monstruosa locomotora de vapor y una máquina de fábricar relámpagos.

—Le presento a la rotativa, más conocida como Leviatán. Ándese con ojo, que dicen que se ha tragado ya a más de un incauto —dijo don Basilio—. Es como lo de Jonás y la ballena, pero con efecto de trinchado.

—Ya será menos.

—Un día de éstos podríamos echar al becario ese nuevo, el que dice que es sobrino de Macià y va de listillo —propuso Brotons.

—Ponga día y fecha y lo celebramos con un *cap-i-pota* —convino don Basilio.

Los dos se echaron a reír como críos de colegio. Tal para cual, pensé yo.

La sala del archivo estaba dispuesta en un laberinto de corredores formados por estantes de tres metros de altura. Un par de criaturas pálidas con aspecto de no haber salido de aquel sótano en quince años oficiaban como asistentes de Brotons. Al verle, acudieron como mascotas fieles a la espera de sus órdenes. Brotons me dirigió una mirada inquisitiva.

—¿Qué buscamos?

—Mil novecientos cuatro. Muerte de un abogado llamado Diego Marlasca. Miembro preeminente de la sociedad barcelonesa, socio fundador del bufete Valera, Marlasca y Sentís.

—¿Mes?

—Noviembre.

A un gesto de Brotons, los dos asistentes partieron en busca de los ejemplares correspondientes al mes de noviembre de 1904. Por aquel tiempo, la muerte estaba tan presente en el color de los días que la mayoría de los periódicos todavía abrían la primera página con grandes necrológicas. Cabía suponer que un personaje de la envergadura de Marlasca habría generado más de una nota funeraria en la prensa de la ciudad y que su obituario habría sido material de portada. Los asistentes regresaron con varios tomos y los depositaron sobre un amplio escritorio. Nos dividimos la tarea y entre los cinco presentes encontramos la necrológica de don Diego Marlasca en portada, tal como había supuesto. La edición era del día 23 de noviembre de 1904.

—*Habemus* cadáver —anunció Brotons, que fue el descubridor.

Había cuatro notas necrológicas dedicadas a Marlasca. Una de su familia, otra del bufete de abogados, otra del colegio de letrados de Barcelona y la última de la asociación cultural del Ateneo Barcelonés.

—Es lo que tiene ser rico. Se muere uno cinco o seis veces —apuntó don Basilio.

Las necrológicas en sí no tenían mayor interés. Súplicas por el alma inmortal del difunto, indicaciones de que el funeral sería para los íntimos, glosas grandiosas a un gran ciudadano, erudito y miembro irremplazable de la sociedad barcelonesa, etcétera.

—Lo que a usted le interesa tiene que estar en las ediciones de uno o dos días antes o después —indicó Brotons.

Procedimos a repasar los periódicos de la semana del fallecimiento del abogado y encontramos una secuencia de noticias relacionadas con Marlasca. La primera anunciaba que el distinguido letrado había fallecido en un accidente. Don Basilio leyó el texto de la noticia en voz alta.

—Esto lo ha redactado un orangután —dictaminó—. Tres párrafos redundantes que no dicen nada y sólo al final explica que la muerte fue accidental pero sin decir qué clase de accidente.

—Aquí tenemos algo más interesante —dijo Brotons.

Un artículo del día siguiente explicaba que la policía estaba investigando las circunstancias del accidente para dictaminar con exactitud lo que había sucedido. Lo más interesante era que mencionaba que en la parte del expediente forense sobre la causa de la muerte se indicaba que Marlasca había muerto ahogado.

—¿Ahogado? —interrumpió don Basilio—. ¿Cómo? ¿Dónde?

—No lo aclara. Probablemente hubo que recortar la noticia para incluir esta urgente y extensa apología de la sardana que abre a tres columnas bajo el título de «Al son de la tenora: espíritu y temple» —indicó Brotons.

—¿Indica quién estaba a cargo de la investigación? —pregunté.

—Menciona a un tal Salvador. Ricardo Salvador —dijo Brotons.

Repasamos el resto de noticias relacionadas con la muerte de Marlasca, pero no había nada de interés. Los textos se regurgitaban unos en otros, repitiendo una cantinela que sonaba demasiado parecida a la línea oficial proporcionada por el bufete de Valera y compañía.

—Todo esto tiene un notable tufo a tapadillo —indicó Brotons.

Suspiré, desanimado. Había confiado en encontrar algo más que simples recordatorios almibarados y noticias huecas que no aclaraban nada sobre los hechos.

—¿No tenía usted un buen contacto en Jefatura? —preguntó don Basilio—. ¿Cómo se llamaba?

—Víctor Grandes —apuntó Brotons.

—Quizá le pueda poner él en contacto con el tal Salvador.

Carraspeé y los dos hombretones me miraron con el entrecejo fruncido.

—Por motivos que no hacen al caso, o que hacen demasiado, preferiría no complicar al inspector Grandes en este asunto —apunté.

Brotons y don Basilio intercambiaron una mirada.

—Ya. ¿Algún otro nombre a borrar de la lista?

—Marcos y Castelo.

—Veo que no ha perdido el talento de hacer amigos allí adonde va —estimó don Basilio.

Brotons se frotó la barbilla.

—No nos alarmemos. Creo que podré encontrar alguna otra vía de entrada que no levante sospechas.

—Si me encuentra usted a Salvador, le sacrifico lo que quiera, hasta un cerdo.

—Con lo de la gota me he quitado del tocino, pero no le diría que no a un buen habano —convino Brotons.

—Que sean dos —añadió don Basilio.

Mientras corría a un estanco de la calle Tallers en busca de los dos ejemplares de habanos más exquisitos y caros del establecimiento, Brotons hizo un par de discretas llamadas a Jefatura y confirmó que Salvador había abandonado el cuerpo, más bien a la fuerza, y que había empezado a trabajar desempeñando funciones de guardaespaldas para industriales o de investigación para diversos bufetes de abogados de la ciudad. Cuando volví a la redacción a hacerles entrega de sendos puros a mis benefactores, el jefe del archivo me tendió una nota en la que se leía una dirección.

*Ricardo Salvador*
*Calle de la Lleona, 21. Ático.*

—El conde se lo pague a ustedes —dije.

—Y usted que lo vea.

# 29

La calle de la Lleona, más conocida entre los lugareños como *la dels Tres Llits* en honor al notorio
prostíbulo que albergaba, era un callejón casi tan
tenebroso como su reputación. Partía de los arcos a la
sombra de la plaza Real y crecía en una grieta húmeda y
ajena a la luz del sol entre viejos edificios apilados unos
sobre otros y cosidos por una perpetua telaraña de líneas
de ropa tendida. Sus fachadas decrépitas se deshacían en
ocre, y las láminas de piedra que cubrían el suelo habían
estado bañadas de sangre durante los años del pistolerismo. Más de una vez la había utilizado como escenario en
mis historias de *La Ciudad de los Malditos* e incluso ahora,
desierta y olvidada, me seguía oliendo a intrigas y pólvora. A la vista de aquel sombrío escenario, todo parecía indicar que el retiro forzoso del comisario Salvador del
cuerpo de policía no había sido generoso.

El número 21 era un modesto inmueble enclaustrado
entre dos edificios que le hacían de tenaza. El portal estaba abierto y no era más que un pozo de sombra del que
partía una escalera estrecha y empinada que ascendía en
espiral. El suelo estaba encharcado, y un líquido oscuro y
viscoso brotaba entre los resquicios de las baldosas. Subí

las escaleras como pude, sin soltar la barandilla pero sin confiarme a ella. Sólo había una puerta por rellano y, a juzgar por el aspecto de la finca, no creí que ninguno de aquellos pisos pasara de los cuarenta metros cuadrados. Una pequeña claraboya coronaba el hueco de la escalera y bañaba de tenue claridad los pisos superiores. La puerta del ático quedaba al final de un pequeño pasillo. Me sorprendió encontrarla abierta. Llamé con los nudillos, pero no obtuve respuesta. La puerta daba a una sala pequeña en la que se veía una butaca, una mesa y una estantería con libros y cajas de latón. Una suerte de cocina y lavadero ocupaba la cámara contigua. La única bendición de aquella celda era una terraza que daba a la azotea. La puerta de la terraza también estaba abierta y por ella se colaba una brisa fresca que arrastraba el olor a comida y a colada de los tejados de la ciudad vieja.

—¿Alguien en casa? —llamé de nuevo.

Al no obtener respuesta me adentré hasta la puerta de la terraza y me asomé al terrado. La jungla de tejados, torres, depósitos de agua, pararrayos y chimeneas crecía en todas direcciones. No había dado un paso en la azotea cuando sentí la pieza de metal fría en la nuca y escuché el chasquido metálico de un revólver al tensarse el percutor. No se me ocurrió más que alzar las manos y no intentar mover ni una ceja.

—Mi nombre es David Martín. En Jefatura me han dado su dirección. Quería hablar con usted sobre un caso que llevó en sus años de servicio.

—¿Entra usted siempre en las casas de la gente sin llamar, señor David Martín?

—La puerta estaba abierta. He llamado pero no ha debido de oírme. ¿Puedo bajar ya las manos?

—No le he dicho que las levante. ¿Qué caso?

—La muerte de Diego Marlasca. Soy el inquilino de la que había sido su última residencia. La casa de la torre en la calle Flassaders.

La voz se silenció. La presión del revólver seguía allí, firme.

—¿Señor Salvador? —pregunté.

—Estoy pensando si no sería mejor volarle a usted la cabeza ahora mismo.

—¿No quiere antes oír mi historia?

Salvador aflojó la presión del revólver. Oí cómo se destensaba el percutor y me volví lentamente. Ricardo Salvador tenía una figura imponente y oscura, el pelo gris y los ojos azul claro penetrantes como agujas. Calculé que debía de rondar la cincuentena, pero hubiera costado encontrar hombres con la mitad de sus años que se atreviesen a interponerse en su camino. Tragué saliva. Salvador bajó el revólver y me dio la espalda, volviendo al interior del piso.

—Disculpe el recibimiento —murmuró.

Le seguí hasta la diminuta cocina y me detuve en el umbral. Salvador dejó la pistola sobre el fregadero y prendió el fuego de uno de los fogones con papel y cartón. Extrajo un frasco de café y me miró inquisitivamente.

—No, gracias.

—Es lo único bueno que tengo, se lo advierto —dijo.

—Entonces le acompañaré.

Salvador introdujo un par de cucharadas generosas de café molido en la cafetera, la llenó con agua de una jarra y la puso al fuego.

—¿Quién le ha hablado de mí?

—Hace unos días visité a la señora Marlasca, la viuda.

Ella fue quien me habló de usted. Me dijo que era el único que había intentado descubrir la verdad y que eso le había costado el puesto.

—Es una manera de describirlo, supongo —dijo.

Advertí que la mención de la viuda le había enturbiado la mirada y me pregunté qué era lo que habría sucedido entre ellos en aquellos días de infortunio.

—¿Cómo está? —preguntó—. La señora Marlasca.

—Creo que le echa a usted de menos —aventuré.

Salvador asintió, su ferocidad completamente abatida.

—Hace mucho que no voy a verla.

—Ella cree que usted la culpa por lo que le sucedió. Creo que le gustaría volver a verle, aunque haya pasado tanto tiempo.

—A lo mejor tiene usted razón. A lo mejor debería ir a visitarla…

—¿Puede hablarme de lo que pasó?

Salvador recuperó el semblante severo y asintió.

—¿Qué quiere saber?

—La viuda de Marlasca me explicó que usted nunca aceptó la versión que aseguraba que su marido se había quitado la vida y que tenía sospechas.

—Más que sospechas. ¿Le ha contado alguien cómo murió Marlasca?

—Sólo sé que dijeron que había sido un accidente.

—Marlasca murió ahogado. O eso decía el informe final de Jefatura.

—¿Cómo se ahogó?

—Sólo hay una manera de ahogarse, pero a eso volveré luego. Lo curioso es dónde.

—¿En el mar?

Salvador sonrió. Era una sonrisa negra y amarga como el café que empezaba a brotar. Salvador lo olfateó.

—¿Está usted seguro de que quiere oír esta historia?

—No he estado más seguro de nada en toda mi vida.

Me tendió una taza y me miró de arriba abajo, analizándome.

—Asumo que ya ha visitado usted a ese hijo de puta de Valera.

—Si se refiere al socio de Marlasca, murió. Con el que hablé fue con el hijo.

—Hijo de puta igualmente, sólo que con menos agallas. No sé lo que le contaría, pero seguro que no le dijo que entre ambos consiguieron que me expulsaran del cuerpo y que me convirtiese en un paria al que nadie daba ni limosna.

—Me temo que se le olvidó incluir eso en su versión de los hechos —concedí.

—No me extraña.

—Me iba a contar usted cómo se ahogó Marlasca.

—Ahí es donde la cosa se pone interesante —dijo Salvador—. ¿Sabía usted que el señor Marlasca, amén de abogado, erudito y escritor había sido, de joven, campeón en dos ocasiones de la travesía navideña a nado del puerto que organiza el Club Natación Barcelona?

—¿Cómo se ahoga un campeón de natación? —pregunté.

—La cuestión es dónde. El cadáver del señor Marlasca fue encontrado en el estanque de la azotea del Depósito de las Aguas del Parque de la Ciudadela. ¿Conoce usted el lugar?

Tragué saliva y asentí. Aquél era el primer lugar donde me había encontrado con Corelli.

—Si lo conoce sabrá que, cuando está lleno, apenas tiene un metro de profundidad y que es, esencialmente, una balsa. El día que se encontró al abogado muerto, el estanque estaba medio vacío y el nivel del agua no llegaba a los sesenta centímetros.

—Un campeón de natación no se ahoga en sesenta centímetros de agua así como así —apunté.

—Eso me dije yo.

—¿Había otras opiniones?

Salvador sonrió amargamente.

—Para empezar, lo dudoso es que se ahogara. El forense que practicó la autopsia al cadáver encontró algo de agua en los pulmones, pero su dictamen fue que el fallecimiento se había producido por un paro cardíaco.

—No entiendo.

—Cuando Marlasca se cayó al estanque, o cuando alguien lo empujó, estaba en llamas. El cuerpo presentaba quemaduras de tercer grado en torso, brazos y rostro. Era opinión del forense que el cuerpo pudo haber ardido por espacio de casi un minuto antes de que entrase en contacto con el agua. Restos encontrados en las ropas del abogado indicaban la presencia de algún tipo de disolvente en los tejidos. A Marlasca lo quemaron vivo.

Tardé unos segundos en digerir todo aquello.

—¿Por qué iba alguien a hacer algo así?

—¿Ajuste de cuentas? ¿Simple crueldad? Elija usted. Mi opinión es que alguien quería retrasar la identificación del cuerpo de Marlasca para ganar tiempo y confundir a la policía.

—¿Quién?

—Jaco Corbera.

—El representante de Irene Sabino.

—Que desapareció el mismo día de la muerte de Marlasca con el importe de una cuenta personal que el abogado tenía en el Banco Hispano Colonial y de la que su esposa no sabía nada.

—Cien mil francos franceses —apunté.

Salvador me miró, intrigado.

—¿Cómo lo sabe usted?

—No tiene importancia. ¿Qué hacía Marlasca en la azotea del Depósito de las Aguas? No es un lugar de paso, precisamente.

—Ése es otro punto confuso. Encontramos un dietario en el estudio de Marlasca en el que había anotado que tenía una cita allí a las cinco de la tarde. O eso parecía. Lo único que el dietario indicaba era una hora, un lugar y una inicial. Una «C». Probablemente, Corbera.

—¿Qué cree entonces usted que sucedió? —pregunté.

—Lo que yo creo, y lo que la evidencia sugiere, es que Jaco engañó a Irene Sabino para que manipulase a Marlasca. Ya sabrá que el abogado estaba obsesionado con todas esas supercherías de las sesiones de espiritismo y demás, especialmente desde la muerte de su hijo. Jaco tenía un socio, Damián Roures, que estaba metido en esos ambientes. Un farsante de tomo y lomo. Entre los dos, y con la ayuda de Irene Sabino, embaucaron a Marlasca, prometiéndole que podía entablar contacto con el niño en el mundo de los espíritus. Marlasca era un hombre desesperado y dispuesto a creer lo que fuese. Aquel trío de sabandijas tenía organizado el negocio perfecto hasta que Jaco se volvió más codicioso de la cuenta. Hay quien opina que la Sabino no actuaba de mala fe, que estaba genuinamente enamorada de Marlasca y que creía en todo aquello al igual que él. A mí esa posibilidad no me convence, pero a efectos de lo que sucedió es irrelevante. Jaco supo que Marlasca tenía aquellos fondos en el banco y decidió quitarle de en medio y desaparecer con el dinero, dejando un rastro de confusión. La cita en el dietario bien pudo ser una pista falsa dejada por la Sabino o por Jaco. No había evidencia alguna de que la hubiese anotado Marlasca.

—¿Y de dónde provenían los cien mil francos que Marlasca tenía en el Hispano Colonial?

—El propio Marlasca los había ingresado en metálico un año antes. No tengo la más remota idea de dónde pudo haber sacado una cifra así. Lo que sí sé es que lo que quedaba de ellos fue retirado, en metálico, la mañana del día en que murió Marlasca. Los abogados dijeron luego que el dinero había sido transferido a una especie de fondo tutelado y que no había desaparecido, que Marlasca simplemente había decidido reorganizar sus finanzas. Pero a mí me resulta difícil de creer que uno reorganice sus finanzas y desplace casi cien mil francos por la mañana y aparezca quemado vivo por la tarde. No creo que ese dinero acabase en algún fondo misterioso. Al día de hoy no hay nada que me convenza de que ese dinero no fue a parar a manos de Jaco Corbera e Irene Sabino. Al menos al principio, porque dudo de que luego ella viese un céntimo. Jaco desapareció con el dinero. Para siempre.

—¿Qué fue de ella entonces?

—Ése es otro de los aspectos que me hacen pensar que Jaco engañó a Roures y a Irene Sabino. Poco después de la muerte de Marlasca, Roures dejó el negocio de la ultratumba y abrió una tienda de artículos de magia en la calle Princesa. Que yo sepa, sigue allí. Irene Sabino trabajó un par de años más en cabarés y locales cada vez de menor caché. Lo último que oí de ella es que se estaba prostituyendo en el Raval y que vivía en la miseria. Obviamente no se quedó uno solo de aquellos francos. Ni Roures tampoco.

—¿Y Jaco?

—Lo más seguro es que abandonase el país con nombre falso y que esté en algún sitio viviendo confortablemente de las rentas.

Lo cierto es que todo aquello, lejos de aclararme algo, me abría más interrogantes. Salvador debió de interpretar mi mirada de desazón y me ofreció una sonrisa de conmiseración.

—Valera y sus amigos en el ayuntamiento consiguieron que la prensa saliera con la historia de un accidente. Resolvió el asunto con un funeral señorial para no enturbiar las aguas de los negocios del bufete, que en buena medida eran los negocios del ayuntamiento y de la diputación, y pasar por alto la extraña conducta del señor Marlasca en los últimos doce meses de su vida, desde que abandonó a su familia y a sus socios y decidió adquirir una casa en ruinas en una parte de la ciudad en la que no había puesto su pie bien calzado en su vida para dedicarse, según su antiguo socio, a escribir.

—¿Dijo Valera lo que Marlasca quería escribir?

—Un libro de poesía o algo así.

—¿Y usted le creyó?

—He visto cosas muy raras en mi trabajo, amigo mío, pero abogados adinerados que lo dejen todo para retirarse a escribir sonetos no forman parte del repertorio.

—¿Y entonces?

—Entonces lo razonable hubiese sido olvidarme del tema y hacer lo que se me decía.

—Pero no fue así.

—No. Y no porque sea un héroe o un imbécil. Lo hice porque cada vez que veía a aquella pobre mujer, a la viuda de Marlasca, se me revolvían las tripas y no me podía volver a mirar al espejo sin hacer lo que se supone que me pagaban para hacer.

Señaló el entorno mísero y frío que le servía de hogar y rió.

—Créame que si llego a saberlo hubiera preferido ser un cobarde y no salirme de la fila. No puedo decir que no me lo advirtieran en jefatura. Muerto y enterrado el abogado, tocaba pasar página y dedicar nuestros esfuerzos a perseguir a anarquistas muertos de hambre y maestros de escuela de sospechoso ideario.

—Dice usted enterrado... ¿Dónde está enterrado Diego Marlasca?

—Creo que en el panteón familiar del cementerio de Sant Gervasi, no muy lejos de la casa donde vive la viuda. ¿Puedo preguntarle por su interés en este asunto? Y no me diga que se le ha despertado la curiosidad sólo por vivir en la casa de la torre.

—Es difícil de explicar.

—Si quiere un consejo de amigo, míreme y aplíquese el remedio. Déjelo correr.

—Me gustaría. El problema es que no creo que el asunto me deje correr a mí.

Salvador me observó largamente y asintió. Tomó un papel y anotó un número.

—Éste es el teléfono de los vecinos de abajo. Son buena gente y los únicos que tienen teléfono en toda la escalera. Ahí me puede encontrar o dejar recado. Pregunte por Emilio. Si necesita ayuda, no dude en llamarme. Y ándese con ojo. Jaco desapareció del panorama hace ya muchos años, pero todavía hay gente a la que no le interesa remover este asunto. Cien mil francos es mucho dinero.

Acepté el número y lo guardé.

—Se agradece.

—De nada. Total, ¿qué pueden hacerme ya?

—¿Tendría usted una fotografía de Diego Marlasca? No he encontrado ni una sola en toda la casa.

—Pues no sé... Creo que alguna debo de tener. Déjeme ver.

Salvador se dirigió a un escritorio en el rincón de la sala y extrajo una caja de latón repleta de papeles.

—Aún guardo cosas del caso... ya ve que ni con los años escarmiento. Aquí, mire. Esta foto me la dio la viuda.

Me tendió un viejo retrato de estudio en el que aparecía un hombre alto y bien parecido de unos cuarenta y tantos años sonriendo a la cámara sobre un fondo de terciopelo. Me perdí en aquella mirada limpia, preguntándome cómo era posible que tras ella se ocultase el mundo tenebroso que había encontrado en las páginas de *Lux Aeterna*.

—¿Puedo quedármela?

Salvador dudó.

—Supongo que sí. Pero no la pierda.

—Le prometo que se la devolveré.

—Prométame que tendrá cuidado y me quedaré más tranquilo. Y que si no lo tiene y se mete en líos, me llamará.

Le tendí la mano y me la estrechó.

—Prometido.

# 30

Empezaba a ponerse el sol cuando dejé a Ricardo Salvador en su fría azotea y regresé a la plaza Real bañada en luz polvorienta que pintaba de rojo las siluetas de paseantes y extraños. Eché a andar y acabé por refugiarme en el único lugar en toda la ciudad en el que siempre me había sentido bien recibido y protegido. Cuando llegué a la calle Santa Ana, la librería de Sempere e Hijos estaba a punto de cerrar. El crepúsculo reptaba sobre la ciudad y una brecha de azul y púrpura se había abierto en el cielo. Me detuve frente al escaparate y vi que Sempere hijo acababa de acompañar a un cliente que se despedía ya. Al verme me sonrió y me saludó con aquella timidez que parecía más decencia que otra cosa.

—En usted precisamente estaba pensando, Martín. ¿Todo bien?

—Inmejorable.

—Ya se le ve en la cara. Ande, pase, que prepararemos algo de café.

Me abrió la puerta de la tienda y me cedió el paso. Entré en la librería y aspiré aquel perfume a papel y magia que inexplicablemente a nadie se le había ocurrido todavía embotellar. Sempere hijo me indicó que le siguiera hasta la trastienda, donde se dispuso a preparar una cafetera.

—¿Y su padre? ¿Cómo está? Le vi un poco tierno el otro día.

Sempere hijo asintió, como si agradeciese la pregunta. Me di cuenta de que probablemente no tenía a nadie con quien hablar del tema.

—Ha tenido tiempos mejores, la verdad. El médico dice que tiene que vigilar con la angina de pecho, pero él insiste en trabajar más que antes. A veces tengo que enfadarme con él, pero parece que crea que si deja la librería en mis manos el negocio se vendrá abajo. Esta mañana, cuando me he levantado, le he dicho que hiciera el favor de quedarse en la cama y no bajase a trabajar en todo el día. ¿Se puede creer que tres minutos después me lo encuentro en el comedor, poniéndose los zapatos?

—Es un hombre de ideas firmes —convine.

—Es tozudo como una mula —replicó Sempere hijo—. Menos mal que ahora tenemos algo de ayuda, que si no…

Desenfundé mi expresión de sorpresa e inocencia, tan socorrida y falta de apresto.

—La muchacha —aclaró Sempere hijo—. Isabella, su ayudante. Por eso estaba yo pensando en usted. Espero que no le importe que pase unas horas aquí. La verdad es que, tal como están las cosas, se agradece la ayuda, pero si tiene usted inconveniente…

Reprimí una sonrisa por el modo en que relamió las dos eles de Isabella.

—Bueno, mientras sea algo temporal. La verdad es que Isabella es una buena chica. Inteligente y trabajadora —dije—. De toda confianza. Nos llevamos de maravilla.

—Pues ella dice que es usted un déspota.

—¿Eso dice?

—De hecho, tiene un mote para usted: *mister* Hyde.

—Angelito. No haga caso. Ya sabe cómo son las mujeres.

—Sí, ya lo sé —replicó Sempere hijo en un tono que dejaba claro que sabía muchas cosas, pero de aquélla no tenía ni la más remota idea.

—Isabella le dice eso de mí, pero no se crea que a mí no me dice cosas de usted —aventuré.

Vi que algo se le revolvía en el rostro. Dejé que mis palabras fueran corroyendo lentamente las capas de su armadura. Me tendió una taza de café con una sonrisa solícita y rescató el tema con un recurso que no hubiera pasado el filtro de una opereta de medio pelo.

—A saber lo que debe de decir de mí —dejó caer.

Le dejé macerando la incertidumbre unos instantes.

—¿Le gustaría saberlo? —pregunté casualmente, escondiendo la sonrisa tras la taza.

Sempere hijo se encogió de hombros.

—Dice que es usted un hombre bueno y generoso, que la gente no le entiende porque es usted un poco tímido y no ven más allá de, cito textualmente, una presencia de galán de cine y una personalidad fascinante.

Sempere hijo tragó saliva y me miró, atónito.

—No le voy a mentir, amigo Sempere. Mire, de hecho me alegro de que haya sacado usted el tema porque la verdad es que hace ya días que quería comentar esto con usted y no sabía cómo.

—¿Comentar el qué?

Bajé la voz y le miré fijamente a los ojos.

—Entre usted y yo, Isabella quiere trabajar aquí porque le admira y, me temo, está secretamente enamorada de usted.

Sempere me miraba al borde del pasmo.

—Pero un amor puro, ¿eh? Atención. Espiritual. Como de heroína de Dickens, para entendernos. Nada de frivolidades ni niñerías. Isabella, aunque es joven, es toda una mujer. Lo habrá advertido usted, seguro…

—Ahora que lo menciona.

—Y no hablo sólo de su, si me permite la licencia, exquisitamente mullido marco, sino de ese lienzo de bondad y belleza interior que lleva dentro, esperando el momento oportuno para emerger y hacer de algún afortunado el hombre más feliz del mundo.

Sempere no sabía dónde meterse.

—Y además tiene talentos ocultos. Habla idiomas. Toca el piano como los ángeles. Tiene una cabeza para los números que ni Isaac Newton. Y encima cocina de miedo. Míreme. He engordado varios kilos desde que trabaja para mí. Delicias que ni la Tour d'Argent… ¿No me diga que no se había dado cuenta?

—Bueno, no mencionó que cocinase…

—Hablo del flechazo.

—Pues la verdad…

—¿Sabe lo que pasa? La muchacha, en el fondo, y aunque se dé esos aires de fierecilla por domar, es mansa y tímida hasta extremos patológicos. La culpa la tienen las monjas, que las atontan con tantas historias del infierno y lecciones de costura. Viva la escuela libre.

—Pues yo hubiese jurado que me tomaba por poco menos que tonto —aseguró Sempere.

—Ahí lo tiene. La prueba irrefutable. Amigo Sempere, cuando una mujer le trata a uno de tonto significa que se le están afilando las gónadas.

—¿Está usted seguro de eso?

—Más que de la fiabilidad del Banco de España. Hágame caso, que de esto entiendo un rato.

—Eso dice mi padre. ¿Y qué voy a hacer?

—Bueno, eso depende. ¿A usted le gusta la chica?

—¿Gustar? No sé. ¿Cómo sabe uno si…?

—Es muy simple. ¿Se la mira usted de reojo y le entran ganas como de morderla?

—¿Morderla?

—En el trasero, por ejemplo.

—Señor Martín…

—No me sea pudendo, que estamos entre caballeros y sabido es que los hombres somos el eslabón perdido entre el pirata y el cerdo. ¿Le gusta o no?

—Bueno, Isabella es una muchacha agraciada.

—¿Qué más?

—Inteligente. Simpática. Trabajadora.

—Siga.

—Y una buena cristiana, creo. No es que yo sea muy practicante, pero...

—No me hable. Isabella es más de misa que el cepillo. Las monjas, ya se lo digo yo.

—Pero morderla no se me había ocurrido, la verdad.

—No se le había ocurrido hasta que yo se lo he mencionado.

—Debo decirle que me parece una falta de respeto hablar así de ella, o de cualquiera, y que debería usted avergonzarse… —protestó Sempere hijo.

—*Mea culpa* —entoné alzando las manos en gesto de rendición—. Pero no importa, porque cada cual manifiesta su devoción a su manera. Yo soy una criatura frívola y superficial y de ahí mi enfoque canino, pero usted, con esa *aurea gravitas*, es hombre de sentimiento místico y profundo. Lo que cuenta es que la muchacha le adora y que el sentimiento es recíproco.

—Bueno…

—Ni bueno ni malo. Las cosas como son, Sempere. Que usted es un hombre respetable y responsable. Si fuese yo, qué le voy a contar, pero usted no es hombre que vaya a jugar con los sentimientos nobles y puros de una mujer en flor. ¿Me equivoco?

—…supongo que no.

—Pues ya está.

—¿El qué?

—¿No está claro?

—No.

—Es momento de festejar.

—¿Perdón?

—Cortejar o, en lenguaje científico, pelar la pava. Mire, Sempere, por algún extraño motivo, siglos de supuesta civilización nos han conducido a una situación en la que uno no puede ir arrimándose a las mujeres por las esquinas, o proponiéndoles matrimonio, así como así. Primero hay que festejar.

—¿Matrimonio? ¿Se ha vuelto loco?

—Lo que quiero decirle es que a lo mejor, y esto en el fondo es idea suya aunque no se haya dado cuenta todavía, hoy o mañana o pasado, cuando se le cure el tembleque y no parezca que le cae la baba, al término del horario de Isabella en la librería la invita usted a merendar en algún sitio con duende y se dan de una vez cuenta de que están hechos el uno para el otro. Pongamos Els Quatre

Gats, que como son un tanto agarrados ponen la luz tirando a floja para ahorrar electricidad y eso siempre ayuda en estos casos. Le pide a la muchacha un requesón con un buen cucharón de miel, que eso abre los apetitos, y luego, como quien no quiere la cosa, le endosa un par de lingotazos de ese moscatel que se sube a la cabeza de necesidad y, al tiempo que le pone la mano en la rodilla, me la atonta usted con esa verborrea que se lleva tan escondida, granuja.

—Pero si yo no sé nada de ella, ni de lo que le interesa ni…

—Le interesa lo mismo que a usted. Le interesan los libros, la literatura, el olor de estos tesoros que tiene usted aquí y la promesa de romance y aventura de las novelas de a peseta. Le interesa espantar la soledad y no perder el tiempo en comprender que en este perro mundo nada vale un céntimo si no tenemos a alguien con quien compartirlo. Ya sabe lo esencial. Lo demás lo aprende y lo disfruta usted por el camino.

Sempere se quedó pensativo, alternando miradas entre su taza de café, intacta, y un servidor, que mantenía a trancas y barrancas su sonrisa de vendedor de títulos de Bolsa.

—No sé si darle las gracias o denunciarle a la policía —dijo finalmente.

Justo entonces se escucharon los pasos pesados de Sempere padre en la librería. Unos segundos después asomaba el rostro en la trastienda y se nos quedaba mirando con el entrecejo fruncido.

—¿Y esto? La tienda desatendida y aquí de cháchara como si fuera fiesta mayor. ¿Y si entra algún cliente? ¿O un sinvergüenza dispuesto a llevarse el género?

Sempere hijo suspiró, poniendo los ojos en blanco.

—No tema, señor Sempere, que los libros son la única cosa en este mundo que no se roba —dije guiñándole un ojo.

Una sonrisa cómplice iluminó su rostro. Sempere hijo aprovechó el momento para escapar de mis garras y escabullirse rumbo a la librería. Su padre se sentó a mi lado y olfateó la taza de café que su hijo había dejado sin probar.

—¿Qué dice el médico de la cafeína para el corazón? —apunté.

—Ése no sabe encontrarse las posaderas ni con un atlas de anatomía. ¿Qué va a saber del corazón?

—Más que usted, seguro —repliqué, arrebatándole la taza de las manos.

—Si yo estoy hecho un toro, Martín.

—Un mulo es lo que está usted hecho. Haga el favor de subir a casa y de meterse en la cama.

—En la cama sólo vale la pena estar cuando se es joven y hay buena compañía.

—Si quiere compañía, se la busco, pero no creo que se dé la coyuntura cardíaca adecuada.

—Martín, a mi edad, la erótica se reduce a saborear un flan y a mirarles el cuello a las viudas. Aquí el que me preocupa es el heredero. ¿Algún progreso en ese terreno?

—Estamos en fase de abono y siembra. Habrá que ver si el tiempo acompaña y tenemos algo que cosechar. En un par o tres de días le puedo dar una estimación al alza con un sesenta o setenta por ciento de fiabilidad.

Sempere sonrió, complacido.

—Golpe maestro lo de enviarme a Isabella de dependienta —dijo—. Pero ¿no la ve un poco joven para mi hijo?

—Al que veo un poco verde es a él, si tengo que serle sincero. O espabila o Isabella se lo come crudo en cinco minutos. Menos mal que es de buena pasta, que si no…

—¿Cómo se lo puedo agradecer?

—Subiendo a casa y metiéndose en la cama. Si necesita compañía picante llévese *Fortunata y Jacinta*.

—Lleva razón. Don Benito no falla.

—Ni queriendo. Venga, al catre.

Sempere se levantó. Le costaba moverse y respiraba trabajosamente, con un soplo ronco en el aliento que ponía los pelos de punta. Le tomé del brazo para ayudarle y me di cuenta de que tenía la piel fría.

—No se espante, Martín. Es mi metabolismo, que es algo lento.

—Como el de *Guerra y paz* se lo veo yo hoy.

—Una cabezadita y me quedo como nuevo.

Decidí acompañarle hasta el piso en el que vivían padre e hijo, justo encima de la librería, y asegurarme de que se metía bajo las mantas. Tardamos un cuarto de hora en negociar el tramo de las escaleras. Por el camino nos encontramos a uno de los vecinos, un afable catedrático de instituto llamado don Anacleto que daba clases de lengua y literatura en los jesuitas de Caspe y regresaba a su casa.

—¿Cómo se presenta hoy la vida, amigo Sempere?

—Empinada, don Anacleto.

Con la ayuda del catedrático conseguí llegar al primer piso con Sempere prácticamente colgado de mi cuello.

—Con el permiso de ustedes me retiro a descansar tras una larga jornada de lidia con esa jauría de primates que tengo por alumnos —anunció el catedrático—. Se lo digo yo, este país se va a desintegrar en una generación. Como ratas se van a despellejar unos a otros.

Sempere hizo un gesto que me daba a entender que no hiciese demasiado caso a don Anacleto.

—Buen hombre —murmuró—, pero se ahoga en un vaso de agua.

Al entrar en la vivienda me asaltó el recuerdo de aquella mañana lejana en la que llegué allí ensangrentado, sosteniendo un ejemplar de *Grandes esperanzas* en las manos, y Sempere me subió en brazos hasta su casa y me sirvió una taza de chocolate caliente que me bebí mientras esperábamos al médico y él me susurraba palabras tranquilizadoras y me limpiaba la sangre del cuerpo con una toalla tibia y una delicadeza que nunca nadie me había mostrado antes. Por entonces, Sempere era un hombre fuerte que me parecía un gigante en todos los sentidos y sin el cual no creo que hubiera sobrevivido a aquellos años de escasa fortuna. Poco o nada quedaba de aquella fortaleza cuando le sostuve en mis brazos para ayudarle a acostarse y le tapé con un par de mantas. Me senté a su lado y le tomé la mano sin saber qué decir.

—Oiga, si vamos los dos a echarnos a llorar como magdalenas, más vale que se vaya —dijo él.

—Cuídese, ¿me oye?

—Con algodoncitos, no tema.

Asentí y me dirigí hacia la salida.

—¿Martín?

Me volví desde el umbral de la puerta. Sempere me contemplaba con la misma preocupación con la que me había mirado aquella mañana en la que había perdido algunos dientes y buena parte de la inocencia. Me fui antes de que me preguntase qué era lo que me ocurría.

# 31

Uno de los primeros recursos propios del escritor profesional que Isabella había aprendido de mí era el arte y la práctica de *procrastinar*. Todo veterano del oficio sabe que cualquier ocupación, desde afilar el lápiz hasta catalogar musarañas, tiene prioridad al acto de sentarse a la mesa y exprimir el cerebro. Isabella había absorbido por ósmosis esta lección fundamental y al llegar a casa, en vez de encontrarla en su escritorio, la sorprendí en la cocina afinando los últimos toques a una cena que olía y lucía como si su elaboración hubiera sido cuestión de varias horas.

—¿Celebramos algo? —pregunté.

—Con la cara que trae usted no lo creo.

—¿A qué huele?

—Pato confitado con peras al horno y salsa de chocolate. He encontrado la receta en uno de sus libros de cocina.

—Yo no tengo libros de cocina.

Isabella se levantó y trajo un tomo encuadernado en piel que depositó en la mesa. El título: *Las 101 mejores recetas de la cocina francesa,* por Michel Aragon.

—Eso es lo que usted se cree. En segunda fila, en los

estantes de la biblioteca, he encontrado de todo, incluyendo un manual de higiene matrimonial del doctor Pérez-Aguado con unas ilustraciones de lo más sugerente y frases del tipo «la hembra, por designio divino, no conoce deseo carnal y su realización espiritual y sentimental se sublima en el ejercicio natural de la maternidad y las labores del hogar». Tiene usted ahí las minas del rey Salomón.

—¿Y se puede saber qué buscabas tú en la segunda fila de los estantes?

—Inspiración. Cosa que he encontrado.

—Pero de tipo culinario. Habíamos quedado en que ibas a escribir todos los días, con inspiración o sin.

—Estoy encallada. Y la culpa es suya, por tenerme pluriempleada y complicarme en sus intrigas con el inmaculado de Sempere hijo.

—¿Te parece bien burlarte del hombre que está perdidamente enamorado de ti?

—¿Qué?

—Ya me has oído. Sempere hijo me ha confesado que le tienes robado el sueño. Literalmente. No duerme, no come, no bebe, ni orinar puede el pobre de tanto pensar en ti todo el día.

—Delira usted.

—El que delira es el pobre Sempere. Tendrías que haberlo visto. He estado en un tris de pegarle un tiro para liberarle del dolor y la miseria que lo acongojan.

—Pero si no me hace ni caso —protestó Isabella.

—Porque no sabe cómo abrir su corazón y encontrar las palabras con que plasmar su sentimientos. Los hombres somos así. Brutos y primarios.

—Pues bien que ha sabido encontrar las palabras

para echarme una bronca por equivocarme al ordenar la colección de los *Episodios Nacionales.* Menuda labia.

—No es lo mismo. Una cosa es el trámite administrativo y la otra el lenguaje de la pasión.

—Bobadas.

—No hay nada de bobo en el amor, estimada ayudante. Y, cambiando de tema, ¿vamos a cenar o no?

Isabella había preparado una mesa a juego con el festín que había cocinado. Había dispuesto un arsenal de platos, cubiertos y copas que nunca había visto.

—No sé cómo teniendo estas preciosidades no las usa usted. Lo tenía todo en cajas en el cuarto junto al lavadero —dijo Isabella—. Hombre tenía usted que ser.

Levanté uno de los cuchillos y lo contemplé a la luz de las velas que había dispuesto Isabella. Comprendí que aquéllos eran los enseres de Diego Marlasca y sentí que perdía el apetito por completo.

—¿Pasa algo? —preguntó Isabella.

Negué. Mi ayudante sirvió dos platos y se me quedó mirando, expectante. Probé el primer bocado y sonreí, asintiendo.

—Muy bueno —dije.

—Un poco correoso, creo. La receta decía que había que asarlo a fuego lento no sé cuánto tiempo, pero con la cocina que tiene usted, el fuego es o inexistente o abrasador, sin punto intermedio.

—Está bueno —repetí, comiendo sin hambre.

Isabella me iba mirando de reojo. Seguimos cenando en silencio, el tintineo de cubiertos y platos como única compañía.

—¿Decía en serio eso de Sempere hijo?

Asentí sin levantar los ojos del plato.

—¿Y que más le ha dicho de mí?

—Me ha dicho que tienes una belleza clásica, que eres inteligente, intensamente femenina, porque él es así de cursi, y que siente que hay una conexión espiritual entre vosotros.

Isabella me clavó una mirada asesina.

—Júreme que no se está inventando eso —dijo Isabella.

Puse la mano derecha sobre el libro de recetas y levanté la izquierda.

—Lo juro sobre *Las 101 mejores recetas de la cocina francesa* —declaré.

—Se jura con la otra mano.

Cambié de mano y repetí el gesto con expresión de solemnidad. Isabella resopló.

—¿Y qué voy a hacer?

—No sé. ¿Qué hacen los enamorados? Ir de paseo, a bailar…

—Pero yo no estoy enamorada de ese señor.

Seguí degustando el confite de pato, ajeno a su insistente mirada. Al rato, Isabella dio un manotazo en la mesa.

—Haga el favor de mirarme. Todo esto es culpa suya.

Dejé los cubiertos con parsimonia, me limpié con la servilleta y la miré.

—¿Qué voy a hacer? —preguntó de nuevo Isabella.

—Eso depende. ¿Te gusta Sempere o no?

Una nube de duda le cruzó el rostro.

—No lo sé. Para empezar, es un poco mayor para mí.

—Tiene prácticamente mi edad —apunté—. Como mucho, uno o dos años más. Puede que tres.

—O cuatro o cinco.

Suspiré.

—Está en la flor de la vida. Habíamos quedado en que te gustaban maduritos.

—No se ría.

—Isabella, no soy yo quién para decirte lo que debes hacer…

—Ésa sí que es buena.

—Déjame acabar. Lo que quiero decir es que esto es algo entre Sempere hijo y tú. Si me pides mi consejo, yo te diría que le des una oportunidad. Nada más. Si uno de estos días él decide dar el primer paso y te invita, pongamos, a merendar, acepta la invitación. A lo mejor empezáis a hablar y os conocéis y acabáis siendo grandes amigos, o a lo mejor no. Pero yo creo que Sempere es un buen hombre, su interés en ti es genuino y me atrevería a decir que, si lo piensas un poco, en el fondo tú también sientes algo por él.

—Está usted cargado de manías.

—Pero Sempere no. Y creo que no respetar el afecto y la admiración que siente por ti sería mezquino. Y tú no lo eres.

—Eso es chantaje sentimental.

—No, es la vida.

Isabella me fulminó con la mirada. Le sonreí.

—Al menos haga el favor de terminarse la cena —ordenó.

Apuré mi plato, lo rebañé con pan y dejé escapar un suspiro de satisfacción.

—¿Qué hay de postre?

Después de la cena dejé a una Isabella meditabunda macerar sus dudas e inquietudes en la sala de lectura y subí al estudio de la torre. Extraje el retrato de Diego Marlasca que me había prestado Salvador y lo dejé al pie del flexo. Acto seguido eché un vistazo a la pequeña ciudadela de blocs, notas y cuartillas que había ido acumulando para el patrón. Con el frío de los cubiertos de Diego Marlasca todavía en las manos, no me costó imaginarle sentado allí, contemplando la misma vista sobre los tejados de la Ribera. Tomé una de mis páginas al azar y empecé a leer. Reconocía las palabras y las frases porque las había compuesto yo, pero el espíritu turbio que las alimentaba se me antojaba más lejano que nunca. Dejé caer el papel al suelo y alcé la mirada para encontrar mi reflejo en el cristal de la ventana, un extraño sobre la tiniebla azul que sepultaba la ciudad. Supe que no iba a poder trabajar aquella noche, que iba a ser incapaz de hilvanar un solo párrafo para el patrón. Apagué la luz del escritorio y me quedé sentado en la penumbra, escuchando el viento arañar las ventanas e imaginando a Diego Marlasca precipitándose en llamas en las aguas del estanque mientras las últimas burbujas de aire escapaban de sus labios y el líquido helado inundaba sus pulmones.

Desperté al alba con el cuerpo dolorido y encajado en la butaca del estudio. Me levanté y escuché cómo crujían dos o tres engranajes de mi anatomía. Me arrastré hasta la ventana y la abrí de par en par. Los terrados de la ciudad vieja relucían de escarcha y un cielo púrpura se anudaba sobre Barcelona. Al sonido de las campanas de Santa María del Mar, una nube de alas negras alzó el vuelo desde un palomar. Un viento frío y cortante trajo el olor de los muelles y las cenizas de carbón que destilaban las chimeneas de la barriada.

Bajé al piso y me dirigí a la cocina a preparar café.

Eché un vistazo a la alacena y me quedé atónito. Desde que tenía a Isabella en casa, mi despensa parecía el colmado Quílez en la Rambla de Catalunya. Entre el desfile de exóticos manjares importados por el colmado del padre de Isabella encontré una caja de latón con galletas inglesas recubiertas de chocolate y decidí probarlas. Media hora más tarde, una vez mis venas empezaron a bombear azúcar y cafeína, mi cerebro se puso en funcionamiento y tuve la genial ocurrencia de empezar la jornada complicando un poco más, si cabía, mi existencia. Tan pronto abriesen los comercios haría una visita a la tienda de artículos de magia y prestidigitación de la calle Princesa.

—¿Qué hace despierto a estas horas?

La voz de mi conciencia, Isabella, me observaba desde el umbral.

—Comer galletas.

Isabella se sentó a la mesa y se sirvió una taza de café. Tenía aspecto de no haber pegado ojo.

—Mi padre dice que ésa es la marca favorita de la reina madre.

—Así de hermosa está ella.

Isabella tomó una de las galletas y la mordisqueó con aire ausente.

—¿Has pensando en lo que vas a hacer? Respecto a Sempere, quiero decir…

Isabella me lanzó una mirada ponzoñosa.

—¿Y usted qué va a hacer hoy? Nada bueno, seguro.

—Un par de recados.

—Ya.

—¿Ya, ya? ¿O ya, adverbio de tiempo?

Isabella dejó la taza sobre la mesa y se encaró a mí con su aire de interrogatorio sumario.

—¿Por qué nunca habla de lo que sea que se lleva usted entre manos con ese tipo, el patrón?

—Entre otras cosas, por tu bien.

—Por mi bien. Claro. Tonta de mí. A propósito, me olvidé decirle que ayer se pasó por aquí su amigo, el inspector.

—¿Grandes? ¿Venía sólo?

—No. Le acompañaban un par de matones grandes como armarios con cara de perro pachón.

La idea de Marcos y Castelo a mi puerta me produjo un nudo en el estómago.

—¿Y qué quería Grandes?

—No lo dijo.

—¿Qué dijo entonces?

—Me preguntó quién era yo.

—¿Y tú qué contestaste?

—Que era su amante.

—Muy bonito.

—Pues a uno de los grandullones pareció hacerle mucha gracia.

Isabella cogió otra galleta y la devoró en dos mordiscos. Advirtió que la estaba mirando de reojo y dejó de masticar en el acto.

—¿Qué he dicho? —preguntó, proyectando una nube de migas de galleta.

# 32

Un dedo de luz vaporosa caía desde el manto de nubes y encendía la pintura roja de la fachada de la tienda de artículos de magia de la calle Princesa. El establecimiento quedaba tras una marquesina de madera labrada. Las vidrieras de la puerta apenas insinuaban los contornos de un interior sombrío y vestido de cortinajes de tercipelo negro que envolvían vitrinas con máscaras e ingenios de regusto victoriano, barajas trucadas y dagas contrapesadas, libros de magia y frascos de cristal pulido que contenían un arco iris de líquidos etiquetados en latín y probablemente embotellados en Albacete. La campanilla de la entrada anunció mi presencia. Un mostrador vacío quedaba al fondo. Esperé unos segundos, examinando la colección de curiosidades del bazar. Estaba buscando mi rostro en un espejo en el que se reflejaba toda la tienda excepto yo, cuando atisbé por el rabillo del ojo una figura menuda que asomaba tras la cortina de la trastienda.

—Un truco interesante, ¿verdad? —dijo el hombrecillo de cabello cano y mirada penetrante.

Asentí.

—¿Cómo funciona?

—Todavía no lo sé. Me llegó hace un par de días de un fabricante de espejos trucados de Estanbul. El creador lo llama inversión refractaria.

—Le recuerda a uno que nada es lo que parece —apunté.

—Menos la magia. ¿En qué puedo ayudarle, caballero?

—¿Hablo con el señor Damián Roures?

El hombrecillo asintió lentamente, sin pestañear. Advertí que tenía los labios dibujados en una mueca risueña que, como su espejo, no era lo que parecía. La mirada era fría y cautelosa.

—Me han recomendado su establecimiento.

—¿Puedo preguntar quién ha sido tan amable?

—Ricardo Salvador.

La pretensión de sonrisa afable se borró de su rostro.

—No sabía que siguiera vivo. No le he visto en veinticinco años.

—¿Y a Irene Sabino?

Roures suspiró, negando por lo bajo. Rodeó el mostrador y se acercó hasta la puerta. Colgó cl cartel de cerrado y echó la llave.

—¿Quién es usted?

—Mi nombre es Martín. Estoy intentando aclarar las circunstancias que rodearon la muerte del señor Diego Marlasca, a quien tengo entendido que usted conocía.

—Que yo sepa, quedaron aclaradas hace ya muchos años. El señor Marlasca se suicidó.

—Yo lo había entendido de otra manera.

—No sé lo que le habrá contado ese policía. El resentimiento afecta a la memoria, señor… Martín. Salvador ya intentó en su día vender una conspiración de la que no tenía prueba alguna. Todos sabían que le estaba calentando la cama a la viuda Marlasca y que pretendía erigirse en héroe de la situación. Como era de esperar, sus superiores lo metieron en vereda y le expulsaron del cuerpo.

—Él cree que lo que ocurrió es que hubo un intento de ocultar la verdad.

Roures rió.

—La verdad… no me haga reír. Lo que se intentó tapar fue el escándalo. El gabinete de abogados de Valera y Marlasca tenía los dedos metidos en casi todas las ollas que se cuecen en esta ciudad. A nadie le interesaba que se destapase una historia como aquélla.

»Marlasca había abandonado su posición, su trabajo y su matrimonio para encerrarse en ese caserón a hacer sabe Dios qué. Cualquiera con dos dedos de frente podía imaginarse que aquello no acabaría bien.

—Eso no le impidió a usted y a su socio Jaco rentabilizar la locura de Marlasca prometiéndole la posibilidad de contactar con el más allá en sus sesiones de espiritismo…

—Nunca le prometí nada. Aquellas sesiones eran una simple diversión. Todos lo sabían. No pretenda endosarme el muerto, porque yo no hacía más que ganarme la vida honradamente.

—¿Y su socio Jaco?

—Yo respondo por mí mismo. Lo que hiciese Jaco no es responsabilidad mía.

—Luego hizo algo.

—¿Qué quiere que le diga? ¿Que se llevó ese dinero que Salvador se empeñaba en decir que estaba en una cuenta secreta? ¿Que mató a Marlasca y nos engañó a todos?

—¿Y no fue así?

Roures me miró largamente.

—No lo sé. No he vuelto a verle desde el día en que murió Marlasca. Ya les dije a Salvador y a los demás policías lo que sabía. Nunca mentí. Nunca mentí. Si Jaco hizo algo, nunca tuve conocimiento ni obtuve parte alguna.

—¿Qué me dice de Irene Sabino?

—Irene amaba a Marlasca. Ella nunca hubiese tramado nada para hacerle daño.

—¿Sabe qué fue de ella? ¿Vive aún?

—Creo que sí. Me dijeron que estaba trabajando en una lavandería del Raval. Irene era una buena mujer. Demasiado buena. Así ha acabado. Ella creía en aquellas cosas. Creía de corazón.

—¿Y Marlasca? ¿Qué buscaba en aquel mundo?

—Marlasca andaba metido en algo, no me pregunte el qué. Algo que ni yo ni Jaco le habíamos vendido ni podíamos venderle. Cuanto sé es lo que oí decir a Irene en una ocasión. Al parecer Marlasca había encontrado a alguien, a alguien que yo no conocía, y créame que conocía y conozco a todo el mundo en la profesión, que le había prometido que si hacía algo, no sé el qué, recuperaría a su hijo Ismael de entre los muertos.

—¿Dijo Irene quién era ese alguien?

—Ella no le había visto nunca. Marlasca no le permitía que lo viese. Pero ella sabía que él tenía miedo.

—¿Miedo de qué?

Roures chasqueó la lengua.

—Marlasca creía que estaba maldito.

—Explíquese.

—Ya se lo he dicho antes. Estaba enfermo. Estaba convencido de que algo se le había metido dentro.

—¿Algo?

—Un espíritu. Un parásito. No sé. Mire, en este negocio se conoce a mucha gente que no está precisamente en sus cabales. Les sucede una tragedia personal, pierden un amante o una fortuna y se caen por el agujero. El cerebro es el órgano más frágil del cuerpo. El señor Marlasca no estaba en su sano juicio, y eso lo podía ver cualquiera que hablase durante cinco minutos con él. Por eso vino a mí.

—Y usted le dijo lo que quería oír.

—No. Yo le dije la verdad.

—¿Su verdad?

—La única que conozco. Me pareció que aquel hombre estaba seriamente desequilibrado y no quise aprovecharme de él. Esas cosas nunca acaban bien. En este negocio hay un límite que no se cruza si uno sabe lo que le conviene. Al que viene buscando diversión o un poco de emociones y consuelo del más allá, se le atiende y se le cobra por el servicio prestado. Pero al que viene a punto de perder la razón, se le envía a casa. Esto es un espectáculo como otro cualquiera. Lo que quieres son espectadores, no iluminados.

—Una ética ejemplar. ¿Qué le dijo entonces a Marlasca?

—Le dije que todo aquello eran supercherías, cuentos. Le dije que era un farsante que me ganaba la vida organizando sesiones de espiritismo para pobres infelices que habían perdido a sus seres queridos y necesitaban creer que amantes, padres y amigos los esperaban en el otro mundo. Le dije que no había nada al otro lado, sólo un gran vacío, que este mundo era cuanto teníamos. Le dije que se olvidase de los espíritus y que volviese con su familia.

—¿Y él le creyó?

—Evidentemente no. Dejó de acudir a las sesiones y buscó ayuda en otro sitio.

—¿Dónde?

—Irene había crecido en las cabañas de la playa del Bogatell y aunque había hecho fama bailando y actuando en el Paralelo, seguía perteneciendo a aquel lugar. Me contó que había llevado a Marlasca a ver a una mujer a la que llaman la Bruja del Somorrostro para pedirle protección de esa persona con la que Marlasca estaba en deuda.

—¿Mencionó Irene el nombre de esa persona?

—Si lo hizo no lo recuerdo. Ya le digo que dejaron de acudir a las sesiones.

—¿Andreas Corelli?

—No he oído nunca ese nombre.

—¿Dónde puedo encontrar a Irene Sabino?

—Ya le he dicho cuanto sé —replicó Roures, exasperado.

—Una última pregunta y me voy.

—A ver si es verdad.

—¿Recuerda haber oído mencionar a Marlasca alguna vez algo llamado *Lux Aeterna*?

Roures frunció el entrecejo, negando.

—Gracias por su ayuda.

—De nada. Y a ser posible no vuelva por aquí.

Asentí y me dirigí hacia la salida. Roures me seguía con los ojos, receloso.

—Espere —llamó antes de que cruzase el umbral de la trastienda.

Me volví. El hombrecillo me observaba, dudando.

—Creo recordar que *Lux Aeterna* era el nombre de

una especie de panfleto religioso que habíamos utilizado alguna vez en las sesiones del piso de Elisabets. Formaba parte de una colección de librillos similares, probablemente prestado de la biblioteca de supercherías de la sociedad El Porvenir. No sé si será eso a lo que usted se refiere.

—¿Recuerda de qué trataba?

—Quien lo conocía mejor era mi socio, Jaco, que era quien llevaba las sesiones. Pero por lo que recuerdo, *Lux Aeterna* era un poema sobre la muerte y los siete nombres del Hijo de la Mañana, el Portador de la Luz.

—¿El Portador de la Luz?

Roures sonrió.

—Lucifer.

# 33

Ya en la calle, partí de regreso a casa preguntándome qué iba a hacer entonces. Me aproximaba a la boca de la calle Montcada cuando le vi. El inspector Víctor Grandes, apoyado contra el muro, saboreaba un cigarro y me sonreía. Me saludó con la mano y crucé la calle en su dirección.

—No sabía que estaba usted interesado en la magia, Martín.

—Ni yo que me siguiera usted, inspector.

—No le sigo. Es que es usted un hombre difícil de localizar y he decidido que si la montaña no venía a mí, yo iría a la montaña. ¿Tiene cinco minutos para tomar algo? Invita la Jefatura Superior de Policía.

—En ese caso… ¿No lleva hoy carabina?

—Marcos y Castelo se han quedado en Jefatura haciendo papeleo, aunque si les llego a decir que venía a verle a usted seguro que se apuntan.

Descendimos por el cañón de viejos palacios medievales hasta El Xampanyet y nos procuramos una mesa al fondo. Un camarero armado de una bayeta que apestaba a lejía nos miró y Grandes pidió un par de cervezas y una tapa de queso manchego. Cuando llegaron las cervezas y el tentempié el inspector me ofreció el plato, invitación que decliné.

—¿Le importa? A estas horas estoy que me muero de hambre.

—*Bon appétit.*

Grandes engulló un taquito de queso y se relamió con los ojos cerrados.

—¿No le dijeron que pasé ayer por su casa?

—Me dieron el recado con retraso.

—Comprensible. Oiga, qué monada, la niña. ¿Cómo se llama?

—Isabella.

—Sinvergüenza, cómo viven algunos. Le envidio. ¿Qué edad tiene el bomboncito?

Le lancé una mirada venenosa. El inspector sonrió complacido.

—Me ha dicho un pajarito que ha estado usted haciendo de detective últimamente. ¿No nos va a dejar nada a los profesionales?

—¿Cómo se llama su pajarito?

—Es más bien un pajarraco. Uno de mis superiores es íntimo del abogado Valera.

—¿Le tienen a usted también en nómina?

—Todavía no, amigo mío. Ya me conoce. Vieja escuela. El honor y todas esas mierdas.

—Pena.

—Y dígame, ¿cómo está el pobre Ricardo Salvador? ¿Sabe que hace unos veinte años que no oía ese nombre? Le daban todos por muerto.

—Un diagnóstico precipitado.

—¿Y qué tal se encuentra?

—Solo, traicionado y olvidado.

El inspector asintió lentamente.

—Le hace pensar a uno en el futuro que depara este oficio, ¿verdad?

—Apuesto que en su caso las cosas serán diferentes y el ascenso a lo más alto del cuerpo es cuestión de un par de años. Le veo de director general del cuerpo antes de los cuarenta y cinco, besando manos de obispos y capitanes generales del ejército en el desfile del día del Corpus.

Grandes asintió fríamente, ignorando el tono de sarcasmo.

—Hablando de besamanos, ¿ya ha oído lo de su amigo Vidal?

Grandes nunca empezaba una conversación sin un as escondido en la manga. Me observó sonriente, saboreando mi inquietud.

—¿El qué? —murmuré.

—Dicen que la otra noche su esposa intentó suicidarse.

—¿Cristina?

—Es verdad, usted la conoce…

No me di cuenta de que me había levantado y me temblaban las manos.

—Tranquilo. La señora Vidal está bien. Un susto, nada más. Al parecer se le fue la mano con el láudano… Haga el favor de sentarse, Martín. Por favor

Me senté. El estómago se me encogía en un nudo de clavos.

—¿Cuándo fue eso?

—Hace dos o tres días.

Me vino a la memoria la imagen de Cristina en la ventana de Villa Helius días atrás, saludándome con la mano mientras yo rehuía su mirada y le daba la espalda.

—¿Martín? —preguntó el inspector, pasando la mano por delante de mis ojos como si me temiese ido.

—¿Qué?

El inspector me observó con lo que parecía genuina preocupación.

—¿Tiene alguna cosa que contarme? Ya sé que no me va a creer, pero me gustaría ayudarle.

—¿Aún cree que fui yo quien mató a Barrido y a su socio? Grandes negó.

—Yo nunca lo he creído, pero a otros les gustaría hacerlo.

—¿Entonces por qué me está investigando?

—Tranquilícese. No le estoy investigando, Martín. Nunca le he investigado. El día que le investigue se dará cuenta. De momento le observo. Porque me cae usted bien y me preocupa que se vaya a meter en un lío. ¿Por qué no confía en mí y me dice qué está pasando?

Nuestras miradas se encontraron y por un instante me sentí tentado de contárselo todo. Lo habría hecho, si hubiese sabido por dónde empezar.

—No está pasando nada, inspector.

Grandes asintió y me miró con lástima, o quizá sólo fuese decepción. Apuró su cerveza y dejó unas monedas en la mesa. Me dio una palmada en la espalda y se levantó.

—Cuídese, Martín. Y vigile dónde pisa. No todo el mundo le tiene el mismo aprecio que yo.

—Lo tendré en cuenta.


Era casi mediodía cuando volví a casa sin poder apartar el pensamiento de lo que me había contado el inspector. Al llegar a la casa de la torre, ascendí los peldaños de la escalinata lentamente, como si me pesara hasta el alma. Abrí la puerta del piso, temiendo encontrarme con una Isabella con ganas de conversación. La casa estaba en silencio. Recorrí el pasillo hasta la galería del fondo y allí la encontré, dormida en el sofá con un libro abierto sobre el pecho, una de mis viejas novelas. No pude evitar sonreír. La temperatura en el interior de la casa había descendido sensiblemente en aquellos días de otoño y temí que Isabella pudiera coger frío. A veces la veía andar por la casa envuelta en un manto de lana que se colocaba sobre los hombros. Me dirigí un momento a su habitación para buscarlo y colocárselo por encima con sigilo. Su puerta estaba entreabierta y, aunque estaba en mi propia casa, lo cierto es que no había entrado en aquel dormitorio desde que Isabella se había instalado allí, y tuve cierto reparo en hacerlo ahora. Avisté el mantón doblado sobre una silla y entré a por él. La habitación olía a aquel aroma dulce y alimonado de Isabella. El lecho estaba todavía deshecho y me incliné para alisar las sábanas y las mantas porque me constaba que cuando me entregaba a alguna de estas tareas domésticas mi categoría moral ganaba puntos a ojos de mi ayudante.

Fue entonces cuando advertí que había algo encajado entre el colchón y el somier. Una punta de papel asomaba bajo el doblez de la sábana. Cuando tiré de ella comprobé que se trataba de un pliego de papel. Lo extraje completamente y sostuve en mis manos lo que parecía una veintena de sobres de papel azul anudados con una cinta. Sentí que me invadía una sensación de frío, pero negué para mis adentros. Deshice el nudo de la cinta y tomé uno de los sobres. Llevaba mi nombre y dirección. El remite decía sencillamente *Cristina*.

Me senté en el lecho de espaldas a la puerta y examiné los remites, uno a uno. El primero tenía varias semanas, el último, tres días. Todos los sobres estaban abiertos. Cerré los ojos y sentí que las cartas se me caían de las manos. La oí respirar a mi espalda, inmóvil en el umbral.

—Perdóneme —murmuró Isabella.

Se acercó lentamente y se arrodilló a recoger las cartas, una a una. Cuando las hubo reunido todas en un pliego me las tendió con una mirada herida.

—Lo hice para protegerle —dijo.

Se le llenaron los ojos de lágrimas y me posó la mano en un hombro.

—Vete —dije.

La aparté de mí y me incorporé. Isabella se dejó caer al suelo, gimiendo como si algo la quemase por dentro.

—Vete de esta casa.

Salí del piso sin molestarme en cerrar la puerta a mi espalda. Llegué a la calle y me enfrenté a un mundo de fachadas y rostros extraños y lejanos. Eché a andar sin rumbo, ajeno al frío y a aquel viento prendido de lluvia que empezaba a azotar la ciudad con el aliento de una maldición.

# 34

El tranvía se detuvo a las puertas de la torre de Bellesguard, donde la ciudad moría al pie de la colina. Me encaminé hacia las puertas del cementerio
de San Gervasio siguiendo el sendero de luz amarillenta
que las luces del tranvía taladraban en la lluvia. Los muros del camposanto se alzaban a una cincuentena de metros en una fortaleza de mármol sobre la que emergía un
enjambre de estatuas del color de la tormenta. A la entrada del recinto encontré una garita donde un vigilante
envuelto en un abrigo se calentaba las manos al aliento
de un brasero. Al verme aparecer de entre la lluvia se levantó sobresaltado. Me examinó unos segundos antes de
abrir la portezuela.

—Busco el panteón de la familia Marlasca.

—Oscurecerá en menos de media hora. Mejor que
vuelva otro día.

—Cuanto antes me diga dónde está, antes me iré.

El vigilante consultó un listado y me mostró la ubica-
ción señalando con un dedo sobre un mapa del recinto
que pendía de la pared. Me alejé sin darle las gracias.

No me resultó difícil encontrar el panteón entre la ciudadela de tumbas y mausoleos que se arremolinaban dentro de los muros del camposanto. La estructura quedaba situada en una peana de mármol. De estilo modernista, el panteón describía una suerte de arco formado por dos grandes escalinatas dispuestas a modo de anfiteatro que ascendían a una galería sostenida por columnas en cuyo interior se abría un atrio flanqueado de lápidas. La galería estaba coronada por una cúpula en la cima de la cual se levantaba una figura de mármol ennegrecido. Su rostro quedaba oculto por un velo, pero al aproximarse al panteón uno tenía la impresión de que aquel centinela de ultratumba iba girando la cabeza para seguirle con los ojos. Ascendí por una de las escalinatas y al llegar a la entrada de la galería me detuve a mirar atrás. Las luces de la ciudad se entreveían en la lluvia, lejanas.

Me adentré en la galería. La estatua de una figura femenina abrazada a un crucifijo en actitud de súplica se erguía en el centro. Su rostro había sido desfigurado a golpes y alguien había pintado de negro los ojos y los labios, confiriéndole un aspecto lobuno. Aquél no era el único signo de profanación del panteón. Las lápidas mostraban lo que parecían marcas o arañazos realizados con algún objeto punzante, y algunas habían sido marcadas con dibujos obscenos y palabras que apenas podían leerse en la penumbra. La tumba de Diego Marlasca quedaba al fondo. Me aproximé a ella y posé la mano sobre la lápida. Extraje el retrato de Marlasca que Salvador me había entregado y lo examiné.

Fue entonces cuando escuché los pasos en la escalinata que ascendía al panteón. Guardé el retrato en el abrigo y me encaré hacia la entrada a la galería. Los pasos se habían detenido y no se oía más que la lluvia golpeando sobre el mármol. Me aproximé lentamente hasta la entrada y me asomé. La silueta estaba de espaldas, contemplando la ciudad a lo lejos. Era una mujer vestida de blanco que llevaba la cabeza cubierta con un manto. Se volvió lentamente y me miró. Sonreía. Pese a los años la reconocí al instante. Irene Sabino. Di un paso hacia ella y sólo entonces comprendí que había alguien más a mi espalda. El impacto en la nuca proyectó un espasmo de luz blanca. Sentí que caía de rodillas. Un segundo más tarde me desplomé sobre el mármol encharcado. Una silueta oscura se recortaba en la lluvia. Irene se arrodilló a mi lado. Sentí su mano rodearme la cabeza y palpar el lugar donde había recibido el golpe. Vi cómo sus dedos emergían impregnados de sangre. Me acarició el rostro con ellos. Lo último que vi antes de perder el sentido fue cómo Irene Sabino extraía una navaja de afeitar y la desplegaba lentamente, gotas plateadas de lluvia deslizándose por el filo mientras la acercaba hacia mí.

Abrí los ojos al resplandor cegador del farol de aceite. El rostro del vigilante me observaba sin expresión alguna. Intenté pestañear mientras una llamarada de dolor me atravesaba el cráneo desde la nuca.

—¿Está vivo? —preguntó el vigilante, sin especificar si la cuestión iba dirigida a mí o era meramente retórica.

—Sí —gemí—. No se le ocurra meterme en un agujero.

El vigilante me ayudó a enderezarme. Cada centímetro me costaba una punzada en la cabeza.

—¿Qué ha pasado?

—Usted sabrá. Hace ya una hora que tendría que haber cerrado, pero al no verle me he acercado hasta aquí a ver qué pasaba y me lo he encontrado durmiendo la mona.

—¿Y la mujer?

—¿Qué mujer?

—Eran dos.

—¿Dos mujeres?

Suspiré, negando.

—¿Puede ayudarme a levantarme?

Con ayuda del vigilante conseguí incorporarme. Fue entonces cuando sentí el escozor y advertí que tenía la camisa abierta. Varias líneas de cortes superficiales me recorrían el pecho.

—Oiga, eso no tiene buena pinta…

Me cerré el abrigo y al hacerlo palpé en el bolsillo interior. El retrato de Marlasca había desaparecido.

—¿Tiene usted teléfono en la garita?

—Sí, está en la sala de los baños turcos.

—¿Puede al menos ayudarme a llegar a la torre de Bellesguard para que pueda pedir un coche desde allí?

El vigilante maldijo y me sujetó por debajo de los hombros.

—Ya le dije que volviese otro día —dijo resignado.

# 35

Faltaban apenas unos minutos para la medianoche cuando llegué finalmente a la casa de la torre. Tan pronto abrí la puerta supe que Isabella se había marchado. El sonido de mis pasos en el pasillo tenía otro eco. No me molesté en encender la luz. Me adentré en la casa en penumbra y asomé a la que había sido su habitación. Isabella había limpiado y ordenado el cuarto. Las sábanas y mantas estaban nítidamente dobladas sobre una silla, el colchón desnudo. Su olor todavía flotaba en el aire. Fui hasta la galería y me senté al escritorio que mi ayudante había utilizado. Isabella había sacado punta a los lápices y los había dispuesto pulcramente en un vaso. El montón de cuartillas en blanco estaba nítidamente apilada en una bandeja. El juego de plumines que le había obsequiado reposaba en un extremo de la mesa. La casa nunca me había parecido tan vacía.

En el baño me desprendí de las ropas empapadas y me coloqué un apósito con alcohol en la nuca. El dolor había menguado hasta quedar en un latido sordo y una sensación general no muy diferente a una resaca monumental. En el espejo, los cortes que tenía en el pecho parecían líneas trazadas con una pluma. Eran cortes limpios y superficiales, pero escocían de lo lindo. Los limpié con alcohol y confié en que no se infectaran.

Me metí en la cama y me tapé hasta el cuello con dos o tres mantas. Las únicas partes del cuerpo que no me dolían eran las que el frío y la lluvia habían entumecido hasta privarlas de sensación alguna. Esperé a entrar en calor, escuchando aquel silencio frío, un silencio de ausencia y vacío que ahogaba la casa. Antes de marcharse, Isabella había dejado el pliego de sobres con las cartas de Cristina sobre la mesita de noche. Alargué la mano y extraje una al azar, fechada dos semanas antes.

*Querido David:*

*Pasan los días y yo sigo escribiéndote cartas que supongo prefieres no contestar, si es que llegas a abrirlas. He empezado a pensar que las escribo sólo para mí, para matar la soledad y para creer por un instante que te tengo cerca. Todos los días me pregunto qué será de ti, y qué estarás haciendo.*

*A veces pienso que te has marchado de Barcelona para no volver y te imagino en algún lugar rodeado de extraños, empezando una nueva vida que nunca conoceré. Otras pienso que aún me odias, que destruyes estas cartas y desearías no haberme conocido jamás. No te culpo. Es curioso lo fácil que es contarle a solas a un trozo de papel lo que no te atreves a decir a la cara.*

*Las cosas no son fáciles para mí. Pedro no podría ser más bueno y comprensivo conmigo, tanto que a veces me irrita su paciencia y su voluntad por hacerme feliz, que sólo hace que me sienta miserable. Pedro me ha enseñado que tengo el corazón vacío, que no merezco que nadie me quiera. Pasa casi todo el día conmigo. No me quiere dejar sola.*

*Sonrío todos los días y comparto su lecho. Cuando me pregunta si le quiero le digo que sí, y cuando veo la verdad refleja-*

da en sus ojos desearía morirme. *Nunca me lo echa en cara. Habla mucho de ti. Te extraña. Tanto que a veces pienso que a quien más quiere en este mundo es a ti. Le veo hacerse mayor, a solas, con la peor de las compañías, la mía. No pretendo que me perdones, pero si algo deseo en este mundo es que le perdones a él. Yo no valgo el precio de negarle tu amistad y tu compañía.*

*Ayer acabé de leer uno de tus libros. Pedro los tiene todos y yo los he ido leyendo porque es el único modo en que siento que estoy contigo. Era una historia triste y extraña, de dos muñecos rotos y abandonados en un circo ambulante que por el espacio de una noche cobraban vida sabiendo que iban a morir al amanecer. Leyéndola me pareció que escribías sobre nosotros.*

*Hace unas semanas soñé que volvía a verte, que nos cruzábamos en la calle y no te acordabas de mí. Me sonreías y me preguntabas cómo me llamaba. No sabías nada de mí. No me odiabas. Todas las noches, cuando Pedro se duerme a mi lado, cierro los ojos y le ruego al cielo o al infierno que me permita volver a soñar lo mismo.*

*Mañana, o tal vez pasado, te escribiré otra vez para decirte que te quiero, aunque eso no signifique nada para ti.*

CRISTINA

Dejé caer la carta al suelo, incapaz de seguir leyendo. Mañana sería otro día, me dije. Difícilmente peor que aquél. Poco imaginaba yo que las delicias de aquella jornada no habían hecho sino empezar. Debía de haber conseguido dormir un par de horas a lo sumo cuando desperté de súbito en medio de la madrugada. Alguien estaba golpeando con fuerza en la puerta del piso. Permanecí unos segundos aturdido en la oscuridad, buscando el cable del interruptor de la luz. De nuevo, los golpes en la puerta. Prendí la luz, salí de la cama y me acerqué hasta la entrada. Corrí la mirilla. Tres rostros en la penumbra del rellano. El inspector Grandes y, tras él, Marcos y Castelo. Los tres escrutando fijamente la mirilla. Respiré hondo un par de veces antes de abrir.

—Buenas noches, Martín. Disculpe la hora.

—¿Y qué hora se supone que es?

—Hora de mover el culo, hijo de puta —masculló Marcos, arrancando una sonrisa a Castelo con la que podría haberme afeitado.

Grandes les lanzó una mirada reprobatoria y suspiró.

—Algo más de las tres de la madrugada —dijo—. ¿Puedo pasar?

Suspiré con fastidio pero asentí, cediéndole el paso. El inspector hizo una seña a sus hombres para que esperasen en el rellano. Marcos y Castelo asintieron a regañadientes y me dedicaron una mirada reptil. Les cerré la puerta en las narices.

—Debería andarse usted con más cuidado con esos dos —dijo Grandes mientras se adentraba por el pasillo a sus anchas.

—Por favor, como si estuviese usted en su casa… —dije.

Volví al dormitorio y me vestí de mala manera con lo primero que encontré, que fueron ropas sucias apiladas sobre una silla. Cuando salí al corredor no había señal de Grandes.

Crucé el pasillo hasta la galería y lo encontré allí, contemplando las nubes bajas reptando sobre los terrados a través de los ventanales.

—¿Y el bomboncito? —preguntó.

—En su casa.

Grandes se volvió sonriente.

—Hombre sabio, no las tiene a pensión completa —dijo señalando una butaca—. Siéntese.

Me dejé caer en el sillón. Grandes se quedó en pie, mirándome fijamente.

—¿Qué? —pregunté finalmente.

—Tiene mal aspecto, Martín. ¿Se ha metido en alguna pelea?

—Me he caído.

—Ya. Tengo entendido que hoy ha visitado usted la tienda de artículos de magia propiedad del señor Damián Roures en la calle Princesa.

—Usted me ha visto salir de ella este mediodía. ¿A qué viene esto?

Grandes me observaba fríamente.

—Coja un abrigo y una bufanda o lo que sea. Hace frío. Vamos a la comisaría.

—¿Para qué?

—Haga lo que le digo.

Un coche de Jefatura nos esperaba en el paseo del Born. Marcos y Castelo me metieron en la cabina sin excesiva delicadeza y procedieron a apostarse uno a cada lado, apretujándome en el medio.

—¿Va cómodo el señorito? —preguntó Castelo hundiéndome el codo en las costillas.

El inspector se sentó al frente, junto al conductor. Ninguno de ellos despegó los labios en los cinco minutos que tardamos en recorrer una Vía Layetana desierta y sepultada en una niebla ocre. Al llegar a la Comisaría Central, Grandes bajó del coche y se dirigió al interior sin esperar. Marcos y Castelo me asieron cada uno de un brazo como si quisieran pulverizarme los huesos y me arrastraron por un laberinto de escaleras, pasillos y celdas hasta un cuarto sin ventanas que olía a sudor y orina. En el centro había una mesa de madera carcomida y dos sillas tronadas. Una bombilla desnuda pendía del techo y había una rejilla de desagüe en el centro de la habitación en el punto en que convergían las dos ligeras pendientes que formaban la superficie del suelo. Hacía un frío atroz. Antes de que me diera cuenta, la puerta se cerró con fuerza a mi espalda. Oí pasos que se alejaban. Di doce vueltas a aquella mazmorra hasta abandonarme a una de las sillas que se tambaleaba. Durante la siguiente hora, amén de mi respiración, el crujido de la silla y el eco de una gotera que no pude ubicar, no oí un solo sonido más.

Una eternidad más tarde percibí el eco de pasos acercándose y al poco la puerta se abrió. Marcos se asomó al interior de la celda, sonriente. Sostuvo la puerta y dio paso a Grandes, que entró sin posar sus ojos en mí y tomó asiento en la silla al otro lado de la mesa. Asintió a Marcos y éste cerró la puerta, no sin antes lanzarme un beso silencioso al aire y guiñarme un ojo. El inspector se tomó unos buenos treinta segundos antes de dignarse mirarme a la cara.

—Si quería impresionarme ya lo ha conseguido, inspector.

Grandes hizo caso omiso de mi ironía y me clavó la mirada como si no me hubiese visto jamás en toda su vida.

—¿Qué sabe usted de Damián Roures? —preguntó.

Me encogí de hombros.

—No mucho. Que es dueño de una tienda de artículos de magia. De hecho no sabía nada de él hasta hace unos días, cuando Ricardo Salvador me habló de él. Hoy, o ayer, porque ya no sé ni qué hora es, le fui a ver en busca de información sobre el anterior residente en la casa en la que vivo. Salvador me indicó que Roures y el antiguo propietario…

—Marlasca.

—Sí, Diego Marlasca. Como digo, Salvador me contó que Roures y él habían tenido tratos años atrás. Le formulé algunas preguntas y él las respondió como pudo o como supo. Y poco más.

Grandes asintió repetidamente.

—¿Ésa es su historia?

—No sé. ¿Cuál es la suya? Comparemos y a lo mejor acabo por entender qué carajo hago en mitad de la noche congelándome en un sótano que huele a mierda.

—No me levante la voz, Martín.

—Disculpe, inspector, pero creo que al menos podría dignarse decirme qué hago aquí.

—Le diré lo que hace usted aquí. Hace unas tres horas, un vecino de la finca donde está ubicado el establecimiento del señor Roures volvía tarde a casa cuando ha encontrado que la puerta de la tienda estaba abierta y las luces encendidas. Al extrañarle, ha entrado y, al no ver al dueño ni responder éste a sus llamadas, se ha dirigido a la trastienda donde lo ha encontrado atado con alambre de pies y manos en una silla sobre un charco de sangre.

Grandes dejó una larga pausa que dedicó a taladrarme con los ojos. Supuse que había algo más. Grandes siempre dejaba un golpe de efecto para el final.

—¿Muerto? —pregunté.

Grandes asintió.

—Bastante. Alguien se había entretenido en arrancarle los ojos y cortarle la lengua con unas tijeras. El forense supone que murió ahogado en su propia sangre una media hora después.

Sentí que me faltaba el aire. Grandes caminaba a mi alrededor. Se detuvo a mi espalda y le oí encender un cigarrillo.

—¿Cómo se ha dado ese golpe? Se ve reciente.

—He resbalado en la lluvia y me he dado en la nuca.

—No me trate de imbécil, Martín. No le conviene. ¿Prefiere que le deje un rato con Marcos y Castelo, a ver si le enseñan buenas maneras?

—Está bien. Me han dado un golpe.

—¿Quién?

—No lo sé.

—Esta conversación empieza a aburrirme, Martín.

—Pues imagínese a mí.

Grandes se sentó de nuevo frente a mí y me ofreció una sonrisa conciliatoria.

—¿No creerá usted que yo he tenido algo que ver con la muerte de ese hombre?

—No, Martín. No lo creo. Lo que creo es que no me está usted contando la verdad y que de alguna manera la muerte de este pobre infeliz está relacionada con su visita. Como la de Barrido y Escobillas.

—¿Qué le hace pensar eso?

—Llámelo una corazonada.

—Ya le dicho lo que sé.

—Ya le he advertido que no me tome por imbécil, Martín. Marcos y Castelo están ahí fuera esperando una oportunidad de conversar con usted a solas. ¿Es eso lo que quiere?

—No.

—Entonces ayúdeme a sacarle de ésta y enviarle a casa antes de que se le enfríen las sábanas.

—¿Qué quiere oír?

—La verdad, por ejemplo.

Empujé la silla hacia atrás y me levanté, exasperado. Tenía el frío clavado en los huesos y la sensación de que la cabeza me iba a estallar. Empecé a caminar en círculos alrededor de la mesa, escupiendo las palabras al inspector como si fuesen piedras.

—¿La verdad? Le diré la verdad. La verdad es que no sé cuál es la verdad. No sé qué contarle. No sé por qué fui a ver a Roures, ni a Salvador. No sé qué estoy buscando ni lo que me está sucediendo. Ésa es la verdad.

Grandes me observaba estoico.

—Deje de dar vueltas y siéntese. Me está mareando.

—No me da la gana.

—Martín, lo que me dice usted y nada es lo mismo. Sólo le pido que me ayude para que yo pueda ayudarle a usted.

—Usted no podría ayudarme aunque quisiera.

—¿Quién puede entonces?

Volví a caer en la silla.

—No lo sé… —murmuré.

Me pareció ver un asomo de lástima, o quizá sólo fuera cansancio, en los ojos del inspector.

—Mire, Martín. Volvamos a empezar. Hagámoslo a su manera. Cuénteme una historia. Empiece por el principio.

Lo miré en silencio.

—Martín, no crea que porque me caiga usted bien no voy a hacer mi trabajo.

—Haga lo que tenga que hacer. Llame a Hansel y Gretel si le apetece.

En aquel instante advertí una punta de inquietud en su rostro. Se aproximaban pasos por el corredor y algo me dijo que el inspector no los esperaba. Se escucharon unas palabras y Grandes, nervioso, se acercó a la puerta. Golpeó con los nudillos tres veces y Marcos, que la custodiaba, abrió. Un hombre vestido con un abrigo de piel de camello y un traje a juego entró en la sala, miró alrededor con cara de disgusto y luego me dedicó una sonrisa de infinita dulzura mientras se quitaba los guantes con parsimonia. Le observé, atónito, reconociendo al abogado Valera.

—¿Está usted bien, señor Martín? —preguntó.

Asentí. El letrado guió al inspector a un rincón. Les oí murmurar. Grandes gesticulaba con furia contenida. Valera le observaba fríamente y negaba. La conversación se prolongó casi un minuto. Finalmente Grandes resopló y dejó caer las manos.

—Recoja la bufanda, señor Martín, que nos vamos —indicó Valera—. El inspector ya ha terminado con sus preguntas.

A su espalda, Grandes se mordió los labios fulminando con la mirada a Marcos, que se encogió de hombros. Valera, sin aflojar la sonrisa amable y experta, me tomó del brazo y me sacó de aquella mazmorra.

—Confío en que el trato recibido por parte de estos agentes haya sido correcto, señor Martín.

—Sí —atiné a balbucear.

—Un momento —llamó Grandes a nuestras espaldas.

Valera se detuvo e, indicándome con un gesto que me callase, se volvió.

—Cualquier cuestión que tenga usted para el señor Martín la puede dirigir a nuestro despacho donde se le atenderá con mucho gusto. Entretanto, y a menos que disponga usted de alguna causa mayor para retener al señor Martín en estas dependencias, por hoy nos retiraremos deseándole muy buenas noches y agradeciéndole su gentileza, que tendré a bien mencionar a sus superiores, en especial el inspector jefe Salgado, que como usted sabe es un gran amigo.

El sargento Marcos hizo ademán de adelantarse hacia nosotros, pero el inspector le retuvo. Crucé una última mirada con él antes de que Valera me asiera de nuevo del brazo y tirase de mí.

—No se detenga —murmuró.

Recorrimos el largo pasillo flanqueado por luces mortecinas hasta unas escaleras que nos condujeron a otro largo corredor para llegar a una portezuela que daba al vestíbulo de la planta baja y a la salida, donde nos esperaba un Mercedes-Benz con el motor en marcha y un chófer que tan pronto vio a Valera nos abrió la portezuela. Entré y me acomodé en la cabina. El automóvil disponía de calefacción y los asientos de piel estaban tibios. Valera se sentó a mi lado y, con un golpe en el cristal que separaba la cabina del compartimento del conductor, le indicó que emprendiera la marcha. Una vez el coche hubo arrancado y se alineó en el carril central de la Vía Layetana, Valera me sonrió como si tal cosa y señaló a la niebla que se apartaba a nuestro paso como maleza.

—Una noche desapacible, ¿verdad? —preguntó casualmente.

—¿Adónde vamos?

—A su casa, por supuesto. A menos que prefiera usted ir a un hotel o…

—No. Está bien.

El coche descendía por la Vía Layetana lentamente. Valera observaba las calles desiertas con desinterés.

—¿Qué hace usted aquí? —pregunté finalmente.

—¿Qué le parece que estoy haciendo? Representarle y velar por sus intereses.

—Dígale al conductor que pare el coche —dije.

El chófer buscó la mirada de Valera en el espejo retrovisor. Valera negó y le indicó que siguiera.

—No diga tonterías, señor Martín. Es tarde, hace frío y le acompaño a su casa.

—Prefiero ir a pie.

—Sea razonable.

—¿Quién le ha enviado?

Valera suspiró y se frotó los ojos.

—Tiene usted buenos amigos, Martín. En la vida es importante tener buenos amigos y sobre todo saber mantenerlos —dijo—. Tan importante como saber cuándo uno se empecina en seguir por un camino erróneo.

—¿No será ese camino el que pasa por Casa Marlasca, en el número 13 de la carretera de Vallvidrera?

Valera sonrió pacientemente, como si estuviera reprendiendo con afecto a un niño díscolo.

—Señor Martín, créame cuando le digo que cuanto más alejado se mantenga de esa casa y de este asunto, mejor para usted. Acépteme aunque sólo sea ese consejo.

El chófer torció por el paseo de Colón y fue a buscar la entrada al paseo del Born por la calle Comercio. Los carromatos de carne y pescado, de hielo y especias, se empezaban a apilar frente al gran recinto del mercado. A nuestro paso cuatro mozos descargaban la carcasa de una ternera abierta en canal dejando un rastro de sangre y vapor que podía olerse en el aire.

—Un barrio lleno de encanto y vistas pintorescas el suyo, señor Martín.

El chófer se detuvo al pie de Flassaders y descendió del coche para abrirnos la puerta. El abogado se apeó conmigo.

—Le acompaño hasta el portal —dijo.

—Van a pensar que somos novios.

Nos adentramos en el cañón de sombras del callejón rumbo a mi casa. Al llegar al portal, el abogado me ofreció la mano con cortesía profesional.

—Gracias por sacarme de ese lugar.

—No me lo agradezca a mí —respondió Valera, extrayendo un sobre del bolsillo interior de su abrigo.

Reconocí el sello del ángel sobre el lacre incluso en la penumbra que goteaba del farol que pendía del muro sobre nuestras cabezas. Valera me tendió el sobre y, con un último asentimiento, se alejó de regreso al coche que le estaba esperando. Abrí el portal y ascendí las escalinatas hasta el rellano del piso. Al entrar fui directo al estudio y deposité el sobre en el escritorio. Lo abrí y extraje la cuartilla doblada sobre la caligrafía del patrón.

*Amigo Martín:*

*Confío y deseo que esta nota le encuentre en buen estado de salud y ánimo. Se da la circunstancia de que estoy de paso en la ciudad y me complacería mucho poder disfrutar de su compañía este viernes a las siete de la tarde en la sala de billares del Círculo Ecuestre para comentar el progreso de nuestro proyecto.*

*Hasta entonces le saluda con afecto su amigo,*

*ANDREAS CORELLI*

Doblé de nuevo la cuartilla y la introduje cuidadosamente en el sobre. Encendí un fósforo y sosteniendo por una esquina el sobre lo acerqué a la llama. Lo contemplé arder hasta que el lacre prendió en lágrimas escarlata que se derramaron sobre el escritorio y mis dedos quedaron cubiertos de cenizas.

—Váyase al infierno —murmuré mientras la noche, más oscura que nunca, se desplomaba tras los cristales.

# 36

Esperé un amanecer que no llegaba sentado en la butaca del estudio hasta que me pudo la rabia y salí a la calle dispuesto a desafiar la advertencia del abogado Valera. Soplaba aquel frío cortante que precede al alba en invierno. Al cruzar el paseo del Born me pareció oír pasos a mi espalda. Me volví un instante, pero no pude ver a nadie excepto a los mozos del mercado que descargaban los carromatos y continué mi camino. Al llegar a la plaza Palacio, avisté las luces del primer tranvía del día esperando entre la neblina que reptaba desde las aguas del puerto. Serpientes de luz azul chispeaban sobre la catenaria. Abordé el tranvía y me senté al frente. El mismo revisor de la otra vez me cobró el billete. Una docena de pasajeros fue goteando poco a poco, todos solos. A los pocos minutos, el tranvía arrancó e iniciamos el trayecto mientras en el cielo se extendía una red de capilares rojizos entre nubes negras. No hacía falta ser un poeta o un sabio para saber que iba a ser un mal día.

Para cuando llegamos a Sarrià, el día había amanecido con una luz gris y mortecina que impedía apreciar los colores. Ascendí por las callejuelas solitarias del barrio en dirección a la falda de la montaña. A ratos me pareció volver a escuchar pasos tras de mí, pero cada vez que me detenía y miraba a mi espalda no había nadie. Finalmente llegué hasta la boca del callejón que conducía a Casa Marlasca y me abrí camino entre el manto de hojarasca que crujía a mis pies. Crucé el patio lentamente y ascendí los escalones hasta la puerta principal, escrutando los ventanales de la fachada. Tiré del llamador tres veces y me retiré unos pasos. Esperé un minuto sin obtener respuesta alguna y llamé de nuevo. Oí el eco de los golpes perderse en el interior de la casa.

—¿Buenos días? —llamé.

La arboleda que envolvía la finca pareció absorber el eco de mi voz. Rodeé la casa hasta el pabellón que albergaba la piscina y me aproximé a la galería acristalada. Las ventanas quedaban oscurecidas por postigos de madera entornados que impedían ver el interior. Una de las ventanas junto a la puerta de cristal que cerraba la galería estaba entreabierta. El pestillo que aseguraba la puerta podía verse a través del cristal. Introduje el brazo por la ventana entreabierta y liberé el pestillo de la cerradura. La puerta cedió con un sonido metálico. Miré a mi espalda una vez más, asegurándome de que no había nadie, y entré.

A medida que mis ojos se ajustaban a la penumbra, empecé a adivinar los contornos de la sala. Me acerqué a los ventanales y entreabrí los postigos para ganar algo de claridad. Un abanico de cuchillas de luz atravesó la tiniebla y dibujó el perfil de la cámara.

—¿Hay alguien? —llamé.

Escuché el sonido de mi voz hundirse en las entrañas de la casa como una moneda cayendo en un pozo sin fondo. Me dirigí hacia el extremo de la sala donde un arco de madera labrada daba paso a un corredor oscuro flanqueado por cuadros que apenas podían verse sobre los muros de terciopelo. Al otro extremo se abría un gran salón circular con suelos de mosaico y un mural de cristal esmaltado en el que se distinguía la figura de un ángel blanco con un brazo extendido y dedos de fuego. Una gran escalinata de piedra ascendía en una espiral que rodeaba la sala. Me detuve al pie de la escalera y llamé de nuevo.

—¿Buenos días? ¿Señora Marlasca?

La casa estaba sumida en un silencio absoluto y el eco mortecino se llevaba mis palabras. Ascendí por la escalera hasta el primer piso y me detuve en el rellano desde el que se podía contemplar el salón y el mural. Desde allí pude ver el rastro que mis pasos habían dejado en la película de polvo que cubría el suelo. Aparte de mis pisadas, el único signo de paso que pude advertir era una suerte de pasillo trazado sobre el polvo por dos líneas continuas separadas por dos o tres palmos y un rastro de pisadas entre ellas. Pisadas grandes. Observé aquellas marcas, desorientado, hasta que comprendí lo que estaba viendo. El paso de una silla de ruedas y las huellas de quien la empujaba.

Me pareció oír un ruido a mi espalda y me volví. Una puerta entreabierta en el extremo de un pasillo se balanceaba levemente. Un vaho de aire frío provenía de allí. Me aproximé lentamente hacia la puerta. Mientras lo hacía eché un vistazo en las habitaciones que quedaban a ambos lados. Eran dormitorios cuyos muebles estaban cubiertos con lienzos y sábanas. Las ventanas cerradas y una penumbra densa sugerían que no habían sido utilizados en mucho tiempo, a excepción de una cámara más amplia que las demás, un dormitorio de matrimonio. Entré en aquella habitación y comprobé que olía a esa rara mezcla de perfume y enfermedad que acompaña a las personas ancianas. Supuse que aquélla era la habitación de la viuda Marlasca, pero no había signos de su presencia.

La cama estaba hecha con pulcritud. Frente al lecho había una cómoda sobre la que reposaban una serie de retratos enmarcados. En todos ellos aparecía, sin excepción, un niño de cabello claro y expresión risueña. Ismael Marlasca. En algunas imágenes aparecía posando con su madre o con otros niños. No había rastro de Diego Marlasca en ninguna de aquellas fotografías.

El ruido de una puerta en el pasillo me sobresaltó de nuevo y salí del dormitorio dejando los retratos como los había encontrado. La entrada de la habitación que quedaba en el extremo del pasillo seguía meciéndose. Me dirigí hacia allí y me detuve un instante antes de entrar. Respiré hondo y abrí la puerta.

Todo era blanco. Las paredes y el techo estaban pintados de blanco inmaculado. Cortinas de seda blancas. Un lecho pequeño cubierto de lienzos blancos. Una alfombra blanca. Estanterías y armarios blancos. Después de la penumbra que reinaba en toda la casa, aquel contraste me nubló la vista durante unos segundos. La estancia parecía sacada de una visión de ensueño, una fantasía de cuento de hadas. Había juguetes y libros de cuentos en los estantes. Un arlequín de porcelana de tamaño real estaba sentado frente a un tocador, mirándose al espejo. Un móvil de aves blancas pendía del techo. A simple vista parecía la habitación de un niño consentido, Ismael Marlasca, pero tenía el aire opresivo de una cámara mortuoria.

Me senté sobre el lecho y suspiré. Sólo entonces advertí que había algo allí que parecía fuera de lugar. Empezando por el olor. Un hedor dulzón flotaba en el aire. Me incorporé y miré a mi alrededor. Sobre una cajonera había un plato de porcelana con una vela de color negro, la cera caída en un racimo de lágrimas oscuras. Me volví. El olor parecía provenir de la cabecera de la cama. Abrí el cajón de la mesita de noche y encontré un crucifijo quebrado en tres partes. Sentí el hedor más próximo. Di un par de vueltas por la habitación, pero fui incapaz de encontrar la fuente de aquel olor. Fue entonces cuando lo vi. Había algo debajo de la cama. Me arrodillé y miré bajo el lecho. Una caja de latón, como la que los niños emplean para guardar sus tesoros de infancia. Saqué la caja y la coloqué encima del lecho. El hedor ahora era mucho más claro y penetrante. Ignoré la náusea y abrí la caja. En el interior había una paloma blanca con el corazón atravesado por una aguja. Di un paso atrás, tapándome la boca y la nariz, y retrocedí hasta el pasillo. Los ojos del arlequín con su sonrisa de chacal me observaban desde el espejo. Corrí de regreso a la escalinata y me lancé escaleras abajo, buscando el corredor que conducía a la sala de lectura y la puerta que había conseguido abrir en el jardín. En algún momento creí que me había perdido y que la casa, como una criatura capaz de desplazar sus pasillos y salones a voluntad, no quería dejarme escapar. Finalmente avisté la galería acristalada y corrí hacia la puerta. Sólo entonces, mientras forcejeaba con el cerrojo, escuché aquella risa maliciosa a mi espalda y supe que no estaba solo en la casa. Me volví un instante y pude apreciar una silueta oscura que me observaba desde el fondo el pasillo portando un objeto reluciente en la mano. Un cuchillo.

La cerradura cedió bajo mis manos y abrí la puerta de un empujón. El impulso me hizo caer de bruces sobre las losas de mármol que rodeaban la piscina. Mi rostro quedó a apenas un palmo de la superficie y sentí el hedor de las aguas corrompidas. Por un instante escruté la tiniebla que se entreveía en el fondo de la piscina. Un claro se abrió entre las nubes y la luz del sol se deslizó a través de las aguas, barriendo el fondo de mosaico desprendido. La visión apenas duró un instante. La silla de ruedas estaba caída hacia adelante, varada en el fondo. La luz siguió su recorrido hacia la parte más honda de la piscina y fue allí donde la encontré. Apoyado contra la pared yacía lo que me parecía un cuerpo envuelto en un vestido blanco deshilachado. Pensé que se trataba de una muñeca, los labios escarlata carcomidos por el agua y los ojos brillantes como zafiros. Su pelo rojo se mecía lentamente en las aguas putrefactas y tenía la piel azul. Era la viuda Marlasca. Un segundo después, el claro en el cielo se cerró y las aguas volvieron a transformarse en un espejo oscuro en el que sólo atiné a ver mi rostro y una silueta materializándose en el umbral de la galería a mi espalda con el cuchillo en la mano. Me levanté rápidamente y eché a correr hacia el jardín, cruzando la arboleda, arañándome la cara y las manos con los arbustos hasta ganar el portón metálico y salir al callejón. Seguí corriendo y no me detuve hasta llegar a la carretera de Vallvidrera. Una vez allí, sin aliento, me volví y comprobé que Casa Marlasca había quedado de nuevo oculta tras el callejón, invisible al mundo.

# 37

Volví a casa en el mismo tranvía, recorriendo la ciudad que se oscurecía a cada minuto bajo un viento helado que levantaba la hojarasca de las calles. Al apearme en la plaza Palacio escuché a dos marineros que venían de los muelles hablar de una tormenta que se acercaba desde el mar y que golpearía la ciudad antes del anochecer. Levanté la vista y vi que el cielo empezaba a cubrirse de un manto de nubes rojas que se esparcían sobre el mar como sangre derramada. En las calles que rodeaban el Born las gentes se afanaban a asegurar puertas y ventanas, los tenderos cerraban sus comercios antes de hora y los niños salían a la calle para jugar contra el viento, alzando los brazos en cruz y riendo ante el estruendo de truenos lejanos. Los faroles parpadeaban y el destello de los relámpagos velaba de luz blanca las fachadas. Me apresuré hasta el portal de la casa de la torre y subí las escaleras a toda prisa. El rumor de la tormenta se sentía tras los muros, aproximándose.

Hacía tanto frío dentro de la casa que podía ver el contorno de mi aliento en el pasillo al entrar. Fui directo al cuarto donde había una vieja estufa de carbón que sólo había usado cuatro o cinco veces desde que vivía allí y la encendí con un pliego de periódicos viejos y secos. Prendí también la hoguera de la galería y me senté en el suelo frente a las llamas. Me temblaban las manos y no sabía si era de frío o de miedo. Esperé a entrar en calor, contemplando la retícula de luz blanca que dejaban los rayos sobre el cielo.

La lluvia no llegó hasta el anochecer y cuando empezó a caer se desplomó en cortinas de gotas furiosas que en apenas unos minutos cegaron la noche y anegaron tejados y callejones bajo un manto negro que golpeaba con fuerza paredes y cristales. Poco a poco, entre la estufa de carbón y la hoguera, la casa se fue caldeando, pero yo seguía teniendo frío. Me levanté y fui hasta el dormitorio en busca de mantas con que envolverme. Abrí el armario y empecé a urgar en los dos grandes cajones de la parte inferior. El estuche seguía allí, escondido al fondo. Lo cogí y lo coloqué sobre el lecho.

Lo abrí y contemplé el viejo revólver de mi padre, cuanto me quedaba de él. Lo sostuve, acariciando el gatillo con el índice. Abrí el tambor e introduje seis balas de la caja de munición que había en el doble fondo del estuche. Dejé la caja sobre la mesita de noche y me llevé el revólver y una manta a la galería. Una vez allí me tumbé en el sofá envuelto en la manta con el revólver sobre el pecho y abandoné la mirada a la tormenta tras los ventanales. Podía oír el sonido del reloj que reposaba en la repisa de la hoguera. No me hacía falta mirarlo para saber que quedaba apenas una media hora para mi encuentro con el patrón en el salón de billares del Círculo Ecuestre.

Cerré los ojos y le imaginé recorriendo las calles de la

ciudad, desiertas y anegadas de agua. Le imaginé sentado en la parte de atrás de la cabina de su coche, sus ojos dorados brillando en la oscuridad y el ángel de plata sobre el capó del Rolls-Royce abriéndose camino en la tormenta. Le imaginé inmóvil como una estatua, sin respiración ni sonrisa, sin expresión alguna. Al rato escuché el rumor de la leña arder y la lluvia tras los cristales, me dormí con el arma en las manos y la certeza de que no iba a acudir a la cita.

Poco después de medianoche abrí los ojos. La hoguera estaba casi extinguida y la galería yacía sumida en la penumbra ondulante que proyectaban las llamas azules que apuraban las últimas brasas. Seguía lloviendo intensamente. El revólver estaba todavía en mis manos, tibio. Permanecí allí tendido unos segundos, sin apenas pestañear. Supe que había alguien a la puerta antes de oír el golpe.

Aparté la manta y me incorporé. Oí de nuevo la llamada. Nudillos sobre la puerta de la casa. Me levanté con el arma en la mano y me dirigí hasta el corredor. De nuevo la llamada. Di unos pasos en dirección a la puerta y me detuve. Le imaginé sonriendo en el rellano, el ángel en su solapa brillando en la oscuridad. Tensé el percutor del arma. De nuevo el sonido de una mano golpeando la puerta. Quise dar la luz, pero no había electricidad. Seguí avanzando hasta llegar a la puerta. Iba a deslizar la mirilla, pero no me atreví. Me quedé allí inmóvil, casi sin respirar, sosteniendo el arma en alto apuntando hacia la puerta.

—Márchese —grité, sin fuerza en la voz.

Escuché entonces aquel llanto al otro lado y bajé el

arma. Abrí la puerta a la oscuridad y la encontré allí. Tenía la ropa empapada y estaba temblando. Su piel estaba helada. Al verme estuvo a punto de desplomarse en mis brazos. La sostuve y, sin encontrar palabras, la abracé con fuerza. Me sonrió débilmente y cuando llevé mi mano a su mejilla la besó cerrando los ojos.

—Perdóname —murmuró Cristina.

Abrió los ojos y me ofreció aquella mirada herida y rota que me hubiera perseguido hasta el infierno. Le sonreí.

—Bien venida a casa.

# 38

La desnudé a la luz de una vela. Le quité los zapatos impregnados de agua encharcada, el vestido empapado y las medias rayadas. Le sequé el cuerpo y el pelo con una toalla limpia. Todavía temblaba de frío cuando la acosté en el lecho y me tendí junto a ella abrazándola para darle calor. Permanecimos así durante un largo rato, en silencio, escuchando la lluvia. Lentamente sentí cómo su cuerpo se hacía tibio bajo mis manos y empezaba a respirar profundamente. Creía que se había dormido cuando la oí hablar en la penumbra.

—Tu amiga vino a verme.

—Isabella.

—Me contó que te había escondido mis cartas. Que no lo hizo por mala fe. Creía que lo hacía por tu bien y a lo mejor tenía razón.

Me incliné sobre ella y busqué sus ojos. Le acaricié los labios y por primera vez sonrió débilmente.

—Pensaba que te habías olvidado de mí —dijo.

—Lo he intentado.

Tenía el rostro marcado de cansancio. Los meses de ausencia habían dibujado líneas sobre su piel y su mirada tenía un aire de derrota y vacío.

—Ya no somos jóvenes —dijo, leyéndome el pensamiento.

—¿Cuándo hemos sido jóvenes tú y yo?

Eché la manta a un lado y contemplé su cuerpo desnudo tendido sobre la sábana blanca. Le acaricié la garganta y el pecho, rozando apenas su piel con la yema de los dedos. Dibujé círculos en su vientre y tracé el contorno de los huesos que se insinuaban bajo las caderas. Dejé que mis dedos jugueteasen en el vello casi transparente entre sus muslos.

Cristina me observaba en silencio, con su sonrisa rota y los ojos entreabiertos.

—¿Qué vamos a hacer? —preguntó.

Me incliné sobre ella y la besé en los labios. Me abrazó y nos quedamos tendidos mientras la luz de la vela se extinguía lentamente.

—Algo se nos ocurrirá —murmuró.


Poco después del alba desperté y descubrí que estaba solo en la cama. Me incorporé de golpe, temiendo que Cristina se hubiese marchado de nuevo en mitad de la noche. Vi entonces que su ropa y sus zapatos seguían sobre la silla y respiré hondo. La encontré en la galería, envuelta en una manta y sentada en el suelo frente al hogar, donde un tronco en brasas desprendía un aliento de fuego azul. Me senté a su lado y la besé en el cuello.

—No podía dormir —dijo, la mirada clavada en el fuego.

—Haberme despertado.

—No me he atrevido. Tenías cara de haberte dormido por primera vez en meses. He preferido explorar tu casa.

—¿Y?

—Esta casa está embrujada de tristeza —dijo—. ¿Por qué no le prendes fuego?

—¿Y dónde íbamos a vivir?

—¿En plural?

—¿Por qué no?

—Creía que ya no escribías cuentos de hadas.

—Es como ir en bicicleta. Una vez se aprende…

Cristina me miró largamente.

—¿Qué hay en esa habitación al final del pasillo?

—Nada. Trastos viejos.

—Está cerrada con llave.

—¿Quieres verla?

Negó.

—Es sólo una casa, Cristina. Un montón de piedras y recuerdos. Nada más.

Cristina asintió con escaso convencimiento.

—¿Por qué no nos vamos? —preguntó.

—¿Adónde?

—Lejos.

No pude evitar sonreír, pero ella no me correspondió.

—¿Hasta dónde? —pregunté.

—Hasta donde nadie sepa quiénes somos ni les importe.

—¿Es eso lo que quieres? —pregunté.

—¿Y tú no?

Dudé un instante.

—¿Y Pedro? —pregunté, casi atragantándome con las palabras.

Dejó caer la manta que le cubría los hombros y me miró desafiante.

—¿Te hace falta su permiso para acostarte conmigo?

Me mordí la lengua. Cristina me miraba con lágrimas en los ojos.

—Perdona —murmuró—. No tenía derecho a decir eso.

Tomé la manta del suelo e intenté cubrirla, pero se echó a un lado y rechazó mi gesto.

—Pedro me ha dejado —dijo con voz quebrada—. Se fue ayer al Ritz a esperar a que yo me hubiese ido. Me dijo que sabía que no le quiero, que me casé con él por gratitud o por lástima. Me dijo que no desea mi compasión, que cada día que paso a su lado fingiendo quererle le hago daño. Me dijo que hiciese lo que hiciese él me querría siempre y que por eso no deseaba volver a verme.

Le temblaban las manos.

—Me ha querido con toda su alma y yo sólo he sido capaz de hacerle desgraciado —murmuró.

Cerró los ojos y su rostro se torció en una máscara de dolor. Un instante después dejó escapar un gemido profundo y empezó a golpearse el rostro y el cuerpo con los puños. Me abalancé sobre ella y la rodeé en mis brazos, inmovilizándola. Cristina forcejeaba y gritaba. La presioné contra el suelo, sujetándola por las manos. Se rindió lentamente, exhausta, el rostro cubierto de lágrimas y saliva, los ojos enrojecidos. Permanecimos así casi media hora, hasta que sentí que su cuerpo se relajaba y se sumía en un largo silencio. La cubrí con la manta y la abracé por detrás, ocultándole mis propias lágrimas.

—Nos iremos lejos —le murmuré al oído sin saber si podía oírme o entenderme—. Nos iremos lejos donde nadie sepa quiénes somos ni les importe. Te lo prometo.

Cristina ladeó la cabeza y me miró. Tenía la expresión robada, como si le hubiesen roto el alma a martillazos. La abracé con fuerza y la besé en la frente. La lluvia seguía azotando tras los cristales, y atrapados en aquella luz gris y pálida del alba muerta pensé por primera vez que nos hundíamos.

# 39

Abandoné el trabajo para el patrón aquella misma mañana. Mientras Cristina dormía subí al estudio y guardé la carpeta que contenía todas las páginas, notas y apuntes del proyecto en un viejo baúl que había junto a la pared. Mi primer impulso había sido prenderle fuego, pero no tuve el valor. Toda mi vida había sentido que las páginas que iba dejando a mi paso eran parte de mí. La gente normal trae hijos al mundo; los novelistas traemos libros. Estamos condenados a dejarnos la vida en ellos, aunque casi nunca lo agradezcan. Estamos condenados a morir en sus páginas y a veces hasta a dejar que sean ellos quienes acaben por quitarnos la vida. Entre todas las extrañas criaturas de papel y tinta que había traído a este miserable mundo, aquélla, mi ofrenda mercenaria a las promesas del patrón, era sin duda la más grotesca. No había nada en aquellas páginas que mereciese otra cosa que el fuego y, sin embargo, no dejaba de ser sangre de mi sangre y no tenía el coraje de destruirla. La abandoné en el fondo de aquel baúl y salí del estudio apesadumbrado, casi avergonzado de mi cobardía y de la turbia sensación de paternidad que me inspiraba aquel manuscrito de tinieblas. Probablemente el patrón hubiese sabido apreciar la ironía de la situación. A mí, simplemente, me inspiraba náusea.

Cristina durmió hasta bien entrada la tarde. Aproveché para acercarme a una vaquería junto al mercado para comprar algo de leche, pan y queso. La lluvia había cesado por fin, pero las calles estaban encharcadas y la humedad se palpaba en el aire como si fuese un polvo frío que calaba en la ropa y los huesos. Mientras esperaba turno en la vaquería, tuve la impresión de que alguien me estaba observando. Al salir de nuevo a la calle y cruzar el paseo del Born miré a mi espalda y comprobé que un niño de no más de cinco años me seguía. Me detuve y le miré. El niño se paró y me sostuvo la mirada.

—No tengas miedo —le dije—. Acércate.

El niño se aproximó unos pasos y se detuvo a un par de metros. Tenía la piel pálida, casi azulada, como si nunca hubiese visto la luz del sol. Vestía de negro y llevaba zapatos de charol nuevos y relucientes. Tenía los ojos oscuros y las pupilas tan grandes que apenas se veía el blanco de sus ojos.

—¿Cómo te llamas? —pregunté.

El niño sonrió y me señaló con el dedo. Quise dar un paso en su dirección pero echó a correr y le vi perderse por el paseo del Born.

Al regresar al portal encontré un sobre encajado en la puerta. El sello de lacre rojo con el ángel todavía estaba tibio. Miré a un lado y otro de la calle, pero no vi a nadie. Entré y cerré el portón a mi espalda con doble vuelta. Me detuve al pie de la escalera y abrí el sobre.

*Querido amigo:*

*Lamento profundamente que no pudiese usted acudir a nuestra cita de anoche. Confío en que esté usted bien y no se haya producido ninguna emergencia o contratiempo. Siento no haber podido disfrutar del placer de su compañía en esta ocasión, pero espero y deseo que sea lo que fuese lo que le impidiera reunirse conmigo, la cuestión tenga una pronta y favorable resolución y que la próxima vez sea más propicia a facilitar nuestro encuentro. Tengo que ausentarme de la ciudad por unos días, pero tan pronto esté de vuelta le haré llegar mis noticias. A la espera de saber de usted y de sus progresos en nuestro común proyecto, le saluda como siempre con afecto su amigo,*

ANDREAS CORELLI

Apreté la carta en el puño y me la metí en el bolsillo. Entré en el piso con sigilo y acompañé la puerta con suavidad. Me asomé al dormitorio y comprobé que Cristina seguía dormida. Fui a la cocina y empecé a preparar café y un pequeño almuerzo. A los pocos minutos oí los pasos de Cristina a mi espalda. Me observaba desde el umbral enfundada en un viejo jersey mío que le llegaba a medio muslo. Llevaba el pelo revuelto y tenía los ojos hinchados. Tenía marcas oscuras de los golpes en labios y pómulos, como si la hubiese abofeteado con fuerza. Rehuía mi mirada.

—Perdona —murmuró.

—¿Tienes hambre? —pregunté.

Negó, pero ignoré su gesto y le indiqué que se sentase a la mesa. Le serví una taza de café con leche y azúcar y una rodaja de pan recién horneado con queso y un poco de jamón. No hizo ademán de tocar el plato.

—Sólo un bocado —sugerí.

Tonteó con el queso sin ganas y me sonrió débilmente.

—Está bueno —dijo.

—Cuando lo pruebes te parecerá mejor.

Comimos en silencio. Cristina, para mi sorpresa, apuró la mitad de su plato. Luego se escondió tras la taza de café y me observó de refilón.

—Si quieres, me iré hoy —dijo al fin—. No te preocupes. Pedro me dio dinero y…

—No quiero que te vayas a ninguna parte. No quiero que vuelvas a irte nunca más. ¿Me oyes?

—No soy buena compañía, David.

—Ya somos dos.

—¿Lo decías de verdad? ¿Lo de irnos lejos?

Asentí.

—Mi padre solía decir que la vida no da segundas oportunidades.

—Sólo se las da a aquellos a los que nunca les dio una primera. En realidad son oportunidades de segunda mano que alguien no ha sabido aprovechar, pero son mejores que nada.

Sonrió débilmente.

—Llévame de paseo —dijo de pronto.

—¿Adónde quieres ir?

—Quiero despedirme de Barcelona.

# 40

A media tarde el sol despuntó bajo el manto de nubes que había dejado la tormenta. Las calles relucientes de lluvia se transformaron en espejos sobre los que caminaban los paseantes y se reflejaba el ámbar del cielo. Recuerdo que anduvimos hasta el pie de la Rambla, donde la estatua a Colón asomaba entre la bruma. Caminábamos en silencio, contemplando las fachadas y el gentío como si fuesen un espejismo, como si la ciudad estuviese ya desierta y olvidada. Barcelona nunca me pareció tan hermosa y tan triste como aquella tarde. Cuando empezaba a anochecer nos acercamos hasta la librería de Sempere e Hijos. Nos apostamos en un portal al otro lado de la calle, donde nadie podía vernos. El escaparate de la vieja librería proyectaba un soplo de luz sobre los adoquines húmedos y brillantes. En el interior se podía ver a Isabella aupada a una escalera ordenando libros en el último estante, mientras el hijo de Sempere hacía como que repasaba un libro de contabilidad tras el mostrador y le miraba los tobillos de refilón. Sentado en un rincón, viejo y cansado, el señor Sempere les observaba a ambos con una sonrisa triste.

—Éste es el lugar donde he encontrado casi todas las

cosas buenas de mi vida —dije sin pensar—. No le quiero decir adiós.

Cuando volvimos a la casa de la torre ya había oscurecido. Al entrar nos recibió el calor del fuego que había dejado encendido antes de salir. Cristina se adelantó por el corredor y, sin mediar palabra, se fue desnudando y dejando un rastro de ropa en el suelo. La encontré tendida en el lecho, esperando. Me tendí a su lado y dejé que guiase mis manos. Mientras la acariciaba vi cómo los músculos de su cuerpo se tensaban bajo la piel. En sus ojos no había ternura sino un anhelo de calor y de urgencia. Me abandoné en su cuerpo, embistiéndola con rabia mientras sentía sus uñas en mi piel. La escuché gemir de dolor y de vida, como si le faltase el aire. Finalmente caímos exhaustos y cubiertos de sudor el uno junto al otro. Cristina apoyó la cabeza sobre mi hombro y buscó mi mirada.

—Tu amiga me dijo que te habías metido en un lío.

—¿Isabella?

—Está muy preocupada por ti.

—Isabella tiene tendencia a creer que es mi madre.

—No creo que los tiros vayan por ahí.

Evité sus ojos.

—Me contó que estabas trabajando en un libro nuevo, un encargo de un editor extranjero. Ella le llama el patrón. Dice que te paga una fortuna, pero que tú te sientes culpable por haber aceptado el dinero. Dice que tienes miedo de ese hombre, el patrón, y que hay algo turbio en ese asunto.

Suspiré irritado.

—¿Hay algo que Isabella no te haya contado?

—Lo demás quedó entre nosotras —replicó guiñándome un ojo—. ¿Acaso mentía?

—No mentía, especulaba.

—¿Y de qué trata el libro?

—Es un cuento para niños.

—Isabella ya me dijo que dirías eso.

—Si Isabella ya te dio todas las respuestas, ¿para qué me preguntas?

Cristina me miró con severidad.

—Para tu tranquilidad, y la de Isabella, he abandonado el libro. *C'est fini* —aseguré.

—¿Cuándo?

—Esta mañana, mientras dormías.

Cristina frunció el entrecejo, escéptica.

—¿Y ese hombre, el patrón, lo sabe?

—No he hablado con él. Pero supongo que se lo imagina. Y si no, lo va hacer muy pronto.

—¿Le tendrás que devolver el dinero, entonces?

—No creo que el dinero le importe lo más mínimo.

Cristina se sumió en un largo silencio.

—¿Puedo leerlo? —preguntó al fin.

—No.

—¿Por qué no?

—Es un borrador y no tiene ni pies ni cabeza. Es un montón de ideas y notas, fragmentos sueltos. Nada que sea legible. Te aburriría.

—Igualmente me gustaría leerlo.

—¿Por qué?

—Porque lo has escrito tú. Pedro dice siempre que la única manera de conocer realmente a un escritor es a través del rastro de tinta que va dejando, que la persona

473

que uno cree ver no es más que un personaje hueco y que la verdad se esconde siempre en la ficción.

—Eso debió de leerlo en una postal.

—De hecho lo sacó de uno de tus libros. Lo sé porque yo también lo he leído.

—El plagio no lo eleva del rango de bobada.

—Yo creo que tiene sentido.

—Entonces será verdad.

—¿Lo puedo leer entonces?

—No.


Cenamos lo que quedaba del pan y el queso de aquella mañana, sentados el uno frente al otro a la mesa de la cocina, mirándonos ocasionalmente. Cristina masticaba sin apetito, examinando cada bocado de pan a la luz del candil antes de llevárselo a la boca.

—Hay un tren que sale de la estación de Francia para París mañana al mediodía —dijo—. ¿Es demasiado pronto?

No podía quitarme de la cabeza la imagen de Andreas Corelli ascendiendo las escaleras y llamando a mi puerta en cualquier momento.

—Supongo que no —convine.

—Conozco un pequeño hotel frente a los Jardines de Luxemburgo que alquila habitaciones por mes. Es un poco caro, pero... —añadió.

Preferí no preguntarle de qué conocía el hotel.

—El precio no importa, pero no hablo francés —apunté.

—Yo sí.

Bajé la mirada.

—Mírame a los ojos, David.

Alcé la vista a regañadientes.

—Si prefieres que me vaya…

Negué repetidamente. Me asió la mano y se la llevó a los labios.

—Saldrá bien. Ya lo verás —dijo—. Lo sé. Será la primera cosa en mi vida que salga bien.

La miré, una mujer rota en la penumbra con lágrimas en los ojos, y no deseé otra cosa en el mundo que poder devolverle lo que nunca había tenido.

Nos acostamos en el sofá de la galería al abrigo de un par de mantas, contemplando las brasas del fuego. Me dormí acariciando el pelo de Cristina y pensando que aquélla sería la última noche que pasaría en aquella casa, la prisión en la que había enterrado mi juventud. Soñé que corría por las calles de una Barcelona plagada de relojes cuyas agujas giraban en sentido inverso. Callejones y avenidas se torcían a mi paso como túneles con voluntad propia, conformando un laberinto vivo que burlaba todos mis intentos por avanzar. Al final, bajo un sol de mediodía que ardía en el cielo como una esfera de metal candente, conseguía llegar a la estación de Francia y me dirigía a toda prisa hacia el andén donde el tren empezaba a deslizarse. Corría tras él, pero el tren ganaba velocidad y pese a todos mis esfuerzos no conseguía más que rozarlo con la punta de los dedos. Seguía corriendo hasta perder el aliento y, al llegar al final del andén, caía al vacío. Cuando alzaba la vista, ya era tarde. El tren se alejaba en la distancia, el rostro de Cristina mirándome desde la última ventana.

Abrí los ojos y supe que Cristina no estaba allí. El fuego se había reducido a un puñado de cenizas que apenas

475

chispeaban. Me incorporé y miré a través del ventanal. Amanecía. Pegué el rostro al cristal y advertí una claridad parpadeante en los ventanales del estudio. Me dirigí hacia la escalera de caracol que ascendía a la torre. Un resplandor cobrizo se derramaba sobre los peldaños. Subí lentamente. Al llegar al estudio me detuve en el umbral. Cristina estaba de espaldas, sentada en el suelo. El baúl junto a la pared estaba abierto. Cristina tenía la carpeta que contenía el manuscrito del patrón en las manos y estaba deshaciendo el lazo que la cerraba.

Al oír mis pasos se detuvo.

—¿Qué haces aquí? —pregunté intentando ocultar la alarma en mi voz.

Cristina se volvió y sonrió.

—Fisgonear.

Siguió la línea de mi mirada hasta la carpeta que tenía en las manos y adoptó una mueca maliciosa.

—¿Qué hay aquí dentro?

—Nada. Notas. Apuntes. Nada de interés…

—Mentiroso. Apuesto a que éste es el libro en que has estado trabajando —dijo, empezando a desanudar el lazo—. Me muero de ganas por leerlo…

—Preferiría que no lo hicieses —dije en el tono más relajado del que fui capaz.

Cristina frunció el entrecejo. Aproveché el momento para arrodillarme frente a ella y, delicadamente, arrebatarle la carpeta.

—¿Qué pasa, David?

—Nada, no pasa nada —aseguré con una sonrisa estúpida estampada en los labios.

Até de nuevo el lazo de la carpeta y la volví a dejar en el baúl.

—¿No vas a echarle la llave? —preguntó Cristina.

Me volví, dispuesto a ofrecerle una excusa, pero Cristina había desaparecido escaleras abajo. Suspiré y cerré la tapa del baúl.

Encontré a Cristina abajo, en el dormitorio. Por un instante me miró como si fuese un extraño. Me quedé en la puerta.

—Perdona —empecé.

—No tienes por qué pedirme perdón —replicó—. No debería haber metido las narices donde nadie me llama.

—No es eso.

Me ofreció una sonrisa bajo cero y un gesto de despreocupación que cortaban el aire.

—No tiene importancia —dijo.

Asentí dejando el segundo asalto para otro momento.

—Las taquillas de la estación de Francia abren pronto —dije—. He pensado que voy a acercarme para estar allí en cuanto abran y compraré los billetes para hoy al mediodía. Luego iré al banco y sacaré dinero.

Cristina se limitó a asentir.

—Muy bien.

—¿Por qué no preparas una bolsa con algo de ropa mientras tanto? Yo estaré de vuelta en un par de horas como máximo.

Cristina sonrió débilmente.

—Aquí estaré.

Me aproximé a ella y le tomé el rostro en las manos.

—Mañana por la noche, estaremos en París —le dije.

La besé en la frente y me fui.

# 41

El vestíbulo de la estación de Francia tendía un espejo a mis pies en el que se reflejaba el gran reloj suspendido del techo. Las agujas marcaban las siete y treinta y cinco minutos de la mañana, pero las taquillas seguían cerradas. Un ordenanza armado de un escobón y un espíritu preciosista sacaba lustre al firme silbando una copla y, dentro de lo que le permitía su cojera, meneando las caderas con cierto garbo. A falta de otra cosa que hacer me dediqué a observarle. Era un hombrecillo menudo al que el mundo parecía haber arrugado sobre sí mismo hasta quitarle todo menos la sonrisa y el placer de poder limpiar aquella parcela de suelo como si se tratase de la Capilla Sixtina. No había nadie más en el recinto, y finalmente cayó en la cuenta de que estaba siendo observado. Cuando su quinta pasada transversal le llevó a cruzar frente a mi puesto de vigilancia en uno de los bancos de madera que bordeaban el vestíbulo, el ordenanza se detuvo y, apoyándose en el mocho con ambas manos, se animó a mirarme abiertamente.

—Nunca abren a la hora que dicen —explicó haciendo un gesto hacia las taquillas.

—¿Y entonces para qué ponen un cartel que dice que abren a las siete?

El hombrecillo se encogió de hombros y suspiró con talante filosófico.

—Bueno, también ponen horarios a los trenes y en los quince años que llevo aquí no he visto ni uno solo que llegase o saliese a la hora prevista —ofreció.

El ordenanza siguió con su barrido en profundidad y quince minutos más tarde oí cómo se abría la ventanilla de la taquilla. Me aproximé y sonreí al encargado.

—Creí que abrían ustedes a las siete —dije.

—Eso dice el cartel. ¿Qué quiere?

—Dos billetes de primera clase a París en el tren del mediodía.

—¿Para hoy?

—Si no le supone una gran molestia.

La expedición de los billetes le llevó casi quince minutos. Una vez hubo finalizado su obra maestra, los dejó caer sobre el mostrador con desgana.

—A la una. Andén cuatro. No se retrase.

Pagué y, al no retirarme, fui obsequiado con una mirada hostil e inquisitiva.

—¿Algo más?

Le sonreí y negué, oportunidad que aprovechó para cerrar la ventanilla en mis narices. Me volví y crucé el vestíbulo inmaculado y reluciente por cortesía del ordenanza, que me saludó de lejos y me deseó *bon voyage*.


La oficina central del Banco Hispano Colonial en la calle Fontanella hacía pensar en un templo. Un gran pórtico daba paso a una nave flanqueada de estatuas que se extendía hasta una fila de ventanillas dispuestas como un altar. A ambos lados, a modo de capillas y confesionarios, mesas de roble y butacones de mariscal, todo ello atentido por un pequeño ejército de interventores y empleados pulcramente trajeados y armados de sonrisas cordiales. Retiré cuatro mil francos en efectivo y recibí las instrucciones sobre cómo retirar fondos en la oficina que el banco tenía en el cruce de la *rue* de Rennes y el *boulevard* Raspail en París, cerca del hotel que había mencionado Cristina. Con aquella pequeña fortuna en el bolsillo me despedí desoyendo los consejos del apoderado respecto a lo imprudente de circular con semejante cantidad en metálico por las calles.

El sol se alzaba sobre un cielo azul con el color de la buena fortuna y una brisa limpia traía el olor del mar. Caminaba a paso ligero, como si me hubiese desprendido de una tremenda carga, y empecé a pensar que la ciudad había decidido dejarme ir sin rencor. En el paseo del Born me detuve a comprar unas flores para Cristina, rosas blancas anudadas con un lazo rojo. Subí las escaleras de la casa de la torre de dos en dos, con una sonrisa estampada en los labios y la certeza de que aquél sería el primer día de una vida que había creído ya perdida para siempre. Estaba a punto de abrir cuando, al introducir la llave en la cerradura, la puerta cedió. Estaba abierta.

La empujé hacia adentro y me adentré en el vestíbulo. La casa estaba en silencio.

—¿Cristina?

Dejé las flores sobre la repisa del recibidor y me asomé al dormitorio. Cristina no estaba allí. Recorrí el pasillo hasta la galería del fondo. No había señal de su presencia. Me acerqué hasta la escalera del estudio y llamé desde allí en voz alta.

—¿Cristina?

El eco me devolvió mi voz. Me encogí de hombros y consulté el reloj que había en una de las vitrinas de la biblioteca de la galería. Eran casi las nueve de la mañana. Supuse que Cristina habría bajado a la calle a buscar alguna cosa y que malacostumbrada por su existencia en Pedralbes a que negociar con puertas y cerrojos fueran cuestiones dirimidas por sirvientes, había dejado la puerta abierta al salir. Mientras esperaba decidí tumbarme en el sofa de la galería. El sol entraba por la cristalera, un sol limpio y brillante de invierno, e invitaba a dejarse acariciar. Cerré los ojos y traté de pensar en lo que iba a llevarme conmigo. Había vivido media vida rodeado de todos aquellos objetos y ahora, en el momento de decirles adiós, era incapaz de hacer una lista breve de los que consideraba imprescindibles. Poco a poco, sin darme cuenta, tendido bajo la cálida luz del sol y de aquellas tibias esperanzas, me fui quedando dormido plácidamente.

Cuando desperté y miré el reloj de la biblioteca eran las doce y media del mediodía. Faltaba apenas media hora para la salida del tren. Me incorporé de un salto y corrí hacia el dormitorio.

—¿Cristina?

Esta vez recorrí la casa, habitación por habitación, hasta que llegué al estudio. No había nadie, pero me pareció percibir un olor extraño en el aire. Fósforo. La luz que penetraba por los ventanales atrapaba una tenue red de filamentos de humo azul suspendidos en el aire. Me adentré en el estudio y encontré un par de cerillas quemadas en el suelo. Sentí una punzada de inquietud y me arrodillé frente al baúl. Lo abrí y suspiré, aliviado. La carpeta con el manuscrito seguía allí. Me disponía a cerrar el baúl cuando lo advertí. El lazo de cordel rojo que cerraba la carpeta estaba deshecho. La tomé y la abrí. Repasé las páginas pero no eché de menos nada. Cerré de nuevo la carpeta, esta vez con doble nudo, y la devolví a su lugar. Cerré el baúl y bajé al piso de nuevo. Me senté en una silla en la galería, encarado al largo corredor que conducía a la puerta de entrada y dispuesto a esperar. Los minutos desfilaron con infinita crueldad.

Lentamente la conciencia de lo que había pasado se fue desplomando a mi alrededor y aquel deseo de creer y confiar se fue tornando hiel y amargura. Pronto escuché las campanas de Santa María redoblar las dos. El tren para París ya había dejado la estación y Cristina no había regresado. Comprendí entonces que se había ido, que aquellas horas breves que habíamos compartido habían sido un espejismo. Miré tras los cristales aquel día deslumbrante que ya no tenía color de buena suerte y la imaginé de vuelta en Villa Helius, buscando el abrigo de los brazos de Pedro Vidal. Sentí que el rencor me iba envenenando la sangre lentamente y me reí de mí mismo y de mis absurdas esperanzas. Me quedé, incapaz de dar un paso, contemplando la ciudad oscurecerse con el atardecer y las sombras alargarse sobre el suelo del estudio. Me levanté y me aproximé a la ventana. La abrí de par en par y me asomé. Una caída vertical de suficientes metros se abría ante mí. Suficientes para pulverizarme los huesos, para convertirlos en puñales que atravesaran mi cuerpo y lo dejasen apagarse en un charco de sangre en el patio. Me pregunté si el dolor sería tan atroz como imaginaba o si la fuerza del impacto bastaría para adormecer los sentidos y entregar una muerte rápida y eficiente.

Escuché entonces los golpes en la puerta. Uno, dos, tres. Una llamada insistente. Me volví, aturdido todavía por aquellos pensamientos. La llamada de nuevo. Había alguien abajo, golpeando mi puerta. El corazón me dio un vuelco y me lancé escaleras abajo, convencido de que Cristina había regresado, que algo había sucedido por el camino y la había retenido, que mis miserables y despreciables sentimientos de recelo habían sido injustificados, que aquél era, después de todo, el primer día de aquella vida prometida. Corrí hasta la puerta y la abrí. Estaba allí, en la penumbra, vestida de blanco. Quise abrazarla, pero entonces vi su rostro lleno de lágrimas y comprendí que aquella mujer no era Cristina.

—David —murmuró Isabella con la voz rota—. El señor Sempere ha muerto.

Tercer acto

# EL JUEGO
# *del* ÁNGEL

# 1

Cuando llegamos a la librería ya había anochecido. Un resplandor dorado rompía el azul de la noche a las puertas de Sempere e Hijos, donde un centenar de personas se habían reunido portando velas en las manos. Algunos lloraban en silencio, otros se miraban entre ellos sin saber qué decir. Reconocí algunos de los rostros, amigos y clientes de Sempere, gentes a las que el viejo librero había regalado libros, lectores que se habían iniciado en la lectura con él. A medida que la noticia se esparcía por el barrio, llegaban otros lectores y amigos que no podían creer que el señor Sempere hubiera muerto.

Las luces de la librería estaban prendidas y en su interior se podía ver a don Gustavo Barceló abrazando con fuerza a un hombre joven que apenas podía sostenerse en pie. No me di cuenta de que era el hijo de Sempere hasta que Isabella me apretó la mano y me guió al interior de la librería. Al verme entrar, Barceló alzó la mirada y me ofreció una sonrisa vencida. El hijo del librero lloraba en sus brazos y no tuve valor de acercarme a saludarle. Fue Isabella quien se aproximó hasta él y le posó la mano en la espalda. Sempere hijo se volvió y pude ver su rostro hundido. Isabella le guió hasta una silla y le ayudó a sentarse. El hijo del librero cayó desplomado en la silla como un muñeco roto. Isabella se arrodilló a su lado y lo abrazó. Nunca me había sentido tan orgulloso de nadie como lo estuve en aquel momento de Isabella, que ya no me parecía una muchacha sino una mujer más fuerte y más sabia que ninguno de los que estábamos allí.

Barceló se aproximó a mí y me tendió la mano, que estaba temblando. Se la estreché.

—Ha sido hace un par de horas —explicó con la voz ronca—. Se había quedado solo un momento en la librería y cuando su hijo ha vuelto… Dicen que estaba discutiendo con alguien… No sé. El doctor ha dicho que ha sido el corazón.

Tragué saliva.

—¿Dónde está?

Barceló señaló con la cabeza a la puerta de la trastienda. Asentí y me dirigí hacia allí. Antes de entrar respiré hondo y apreté los puños. Crucé el umbral y le vi. Estaba tendido en una mesa, con las manos cruzadas sobre el vientre. Tenía la piel blanca como el papel y los rasgos de su rostro parecían haberse hundido como si fuesen de cartón. Todavía tenía los ojos abiertos. Me di cuenta de que me faltaba el aire y sentí como si algo me golpease con enorme fuerza en el estómago. Me apoyé en la mesa y respiré profundamente. Me incliné sobre él y le cerré los párpados. Le acaricié la mejilla, que estaba fría, y miré alrededor, a aquel mundo de páginas y sueños que él había creado. Quise creer que Sempere seguía allí, entre sus libros y sus amigos. Escuché unos pasos a mi espalda y me volví. Barceló escoltaba a un par de hombres de semblante sombrío vestidos de negro cuya profesión no ofrecía duda.

—Estos señores vienen de la funeraria —dijo Barceló.

Ambos asintieron su saludo con gravedad profesional y se aproximaron a examinar el cuerpo. Uno de ellos, alto y enjuto, realizó una estimación sumarísima e indicó algo a su compañero, que asintió y anotó las indicaciones en un pequeño cuaderno de notas.

—En principio el entierro sería mañana por la tarde, en el cementerio del Este —dijo Barceló—. He preferido hacerme yo cargo del asunto porque el hijo está destrozado, ya lo ve usted. Y estas cosas, cuanto antes…

—Gracias, don Gustavo.

El librero lanzó una mirada a su viejo amigo y sonrió entre lágrimas.

—¿Y qué vamos a hacer ahora que el viejo nos ha dejado solos? —dijo.

—No lo sé…

Uno de los empleados de la funeraria carraspeó discretamente, indicando que tenía algo que comunicar.

—Si les parece a ustedes bien, mi compañero y yo iremos a buscar ahora la caja y…

—Haga lo que tenga que hacer —corté.

—¿Alguna preferencia en lo relativo a los últimos ritos?

Le miré sin comprender.

—¿El difunto era creyente?

—El señor Sempere creía en los libros —dije.

—Entiendo —respondió retirándose.

Miré a Barceló, que se encogió de hombros.

—Deje que le pregunte al hijo —añadí.

Regresé a la parte delantera de la librería. Isabella me

lanzó una mirada inquisitiva y se levantó del lado de Sempere hijo. Se me acercó y le murmuré mis dudas.

—El señor Sempere era buen amigo del párroco de aquí al lado, en la iglesia de Santa Ana. Se rumorea que los del arzobispado hace años que quieren echarlo por rebelde y díscolo, pero como es tan viejo han preferido esperar a que se muera solo porque no pueden con él.

—Es el hombre que necesitamos —dije.

—Ya hablaré yo con él —dijo Isabella.

Señalé a Sempere hijo.

—¿Cómo está?

Isabella me miró a los ojos.

—¿Y usted?

—Yo estoy bien —mentí—. ¿Quién se va a quedar con él esta noche?

—Yo —dijo sin dudarlo un instante.

Asentí y la besé en la mejilla antes de regresar a la trastienda. Allí Barceló se había sentado frente a su viejo amigo y, mientras los dos empleados de la funeraria tomaban medidas y preguntaban por trajes y zapatos, sirvió dos copas de brandy y me tendió una. Me senté a su lado.

—A la salud del amigo Sempere, que nos enseñó a todos a leer, cuando no a vivir —dijo.

Brindamos y bebimos en silencio. Nos quedamos allí hasta que los empleados de la funeraria regresaron con el ataúd y las ropas con las que Sempere iba a ser enterrado.

—Si les parece bien, de éstos nos encargamos nosotros —sugirió el que parecía más espabilado. Asentí. Antes de pasar a la parte delantera de la librería tomé aquel viejo ejemplar de *Grandes esperanzas* que nunca había vuelto a recoger y se lo puse en las manos al señor Sempere.

—Para el viaje —dije.

A los quince minutos, los empleados de la funeraria sacaron el féretro y lo depositaron sobre una gran mesa que había quedado dispuesta en el centro de la librería. Una multitud de personas se había ido congregando en la calle y esperaba en profundo silencio. Me acerqué a la puerta y la abrí. Uno a uno, los amigos de Sempere e Hijos fueron desfilando al interior de la tienda para ver al librero. Más de uno no podía contener las lágrimas y, ante el espectáculo, Isabella cogió de la mano al hijo del librero y se lo llevó al piso, justo encima de la librería, en que había vivido con su padre toda su vida. Barceló y yo nos quedamos allí, acompañando al viejo Sempere mientras la gente acudía a despedirse. Algunos, los más allegados, se quedaban. El velatorio duró toda la noche. Barceló estuvo hasta las cinco de la mañana y yo me quedé hasta que Isabella bajó del piso poco después del alba y me ordenó que me fuese a casa, aunque sólo fuera para cambiarme de ropa y asearme.

Miré al pobre Sempere y le sonreí. No podía creer que nunca más volvería a cruzar aquellas puertas y encontrarle detrás del mostrador. Recordé la primera vez que había visitado la librería, cuando apenas era un chiquillo, y el librero me había parecido alto y fuerte. Indestructible. El hombre más sabio del mundo.

—Váyase a casa, por favor —susurró Isabella.

—¿Para qué?

—Por favor…

Me acompañó hasta la calle y me abrazó.

—Sé lo mucho que le apreciaba y lo que significaba para usted —me dijo.

Nadie lo sabía, pensé. Nadie. Pero asentí, y tras besar-

la en la mejilla empecé a caminar sin rumbo, recorriendo calles que me parecían más vacías que nunca, creyendo que si no me detenía, si seguía caminando, no me daría cuenta de que el mundo que creía conocer ya no
estaba allí.

# 2

El gentío se había reunido a las puertas del cementerio a esperar la llegada del carruaje. Nadie se atrevía a hablar. Se oía el rumor del mar en la distancia y el eco de un tren de carga deslizándose hacia la ciudad de fábricas que se extendía a espaldas del camposanto. Hacía frío y briznas de nieve flotaban en el viento. Poco después de las tres de la tarde, el carruaje, tirado por caballos negros, enfiló una avenida de Icaria flanqueada de cipreses y viejos almacenes. El hijo de Sempere e Isabella viajaban con él. Seis colegas del gremio de libreros de Barcelona, don Gustavo entre ellos, alzaron el féretro en hombros y lo entraron en el recinto. La gente les siguió, formando una comitiva silenciosa que recorrió las calles y pabellones del cementerio bajo un manto de nubes bajas que ondulaban como una lámina de mercurio. Oí que alguien decía que el hijo del librero parecía haber envejecido quince años en una noche. Se referían a él como el señor Sempere, porque ahora él era el responsable de la librería y durante cuatro generaciones aquel bazar encantado de la calle Santa Ana nunca había cambiado de nombre y siempre había estado al mando de un señor Sempere. Isabella le llevaba del brazo y me pareció que, de no estar ella allí, él se hubiera desplomado como un títere sin hilos.

El párroco de la iglesia de Santa Ana, un veterano de la edad del difunto, esperaba al pie del sepulcro, una lámina de mármol sobria y sin adornos que casi pasaba desapercibida. Los seis libreros que habían portado el féretro lo dejaron descansar frente a la tumba. Barceló, que me había visto, me saludó con la cabeza. Preferí quedarme atrás, no sé si por cobardía o por respeto. Desde allí podía ver la tumba de mi padre, a una treintena de metros. Una vez la congregación se hubo dispuesto alrededor del féretro, el párroco alzó la vista y sonrió.

—El señor Sempere y yo fuimos amigos durante casi cuarenta años, y en todo ese tiempo sólo hablamos de Dios y los misterios de la vida en una ocasión. Casi nadie lo sabe, pero el amigo Sempere no había pisado una iglesia desde el funeral de su esposa Diana, a cuyo lado le acompañamos hoy para que yazcan el uno junto al otro para siempre. Quizá por eso todos le tomaban por un ateo, pero él era un hombre de fe. Creía en sus amigos, en la verdad de las cosas y en algo a lo que no se atrevía a poner nombre ni cara porque decía que para eso estábamos los curas. El señor Sempere creía que todos formábamos parte de algo, y que al dejar este mundo nuestros recuerdos y nuestros anhelos no se perdían, sino que pasaban a ser los recuerdos y anhelos de quienes venían a ocupar nuestro lugar. No sabía si habíamos creado a Dios a nuestra imagen y semejanza o si él nos había creado a nosotros sin saber muy bien lo que hacía. Creía que Dios, o lo que fuese que nos había traído aquí, vivía en cada una de nuestras acciones, en cada una de nuestras palabras, y se manifestaba en todo aquello que nos hacía ser algo más que simples figuras de barro. El señor Sempere creía que Dios vivía un poco, o mucho, en los libros y por eso dedicó su vida a compartirlos, a protegerlos y a asegurarse de que sus páginas, como nuestros recuerdos y nuestros anhelos, no se perdieran jamás, porque creía, y me hizo creer a mí también, que mientras quedase una sola persona en el mundo capaz de leerlos y vivirlos, habría un pedazo de Dios o de vida. Sé que a mi amigo no le hubiese gustado que nos despidiésemos de él con oraciones y cantos. Sé que le hubiese bastado con saber que sus amigos, tantos como hoy han venido aquí a despedirle, nunca le olvidarían. No me cabe duda de que el Señor, aunque el viejo Sempere no se lo esperaba, acogerá a su lado a nuestro querido amigo y sé que vivirá para siempre en los corazones de todos los que estamos hoy aquí, de todos los que algún día descubrieron la magia de los libros gracias a él y de todos los que, incluso sin conocerle, algún día cruzarán las puertas de su pequeña librería, donde, como a él le gustaba decir, la historia acaba de empezar. Descanse en paz, amigo Sempere, y que Dios nos dé a todos la oportunidad de honrar su recuerdo y agradecer el privilegio de haberle conocido.

Un infinito silencio se apoderó del recinto cuando el párroco finalizó sus palabras y se retiró unos pasos, bendiciendo el ataúd y bajando la mirada. A una señal del jefe de los empleados de la funeraria, los enterradores se adelantaron y bajaron el féretro lentamente con unas cuerdas. Recuerdo el sonido del ataúd al tocar el fondo y los sollozos ahogados entre la gente. Recuerdo que me quedé allí, incapaz de dar un paso, viendo cómo los enterradores cubrían la tumba con la gran lámina de már-

mol en la que sólo se leía la palabra *Sempere* y en la que yacía su esposa Diana desde hacía veintiséis años.

Lentamente, la congregación se fue retirando rumbo
a las puertas del cementerio, donde se separaron en gru-
pos sin saber adónde ir, porque nadie quería irse de allí y
dejar atrás al pobre señor Sempere. Barceló e Isabella,
uno a cada lado, se llevaron al hijo del librero. Me quedé
allí hasta que todos se hubieron alejado y sólo entonces
me atreví a acercarme hasta la tumba de Sempere. Me
arrodillé y posé la mano sobre el mármol.

—Hasta pronto —murmuré.

Le oí acercarse y supe que era él antes de verle. Me levanté y me volví. Pedro Vidal me ofreció su mano y la sonrisa más triste que he visto.

—¿No vas a estrecharme la mano? —preguntó.

No lo hice y unos segundos después Vidal asintió para
sí y la retiró.

—¿Qué hace usted aquí? —espeté.

—Sempere también era mi amigo —replicó Vidal.

—Ya. ¿Y viene solo?

Vidal me miró sin comprender.

—¿Dónde está? —pregunté.

—¿Quién?

Dejé escapar una risa amarga. Barceló, que nos había
visto, se estaba aproximando con aire de consternación.

—¿Qué le ha prometido ahora para comprarla?

La mirada de Vidal se endureció.

—No sabes lo que dices, David.

Me adelanté hasta sentir su aliento en el rostro.

—¿Dónde está? —insistí.

—No lo sé —dijo Vidal.

—Claro —dije apartando la mirada.

Me di la vuelta, dispuesto a encaminarme hacia la salida, pero Vidal me asió del brazo y me retuvo.

—David, espera…

Antes de que me diese cuenta de lo que estaba haciendo, me volví y le golpeé con todas mis fuerzas. Mi puño se estrelló sobre su rostro y le vi caer hacia atrás. Vi que tenía sangre en la mano y oí pasos que se aproximaban a toda prisa. Unos brazos me sujetaron y me apartaron de Vidal.

—Por el amor de Dios, Martín… —dijo Barceló.

El librero se arrodilló junto a Vidal, que tenía la boca llena de sangre y jadeaba. Barceló le sostuvo la cabeza y me lanzó una mirada furiosa. Me fui de allí a toda prisa, cruzándome por el camino con algunos de los asistentes que se habían detenido a contemplar el altercado. No tuve el valor de mirarlos a la cara.

# 3

Pasé varios días sin salir de casa, durmiendo a deshora, sin apenas probar bocado. Por las noches me sentaba en la galería frente al fuego y escuchaba el silencio, esperando oír pasos en la puerta, creyendo que Cristina iba a volver, que tan pronto supiese de la muerte del señor Sempere volvería a mi lado, aunque sólo fuese por lástima, que para entonces ya me bastaba. Cuando hacía casi una semana de la muerte del librero y ya sabía que Cristina no iba a regresar, empecé a subir de nuevo al estudio. Rescaté el manuscrito del patrón del arcón y empecé a releerlo, saboreando cada frase y cada párrafo. La lectura me inspiró a la vez náusea y una oscura satisfacción. Cuando pensaba en los cien mil francos que tanto me habían parecido en un principio, sonreía para mí y me decía que aquel hijo de perra me había comprado muy barato. La vanidad empañaba la amargura y el dolor cerraba la puerta a la conciencia. En un acto de soberbia releí aquel *Lux Aeterna* de mi predecesor, Diego Marlasca, y luego lo entregué a las llamas del hogar. Donde él había fracasado, yo triunfaría. Donde él se había perdido por el camino, yo encontraría la salida al laberinto.

Volví al trabajo al séptimo día. Esperé a la medianoche y me senté al escritorio. Una página limpia en el tambor de la vieja Underwood y la ciudad negra tras las ventanas. Las palabras y las imágenes brotaron de mis manos como si hubieran estado esperando con rabia en la prisión del alma. Las páginas fluían sin conciencia ni mesura, sin más voluntad que la de embrujar y envenenar los sentidos y el pensamiento. Había ya dejado de pensar en el patrón, en su recompensa o sus exigencias. Por primera vez en mi vida escribía para mí y para nadie más. Escribía para prender fuego al mundo y consumirme con él. Trabajaba todas las noches hasta caer exhausto. Golpeaba las teclas de la máquina hasta que los dedos me sangraban y la fiebre me nublaba la vista.

Una mañana de enero en que había ya perdido la noción del tiempo escuché que llamaban a la puerta. Estaba tendido en la cama, la vista perdida en la vieja fotografía de Cristina de niña caminando de la mano de un extraño en aquel muelle que se adentraba en un mar de luz, aquella imagen que ya me parecía lo único bueno que me quedaba y la llave de todos los misterios. Ignoré los golpes durante varios minutos, hasta que oí su voz y supe que no iba a rendirse.

—Abra de una puñetera vez. Sé que está ahí y no pienso irme hasta que me abra la puerta o la eche yo abajo.

Cuando abrí la puerta, Isabella dio un paso atrás y me contempló horrorizada.

—Soy yo, Isabella.

Isabella me hizo a un lado y fue directa a la galería, a abrir las ventanas de par en par. Luego se dirigió al baño y empezó a llenar la bañera. Me tomó del brazo y me arrastró hasta allí. Me hizo sentarme en el borde y me miró a los ojos, alzándome los párpados con los dedos y negando por lo bajo. Sin decir palabra empezó a quitarme la camisa.

—Isabella, no estoy de humor.

—¿Qué son esos cortes? ¿Pero qué se ha hecho?

—Son sólo unos rasguños.

—Quiero que le vea un médico.

—No.

—A mí no se atreva a decirme que no —replicó con dureza—. Ahora se va usted a meter en esa bañera y se va a dar con agua y jabón y se va a afeitar. Tiene dos opciones: lo hace usted o lo hago yo. No se crea que me da reparo.

Sonreí.

—Ya sé que no.

—Haga lo que le digo. Yo mientras voy a buscar un médico.

Iba a decir algo, pero alzó la mano y me silenció.

—No diga ni una palabra. Si se cree que usted es el único al que le duelen las cosas, se equivoca. Y si no le importa dejarse morir como un perro, al menos tenga la decencia de recordar que a otros sí nos importa, aunque la verdad no sé por qué.

—Isabella…

—Al agua. Y haga el favor de quitarse los pantalones y los calzones.

—Sé bañarme.

—Cualquiera lo diría.

Mientras Isabella iba a buscar un médico me rendí a sus órdenes y me sometí a un bautismo de agua fría y jabón. No me había afeitado desde el entierro y mi aspecto en el espejo era lobuno. Tenía los ojos inyectados en sangre y la piel de un pálido enfermizo. Me enfundé ropas limpias y me senté a esperar en la galería. Isabella regresó a los veinte minutos en compañía de un galeno que me había parecido ver alguna vez por el barrio.

—Éste es el paciente. De lo que él le diga, ni caso, porque es un embustero —anunció Isabella.

El doctor me echó un vistazo, calibrando mi grado de hostilidad.

—Usted mismo, doctor —invité—. Como si yo no estuviese.

El médico empezó el sutil ritual de medición de presión, auscultamientos varios, examen de pupilas, boca, preguntas de índole misteriosa y miradas de soslayo que constituyen la base de la ciencia médica. Cuando me examinó los cortes que Irene Sabino me había hecho con una navaja en el pecho, enarcó una ceja y me miró.

—¿Y esto?

—Es largo de explicar, doctor.

—¿Se lo ha hecho usted?

Negué.

—Le voy a dejar una pomada, pero me temo que le quedará la cicatriz.

—Creo que ésa era la idea.

El doctor siguió con su reconocimiento. Yo me sometí a todo, dócil, contemplando a Isabella, que miraba ansiosa desde el umbral. Comprendí lo mucho que la había echado de menos y cuánto apreciaba su compañía.

—Menudo susto —murmuró con reprobación.

El doctor examinó mis manos y frunció el ceño al ver las yemas de los dedos casi en carne viva. Procedió a vendármelas una a una, murmurando por lo bajo.

—¿Cuánto hace que no come?

Me encogí de hombros. El doctor intercambió una mirada con Isabella.

—No hay motivo de alarma, pero me gustaría visitarle en mi consulta mañana a más tardar.

—Me temo que no será posible, doctor —dije.

—Allí estará —aseguró Isabella.

—Entretanto le recomiendo que empiece a comer algo caliente, primero caldos y luego sólidos, mucha agua pero nada de café ni excitantes, y sobre todo reposo. Que le dé un poco el aire y el sol, pero sin esfuerzos. Tiene usted un cuadro clásico de agotamiento y deshidratación, y un principio de anemia.

Isabella suspiró.

—No es nada —aventuré.

El doctor me miró dudando y se incorporó.

—Mañana en mi consulta, a las cuatro de la tarde. Aquí no tengo ni el instrumental ni las condiciones para poder examinarle bien.

Cerró su maletín y se despidió de mí con un saludo cortés. Isabella le acompañó a la puerta y los oí murmurar en el rellano durante un par de minutos. Me vestí de nuevo y esperé como un buen paciente, sentado en la cama. Oí la puerta al cerrarse y los pasos del médico escaleras abajo. Sabía que Isabella estaba en el recibidor, esperando un segundo antes de entrar en el dormitorio. Cuando lo hizo finalmente, la recibí con una sonrisa.

—Voy a prepararle algo de comer.

—No tengo apetito.

—Me trae sin cuidado. Va a comer y luego vamos a salir a que le dé el aire. Y punto.

Isabella me preparó un caldo que, haciendo un esfuerzo, rellené con mendrugos de pan y engullí con semblante afable aunque me sabía a piedras. Dejé el plato limpio y se lo mostré a Isabella, que había estado de guardia a mi lado como un sargento mientras comía. Acto seguido me llevó al dormitorio, buscó un abrigo en el armario. Me colocó guantes y bufanda y me empujó hasta la puerta. Cuando salimos al portal corría un viento frío, pero el cielo relucía con un sol crepuscular que sembraba las calles de ámbar. Me tomó del brazo y echamos a andar.

—Como si estuviésemos prometidos —dije.

—Muy gracioso.

Anduvimos hasta el Parque de la Ciudadela y nos adentramos en los jardines que rodeaban el umbráculo. Llegamos hasta el estanque de la gran fuente y nos sentamos en un banco.

—Gracias —murmuré.

Isabella no respondió.

—No te he preguntado cómo estás —ofrecí.

—No es ninguna novedad.

—¿Cómo estás?

Isabella se encogió de hombros.

—Mis padres están encantados desde que volví. Dicen que ha sido usted una buena influencia. Si supieran… La verdad es que nos llevamos mejor. Tampoco es que los vea mucho. Paso casi todo el tiempo en la librería.

—¿Y Sempere? ¿Cómo lleva lo de su padre?

—No muy bien.

—¿Y a él, cómo lo llevas tú?

—Es un buen hombre —dijo.

Isabella guardó un largo silencio y bajó la cabeza.

—Me ha pedido que me case con él —dijo—. Hace un par de días, en Els Quatre Gats.

Contemplé su perfil, sereno y ya robado de aquella inocencia juvenil que yo había querido ver en ella y que probablemente nunca había estado allí.

—¿Y? —pregunté finalmente.

—Le he dicho que lo iba a pensar.

—¿Y vas a hacerlo?

Los ojos de Isabella estaban perdidos en la fuente.

—Me dijo que quería formar una familia, tener hijos… que viviríamos en el piso encima de la librería, que la sacaríamos adelante pese a las deudas que tenía el señor Sempere.

—Bueno, tú eres aún joven…

Ladeó la cabeza y me miró a los ojos.

—¿Le quieres?

Sonrió con infinita tristeza.

—Yo qué sé. Creo que sí, aunque no tanto como él cree quererme a mí.

—A veces uno, en circunstancias difíciles, puede confundir la compasión con el amor —dije.

—No se preocupe por mí.

—Sólo te pido que te des algo de tiempo.

Nos miramos, amparados en una infinita complicidad que ya no necesitaba de palabras, y la abracé.

—¿Amigos?

—Hasta que la muerte nos separe.

# 4

De regreso a casa nos detuvimos en un colmado de la calle Comercio a comprar leche y pan. Isabella me dijo que iba a pedirle a su padre que me trajera un pedido de finas viandas y que más me valía comérmelas todas.

—¿Cómo van las cosas en la librería? —pregunté.

—Las ventas han bajado muchísimo. Yo creo que a la gente le da pena venir porque se acuerdan del pobre señor Sempere. Y la verdad es que, tal como están las cuentas, la cosa no pinta bien.

—¿Cómo están las cuentas?

—Bajo mínimos. En las semanas que llevo trabajando allí he estado repasando el balance y he comprobado que el señor Sempere, que en gloria esté, era un desastre. Regalaba libros a quien no podía pagarlos. O los prestaba y no se los devolvían. Compraba colecciones que sabía que no podría vender porque los dueños amenazaban con quemarlas o tirarlas. Mantenía a base de limosnas a una pila de poetastros de medio pelo que no tenían dónde caerse muertos. Ya puede imaginarse el resto.

—¿Acreedores a la vista?

—A razón de dos por día, sin contar las cartas y los

avisos del banco. La buena noticia es que no nos faltan ofertas.

—¿De compra?

—Un par de tocineros de Vic están muy interesados en el local.

—¿Y Sempere hijo qué dice?

—Que del cerdo se aprovecha todo. El realismo no es su fuerte. Dice que saldremos adelante, que tenga fe.

—¿Y no la tienes?

—Tengo fe en la aritmética, y cuando hago números me sale que en dos meses el escaparate de la librería estará repleto de chorizos y butifarras blancas.

—Alguna solución encontraremos.

Isabella sonrió.

—Esperaba que dijese usted eso. Y hablando de cuentas pendientes, dígame que ya no está trabajando para el patrón.

Mostré las manos limpias.

—Vuelvo a ser un agente libre —dije.

Me acompañó escaleras arriba, y cuando iba a despedirse la vi dudar.

—¿Qué? —pregunté.

—Había pensado no decírselo, pero… prefiero que lo sepa por mí que por otros. Es sobre el señor Sempere.

Pasamos dentro y nos sentamos en la galería frente al fuego, que Isabella reavivó echando un par de troncos. Las cenizas del *Lux Aeterna* de Marlasca seguían allí y mi antigua ayudante me lanzó una mirada que hubiera podido enmarcar.

—¿Qué es lo que me ibas a contar de Sempere?

—Lo sé por don Anacleto, uno de los vecinos de la escalera. Me contó que la tarde en que el señor Sempere murió le vio discutir con alguien en la tienda. Él volvía a casa y dice que las voces se oían hasta en la calle.

—¿Con quién discutía?

—Era una mujer. Algo mayor. A don Anacleto no le parecía haberla visto nunca por allí, aunque dijo que le resultaba vagamente familiar, pero con don Anacleto nunca se sabe, porque le gustan más los adverbios que las peladillas.

—¿Oyó sobre qué discutían?

—Le pareció que estaban hablando de usted.

—¿De mí?

Isabella asintió.

—Su hijo había salido un momento a entregar un pedido en la calle Canuda. No estuvo fuera más de diez o quince minutos. Cuando regresó se encontró a su padre caído en el suelo, detrás del mostrador. Todavía respiraba pero estaba frío. Para cuando llegó el médico ya era tarde…

Me pareció que se me caía el mundo encima.

—No se lo tenía que haber dicho… —murmuró Isabella.

—No. Has hecho bien. ¿No dijo nada más don Anacleto sobre esa mujer?

—Sólo que los oyó discutir. Le pareció que era sobre un libro. Un libro que ella quería comprar y el señor Sempere no le quería vender.

—¿Y por qué me mencionó? No lo entiendo.

—Porque el libro era suyo. *Los Pasos del Cielo*. El único ejemplar que el señor Sempere había conservado en su colección personal y que no estaba a la venta…

Me invadió una oscura certeza.

—¿Y el libro…? —empecé.

507

—… ya no está allí. Ha desaparecido —completó Isabella—. Miré en el registro, porque el señor Sempere apuntaba allí todos los libros que vendía, con fecha y precio, y ése no constaba.

—¿Lo sabe su hijo?

—No. No se lo he contado a nadie más que a usted. Todavía estoy intentando comprender lo que pasó aquella tarde en la librería. Y por qué. Pensaba que a lo mejor usted lo sabría…

—Esa mujer intentó llevarse el libro a la fuerza, y en la pelea el señor Sempere sufrió un ataque al corazón. Eso es lo que pasó —dije—. Y todo por un cochino libro mío.

Sentí que se me retorcían las entrañas.

—Hay algo más —dijo Isabella.

—¿Qué?

—Días después me encontré a don Anacleto en la escalera y me dijo que ya sabía de qué recordaba a aquella mujer, que el día que la vio no cayó, pero que le sonaba que la había visto antes, muchos años atrás, en el teatro.

—¿En el teatro?

Isabella asintió.

Me sumí en un largo silencio. Isabella me observaba, inquieta.

—Ahora no me quedo tranquila dejándole aquí. No se lo tendría que haber dicho.

—No, has hecho bien. Estoy bien. De verdad.

Isabella negó.

—Esta noche me quedo con usted.

—¿Y tu reputación?

—La que peligra es la suya. Voy un momento a la tienda de mis padres a llamar por teléfono a la librería y avisar.

—No hace falta, Isabella.

—No haría falta si hubiese usted aceptado que vivimos en el siglo veinte y hubiese instalado teléfono en este mausoleo. Volveré en un cuarto de hora. No hay discusión que valga.


En ausencia de Isabellá, la certeza de que la muerte de mi viejo amigo Sempere pesaba sobre mi conciencia empezó a calar hondo. Recordé que el viejo librero siempre me había dicho que los libros tenían alma, el alma de quien los había escrito y de quienes los habían leído y soñado con ellos. Comprendí entonces que hasta el último momento había luchado por protegerme, sacrificándose para salvar aquel pedazo de papel y tinta que él creía que llevaba mi alma escrita. Cuando Isabella regresó, cargada con una bolsa de exquisiteces del colmado de sus padres, le bastó con mirarme para saberlo.

—Usted conoce a esa mujer —dijo—. La mujer que mató al señor Sempere…

—Creo que sí. Irene Sabino.

—¿No es ésa la de las fotografías viejas que encontramos en la habitación del fondo? ¿La actriz?

Asentí.

—¿Y para qué querría ella ese libro?

—No lo sé.

Más tarde, después de cenar algún bocado de los manjares de Can Gispert, nos sentamos en el gran butacón frente al fuego. Cabíamos los dos e Isabella apoyó la cabeza sobre mi hombro mientras mirábamos el fuego.

—La otra noche soñé que tenía un hijo —dijo—. Soñé que él me llamaba pero yo no podía oírle ni llegar hasta él porque estaba atrapada en un lugar donde hacía mucho frío y no podía moverme. Él me llamaba y yo no podía acudir a su lado.

—Es sólo un sueño —dije.

—Parecía real.

—A lo mejor tendrías que escribir esa historia —aventuré.

Isabella negó.

—He estado dándole vueltas a eso. Y he decidido que prefiero vivir la vida, no escribirla. No se lo tome a mal.

—Me parece una sabia decisión.

—¿Y usted? ¿Va a vivirla?

—Me temo que mi vida ya está un tanto vivida.

—¿Y esa mujer? ¿Cristina?

Respiré hondo.

—Cristina se ha marchado. Ha vuelto con su esposo. Otra sabia decisión.

Isabella se apartó de mí y me miró, frunciendo el entrecejo.

—¿Qué? —pregunté.

—Me parece que se equivoca.

—¿En qué?

—El otro día vino a casa don Gustavo Barceló y estuvimos hablando de usted. Me dijo que había visto al esposo de Cristina, el tal...

—Pedro Vidal.

—Ése. Y que él le había dicho que Cristina se había ido con usted, que no la había vuelto a ver ni a saber de ella desde hace casi un mes o más. De hecho me ha extrañado no encontrarla aquí con usted, pero no me atrevía a preguntar...

—¿Estás segura de que Barceló dijo eso?

Isabella asintió.

—¿Qué he dicho ahora? —preguntó Isabella, alarmada.

—Nada.

—Hay algo que no me está usted contando...

—Cristina no está aquí. No ha estado aquí desde el día que murió el señor Sempere.

—¿Dónde está entonces?

—No lo sé.

Poco a poco nos fuimos quedando en silencio, acurrucados en el butacón frente al fuego, y bien entrada la madrugada Isabella se durmió. La rodeé con el brazo y cerré los ojos, pensando en todo lo que había dicho y tratando de encontrarle algún significado. Cuando la claridad del alba encendió la cristalera de la galería, abrí los ojos y descubrí que Isabella ya estaba despierta y me miraba.

—Buenos días —dije.

—He estado meditando —aventuró.

—¿Y?

—Estoy pensando en aceptar la propuesta del hijo del señor Sempere.

—¿Estás segura?

—No —rió.

—¿Qué dirán tus padres?

—Se llevarán un disgusto, supongo, pero se les pasará. Preferirían para mí un próspero mercader de morcillas y embutidos a uno de libros, pero se tendrán que aguantar.

—Podría ser peor —ofrecí.

Isabella asintió.

—Sí. Podría acabar con un escritor.

Nos miramos largamente, hasta que Isabella se levantó de la butaca. Recogió su abrigo y lo abotonó dándome la espalda.

—Tengo que irme —dijo.

—Gracias por la compañía —respondí.

—No la deje escapar —dijo Isabella—. Búsquela, dondequiera que esté, y dígale que la quiere, aunque sea mentira. A las chicas nos gusta oír eso.

Justo entonces se volvió y se inclinó para rozar mis labios con los suyos. Me apretó la mano con fuerza y se fue sin decir adiós.

# 5

Consumí el resto de aquella semana recorriendo Barcelona en busca de alguien que recordase haber visto a Cristina el último mes. Visité los lugares que había compartido con ella y rehíce en vano la ruta predilecta de Vidal por cafés, restaurantes y tiendas de postín. A todo el que salía a mi encuentro le mostraba una de las fotografías del álbum que Cristina había dejado en mi casa y le preguntaba si la había visto recientemente. En algún lugar di con alguien que la reconocía y recordaba haberla vista en compañía de Vidal en alguna ocasión. Alguno incluso podía recordar su nombre. Nadie la había visto en semanas. Al cuarto día de búsqueda empecé a sospechar que Cristina había salido de la casa de la torre aquella mañana en que yo había acudido a comprar los billetes de tren y se había evaporado de la superficie de la tierra.

Recordé entonces que la familia Vidal mantenía una habitación reservada a perpetuidad en el hotel España de la calle Sant Pau, detrás del Liceo, para uso y disfrute de los miembros de la familia a quienes en noches de ópera no les apetecía, o no les convenía, volver a Pedralbes de madrugada. Me constaba que, al menos en sus años de gloria, el propio Vidal y su señor padre la habían utilizado para entretener el paladar con señoritas y señoras cuya presencia en sus residencias oficiales de Pedralbes, bien fuera por la baja o alta alcurnia de la interesada, hubiera resultado en rumores poco aconsejables. Más de una vez me la había ofrecido cuando todavía vivía en la pensión de doña Carmen por si, como él decía, me apetecía desnudar a alguna dama en algún sitio que no diese miedo. No creía que Cristina hubiese elegido aquel lugar como refugio, si es que sabía de su existencia, pero era el último lugar en mi lista y no se me ocurría ninguna otra posibilidad. Atardecía cuando llegué al hotel España y solicité hablar con el gerente haciendo gala de mi condición de amigo del señor Vidal. Cuando le mostré la fotografía de Cristina, el gerente, un caballero que de la discreción hacía hielo, me sonrió cortésmente y me dijo que «otros» empleados del señor Vidal ya habían venido preguntando por aquella misma persona semanas atrás y que les había dicho lo mismo que a mí. Nunca había visto a aquella señora en el hotel. Le agradecí su gentileza glacial y me encaminé hacia la salida derrotado.

Al cruzar frente a la cristalera que daba al comedor, me pareció registrar un perfil familiar por el rabillo del ojo. El patrón estaba sentado a una de las mesas, el único huésped en todo el comedor, degustando lo que parecían azucarillos para el café. Me disponía a desaparecer a toda prisa cuando se volvió y me saludó con la mano, sonriente. Maldije mi suerte y le devolví el saludo. El patrón me hizo señas para que me uniese a él. Me arrastré hacia la puerta del comedor y entré.

—Qué agradable sorpresa encontrarle aquí, querido amigo. Precisamente estaba pensando en usted —dijo Corelli.

Le estreché la mano sin ganas.

—Le hacía fuera de la ciudad —apunté.

—He vuelto antes de lo previsto. ¿Puedo invitarle a algo?

Negué. Me indicó que me sentase a su mesa y obedecí. En su línea habitual, el patrón vestía un traje de tres piezas de lana negra y una corbata de seda roja. Impecable como era de rigor en él, aunque aquella vez había algo que no acababa de cuadrar. Me llevó unos segundos reparar en ello. El broche del ángel no estaba en su solapa. Corelli siguió mi mirada y asintió.

—Lamentablemente, lo he perdido, y no sé dónde —explicó.

—Confío en que no fuese muy valioso.

—Su valor era puramente sentimental. Pero hablemos de cosas importantes. ¿Cómo está usted, amigo mío? He echado mucho de menos nuestras conversaciones, pese a nuestros desacuerdos esporádicos. Me resulta difícil encontrar buenos conversadores.

—Me sobrevalora usted, señor Corelli.

—Al contrario.

Transcurrió un breve silencio, sin más compañía que aquella mirada sin fondo. Me dije que le prefería cuando se embarcaba en su conversación banal. Cuando dejaba de hablar, su aspecto parecía cambiar y el aire se espesaba a su alrededor.

—¿Se aloja aquí? —pregunté por romper el silencio.

—No, sigo en la casa junto al Park Güell. Había citado aquí a un amigo esta tarde, pero parece que se ha retrasado. La informalidad de algunas personas es deplorable.

—Se me ocurre que no debe de haber muchas personas que se atrevan a darle plantón, señor Corelli.

El patrón me miró a los ojos.

—No muchas. De hecho la única que se me ocurre es usted.

El patrón tomó un terrón de azúcar y lo dejó caer en su taza. Le siguió un segundo y un tercero. Probó el café y vertió cuatro terrones más. Luego tomó un quinto y se lo llevó a los labios.

—Me encanta el azúcar —comentó.

—Ya lo veo.

—No me dice nada de nuestro proyecto, amigo Martín —atajó—. ¿Algún problema?

Tragué saliva.

—Está casi acabado —dije.

El rostro del patrón se iluminó con una sonrisa que preferí eludir.

—Ésa sí que es una gran noticia. ¿Cuándo lo podré recibir?

—Un par de semanas. Me queda por hacer alguna revisión. Más carpintería y acabados que otra cosa.

—¿Podemos fijar una fecha?

—Si lo desea…

—¿Qué tal el viernes 23 de este mes? ¿Me aceptará entonces una invitación para cenar y celebrar el éxito de nuestra empresa?

El viernes 23 de enero quedaba a dos semanas justas.

—De acuerdo —convine.

—Confirmado entonces.

Alzó su taza de café rebosante de azúcar como si brindase y la apuró de un trago.

—¿Y usted? —preguntó casualmente—. ¿Qué le trae por aquí?

—Buscaba a una persona.

—¿Alguien a quien yo conozca?

—No.

—¿Y la ha encontrado?

—No.

El patrón asintió lentamente, saboreando mi mutismo.

—Tengo la impresión de que le estoy reteniendo contra su voluntad, amigo mío.

—Estoy un poco cansado, nada más.

—Entonces no quiero robarle más tiempo. A veces me olvido de que aunque yo disfrute de su compañía, tal vez la mía no sea de su agrado.

Sonreí dócilmente y aproveché para levantarme. Me vi reflejado en sus pupilas, un muñeco pálido atrapado en un pozo oscuro.

—Cuídese, Martín. Por favor.

—Lo haré.

Me despedí con un asentimiento y me dirigí hacia la salida. Mientras me alejaba pude escuchar cómo se llevaba otro azucarillo a la boca y lo trituraba con los dientes.


De camino a la Rambla vi que las marquesinas del Liceo estaban encendidas y que una larga hilera de coches custodiados por un pequeño regimiento de chóferes uniformados esperaba en la acera. Los carteles anunciaban *Così fan tutte* y me pregunté si Vidal se habría animado a dejar el castillo y acudir a su cita. Escruté el corro de chóferes que se había formado en el centro de la calle y no tardé en avistar a Pep entre ellos. Le hice señas para que se acercara.

—¿Qué hace usted aquí, señor Martín?

—¿Dónde está?

—El señor está dentro, viendo la representación.

—No digo don Pedro. Cristina. La señora de Vidal. ¿Dónde está?

El pobre Pep tragó saliva.

—No lo sé. No lo sabe nadie.

Me explicó que Vidal llevaba semanas intentando localizarla y que su padre, el patriarca del clan, incluso había puesto a varios miembros del departamento de policía a sueldo para que diesen con ella.

—Al principio el señor pensaba que ella estaba con usted…

—¿No ha llamado, o enviado una carta, un telegrama…?

—No, señor Martín. Se lo juro. Estamos todos muy preocupados, y el señor, bueno…, no lo había visto yo así desde que le conozco. Hoy es la primera noche que sale desde que se fue la señorita, la señora, quiero decir…

—¿Recuerdas si Cristina dijo algo, lo que sea, antes de irse de Villa Helius?

—Bueno… —dijo Pep, bajando el tono de voz hasta el susurro—. Se la oía discutir con el señor. Yo la veía triste. Pasaba mucho tiempo sola. Escribía cartas y cada día iba hasta la estafeta de correos que hay en el paseo de la Reina Elisenda para enviarlas.

—¿Hablaste con ella algún día, a solas?

—Un día, poco antes de que se marchara, el señor me pidió que la acompañase en el coche al médico.

—¿Estaba enferma?

—No podía dormir. El doctor le recetó unas gotas de láudano.

—¿Te dijo algo por el camino?

Pep se encogió de hombros.

—Me preguntó por usted, por si sabía algo de usted o le había visto.

—¿Nada más?

—Se la veía muy triste. Se echó a llorar y cuando le pregunté qué le pasaba me dijo que echaba mucho de menos a su padre, al señor Manuel…

Lo supe entonces y me maldije por no haber caído antes en ello. Pep me miró con extrañeza y me preguntó por qué estaba sonriendo.

—¿Sabe usted dónde está? —preguntó.

—Creo que sí —murmuré.

Me pareció oír entonces una voz a través de la calle y apreciar una sombra de corte familiar que se dibujaba en el vestíbulo del Liceo. Vidal no había aguantado ni el primer acto. Pep se volvió un segundo para atender la llamada de su amo, y para cuando quiso decirme que me ocultase, yo ya me había perdido en la noche.

# 6

Incluso de lejos tenían ese aspecto inconfundible de las malas noticias. La brasa de un cigarrillo en el azul de la noche, siluetas apoyadas contra el negro de los muros, y volutas de vapor en el aliento de tres figuras custodiando el portal de la casa de la torre. El inspector Víctor Grandes en compañía de sus dos oficiales de presa Marcos y Castelo, en comité de bienvenida. No costaba imaginar que ya habían encontrado el cuerpo de Alicia Marlasca en el fondo de la piscina de su casa en Sarrià y que mi cotización en la lista negra había subido varios enteros. Tan pronto los avisté me detuve y me fundí en las sombras de la calle. Los observé unos instantes, asegurándome de que no habían reparado en mi presencia a apenas una cincuentena de metros. Distinguí el perfil de Grandes al aliento del farol que pendía de la fachada. Retrocedí lentamente al amparo de la oscuridad que inundaba las calles y me colé en el primer callejón, perdiéndome en la madeja de pasajes y arcos de la Ribera.

Diez minutos más tarde llegaba a las puertas de la estación de Francia. Las taquillas ya estaban cerradas, pero aún podían verse varios trenes alineados en los andenes bajo la gran bóveda de cristal y acero. Consulté el tablón de horarios y comprobé que, tal como había temido, no había salidas previstas hasta el día siguiente. No podía arriesgarme a volver a casa y tropezarme con Grandes y compañía. Algo me decía que esta vez aquella visita a comisaría sería a pensión completa y que ni los buenos oficios del abogado Valera conseguirían sacarme tan fácilmente como la vez anterior.

Decidí pasar la noche en un hotel de medio pelo que había frente al edificio de la Bolsa, en la plaza Palacio, donde la leyenda contaba que malvivían algunos cadáveres en vida de antiguos especuladores a los que la codicia y la aritmética de andar por casa les habían explotado en la cara. Elegí semejante antro porque supuse que allí no iba a venir a buscarme ni la Parca. Me registré con el nombre de Antonio Miranda y pagué por adelantado. El conserje, un individuo con aspecto de molusco que parecía incrustado en la garita que hacía las veces de recepción, toallero y tienda de souvenirs, me tendió la llave, una pastilla de jabón marca El Cid Campeador que apestaba a lejía y que me pareció usada, y me informó de que si me apetecía compañía femenina me podía enviar a una fámula apodada la Tuerta tan pronto regresara de una consulta a domicilio.

—Le dejará a usted nuevo —aseguró.

Decliné el ofrecimiento alegando un principio de lumbago y enfilé las escaleras deseándole buenas noches. La habitación tenía el aspecto y el tamaño de un sarcófago. Un simple vistazo me persuadió de tenderme vestido encima del camastro en vez de meterme entre las sábanas y confraternizar con lo que hubiera prendido en ellas. Me tapé con una manta deshilachada que encontré en el armario —y que, puestos a oler, al menos olía a naftalina— y apagué la luz, intentando imaginar que me encontraba en la clase de suite que alguien con cien mil francos en el banco podía permitirse. Apenas conseguí pegar ojo.

Dejé el hotel a media mañana y me dirigí hacia la estación. Compré un billete de primera clase con la esperanza de dormir en el tren todo lo que no había podido en aquel antro y, viendo que disponía todavía de veinte minutos antes de la salida, me dirigí a la hilera de cabinas con los teléfonos públicos. Di a la operadora el número que Ricardo Salvador me había ofrecido, el de sus vecinos de abajo.

—Quisiera hablar con Emilio, por favor.

—Al aparato.

—Mi nombre es David Martín. Soy amigo del señor Ricardo Salvador. Me dijo que podía llamarle a este número en caso de urgencia.

—A ver… ¿puede esperar un momento, que le avisamos?

Miré el reloj de la estación.

—Sí. Espero. Gracias.

Transcurrieron más de tres minutos hasta que oí pasos aproximándose y la voz de Ricardo Salvador me llenó de tranquilidad.

—¿Martín? ¿Está usted bien?

—Sí.

—Gracias a Dios. Leí en el diario lo de Roures y me tenía usted muy preocupado. ¿Dónde está?

—Señor Salvador, ahora no tengo mucho tiempo. Tengo que ausentarme de la ciudad.

—¿Seguro que está bien?

—Si. Escúcheme: Alicia Marlasca ha muerto.

—¿La viuda? ¿Muerta?

Un largo silencio. Me pareció que Salvador sollozaba y me maldije por haberle dado la noticia con tan poca delicadeza.

—¿Sigue ahí?

—Sí…

—Le llamo para advertirle de que tenga usted mucho cuidado. Irene Sabino está viva y me ha estado siguiendo. Hay alguien con ella. Creo que es Jaco.

—¿Jaco Corbera?

—No estoy seguro de que sea él. Creo que saben que estoy tras su pista y están intentando silenciar a todos aquellos que han ido hablando conmigo. Me parece que tenía usted razón…

—¿Pero por qué iba a volver Jaco ahora? —preguntó Salvador—. No tiene sentido.

—No lo sé. Ahora tengo que irme. Sólo quería prevenirle.

—Por mí no se preocupe. Si este hijo de puta viene a visitarme, estaré preparado. Llevo veinticinco años esperando.

El jefe de estación anunció la salida del tren con el silbato.

—No se fíe de nadie. ¿Me oye? Le llamaré tan pronto regrese a la ciudad.

—Gracias por llamar, Martín. Tenga mucho cuidado.

# 7

El tren empezaba a deslizarse por el andén cuando me refugié en mi compartimento y me dejé caer en el asiento. Me abandoné al tibio aliento de la calefacción y el suave traqueteo. Dejamos atrás la ciudad atravesando el bosque de factorías y chimeneas que la rodeaba y escapando al sudario de luz escarlata que la cubría. Lentamente la tierra baldía de hangares y trenes abandonados en vía muerta se fue diluyendo en un plano infinito de campos y colinas coronados por caserones y atalayas, bosques y ríos. Carromatos y aldeas asomaban entre bancos de niebla. Pequeñas estaciones pasaban de largo mientras campanarios y masías dibujaban espejismos en la distancia.

En algún momento del trayecto me quedé dormido, y cuando desperté el paisaje había cambiado completamente. Cruzábamos valles escarpados y riscos de piedra que se alzaban entre lagos y arroyos. El tren bordeaba grandes bosques que escalaban las laderas de montañas que se aparecían infinitas. Al rato la madeja de montes y túneles cortados en la piedra se resolvió en un gran valle abierto de llanuras infinitas donde manadas de caballos salvajes corrían sobre la nieve y pequeñas aldeas de casas de piedra se distinguían en la distancia. Los picos del Pirineo se alzaban al otro lado, las laderas nevadas encendidas en el ámbar del crepúsculo. Al frente, un amasijo de casas y edificios se arremolinaba sobre una colina. El revisor se asomó en el compartimento y me sonrió.

—Próxima parada, Puigcerdà —anunció.


El tren se detuvo exhalando una tormenta de vapor que inundó el andén. Me apeé y me vi envuelto en aquella niebla que olía a electricidad. Al poco oí la campana del jefe de estación y escuché el tren emprender la marcha de nuevo. Lentamente, mientras los vagones desfilaban sobre las vías, el contorno de la estación fue emergiendo como un espejismo a mi alrededor. Estaba solo en el andén. Una fina cortina de nieve en polvo caía con infinita lentitud. Un sol rojizo asomaba al oeste bajo la bóveda de nubes y teñía la nieve como pequeñas brasas encendidas. Me aproximé a la oficina del jefe de estación. Golpeé en el cristal y alzó la vista. Abrió la puerta y me dedicó una mirada de desinterés.

—¿Podría indicarme cómo encontrar un lugar llamado Villa San Antonio?

El jefe de estación enarcó una ceja.

—¿El sanatorio?

—Creo que sí.

El jefe de estación adoptó ese aire meditabundo de quien calibra cómo ofrecer indicaciones y direcciones a los forasteros y, tras repasar su catálogo de gestos y muecas, me ofreció el siguiente croquis:

—Tiene que cruzar el pueblo, pasar la plaza de la iglesia y llegar hasta el lago. Al otro lado encontrará una larga avenida rodeada de caserones que va a parar al paseo de la Rigolisa. Allí, en la esquina, hay una gran casa de tres pisos rodeada de un gran jardín. Ése es el sanatorio.

—¿Y sabe usted de algún sitio donde encontrar habitación?

—De camino cruzará frente al hotel del Lago. Dígales que le envía el Sebas.

—Gracias.

—Buena suerte…

Atravesé las calles solitarias del pueblo bajo la nieve, buscando el perfil de la torre de la iglesia. Por el camino me crucé con algunos lugareños que me saludaron con un asentimiento y me miraron de reojo. Al llegar a la plaza, un par de mozos que descargaban un carromato con carbón me indicaron el camino que llevaba al lago y, un par de minutos después, enfilé una calle que bordeaba una gran laguna helada y blanca. Grandes caserones de torreones afilados y perfil señorial rodeaban el lago y un paseo jalonado de bancos y árboles formaba una cinta en torno a la gran lámina de hielo en la que habían quedado atrapados pequeños botes de remos. Me acerqué al borde y me detuve a contemplar el estanque congelado que se extendía a mis pies. La capa de hielo debía de tener un palmo de grosor y en algunos puntos relucía como cristal opaco, insinuando la corriente de aguas negras que se deslizaba bajo el caparazón.

El hotel del Lago era un caserón de dos pisos pintado de rojo oscuro que quedaba al pie del estanque. Antes de seguir mi camino me detuve para reservar una habitación por dos noches que pagué por adelantado. El conserje me informó de que el hotel estaba casi vacío y me dio a escoger habitación.

—La 101 tiene una vista espectacular del amanecer sobre el lago —ofreció—. Pero si prefiere vistas al norte, tengo…

—Elija usted —atajé, indiferente a la belleza señorial de aquel paisaje crepuscular.

—Entonces la 101. En temporada de verano es la preferida de los recién casados.

Me tendió las llaves de aquella supuesta suite nupcial y me informó de los horarios de comedor para la cena. Le dije que volvería más tarde y le pregunté si Villa San Antonio quedaba lejos de allí. El conserje adoptó la misma expresión que había visto en el jefe de estación y negó con una sonrisa afable.

—Está aquí cerca, a diez minutos. Si toma el paseo que queda al final de esta calle, la verá al fondo. No tiene pérdida.


Diez minutos más tarde me encontraba a las puertas de un gran jardín sembrado de hojas secas atrapadas en la nieve. Más allá, Villa San Antonio se alzaba como un sombrío centinela envuelto en un halo de luz dorada que exhalaba de sus ventanales. Crucé el jardín, sintiendo que el corazón me latía con fuerza y que pese al frío cortante me sudaban las manos. Ascendí las escaleras que conducían a la entrada principal. El vestíbulo era una sala de suelos embaldosados como un tablero de ajedrez que conducía a una escalinata en la que vi a una joven ataviada de enfermera que sostenía de la mano a un hombre tembloroso que parecía eternamente suspendi-

do entre dos peldaños, como si toda su existencia hubiera quedado atrapada en un soplo.

—¿Buenas tardes? —dijo una voz a mi derecha.

Tenía los ojos negros y severos, los rasgos cortados sin
amago de simpatía y ese aire grave de quien ha aprendido a no esperar más que malas noticias. Debía de rondar
la cincuentena, y aunque vestía el mismo uniforme que
la joven enfermera que acompañaba al anciano, todo en
ella respiraba autoridad y rango.

—Buenas tardes. Estoy buscando a una persona llamada Cristina Sagnier. Tengo razones para creer que se
hospeda aquí…

Me observó sin pestañear.

—Aquí no se hospeda nadie, caballero. Este lugar no
es ni un hotel ni una residencia.

—Disculpe. Acabo de hacer un largo viaje en busca
de esta persona…

—No se disculpe —dijo la enfermera—. ¿Puedo preguntarle si es usted familiar o allegado?

—Mi nombre es David Martín. ¿Está Cristina Sagnier
aquí? Por favor…

La expresión de la enfermera se ablandó. Siguieron
una insinuación de sonrisa amable y un asentimiento.
Respiré hondo.

—Soy Teresa, la enfermera jefe del turno de noche. Si
es tan amable de seguirme, señor Martín, le acompañaré
al despacho del doctor Sanjuán.

—¿Cómo está la señorita Sagnier? ¿Puedo verla?

Otra sonrisa leve e impenetrable.

—Por aquí, por favor.

La habitación describía un rectángulo sin ventanas encajado entre cuatro muros pintados de azul e iluminado por dos lámparas que pendían del techo y emitían una luz metálica. Los tres únicos objetos que ocupaban la sala eran una mesa desnuda y dos sillas. El aire olía a desinfectante y hacía frío. La enfermera lo había descrito como un despacho, pero tras diez minutos esperando a solas anclado en una de las sillas, yo no acertaba a ver más que una celda. La puerta estaba cerrada, pero incluso así podía oír voces, a veces gritos aislados, entre los muros. Empezaba a perder la noción del tiempo que llevaba allí cuando se abrió la puerta y un hombre de entre treinta y cuarenta años entró ataviado con una bata blanca y una sonrisa tan helada como el aire que impregnaba la estancia. El doctor Sanjuán, supuse. Rodeó la mesa y tomó asiento en la silla que había al otro lado. Apoyó las manos sobre la mesa y me observó con vaga curiosidad durante unos segundos antes de despegar los labios.

—Me hago cargo de que acaba de realizar usted un largo viaje y estará cansado, pero me gustaría saber por qué no está aquí el señor Pedro Vidal —dijo al fin.

—No ha podido venir.

El doctor me observaba sin pestañear, esperando. Tenía la mirada fría y ese ademán particular de quien no oye, escucha.

—¿Puedo verla?

—No puede ver usted a nadie si antes no me dice la verdad y sé qué busca aquí.

Suspiré y asentí. No había viajado ciento cincuenta kilómetros para mentir.

—Mi nombre es Martín, David Martín. Soy amigo de Cristina Sagnier.

—Aquí la llamamos señora de Vidal.

—Me trae sin cuidado cómo la llamen ustedes. Quiero verla. Ahora.

El doctor suspiró.

—¿Es usted el escritor?

Me incorporé impaciente.

—¿Qué clase de sitio es éste? ¿Por qué no puedo verla ya?

—Siéntese. Por favor. Se lo ruego.

El doctor señaló la silla y esperó a que tomase asiento de nuevo.

—¿Puedo preguntarle cuándo fue la última vez que la vio o habló con ella?

—Hará algo más de un mes —respondí—. ¿Por qué?

—¿Sabe usted de alguien que la viera o hablase con ella después de usted?

—No. No lo sé. ¿Qué ocurre aquí?

El doctor se llevó la mano derecha a los labios, calibrando sus palabras.

—Señor Martín, me temo que tengo malas noticias.

Sentí que se me hacía un nudo en la boca del estómago.

—¿Qué le ha pasado?

El doctor me miró sin responder y por primera vez me pareció entrever un asomo de duda en su mirada.

—No lo sé —dijo.


Recorrimos un pasillo corto flanqueado por puertas metálicas. El doctor Sanjuán me precedía, sosteniendo un manojo de llaves en las manos. Me pareció escuchar tras las puertas voces que susurraban a nuestro paso ahogadas entre risas y llantos. La habitación estaba al final del corredor. El doctor abrió la puerta y se detuvo en el umbral, mirándome sin expresión.

—Quince minutos —dijo.

Entré en la habitación y oí al doctor cerrar a mi espalda. Al frente se abría una estancia de techos altos y paredes blancas que se reflejaban en un suelo de baldosas brillantes. A un lado había una cama de armazón metálico envuelta por una cortina de gasa, vacía. Un amplio ventanal contemplaba el jardín nevado, los árboles y, más allá, la silueta del lago. No reparé en ella hasta que me acerqué unos pasos.

Estaba sentada en una butaca frente a la ventana. Vestía un camisón blanco y llevaba el pelo recogido en una trenza. Rodeé la butaca y la miré. Sus ojos permanecieron inmóviles. Cuando me arrodillé a su lado ni siquiera pestañeó. Cuando posé mi mano sobre la suya no movió un solo músculo de su cuerpo. Advertí entonces las vendas que le cubrían los brazos, de la muñeca a los codos, y las ligazones que la mantenían atada a la butaca. Le acaricié la mejilla recogiendo una lágrima que le caía por la cara.

—Cristina —murmuré.

Su mirada permaneció atrapada en ninguna parte, ajena a mi presencia. Acerqué una silla y me senté frente a ella.

—Soy David —murmuré.

Por espacio de un cuarto de hora permanecimos así, en silencio, su mano en la mía, su mirada extraviada y mis palabras sin respuesta. En algún momento oí que la puerta se abría de nuevo y sentí que alguien me asía del brazo con delicadeza y tiraba de mí. Era el doctor Sanjuán. Me dejé conducir hasta el pasillo sin ofrecer resistencia. El doctor cerró la puerta y me acompañó de regreso a aquel despacho helado. Me desplomé en la silla y le miré, incapaz de articular una palabra.

—¿Quiere que le deje a solas unos minutos? —preguntó.

Asentí. El doctor se retiró y entornó la puerta al salir. Me miré la mano derecha, que estaba temblando, y la cerré en un puño. Apenas sentía ya el frío de aquella habitación, ni pude oír los gritos y las voces que se filtraban por las paredes. Sólo supe que me faltaba el aire y que tenía que salir de aquel lugar.

# 8

El doctor Sanjuán me encontró en el comedor del hotel del Lago, sentado frente al fuego y acompañado de un plato que no había probado. No había nadie más allí excepto una doncella que recorría las mesas desiertas y sacaba brillo con un paño a los cubiertos sobre los manteles. Tras los cristales había anochecido y la nieve caía lentamente, como polvo de cristal azul. El doctor se aproximó a mi mesa y me sonrió.

—He supuesto que le encontraría aquí —dijo—. Todos los forasteros acaban aquí. Aquí pasé yo mi primera noche en este pueblo cuando llegué hace diez años. ¿Qué habitación le han dado?

—Se supone que la favorita de los recién casados, con vistas al lago.

—No lo crea. Eso es lo que dicen de todas.

Una vez fuera del recinto del sanatorio y sin la bata blanca, el doctor Sanjuán ofrecía una presencia más relajada y afable.

—Sin el uniforme casi no le había reconocido —aventuré.

—La medicina es como el ejército. Sin hábito no hay monje —replicó—. ¿Cómo se encuentra usted?

—Estoy bien. He tenido días peores.

—Ya. Le he echado en falta antes, cuando he vuelto al despacho a buscarle.

—Necesitaba un poco de aire.

—Lo entiendo. Pero contaba con que sería usted menos impresionable.

—¿Por qué?

—Porque le necesito. Mejor dicho, es Cristina quien le necesita.

Tragué saliva.

—Debe de pensar usted que soy un cobarde —dije.

El doctor negó.

—¿Cuánto tiempo lleva así?

—Semanas. Prácticamente desde que llegó aquí. Ha ido empeorando con el tiempo.

—¿Tiene conciencia de dónde está?

El doctor se encogió de hombros.

—Es difícil saberlo.

—¿Qué le ha pasado?

El doctor Sanjuán suspiró.

—Hace cuatro semanas la encontraron no muy lejos de aquí, en el cementerio del pueblo, tendida sobre la lápida de su padre. Sufría de hipotermia y deliraba. La trajeron al sanatorio porque uno de los guardias civiles la reconoció de cuando pasó meses aquí el año pasado visitando a su padre. Mucha gente del pueblo la conocía. La ingresamos y estuvo en observación durante un par de días. Estaba deshidratada y posiblemente llevaba días sin dormir. Recuperaba la conciencia a ratos. Cuando lo hacía hablaba de usted. Decía que corría usted un gran peligro. Me hizo jurar que no avisaría a nadie, ni a su esposo ni a nadie, hasta que ella pudiera hacerlo por sí misma.

—Aun así, ¿por qué no dio usted aviso a Vidal de lo que había pasado?

—Lo hubiera hecho, pero… le parecerá a usted absurdo.

—¿El qué?

—Tuve el convencimiento de que estaba huyendo y pensé que mi deber era ayudarla.

—¿Huyendo de quién?

—No estoy seguro —dijo con una expresión ambigua.

—¿Qué es lo que no me está diciendo, doctor?

—Soy un simple médico. Hay cosas que no entiendo.

—¿Qué cosas?

El doctor Sanjuán sonrió nerviosamente.

—Cristina cree que algo, o alguien, ha entrado dentro de ella y quiere destruirla.

—¿Quién?

—Sólo sé que ella cree que está relacionado con usted y que es alguien o algo que le da miedo. Por eso creo que nadie más puede ayudarla. Por eso no avisé a Vidal, como hubiera sido mi deber. Porque sabía que tarde o temprano usted aparecería por aquí.

Me miró con una extraña mezcla de lástima y despecho.

—Yo también la aprecio, señor Martín. Los meses que Cristina pasó aquí visitando a su padre… llegamos a ser buenos amigos. Supongo que ella no le habló de mí, y posiblemente no tenía por qué hacerlo. Fue una temporada muy difícil para ella. Me confió muchas cosas y yo también a ella, cosas que nunca le he dicho a nadie. De hecho hasta le propuse matrimonio, para que vea que aquí los médicos también estamos un poco idos.

Por supuesto me rechazó. No sé por qué le cuento todo esto.

—¿Pero volverá a estar bien, vcrdad, doctor? Se recuperará…

El doctor Sanjuán desvió la mirada al fuego, sonriendo con tristeza.

—Eso espero —respondió.

—Quiero llevármela.

El doctor alzó las cejas.

—¿Llevársela? ¿Adónde?

—A casa.

—Señor Martín, permítame que le hable con franqueza. Al margen del hecho de que no es usted familiar directo ni por supuesto el esposo de la paciente, lo cual es un simple requisito legal, Cristina no está en situación de ir con nadie a ningún sitio.

—¿Está mejor aquí encerrada en un caserón con usted, atada a una silla y drogada? No me diga que le ha vuelto a proponer matrimonio.

El doctor me observó largamente, tragándose la ofensa que claramente le habían causado mis palabras.

—Señor Martín, me alegro de que esté usted aquí porque creo que, juntos, vamos a poder ayudar a Cristina. Creo que su presencia le va a permitir salir del lugar en el que se ha refugiado. Lo creo porque la única palabra que ha pronunciado en las últimas dos semanas es su nombre. Sea lo que fuera lo que le sucedió, creo que tenía que ver con usted.

El doctor me miraba como si esperase algo de mí, algo que respondiese a todas las preguntas.

—Creí que me había abandonado —empecé—. Íbamos a irnos de viaje, a dejarlo todo. Yo había salido un momento a buscar los billetes de tren y a hacer un recado. No estuve fuera más de noventa minutos. Cuando regresé a casa, Cristina se había marchado.

—¿Sucedió algo antes de que ella se fuera? ¿Discutieron?

Me mordí los labios.

—No lo llamaría una discusión.

—¿Cómo lo llamaría?

—La sorprendí mirando entre unos papeles relacionados con mi trabajo y creo que le ofendió lo que debió de interpretar como mi desconfianza.

—¿Era algo importante?

—No. Un simple manuscrito, un borrador.

—¿Puedo preguntar qué tipo de manuscrito era?

Dudé.

—Una fábula.

—¿Para niños?

—Digamos que para una audiencia familiar.

—Entiendo.

—No, no creo que lo entienda. No hubo ninguna discusión. Cristina estaba sólo un poco molesta porque no le permití echarle un vistazo, pero nada más. Cuando la dejé estaba bien, preparando algo de equipaje. Ese manuscrito no tiene importancia alguna.

El doctor ofreció un asentimiento de cortesía más que de convencimiento.

—¿Podría ser que mientras usted estuviese fuera alguien la visitara en su casa?

—Nadie más que yo sabía que ella estaba allí.

—¿Se le ocurre algún motivo por el cual decidiese salir de la casa antes de que usted volviese?

—No. ¿Por qué?

—Son sólo preguntas, señor Martín. Intento aclarar qué sucedió entre el momento en que usted la vio por última vez y su aparición aquí.

—¿Dijo ella qué o quién se le había metido dentro?

—Es un modo de hablar, señor Martín. Nada se ha metido dentro de Cristina. No es infrecuente que pacientes que han sufrido una experiencia traumática sientan la presencia de familiares fallecidos o de personas imaginarias, incluso que se refugien en su propia mente y cierren las puertas al exterior. Es una respuesta emocional, un modo de defenderse de sentimientos o emociones que resultan inaceptables. Eso no debe preocuparle ahora. Lo que cuenta y lo que nos va a ayudar es que, si hay alguien importante para ella ahora, esa persona es usted. Por cosas que me contó en su día y que quedaron entre nosotros y lo que he observado en estas últimas semanas, me consta que Cristina le quiere, señor Martín. Le quiere como no ha querido nunca a nadie, y ciertamente como nunca me querrá a mí. Por eso le pido que me ayude, que no se deje cegar por el miedo o el resentimiento y me ayude, porque los dos queremos lo mismo. Los dos queremos que Cristina pueda salir de este lugar.

Asentí avergonzado.

—Disculpe si antes…

El doctor alzó la mano, acallándome. Se incorporó y se puso el abrigo. Me ofreció su mano y la estreché.

—Le espero mañana —dijo.

—Gracias, doctor.

—Gracias a usted. Por acudir a su lado.

A la mañana siguiente salí del hotel cuando el sol empezaba a alzarse sobre el lago helado. Un grupo de niños jugaban al borde del estanque lanzando piedras e intentando alcanzar el casco de un pequeño bote apresado en el hielo. Había dejado de nevar y podían verse las montañas blancas en la distancia y grandes nubes pasajeras que se deslizaban sobre el cielo como monumentales ciudades de vapor. Llegué al sanatorio de Villa San Antonio poco antes de las nueve de la mañana. El doctor Sanjuán me esperaba en el jardín con Cristina. Estaban sentados al sol y el doctor sostenía la mano de Cristina en la suya mientras le hablaba. Ella apenas le miraba. Cuando me vio cruzando el jardín, el doctor me hizo señas para que mc aproximase. Me había reservado una silla frente a Cristina. Me senté y la miré, sus ojos sobre los míos sin verme.

—Cristina, mira quién ha venido —dijo el doctor.

Tomé la mano de Cristina y me acerqué a ella.

—Háblele —dijo el doctor.

Asentí, perdido en aquella mirada ausente, sin encontrar palabras. El doctor se incorporó y nos dejó a solas. Le vi desaparecer en el interior del sanatorio, no sin antes indicar a una de las enfermeras que no nos quitase ojo de encima. Ignoré la presencia de la enfermera y acerqué la silla a Cristina. Le aparté el pelo de la frente y sonrió.

—¿Te acuerdas de mí? —pregunté.

Podía ver mi reflejo en sus ojos, pero no sabía si me veía o si podía oír mi voz.

—El doctor me dice que pronto te vas a recuperar y que podremos irnos a casa. Adonde tú quieras. He pensado que voy dejar la casa de la torre y que nos marcha-

remos muy lejos, como tú querías. Donde nadie nos conozca y a nadie le importe quiénes somos ni de dónde ve-
nimos.

Le habían cubierto las manos con guantes de lana,
que enmascaraban las vendas que llevaba en los brazos.
Había perdido peso y tenía líneas profundas en la piel,
los labios quebrados y los ojos apagados y sin vida. Me limité a sonreír y a acariciarle la cara y la frente, hablando
sin parar, contándole lo mucho que la había echado en
falta y que la había buscado por todas partes. Pasamos así
un par de horas, hasta que el doctor regresó con una enfermera y se la llevaron al interior. Me quedé allí sentado
en el jardín, sin saber adónde ir, hasta que vi aparecer de
nuevo al doctor Sanjuán en la puerta. Se acercó y tomó
asiento a mi lado.

—No ha dicho palabra —dije—. No creo que se haya
dado ni cuenta de que yo estaba aquí…

—Se equivoca, amigo mío —repuso—. Éste es un proceso lento, pero le aseguro que su presencia la ayuda, y
mucho.

Asentí a las limosnas y mentiras piadosas del doctor.

—Mañana volveremos a intentarlo —dijo.

Apenas eran las doce del mediodía.

—¿Y qué voy a hacer hasta mañana? —pregunté.

—¿No es usted escritor? Escriba. Escriba algo para
ella.

# 9

Regresé hacia el hotel bordeando el lago. El conserje me indicó cómo encontrar la única librería del pueblo, donde pude comprar cuartillas y una estilográfica que llevaba allí desde tiempos inmemoriales. Una vez armado, me encerré en la habitación. Desplacé la mesa frente a la ventana y pedí un termo con café. Pasé casi una hora mirando el lago y las montañas en la lejanía antes escribir una sola palabra. Recordé la vieja fotografía que Cristina me había regalado, aquella imagen que mostraba a una niña adentrándose en un muelle de madera tendido hacia el mar y cuyo misterio había eludido siempre su memoria. Imaginé que me adentraba en aquel muelle, que mis pasos me llevaban tras ella y lentamente las palabras empezaron a fluir y el armazón de una pequeña historia se insinuó en el trazo. Supe que iba a escribir la historia que Cristina nunca pudo recordar, la historia que la había llevado de niña a caminar sobre aquellas aguas relucientes de la mano de un extraño. Escribiría la historia de aquel recuerdo que nunca fue, la memoria de una vida robada. Las imágenes y la luz que asomaban entre las frases me llevaron de nuevo a aquella vieja Barcelona de tinieblas que nos había hecho a ambos. Escribí hasta que se puso el sol y no quedó ni gota de café en el termo, hasta que el lago helado se encendió con la luna azul y me dolieron los ojos y las manos. Dejé caer la pluma y aparté las cuartillas de la mesa. Cuando el conserje llamó a la puerta para preguntarme si iba a bajar a cenar, no le oí. Había caído profundamente dormido, por una vez soñando y creyendo que las palabras, incluso las mías, tenían el poder de curar.

Pasaron cuatro días al son de la misma rutina. Me despertaba con el alba y salía al balcón de la habitación para ver el sol teñir de rojo el lago a mis pies. Llegaba al sanatorio a eso de las ocho y media de la mañana y acostumbraba a encontrar al doctor Sanjuán sentado en los peldaños de la entrada, contemplando el jardín con una taza de café humeante en las manos.

—¿Nunca duerme, doctor? —le preguntaba.

—No más que usted —replicaba.

A eso de las nueve, el doctor me acompañaba hasta la habitación de Cristina y me abría la puerta. Nos dejaba a solas. Siempre la encontraba sentada en la misma butaca frente a la ventana. Acercaba una de las sillas y le tomaba la mano. Apenas reconocía mi presencia. Luego empezaba a leer las páginas que había escrito para ella la noche anterior. Cada día empezaba a leer desde el principio. A veces interrumpía la lectura y al alzar la vista me sorprendía al descubrir el asomo de una sonrisa en sus labios. Pasaba el día con ella hasta que el doctor regresaba al anochecer y me pedía que me marchase. Luego me arrastraba por las calles desiertas bajo la nieve y regresaba al hotel, cenaba algo y subía a mi habitación para seguir escribiendo hasta que me vencía la fatiga. Los días dejaron de tener nombre.

Al quinto día entré en la habitación de Cristina como todas las mañanas para encontrar vacía la butaca en la que siempre me esperaba. Alarmado, busqué alrededor y la encontré acurrucada en el suelo, hecha un ovillo contra un rincón, abrazándose las rodillas y con el rostro lleno de lágrimas. Al verme sonrió y comprendí que me había reconocido. Me arrodillé junto a ella y la abracé. No creo haber sido tan feliz como en aquellos míseros segundos en que sentí su aliento en la cara y vi que una brizna de luz había regresado a sus ojos.

—¿Dónde has estado? —preguntó.

Aquella tarde el doctor Sanjuán me dio permiso para sacarla de paseo durante una hora. Caminamos hasta el lago y nos sentamos en un banco. Empezó a hablarme de un sueño que había tenido, la historia de una niña que vivía en una ciudad laberíntica y oscura cuyas calles y edificios estaban vivos y se alimentaban de las almas de sus habitantes. En su sueño, como en el relato que le había estado leyendo durante días, la niña conseguía escapar y llegaba a un muelle tendido sobre un mar infinito. Caminaba de la mano de un extraño sin nombre ni rostro que la había salvado y que la acompañaba ahora hasta el fin de aquella plataforma de maderos tendida sobre las aguas donde alguien la esperaba, alguien que nunca llegaba a ver, porque su sueño, como la historia que le había estado leyendo, estaba inacabado.


Cristina recordaba vagamente Villa San Antonio y al doctor Sanjuán. Se sonrojó al contarme que creía que él le había propuesto matrimonio la semana anterior. El tiempo y el espacio se confundían en sus ojos. A veces creía que su padre estaba ingresado en una de las habitaciones y que ella había venido a visitarle. Un instante después no recordaba cómo había llegado hasta allí y en ocasiones ni se lo preguntaba. Recordaba que yo había salido a comprar unos billetes de tren y, a ratos, se refería a aquella mañana en que había desaparecido como si eso hubiese ocurrido el día anterior. A veces me confundía con Vidal y me pedía perdón. En otras ocasiones el miedo ensombrecía su rostro y se echaba a temblar.

—Se acerca —decía—. Tengo que irme. Antes de que te vea.

Entonces se sumía en un largo silencio, ajena a mi presencia o al mundo, como si algo la hubiese arrastrado a algún lugar remoto e inalcanzable. Pasados unos días, la certeza de que Cristina había perdido la razón empezó a calarme hondo. La esperanza del primer momento se tiñó de amargura y en ocasiones, al regresar a aquella celda en mi hotel por la noche, sentía abrirse dentro de mí aquel viejo abismo de oscuridad y de odio que creía olvidado. El doctor Sanjuán, que me observaba con la misma paciencia y tenacidad que reservaba a sus pacientes, me había advertido que aquello iba a suceder.

—No tiene usted que perder la esperanza, amigo mío —decía—. Estamos haciendo grandes progresos. Tenga confianza.

Yo asentía dócil y regresaba día tras día al sanatorio para llevar a Cristina de paseo hasta el lago, para escuchar aquellos recuerdos soñados que me había relatado decenas de veces pero que ella volvía a descubrir de nuevo cada día. Todos los días me preguntaba dónde había estado, por qué no había regresado a buscarla, por qué la había dejado sola. Todos los días me miraba desde su jaula invisible y me pedía que la abrazase. Todos los días, al despedirme de ella, me preguntaba si la quería y yo siempre le respondía lo mismo.

—Te querré siempre —decía yo—. Siempre.


Una noche me desperté al oír golpes en la puerta de mi habitación. Eran las tres de la madrugada. Me arrastré hasta la puerta, aturdido, y encontré a una de las enfermeras del sanatorio en el umbral.

—El doctor Sanjuán me ha pedido que venga a buscarle.

—¿Qué ha pasado?

Diez minutos más tarde entraba por las puertas de Villa San Antonio. Los gritos podían oírse desde el jardín. Cristina había trabado por dentro la puerta de su habitación. El doctor Sanjuán, con aspecto de no haber dormido en una semana, y dos enfermeros estaban intentando forzar la puerta. En el interior se podía oír a Cristina gritando y golpeando las paredes, derribando los muebles y destrozando cuanto encontraba.

—¿Quién está ahí dentro con ella? —pregunté, helado.

—Nadie —replicó el doctor.

—Pero le está hablando a alguien… —protesté.

—Está sola.

Un celador llegó a toda prisa portando una gran palanca de metal.

—Es todo lo que he encontrado —dijo.

El doctor asintió y el celador caló la palanca en el resquicio de la cerradura y empezó a forcejear.

—¿Cómo ha podido cerrar desde dentro? —pregunté.

—No lo sé…

Por primera vez me pareció leer temor en el rostro del doctor, que evitaba mi mirada. El celador estaba a punto de forzar la cerradura con la palanca cuando, de súbito, se hizo el silencio al otro lado de la puerta.

—¿Cristina? —llamó el doctor.

No hubo respuesta. La puerta cedió finalmente y se abrió hacia dentro de un golpe. Seguí al doctor al interior de la estancia, que estaba en penumbra. La ventana estaba abierta y un viento helado inundaba la habitación. Las sillas, mesas y butacas estaban derribadas. Las paredes estaban manchadas de lo que me pareció un trazo irregular de pintura negra. Era sangre. No había rastro de Cristina.

Los enfermeros corrieron al balcón y otearon el jardín en busca de pisadas en la nieve. El doctor miraba a un lado y otro, buscando a Cristina. Fue entonces cuando oímos una risa que provenía del cuarto de baño. Me acerqué a la puerta y la abrí. El suelo estaba cubierto de cristales. Cristina estaba sentada en el piso, apoyada contra la bañera de metal como un muñeco roto. Le sangraban las manos y los pies, sembrados de cortes y aristas de vidrio. Su sangre se deslizaba todavía por las grietas del espejo que había destrozado a puñetazos. La rodeé en mis brazos y busqué su mirada. Sonrió.

—No le he dejado entrar —dijo.

—¿A quién?

—Quería que olvidase, pero no le he dejado entrar —repitió.

El doctor se arrodilló a mi lado y examinó los cortes y heridas que recubrían el cuerpo de Cristina.

—Por favor —murmuró, apartándome—. Ahora no.

Uno de los enfermeros había corrido a por una camilla. Los ayudé a tender a Cristina y le sostuve la mano mientras la conducían a un consultorio, donde el doctor Sanjuán procedió a inyectarle un calmante que en apenas unos segundos le robó la consciencia. Me quedé a su lado, mirándola a los ojos hasta que su mirada se tornó un espejo vacío y una de las enfermeras me tomó del brazo y me sacó del consultorio. Me quedé allí, en medio de un corredor en penumbra que olía a desinfectante, con las manos y la ropa manchadas de sangre. Me apoyé contra la pared y me dejé resbalar hasta el suelo.

Cristina despertó al día siguiente para encontrarse sujeta con correas de cuero sobre una cama, enclaustrada en una habitación sin ventanas ni más luz que la de una bombilla que amarilleaba prendida del techo. Yo había pasado la noche en una silla apostada en el rincón, observándola, sin noción del tiempo que había transcurrido. Abrió los ojos de súbito, una mueca de dolor en el rostro al sentir las punzadas de las heridas que cubrían sus brazos.

—¿David? —llamó.

—Estoy aquí —respondí.

Me acerqué al lecho y me incliné para que me viese el rostro y la sonrisa anémica que había ensayado para ella.

—No puedo moverme.

—Estás sujeta con unas correas. Es por tu bien. En cuanto venga el doctor te las quitará.

—Quítamelas tú.

—No puedo. Tiene que ser el doctor quien…

—Por favor —suplicó.

—Cristina, es mejor que…

—Por favor.

Había dolor y miedo en su mirada, pero sobre todo había una claridad y una presencia que no había visto en todos los días que la había visitado en aquel lugar. Era ella de nuevo. Desaté las dos primeras correas que cruzaban sobre los hombros y la cintura. Le acaricié el rostro. Estaba temblando.

—¿Tienes frío?

Negó.

—¿Quieres que avise al doctor?

Negó de nuevo.

—David, mírame.

Me senté en el borde del lecho y la miré a los ojos.

—Tienes que destruirlo —dijo.

—No te entiendo.

—Tienes que destruirlo.

—¿El qué?

—El libro.

—Cristina, lo mejor será que avise al doctor…

—No. Escúchame.

Me aferró la mano con fuerza.

—La mañana que te fuiste a buscar los billetes, ¿te acuerdas? Subí otra vez a tu estudio y abrí el baúl.

Suspiré.

—Encontré el manuscrito y empecé a leerlo.

—Es sólo una fábula, Cristina…

—No me mientas. Lo leí, David. Al menos lo suficiente para saber que tenía que destruirlo…

—No te preocupes por eso ahora. Ya te dije que había abandonado el manuscrito.

—Pero él no te ha abandonado a ti. Intenté quemarlo…

Por un instante le solté la mano al oír aquella palabras, reprimiendo una cólera fría al recordar las cerillas quemadas que había encontrado en el suelo del estudio.

—¿Intentaste quemarlo?

—Pero no pude —murmuró—. Había alguien más en la casa.

—No había nadie en la casa, Cristina. Nadie.

—Tan pronto prendí el fósforo y lo acerqué al manuscrito, le sentí detrás de mí. Noté un golpe en la nuca y caí.

—¿Quién te golpeó?

—Todo estaba muy oscuro, como si la luz del día se hubiese retirado y no pudiera entrar. Me di la vuelta, pero todo estaba muy oscuro. Sólo vi sus ojos. Ojos como los de un lobo.

—Cristina…

—Me quitó el manuscrito de las manos y lo guardó otra vez en el baúl.

—Cristina, no estás bien. Déjame que llame al doctor y…

—No me estás escuchando.

Le sonreí y la besé en la frente.

—Claro que te escucho. Pero no había nadie más en la casa…

Cerró los ojos y ladeó la cabeza, gimiendo como si mis palabras fueran puñales que le retorcían las entrañas.

—Voy a avisar al doctor…

Me incliné para besarla de nuevo y me incorporé. Me dirigí hacia la puerta, sintiendo su mirada en la espalda.

—Cobarde —dijo.

Cuando regresé a la habitación con el doctor Sanjuán, Cristina había desatado la última correa y se tambaleaba por la habitación en dirección a la puerta dejando pisadas ensangrentadas sobre las baldosas blancas. La sujetamos entre los dos y la tendimos de nuevo en la cama. Cristina gritaba y forcejeaba con una rabia que helaba la sangre. El alboroto alertó al personal de enfermería. Un celador nos ayudó a contenerla mientras el doctor la ataba de nuevo con las correas. Una vez inmovilizada, el doctor me miró con severidad.

—Voy a sedarla de nuevo. Quédese aquí y no se le ocurra volver a desatarle las correas.

Me quedé a solas con ella un minuto, intentando calmarla. Cristina seguía luchando por escapar de las correas. Le sujeté el rostro e intenté captar su mirada.

—Cristina, por favor…

Me escupió en la cara.

—Vete.

El doctor regresó acompañado de una enfermera que portaba una bandeja metálica con una jeringuilla, apósitos y un frasco de vidrio que contenía una solución amarillenta.

—Salga —me ordenó.

Me retiré hasta el umbral. La enfermera sujetó a Cristina contra el lecho y el doctor le inyectó el calmante en el brazo. Cristina gritaba con voz desgarrada. Me tapé los oídos y salí al corredor.

Cobarde, me dije. Cobarde.

# 10

Más allá del sanatorio de Villa San Antonio se abría un camino flanqueado de árboles que bordeaba una acequia y se alejaba del pueblo. El mapa enmarcado que había en el comedor del hotel del Lago lo identificaba con el apelativo dulzón de paseo de los Enamorados. Aquella tarde, al dejar el sanatorio, me aventuré por aquel sombrío sendero que más que amoríos sugería soledades. Anduve durante casi media hora sin tropezarme con una alma, dejando atrás el pueblo hasta que la silueta angulosa de Villa San Antonio y los grandes caserones que rodeaban el lago apenas me parecieron recortes de cartón sobre el horizonte. Me senté en uno de los bancos que punteaban el recorrido del paseo y contemplé el sol ponerse en el otro extremo del valle de la Cerdanya. Desde allí, a unos doscientos metros, se apreciaba la silueta de una pequeña ermita aislada en el centro de un campo nevado. Sin saber muy bien por qué, me incorporé y me abrí camino entre la nieve en dirección al edificio. Cuando me encontraba a una docena de metros advertí que la ermita no tenía portal. La piedra estaba ennegrecida por las llamas que habían devorado la estructura. Ascendí los peldaños que conducían a lo que había sido la entrada y me adentré unos pasos. Los restos de bancos quemados y de maderos desprendidos del techo asomaban entre cenizas. La maleza había reptado hacia el interior y ascendía por lo que había sido el altar. La luz del crepúsculo penetraba por los estrechos ventanales de piedra. Me senté en lo que quedaba de un banco frente al altar y escuché el viento susurrar entre las grietas de la bóveda devorada por el fuego. Alcé la vista y deseé tener aunque sólo fuese un aliento de aquella fe que había albergado mi viejo amigo Sempere, en Dios o en los libros, con que rogarle a Dios o al infierno que me concediese otra oportunidad y me dejase sacar a Cristina de aquel lugar.

—Por favor —murmuré, mordiéndome las lágrimas.

Sonreí amargamente, un hombre ya vencido y suplicando mezquindades a un Dios en el que nunca había confiado. Miré a mi alrededor y vi aquella casa de Dios hecha de ruina y cenizas, de vacío y soledad, y supe que volvería aquella misma noche a por ella sin más milagro ni bendición que mi determinación de llevármela de aquel lugar y de arrancarla de las manos de aquel doctor pusilánime y enamoradizo que había decidido hacer de ella su bella durmiente. Prendería fuego a la casa antes que permitir que nadie volviese a ponerle las manos encima. Me la llevaría a casa para morir a su lado. El odio y la rabia iluminarían mi camino.

Dejé la vieja ermita al anochecer. Crucé aquel campo de plata que ardía a la luz de la luna y regresé al sendero de la arboleda siguiendo el rastro de la acequia en la tiniebla, hasta que avisté a lo lejos las luces de Villa San Antonio y la ciudadela de torreones y mansardas que rodeaban el lago. Al llegar al sanatorio no me molesté en tirar del llamador que había en la verja. Salté el muro y crucé el jardín reptando en la oscuridad. Rodeé la casa y me aproximé a una de las entradas posteriores. Estaba cerrada por dentro, pero no dudé un instante en golpear el cristal con el codo para romperlo y acceder a la manija. Me adentré por el corredor, escuchando las voces y los murmullos, oliendo en el aire el aroma de un caldo que ascendía de las cocinas. Crucé la planta hasta llegar a la habitación del fondo donde el buen doctor había encerrado a Cristina, sin duda mientras fantaseaba con hacer de ella su bella durmiente postrada para siempre en un limbo de fármacos y correas.

Había contado con encontrar cerrada la puerta de la habitación, pero la manija cedió bajo mi mano, que pulsaba con el dolor sordo de los cortes. Empujé la puerta y entré en la habitación. Lo primero que advertí fue que podía ver mi propio aliento flotando frente a mi rostro. Lo segundo fue que el suelo de losas blancas estaba impregnado con pisadas de sangre. El ventanal que asomaba sobre el jardín estaba abierto de par en par y las cortinas ondeaban al viento. El lecho estaba vacío. Me acerqué y tomé una de las correas de cuero con las que el doctor y los enfermeros habían sujetado a Cristina. Estaban cortadas limpiamente, como si fueran de papel. Salí al jardín y vi brillando sobre la nieve un rastro de pisadas rojas que se alejaba hasta el muro. Lo seguí hasta allí y palpé la pared de piedra que rodeaba el jardín. Había sangre en las piedras. Trepé y salté al otro lado. Las pisadas, erráticas, se alejaban en dirección al pueblo. Recuerdo que eché a correr.

Seguí las huellas sobre la nieve hasta el parque que rodeaba el lago. La luna llena ardía sobre la gran lámina de hielo. Fue allí donde la vi. Se adentraba lentamente cojeando sobre el lago helado, un rastro de pisadas ensangrentadas a su espalda. La brisa agitaba el camisón que envolvía su cuerpo. Cuando llegué a la orilla, Cristina se había adentrado una treintena de metros en dirección al centro del lago. Grité su nombre y se detuvo. Se volvió lentamente y la vi sonreír mientras una telaraña de grietas se tejía a sus pies. Salté al hielo, sintiendo la superfie helada quebrarse a mi paso, y corrí hacia ella. Cristina se quedó inmóvil, mirándome. Las grietas bajo sus pies se expandían en una hiedra de capilares negros. El hielo cedía bajo mis pasos y caí de bruces.

—Te quiero —la oí decir.

Me arrastré hacia ella, pero la red de grietas crecía bajo mis manos y la rodeó. Nos separaban apenas unos metros cuando escuché el hielo quebrarse y ceder bajo sus pies. Unas fauces negras se abrieron bajo ella y la engulleron como un pozo de alquitrán. Tan pronto desapareció bajo la superficie, las placas de hielo se unieron sellando la apertura por la que Cristina se había precipitado. Su cuerpo se deslizó un par de metros bajo la lámina de hielo impulsado por la corriente. Conseguí arrastrarme hasta el lugar donde había quedado atrapada y golpeé el hielo con todas mis fuerzas. Cristina, los ojos abiertos y el pelo ondulando en la corriente, me observaba desde el otro lado de aquella lámina traslúcida. Golpeé hasta destrozarme las manos en vano. Cristina nunca apartó sus ojos de los míos. Posó su mano sobre el hielo y sonrió. Las últimas burbujas de aire escapaban ya de sus labios y sus pupilas se dilataban por última vez. Un segundo después, lentamente, empezó a hundirse para siempre en la negrura.

# 11

No volví a la habitación a recoger mis cosas. Oculto entre los árboles que rodeaban el lago pude ver cómo el doctor y un par de guardias civiles acudían al hotel y los vi hablar con el gerente a través de las cristaleras. Al abrigo de calles oscuras y desiertas crucé el pueblo hasta llegar a la estación enterrada en la niebla. Dos faroles de gas permitían adivinar la silueta de un tren que esperaba en el andén. El semáforo rojo encendido a la salida de la estación teñía su esqueleto de metal oscuro. La máquina estaba parada; lágrimas de hielo pendían de rieles y palancas como gotas de gelatina. Los vagones estaban a oscuras, las ventanas veladas por la escarcha. No se veía luz en la oficina del jefe de estación. Todavía faltaban horas para la salida del tren y la estación estaba desierta.

Me acerqué a uno de los vagones y probé a abrir una de las portezuelas. Estaba trabada por dentro. Bajé a las vías y rodeé el tren. Al amparo de la sombra trepé a la plataforma de paso entre los dos vagones de cola y probé suerte con la puerta que comunicaba los coches. Estaba abierta. Me colé en el vagón y avancé en la penumbra hasta uno de los compartimentos. Entré y trabé el cierre por dentro. Temblando de frío, me desplomé en el asiento. No me atrevía a cerrar los ojos por temor a encontrar esperándome la mirada de Cristina bajo el hielo. Pasaron minutos, tal vez horas. En algún momento me pregunté por qué me estaba ocultando y por qué era incapaz de sentir nada.

Me refugié en aquel vacío y esperé allí oculto como un fugitivo escuchando los mil quejidos del metal y la madera contrayéndose por el frío. Escruté las sombras tras las ventanas hasta que el haz de un farol rozó las paredes del vagón y escuché voces en el andén. Abrí una mirilla con los dedos sobre la película de vaho que enmascaraba los cristales y pude ver que el maquinista y un par de operarios se dirigían hacia la parte delantera del tren. A una decena de metros, el jefe de estación conversaba con la pareja de guardias civiles que había visto con el doctor en el hotel poco antes. Le vi asentir y sacar un manojo de llaves mientras se aproximaba al tren seguido por los dos guardias civiles. Me retiré de nuevo al compartimento. Unos segundos más tarde pude oír el ruido de las llaves y el chasquido de la portezuela del vagón al abrirse. Unos pasos avanzaron desde el extremo del vagón. Levanté el pestillo del cierre, dejando la puerta del compartimento abierta, y me tendí en el suelo bajo una de las bancadas de asientos, pegándome a la pared. Oí los pasos de la guardia civil aproximarse, el haz de los faroles que sostenían en las manos trazando agujas de luz azul que resbalaban por las cristaleras de los compartimentos. Cuando los pasos se detuvieron frente al mío contuve la respiración. Las voces se habían acallado. Oí abrirse la portezuela y las botas cruzaron a un par de palmos de mi rostro. El guardia permaneció allí unos segundos y luego salió y cerró la portezuela. Sus pasos se alejaron por el vagón.

Me quedé allí, inmóvil. Un par de minutos después escuché un traqueteo y un aliento cálido que exhalaba de la rejilla de la calefacción me acarició el rostro. Una hora más tarde las primeras luces del alba rozaron las ventanas. Salí de mi escondite y miré al exterior. Viajeros solitarios o en pareja recorrían el andén arrastrando sus maletas y bultos. El rumor de la locomotora en marcha se podía sentir en las paredes y en el suelo del vagón. En unos minutos, los viajeros empezaron a subir al tren y el revisor encendió las luces. Volví a sentarme en el banco junto a la ventana y devolví el saludo de alguno de los pasajeros que cruzaban frente al compartimento. Cuando el gran reloj de la estación dio las ocho de la mañana, el tren empezó a deslizarse por la estación. Sólo entonces cerré los ojos y escuché las campanas de la iglesia repicar en la distancia con el eco de una maldición.

El trayecto de regreso estuvo plagado de retrasos. Parte del tendido había caído y no llegamos a Barcelona hasta el atardecer de aquel viernes 23 de enero. La ciudad estaba sepultada bajo un cielo escarlata sobre el que se extendía una telaraña de humo negro. Hacía calor, como si el invierno se hubiese retirado de súbito y un aliento sucio y húmedo ascendiese desde las rejillas del alcantarillado. Al abrir el portal de la casa de la torre encontré un sobre blanco en el suelo. Distinguí el sello de lacre rojo que lo cerraba y no me molesté en recogerlo porque sabía perfectamente lo que contenía: un recordatorio de mi cita con el patrón para entregarle el manuscrito aquella misma noche en el caserón junto al Park Güell. Ascendí las escaleras en la oscuridad y abrí la puerta del piso principal. No encendí la luz y fui directamente al estudio. Me acerqué al ventanal y contemplé la sala bajo el resplandor infernal que destilaba aquel cielo en llamas. La imaginé allí, tal como me lo había descrito, de rodillas frente al baúl. Abriendo el baúl y extrayendo la carpeta con el manuscrito. Leyendo aquellas páginas malditas con la certeza de que debía destruirlas. Encendiendo los fósforos y acercando la llama al papel.

*Había alguien más en la casa.*

Me acerqué al baúl y me detuve a unos pasos, como si estuviese a su espalda, espiándola. Me incliné hacia adelante y lo abrí. El manuscrito seguía allí, esperándome. Alargué la mano para rozar la carpeta con los dedos, acariciándolo. Fue entonces cuando lo vi. La silueta de plata brillaba en el fondo del baúl como una perla en el fondo de un estanque. Lo cogí entre los dedos y lo examiné a la luz de aquel cielo ensangrentado. El broche del ángel.

—Hijo de puta —me oí decir.

Saqué la caja con el viejo revólver de mi padre del fondo del armario. Abrí el tambor y comprobé que estaba cargado. Guardé el resto del cajetín de munición en el bolsillo izquierdo de mi abrigo. Envolví el arma en un paño y la metí en el bolsillo derecho. Antes de salir me detuve un instante a contemplar al extraño que me miraba desde el espejo del recibidor. Sonreí, la paz del odio ardiendo en mis venas, y salí a la noche.

# 12

La casa de Andreas Corelli se alzaba en la colina, contra el manto de nubes rojas. Tras ella se mecía el bosque de sombras del Park Güell. La brisa agitaba las ramas y las hojas siseaban como serpientes en la oscuridad. Me detuve frente a la entrada y examiné la fachada. No había una sola luz prendida en toda la casa. Los postigos de los ventanales estaban cerrados. Escuché a mi espalda la respiración de los perros que merodeaban tras los muros del parque, siguiendo mis pasos. Extraje el revólver del bolsillo y me volví hacia la verja de la entrada, donde se entreveían las siluetas de los animales, sombras líquidas que observaban desde la negrura.

Me aproximé a la puerta principal de la casa y di tres golpes secos con el llamador. No esperé respuesta. Hubiera volado la cerradura a tiros, pero no hizo falta. La puerta estaba abierta. Giré la manija de bronce hasta liberar la traba del cerrojo y la puerta de roble se deslizó lentamente hacia el interior con la inercia de su propio peso. El largo corredor se abría al frente, la lámina de polvo que recubría el suelo brillando como arena fina. Me adentré unos pasos y me acerqué a la escalinata que ascendía a un lado del vestíbulo desapareciendo en una espiral de sombras. Avancé por el pasillo que conducía al salón. Decenas de miradas me seguían desde la galería de viejas fotografías enmarcadas que cubrían la pared. Los únicos sonidos que podía percibir eran el de mis pasos y mi respiración. Llegué al extremo del corredor y me detuve. La claridad nocturna se filtraba como cuchillas de luz rojiza desde los postigos. Alcé el revólver y entré en el salón. Ajusté mis ojos a la tiniebla. Los muebles estaban en el mismo lugar que recordaba, pero incluso en la penuria de luz se podía apreciar que eran viejos y estaban cubiertos de polvo. Ruinas. Los cortinajes pendían deshilachados y la pintura de los muros colgaba en tiras que recordaban escamas. Me dirigí hacia uno de los ventanales para abrir los postigos y dejar entrar algo de luz. Estaba a un par de metros del balcón cuando comprendí que no estaba solo. Me detuve, helado, y me volví lentamente.

La silueta se distinguía claramente en el rincón de la sala, sentada en su butaca de siempre. La luz que sangraba desde los postigos alcanzaba a desvelar los zapatos brillantes y el contorno del traje. El rostro quedaba completamente en sombras, pero sabía que me estaba mirando. Y que sonreía. Alcé el revólver y le apunté.

—Sé lo que ha hecho —dije.

Corelli no movió ni un músculo. Su figura permaneció inmóvil como una araña. Di un paso al frente, apuntándole al rostro. Me pareció escuchar un suspiro en la oscuridad y, por un instante, la luz rojiza prendió en sus ojos y tuve la certeza de que iba a saltar sobre mí. Disparé. El retroceso del arma me golpeó el antebrazo como un martillazo seco. Una nube de humo azul se alzó del revólver. Una de las manos de Corelli cayó del brazo de la butaca y se balanceó, las uñas rozando el suelo, y disparé de nuevo. La bala le alcanzó en el pecho y abrió un orificio humeante en la ropa. Me quedé sosteniendo el revólver con ambas manos, sin atreverme a dar un paso más, escrutando su silueta inmóvil sobre la butaca. El balanceo del brazo se fue deteniendo lentamente hasta que el cuerpo yació inerte y sus uñas, largas y pulidas, quedaron ancladas en el firme de roble. No hubo sonido alguno ni atisbo de movimiento en el cuerpo que acababa de encajar dos balazos, uno en la cara y el otro en el pecho. Me retiré unos pasos hacia el ventanal y lo abrí a patadas, sin apartar la mirada de la butaca donde yacía Corelli. Una columna de luz vaporosa se abrió camino desde la balaustrada hasta el rincón, iluminando el cuerpo y el rostro del patrón. Intenté tragar saliva, pero tenía la boca seca. El primer disparo le había abierto un orificio entre los ojos. El segundo le había agujereado una solapa. No había una sola gota de sangre. En su lugar destilaba un polvo fino y brillante, como el de un reloj de arena, que se deslizaba por los pliegues de sus ropas. Los ojos brillaban y tenía los labios congelados en una sonrisa sarcástica. Era un muñeco.

Bajé el revólver, la mano todavía temblando, y me acerqué lentamente. Me incliné hacia aquel títere grotesco y acerqué la mano lentamente al rostro. Por un instante temí que en cualquier momento aquellos ojos de cristal se movieran y aquellas manos de uñas largas se me lanzaran al cuello. Rocé la mejilla con la yema de los dedos. Madera esmaltada. No pude evitar soltar una risa amarga. No podía esperarse menos del patrón. Me enfrenté una vez más a aquella mueca burlona y le propiné un culatazo que derribó el títere a un lado. Lo vi caer al suelo y la emprendí a puntapiés con él. El armazón de madera se fue deformando hasta que brazos y piernas quedaron anudados en una postura imposible. Me retiré unos pasos y miré a mi alrededor. Observé el gran lienzo con la figura del ángel y lo arranqué de un tirón. Tras el cuadro encontré la puerta de acceso al sótano que recordaba de la noche en que me había quedado dormido allí. Probé la cerradura. Estaba abierta. Escruté la escalera que descendía al pozo de oscuridad. Me dirigí hacia la cómoda donde recordaba haber visto a Corelli guardar los cien mil francos durante nuestro primer encuentro en la casa y busqué en los cajones. En uno de ellos encontré una caja de latón con velas y unos fósforos. Dudé un instante, preguntándome si el patrón también había dejado aquello allí esperando que lo encontrase como había encontrado aquel títere. Encendí una de las velas y crucé el salón en dirección a la puerta. Eché un último vistazo al muñeco derribado y, con la vela en alto y el revólver firmemente sujeto en la mano derecha, me dispuse a bajar. Avancé peldaño a peldaño, deteniéndome a cada paso para mirar a mi espalda. Cuando llegué a la sala del sótano sostuve la vela tan lejos de mí como pude y describí con ella un semicírculo. Todo seguía allí: la mesa de operaciones, las luces de gas y la bandeja de instrumentos quirúrgicos. Todo cubierto de una pátina de polvo y telarañas. Pero había algo más. Se apreciaban otras siluetas apoyadas contra la pared. Tan inmóviles como la del patrón. Dejé la vela sobre la mesa de operaciones y me acerqué a aquellos cuerpos inertes. Reconocí en ellos al criado que nos había atendido una noche y al chófer que me había llevado a casa tras mi cena con Corelli en el jardín de la casa. Había otras figuras que no supe identificar. Una de ellas estaba dispuesta contra la pared, su rostro oculto. La empujé con la punta del arma, haciéndola girar, y un segundo después me encontré mirándome a mí mismo. Sentí que me invadía un escalofrío. El muñeco que me imitaba sólo tenía medio rostro. La otra mitad no tenía rasgos formados. Me disponía a aplastar aquella faz de una patada cuando oí la risa de un niño en lo alto de la escalinata. Contuve la respiración y entonces se escucharon una serie de chasquidos secos. Corrí escaleras arriba y al llegar al primer piso la figura del patrón ya no estaba en el suelo donde había quedado derribada. Un rastro de pisadas se alejaba de allí en dirección al corredor. Armé el percutor del revólver y seguí aquel rastro hasta el pasillo que conducía al vestíbulo. Me detuve en el umbral y alcé el arma. Las pisadas se detenían a medio pasillo. Busqué la forma oculta del patrón entre las sombras, pero no había rastro de él. Al fondo del pasillo la puerta principal seguía abierta. Avancé lentamente hasta el punto donde se detenía el rastro. No reparé en ello hasta unos segundos más tarde, cuando advertí que el hueco que recordaba entre los retratos de la pared ya no estaba. En su lugar había un marco nuevo, y en él, en una fotografía que parecía salida del mismo objetivo que todas las que formaban aquella macabra colección, podía verse a Cristina vestida de blanco, su mirada perdida en el ojo de la lente. No estaba sola. Unos brazos la rodeaban y la sostenían en pie, su propietario sonriendo para la cámara. Andreas Corelli.

# 13

Me alejé colina abajo, rumbo a la madeja de calles oscuras de Gracia. Allí encontré un café abierto en el que se había congregado una nutrida parroquia de vecinos que discutían airadamente de política o de fútbol; era difícil de determinar. Sorteé el gentío y crucé una nube de humo y ruido hasta alcanzar la barra, donde el tabernero me dedicó la mirada vagamente hostil con la que supuse recibía a todos los extraños, que en aquel caso debían de ser todos los residentes de cualquier lugar a más de un par de calles de su establecimiento.

—Necesito usar su teléfono —dije.

—El teléfono es sólo para clientes.

—Póngame un coñac. Y el teléfono.

El tabernero tomó un vaso y señaló hacia un pasillo al fondo de la sala que se abría bajo un cartel que rezaba *Urinarios*. Allí encontré un amago de cabina telefónica al fondo, justo frente a la entrada de los aseos, expuesta a un intenso tufo a amoníaco y al ruido que se filtraba desde la sala. Descolgué el auricular y esperé para obtener línea. Unos segundos más tarde me respondió una operadora del intercambio de la compañía telefónica.

—Necesito hacer una llamada al despacho de abogados de Valera, en el número 442 de la avenida Diagonal.

La operadora se tomó un par de minutos para encontrar el número y conectarme. Esperé allí, sosteniendo el auricular con una mano y tapándome el oído izquierdo con la otra. Finalmente, me confirmó que transfería mi llamada y a los pocos segundos reconocí la voz de la secretaria del abogado Valera.

—Lo siento, pero el abogado Valera no se encuentra aquí en estos momentos.

—Es importante. Dígale que mi nombre es Martín, David Martín. Es un asunto de vida o muerte.

—Ya sé quién es usted, señor Martín. Lo siento, pero no puedo ponerle con el abogado porque no está. Son las nueve y media de la noche y hace ya rato que se ha retirado.

—Deme entonces la dirección de su casa.

—No puedo facilitarle esa información, señor Martín. Lo lamento. Si lo desea puede llamar mañana por la mañana y…

Colgué el teléfono y volví a esperar línea. Esta vez di a la operadora el número que me había facilitado Ricardo Salvador. Su vecino contestó la llamada y me indicó que subía a ver si el antiguo policía estaba en casa. Salvador contestó al minuto.

—¿Martín? ¿Está usted bien? ¿Está en Barcelona?

—Acabo de llegar.

—Tiene que ir con mucho cuidado. La policía le busca. Vinieron por aquí haciendo preguntas sobre usted y sobre Alicia Marlasca.

—¿Víctor Grandes?

—Creo que sí. Iba con un par de grandullones que no

me gustaron nada. Me parece que le quiere endosar a usted las muertes de Roures y la viuda Marlasca. Es mejor que se ande con mucho ojo. Seguramente lo estarán vigilando. Si quiere puede venir aquí.

—Gracias, señor Salvador. Lo pensaré. No quiero meterle en más líos.

—Haga lo que haga, ándese con ojo. Creo que tenía usted razón; Jaco ha vuelto. No sé por qué, pero ha vuelto. ¿Tiene algún plan?

—Ahora voy a intentar encontrar al abogado Valera. Creo que en el centro de todo esto está el editor para el que trabajaba Marlasca y creo que Valera es el único que sabe la verdad.

Salvador hizo una pausa.

—¿Quiere que le acompañe?

—No creo que sea necesario. Le llamaré una vez haya hablado con Valera.

—Como prefiera. ¿Va armado?

—Sí.

—Me alegro de oírlo.

—Señor Salvador… Roures me habló de una mujer en el Somorrostro a la que Marlasca había consultado. Alguien a quien había conocido a través de Irene Sabino.

—La Bruja del Somorrostro.

—¿Qué sabe de ella?

—No hay mucho que saber. No creo ni que exista, lo mismo que ese editor. De lo que tiene que preocuparse es de Jaco y de la policía.

—Lo tendré en cuenta.

—Llámeme tan pronto sepa algo, ¿de acuerdo?

—Así lo haré. Gracias.

Colgué el teléfono y al cruzar frente a la barra dejé

unas monedas para cubrir la llamada y la copa de licor que seguía allí, intacta.

Veinte minutos más tarde me encontraba al pie del 442 de la avenida Diagonal, observando las luces encendidas en el despacho de Valera en lo alto del edificio. La portería estaba cerrada, pero golpeé la puerta hasta que se asomó el portero y se aproximó con un semblante no muy amigable. Tan pronto abrió un poco la puerta para despacharme con malos modos, di un empujón y me colé en la portería, ignorando sus protestas. Fui directo al ascensor y, cuando el portero intentó detenerme sujetándome del brazo, le lancé una mirada envenenada que le disuadió de su empeño.

Cuando la secretaria de Valera abrió la puerta, su semblante de sorpresa se transformó rápidamente en uno de temor, particularmente cuando encajé el pie en la abertura para evitar que me cerrase en las narices y entré sin invitación.

—Avise al abogado —dije—. Ahora.

La secretaria me miró, pálida.

—El señor Valera no está…

La cogí del brazo y la empujé hasta el despacho del abogado. Las luces estaban encendidas, pero no había rastro de Valera. La secretaria sollozaba, aterrorizada, y me di cuenta de que le estaba clavando los dedos en el brazo. La solté y retrocedió unos pasos. Estaba temblando. Suspiré e intenté esbozar un gesto tranquilizador que sólo sirvió para que viese el revólver que asomaba por la cintura del pantalón.

—Por favor, señor Martín… le juro que el señor Valera no está.

—La creo. Tranquilícese. Sólo quiero hablar con él. Nada más.

La secretaria asintió. Le sonreí.

—Sea tan amable de tomar el teléfono y llamarle a su casa —indiqué.

La secretaria levantó el teléfono y murmuró el número del abogado a la operadora. Cuando obtuvo contestación me tendió el auricular.

—Buenas noches —aventuré.

—Martín, qué desafortunada sorpresa —dijo Valera al otro lado de la línea—. ¿Puedo saber qué está usted haciendo en mi despacho a estas horas de la noche, amén de aterrorizar a mis empleados?

—Lamento las molestias, abogado, pero me urge localizar a su cliente, el señor Andreas Corelli, y usted es el único que puede ayudarme.

Un largo silencio.

—Me temo que se equivoca, Martín. No puedo ayudarle.

—Confiaba en poder resolver esto amigablemente, señor Valera.

—No lo entiende usted, Martín. Yo no conozco al señor Corelli.

—¿Perdón?

—Nunca le he visto ni he hablado con él, y mucho menos sé dónde encontrarle.

—Le recuerdo que él le contrató para sacarme de Jefatura.

—Recibimos una carta un par de semanas antes y un cheque de su parte indicándonos que era usted un asociado suyo, que el inspector Grandes estaba atosigándole y que nos encargásemos de su defensa en caso necesario. Con la carta venía el sobre que nos pidió que le entregásemos en persona. Yo me limité a ingresar el cheque y pedir a mis contactos en Jefatura que me avisaran si le llevaban a usted por allí. Así fue y, como usted bien recuerda, cumplí mi parte del trato y le saqué de Jefatura amenazando a Grandes con un temporal de molestias si no se avenía a facilitar su puesta en libertad. No creo que pueda usted quejarse de nuestros servicios.

En esa ocasión el silencio fue mío.

—Si no me cree, pídale a la señorita Margarita que le muestre la carta —añadió Valera.

—¿Qué hay de su padre? —pregunté.

—¿Mi padre?

—Su padre y Marlasca tenían tratos con Corelli. Él debía de saber algo…

—Le aseguro que mi padre nunca tuvo trato directo alguno con el tal señor Corelli. Toda su correspondencia, si la había, porque en los archivos del despacho no hay constancia de ello, la manejaba el difunto señor Marlasca personalmente. De hecho, y ya que usted lo pregunta, puedo decirle que mi padre llegó a dudar de la existencia del tal señor Corelli, sobre todo en los últimos meses de vida del señor Marlasca, cuando éste empezó a tratar, por decirlo de algún modo, con aquella mujer.

—¿Qué mujer?

—La corista.

—¿Irene Sabino?

Le oí suspirar, irritado.

—Antes de morir, el señor Marlasca dejó un fondo de capital bajo la administración y tutela del despacho desde donde debían efectuarse una serie de pagos a una cuenta a nombre de un tal Juan Corbera y de María Antonia Sanahuja.

Jaco e Irene Sabino, pensé.

—¿De cuánto era el fondo?

—Era un depósito en divisa extranjera. Creo recordar que rondaba los cien mil francos franccses.

—¿Dijo Marlasca de dónde había sacado ese dinero?

—Somos un bufete de abogados, no un gabinete de detectives. El despacho se limitó a seguir las instrucciones estipuladas en la voluntad del señor Marlasca, no a cuestionarlas.

—¿Qué otras instrucciones dejó?

—Nada especial. Simples pagos a terceras personas que no tenían relación alguna con el despacho ni con su familia.

—¿Recuerda alguna en especial?

—Mi padre se encargaba de esos asuntos personalmente para evitar que los empleados del despacho tuviesen acceso a información digamos que comprometida.

—¿Y no le pareció extraño a su padre que su ex socio quisiera hacer entrega de ese dinero a desconocidos?

—Por supuesto que le pareció extraño. Muchas cosas le parecieron extrañas.

—¿Recuerda adónde se debían enviar aquellos pagos?

—¿Cómo quiere que lo recuerde? Hace por lo menos veinticinco años de aquello.

—Haga un esfuerzo —dije—. Por la señorita Margarita.

La secretaria me lanzó una mirada de terror, a la que correspondí guiñándole un ojo.

—No se le ocurra ponerle un dedo encima —amenazó Valera.

—No me dé ideas —corté—. ¿Cómo lleva la memoria? ¿Se le va refrescando?

—Puedo consultar en los dietarios privados de mi padre. Es todo.

—¿Dónde están?

—Aquí, entre sus papeles. Pero me llevará unas horas…

Colgué el teléfono y contemplé a la secretaria de Valera, que se había echado a llorar. Le tendí un pañuelo y le di una palmada en el hombro.

—Venga, mujer, no se me ponga así, que ya me voy. ¿Ve cómo sólo quería hablar con él?

Asintió aterrada, sin apartar los ojos del revólver. Me cerré el abrigo y le sonreí.

—Una última cosa.

Alzó la mirada temiendo lo peor.

—Apúnteme la dirección del abogado. Y no intente liarme, porque si me miente volveré y le aseguro que dejaré en la portería esta simpatía natural que me caracteriza.

Antes de salir pedí a la señorita Margarita que me mostrase dónde tenía el cable de la conexión telefónica y lo corté, ahorrándole así la tentación de avisar a Valera y decirle que me disponía a hacerle una visita de cortesía o de llamar a la policía para informarlos de nuestro pequeño desencuentro.

# 14

El abogado Valera vivía en una finca monumental con aires de castillo normando enclavada en la esquina de las calles Girona y Ausiàs March. Supuse que había heredado de su padre aquella monstruosidad junto con el despacho, y que cada piedra que la sostenía estaba forjada con la sangre y el aliento de generaciones enteras de barceloneses que nunca hubieran soñado con poner los pies en un palacio como aquél. Le dije al portero que llevaba unos papeles del despacho para el abogado, de parte de la señorita Margarita, y, tras dudarlo un instante, me dejó subir. Ascendí las escalinatas sin prisa bajo la mirada atenta del portero. El rellano del piso principal era más amplio que la mayoría de viviendas que recordaba de mi infancia en el viejo barrio de la Ribera, a apenas unos metros de allí. El aldabón de la puerta era un puño de bronce. Tan pronto lo sujeté para llamar me di cuenta de que la puerta estaba abierta. Empujé suavemente y me asomé al interior. El recibidor daba a un largo pasillo de unos tres metros de anchura con paredes revestidas de terciopelo azul recubiertas de cuadros. Cerré la puerta a mi espalda y escruté la penumbra cálida que se entreveía al fondo del corredor. Una música tenue flotaba en el aire, un lamento de piano de aire elegante y melancólico. Granados.

—¿Señor Valera? —llamé—. Martín.

Al no obtener respuesta me aventuré lentamente por el pasillo, siguiendo el rastro de aquella música triste. Avancé entre los cuadros y las hornacinas que albergaban figuras de vírgenes y santos. El pasillo estaba jalonado por arcos sucesivos velados por visillos. Fui atravesando velo tras velo hasta llegar al final del corredor, donde se abría una gran sala en penumbra. El salón era rectangular y tenía las paredes cubiertas de estanterías de libros, del suelo al techo. Al fondo se distinguía una gran puerta entreabierta y más allá la tiniebla parpadeante y anaranjada de una hoguera.

—¿Valera? —llamé de nuevo levantando la voz.

Una silueta se perfiló en el haz de luz que proyectaba el fuego desde la puerta entornada. Dos ojos brillantes me examinaron con recelo. Un perro que me pareció un pastor alemán pero que tenía todo el pelaje blanco se aproximó lentamente. Me quedé quieto, desabotonando lentamente el abrigo y buscando el revólver. El animal se detuvo a mis pies y me miró, dejando escapar un lamento. Le acaricié le cabeza y me lamió los dedos. Después se dio la vuelta y se acercó a la puerta tras la que brillaba el resplandor del fuego. Se detuvo en el umbral y me miró de nuevo. Le seguí.

Al otro lado de la puerta encontré una sala de lectura presidida por un gran hogar. No había más luz que la que desprendían las llamas y una danza de sombras parpadeantes reptaba por las paredes y el techo. En el centro de la sala había una mesa sobre la que reposaba un gramófono del que emanaba aquella música. Frente al fuego, de espaldas a la puerta, había un gran butacón de piel. El perro se acercó al sillón y se volvió de nuevo a mirarme. Me aproximé hasta allí, justo lo suficiente para ver la mano que descansaba sobre el brazo del sillón, sosteniendo un cigarro encendido que desprendía una pluma de humo azul que ascendía limpiamente.

—¿Valera? Soy Martín. La puerta estaba abierta…

El perro se tendió a los pies de la butaca, sin dejar de mirarme fijamente. Me acerqué lentamente y rodeé el sillón. El abogado Valera estaba sentado frente al fuego, con los ojos abiertos y una sonrisa leve en los labios. Vestía un traje de tres piezas y en en la otra mano sostenía un cuaderno de piel sobre el regazo. Me coloqué frente a él y le miré a los ojos. No pestañeaba. Entonces advertí aquella lágrima roja, una lágrima de sangre, que le descendía lentamente por la mejilla. Me arrodillé frente a él y tomé el cuaderno que sostenía. El perro me lanzó una mirada desolada. Le acaricié la cabeza.

—Lo siento —murmuré.

El cuaderno estaba anotado a mano y parecía una suerte de dietario con entradas de párrafos fechados y separados por una línea breve. Valera lo tenía abierto por la mitad. La primera entrada de la página en la que se había quedado indicaba que la anotación correspondía al 23 de noviembre de 1904.

Aviso de caja (356-a/23-11-04), 7.500 pesetas, a cuenta fondo D. M. Envío con Marcel (en persona) a la dirección proporcionada por D. M. Pasaje detrás del cementerio viejo - taller de escultura Sanabre e Hijos.

Releí aquella entrada varias veces, intentando arañarle algo de sentido. Conocía aquel pasaje de mis años en la redacción de *La Voz de la Industria*. Era una miserable callejuela hundida tras los muros del cementerio del Pueblo Nuevo en el que se anudaban talleres de lápidas y esculturas funerarias y que iba a morir a una de las rieras que cruzaban la playa del Bogatell y la ciudadela de chabolas que se extendía hasta el mar, el Somorrostro. Por algún motivo, Marlasca había dejado instrucciones para que se pagase una suma considerable a uno de aquellos talleres.

En la página correspondiente al mismo día aparecía otra anotación relacionada con Marlasca que indicaba el inicio de los pagos a Jaco e Irene Sabino.

Transferencia bancaria desde fondo D. M. a Cuenta Banco Hispano Colonial (oficina calle Fernando) n.° 008965-2564-1. Juan Corbera - María Antonia Sanahuja. 1.ª Mensualidad de 7.000 pesetas. Establecer programa de pagos.

Seguí pasando páginas. La mayoría de las anotaciones eran de gastos y operaciones menores relacionadas con el despacho. Tuve que recorrer varias páginas más repletas de crípticos recordatorios para encontrar otro en el que se mencionase a Marlasca. De nuevo se trataba de un pago en metálico entregado a través del tal Marcel, probablemente uno de los pasantes del despacho.

Aviso de caja (379-a/29-12-04), 15.000 pesetas a cuenta fondo D. M. Entrega con Marcel. Playa del Bogatell, junto paso a nivel. 9 horas. Persona de contacto se identificará.

La Bruja del Somorrostro, pensé. Después de muerto, Diego Marlasca había estado repartiendo importantes cantidades de dinero a través de su socio. Aquello contradecía la sospecha de Salvador de que Jaco hubiera huido con el dinero. Marlasca había ordenado los pagos en persona y había dejado el dinero en un fondo tutelado por el bufete de abogados. Los otros dos pagos insinuaban que poco antes de morir, Marlasca había tenido tratos con un taller de escultura funeraria y con algún turbio personaje del Somorrostro, tratos que se habían traducido en una gran cantidad de dinero cambiando de manos. Cerré el cuaderno más perdido que nunca.

Me disponía a abandonar aquel lugar cuando, al volverme, advertí que una de las paredes del salón de lectura estaba cubierta de retratos nítidamente enmarcados sobre un lienzo de terciopelo granate. Me aproximé y reconocí el rostro adusto e imponente del patriarca Valera, cuyo retrato al óleo dominaba todavía el despacho de su hijo. El abogado aparecía en la mayoría de imágenes en compañía de una serie de prohombres y patricios de la ciudad en lo que parecían diferentes ocasiones sociales y eventos cívicos. Bastaba repasar una docena de aquellos retratos e identificar al elenco de personajes que posaban sonrientes junto al viejo letrado para constatar que el despacho de Valera, Marlasca y Sentís era un órgano vital en el funcionamiento de Barcelona. El hijo de Valera, mucho más joven pero a todas luces reconocible, aparecía también en alguna de las imágenes, siempre en segundo plano, siempre con la mirada enterrada en la sombra del patriarca.

Lo sentí antes de verle. En el retrato aparecían Valera padre e hijo. La imagen estaba tomada a las puertas del

442 de la Diagonal, al pie del despacho. Junto a ellos aparecía un caballero alto y distinguido. Su rostro aparecía también en muchas de las otras fotografías de la colección, siempre mano a mano con Valera. Diego Marlasca. Me concentré en aquella mirada turbia, el semblante afilado y sereno contemplándome desde aquella instantánea tomada veinticinco años atrás. Al igual que el patrón, no había envejecido un solo día. Sonreí amargamente al comprender mi ingenuidad. Aquel rostro no era el que aparecía en la fotografía que me había entregado mi amigo el viejo ex policía.

El hombre que conocía como Ricardo Salvador no era otro que Diego Marlasca.

# 15

La escalera estaba a oscuras cuando abandoné el palacio de la familia Valera. Crucé el vestíbulo a tientas y, al abrir la puerta, las farolas de la calle proyectaron hacia el interior un rectángulo de claridad azul a cuyo término me encontré con la mirada del portero. Me alejé de allí a paso ligero rumbo a la calle Trafalgar, de donde partía el tranvía nocturno que dejaba a las puertas del cementerio del Pueblo Nuevo, el mismo que tantas noches había tomado con mi padre cuando le acompañaba a su turno de vigilante en *La Voz de la Industria*.

El tranvía apenas llevaba pasaje y me senté delante. A medida que nos aproximábamos al Pueblo Nuevo el tranvía se internó en un entramado de calles tenebrosas cubiertas de grandes charcos velados por el vapor. Apenas había alumbrado público y las luces del tranvía iban desvelando los contornos como una antorcha a través de un túnel. Finalmente avisté las puertas del cementerio y el perfil de cruces y esculturas recortado contra el horizonte sin fondo de fábricas y chimeneas que inyectaban de rojo y negro la bóveda del cielo. Un grupo de perros famélicos merodeaba al pie de los dos grandes ángeles que custodiaban el recinto. Por un instante permanecieron inmóviles mirando los faros del tranvía, sus ojos encendidos como los de los chacales, y luego se desperdigaron en las sombras.

Descendí del tranvía todavía en marcha y empecé a rodear los muros del camposanto. El tranvía se alejó como un barco en la niebla y apreté el paso. Podía oír y oler a los perros siguiéndome en la oscuridad. Al ganar la parte trasera del cementerio, me detuve en la esquina del callejón y les lancé una piedra a ciegas. Oí un lamento agudo y pisadas rápidas alejándose en la noche. Enfilé el callejón, apenas un pasaje atrapado entre el muro y la hilera de talleres de esculturas funerarias que se apilaban uno tras otro. El cartel de Sanabre e Hijos se balanceaba a la lumbre de un farol que proyectaba una luz ocre y polvorienta a unos treinta metros de allí. Me acerqué a la puerta, apenas una reja asegurada con cadenas y un candado herrumbroso. Lo destrocé de un tiro.

El viento que soplaba desde el extremo del callejón, impregnado con salitre del mar que rompía apenas a un centenar de metros de allí, se llevó el eco del disparo. Abrí la reja y me adentré en el taller de Sanabre e Hijos. Aparté la cortina de tela oscura que enmascaraba el interior y dejé que la claridad del farol penetrase en la entrada. Más allá se abría una nave profunda y angosta poblada por figuras de mármol congeladas en la tiniebla, sus rostros a medio esculpir. Me adentré unos pasos entre vírgenes y madonas que sostenían infantes en sus brazos, damas blancas con rosas de mármol en la mano elevando su mirada al cielo y bloques de roca en los que empezaban a dibujarse miradas. El polvo de la piedra podía olerse en el aire. No había nadie allí excepto aquellas efigies sin nombre. Iba a darme la vuelta cuando lo vi. La mano asomaba tras el perfil de un retablo de figuras con una tela al fondo del taller. Me acerqué lentamente y su silueta se fue desvelando centímetro a centímetro. Me detuve al frente y contemplé aquel gran ángel de luz, el mismo que el patrón había llevado en su solapa y que había encontrado en el fondo del baúl en el estudio. La figura debía de levantar dos metros y medio y al contemplar su rostro reconocí los rasgos y sobre todo la sonrisa. A sus pies había una lápida. Grabada en la piedra se leía una inscripción.

## David Martín
## 1900-1930

Sonreí. Si algo tenía que reconocerle a mi buen amigo Diego Marlasca era el sentido del humor y el gusto por las sorpresas. Me dije que no debía de extrañarme que, en su celo, se hubiese adelantado a las circunstancias y me hubiera preparado una sentida despedida. Me arrodillé frente a la lápida y acaricié mi nombre. Pasos leves y pausados se escuchaban a mi espalda. Me volví para descubrir un rostro familiar. El niño vestía el mismo traje negro que llevaba cuando me había seguido semanas atrás en el paseo del Born.

—La señora le verá ahora —dijo.

Asentí y me incorporé. El niño me ofreció su mano y la tomé.

—No tenga miedo —dijo guiándome hacia la salida.

—No lo tengo —murmuré.

El niño me condujo hacia el final del callejón. Desde allí podía adivinarse la línea de la playa, que quedaba oculta tras una hilera de almacenes dilapidados y restos de un tren de carga abandonado en una vía muerta cubierta por la maleza. Los vagones estaban carcomidos por la herrumbre y la locomotora había quedado reducida a un esqueleto de calderas y rieles esperando el desguace.

En lo alto, la luna asomó por las grietas de una bóveda de nubes plomizas. Mar adentro se vislumbraban algunos cargueros sepultados entre las olas y, frente a la playa del Bogatell, un osario de viejos cascos de pesqueros y buques de cabotaje escupidos por el temporal y varados en la arena. Al otro lado, como un manto de escoria tendido a espaldas de la fortaleza de tiniebla industrial, se extendía el campamento de barracas del Somorrostro. El oleaje rompía a escasos metros de la primera línea de cabañas de caña y madera. Plumas de humo blanco reptaban entre los tejados de aquella aldea de miseria que crecía entre la ciudad y el mar como un infinito vertedero humano. El hedor a basura quemada flotaba en el aire. Nos adentramos por las calles de aquella ciudad olvidada, pasajes abiertos entre estructuras trabadas con ladrillos robados, barro y maderos que devolvía la marea. El niño me condujo hacia el interior, ajeno a las miradas desconfiadas de las gentes del lugar. Jornaleros sin jornal, gitanos expulsados de otros campamentos similares en las laderas de la montaña de Monjuïc o frente a las fosas comunes del cementerio de Can Tunis, niños y ancianos desahuciados. Todos me observaban con recelo. A nuestro paso, mujeres de edad indefinible calentaban al fuego agua o comida en recipientes de latón frente a las barracas. Nos detuvimos ante una estructura blanquecina a cuyas puertas había una niña con cara de anciana que cojeaba sobre una pierna carcomida por la polio y arrastraba un cubo en el que se agitaba algo grisáceo y viscoso. Anguilas. El niño señaló la puerta.

—Es aquí —dijo.

Eché un último vistazo al cielo. La luna se escondía de nuevo entre las nubes y un velo de oscuridad avanzaba desde el mar.

Entré.

# 16

Tenía el rostro dibujado de recuerdos y una mirada que hubiera podido tener diez o cien años. Estaba sentada junto a un pequeño fuego y contemplaba la danza de las llamas con la misma fascinación con que lo hubiera hecho un niño. Su cabello era de color ceniza y estaba anudado en una trenza. Tenía el talle esbelto y austero, el gesto breve y pausado. Vestía de blanco y llevaba un pañuelo de seda anudado alrededor de la garganta. Me sonrió cálidamente y me ofreció una silla a su lado. Me senté. Permanecimos un par de minutos en silencio, escuchando el chispear de las brasas y el rumor de la marea. En su presencia, el tiempo parecía haberse detenido y el apremio que me había llevado hasta su puerta, extrañamente, se había desvanecido. Lentamente, el aliento del fuego caló y el frío que llevada prendido en los huesos se fundió al abrigo de su compañía. Sólo entonces apartó los ojos del fuego y, tomándome la mano, despegó los labios.

—Mi madre vivió en esta casa durante cuarenta y cinco años —dijo—. Entonces no era ni una casa, apenas una cabaña hecha con cañas y despojos que traía la marea. Incluso cuando se labró una reputación y tuvo la posibilidad de salir de este lugar, se negó a hacerlo. Siempre decía que el día que dejase el Somorrostro moriría. Había nacido aquí, con la gente de la playa, y aquí permaneció hasta el último día. De ella se dijeron muchas cosas. Muchos hablaron de ella y muy pocos la conocieron en realidad. Muchos la temían y la odiaban. Incluso después de muerta. Le cuento todo esto porque me parece justo que sepa usted que no soy la persona que busca. La persona que busca, o cree buscar, la que muchos llamaban la Bruja del Somorrostro, era mi madre.

La miré confundido.

—¿Cuándo…?

—Mi madre murió en 1905 —dijo—. La mataron a unos metros de aquí, en la orilla de la playa, de una cuchillada en el cuello.

—Lo siento. Creía que…

—Mucha gente lo cree. El deseo de creer puede hasta con la muerte.

—¿Quién la mató?

—Usted sabe quién.

Tardé unos segundos en responder.

—Diego Marlasca…

Asintió.

—¿Por qué?

—Para silenciarla. Para ocultar su rastro.

—No lo comprendo. Su madre lo había ayudado… Él mismo le entregó una gran cantidad de dinero a cambio de su ayuda.

—Por eso mismo quiso matarla, para que se llevase su secreto a la tumba.

Me observó con una sonrisa leve, como si mi confusión la divirtiese y le inspirase lástima a un tiempo.

—Mi madre era una mujer ordinaria, señor Martín. Había crecido en la miseria y el único poder que tenía era la voluntad de sobrevivir. Nunca aprendió a leer ni a escribir, pero sabía ver en el interior de las personas. Sentía lo que sentían, lo que ocultaban y lo que anhelaban. Lo leía en su mirada, en sus gestos, en su voz, en el modo en que caminaban o gesticulaban. Sabía lo que iban a decir y hacer antes de que lo hiciesen. Por eso muchos la llamaban hechicera, porque era capaz de ver en ellos lo que ellos mismos se negaban a ver. Se ganaba la vida vendiendo pócimas de amor y encantamientos que preparaba con agua de la riera, hierbas y unos granos de azúcar. Ayudaba a almas perdidas a creer en lo que deseaban creer. Cuando su nombre comenzó a hacerse popular, mucha gente de alcurnia empezó a visitarla y a solicitar sus favores. Los ricos querían serlo aún más. Los poderosos querían más poder. Los mezquinos querían sentirse santos y los santos querían ser castigados por pecados que lamentaban no haber tenido el valor de cometer. Mi madre los escuchaba a todos y aceptaba sus monedas. Con ese dinero nos envió a mí y a mis hermanos a estudiar a los colegios a los que acudían los hijos de sus clientes. Nos compró otro nombre y otra vida lejos de este lugar. Mi madre era una buena persona, señor Martín. No se engañe. Nunca se aprovechó de nadie, ni le hizo creer más que aquello que necesitaba creer. La vida le había enseñado que las personas vivimos tanto de grandes y pequeñas mentiras como del aire. Decía que si fuésemos capaces de ver sin tapujos la realidad del mundo y de nosotros mismos durante un solo día, del amanecer al atardecer, nos quitaríamos la vida o perderíamos la razón.

—Pero…

—Si ha venido usted aquí buscando magia, siento decepcionarle. Mi madre me explicó que no había magia, que no había más mal o bien en el mundo que el que imaginamos, por codicia o por ingenuidad. A veces, incluso por locura.

—No fue eso lo que le contó a Diego Marlasca cuando aceptó su dinero —objeté—. Siete mil pesetas de aquella época debían de comprar unos años de buen nombre y buenos colegios.

—Diego Marlasca necesitaba creer. Mi madre le ayudó a hacerlo. Eso fue todo.

—¿Creer en qué?

—En su propia salvación. Estaba convencido de que se había traicionado a sí mismo y a quienes le querían. Creía que había entregado su vida a un camino de maldad y falsedad. Mi madre pensó que eso no le hacía diferente de la mayoría de los hombres que se detienen en algún momento de su vida a mirarse al espejo. Son las alimañas mezquinas quienes siempre se sienten virtuosas y miran al resto del mundo por encima del hombro. Pero Diego Marlasca era un hombre de conciencia y no estaba satisfecho con lo que veía. Por eso acudió a mi madre. Porque había perdido la esperanza y probablemente la razón.

—¿Dijo Marlasca lo que había hecho?

—Dijo que había entregado su alma a una sombra.

—¿Una sombra?

—Ésas fueron sus palabras. Una sombra que le seguía, que tenía su misma forma, su mismo rostro y su misma voz.

—¿Qué significado tenía eso?

—La culpa y el remordimiento no tienen significado. Son sentimientos, emociones, no ideas.

Se me ocurrió que ni el patrón lo hubiese podido explicar con más claridad.

—¿Y qué podía hacer su madre por él? —pregunté.

—Nada más que consolarle y ayudarle a encontrar algo de paz. Diego Marlasca creía en la magia y por ese motivo mi madre pensó que debía convencerle de que su camino hacia la salvación pasaba a través de ella. Le habló de un viejo encantamiento, una leyenda de pescadores que había oído de niña entre las cabañas de la playa. Cuando un hombre perdía su rumbo en la vida y sentía que la muerte había puesto precio a su alma, la leyenda decía que si encontraba una alma pura que quisiera sacrificarse por él, enmascararía con ella su corazón negro y la muerte, ciega, pasaría de largo.

—¿Una alma pura?

—Libre de pecado.

—¿Y cómo se llevaba a cabo?

—Con dolor, por supuesto.

—¿Qué clase de dolor?

—Un sacrificio de sangre. Una alma a cambio de otra. Muerte a cambio de vida.

Un largo silencio. El rumor del mar en la orilla y del viento entre las chabolas.

—Irene se hubiera arrancado los ojos y el corazón por Marlasca. Él era su única razón para vivir. Lo amaba ciegamente y, como él, creía que su única salvación estaba en la magia. Al principio quiso quitarse la vida y entregarla como sacrificio, pero mi madre la disuadió. Le dijo lo que ella ya sabía, que la suya no era una alma libre de pecado y que su sacrificio sería en vano. Le dijo aquello para salvarla. Para salvarlos a los dos.

—¿De quién?

—De sí mismos.

—Pero cometió un error…

—Incluso mi madre no podía llegar a verlo todo.

—¿Qué fue lo que hizo Marlasca?

—Mi madre nunca quiso decírmelo, no quería que yo o mis hermanos formásemos parte de ello. Nos envió a cada uno lejos y nos separó en diferentes internados para que olvidásemos de dónde veníamos y quiénes éramos. Decía que ahora éramos nosotros quienes estábamos malditos. Murió poco después, sola. No lo supimos hasta mucho tiempo después. Cuando encontraron su cadáver nadie se atrevió a tocarlo y dejaron que se lo llevase el mar. Nadie se atrevía a hablar sobre su muerte. Pero yo sabía quién la había matado y por qué. Y todavía hoy creo que mi madre sabía que iba a morir pronto y a manos de quién. Lo sabía y no hizo nada porque al final ella también creyó. Creyó porque no era capaz de aceptar lo que había hecho. Creyó que entregando su alma salvaría la nuestra, la de este lugar. Por eso no quiso huir de aquí, porque la vieja leyenda decía que el alma que se entregaba debía estar siempre en el lugar en el que se había cometido la traición, una venda en los ojos de la muerte, encarcelada para siempre.

—¿Y dónde está el alma que salvó la de Diego Marlasca?

La mujer sonrió.

—No hay almas ni salvaciones, señor Martín. Son viejos cuentos y habladurías. Lo único que hay son cenizas y recuerdos, pero de haberlos estarán en el lugar donde Marlasca cometió su crimen, el secreto que ha estado ocultando todos estos años para burlar su propio destino.

—La casa de la torre… He vivido casi diez años allí y en esa casa no hay nada.

Sonrió de nuevo y, mirándome fijamente a los ojos, se inclinó hacia mí y me besó en la mejilla. Sus labios estaban helados, como los de un cadáver. Su aliento olía a flores muertas.

—A lo mejor es que no ha sabido usted mirar donde debía —me susurró al oído—. A lo mejor esa alma atrapada es la suya.

Entonces se desanudó el pañuelo que abrigaba su garganta y pude ver que una gran cicatriz le cruzaba el cuello. Esta vez su sonrisa fue maliciosa y sus ojos brillaron con una luz cruel y burlona.

—Pronto saldrá el sol. Márchese mientras pueda —dijo la Bruja del Somorrostro, dándome la espalda y devolviendo la mirada al fuego.

El niño del traje negro apareció en el umbral y me tendió la mano, indicando que mi tiempo se había acabado. Me levanté y le seguí. Al darme la vuelta me sorprendió mi reflejo en un espejo que colgaba de la pared. En él se podía ver la silueta encorvada y envuelta en harapos de una anciana sentada al fuego. Su risa oscura y cruel me acompañó hasta la salida.

# 17

Cuando llegué a la casa de la torre, empezaba a amanecer. La cerradura de la puerta de la calle estaba rota. Empujé la puerta con la mano y entré en el vestíbulo. El mecanismo del cerrojo al dorso de la puerta humeaba y desprendía un olor intenso. Ácido. Subí las escaleras lentamente, convencido de que encontraría a Marlasca esperándome en las sombras del rellano o que si me volvía le encontraría allí, sonriendo, a mi espalda. Al enfilar el último tramo de escalones advertí que el orificio de la cerradura también evidenciaba el rastro del ácido. Introduje la llave en el cerrojo y tuve que forcejear durante casi dos minutos para desbloquear la cerradura, que había quedado mutilada pero que aparentemente no había cedido. Extraje la llave mordida por aquella sustancia y abrí la puerta de un empujón. La dejé abierta a mi espalda y me adentré por el corredor sin quitarme el abrigo. Extraje el revólver del bolsillo y abrí el tambor. Vacié los casquillos que había disparado y los reemplacé por balas nuevas, tal y como había visto hacer a mi padre tantas veces cuando volvía a casa al alba.

—¿Salvador? —llamé.

El eco de mi voz se extendió por la casa. Tensé el percutor del arma. Seguí avanzando por el corredor hasta llegar a la habitación del fondo. La puerta estaba entornada.

—¿Salvador? —pregunté.

Apunté con el arma a la puerta y la abrí de una patada. No había rastro de Marlasca en el interior, apenas la montaña de cajas y objetos viejos apilados contra la pared. Sentí de nuevo aquel olor que parecía filtrarse por los muros. Me aproximé al armario que cubría la pared del fondo y abrí las puertas de par en par. Retiré las ropas viejas que pendían de los percheros. La corriente fría y húmeda que brotaba de aquel orificio en la pared me acarició el rostro. Fuera lo que fuese lo que Marlasca había ocultado en aquella casa, estaba tras aquel muro.

Guardé el arma en el bolsillo del abrigo y me lo quité. Busqué el extremo del armario e introduje el brazo por el resquicio que quedaba entre el armazón y la pared. Conseguí asir la parte de atrás con la mano y tiré con fuerza. El primer tirón me permitió ganar un par de centímetros para asegurar el agarre y tiré de nuevo. El armario cedió casi un palmo. Seguí empujando el extremo hacia afuera hasta que la pared tras el armario quedó a la vista y tuve espacio para colarme. Una vez detrás empujé con el hombro y lo aparté completamente contra la pared contigua. Me detuve a recobrar el aliento y examiné la pared. Estaba pintada de un color ocre diferente al resto de la habitación. Bajo la pintura se adivinaba una suerte de masa arcillosa sin pulir. La golpeé con los nudillos. El eco resultante no daba pie a duda alguna. Aquello no era una pared maestra. Había algo al otro lado. Apoyé la cabeza contra la pared y ausculté. Entonces escuché un ruido. Pasos en el pasillo, acercándose… Me retiré lentamente y alargué la mano hacia el abrigo que había dejado sobre una silla para coger el revólver. Una sombra se extendió frente al umbral de la puerta. Contuve la respiración. La silueta se asomó lentamente al interior de la habitación.

—Inspector… —murmuré.

Víctor Grandes me sonrió fríamente. Imaginé que llevaban horas esperándome ocultos en algún portal de la calle.

—¿Está haciendo reformas, Martín?

—Poniendo orden.

El inspector miró la pila de vestidos y cajones tirados en el suelo y el armario desencajado y se limitó a asentir.

—He pedido a Marcos y a Castelo que esperen abajo. Iba a llamar, pero ha dejado usted la puerta abierta y me he tomado la libertad. Me he dicho: esto es que el amigo Martín me estaba esperando.

—¿Qué puedo hacer por usted, inspector?

—Acompañarme a la comisaría, si es tan amable.

—¿Estoy detenido?

—Me temo que sí. ¿Me lo va a poner fácil o vamos a tener que hacer esto por las malas?

—No —aseguré.

—Se lo agradezco.

—¿Puedo coger mi abrigo? —pregunté.

Grandes me miró a los ojos un instante. Entonces tomó el abrigo y me ayudó a ponérmelo. Sentí el peso del revólver contra la pierna. Me abotoné el abrigo con calma. Antes de salir de la habitación, el inspector lanzó un último vistazo a la pared que había quedado al descubierto. Luego me indicó que saliese al pasillo. Marcos y Castelo habían subido hasta el rellano y esperaban con una sonrisa triunfante. Al llegar al extremo del pasillo me detuve un momento para mirar hacia el interior de la casa, que parecía replegarse en un pozo de sombra. Me pregunté si volvería a verla alguna vez. Castelo sacó unas esposas, pero Grandes hizo un gesto de negación.

—No será necesario, ¿verdad, Martín?

Negué. Grandes entornó la puerta y me empujó suave pero firmemente hacia la escalera.

# 18

Esta vez no hubo golpe de efecto, ni escenografía
tremendista, ni ecos de calabozos húmedos y oscuros. La sala era amplia, luminosa y de techos altos. Me hizo pensar en el aula de un colegio religioso de
postín, crucifijo al frente incluido. Estaba situada en la
primera planta de Jefatura, con amplios ventanales que
permitían vistas a las gentes y tranvías que ya empezaban
su desfile matutino por la Vía Layetana. En el centro de
la sala estaban dispuestas dos sillas y una mesa de metal
que, abandonadas entre tanto espacio desnudo, parecían minúsculas. Grandes me guió hasta la mesa y ordenó a Marcos y a Castelo que nos dejaran a solas. Los dos
policías se tomaron su tiempo para acatar la orden. La rabia que respiraban se podía oler en el aire. Grandes esperó a que hubieran salido y se relajó.

—Creí que me iba a echar a los leones —dije.

—Siéntese.

Obedecí. De no ser por las miradas de Marcos y Castelo al retirarse, la puerta de metal y los barrotes al otro
lado de los cristales, nadie hubiera dicho que mi situación era grave. Me acabaron de convencer el termo con
café caliente y el paquete de cigarrillos que Grandes dejó

sobre la mesa, pero sobre todo su sonrisa serena y afable. Segura. Esta vez el inspector iba en serio.

Se sentó frente a mí y abrió una carpeta, de la que extrajo unas fotografías que procedió a colocar sobre la mesa, una junto a otra. En la primera aparecía el abogado Valera en la butaca de su salón. Junto a él había una imagen del cadáver de la viuda Marlasca, o lo que quedaba de él al poco de sacarlo del fondo de la piscina de su casa en la carretera de Vallvidrera. Una tercera fotografía mostraba a un hombrecillo con la garganta destrozada que se parecía a Damián Roures. La cuarta imagen era de Cristina Sagnier, y me di cuenta de que había sido tomada el día de su boda con Pedro Vidal. Las dos últimas eran retratos posados en estudio de mis antiguos editores, Barrido y Escobillas. Una vez pulcramente alineadas las seis fotografías, Grandes me dedicó una mirada impenetrable y dejó transcurrir un par de minutos de silencio, estudiando mi reacción ante las imágenes, o la ausencia de ella. Luego, con infinita parsimonia, sirvió dos tazas de café y empujó una hacia mí.

—Antes que nada me gustaría darle la oportunidad de que me lo contase usted todo, Martín. A su manera y sin prisas —dijo finalmente.

—No servirá de nada —repliqué—. No cambiará nada.

—¿Prefiere que hagamos un careo con otros posibles implicados? ¿Con su ayudante, por ejemplo? ¿Cómo se llamaba? ¿Isabella?

—Déjela en paz. Ella no sabe nada.

—Convénzame.

Miré hacia la puerta.

—Sólo hay una manera de salir de esta sala, Martín —dijo el inspector mostrándome una llave.

Sentí de nuevo el peso del revólver en el bolsillo del abrigo.

—¿Por dónde quiere que empiece?

—Usted es el narrador. Sólo le pido que me diga la verdad.

—No sé cuál es.

—La verdad es lo que duele.


Por espacio de algo más de dos horas, Víctor Grandes no despegó los labios una sola vez. Escuchó atentamente, asintiendo ocasionalmente y anotando palabras en su cuaderno de vez en cuando. Al principio le miraba, pero pronto me olvidé de que estaba allí y descubrí que me estaba contando la historia a mí mismo. Las palabras me hicieron viajar a un tiempo que creía perdido, a la noche que asesinaron a mi padre a las puertas del diario. Recordé mis días en la redacción de *La Voz de la Industria*, los años en que había sobrevivido escribiendo historias de medianoche y aquella primera carta firmada por Andreas Corelli prometiendo grandes esperanzas. Recordé aquel primer encuentro con el patrón en el depósito de las aguas y aquellos días en que la certeza de una muerte segura era todo el horizonte que tenía por delante. Le hablé de Cristina, de Vidal y de una historia cuyo final habría podido intuir cualquiera excepto yo. Le hablé de aquellos dos libros que había escrito, uno con mi nombre y otro con el de Vidal, de la pérdida de aquellas míseras esperanzas y de aquella tarde en que vi a mi madre abandonar en la basura lo único bueno que creía haber hecho en la vida. No buscaba la lástima ni la comprensión del inspector. Me bastaba con intentar trazar un mapa imaginario de los sucesos que me habían conducido a aquella sala, a aquel instante de vacío absoluto. Volví a aquella casa junto al Park Güell y a la noche en que el patrón me había formulado una oferta que no podía rechazar. Confesé mis primeras sospechas, mis averiguaciones sobre la historia de la casa de la torre, sobre la extraña muerte de Diego Marlasca y la red de engaños en la que me había visto envuelto o que había elegido para satisfacer mi vanidad, mi codicia y mi voluntad de vivir a cualquier precio. Vivir para contar la historia.

No dejé nada fuera. Nada excepto lo más importante, lo que no me atrevía a contarme ni a mí mismo. En mi relato volvía al sanatorio de Villa San Antonio a buscar a Cristina y no encontraba más que un rastro de pisadas que se perdían en la nieve. Tal vez, si lo repetía una y otra vez, incluso yo llegaría a creer que así había sido. Mi historia terminaba aquella misma mañana, volviendo de las barracas del Somorrostro para descubrir que Diego Marlasca había decidido que el retrato que faltaba en aquel desfile que el inspector había dispuesto sobre la mesa era el mío.

Al acabar mi recuento me sumí en un largo silencio. No me había sentido más cansado en toda mi vida. Hubiera deseado irme a dormir y no despertar jamás. Grandes me observaba desde el otro lado de la mesa. Me pareció que estaba confundido, triste, colérico y sobre todo perdido.

—Diga alguna cosa —dije.

Grandes suspiró. Se levantó de la silla que no había abandonado durante toda mi historia y se acercó a la ventana, dándome la espalda. Me vi a mí mismo extrayendo el revólver del abrigo, disparándole en la nunca y saliendo de allí con la llave que había guardado en su bolsillo. En sesenta segundos podía estar en la calle.

—La razón por la que estamos hablando es porque ayer llegó un telegrama del cuartel de la guardia civil de Puigcerdà en el que se dice que Cristina Sagnier ha desaparecido del sanatorio de Villa San Antonio y usted es el principal sospechoso. El jefe médico del centro asegura que usted había manifestado su interés en llevársela y que él le denegó el alta. Le cuento todo esto para que entienda exactamente por qué estamos aquí, en esta sala, con café caliente y cigarrillos, conversando como viejos amigos. Estamos aquí porque la esposa de uno de los hombres más ricos de Barcelona ha desaparecido y usted es el único que sabe dónde está. Estamos aquí porque el padre de su amigo Pedro Vidal, uno de los hombres más poderosos de esta ciudad, se ha interesado en el caso porque al parecer es viejo conocido suyo y ha pedido amablemente a mis superiores que antes de tocarle un pelo obtengamos esa información y dejemos cualquier otra consideración para después. De no ser por eso, y por mi insistencia en tener una oportunidad de intentar aclarar el tema a mi manera, estaría usted ahora mismo en un calabozo del Campo de la Bota y en vez de hablar conmigo estaría hablando directamente con Marcos y Castelo, quienes, para su información, creen que todo lo que no sea empezar por romperle las rodillas con un martillo es perder el tiempo y poner en peligro la vida de la señora de Vidal, opinión que a cada minuto que pasa comparten más mis superiores, que piensan que le estoy dando a usted demasiada cuerda en honor a nuestra amistad.

Grandes se volvió y me miró conteniendo la ira.

—No me ha escuchado usted —dije—. No ha oído nada de lo que le he dicho.

—Le he escuchado perfectamente, Martín. He escuchado cómo, moribundo y desesperado, formalizó usted un acuerdo con un más que misterioso editor parisino del que nadie ha oído hablar ni ha visto jamás para inventarse, en sus propias palabras, una nueva religión a cambio de cien mil francos franceses, sólo para descubrir que en realidad había caído en un siniestro complot en el que estarían implicados un abogado que simuló su propia muerte hace veinticinco años, su amante y una corista venida a menos, para escapar a su destino, que ahora es el suyo. He escuchado cómo ese destino le llevó a caer en la trampa de un caserón maldito que ya había atrapado a su predecesor, Diego Marlasca, donde encontró usted la evidencia de que alguien estaba siguiendo sus pasos y asesinando a todos aquellos que podían desvelar el secreto de un hombre que, a juzgar por sus palabras, estaba casi tan loco como usted. El hombre en la sombra, que habría asumido la identidad de un antiguo policía para ocultar el hecho de que estaba vivo, ha estado cometiendo una serie de crímenes con la ayuda de su amante, incluyendo haber provocado la muerte del señor Sempere por algún extraño motivo que ni usted es capaz de explicar.

Irene Sabino mató a Sempere para robarle un libro. Un libro que creía que contenía mi alma.

Grandes se dio con la palma de la mano en la frente, como si acabase de dar con el quid de la cuestión.

—Claro. Tonto de mí. Eso lo explica todo. Como lo de ese terrible secreto que una hechicera de la playa del Bogatell le ha desvelado. La Bruja del Somorrostro. Me gusta. Muy suyo. A ver si lo he entendido bien. El tal Marlasca mantiene una alma prisionera para enmascarar la suya y eludir así una especie de maldición. Dígame, ¿eso lo ha sacado de *La Ciudad de los Malditos* o se lo acaba de inventar?

—No me he inventado nada.

—Póngase en mi lugar y piense si creería usted algo de lo que ha dicho.

—Supongo que no. Pero le he contado todo lo que sé.

—Por supuesto. Me ha dado datos y pruebas concretas para que compruebe la veracidad de su relato, desde su visita al doctor Trías, su cuenta bancaria en el Banco Hispano Colonial, su propia lápida mortuoria esperándole en un taller del Pueblo Nuevo e incluso un vínculo legal entre el hombre al que usted llama *el patrón* y el gabinete de abogados Valera, entre muchos otros detalles factuales que no desmerecen de su experiencia en la creación de historias policíacas. Lo único que no me ha contado y lo que, con franqueza, por su bien y por el mío, esperaba oír es dónde está Cristina Sagnier.

Comprendí que lo único que podía salvarme en aquel momento era mentir. En el instante en que dijese la verdad sobre Cristina, mis horas estaban contadas.

—No sé dónde está.

—Miente.

—Ya le he dicho que no serviría para nada contarle la verdad —respondí.

—Excepto para hacerme quedar como un necio por querer ayudarle.

—¿Es eso lo que está intentando hacer, inspector? ¿Ayudarme?

—Sí.

—Entonces compruebe todo lo que he dicho. Encuentre a Marlasca y a Irene Sabino.

—Mis superiores me han concedido veinticuatro horas con usted. Si para entonces no les entrego a Cristina Sagnier sana y salva, o al menos viva, me relevarán del caso y se lo pasarán a Marcos y a Castelo, que hace ya tiempo que esperan su oportunidad de hacer méritos y no la van a desaprovechar.

—Entonces no pierda el tiempo.

Grandes resopló pero asintió.

—Espero que sepa lo que está haciendo, Martín.

# 19

Calculé que debían de ser las nueve de la mañana cuando el inspector Víctor Grandes me dejó encerrado en aquella sala sin más compañía que el termo con café frío y su paquete de cigarrillos. Apostó uno de sus hombres a la puerta y le oí ordenarle que bajo ningún concepto permitiese el paso a nadie. A los cinco minutos de su partida oí que alguien golpeaba a la puerta y reconocí el rostro del sargento Marcos recortado en la ventanilla de cristal. No podía oír sus palabras, pero la caligrafía de sus labios no dejaba lugar a dudas:

*Vete preparando, hijo de perra.*

Pasé el resto de la mañana sentado sobre el alféizar de la ventana contemplando a la gente que se creía libre pasar tras los barrotes, fumando y comiendo terrones de azúcar con la misma fruición con que había visto hacerlo al patrón en más de una ocasión. La fatiga, o tal vez sólo fuese el culatazo de la desesperación, me alcanzaron al mediodía y me tendí en el suelo, la cara contra la pared. Me dormí en menos de un minuto. Cuando desperté, la sala estaba en penumbra. Había ya anochecido y la claridad ocre de los faroles de la Vía Layetana dibujaban sombras de coches y tranvías sobre el techo de la sala. Me incorporé, el frío del suelo calado en todos los músculos del cuerpo, y me acerqué a un radiador en la esquina que estaba más helado que mis manos.

En aquel instante oí que la puerta de la sala se abría a mi espalda y me volví para encontrar al inspector observándome desde el umbral. A una señal de Grandes, uno de sus hombres prendió la luz de la sala y cerró la puerta. La luz dura y metálica me golpeó en los ojos cegándome momentáneamente. Cuando los abrí, me encontré con un inspector que tenía casi tan mal aspecto como yo.

—¿Necesita ir al baño?

—No. Aprovechando las circunstancias he decidido mearme encima e ir haciendo prácticas para cuando me envíe usted a la cámara de los horrores de los inquisidores Marcos y Castelo.

—Me alegra que no haya perdido el sentido del humor. Le va a hacer falta. Siéntese.

Retomamos nuestras posiciones de varias horas antes y nos miramos en silencio.

—He estado comprobando los detalles de su historia.

—¿Y?

—¿Por dónde quiere que empiece?

—Usted es el policía.

—Mi primera visita ha sido a la clínica del doctor Trías, en la calle Muntaner. Ha sido breve. El doctor Trías falleció hace doce años y la consulta pertenece desde hace ocho a un dentista llamado Bernat Llofriu, que, huelga decir, nunca ha oído hablar de usted.

—Imposible.

—Espere, que lo mejor viene después. Saliendo de allí me he pasado por las oficinas centrales del Banco Hispano Colonial. Impresionante decoración y un servi-

cio impecable. Me han entrado ganas de abrir una carti-
lla. Allí he podido averiguar que nunca ha tenido usted
cuenta alguna en la entidad, que jamás han oído hablar
de nadie llamado Andreas Corelli y que no hay ningún
cliente que en estos momentos tenga una cuenta en divi-
sas por importe de cien mil francos franceses. ¿Sigo?

Apreté los labios, pero asentí.

—Mi siguiente parada ha sido el despacho del difunto abogado Valera. Allí he podido comprobar que sí tiene usted una cuenta bancaria, pero no con el Hispano
Colonial, sino con el Banco de Sabadell, desde la cual
transfirió fondos a la cuenta de los abogados por importe de dos mil pesetas hace unos seis meses.

—No le entiendo.

—Muy simple. Usted contrató a Valera anónimamen-
te, o eso creía usted, porque los bancos tienen memoria
de poeta y una vez han visto un céntimo volar no se olvi-
dan jamás. Le confieso que para entonces ya le estaba
empezando a coger el gusto al asunto y he decidido hacer una visita al taller de escultura funeraria de Sanabre
e Hijos.

—No me diga que no ha visto el ángel…

—Lo he visto, lo he visto. Impresionante. Como la
carta firmada de su puño y letra fechada hace tres meses
en la que encargó el trabajo y el recibo de pago por adelantado que el bueno de Sanabre guardaba en sus libros.
Un hombre encantador y orgulloso de su trabajo. Me ha
dicho que era su obra maestra, que ha recibido una inspiración divina.

—¿No le ha preguntado por el dinero que le pagó
Marlasca hace veinticinco años?

—Lo he hecho. Guardaba los recibos. A cuenta de las

obras de mejora, mantenimiento y reformas del panteón familiar.

—En la tumba de Marlasca hay alguien enterrado que no es él.

—Eso dice usted. Pero si quiere que profane un sepulcro, entenderá que va a tener que facilitarme argumentos más sólidos. Pero permítame seguir con mi repaso a su historia.

Tragué saliva.

—Aprovechando que estaba allí, me he acercado hasta la playa del Bogatell, donde por un real he encontrado al menos a diez personas dispuestas a desvelar el tremendo secreto de la Bruja del Somorrostro. No se lo he dicho esta mañana cuando me contaba su relato por no arruinar el drama, pero de hecho la mujerona que se hacía llamar así murió hace ya años. La anciana que he visto esta mañana no asusta ni a los niños y está postrada en una silla. Un detalle que le encantará: es muda.

—Inspector…

—Aún no he terminado. No me podrá decir que no me tomo mi trabajo en serio. Tanto como para ir de allí al caserón que me ha descrito usted junto al Park Güell, que lleva abandonado por lo menos diez años y en el que lamento decirle que no había ni fotografías ni estampas ni nada más que mierda de gato. ¿Qué le parece?

No respondí.

—Dígame, Martín. Póngase en mi lugar. ¿Qué hubiera hecho usted si se encontrase en esa conyuntura?

—Abandonar, supongo.

—Exacto. Pero yo no soy usted y, como un idiota, después de tan provechoso periplo he decidido seguir su consejo y buscar a la temible Irene Sabino.

—¿La ha encontrado?

—Un poco de crédito para las fuerzas del orden, Martín. Por supuesto que la hemos encontrado. Muerta de asco en una mísera pensión del Raval donde vive desde hace años.

—¿Ha hablado con ella?

Grandes asintió.

—Largo y tendido.

—¿Y?

—No tiene la más remota idea de quién es usted.

—¿Eso es lo que le ha dicho?

—Entre otras cosas.

—¿Qué cosas?

—Me ha contado que conoció a Diego Marlasca en una sesión organizada por Roures en un piso de la calle Elisabets donde se reunía la asociación espiritista El Porvenir en el año 1903. Me ha contado que se encontró con un hombre que se refugió en sus brazos destrozado por la pérdida de su hijo y atrapado en un matrimonio que ya no tenía sentido. Me ha contado que Marlasca era un hombre bondadoso pero perturbado, que creía que algo se había metido en su interior y que estaba convencido de que iba a morir pronto. Me ha contado que antes de morir dejó un fondo de dinero para que ella y el hombre al que había dejado para irse con Marlasca, Juan Corbera, alias Jaco, pudiese recibir algo en su ausencia. Me ha contado que Marlasca se quitó la vida porque no podía soportar el dolor que le consumía. Me ha contado que ella y Juan Corbera vivieron de aquella caridad de Marlasca hasta que el fondo se agotó, y que el hombre que usted llama Jaco la abandonó poco después y que supo que había muerto solo y alcoholizado mientras trabajaba como vigilante nocturno en la factoría de Casaramona. Me ha contado que sí, que llevó a Marlasca a ver a aquella mujer que llamaban la Bruja del Somorrostro porque creía que ella le consolaría y le haría creer que iba a reencontrarse con su hijo en el más allá… ¿Quiere que siga?

Me abrí la camisa y le mostré los cortes que Irene Sabino me había grabado en el pecho la noche que ella y Marlasca me atacaron en el cementerio de San Gervasio.

—Una estrella de seis puntas. No me haga reír, Martín. Esos cortes se los pudo hacer usted. No significan nada. Irene Sabino no es más que una pobre mujer que se gana la vida trabajando en una lavandería de la calle Cadena, no una hechicera.

—¿Y qué hay de Ricardo Salvador?

—Ricardo Salvador fue expulsado del cuerpo en 1906, después de pasar dos años removiendo el caso de la muerte de Diego Marlasca mientras mantenía una relación ilícita con la viuda del difunto. Lo último que se supo de él es que había decidido embarcarse y marcharse a las Américas para iniciar una nueva vida.

No pude evitar echarme a reír ante la enormidad de aquel engaño.

—¿No se da usted cuenta, inspector? ¿No se da cuenta de que está cayendo exactamente en la misma trampa que me tendió Marlasca?

Grandes me contemplaba con lástima.

—El que no se da cuenta de lo que está pasando es usted, Martín. El reloj corre y usted, en vez de decirme qué ha hecho con Cristina Sagnier, se empecina en intentar convencerme de una historia que parece salida de *La Ciudad de los Malditos*. Aquí sólo hay un trampa: la que usted se ha tendido a sí mismo. Y cada minuto que pasa sin decirme la verdad me hace más difícil poder sacarle de ella.

Grandes me pasó la mano frente a los ojos un par de veces, como si quisiera asegurarse de que aún conservaba el sentido de la vista.

—¿No? ¿Nada? Como guste. Permítame que acabe de contarle lo que ha dado de sí el día. Después de mi visita a Irene Sabino, la verdad es que ya estaba cansado y he vuelto un rato a Jefatura, donde aún he encontrado el tiempo y las ganas de llamar al cuartel de la guardia civil de Puigcerdà. Allí me han confirmado que se le vio salir de las habitaciones donde estaba internada Cristina Sagnier la noche que ella desapareció, que nunca regresó a su hotel a recoger el equipaje y que el jefe médico del sanatorio les contó que había cortado usted las correas de cuero que sujetaban a la paciente. He llamado entonces a un viejo amigo suyo, Pedro Vidal, que ha tenido la amabilidad de acercarse hasta Jefatura. El pobre hombre está destrozado. Me ha contado que la última vez que se vieron usted le golpeó. ¿Es eso cierto?

Asentí.

—Sepa que no se lo tiene en cuenta. De hecho casi ha intentado persuadirme para que le dejase ir. Dice que todo debe de tener una explicación. Que ha tenido usted una vida difícil. Que perdió a su padre por su culpa. Que él se siente responsable. Que lo único que quiere es recuperar a su esposa y que no tiene intención alguna de tomar represalias contra usted.

—¿Le ha contado usted todo esto a Vidal?

—No he tenido más remedio.

Escondí la cara entre las manos.

—¿Qué ha dicho? —pregunté.

Grandes se encogió de hombros.

—Él cree que ha perdido usted la razón. Que tiene que ser usted inocente y que no quiere que le pase nada, lo sea o no. Su familia ya es otra cuestión. Me consta que el señor padre de su amigo Vidal, de quien como le dije no es usted exactamente santo de su devoción, ha ofrecido secretamente una bonificación a Marcos y a Castelo si le arrancan una confesión en menos de doce horas. Ellos le han asegurado que con una mañana va a recitar usted hasta los versos del *Canigó*.

—¿Y usted qué cree?

—¿La verdad? La verdad es que me gustaría creer que Pedro Vidal está en lo cierto, que ha perdido usted la razón.

No le dije que, en aquel mismo momento, yo también empezaba a creerlo. Miré a Grandes y advertí que había algo en su expresión que no cuadraba.

—Hay algo que no me ha contado —apunté.

—Yo diría que le he contado más que suficiente —replicó.

—¿Qué es lo que no me ha dicho?

Grandes me observó atentamente y luego dejó escapar una risa soterrada.

—Esta mañana, cuando me ha contado usted que la noche en que murió el señor Sempere alguien acudió a la librería y se los oyó discutir, sospechaba que esa persona quería adquirir un libro, un libro suyo, y que al negarse Sempere a vendérselo hubo una pelea y el librero sufrió un ataque al corazón. Según usted era una pieza casi única, de la que apenas hay ejemplares. ¿Cómo se llamaba el libro?

—*Los Pasos del Cielo.*

—Exacto. Ése es el libro que, según usted sospechaba, fue robado la noche que murió Sempere.

Asentí. El inspector tomó un cigarrillo y lo encendió. Saboreó un par de caladas y lo apagó.

—Éste es mi dilema, Martín. Por un lado creo que me ha colocado usted un montón de patrañas que bien se ha inventado tomándome por imbécil o, lo que no sé si es peor, ha empezado usted mismo a creerse de tanto repetirlas. Todo apunta a usted y lo más fácil para mí es lavarme las manos y dejarle en manos de Marcos y Castelo.

—Pero…

—… pero, y es un pero minúsculo, insignificante, un pero que mis colegas no tendrían problema alguno en dejar de lado, pero que a mí me molesta como si fuera una mota de polvo en el ojo y me hace dudar de si, tal vez, y esto que voy a decir contradice todo lo que he aprendido en veinte años en este oficio, lo que me ha contado usted no sea la verdad pero tampoco sea falso.

—Sólo puedo decirle que le he contado lo que recuerdo, inspector. Me podrá creer o no. Lo cierto es que ni yo mismo me creo a veces. Pero es lo que recuerdo.

Grandes se incorporó y empezó a dar vueltas alrededor de la mesa.

—Esta tarde, cuando hablaba con María Antonia Sanahuja, o Irene Sabino, en la habitación de su pensión, le he preguntado si sabía quién era usted. Ha dicho que no. Le he explicado que vivía usted en la casa de la torre donde ella y Marlasca habían pasado varios meses. Le he preguntado de nuevo si le recordaba a usted. Me ha dicho que no. Algo después le he dicho que usted había visitado el panteón de la familia Marlasca y que había asegurado verla allí. Por tercera vez esa mujer ha negado haberle visto jamás. Y yo la he creído. La he creído hasta que, cuando me iba, ella ha dicho que tenía algo de frío y ha abierto el armario para coger un mantón de lana que echarse a los hombros. He visto entonces que había un libro encima de una mesa. Me ha llamado la atención porque era el único libro que había en la habitación. Aprovechando que me había dado la espalda, lo he abierto y he leído una inscripción escrita a mano en la primera página.

—«*Para el Señor Sempere, el mejor amigo que podría desear un libro, por abrirme las puertas del mundo y enseñarme a cruzarlas*» —cité de memoria.

—«Firmado, David Martín» —completó Grandes.

El inspector se detuvo frente a la ventana, dándome la espalda.

—En media hora vendrán a por usted y me relevarán del caso —dijo—. Pasará usted a la custodia del sargento Marcos. Y yo ya no podré hacer nada. ¿Tiene algo más que decirme que me permita salvarle el cuello?

—No.

—Entonces coja ese ridículo revólver que lleva escondido en su abrigo desde hace horas y, con cuidado de no dispararse en el pie, amenáceme con volarme la cabeza si no le entrego la llave que abre esa puerta.

Miré hacia la puerta.

—A cambio sólo le pido que me diga dónde está Cristina Sagnier, si es que sigue viva.

Bajé la mirada incapaz de encontrar mi propia voz.

—¿La mató usted?

Dejé pasar un largo silencio.

—No lo sé.

Grandes se acercó a mí y me tendió la llave de la puerta.

—Lárguese de aquí, Martín.

Dudé un instante antes de aceptarla.

—No use la escalera principal. Saliendo por el pasillo, al final, a mano izquierda, hay una puerta azul que sólo se abre de este lado y que da a la escalera de incendios. La salida da al callejón de atrás.

—¿Cómo puedo agradecérselo?

—Puede empezar por no perder el tiempo. Tiene unos treinta minutos antes de que todo el departamento empiece a pisarle los talones. No los malgaste —dijo el inspector.

Tomé la llave y me dirigí hacia la puerta. Antes de salir me volví un instante. Grandes se había sentado sobre la mesa y me observaba sin expresión alguna.

—Ese broche del ángel —dijo, señalándose la solapa.

—¿Sí?

—Se lo he visto a usted en la solapa desde que le conozco —dijo.

# 20

Las calles del Raval eran túneles de sombra puntea-
dos de faroles parpadeantes que apenas conseguían arañar la negrura. Me llevó algo más de los
treinta minutos que me había concedido el inspector
Grandes descubrir que había dos lavanderías en la calle
Cadena. La primera, apenas una cueva al fondo de unas
escaleras relucientes por el vapor, sólo empleaba niños
con las manos violáceas de tinte y los ojos amarillentos.
La segunda, un emporio de mugre y peste a lejía del que
costaba creer que pudiera salir nada limpio, estaba al
mando de una mujerona que a la vista de unas monedas
no perdió tiempo en admitir que María Antonia Sanahuja trabajaba allí seis tardes a la semana.

—¿Qué ha hecho ahora? —preguntó la matrona.

—Ha heredado. Dígame dónde puedo encontrarla y
a lo mejor le cae algo.

La matrona rió, pero los ojos le brillaron de codicia.

—Que yo sepa vive en la pensión Santa Lucía, en la
calle Marqués de Barberá. ¿Cuánto ha heredado?

Dejé caer unas monedas sobre el mostrador y salí de
aquel pozo inmundo sin molestarme en responder.

La pensión donde vivía Irene Sabino languidecía en un sombrío edificio que parecía tejido con huesos desenterrados y lápidas robadas. Las placas de los buzones en la portería estaban cubiertas de óxido. En los dos primeros pisos no figuraba nombre alguno. El tercer piso albergaba un taller de costura y confección con el rimbombante nombre de La Textil Mediterránea. El cuarto y último lo ocupaba la pensión Santa Lucía. Una escalera por la que apenas cabía una persona ascendía en penumbra, el aliento de las alcantarillas filtrándose por los muros y comiéndose la pintura de las paredes como ácido. Subí cuatro pisos hasta ganar un rellano inclinado que daba a una sola puerta. Llamé con el puño y al rato me abrió un hombre alto y delgado como una pesadilla de El Greco.

—Busco a María Antonia Sanahuja —dije.

—¿Es usted el médico? —preguntó.

Le empujé a un lado y entré. El piso no era más que un amasijo de habitaciones angostas y oscuras arracimadas a ambos lados de un pasillo que moría en un ventanal frente a un tragaluz. La fetidez que ascendía de las tuberías impregnaba la atmósfera. El hombre que me había abierto la puerta se había quedado en el umbral, mirándome desconcertado. Asumí que se trataba de un huésped.

—¿Cuál es su habitación? —pregunté.

Me miró en silencio, impenetrable. Extraje el revólver y se lo mostré. El hombre, sin perder la serenidad, señaló la última puerta del corredor junto al respiradero del tragaluz. Me dirigí allí y cuando descubrí que la puerta estaba cerrada empecé a forcejear con la cerradura. El resto de huéspedes se había asomado al corredor, un coro de almas olvidadas que no parecían haber rozado la luz del sol en años. Recordé mis días de miseria en la pensión de doña Carmen y se me ocurrió que mi antiguo domicilio parecía el nuevo hotel Ritz comparado con aquel miserable purgatorio, uno de tantos en la colmena del Raval.

—Vuelvan a sus habitaciones —dije.

Nadie dio muestras de haberme oído. Alcé la mano mostrando el arma. Acto seguido todos se metieron en sus cuartos como roedores asustados, a excepción del caballero de la triste y espigada figura. Concentré de nuevo mi atención en la puerta.

—Ha cerrado por dentro —explicó el huésped—. Lleva ahí toda la tarde.

Un olor que me hizo pensar en almendras amargas se filtraba bajo la puerta. Golpeé con el puño varias veces sin obtener respuesta.

—La casera tiene llave maestra —ofreció el huésped—. Si quiere esperar… no creo que tarde en volver.

Por toda respuesta me hice a un lado del corredor y me lancé con todas mis fuerzas contra la puerta. La cerradura cedió a la segunda embestida. Tan pronto me encontré en la habitación, me asaltó aquel hedor agrio y nauseabundo.

—Dios mío —murmuró el huésped a mi espalda.

La antigua estrella del Paralelo yacía sobre un camastro, pálida y cubierta de sudor. Tenía los labios negros y, al verme, sonrió. Sus manos aferraban con fuerza el frasco de veneno. Había apurado hasta la última gota. El tufo de su aliento, a sangre y a bilis, llenaba la habitación. El huésped se tapó la nariz y la boca con la mano y se retiró hasta el pasillo. Contemplé a Irene Sabino retorciéndose mientras el veneno la corroía por dentro. La muerte se estaba tomando su tiempo.

—¿Dónde está Marlasca?

Me miró a través de lágrimas de agonía.

—Ya no me necesitaba —dijo—. No me ha querido nunca.

Tenía la voz áspera y rota. La asaltó una tos seca que arrancó de su pecho un sonido desgarrado, y un segundo después un líquido oscuro afloró entre sus dientes. Irene Sabino me observaba aferrándose a su último aliento de vida. Me cogió la mano y apretó con fuerza.

—Está usted maldito, como él.

—¿Qué puedo hacer?

Negó lentamente. Un nuevo brote de tos le sacudió el pecho. Los capilares de sus ojos se rompían y una red de líneas sangrantes avanzaba hacia sus pupilas.

—¿Dónde está Ricardo Salvador? ¿Está en la tumba de Marlasca, en el panteón?

Irene Sabino negó. Una palabra muda se formó en sus labios: *Jaco*.

—¿Dónde está Salvador, entonces?

—Él sabe dónde está usted. Le ve. Él vendrá por usted.

Me pareció que empezaba a delirar. La presión de su mano fue perdiendo fuerza.

—Yo le quería —dijo—. Era un buen hombre. Un buen hombre. Él le cambió. Era un buen hombre…

Un sonido a carne desgarrada emergió de sus labios y su cuerpo se tensó en un espasmo muscular. Irene Sabino murió con sus ojos clavados en los míos, llevándose para siempre el secreto de Diego Marlasca. Ahora sólo quedaba yo.

Cubrí su rostro con una sábana y suspiré. En el umbral de la puerta, el huésped se santiguó. Miré a mi alrededor, intentando encontrar algo que pudiera ayudarme, algún indicio de cuál debía ser mi próximo paso. Irene Sabino había pasado sus últimos días en una celda de unos cuatro metros de profundidad y dos de ancho. No había ventanas. El camastro de metal en que yacía su cadáver, un armario al otro lado y una mesita contra la pared eran todo el mobiliario. Una maleta asomaba bajo el catre, junto a un orinal y una sombrerera. Sobre la mesa había un plato con migajas de pan, un jarro con agua y una pila de lo que parecían postales pero resultaron ser estampas de santos y recordatorios de funerales y entierros. Envuelto en un paño blanco había lo que parecía un libro. Lo desenvolví y encontré el ejemplar de *Los Pasos del Cielo* que le había dedicado al señor Sempere. La compasión que me había despertado la agonía de aquella mujer se evaporó al instante. Aquella infeliz había matado a mi buen amigo para arrebatarle aquel cochino libro. Recordé entonces lo que Sempere me había dicho la primera vez que entré en su librería: que cada libro tenía una alma, el alma de quien lo había escrito y el alma de quienes lo habían leído y soñado con él. Sempere había muerto creyendo en aquellas palabras y comprendí que Irene Sabino, a su manera, también las había creído.

Pasé las páginas releyendo la dedicatoria. Encontré la primera marca en la séptima página. Un trazo marronáceo emborronaba las palabras, dibujando una estrella de seis puntas idéntica a la que ella había grabado en mi pecho con el filo de una navaja semanas antes. Comprendí que el trazo estaba hecho con sangre. Fui volviendo las páginas y encontrando nuevos dibujos. Unos labios. Una

617

mano. Ojos. Sempere había sacrificado su vida por un miserable y ridículo hechizo de barraca de feria.

Guardé el libro en el bolsillo interior del abrigo y me arrodillé junto al lecho. Extraje la maleta y vacié el contenido en el suelo. No había más que ropas y zapatos viejos. Abrí la sombrerera y encontré un estuche de piel en cuyo interior estaba la navaja de afeitar con que Irene Sabino me había hecho las marcas que llevaba en el pecho. De repente advertí una sombra extendiéndose sobre el suelo y me volví bruscamente, apuntando con el revólver. El huésped del talle espigado me miró con cierta sorpresa.

—Me parece que tiene usted compañía —dijo escuetamente.

Salí al pasillo y me dirigí hacia la entrada. Me asomé a la escalera y oí los pesados pasos ascendiendo por la escalera. Un rostro se perfiló en el hueco, mirando hacia arriba, y me encontré con los ojos del sargento Marcos dos pisos más abajo. Se retiró y los pasos se aceleraron. No venía solo. Cerré y me apoyé contra la puerta, intentando pensar. Mi cómplice me observaba, calmado pero expectante.

—¿Hay alguna salida que no sea ésta? —pregunté.

Negó.

—¿Salida a la azotea?

Señaló la puerta que acababa de cerrar. Tres segundos más tarde sentí el impacto de los cuerpos de Marcos y Castelo intentando derribarla. Me aparté de ella, retrocediendo por el corredor con el arma apuntando hacia la puerta.

—Yo si acaso me voy a mi habitación —apuntó el inquilino—. Ha sido un placer.

—Igualmente.

Fijé los ojos en la puerta, que se sacudía con fuerza. La madera envejecida en torno a los goznes y la cerradura empezó a agrietarse. Me dirigí al fondo del corredor y abrí la ventana que daba al tragaluz. Un túnel vertical de aproximadamente metro por metro y medio se hundía en la sombras. El borde de la azotea se entreveía unos tres metros por encima de la ventana. Al otro lado del tragaluz había un desagüe sujeto al muro con argollas podridas de óxido. La humedad supurante salpicaba su superficie de lágrimas negras. El sonido de los golpes seguía atronando a mi espalda. Me volví y comprobé que la puerta estaba ya prácticamente desencajada. Calculé que me quedaban apenas unos segundos. Sin más alternativa me subí al marco de la ventana y salté.

Conseguí aferrar la tubería con las manos y apoyar un pie en una de las argollas que la sujetaban. Alcé la mano para asir el tramo superior del bajante, pero tan pronto como tiré con fuerza sentí que la tubería se deshacía en mis manos y un metro entero se desplomaba por el hueco del tragaluz. Estuve a punto de caer con él, pero me aferré a la pieza de metal clavada en el muro que sostenía la argolla. La tubería por la que había confiado poder trepar a la azotea quedaba ahora completamente fuera de mi alcance. No había más que dos salidas: volver al pasillo por el que en un par de segundos conseguirían entrar Marcos y Castelo o descender por aquella garganta negra. Oí la puerta golpear con fuerza contra la pared interior del piso y me dejé caer lentamente, sujetándome a la tubería de desagüe como pude y arrancándome buena parte de la piel de la mano izquierda en el empeño. Había conseguido descender un metro y medio cuando vi las siluetas de los dos policías recortarse en el haz de luz que proyectaba el ventanal sobre la oscuridad del tragaluz. El rostro de Marcos fue el primero en asomarse. Sonrió y me pregunté si iba a dispararme allí mismo, sin más contemplaciones. Castelo apareció a su lado.

—Quédate aquí. Yo voy al piso de abajo —ordenó Marcos.

Castelo asintió sin quitarme ojo de encima. Me querían vivo, al menos durante unas horas. Oí los pasos de Marcos alejarse corriendo. En unos segundos le vería asomar por la ventana que quedaba apenas a un metro por debajo de mí. Miré hacia abajo y vi que las ventanas del segundo y el primer piso dibujaban sendos tramos de luz, pero la del tercero estaba a oscuras. Descendí lentamente hasta sentir que mi pie se apoyaba en la siguiente argolla. La ventana oscura del tercer piso quedó frente a mí, el pasillo vacío con la puerta a la que Marcos llamaba al fondo. A aquellas horas el taller de confección ya había cerrado y no había nadie allí. Los golpes en la puerta cesaron y comprendí que Marcos había bajado al segundo piso. Miré hacia arriba y vi que Castelo seguía observándome, relamiéndose como un gato.

—No te caigas, que cuando te pillemos nos vamos a divertir —dijo.

Oí voces en el segundo piso y supe que Marcos había conseguido que le abriesen. Sin pensarlo dos veces, me lancé con toda la fuerza que pude reunir contra la ventana del tercero. Atravesé la ventana, cubriéndome la cara y el cuello con los brazos del abrigo, y aterricé en un charco de cristales rotos. Me incorporé trabajosamente y en la penumbra vi que una mancha oscura se esparcía por mi brazo izquierdo. Una astilla de cristal, afilada como una daga, asomaba por encima del codo. La sujeté con la mano y tiré de ella. El frío dio paso a una llamarada de dolor que me hizo caer de rodillas al suelo. Desde allí pude ver que Castelo había empezado a descender por la tubería y me observaba desde el punto del que yo había saltado. Antes de que pudiese sacar el arma, saltó hacia la ventana. Vi sus manos aferrarse al marco y, en un acto reflejo, golpeé el marco de la ventana quebrada con todas mis fuerzas, dejando caer todo el peso de mi cuerpo. Oí los huesos de sus dedos quebrarse con un chasquido seco y Castelo aulló de dolor. Extraje el revólver y le apunté a la cara, pero él ya había empezado a sentir que las manos se desprendían del marco. Un segundo de terror en sus ojos y cayó por el tragaluz, su cuerpo golpeando las paredes y dejando un rastro de sangre en las manchas de luz que destilaban las ventanas de los pisos inferiores.

Me arrastré por el pasillo en dirección a la puerta. La herida del brazo me latía con fuerza y advertí que tenía también varios cortes en las piernas. Seguí avanzando. A ambos lados se abrían habitaciones en penumbra repletas de máquinas de coser, bobinas de hilo y mesas con grandes rollos de tela. Llegué a la puerta y posé la mano en la manilla de la cerradura. Una décima de segundo después la sentí girar bajo mis dedos. La solté. Marcos estaba al otro lado, intentando forzar la puerta. Me retiré unos pasos. Un enorme estruendo sacudió la puerta y parte del cerrojo salió proyectado en una nube de chispas y humo azul. Marcos iba a volar el cierre a tiros. Me refugié en la primera de las habitaciones, repleta de siluetas inmóviles a las que faltaban brazos o piernas. Eran maniquíes de escaparate, apilados unos contra otros. Me deslicé entre los torsos que relucían en la penumbra. Escuché un segundo disparo. La puerta se abrió de golpe.

La luz del rellano, amarillenta y atrapada en el halo de pólvora, penetró en el piso. El cuerpo de Marcos dibujó un perfil de aristas en el haz de claridad. Sus pesados pasos se aproximaron por el corredor. Le oí entornar la puerta. Me pegué contra la pared, oculto tras los maniquíes, el revólver en mis manos temblorosas.

—Martín, salga —dijo Marcos con calma, avanzando lentamente—. No voy a hacerle daño. Tengo órdenes de Grandes de llevarle a la comisaría. Hemos encontrado a ese hombre, Marlasca. Lo ha confesado todo. Está usted limpio. No vaya a hacer ahora una tontería. Salga y hablemos de esto en Jefatura.

Le vi cruzar frente al umbral de la habitación y pasar de largo.

—Martín, escúcheme. Grandes está en camino. Podemos aclarar todo esto sin necesidad de complicar más las cosas.

Armé el percutor del revólver. Los pasos de Marcos se detuvieron. Un roce sobre las baldosas. Estaba al otro lado de la pared. Sabía perfectamente que estaba dentro de aquella habitación, sin más salida que cruzar frente a él. Lentamente vi su silueta amoldarse a las sombras de la entrada. Su perfil se fundió en la penumbra líquida, el brillo de sus ojos el único rastro de su presencia. Estaba apenas a cuatro metros de mí. Empecé a deslizarme contra la pared hasta llegar al suelo, doblando las rodillas. Las piernas de Marcos se aproximaban tras las de los maniquíes.

—Sé que está aquí, Martín. Déjese de chiquilladas.

Se detuvo, inmóvil. Le vi arrodillarse y palpar con los dedos el rastro de sangre que había dejado. Se llevó un dedo a los labios. Imaginé que sonreía.

—Está sangrando mucho, Martín. Necesita un médico. Salga y le acompañaré a un dispensario.

Guardé silencio. Marcos se detuvo frente a una mesa y tomó un objeto brillante que reposaba entre jirones de tela. Eran unas grandes tijeras de telar.

—Usted mismo, Martín.

Escuché el sonido que producía el filo de las tijeras al abrirse y cerrarse en sus manos. Una punzada de dolor me atenazó el brazo y me mordí los labios para no gemir. Marcos volvió el rostro hacia donde yo me encontraba.

—Hablando de sangre, le gustará saber que tenemos a su putita, la tal Isabella, y que antes de empezar con usted nos vamos a tomar nuestro tiempo con ella…

Alcé el arma y le apunté a la cara. El brillo del metal me delató. Marcos saltó hacia mí, derribando las figuras y esquivando el disparo. Sentí su peso sobre mi cuerpo y su aliento en la cara. Las cuchillas de las tijeras se cerraron con fuerza a un centímetro de mi ojo izquierdo. Estrellé la frente contra su rostro con toda la fuerza que pude reunir y cayó a un lado. Levanté el arma y le apunté a la cara. Marcos, el labio partido en dos, se incorporó y me clavó los ojos.

—No tienes agallas —murmuró.

Posó su mano sobre el cañón y me sonrió. Apreté el gatillo. La bala le voló la mano, proyectando el brazo hacia atrás como si hubiera recibido un martillazo. Marcos cayó de espaldas contra el suelo, sujetándose la muñeca mutilada y humeante, mientras su rostro salpicado de quemaduras de pólvora se fundía en un rictus de dolor que aullaba sin voz. Me levanté y le dejé allí, desangrándose sobre un charco de su propia orina.

# 21

A duras penas conseguí arrastrarme a través de los callejones del Raval hasta el Paralelo, donde una hilera de taxis se había formado a las puertas del teatro Apolo. Me colé en el primero que pude. Al oír la puerta, el conductor se volvió y al verme hizo una mueca disuasoria. Me dejé caer en el asiento trasero ignorando sus protestas.

—Oiga, ¿no se me irá a morir ahí detrás?

—Cuanto antes me lleve a donde quiero ir, antes se librará de mí.

El conductor maldijo por lo bajo y puso el motor en marcha.

—¿Y adónde quiere ir?

No lo sé, pensé.

—Vaya tirando y ya se lo diré.

—¿Tirando adónde?

—Pedralbes.

Veinte minutos más tarde avisté las luces de Villa Helius en la colina. Se las señalé al conductor, que no veía el momento de desembarazarse de mí. Me dejó a las puertas del caserón y casi se olvidó de cobrarme la carrera. Me arrastré hasta el portón y llamé al timbre. Me dejé caer sobre los escalones y apoyé la cabeza contra la pared. Oí pasos que se aproximaban y en algún momento me pareció que la puerta se abría y una voz pronunciaba mi nombre. Sentí una mano en la frente y me pareció reconocer los ojos de Vidal.

—Perdone, don Pedro —supliqué—. No tenía dónde ir…

Le oí levantar la voz y al rato sentí que varias manos me asían de piernas y brazos y me aupaban. Cuando volví a abrir los ojos estaba en el dormitorio de don Pedro, tendido en el mismo lecho que había compartido con Cristina durante los dos meses escasos que había durado su matrimonio. Suspiré. Vidal me observaba al pie de la cama.

—No hables ahora —dijo—. El médico está en camino.

—No los crea, don Pedro —gemí—. No los crea.

Vidal asintió apretando los labios.

—Claro que no.

Don Pedro tomó una manta y me cubrió con ella.

—Bajaré a esperar al doctor —dijo—. Descansa.

Al rato escuché pasos y voces adentrándose en el dormitorio. Sentí que me quitaban la ropa y atiné a ver las docenas de cortes que cubrían mi cuerpo como hiedra sanguinolenta. Sentí las pinzas hurgando en las heridas, extrayendo agujas de cristal que arrastraban jirones de piel y carne a su paso. Sentí el calor de los desinfectantes y las punzadas de la aguja con la que el doctor cosía las heridas. Ya no había dolor, apenas fatiga. Una vez vendado, cosido y remendado como si fuera un títere roto, el doctor y Vidal me taparon y apoyaron mi cabeza en la almohada más dulce y mullida que había conocido en la vida. Abrí los ojos y encontré el rostro del médico, un caballero de porte aristocrático y sonrisa tranquilizadora. Sostenía una jeringuilla en las manos.

—Ha tenido usted suerte, joven —dijo al tiempo que me hundía la aguja en el brazo.

—¿Qué es eso? —murmuré.

El rostro de Vidal asomó junto al del doctor.

—Te ayudará a descansar.

Una nube de frío se esparció por mi brazo y cubrió mi pecho. Caí por un pozo de terciopelo negro mientras Vidal y el doctor me observaban desde lo alto. El mundo se fue cerrando hasta quedar reducido a una gota de luz que se evaporó en mis manos. Me sumergí en aquella paz cálida, química e infinita, de la que nunca hubiera deseado escapar.


Recuerdo un mundo de aguas negras bajo el hielo. La luz de la luna rozaba la bóveda helada en lo alto y se descomponía en mil haces polvorientos que se mecían en la corriente que me arrastraba. El manto blanco que la envolvía ondulaba lentamente, la silueta de su cuerpo visible al trasluz. Cristina alargaba la mano hacia mí y yo luchaba contra aquella corriente fría y espesa. Cuando apenas mediaban unos milímetros entre mi mano y la suya, una nube de oscuridad desplegaba sus alas tras ella y la envolvía como una explosión de tinta. Tentáculos de luz negra rodeaban sus brazos, su garganta y su rostro para arrastrarla con fuerza hacia la oscuridad.

# 22

Desperté al sonido de mi nombre en labios del inspector Víctor Grandes. Me incorporé de golpe, sin reconocer el lugar donde me encontraba y que, de parecerse a algo, se semejaba a la suite de un gran hotel. Los latigazos de dolor de las docenas de cortes que me recorrían el torso me devolvieron a la realidad. Estaba en el dormitorio de Vidal en Villa Helius. Una luz de media tarde se insinuaba entre los postigos entornados. Había un fuego prendido en el hogar y hacía calor. Las voces provenían del piso inferior. Pedro Vidal y Víctor Grandes.

Ignoré los tirones y aguijonazos mordiéndome la piel y salí de la cama. Mi ropa sucia y ensangrentada estaba tirada sobre una butaca. Busqué el abrigo. El revólver seguía en el bolsillo. Tensé el percutor y salí de la habitación, siguiendo el rastro de las voces hasta la escalera. Descendí unos peldaños arrimándome contra la pared.

—Lamento mucho lo de sus hombres, inspector —oí decir a Vidal—. No dude de que si David se pone en contacto conmigo, o sé algo de su paradero, se lo comunicaré inmediatamente.

—Le agradezco su ayuda, señor Vidal. Lamento tener

que molestarle en estas circunstancias, pero la situación es de extraordinaria gravedad.

—Me hago cargo. Gracias por su visita.

Pasos hacia el vestíbulo y el sonido de la puerta principal. Pisadas en el jardín alejándose. La respiración de Vidal, pesada, al pie de la escalera. Descendí unos peldaños más y le encontré con la frente apoyada contra la puerta. Al oírme abrió los ojos y se volvió.

No dijo nada. Se limitó a mirar el revólver que sostenía en las manos. Lo dejé sobre la mesita que había al pie de la escalinata.

—Ven, vamos a ver si te encontramos algo de ropa limpia —dijo.

Le seguí hasta un inmenso vestidor que parecía un verdadero museo de indumentarias. Todos los exquisitos trajes que recordaba de los años de gloria de Vidal estaban allí. Docenas de corbatas, zapatos y gemelos en estuches de terciopelo rojo.

—Todo esto es de cuando yo era joven. Te irá bien.

Vidal eligió por mí. Me tendió una camisa que probablemente valía lo que una pequeña parcela, un traje de tres piezas hecho a medida en Londres y unos zapatos italianos que no hubieran desmerecido en el guardarropía del patrón. Me vestí en silencio mientras Vidal me observaba pensativo.

—Un poco ancho de hombros, pero te tendrás que conformar —dijo, tendiéndome dos gemelos de zafiros.

—¿Qué le ha contado el inspector?

—Todo.

—¿Y le ha creído usted?

—¿Qué importa lo que yo crea?

—Me importa a mí.

Vidal se sentó en una banqueta que reposaba contra una pared cubierta de espejos del suelo al techo.

—Dice que tú sabes dónde está Cristina —dijo.

Asentí.

—¿Está viva?

Le miré a los ojos y, muy lentamente, asentí. Vidal sonrió débilmente, esquivando mi mirada. Luego se echó a llorar, dejando escapar un gemido que le brotaba de lo más hondo. Me senté junto a él y le abracé.

—Perdóneme, don Pedro, perdóneme…

Más tarde, cuando el sol empezaba a caer sobre el horizonte, don Pedro recogió mis ropas viejas y las entregó al fuego. Antes de abandonar el abrigo a las llamas extrajo el ejemplar de *Los Pasos del Cielo* y me lo tendió.

—De los dos libros que escribiste el año pasado, éste era el bueno —dijo.

Le observé remover mis ropas ardiendo en el fuego.

—¿Cuándo se dio cuenta?

Vidal se encogió de hombros.

—Incluso a un tonto vanidoso es difícil engañarle para siempre, David.

No acerté a saber si había rencor en su voz o sólo tristeza.

—Lo hice porque creí que le ayudaba, don Pedro.

—Ya lo sé.

Me sonrió sin acritud.

—Perdóneme —murmuré.

—Tienes que irte de la ciudad. Hay un carguero amarrado en el muelle de San Sebastián que zarpa a medianoche. Está todo arreglado. Pregunta por el capitán

629

Olmo. Te espera. Llévate uno de los coches del garaje. Lo puedes dejar en el muelle. Pep irá a buscarlo mañana. No hables con nadie. No vuelvas a tu casa. Necesitarás dinero.

—Tengo suficiente dinero —mentí.

—Nunca es suficiente. Cuando desembarques en Marsella, Olmo te acompañará a un banco y te hará entrega de cincuenta mil francos.

—Don Pedro...

—Escúchame. Esos dos hombres que Grandes dice que has matado...

—Marcos y Castelo. Creo que trabajaban para su padre, don Pedro.

Vidal negó.

—Ni mi padre ni sus abogados tratan nunca con mandos intermedios, David. ¿Cómo crees que esos dos sabían dónde encontrarte a los treinta minutos de salir de la comisaría?

La fría certidumbre se desplomó, transparente.

—Por mi amigo, el inspector Víctor Grandes.

Vidal asintió.

—Grandes te dejó salir porque no quería ensuciarse las manos en la comisaría. Tan pronto saliste de allí, sus dos hombres estaban tras tu pista. La tuya era una muerte telegrafiada. Sospechoso de asesinato se fuga y fallece al resistirse al arresto.

—Como en los viejos tiempos de la sección de sucesos —dije.

—Algunas cosas no cambian nunca, David. Tú deberías saberlo mejor que nadie.

Abrió su armario y me tendió un abrigo nuevo, sin estrenar. Lo acepté y guardé el libro en el bolsillo interior. Vidal me sonrió.

—Por una vez en la vida te veo bien vestido.

—A usted le sentaba mejor, don Pedro.

—Eso por descontado.

—Don Pedro, hay muchas cosas que…

—Ahora ya no tienen importancia, David. No me debes ninguna explicación.

—Le debo mucho más que una explicación…

—Entonces háblame de ella.

Vidal me miraba con ojos desesperados suplicando que le mintiese. Nos sentamos en el salón, frente a los ventanales desde los que se dominaba toda Barcelona, y le mentí con toda el alma. Le dije que Cristina había alquilado un pequeño ático en la *rue* de Soufflot bajo el nombre de *madame* Vidal y que me había dicho que me esperaría cada día a media tarde frente a la fuente de los jardines de Luxemburgo. Le dije que hablaba constantemente de él, que nunca le olvidaría y que yo sabía que por muchos años que pasase a su lado nunca podría llenar la ausencia que él había dejado. Don Pedro asentía, la mirada perdida en la distancia.

—Tienes que prometerme que cuidarás de ella, David. Que nunca la abandonarás. Que pase lo que pase, estarás a su lado.

—Se lo prometo, don Pedro.

En la luz pálida del atardecer apenas pude reconocer en él más que a un hombre viejo y vencido, enfermo de recuerdos y remordimiento, un hombre que nunca había creído y al que ahora sólo le quedaba el bálsamo de la credulidad.

—Me hubiera gustado ser un amigo mejor para ti, David.

—Ha sido usted el mejor de los amigos, don Pedro. Ha sido usted mucho más que eso.

631

Vidal alargó el brazo y me tomó la mano. Estaba temblando.

—Grandes me habló de ese hombre, ese que tú llamas el patrón… Dice que le debes algo y que crees que el único modo de pagar tu deuda es entregándole una alma pura…

—Son tonterías, don Pedro. No haga ni caso.

—¿No te sirve una alma sucia y cansada como la mía?

—No conozco alma más pura que la suya, don Pedro.

Vidal sonrió.

—Si pudiera cambiarme con tu padre, lo haría, David.

—Lo sé.

Se incorporó y contempló el atardecer abatiéndose sobre la ciudad.

—Deberías ponerte en camino —dijo—. Ve al garaje y coge un coche. El que quieras. Yo voy a ver si tengo algo de dinero en metálico.

Asentí y recogí el abrigo. Salí al jardín y me dirigí hacia las cocheras. El garaje de Villa Helius albergaba dos automóviles relucientes como carrozas reales. Elegí el más pequeño y discreto, un Hispano-Suiza negro que parecía no haber salido de allí más de dos o tres veces y aún olía a nuevo. Me senté al volante y lo puse en marcha. Saqué el coche del garaje y esperé en el patio. Transcurrió un minuto y, al ver que don Pedro no salía, bajé del coche dejando el motor en marcha. Volví a entrar en la casa para despedirme de él y decirle que no se preocupase por el dinero, que ya me las arreglaría. Al cruzar el vestíbulo recordé que había dejado allí el arma, sobre la mesita. Cuando fui a recogerla ya no estaba.

—¿Don Pedro?

La puerta que daba a la sala estaba entornada. Me asomé al umbral y le vi en el centro de la sala. Se llevó el revólver de mi padre al pecho y colocó el cañón sobre su corazón. Corrí hacia él pero el estruendo del disparo ahogó mis gritos. El arma se le cayó de las manos. Su cuerpo se ladeó contra la pared y se deslizó lentamente hasta el suelo dejando un rastro escarlata sobre el mármol. Caí de rodillas a su lado y lo sostuve en mis brazos. El disparo había abierto un orificio humeante sobre sus ropas del que brotaba sangre oscura y espesa a borbotones. Don Pedro me miraba fijamente a los ojos mientras su sonrisa se llenaba de sangre y su cuerpo dejaba de temblar y caía derribado, oliendo a pólvora y a miseria.

# 23

Volví al coche y me senté, las manos teñidas de sangre sobre el volante. Apenas podía respirar. Esperé un minuto y luego bajé la palanca del freno. El atardecer había cubierto el cielo con un sudario rojo bajo el que latían las luces de la ciudad. Partí calle abajo dejando atrás la silueta de Villa Helius en lo alto de la colina. Al llegar a la avenida Pearson me detuve y miré por el espejo retrovisor. Un coche torcía desde un callejón escondido y se situaba a unos cincuenta metros. No había encendido las luces. Víctor Grandes.

Continué por la avenida de Pedralbes hacia abajo hasta rebasar el gran dragón de hierro forjado que guardaba el pórtico de la Finca Güell. El coche del inspector Grandes seguía allí, a unos cien metros. Al llegar a la Diagonal torcí a la izquierda en dirección al centro de la ciudad. Apenas circulaban vehículos y Grandes me siguió sin dificultad hasta que decidí girar a la derecha con la esperanza de perderle a través de las estrechas calles de Las Corts. Para entonces el inspector ya se había percatado de que su presencia no era un secreto y había encendido los faros, acortando distancias. Por espacio de veinte minutos sorteamos una trenza de calles y tranvías. Me deslicé entre ómnibus y carros, siempre para encontrar los faros de Grandes a la zaga, sin tregua. Al rato se alzó al frente la montaña de Montjuïc. El gran palacio de la Exposición Universal y los restos de los demás pabellones habían sido clausurados apenas dos semanas antes, pero ya se perfilaban en la bruma del crepúsculo como las ruinas de una gran civilización olvidada. Enfilé la gran avenida que escalaba hacia la cascada de luces fantasmales y fuegos fatuos de las fuentes de la Exposición y aceleré hasta donde alcanzaba el motor. A medida que ascendíamos por la carretera que rodeaba la montaña y serpenteaba hacia el Estadio Olímpico, Grandes fue ganando terreno hasta que pude distinguir claramente su rostro en el espejo. Por un instante me sentí tentado de tomar la carretera que subía hasta el castillo militar en lo alto de la montaña, pero si algún lugar no tenía salida era aquél. Mi única esperanza era ganar el otro lado de la montaña que miraba al mar y desaparecer en alguno de los muelles del puerto. Para eso necesitaba arrancar un margen de tiempo. Grandes estaba ahora a unos quince metros por detrás. Las grandes balaustradas de Miramar se abrían al frente con la ciudad tendida a nuestros pies. Tiré de la palanca del freno con todas mis fuerzas y dejé que Grandes se estrellase contra el Hispano-Suiza. El impacto nos arrastró a ambos casi veinte metros, levantando una guirnalda de chispas sobre la carretera. Solté el freno y avancé una corta distancia. Mientras Grandes intentaba recobrar el control, puse la marcha atrás y aceleré a fondo. Para cuando Grandes se dio cuenta de lo que estaba haciendo, ya era tarde. Le embestí con la fuerza de una carrocería y un motor cortesía de la escudería más selecta de la ciudad, notablemente más robustos que los que le amparaban a él. La fuerza del choque le sacudió en el interior de la cabina y pude ver su cabeza golpearse contra el parabrisas y astillarlo completamente. Un aliento blanco brotó de la capota de su coche y los faros se extinguieron. Calcé la marcha y aceleré, dejándole atrás y dirigiéndome hacia la atalaya de Miramar. A los pocos segundos advertí que el choque había aplastado el guardabarros trasero contra el neumático, que giraba ahora sufriendo la fricción con el metal. El olor a goma quemada inundó la cabina. Veinte metros más adelante el neumático estalló y el coche empezó a serpentear hasta detenerse envuelto en una nube de humo negro. Abandoné el automóvil y dirigí la vista hacia el lugar donde había quedado el coche de Grandes. El inspector se arrastraba fuera de la cabina, incorporándose lentamente. Miré a mi alrededor. La parada del teleférico que cruzaba el puerto de la ciudad desde la montaña de Montjuïc a la torre de San Sebastian quedaba a una cincuentena de metros de allí. Distinguí la silueta de las cabinas suspendidas de los cables deslizándose sobre el escarlata del crepúsculo y corrí hacia allí.

Uno de los empleados del teleférico estaba preparándose para cerrar las puertas del edificio cuando me vio acercarme a toda prisa. Me sostuvo la puerta abierta y señaló hacia el interior.

—Último trayecto del día —advirtió—. Más vale que se dé prisa.

La taquilla estaba a punto de cerrar cuando adquirí el último billete de la jornada y me apresuré a unirme a un grupo de cuatro personas que esperaban al pie de la cabina. No reparé en su indumentaria hasta que el empleado abrió la portezuela y los invitó a pasar. Sacerdotes.

—El teleférico fue construido para la Exposición Universal y está dotado con los mayores adelantos de la técnica. Su seguridad está garantizada en todo momento. Tan pronto se inicie el recorrido esta puerta de seguridad, que sólo puede abrirse por fuera, quedará trabada para evitar accidentes o, Dios no lo quiera, intentos de suicidio. Claro que con ustedes, eminencias, no hay peligro de...

—Joven —interrumpí—. ¿Puede agilizar el ceremonial, que se hace de noche?

El encargado me dirigió una mirada hostil. Uno de los sacerdotes advirtió las manchas de sangre en mis manos y se santiguó. El encargado continuó con su perorata.

—Viajarán ustedes a través del cielo de Barcelona a unos setenta metros de altitud por encima de las aguas del puerto, gozando de las vistas más espectaculares de toda la ciudad, hasta ahora sólo al alcance de golondrinas, gaviotas y otras criaturas dotadas por el Altísimo de ensamblaje plumífero. El viaje tiene una duración de diez minutos y realiza dos paradas, la primera en la torre central del puerto, o, como a mí me gusta llamarla, la torre Eiffel de Barcelona, o torre de San Jaime, y la segunda y última en la torre de San Sebastian. Sin más dilación, les deseo a sus eminencias una feliz travesía y les reitero el deseo de la compañía de volverlos a ver a bordo del teleférico del puerto de Barcelona en una próxima ocasión.

Fui el primero en abordar la cabina. El encargado dispuso la mano al paso de los cuatro sacerdotes, en espera de una propina que nunca llegó a rozar sus manos. Con visible decepción cerró la portezuela con un golpe y se dio la vuelta, dispuesto a darle a la palanca. El inspector

Víctor Grandes le esperaba al otro lado, maltrecho pero sonriente, con su identificación en la mano. El encargado le abrió la compuerta y Grandes entró en la cabina saludando con la cabeza a los sacerdotes y guiñándome un ojo. Segundos más tarde, estábamos flotando en el vacío.

La cabina se elevó desde el edificio terminal rumbo al borde de la montaña. Los sacerdotes se habían arremolinado todos a un lado, claramente dispuestos a gozar de las vistas del anochecer sobre Barcelona y a ignorar cualquiera que fuese el turbio asunto que nos había reunido a Grandes y a mí allí. El inspector se aproximó lentamente y me mostró el arma que sostenía en la mano. Grandes nubes rojas flotaban sobre las aguas del puerto. La cabina del teleférico se hundió en una de ellas y por un instante pareció que nos hubiéramos sumergido en un lago de fuego.

—¿Había subido usted alguna vez? —preguntó Grandes.

Asentí.

—A mi hija le encanta. Una vez al mes me pide que hagamos el viaje de ida y vuelta. Un poco caro, pero vale la pena.

—Con lo que le paga el viejo Vidal por venderme, seguro que podrá traer a su hija todos los días, si le da la gana. Simple curiosidad. ¿Qué precio me ha puesto?

Grandes sonrió. La cabina emergió de la gran nube escarlata y quedamos suspendidos sobre la dársena del puerto, las luces de la ciudad derramadas sobre las aguas oscuras.

—Quince mil pesetas —respondió palmeándose un sobre blanco que asomaba del bolsillo de su abrigo.

—Supongo que debería sentirme halagado. Hay quien mata por dos duros. ¿Incluye eso el precio de traicionar a sus dos hombres?

—Le recuerdo que aquí el único que ha matado a alguien es usted.

A estas alturas los cuatro sacerdotes nos observaban atónitos y consternados, ajenos a los encantos del vértigo y el vuelo sobre la ciudad. Grandes les lanzó una mirada somera.

—Cuando lleguemos a la primera parada, si no es mucho pedir, les agradecería a sus eminencias que se apeasen y nos dejaran discutir de nuestros asuntos mundanos.

La torre de la dársena del puerto se levantaba al frente como un cimborio de acero y cables arrancado de una catedral mecánica. La cabina penetró en la cúpula de la torre y se detuvo en la plataforma. Cuando se abrió la portezuela, los cuatro sacerdotes salieron a escape. Grandes, pistola en mano, me indicó que me dirigiese al fondo de la cabina. Uno de los curas, al apearse, me miró con preocupación.

—No se preocupe usted, joven, que avisaremos a la policía —dijo antes de que se cerrase de nuevo la puerta.

—No duden en hacerlo —replicó Grandes.

Una vez la puerta quedó trabada, la cabina continuó el trayecto. Emergimos de la torre de la dársena e iniciamos el último tramo de la travesía. Grandes se acercó a la ventana y contempló la visión de la ciudad, un espejismo de luces y brumas, catedrales y palacios, callejones y grandes avenidas entramadas en un laberinto de sombra.

—La ciudad de los malditos —dijo Grandes—. Cuanto más de lejos se ve, más bonita parece.

—¿Es ése mi epitafio?

—No le voy a matar, Martín. Yo no mato a la gente. Usted me va a hacer ese favor. A mí y a usted mismo. Sabe que tengo razón.

Sin más, el inspector descerrajó tres tiros sobre el mecanismo de cierre de la compuerta y la abrió de una patada. La portezuela quedó colgando en el aire, una bocanada de viento húmedo inundando la cabina.

—No sentirá nada, Martín. Créame. El golpe no lleva ni una décima de segundo. Instantáneo. Y luego, paz.

Miré hacia la compuerta abierta. Una caída de setenta metros al vacío se abría al frente. Miré hacia la torre de San Sebastian y calculé que quedaban unos minutos para que llegásemos hasta allí. Grandes leyó mi pensamiento.

—En unos minutos todo se habrá acabado, Martín. Me lo tendría que agradecer.

—¿Realmente cree usted que maté a todas esas personas, inspector?

Grandes alzó el revólver y me apuntó al corazón.

—Ni lo sé ni me importa.

—Creí que éramos amigos.

Grandes sonrió y negó por lo bajo.

—Usted no tiene amigos, Martín.

Oí el estruendo del disparo y sentí un impacto en el pecho, como si un martillo industrial me hubiese golpeado en las costillas. Caí de espaldas, sin aliento, un espasmo de dolor prendiendo por mi cuerpo como gasolina. Grandes me había agarrado por los pies y tiraba de mí hacia la portezuela. La cima de la torre de San Sebastian apareció entre velos de nubes al otro lado. Grandes cruzó por encima de mí y se arrodilló a mi espalda. Me empujó por los hombros hacia la portezuela. Sentí el viento húmedo en las piernas. Grandes me dio otro empujón y noté que mi cintura rebasaba la plataforma de la cabina. El tirón de la gravedad fue instantáneo. Estaba empezando a caer.

Alargué los brazos hacia el policía y le clavé los dedos en el cuello. Lastrado por el peso de mi cuerpo, el inspector quedó trabado en la compuerta. Apreté con todas mis fuerzas, hundiéndole la tráquea y aplastándole las arterias del cuello. Intentó forcejear para librarse de mi presa con una mano mientras con la otra tanteaba en busca de su arma. Sus dedos encontraron la culata de la pistola y se deslizaron por el gatillo. El disparo me rozó la sien y se estrelló contra el borde de la compuerta. La bala rebotó hacia el interior de la cabina y le atravesó la palma de la mano limpiamente. Hundí las uñas sobre su cuello, sintiendo que la piel cedía. Grandes emitió un gemido. Tiré con fuerza y me aupé de nuevo hasta quedar con más de medio cuerpo dentro de la cabina. Una vez pude aferrarme a las paredes de metal, solté a Grandes y conseguí echarme a un lado.

Me palpé el pecho y encontré el orificio que había dejado el disparo del inspector. Me abrí el abrigo y extraje el ejemplar de *Los Pasos del Cielo*. La bala había atravesado la parte delantera de la cubierta, las casi cuatrocientas páginas y asomaba como la punta de un dedo de plata por la cubierta trasera. A mi lado Grandes se retorcía en el suelo, aferrándose el cuello con desesperación. Tenía el rostro amoratado y las venas de la frente y las sienes le pulsaban como cables tensados. Me dirigió una mirada de súplica. Una telaraña de vasos quebrados se esparcía por sus ojos y comprendí que le había aplastado la tráquea con mis manos y que se estaba asfixiando sin remedio.

Le contemplé sacudirse en el suelo en su lenta agonía. Tiré del borde del sobre blanco que asomaba en la
solapa de su bolsillo. Lo abrí y conté quince mil pesetas.
El precio de mi vida. Me guardé el sobre. Grandes se
arrastraba por el suelo hacia el arma. Me incorporé y la
aparté de sus manos con un puntapié. Me aferró el tobi-
llo implorando misericordia.

—¿Dónde está Marlasca? —pregunté.

Su garganta emitió un gemido sordo. Posé mis ojos
sobre los suyos y comprendí que se estaba riendo. La cabina había entrado ya en el interior de la torre de San Sebastián cuando le empujé por la portezuela y vi su cuerpo
precipitarse casi ochenta metros a través de un laberinto
de rieles, cables, ruedas dentadas y barras de acero que lo
despedazaron por el camino.

# 24

La casa de la torre estaba enterrada en la oscuridad. Ascendí a tientas los peldaños de la escalinata de piedra hasta llegar al rellano y encontrar la puerta entreabierta. La empujé con la mano y me quedé en el umbral, escrutando las sombras que inundaban el largo corredor. Me adentré unos pasos. Permanecí allí, inmóvil, esperando. Palpé la pared hasta encontrar el interruptor de la luz. Lo hice girar cuatro veces sin obtener resultado. La primera puerta a la derecha conducía a la cocina. Recorrí lentamente los tres metros que me separaban de ella y me detuve justo al frente. Recordé que guardaba un farol de aceite en una de las alacenas. Fui hasta allí y lo encontré entre latas de café todavía por abrir traídas del emporio de Can Gispert. Dejé el farol sobre la mesa de la cocina y lo encendí. Una tenue luz ámbar impregnó las paredes de la cocina. Tomé el farol y salí de nuevo al corredor.

Avancé lentamente, la luz parpadeante en alto, esperando ver algo o alguien emerger en cualquier instante de alguna de las puertas que flanqueaban el corredor. Sabía que no estaba solo. Podía olerlo. Un hedor agrio, a rabia y odio, flotaba en el aire. Alcancé el extremo del corredor y me detuve frente a la puerta de la última habitación. El resplandor del farol acarició el contorno del armario apartado de la pared, las ropas tiradas en el suelo exactamente como las había dejado cuando Grandes había venido a detenerme dos noches atrás. Continué hasta el pie de la escalera en espiral que ascendía al estudio. Subí lentamente, atisbando a mi espalda cada dos o tres pasos, hasta que alcancé la sala del estudio. El aliento rojizo del crepúsculo penetraba desde los ventanales. Crucé rápidamente hasta la pared donde estaba el baúl y lo abrí. La carpeta con el manuscrito del patrón había desaparecido.

Me dirigí de nuevo hacia la escalera. Al cruzar frente a mi escritorio pude ver que el teclado de mi vieja máquina de escribir estaba destrozado, como si alguien hubiese estado golpeándolo con los puños. Descendí lentamente las escaleras. Al enfilar de nuevo el corredor me asomé a la entrada de la galería. Incluso en la penumbra pude ver que todos mis libros estaban tirados por el suelo y la piel de las butacas hecha jirones. Me volví y examiné los veinte metros de corredor que me separaban de la puerta. La claridad que proyectaba el farol sólo permitía discernir los contornos hasta la mitad de aquella distancia. Más allá, la sombra se mecía como agua negra.

Recordaba haber dejado la puerta del piso abierta al entrar. Ahora estaba cerrada. Avancé un par de metros, pero algo me detuvo al cruzar de nuevo frente a la última habitación del pasillo. Al entrar no lo había advertido porque la puerta de la habitación se abría hacia la izquierda y al pasar frente a ella no me había asomado lo suficiente para verlo, pero ahora, al aproximarme, lo vi claramente. Una paloma blanca con las alas desplegadas en cruz estaba clavada sobre la puerta. Las gotas de sangre descendían por la madera, frescas.

Entré en la habitación. Miré detrás de la puerta, pero no había nadie. El armario seguía apartado a un lado. El aliento frío y húmedo que salía del orificio de la pared inundaba la habitación. Dejé el farol en el suelo y posé las manos sobre la masilla reblandecida que rodeaba el agujero. Empecé a arañar con las uñas y sentí que se deshacía en mis dedos. Busqué a mi alrededor y encontré un viejo abrecartas en el cajón de una de las mesitas apiladas contra el rincón. Clavé el filo en la masilla y empecé a escarbar. El yeso se desprendía con facilidad. La capa no tenía más de tres centímetros. Al otro lado encontré madera.

Una puerta.

Busqué los bordes con el abrecartas y lentamente el contorno de la puerta fue dibujándose en la pared. Para entonces había olvidado ya aquella presencia próxima que envenenaba la casa y acechaba en la sombra. La puerta no tenía manija, apenas un cerrojo herrumbroso que había quedado anegado con el yeso reblandecido por años de humedad. Hundí el abrecartas y forcejeé en vano. Empecé a propinarle puntapiés hasta que la masilla que sostenía el cierre fue deshaciéndose lentamente. Acabé de librerar el anclaje de la cerradura con el abrecartas y, una vez suelto, un simple empujón derribó la puerta.

Una bocanada de aire putrefracto exhaló del interior, impregnando mis ropas y mi piel. Tomé el farol y entré. La estancia era un rectángulo de unos cinco o seis metros de profundidad. Los muros estaban recubiertos de dibujos e inscripciones que parecían hechos con los dedos. El trazo era marronáceo y oscuro. Sangre seca. El suelo estaba cubierto con lo que en principio creí que era polvo pero que al bajar el farol se desveló como restos de pequeños huesos. Huesos de animales, quebrados en una marea de ceniza. Del techo pendían innumerables objetos suspendidos de un cordel negro. Reconocí figuras religiosas, estampas de santos y vírgenes con el rostro quemado y los ojos arrancados, crucifijos anudados con alambre de púas y restos de juguetes de latón y muñecas de ojos de cristal. La silueta quedaba al fondo, casi invisible.

Una silla de cara al rincón. Sobre ella se distinguía una figura. Vestía de negro. Un hombre. Las manos estaban sujetas a la espalda con unas esposas. Un alambre grueso aferraba sus miembros al armazón de la silla. Me invadió un frío como no había conocido hasta entonces.

—¿Salvador? —conseguí articular.

Avancé lentamente hacia él. La silueta permaneció inmóvil. Me detuve a un paso de la figura y alargué la mano lentamente. Mis dedos rozaron su pelo y se posaron sobre el hombro. Quise girar el cuerpo, pero sentí entonces que algo cedía bajo mis dedos. Un segundo después de tocarlo me pareció escuchar un susurro y el cadáver se deshizo en cenizas que se derramaron entre las ropas y las ataduras de alambre para elevarse en una nube de tiniebla que quedó flotando entre los muros de aquella prisión que lo había ocultado durante años. Contemplé el velo de cenizas sobre mis manos y me las llevé al rostro, esparciendo los restos del alma de Ricardo Salvador sobre mi piel. Cuando abrí los ojos vi que Diego Marlasca, su carcelero, esperaba al umbral de la celda portando el manuscrito del patrón en la mano y fuego en los ojos.

—He estado leyéndolo mientras le esperaba, Martín —dijo Marlasca—. Una obra maestra. El patrón sabrá recompensarme cuando se la entregue en su nombre. Reconozco que yo nunca fui capaz de resolver el acertijo. Me quedé por el camino. Me alegra comprobar que el patrón supo encontrarme un sucesor con más talento.

—Apártese.

—Lo siento, Martín. Crea que lo siento. Le había tomado aprecio —dijo extrayendo lo que parecía un mango de marfil del bolsillo—. Pero no puedo dejarle salir de esta habitación. Es hora de que ocupe usted el lugar del pobre Salvador.

Presionó un botón en el mango y una hoja de doble filo brilló en la penumbra.

Se abalanzó sobre mí con un grito de rabia. La hoja de la navaja me abrió la mejilla y me hubiera arrancado el ojo izquierdo de no haberme echado a un lado. Caí de espaldas sobre el suelo recubierto de pequeños huesos y polvo. Marlasca aferró el cuchillo con ambas manos y se dejó caer sobre mí, apoyando todo su peso en el filo. La punta del cuchillo quedó a un par de centímetros de mi pecho, mientras mi mano derecha sujetaba a Marlasca por la garganta.

Volvió el rostro para morderme en la muñeca y le propiné un puñetazo en la cara con la mano izquierda. Apenas se inmutó. Le impulsaba una rabia más allá de la razón y el dolor y supe que no me dejaría salir con vida de aquella celda. Embistió con una fuerza que parecía imposible. Sentí la punta del cuchillo perforándome la piel. Le golpeé de nuevo con todas mis fuerzas. Mi puño se estrelló sobre su rostro y sentí quebrarse los huesos de la nariz. Su sangre impregnó mis nudillos. Marlasca gritó de nuevo, ajeno al dolor, y hundió el cuchillo un centímetro en mi carne. Una punzada de dolor me recorrió el pecho. Le golpeé de nuevo, buscando las cuencas de los ojos con los dedos, pero Marlasca alzó la barbilla y no pude clavarle las uñas más que en la mejilla. Esta vez sentí sus dientes sobre mis dedos.

Hundí el puño en su boca, partiéndole los labios y arrancándole varios dientes. Le oí aullar y su embestida vaciló un instante. Le empujé a un lado y cayó al suelo, el rostro una máscara de sangre temblando de dolor. Me aparté de él, rogando que no se levantase de nuevo. Un segundo después se arrastró hasta el cuchillo y empezó a incorporarse.

Tomó el cuchillo y se lanzó hacia mí con un aullido ensordecedor. Esta vez no me cogió por sorpresa. Alcancé el asa del farol y lo balanceé con todas mis fuerzas a su paso. El farol se estrelló en su rostro y el aceite se derramó sobre sus ojos, sus labios, su garganta y su pecho. Prendió en llamas al instante. En apenas un par de segundos el fuego tendió un manto que se esparció por todo su cuerpo. Su cabello se evaporó de inmediato. Vi su mirada de odio a través de las llamas que le devoraban los párpados. Recogí el manuscrito y salí de allí. Marlasca todavía sostenía el cuchillo en las manos cuando intentó seguirme fuera de aquella estancia maldita y cayó de bruces sobre la pila de ropas viejas, que prendieron al instante. Las llamas saltaron a la madera seca del armario y a los muebles apilados contra la pared. Huí hacia el pasillo y le vi todavía caminar a mi espalda con los brazos extendidos, intentando alcanzarme. Corrí hacia la puerta, pero antes de salir me detuve a contemplar a Diego Marlasca consumirse entre las llamas golpeando con ira las paredes que prendían con su roce. El fuego se esparció hasta los libros desparramados sobre la galería y alcanzó los cortinajes. Las llamas se derramaron en serpientes de fuego por el techo, lamiendo los marcos de puertas y ventanas, reptando por las escaleras del estudio. La última imagen que recuerdo es la de aquel hombre maldito cayendo de rodillas al final del corredor, las vanas esperanzas de su locura perdidas y su cuerpo reducido a una antorcha de carne y odio que quedó engullida por la tormenta de llamas que se extendía sin remedio por el interior de la casa de la torre. Luego abrí la puerta y corrí escaleras abajo.

Algunas gentes del barrio se habían congregado en la calle al ver las primeras llamaradas asomar por las ventanas de la torre. Nadie reparó en mí mientras me alejaba calle abajo. Al poco oí estallar los cristales del estudio y me volví para ver el fuego rugir y abrazar la rosa de los vientos en forma de dragón. Poco después me alejé hacia el paseo del Born caminando contra una marea de vecinos que acudían con la vista en alto, sus miradas prendidas en el brillo de la pira que se elevaba en el cielo negro.

# 25

Aquella noche volví por última vez a la librería de Sempere e Hijos. El cartel de cerrado colgaba de la puerta, pero al aproximarme vi que todavía había luz en el interior y que Isabella estaba tras el mostrador, sola, la mirada absorta en un grueso libro de cuentas que a juzgar por la expresión de su rostro prometía el fin de los días para la vieja librería. Viéndola mordisquear su lápiz y rascarse la punta de la nariz con el índice supe que mientras ella estuviese allí aquel lugar nunca desaparecería. Su presencia lo salvaría, como me había salvado a mí. No me atreví a romper aquel instante y me quedé observándola sin que ella reparase en mi presencia, sonriendo para mis adentros. De repente, como si hubiese leído mi pensamiento, alzó la vista y me vio. La saludé con la mano y vi que a su pesar se le llenaban los ojos de lágrimas. Cerró el libro y salió corriendo de detrás del mostrador para abrirme la puerta. Me miraba como si no pudiese creer que estaba allí.

—Ese hombre dijo que se había fugado usted... que nunca más volveríamos a verle.

Supuse que Grandes le había hecho una visita.

—Quiero que sepa que no creí una sola palabra de lo que me contó —dijo Isabella—. Deje que avise a…

—No tengo mucho tiempo, Isabella.

Me miró, abatida.

—Se va, ¿verdad?

Asentí. Isabella tragó saliva.

—Ya le dije que no me gustaban las despedidas.

—A mí menos. Por eso no he venido a despedirme. He venido a devolver un par de cosas que no me pertenecen.

Extraje el ejemplar de *Los Pasos del Cielo* y se lo tendí.

—Esto nunca debió salir de la vitrina con la colección personal del señor Sempere.

Isabella lo tomó y al ver la bala todavía atrapada en sus páginas me miró sin decir nada. Extraje entonces el sobre blanco con las quince mil pesetas con que el viejo Vidal había intentado comprar mi muerte y lo dejé en el mostrador.

—Y esto es a cuenta de todos los libros que Sempere me regaló durante todos estos años.

Isabella lo abrió y contó el dinero, atónita.

—No sé si puedo aceptarlo…

—Considéralo mi regalo de bodas, por adelantado.

—Y yo que aún tenía esperanzas de que me llevase usted algún día al altar, aunque fuese como padrino.

—Nada me hubiera gustado más.

—Pero tiene usted que irse.

—Sí.

—Para siempre.

—Por un tiempo.

—¿Y si me voy con usted?

La besé en la frente y la abracé.

—Dondequiera que vaya, tú siempre estarás conmigo, Isabella. Siempre.

—No le pienso echar de menos.

—Ya lo sé.

—¿Puedo al menos acompañarle al tren o a lo que sea?

Dudé demasiado tiempo para negarme a aquellos últimos minutos de su compañía.

—Para asegurame de que se va de verdad y de que me he librado de usted para siempre —añadió.

—Trato hecho.


Descendimos lentamente por la Rambla, Isabella cogida de mi brazo. Al llegar a la calle del Arc del Teatre, cruzamos hacia el oscuro callejón que se abría camino a través del Raval.

—Isabella, lo que vas a ver esta noche no se lo puedes contar a nadie.

—¿Ni a mi Sempere junior?

Suspiré.

—Claro que sí. A él puedes contárselo todo. Con él casi no tenemos secretos.


Al abrir las puertas, Isaac el guardián nos sonrió y se hizo a un lado.

—Ya era hora de que tuviésemos una visita de categoría —dijo, ofreciendo una reverencia a Isabella—. ¿Intuyo que prefiere usted hacer de guía, Martín?

—Si no le importa…

Isaac asintió y me ofreció la mano. Se la estreché.

—Buena suerte —dijo.

El guardián se retiró hacia la sombras, dejándome a solas con Isabella. Mi antigua ayudante y flamante nueva gerente de Sempere e Hijos lo observaba todo con una mezcla de asombro y aprensión.

—¿Qué clase de lugar es éste? —preguntó.

La tomé de la mano y lentamente la conduje el resto del trayecto hasta llegar a gran sala que albergaba la entrada.

—Bienvenida al Cementerio de los Libros Olvidados, Isabella.

Isabella alzó la vista hacia la cúpula de cristal en lo alto y se perdió en aquella visión imposible de haces de luz blanca acribillando un babel de túneles, pasarelas y puentes tendidos hacia las entrañas de aquella catedral hecha de libros.

—Este lugar es un misterio. Un santuario. Cada libro, cada tomo que ves, tiene alma. El alma de quien lo escribió, y el alma de quienes lo leyeron y vivieron y soñaron con él. Cada vez que un libro cambia de manos, cada vez que alguien desliza la mirada por sus páginas, su espíritu crece y se hace fuerte. En este lugar los libros que ya nadie recuerda, los libros que se han perdido en el tiempo, viven para siempre, esperando llegar a las manos de un nuevo lector, un nuevo espíritu…

Más tarde dejé a Isabella esperando a la entrada del laberinto y me adentré a solas en los túneles portando aquel manuscrito maldito que no había tenido el valor de destruir. Confié en que mis pasos me guiaran para encontrar el lugar en el que debía enterrarlo para siempre.

Doblé mil esquinas hasta creer que me había perdido. Entonces, cuando tuve la certeza de que ya había recorrido aquel mismo camino diez veces, me encontré a la entrada de la pequeña sala en la que me había enfrentado a mi propio reflejo en aquel pequeño espejo en el que la mirada del hombre de negro siempre estaba presente. Avisté un hueco entre dos lomos de cuero negro y, sin pensarlo, hundí la carpeta del patrón. Me disponía a abandonar aquel lugar cuando me volví y me aproximé de nuevo al estante. Tomé el volumen junto al que había confinado el manuscrito y lo abrí. Me bastó leer un par de frases para sentir de nuevo aquella risa oscura a mi espalda. Devolví el libro a su lugar y tomé otro al azar, hojeándolo rápidamente. Tomé otro y otro más, y así sucesivamente hasta que hube examinado docenas de los volúmenes que poblaban la sala y comprobado que todos ellos contenían diferentes trazados de las mismas palabras, que las mismas imágenes los oscurecían y que la misma fábula se repetía en ellos como un paso a dos en una infinita galería de espejos. *Lux Aeterna*.


Al salir del laberinto encontré a Isabella esperándome sentada sobre unos peldaños con el libro que había elegido en las manos. Me senté a su lado e Isabella apoyó la cabeza sobre mi hombro.

—Gracias por traerme aquí —dijo.

Comprendí entonces que nunca jamás volvería a ver aquel lugar, que estaba condenado a soñarlo y a esculpir su recuerdo en mi memoria sabiéndome afortunado por haber podido recorrer sus pasillos y rozar sus secretos. Cerré los ojos un instante y dejé que aquella imagen se grabase para siempre en mi mente. Luego, sin atreverme a mirar de nuevo, tomé de la mano a Isabella y me dirigí hacia la salida dejando atrás para siempre el Cementerio de los Libros Olvidados.

Isabella me acompañó hasta el muelle donde esperaba el buque que habría de llevarme lejos de aquella ciudad y de todo cuanto había conocido.

—¿Cómo dice que se llama el capitán? —preguntó Isabella.

—Caronte.

—No le veo la gracia.

La abracé por última vez y la miré a los ojos en silencio. Por el camino habíamos pactado que no habría despedidas, ni palabras solemnes ni promesas por cumplir. Cuando las campanas de medianoche repicaron en Santa María del Mar subí a bordo. El capitán Olmo me dio la bienvenida y se ofreció a acompañarme a mi camarote. Le dije que prefería esperar. La tripulación soltó amarras y lentamente el casco se fue separando del muelle. Me aposté en la popa, contemplando la ciudad alejarse en una marea de luces. Isabella permaneció allí, inmóvil, su mirada en la mía, hasta que el muelle se perdió en la oscuridad y el gran espejismo de Barcelona se sumergió en las aguas negras. Una a una las luces de la ciudad se extinguieron en la distancia y comprendí que ya había empezado a recordar.

*Epílogo*

# 1945

Han pasado quince largos años desde aquella noche en que huí para siempre de la ciudad de los malditos. Durante mucho tiempo la mía ha sido una existencia de ausencias, sin más nombre ni presencia que la de un extraño itinerante. He tenido cien nombres y otros tantos oficios, ninguno de ellos el mío.

He desaparecido en ciudades infinitas y en aldeas tan pequeñas que nadie en ellas tenía ya pasado ni futuro. En ningún lugar me detuve más de lo necesario. Más bien temprano que tarde huía de nuevo, sin aviso, dejando apenas un par de libros viejos y ropas de segunda mano en habitaciones lúgubres donde el tiempo no tenía piedad y el recuerdo quemaba. No he tenido más memoria que la incertidumbre. Los años me enseñaron a vivir en el cuerpo de un extraño que no sabía si había cometido aquellos crímenes que aún podía oler en sus manos, si había perdido la razón y estaba condenado a vagar por el mundo en llamas que había soñado a cambio de unas monedas y la promesa de burlar una muerte que ahora le parecía la más dulce de las recompensas. Muchas veces me he preguntado si la bala que el inspector Grandes disparó sobre mi corazón atravesó las páginas de aquel libro, si fui yo quien murió en aquella cabina suspendida en el cielo.

En mis años de peregrinaje he visto cómo el infierno prometido en las páginas que escribí para el patrón cobraba vida a mi paso. Mil veces he huido de mi propia sombra, siempre mirando a mi espalda, siempre esperando encontrarla al doblar una esquina, al otro lado de la calle o al pie de mi lecho en las horas interminables que precedían al alba. Nunca he permitido que nadie me conociese el tiempo suficiente como para preguntarme por qué no envejecía nunca, por qué no se abrían líneas en mi rostro, por qué mi reflejo era el mismo que aquella noche que dejé a Isabella en el muelle de Barcelona y no un minuto más viejo.

Hubo un tiempo en que creí que había agotado todos los escondites del mundo. Estaba tan cansado de tener miedo, de vivir y morir de recuerdos, que me detuve allí donde acababa la tierra y empezaba un océano que, como yo, amanece cada día como el anterior, y me dejé caer.

Hoy hace un año que llegué a este lugar y recuperé mi nombre y mi oficio. Compré esta vieja cabaña sobre la playa, apenas un cobertizo que comparto con los libros que dejó el antiguo propietario y una máquina de escribir que me gusta creer que podría ser la misma con la que escribí cientos de páginas que nunca sabré si alguien recuerda. Desde mi ventana veo un pequeño muelle de madera que se adentra en el mar y, amarrado a su extremo, el bote que venía con la casa, apenas un esquife con el que a veces salgo a navegar hasta donde rompe el arrecife y la costa casi desaparece de la vista.

No había vuelto a escribir hasta que llegué aquí. La primera vez que deslicé una página en la máquina y posé las manos sobre el teclado, temí que iba a ser incapaz de componer una sola línea. Escribí las primeras páginas de esta historia durante mi primera noche en la cabaña de la playa. Escribí hasta el amanecer, como solía hacerlo años atrás, sin saber todavía para quién la estaba escribiendo. Durante el día caminaba por la playa o me sentaba en el muelle de madera frente a la cabaña —una pasarela entre el cielo y el mar—, a leer los montones de periódicos viejos que encontré en uno de los armarios. Sus páginas traían historias de la guerra, del mundo en llamas que había soñado para el patrón.

Fue así, leyendo aquellas crónicas sobre la guerra en España y luego en Europa y el mundo, cuando decidí que ya no tenía nada más que perder y que lo único que deseaba era saber si Isabella estaba bien y si tal vez aún me recordaba. O quizá sólo quería saber si seguía viva. Escribí aquella carta dirigida a la antigua librería de Sempere e Hijos en la calle Santa Ana de Barcelona que habría de tardar semanas o meses en llegar, si alguna vez lo hacía, a su destino. En el remite firmé *Mr. Rochester*, sabiendo que si la carta llegaba a sus manos, Isabella sabría de quién se trataba y, si lo deseaba, podría dejarla sin abrir y olvidarme para siempre.

Durante meses seguí escribiendo esta historia. Volví a ver el rostro de mi padre y a recorrer la redacción de *La Voz de la Industria* soñando con emular algún día al gran Pedro Vidal. Volví a ver por primera vez a Cristina Sagnier y entré de nuevo en la casa de la torre para sumergirme en la locura que había consumido a Diego Marlasca. Escribía desde la medianoche al alba sin descanso, sintiéndome vivo por primera vez desde que había huido de la ciudad.

La carta llegó un día de junio. El cartero había deslizado el sobre bajo mi puerta mientras dormía. Iba dirigida a *Mr. Rochester* y el remite decía, simplemente, *Librería Sempere e Hijos, Barcelona.* Durante varios minutos di vueltas por la cabaña, sin atreverme a abrirla. Finalmente salí y me senté a la orilla del mar para leerla. La carta contenía una cuartilla y un segundo sobre, más pequeño. El segundo sobre, envejecido, llevaba simplemente mi nombre, *David*, en una caligrafía que no había olvidado a pesar de todos los años que la había perdido de vista.

En la carta, Sempere hijo me contaba que Isabella y él, tras varios años de noviazgo tormentoso e interrumpido, habían contraído matrimonio el 18 de enero de 1935 en la iglesia de Santa Ana. La ceremonia, contra todo pronóstico, la había celebrado el nonagenario sacerdote que había pronunciado la eulogía en el entierro del señor Sempere y que, a pesar de todos los intentos y afanes del obispado, se resistía a morir y seguía haciendo las cosas a su manera. Un año más tarde, días antes de que estallase la guerra civil, Isabella había dado a luz un varón que llevaría por nombre Daniel Sempere. Los años terribles de la guerra habrían de traer toda suerte de penurias y poco después del fin de la contienda, en aquella paz negra y maldita que habría de envenenar la tierra y el cielo para siempre, Isabella contrajo el cólera y murió en brazos de su esposo en el piso que compartían encima de la librería. La enterraron en Montjuïc el día del cuarto cumpleaños de Daniel, bajo una lluvia que duró dos días y dos noches, y cuando el pequeño le preguntó a su padre si el cielo lloraba, a él le faltó voz para responderle.

El sobre que iba a mi nombre contenía una carta que Isabella me había escrito durante sus últimos días de vida y que había hecho jurar a su esposo que me haría llegar si alguna vez sabía de mi paradero.

*Querido David:*

*A veces me parece que empecé a escribirle esta carta hace años y que todavía no he sido capaz de terminarla. Ha pasado mucho tiempo desde que le vi por última vez, muchas cosas terribles y mezquinas, y sin embargo no hay un día que no me acuerde de usted y me pregunte dónde estará, si habrá encontrado la paz, si estará escribiendo, si se habrá convertido en un viejo cascarrabias, si estará enamorado o si se acordará de nosotros, de la pequeña librería de Sempere e Hijos y de la peor ayudante que nunca tuvo.*

*Me temo que se marchó usted sin enseñarme a escribir y no sé ni por dónde empezar a poner en palabras todo lo que quisiera decirle. Me gustaría que supiese que he sido feliz, que gracias a usted encontré a un hombre al que he querido y que me ha querido y que juntos hemos tenido un hijo, Daniel, al que siempre hablo de usted y que ha dado un sentido a mi vida que ni todos los libros del mundo podrían ni empezar a explicar.*

*Nadie lo sabe, pero a veces todavía vuelvo a aquel muelle en que le vi partir para siempre y me siento un rato, sola, a esperar, como si creyese que fuese usted a volver. Si lo hiciese comprobaría que, pese a todo lo que ha pasado, la librería sigue abierta, que el solar donde se alzaba la casa de la torre sigue vacío, que todas las mentiras que se dijeron sobre usted han sido olvidadas y que en estas calles hay tanta gente que tiene el alma manchada de sangre que ya no se atreven ni a recordar y cuando lo hacen se mienten a sí mismos porque no se pueden mirar al espejo. En la librería seguimos vendiendo sus libros, pero bajo mano, porque ahora han sido declarados inmorales y el país se ha llenado de más gente que quiere destruir y quemar libros que de quienes quieren leerlos. Corren malos tiempos y a menudo creo que se avecinan peores.*

*Mi esposo y los médicos creen que me engañan, pero sé que me queda poco tiempo. Sé que moriré pronto y que cuando reciba usted esta carta ya no estaré aquí. Por eso quería escribirle, porque quería que supiese que no tengo miedo, que mi único pesar es que dejaré a un hombre bueno que me ha dado la vida y a mi Daniel solos en un mundo que cada día, me parece, es más como usted decía que era y no como yo quería creer que podía ser.*

*Quería escribirle para que supiera que pese a todo he vivido y estoy agradecida por el tiempo que he pasado aquí, agradecida de haberle conocido y haber sido su amiga. Quería escribirle porque me gustaría que me recordase y que, algún día, si tiene usted a alguien como yo tengo a mi pequeño Daniel, le hable de mí y que con sus palabras me haga vivir para siempre.*

*Le quiere,*

ISABELLA

Días después de recibir aquella carta supe que no estaba solo en la playa. Sentí su presencia en la brisa del alba pero no quise ni pude volver a huir. Ocurrió una tarde, cuando me había sentado a escribir frente a la ventana mientras esperaba que el sol se hundiese en el horizonte. Oí los pasos sobre las tablas de madera que formaban el muelle y le vi.

El patrón, vestido de blanco, caminaba lentamente por el muelle y llevaba de la mano a una niña de unos siete u ocho años. Reconocí la imagen al instante, aquella vieja fotografía que Cristina había atesorado toda su vida sin saber de dónde provenía. El patrón se aproximó al final del muelle y se arrodilló junto a la niña. Ambos contemplaron el sol derramarse sobre el océano en una infinita lámina de oro candente. Salí de la cabaña y me adentré en el muelle. Al llegar al final, el patrón se volvió y me sonrió. No había amenaza ni rencor en su rostro, apenas una sombra de melancolía.

—Le he echado de menos, amigo mío —dijo—. He echado de menos nuestras conversaciones, incluso nuestras pequeñas disputas…

—¿Ha venido a ajustar cuentas?

El patrón sonrió y negó lentamente.

—Todos cometemos errores, Martín. Yo el primero. Le robé a usted lo que más quería. No lo hice por herirle. Lo hice por temor. Por temor a que ella le apartase de mí, de nuestro trabajo. Estaba equivocado. He tardado un tiempo en reconocerlo, pero si algo tengo es tiempo.

Le observé con detenimiento. El patrón, al igual que yo, no había envejecido un solo día.

—¿A qué ha venido entonces?

El patrón se encogió de hombros.

—He venido a despedirme de usted.

Su mirada se concentró en la niña que llevaba de la mano y que me miraba con curiosidad.

—¿Cómo te llamas? —pregunté.

—Se llama Cristina —dijo el patrón.

Le miré a los ojos y asintió. Sentí que se me helaba la sangre. Podía intuir las facciones, pero la mirada era inconfundible.

—Cristina, saluda a mi amigo David. A partir de ahora vas a vivir con él.

Intercambié una mirada con el patrón, pero no dije nada. La niña me tendió la mano, como si hubiese ensayado el gesto mil veces, y se rió avergonzada. Me incliné hacia ella y se la estreché.

—Hola —musitó.

—Muy bien, Cristina —aprobó el patrón—. ¿Y qué más?

La niña asintió, recordando de pronto.

—Me han dicho que es usted un fabricante de historias y de cuentos.

—De los mejores —añadió el patrón.

—¿Hará uno para mí?

Vacilé unos segundos. La niña miró al patrón, inquieta.

—¿Martín? —murmuró el patrón.

—Claro —dije finalmente—. Te haré todos los cuentos que tú quieras.

La niña sonrió y, aproximándose a mí, me besó en la mejilla.

—¿Por qué no vas hasta la playa y esperas allí mientras me despido de mi amigo, Cristina? —preguntó el patrón.

Cristina asintió y se alejó lentamente, volviendo la vista atrás a cada paso y sonriendo. A mi lado, la voz del patrón susurró su maldición eterna con dulzura.

—He decidido que iba a devolverle aquello que más quiso y que le robé. He decidido que por una vez caminará usted en mi lugar y sentirá lo que yo siento, que no envejecerá un solo día y que verá crecer a Cristina, que se enamorará de ella otra vez, que la verá envejecer a su lado y que algún día la verá morir en sus brazos. Ésa es mi bendición y mi venganza.

Cerré los ojos, negando para mis adentros.

—Eso es imposible. Nunca será la misma.

—Eso dependerá sólo de usted, Martín. Le entrego una página en blanco. Esta historia ya no me pertenece.

666

Oí sus pasos alejarse y cuando volví a abrir los ojos el patrón ya no estaba allí. Cristina, al pie del muelle, me observaba solícita. Le sonreí y se acercó lentamente, dudando.

—¿Dónde está el señor? —preguntó.

—Se ha marchado.

Cristina miró en derredor, la playa infinita desierta en ambas direcciones.

—¿Para siempre?

—Para siempre.

Cristina sonrió y se sentó a mi lado.

—He soñado que éramos amigos —dijo.

La miré y asentí.

—Y somos amigos. Siempre lo hemos sido.

Rió y me tomó de la mano. Señalé al frente, al sol que se hundía en el mar, y Cristina lo contempló con lágrimas en los ojos.

—¿Me acordaré algún día? —preguntó.

—Algún día.

Supe entonces que dedicaría cada minuto que nos quedaba juntos a hacerla feliz, a reparar el daño que le había hecho y a devolverle lo que nunca supe darle. Estas páginas serán nuestra memoria hasta que su último aliento se apague en mis brazos y la acompañe mar adentro, donde rompe la corriente, para sumergirme con ella para siempre y poder al fin huir a un lugar donde ni el cielo ni el infierno nos puedan encontrar jamás.